Un
MAR SIN
ESTRELLAS

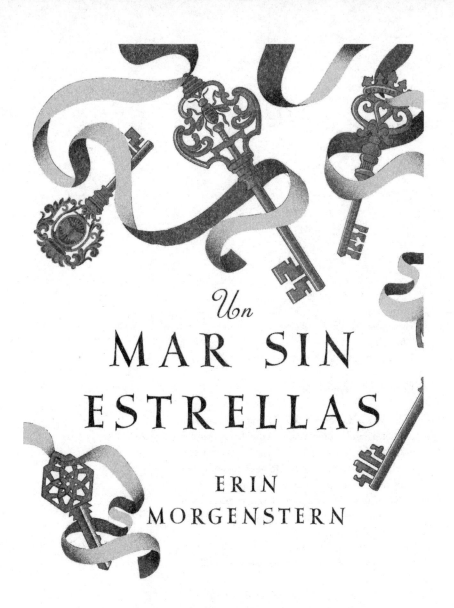

Un

MAR SIN ESTRELLAS

ERIN MORGENSTERN

Traducción de Jeannine Emery

☾ UMBRIEL

Argentina • Chile • Colombia • España
Estados Unidos • México • Perú • Uruguay

Título original: *The Starless Sea*
Editor original: Doubleday
Traducción: Jeannine Emery

1.ª edición Noviembre 2019

The Starless Sea © 2019 by E. Morgenstern LLC
All Rights Reserved
© de la traducción 2019 *by* Jeannine Emery
© 2019 *by* Ediciones Urano, S.A.U.
    Plaza de los Reyes Magos, 8, piso 1.º C y D – 28007 Madrid
    www.umbrieleditores.com

ISBN: 978-84-16517-25-1
E-ISBN: 978-84-17780-62-3
Depósito legal: B-22.308-2019

Fotocomposición: Ediciones Urano, S.A.U.
Impreso por Romanyà-Valls, S.A. – Verdaguer, 1 – 08786 Capellades (Barcelona)

Impreso en España – *Printed in Spain*

LIBRO I

DULCES

PENAS

DULCES PENAS
Una vez, hace mucho tiempo...

Hay un pirata en el sótano.

(El pirata es una metáfora, pero de todos modos se trata de una persona).

(El sótano bien podría considerarse un calabozo).

Alojaron al pirata en aquel lugar por múltiples actividades de naturaleza filibustera, consideradas lo bastante criminales para ser castigadas por aquellos no piratas que deciden tales cuestiones.

Alguien dijo que había que deshacerse de la llave, pero la llave se encuentra en una argolla deslustrada sobre un gancho que cuelga de un muro cercano.

(Lo bastante cerca para ver desde detrás de las rejas: libertad a la vista pero fuera del alcance, y dejada a modo de recordatorio para el prisionero. Nadie recuerda ahora esta finalidad del lado de los barrotes donde se encuentra la llave. El propósito psicológico deliberado ha sido olvidado, habiéndose convertido en costumbre y conveniencia).

(El pirata se da cuenta de esto, pero no hace comentario alguno).

El guardia se sienta junto a la puerta y lee folletines de crímenes, escritos sobre papel descolorido. Desea ser una versión idealizada y ficticia de sí mismo. Se pregunta si la diferencia entre los piratas y los ladrones es una cuestión de navíos y sombreros.

Después de cierto tiempo, otro guardia lo reemplaza. El pirata no puede discernir el horario exacto, ya que el calabozo subterráneo carece de relojes que marquen la hora, y el sonido de las olas que rompen contra la orilla al otro lado de los muros de piedra amortigua las campanadas matinales, el júbilo vespertino.

Este guardia es más bajo y no lee. No desea ser nadie más que él mismo. Carece de la imaginación para concebir alter egos; incluso de la imaginación para empatizar con el hombre tras las rejas. Es la única otra persona en el recinto, salvo los roedores. Presta una atención excesiva a sus zapatos cuando no está dormido. (Por lo general, está dormido).

Aproximadamente tres horas después de que el guardia achaparrado reemplace al guardia lector, entra una chica.

Trae un plato de pan y un cuenco de agua y los coloca fuera de la celda del pirata con un temblor de manos tan pronunciado que la mitad del agua se derrama. Luego se da la vuelta, escabulléndose escaleras arriba.

La segunda noche (el pirata adivina que es de noche), el pirata se coloca lo más cerca que puede de los barrotes y mira con fijeza, y la chica deja caer el pan casi fuera de alcance y derrama casi todo el cuenco de agua.

La tercera noche, el pirata permanece en las sombras del rincón trasero y logra obtener casi toda su agua.

La cuarta noche, viene una chica diferente.

Esta no despierta al guardia. Sus pies se apoyan sobre las piedras con mayor ligereza, y cualquier sonido que hagan queda ahogado por las olas o por los ratones.

Esta chica mira con fijeza al pirata apenas visible entre las sombras. Exhala un suspiro de decepción, y coloca el pan y el cuenco junto a los barrotes. Luego espera.

El pirata permanece entre las tinieblas.

Tras algunos minutos de silencio, interrumpidos por los ronquidos del guardia, la chica se da la vuelta y se marcha.

Cuando el pirata recupera su cena, se encuentra con que el agua ha sido mezclada con vino.

La siguiente noche, la quinta, si acaso es siquiera de noche, el pirata aguarda junto a los barrotes a que la chica descienda con sus pisadas silenciosas.

Su paso se detiene tan solo un instante al verlo.

El pirata la mira con fijeza, y la chica lo mira a su vez.

Extiende una mano para tomar su cuenco y su pan; en cambio, la chica los coloca sobre el suelo, sin apartar la mirada de sus ojos, sin permitir siquiera que el bordillo de su vestido quede a su alcance por alguna casualidad. Audaz aunque pretenda ser tímida. Al ponerse en pie de nuevo, le insinúa apenas una reverencia, inclinando con suavidad la cabeza, un movimiento que le recuerda el comienzo de un baile.

(Hasta un pirata reconoce el comienzo de un baile).

La siguiente noche, el pirata permanece alejado de los barrotes, una distancia respetuosa que podría reducirse con un solo paso, y la chica se acerca apenas unos centímetros a él.

Otra noche, y la danza continúa. Un paso más cerca. Un paso hacia atrás. Un movimiento hacia el costado. La siguiente noche, el bandido extiende la mano de nuevo para aceptar lo que ella ofrece, y esta vez ella responde y los dedos del pirata le rozan el dorso de la mano.

La chica empieza a alargar sus visitas. Cada noche permanece un poco más de tiempo, aunque si el guardia se mueve hasta el punto de despertarse, se marcha sin ni siquiera volver la vista atrás.

Ella lleva dos cuencos de vino y beben juntos en amigable silencio. El guardia ha dejado de roncar; duerme un sueño profundo y reparador. El pirata sospecha que la chica tiene algo que ver con ello. Es audaz y pretendidamente tímida y astuta.

Hay noches en que trae más que pan. Naranjas y ciruelas, ocultas en los bolsillos de su vestido. Trozos de almíbar confitado, envueltos en papel impreso con historias.

Hay noches en que se queda hasta instantes antes del cambio de guardia.

(El guardia de día ha empezado a dejar sus folletines de crímenes al alcance de los muros de la celda, al parecer, involuntariamente).

El guardia más bajo camina de un lado a otro esta noche. Carraspea como si fuera a decir algo, pero no dice nada. Se acomoda en su silla y se sumerge en una pesadilla angustiosa.

El pirata espera a la chica.

Ella llega con las manos vacías.

Esta noche es la última noche. La noche anterior al patíbulo. (El patíbulo también es una metáfora, aunque sea una obvia). El pirata sabe que no habrá otra noche, que no habrá otro cambio de guardia tras el próximo. La chica conoce la cantidad exacta de horas.

No hablan de ello.

Jamás han hablado.

El pirata retuerce un mechón de cabello de la chica entre los dedos.

La chica se recuesta sobre los barrotes, apoyando la mejilla sobre el hierro frío, tan cerca como puede, aunque permanezca a un mundo de distancia.

Lo bastante cerca para besarlo.

—Cuéntame una historia —dice ella.

El pirata le concede el deseo.

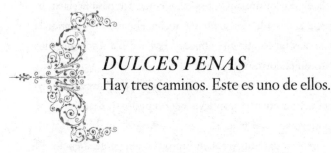

DULCES PENAS
Hay tres caminos. Este es uno de ellos.

Muy por debajo de la superficie de la tierra, oculto del sol y de la luna, en las riberas del Mar sin Estrellas, hay una serie laberíntica de túneles y salas repletas de historias. Historias escritas en libros y selladas en frascos y pintadas sobre paredes. Odas inscritas en la piel y presionadas sobre pétalos de rosa. Fábulas grabadas sobre las baldosas del suelo, cuyas tramas han sido desgastadas por pisadas fugaces. Leyendas esculpidas en cristal y colgadas de arañas. Historias catalogadas y cuidadas y veneradas. Cuentos antiguos que se han conservado mientras cuentos nuevos brotan a su alrededor.

El lugar es inmenso pero íntimo. Es difícil medir su amplitud. Los pasillos se pliegan y conducen a habitaciones o galerías, y las escaleras se tuercen subiendo o bajando hacia alcobas y pasadizos. En todas partes hay puertas que conducen a nuevos espacios, y nuevas historias y nuevos secretos por descubrir, y en todas partes hay libros.

Es un santuario para narradores y para quienes atesoran las narraciones y para los amantes de las narraciones. Comen y duermen y sueñan rodeados de crónicas e historias y mitos. Algunos permanecen horas o días antes de retornar al mundo de arriba, pero otros residen semanas o años, y viven en habitaciones compartidas o privadas. Pasan las horas leyendo o estudiando o escribiendo, discutiendo y creando con quienes viven con ellos o trabajando en soledad.

De quienes permanecen, algunos eligen dedicarse a este ámbito, a este templo de historias.

Hay tres caminos. Este es uno de ellos.

Este el camino de los acólitos.

Quienes desean elegir este camino deben permanecer un ciclo lunar entero, apartados y dedicados a la contemplación antes de comprometerse. Se cree que la contemplación se realiza en silencio, pero entre quienes permiten que los encierren dentro del recinto rodeado de muros de piedra, algunos se darán cuenta de que nadie puede oírlos. Pueden hablar o gritar o dar alaridos, sin violar ninguna regla. Solo quienes nunca han estado en la sala creen que se trata de una contemplación silenciosa.

Una vez que han terminado, tienen la oportunidad de abandonar el camino, de elegir otro, o directamente de no elegir ninguno.

Quienes pasan el tiempo en silencio a menudo eligen abandonar el camino y el espacio. Vuelven a la superficie. Se enfrentan al sol con los ojos entrecerrados. A veces recuerdan un mundo subterráneo al que alguna vez tuvieron intención de dedicar su vida, pero el recuerdo es confuso, como un sitio de ensueño.

En la mayoría de los casos, son aquellos que gritan y lloran y gimen, los que hablan solos durante horas, quienes están preparados cuando llega el momento de su iniciación.

Esta noche, como hay luna nueva y la puerta está sin llave, se ve a una joven que ha pasado la mayor parte del tiempo cantando. Es tímida y no tiene la costumbre de cantar, pero durante su primera noche de contemplación advirtió casi por casualidad que nadie podía escucharla. Se rio, en parte de sí misma y en parte de lo raro que resultaba haberse encerrado en una celda tan lujosa, con la cama de plumas y las sábanas de seda. El eco de la risa resonó alrededor de la recámara de piedra como ondas a través del agua.

Se cubrió la boca con la mano y esperó que alguien viniera, pero no apareció nadie. Intentó recordar si alguien le había indicado explícitamente que no hablara.

Dijo: «¿Hola?», y solo el eco le devolvió el saludo.

Pasaron unos días hasta que fue lo bastante valiente para cantar. Jamás le había gustado su voz, pero en cautiverio, sin tener vergüenza ni expectativas, cantó, al principio con suavidad, pero luego con audacia e intensidad. La voz que el eco le devolvió a sus oídos fue sorprendentemente melodiosa.

Cantó todas las canciones que conocía. Inventó unas propias. Cuando no se le ocurría qué palabras cantar, creaba idiomas disparatados para las letras, con sonidos que hallaba gratos.

Le sorprendió la velocidad con que pasó el tiempo.

Ahora la puerta se abre.

El acólito que entra lleva una argolla con llaves de bronce. Le ofrece la otra palma, en la que tiene un pequeño disco de metal con la figura en relieve de una abeja.

Aceptar la abeja es el siguiente paso para convertirse en acólita. Esta es su última oportunidad para declinar.

Coge la abeja de la palma del acólito, quien realiza una reverencia indicando con un gesto que lo siga.

La joven destinada a ser acólita da la vuelta al tibio disco de metal entre los dedos mientras caminan a través de estrechos túneles alumbrados con velas y tapizados de estanterías y de cavernas abiertas llenas de sillas y mesas desiguales, de pilas altas de libros y de estatuas dispersas. Acaricia la estatua de un zorro a su paso, una costumbre generalizada que ha gastado la piel esculpida entre sus orejas.

Un hombre mayor que hojea un libro levanta la mirada mientras pasan y, reconociendo la procesión, se lleva dos dedos a los labios y la mira inclinando la cabeza.

A ella, no al acólito al que sigue. Se trata de un gesto de respeto por un cargo que aún no ha asumido oficialmente. Ella baja la cabeza para disimular su sonrisa. Continúan descendiendo a través de escalinatas doradas, cruzando túneles en curva que jamás ha recorrido. Camina más lento para mirar las pinturas que cuelgan entre las estanterías de libros: imágenes de árboles y jóvenes y fantasmas.

El acólito se detiene ante una puerta marcada con una abeja dorada. Elige una llave de su argolla y la abre.

Aquí empieza la iniciación.

Se trata de una ceremonia secreta. Solo quienes se someten a ella y quienes la realizan conocen los detalles. Desde que se tiene memoria siempre se ha realizado del mismo modo.

Cuando la puerta con la abeja dorada se abre y cruzan el umbral, el acólito anuncia su nombre. Cualquiera que haya sido el nombre de esta joven antes, jamás volverán a llamarla así. Permanece en su pasado. Algún día quizá tenga un nombre nuevo, pero por ahora es anónima.

La habitación es pequeña y circular y tiene techos altos, una versión en miniatura de la celda de contemplación. Tiene una silla austera de madera a un lado y un pilar de piedra hasta la cintura, coronado con un cuenco de fuego. La única luz proviene del fuego.

El acólito mayor le hace un gesto a la joven indicando que se siente en la silla de madera. Obedece. Se sitúa de cara al fuego, observando la danza de las llamas hasta que le atan un trozo de seda negro sobre los ojos.

La ceremonia continúa a ciegas.

Le quitan la abeja de metal de la mano. Tras una pausa, seguida por el tintineo de instrumentos de metal y la sensación de un dedo sobre su pecho, presionan un punto sobre su esternón. La presión cede, reemplazada por un dolor agudo y punzante.

(Después se dará cuenta de que la abeja de metal ha sido puesta al rojo en el fuego, y su marca alada candente, grabada sobre su pecho).

La sorpresa del episodio la desconcierta. Se ha preparado para lo que conoce del resto de la ceremonia, pero esto es inesperado. Cae en la cuenta de que jamás ha visto el pecho desnudo de otro acólito.

Mientras que instantes atrás estaba preparada, ahora tiembla y se siente insegura.

Pero no dice *Basta*. No dice *No*.

Ha tomado su decisión, aunque no pudiera saber todo lo que la decisión implicaba.

En la oscuridad, unos dedos separan sus labios y colocan una gota de miel sobre su lengua.

Esto es para asegurar que el último sabor sea dulce.

La realidad es que el último sabor que perdura en la boca de un acólito sabe a más que miel: es una dulzura que reúne sangre y metal y carne quemada.

Si un acólito pudiera describirlo después, explicaría que el último sabor que siente es la miel y el humo.

No es completamente dulce.

Lo recuerdan cada vez que extinguen la llama que arde sobre un cirio de cera de abejas.

Un recordatorio de su devoción.

Pero no pueden hablar de ello.

Entregan sus lenguas de buen grado. Renuncian al don que tienen de hablar para servir mejor a las voces de otros.

Prometen sin decirlo dejar de contar sus propias historias para venerar las que sucedieron antes y las que sucederán después.

Inmersa en este dolor con una nota de miel, la joven en la silla cree que podría gritar, pero no lo hace. En la oscuridad, el fuego parece consumir toda la habitación, y puede ver formas en las llamas a pesar de que sus ojos siguen cubiertos.

La abeja sobre su pecho revolotea.

Una vez que le han arrebatado su lengua, quemándola y convirtiéndola en ceniza, una vez que la ceremonia está completa y su servidumbre como acólita empieza de manera oficial, una vez que su voz ha sido silenciada, entonces sus oídos se despiertan.

Entonces, las historias empiezan a acudir a ella.

DULCES PENAS

Para engañar a la mirada.

El chico es el hijo de la vidente. Ha alcanzado una edad en la que empieza a dudar de si es algo de lo cual enorgullecerse o siquiera un detalle para ser divulgado, pero sigue siendo cierto. Camina a casa desde el colegio hacia el apartamento situado encima de una tienda sembrada de bolas de cristal y cartas de tarot, incienso y estatuas de deidades con cabeza de animal y salvia seca. (El aroma a salvia lo permea todo, desde sus sábanas hasta los cordones de sus zapatos).

Hoy, como todas las jornadas escolares, el chico toma un atajo a través de un callejón que rodea la parte trasera de la tienda, un estrecho pasadizo entre altos muros de ladrillo que a menudo están cubiertos de grafitis, luego son blanqueados y cubiertos de grafitis de nuevo.

Hoy, en lugar de las etiquetas con ortografías creativas y las obscenidades con letras burbuja, hay una única obra artística sobre los ladrillos por lo demás blancos.

Es una puerta.

El chico se detiene. Se acomoda las gafas para enfocar mejor la vista, para estar seguro de que está viendo lo que su vista, en ocasiones poco confiable, le sugiere.

Los bordes difuminados se vuelven más nítidos, y sigue siendo una puerta. Más grande, más elegante y más impactante de lo que creyó con la primera mirada confusa.

No entiende su función.

Su incongruencia merece su atención.

La puerta está situada en el extremo más alejado del callejón, en un sector en sombras, oculto del sol, pero los colores son de todos modos intensos, y algunos de los pigmentos son metalizados. Es más refinado que la mayoría de los grafitis que el chico ha visto. Se encuentra pintada en un estilo que sabe que tiene un nombre francés sofisticado, algo acerca de engañar al ojo, aunque no recuerda el término aquí y ahora.

La puerta está esculpida… no, en realidad, está pintada… con dibujos geométricos precisos que rodean sus bordes creando profundidad donde solo hay una superficie plana. En el centro, a la altura donde tendría que haber una mirilla y diseñada con las mismas líneas que combinan con el resto de la talla policromada, hay una abeja. Debajo de la abeja hay una llave. Debajo de la llave hay una espada.

Un picaporte dorado que parece tridimensional brilla a pesar de la ausencia de luz. Hay un ojo de cerradura pintado debajo, tan oscuro que parece un hueco a la espera de una llave, en lugar de un par de pinceladas negras.

La puerta es extraña y bonita, un objeto para el cual el chico no encuentra palabras ni sabe si las hay, incluso si fueran sofisticadas expresiones francesas.

En algún lugar de la calle, un perro invisible ladra, pero suena distante y abstracto. El sol se desplaza tras una nube, y el callejón se vuelve más largo, más profundo y más oscuro; la puerta misma, más luminosa.

El chico extiende la mano con vacilación para tocar la puerta.

La parte de él que aún cree en la magia espera que esté tibia a pesar del aire frío. Espera que el dibujo haya transformado el ladrillo de modo fundamental. Hace que su corazón lata más fuerte incluso mientras el movimiento de su mano se hace más lento porque la parte de él que cree que la otra se comporta de manera infantil se prepara para la decepción.

Las puntas de sus dedos tocan la puerta debajo de la espada y se detienen sobre la pintura suave que cubre el frío ladrillo. La leve irregularidad de la superficie traiciona la textura por debajo.

Es solo una pared. Solo una pared con un bonito dibujo pintado encima.

Aun así.

Aun así, tiene una sensación de que esto es más de lo que aparenta.

Presiona la palma contra el ladrillo pintado. La falsa madera de la puerta es de un tono marrón, apenas un tono o dos diferente del matiz de su propia piel, como si hubiera sido preparado para combinar con él.

Detrás de la puerta hay otro sitio. No la habitación tras el muro. Otra cosa. Lo sabe. Lo siente en los huesos.

Esto es lo que su madre llamaría un momento cargado de sentido. Un momento que cambia los momentos que vienen después.

El hijo de la vidente solo sabe que la puerta parece importante de un modo que no consigue explicar, ni siquiera para sí mismo.

Un chico al comienzo de una historia no tiene modo de saber que la historia ya ha empezado.

Traza el recorrido de las líneas pintadas de la llave con las puntas de los dedos. Le maravilla lo tridimensional que parece, junto con la espada, la abeja y el picaporte.

El chico se pregunta quién la pintó y qué significa, si acaso significa algo. Si no la puerta, al menos los símbolos. Si es una señal y no una puerta, o si es ambos a la vez.

En este momento significativo, si el chico gira el picaporte pintado y abre la puerta ilusoria, todo cambiará.

Pero no lo hace.

En cambio, mete las manos en los bolsillos.

Parte de él decide que está comportándose de modo infantil y que es demasiado grande para esperar que la vida real sea como en los cuentos. Otra parte de él decide que, si no lo intenta, no podrá sentir decepción y podrá seguir creyendo que la puerta podría abrirse incluso si es solo una fantasía.

Se para con las manos en los bolsillos y examina la puerta un instante más antes de alejarse.

Al día siguiente, se deja llevar por la curiosidad y regresa para encontrar que han cubierto la puerta con pintura. La pared de ladrillo ha sido blanqueada hasta el punto en que no puede siquiera discernir el lugar exacto donde estaba la puerta.

Y así el hijo de la vidente no consigue acceder al Mar sin Estrellas.

Aún no.

Enero de 2015

Hay un libro sobre el estante de una biblioteca universitaria.

No es algo inusual, pero no es el sitio habitual de un libro de estas características.

El libro está mal situado en la sección de ficción, aunque la mayoría de lo que diga sea cierto y el resto se acerque bastante a serlo. El sector de ficción de esta biblioteca no es tan frecuentado como otros; sus hileras están tenuemente iluminadas y a menudo se encuentran polvorientas.

Alguien donó el libro como parte de una colección que ha sido legada a la universidad por la última voluntad del dueño anterior. Estos libros se añadieron a la biblioteca, ordenados según el Sistema de Clasificación Decimal Dewey, identificados con etiquetas que llevan códigos de barras dentro de sus portadas para que puedan ser escaneados en el registro de salida y despachados a diferentes direcciones.

Este libro en particular solo se escaneó una vez cuando se añadió al catálogo. No aparece ningún autor nombrado en sus páginas, así que se ingresó en el sistema como «Desconocido». Empezó entre los autores con la D como inicial, pero ha deambulado por el alfabeto mientras otros libros cambian de lugar a su alrededor. Algunas veces, alguien lo coge del estante, lo examina y lo vuelve a poner en su lugar. Han resquebrajado la cubierta montones de veces, y una vez un profesor incluso examinó las primeras páginas con detenimiento, con la intención de volver a leerlo, pero, en cambio, lo olvidó.

Nadie ha leído el libro íntegramente, no desde que está en la biblioteca.

Algunos (incluido el profesor olvidadizo) han pensado fugazmente que este libro no pertenece a este lugar. Que quizá debería estar en la colección especial, una sala que exige que los estudiantes cuenten con un permiso de visita y donde los bibliotecarios están pendientes de los estudiantes mientras escudriñan volúmenes antiguos, sin que les permitan tomar prestado ninguno. Aquellas obras carecen de códigos de barras. Muchas exigen llevar guantes para poder sostenerlas.

Pero este libro sigue estando en la colección habitual. Circula de manera inmóvil e hipotética.

La cubierta del libro tiene una tela color rojo vivo que ha envejecido y se ha desteñido, perdiendo su intensidad hasta volverse opaca. Alguna vez llevó letras doradas impresas, pero el oro ha desaparecido y las letras se han desgastado hasta no ser más que muescas semejantes a jeroglíficos. La esquina superior tiene un doblez permanente por haber estado debajo de un volumen más pesado, guardado en una caja, durante una temporada en la que estuvo dentro de un trastero, de 1984 a 1993.

Hoy es un día de enero de lo que los estudiantes llaman el programa de invierno, es decir, el periodo en el que las clases aún no han empezado pero ya los reciben nuevamente en el campus, y los estudiantes organizan conferencias y simposios y ensayan producciones teatrales. Un precalentamiento posvacacional antes de empezar las rutinas habituales.

Zachary Ezra Rawlins ha venido al campus a leer. Se siente levemente culpable, ya que debería estar dedicando sus preciosas horas de invierno jugando (y volviendo a jugar y analizando) a videojuegos para preparar su tesis. Pero pasa tanto tiempo delante de las pantallas que siente una necesidad casi compulsiva de posar su mirada sobre papel. Se recuerda a sí mismo que hay muchos temas que se solapan, aunque ha encontrado un solapamiento de temas entre los videojuegos y prácticamente lo que sea.

Supone que leer una novela es como jugar a un juego, en el sentido de que alguien que es mucho más diestro en este juego en particular ya ha tomado de antemano todas las decisiones por uno. (Aunque a veces le gustaría que volvieran a estar de moda las novelas de elige-tu-propia-aventura).

Ha estado leyendo (o releyendo) una gran cantidad de libros infantiles también, porque las historias son mucho más fieles a la anécdota, aunque le preocupa levemente que sea un síntoma de una inminente crisis del cuarto de vida. (Casi espera que esta crisis del cuarto de vida aparezca puntualmente el día de su cumpleaños número veinticinco, para el que solo faltan dos meses).

Los bibliotecarios creían que estaba especializándose en Literatura hasta que uno empezó a hablar con él y se sintió obligado a confesar que, en realidad, era uno de esos estudiantes abocados a la reciente especialidad que analiza los nuevos medios de comunicación. En cuanto desapareció, echó de menos su identidad secreta, una pose que ni siquiera había advertido que disfrutaba. Supone que tiene aspecto de especialista en Literatura, con sus gafas de montura cuadrada y jerséis de punto. Zachary aún no se ha terminado de adaptar a los inviernos de Nueva Inglaterra, especialmente no a uno como este, con su nieve incesante. Protege su cuerpo sureño con gruesas capas de lana, envolviéndolo en bufandas e intentando entrar en calor con termos llenos de chocolate caliente al que a veces le añade un poco de whisky.

Quedan dos semanas más de enero, y Zachary ha agotado la mayor parte de su lista de clásicos infantiles imprescindibles, por lo menos los que hay en la colección de esta biblioteca. Así que ha pasado a leer libros que tenía pendientes y otros elegidos al azar tras examinar las primeras páginas.

Se ha convertido en el ritual de sus mañanas. Toma sus decisiones en el silencio de las estanterías de la biblioteca, amortiguado por los libros, y luego regresa a la residencia de estudiantes y pasa el día leyendo. En el atrio coronado por un tragaluz, se sacude la nieve de las botas sobre la alfombrilla junto a la entrada y deja caer *El guardián entre el centeno* y *La sombra del viento* en el buzón de devolución, preguntándose si la mitad del segundo año de un máster es demasiado tarde para dudar de su especialización. Luego se recuerda a sí mismo que le gustan los nuevos medios de comunicación y que, si hubiera pasado cinco años y medio estudiando Literatura, también a estas alturas ya se habría cansado de ello. Lo que desea es especializarse en la lectura de textos. Que no haya ensayos de reacción, ni exámenes, ni análisis; solo lectura.

El sector de ficción, dos pisos más abajo y al fondo de un pasillo en el que cuelgan litografías enmarcadas del campus en sus inicios, se encuentra, como es de esperar, vacío. Las pisadas de Zachary resuenan mientras camina entre las estanterías. Esta sección del edificio es más antigua, un contraste con el luminoso atrio de la entrada. Los techos son más bajos y los libros se encuentran apilados hasta arriba. La luz que emiten las bombillas, con una tendencia a quemarse por muy a menudo que se cambien, forman pequeños rectángulos tenues. Si después de graduarse Zachary tiene el dinero alguna vez para hacerlo, cree que hará una donación muy específica para arreglar la instalación eléctrica de esta parte de la biblioteca. Luz suficiente para leer, patrocinada por Z. Rawlins, promoción de 2015. De nada.

Se interna buscando la sección de la W, habiéndose enamorado recientemente de Sarah Waters. Y aunque hay varios títulos que figuran en el catálogo, *El ocupante* es el único sobre el estante, por lo que se salva de tener que tomar una decisión. Zachary luego busca lo que considera novelas de suspense, libros que no reconoce o autores de los que jamás ha oído hablar. Empieza buscando libros con los lomos de color blanco.

Extiende el brazo para llegar a un estante elevado que un estudiante más bajo solo habría alcanzado valiéndose de una escalerilla, saca un volumen encuadernado en tela, color rojo vino. Tanto el lomo como la cubierta están vacíos, así que Zachary abre el libro por la página de título.

Dulces penas

Da la vuelta la página para ver si hay otra en la que figure el autor, pero entra de lleno en el texto. Mira rápido las últimas páginas: no hay ni agradecimientos ni nota del autor, solo una etiqueta con un código de barras adjunto en la parte interior de la cubierta posterior. Vuelve al comienzo y no encuentra ni el copyright, ni fechas, ni información sobre el número de tirada.

Evidentemente, es bastante antiguo, y Zachary no sabe demasiado sobre la historia de la industria editorial o la encuadernación o la posibilidad de que este tipo de información no esté disponible en libros de cierta antigüedad. Encuentra desconcertante la falta de autor. Quizá haya una página ausente o ha habido un error de imprenta. Hojea el texto y advierte que hay páginas que faltan, secciones incompletas y bordes rotos diseminados por todo el libro, aunque ninguna hoja que contenga la información de la portada.

Zachary lee la primera página, y luego otra y otra.

Entonces la bombilla de encima de su cabeza que ha estado iluminando el sector A-F parpadea y se extingue.

Cierra el libro de mala gana y lo coloca encima de *El ocupante*. Acomoda ambos libros con firmeza bajo el brazo y vuelve a la luz del atrio.

La estudiante que hace las veces de bibliotecaria en el mostrador principal, con el cabello recogido en un moño atravesado con un bolígrafo, se topa con alguna dificultad con el misterioso volumen. Al principio, no consigue escanearlo correctamente, y luego el escáner arroja los datos de otro libro completamente diferente.

—Creo que tiene el código de barras equivocado —dice. Golpetea su teclado, mirando la pantalla con los ojos entrecerrados—. ¿Reconoces este? —pregunta, pasándole el libro a otro bibliotecario en el escritorio, un hombre de mediana edad con un codiciable jersey de color verde. Hojea las primeras hojas, frunciendo el ceño.

—Sin autor. Eso es nuevo. ¿Dónde estaba?

—En la sección de ficción, en la zona de la W —responde Zachary.

—Consulta los Anónimos, quizá esté ahí —sugiere el bibliotecario de jersey verde, devolviendo el libro y dirigiendo su atención a otro usuario.

La otra bibliotecaria vuelve a pulsar el teclado y sacude la cabeza.

—Sigo sin encontrarlo —le dice—. Qué raro.

—Si es un problema... —empieza a decir él, aunque deja la frase inconclusa, esperando que ella le permita llevárselo de todos modos. Ya lo siente extrañamente como propio.

—No es un problema. Lo anotaré en tu ficha —dice. Teclea algo en el ordenador y vuelve a pasar el código de barras por el escáner. Empuja el libro sin autor y *El ocupante* hacia el otro lado del escritorio junto con su carné de estudiante—. ¡Buena lectura! —dice alegremente antes de volver al libro que había estado leyendo cuando Zachary se acercó al mostrador. Algo de Raymond Chandler, pero no alcanza a ver el título. Los bibliotecarios siempre parecen estar más entusiasmados durante el programa de invierno, cuando pueden dedicarles más tiempo a los libros y menos a estudiantes nerviosos y a profesores iracundos.

Durante la helada caminata de vuelta a su residencia de estudiantes, a Zachary le preocupa tanto el libro en sí, ansioso por seguir leyéndolo, como el misterio de por qué no estaba dentro del sistema de la biblioteca. Ya ha tenido pequeñas complicaciones con este tipo de asuntos, puesto que ha sacado una gran cantidad de libros. A veces el escáner no puede leer un código de barras, pero entonces la bibliotecaria puede teclear el número a mano. Se pregunta cómo se las arreglaban en los tiempos anteriores al escáner, con catálogos de fichas y pequeños sobres con firmas en la parte trasera de los libros. Sería agradable firmar con su nombre, en lugar de ser un número dentro de un sistema.

La residencia de Zachary es un edificio de ladrillo situado discretamente entre un grupo de residencias ruinosas destinadas a estudiantes de posgrado, cubierta de hiedra muerta y espolvoreada de nieve. Sube el sinfín de escaleras hasta su habitación en el cuarto piso, bajo los aleros del edificio, con sus muros inclinados y ventanas por las que se cuelan corrientes de aire frío. Ha cubierto la mayoría con mantas y tiene un calefactor de contrabando para el invierno.

Las paredes están recubiertas con los tapices enviados por su madre, y hay que reconocer que le dan un toque acogedor a la habitación, en parte porque no consigue quitarles el olor a salvia por mucho que las lave. El estudiante de máster de la habitación contigua lo llama una cueva, aunque se trata más de una madriguera, si las madrigueras tuvieran pósteres de Magritte y cuatro consolas diferentes de videojuegos.

Su televisor de pantalla plana parece un gran ojo fijado a la pared, un espejo negro. Debería echarle un tapiz encima.

Zachary coloca sus libros sobre su escritorio y las botas y el abrigo en el armario antes de dirigirse por el pasillo hacia la pequeña cocina para prepararse una taza de chocolate caliente. Mientras espera que hierva la tetera eléctrica, desea haber traído consigo el libro de cubierta color rojo vino, pero está esforzándose por no tener la nariz metida constantemente en un libro. Es un intento por parecer más amable, aunque aún no sabe si funciona.

De vuelta en su guarida, con el chocolate caliente, se acomoda en el puf que le cedió un estudiante que se marchó el año anterior. En su estado natural, es de un color verde chillón, pero Zachary lo cubrió con un tapiz demasiado pesado para colgar en la pared, camuflándolo con tonos marrón, gris y violeta. Apunta el calefactor hacia las piernas y vuelve a abrir *Dulces penas* en la página en que la bombilla poco fiable de la biblioteca lo obligó a abandonarlo, y empieza a leer.

Tras algunas páginas la historia cambia de rumbo, y Zachary no sabe si se trata de una novela o de una colección de relatos breves, o quizá de una historia dentro de otra. Se pregunta si se volverá a retomar la parte anterior. Luego vuelve a cambiar.

Las manos de Zachary Ezra Rawlins empiezan a temblar.

Porque mientras que la primera parte del libro es un relato un tanto romántico sobre un pirata, y la segunda involucra una ceremonia con una acólita en una extraña biblioteca subterránea, la tercera es algo completamente diferente.

La tercera parte es acerca de él mismo.

El chico es el hijo de la vidente.

Una coincidencia, piensa, pero al continuar leyendo, los detalles son demasiado exactos para ser ficción. Es posible que la salvia impregne los cordones de los zapatos de muchos hijos de videntes, pero duda de que estos también tomen atajos a través de callejones cuando vuelven del colegio a casa.

Cuando llega a la parte de la puerta, deja el libro a un lado.

Se siente mareado. Se pone de pie. Le preocupa desmayarse y piensa en que tal vez debería abrir la ventana, pero en cambio derriba la taza de chocolate caliente de una patada.

Automáticamente, camina por el pasillo hacia la pequeña cocina para buscar servilletas de papel. Limpia el chocolate caliente y vuelve a la cocina para arrojar a la papelera las servilletas empapadas. Enjuaga la taza en el fregadero. Tiene el borde desportillado, algo que no está seguro de que tuviera antes. La risa asciende por las escaleras, lejana y hueca.

Zachary regresa a su cuarto y vuelve a enfrentarse al libro, mirándolo con fijeza mientras reposa despreocupadamente sobre el puf.

Cierra su puerta con llave, algo que rara vez hace.

Levanta el libro y lo examina con mayor detenimiento que antes. La esquina superior de la cubierta está abollada, y la cubierta de tela empieza a deshilacharse. Pequeñas motas doradas salpican el lomo.

Respira hondo y lo vuelve a abrir. Gira la página donde lo dejó y se obliga a leer las palabras, que se despliegan exactamente como espera que lo hagan.

Su memoria completa los detalles excluidos de la página: la cal hasta la mitad de la pared, y luego los ladrillos se vuelven rojos de nuevo; los contenedores de la basura, en el otro extremo del callejón; el peso de su mochila sobre el hombro, atestada de libros escolares.

Ha recordado aquel día miles de veces, pero esta vez es diferente. Esta vez las palabras sobre la página guían su memoria, y el recuerdo se vuelve claro y vibrante. Como si el momento acabara de suceder y no estuviera más de una década en el pasado.

Puede imaginar la puerta a la perfección. La precisión de la pintura. El efecto de *trompe-l'oeil* que no pudo designar en aquel momento. La abeja con sus delicadas franjas doradas. La espada en posición vertical que señalaba hacia arriba.

Pero a medida que sigue leyendo, hay más de lo que contiene su memoria.

Había creído que no podía haber una sensación más extraña que tropezar con un libro que narra un incidente lejano de su propia vida que jamás había contado a nadie, del que nunca había hablado ni escrito pero que de todos modos se despliega en prosa tipografiada. Se equivocaba.

Es aún más raro que esa narración confirme sospechas largamente albergadas de que en aquel momento, en aquel callejón frente a aquella puerta, recibió algo extraordinario y dejó que la oportunidad se le escurriera entre los dedos.

Un chico al comienzo de una historia no tiene modo de saber que la historia ya ha empezado.

Zachary llega al final de la página y la gira, esperando que su propia historia continúe, pero no sucede. El relato vuelve a cambiar completamente, narrando algo acerca de una casa de muñecas. Hojea el resto del volumen, buscando en el texto menciones al hijo de la vidente o a puertas pintadas, pero no encuentra nada.

Vuelve atrás y relee las páginas sobre el chico. Sobre sí mismo. Sobre el lugar que no encontró tras la puerta, lo que sea que se suponga que es un Mar sin Estrellas. Sus manos han dejado de temblar, pero se siente mareado y tiene calor. Ahora recuerda que jamás abrió la ventana, pero no puede dejar de leer. Se sube las gafas aún más por el puente de la nariz para poder concentrarse mejor.

No lo comprende. No solo que alguien haya podido describir la escena con semejante lujo de detalles, sino que lo haya hecho en un libro que parece mucho mayor que él. Frota el papel entre los dedos. Lo siente pesado y tosco; los bordes amarillentos, tornándose color marrón.

¿Podía alguien haberle predicho hasta los cordones de sus zapatos? ¿Significa eso que el resto del relato podría ser cierto? ¿Que en algún lugar hay acólitos sin lengua en una biblioteca subterránea? No le parece justo tener que ser la única persona real en una colección de personajes ficticios, aunque supone que el pirata y la chica podrían ser reales. De todos modos, la sola idea es tan ridícula que se ríe de sí mismo.

Se pregunta si está enloqueciendo y luego decide que, si es capaz de preguntarse por ello, entonces probablemente no lo esté, lo cual no resulta particularmente reconfortante.

Baja la mirada dirigiéndola a las dos últimas palabras en la página.

Aún no.

Esas dos palabras atraviesan miles de preguntas que invaden su cabeza.

Entonces, una de esas preguntas flota hasta la superficie de sus pensamientos, provocada por el dibujo repetido de la abeja y el recuerdo de la puerta.

¿Provendrá *este* libro de *aquel* lugar?

Examina el libro de nuevo y se detiene en el código de barras adherido a la contraportada.

Zachary mira más de cerca y ve que la etiqueta está ocultando algo escrito o impreso en ese lugar. Una mancha de tinta negra asoma de la parte inferior de la etiqueta.

Se siente ligeramente culpable intentando arrancarla. Sea como sea, el código de barras era defectuoso y seguramente tendrá que ser sustituido. No es que tenga intención alguna de devolver el libro, no ahora. Despega la etiqueta lenta y cuidadosamente, intentando quitarla entera y no rasgar el papel de debajo. Sale fácilmente, y la pega en el borde de su escritorio antes de volver la vista a lo que está escrito debajo.

No hay palabras, solo una secuencia de símbolos estampados o, si no, inscritos sobre la contraportada. Se encuentran desteñidos y emborronados pero son fácilmente identificables.

El punto de tinta que queda expuesto es la empuñadura de una espada.

Encima hay una llave.

Encima de la llave hay una abeja.

Zachary Ezra Rawlins mira las versiones en miniatura de los mismos símbolos que una vez vio en un callejón detrás de la tienda de su madre, y se pregunta cómo, exactamente, debe continuar una historia de la que no sabía que formaba parte.

DULCES PENAS
Vida inventada.

Empezó como una casa de muñecas.

Un hábitat en miniatura, construido minuciosamente con madera, pegamento y pintura. Confeccionada con esmero para recrear una morada de tamaño normal, con el nivel de detalle más exquisito. Cuando la construyeron se la dieron a niños para que jugaran con ella, ilustrando sucesos diarios con exageraciones simplificadas.

Hay muñecas: una familia con una madre, un padre, un hijo y una hija, y un pequeño perro. Llevan réplicas de tela de trajes y vestidos. El perro tiene pelo de verdad.

Hay una cocina, un salón y una terraza interior. También habitaciones, escaleras y un desván. Todas las habitaciones están llenas de muebles y decoradas con cuadros en miniatura y diminutos jarrones de flores. El papel pintado tiene un estampado de diseños intrincados. Pueden retirarse los diminutos libros de los estantes.

Tiene un tejado con tejas de madera que no son más grandes que una uña. Puertas diminutas que cierran con pestillo. La casa se abre con una cerradura y una llave y se amplía, aunque la mayoría de las veces se mantenga cerrada y exhiba la vida interior de las muñecas solo a través de las ventanas.

La casa de muñecas descansa en una habitación de este Puerto situado en el Mar sin Estrellas. Se desconoce su historia. Los niños que una vez jugaron con ella ya crecieron y se marcharon hace mucho tiempo. El relato de cómo vino a parar a una sala oscura en un lugar oscuro se ha olvidado.

No resulta sorprendente.

Lo que es sorprendente es lo que se desplegó a su alrededor.

¿Qué es una casa sola, después de todo, sin nada que la rodee? ¿Sin un jardín para el perro? ¿Sin un vecino quejumbroso al otro lado de la calle, sin ni siquiera una calle en la que tener vecinos? Sin árboles, caballos ni tiendas. Sin un puerto. Un bote. Una ciudad al otro lado del mar.

Todo esto se ha construido a su alrededor. El mundo inventado de un chico se ha convertido en el de otro, y en el de otro, y así sucesivamente hasta que les pertenece a todos. Embellecido y ampliado con metal, papel y pegamento. Con engranajes, objetos encontrados y arcilla. Se han construido más casas. Se han añadido más muñecas. Pilas de libros dispuestos por color sirven de paisaje. Una bandada de pájaros plegados de papel vuelan por encima. Globos aerostáticos descienden desde arriba.

Hay montañas y aldeas y ciudades, castillos y dragones y salones de baile, suspendidos en el aire. Granjas con graneros y ovejas de lana esponjosa. La máquina en funcionamiento de un reloj de bolsillo que ha resucitado da la hora en lo alto de una torre. Hay un parque con un lago y patos. Una playa con un faro.

El mundo cae en cascada alrededor de la habitación. Hay senderos para que los visitantes puedan acceder a los rincones. A los pies de los edificios está el contorno de lo que alguna vez fue un escritorio. Hay estanterías sobre las paredes que ahora son países distantes, al otro lado de un océano con olas azules de papel onduladas con esmero.

Empezó como una casa de muñecas. Con el tiempo se ha vuelto mucho más.

Un pueblo de muñecas. Un mundo de muñecas. Un universo de muñecas.

Que se amplía constantemente.

Casi todos los que visitan la habitación sienten la necesidad de añadirle algo. De dejar el contenido de sus bolsillos y de reutilizarlo como una pared, un árbol o un templo. Un dedal se convierte en un cubo de basura. Cerillas usadas crean una cerca. Botones sueltos se transforman en ruedas, manzanas o estrellas.

Añaden casas hechas de libros rotos o tormentas de lluvia creadas a partir de purpurina. Desplazan una figura o un punto de referencia. Mueven las diminutas ovejas de una pastura a otra. Reorientan las montañas.

Algunos visitantes juegan en la habitación durante horas, creando historias y tramas. Otros pasean la mirada, acomodan un árbol o una puerta torcida, y se marchan. O sencillamente mueven los patos alrededor del lago y quedan satisfechos con ello.

Cualquiera que entre en la habitación provoca un impacto sobre ella. Deja una impresión aunque no sea intencional. Abrir la puerta silenciosamente permite que una suave brisa sople encima de los objetos que están dentro. Un árbol podría venirse abajo. Una muñeca podría perder su sombrero. Un edificio entero podría desmoronarse.

Un paso mal dado podría aplastar la ferretería. Una manga podría quedar enganchada en la cima de un castillo y hacer que una princesa se desplomara sobre el suelo. Es un sitio frágil.

Cualquier daño suele ser pasajero. Alguien vendrá y lo reparará: volverá a colocar a la princesa caída sobre su almena, reconstruirá la ferretería con palillos y cartón, creará nuevos pisos sobre los antiguos.

La casa original que se encuentra en el medio cambia de modos más sutiles. Los muebles se mueven de un salón a otro. Las paredes se vuelven a pintar o a empapelar encima de la pintura o el papel pintado anteriores. Los muñecos de la madre y el padre pasan el tiempo de modo separado dentro de otras estructuras, con otros muñecos. La hija y el hijo se marchan y vuelven y se vuelven a marchar. El perro persigue coches y ovejas, y se atreve a ladrarle al dragón.

Alrededor de ellos, el mundo se vuelve cada vez más grande.

A veces lo muñecos tardan bastante tiempo en adaptarse.

ZACHARY EZRA RAWLINS se encuentra sentado en el suelo de su armario con la puerta cerrada, rodeado de un bosque de camisas y abrigos que cuelgan. Apoyado contra el sitio donde estaría la puerta para entrar a Narnia si su armario fuera un ropero, sumido en una especie de crisis existencial.

Ha leído *Dulces penas* por completo y lo ha releído, y se le ocurrió que quizá no debía leerlo por tercera vez pero de todos modos lo hizo porque no podía dormir.

Aún no puede dormir.

Ahora son las tres de la mañana, y está en el fondo de su armario, una versión de su sitio de lectura favorito de niño. Un consuelo al que no ha acudido en muchos años y jamás en este armario, que es inadecuado para hacerlo.

Ahora recuerda que se sentó en el armario de su niñez después de encontrar la puerta. Era un armario ideal para sentarse. Más profundo, con cojines que arrastraba dentro para hacerlo más confortable. Aquel tampoco tenía una puerta que condujera a Narnia; lo sabe porque lo comprobó.

Solo esa única parte de *Dulces penas* trata sobre él, aunque faltan algunas páginas. El texto vuelve a la historia del pirata y la chica, pero el resto es una trama inconexa; parece incompleto. Gran parte gira en torno a una biblioteca subterránea. No, no una biblioteca, una fantasía construida en torno a los libros, cuya invitación él se perdió por no abrir una puerta pintada a los once años.

Por lo que parece, lo suyo era buscar puertas imaginarias equivocadas.

El libro color rojo vino descansa al pie de la cama. Zachary no admite para sí que esté ocultándose de él, refugiándose dentro del armario donde no pueda verlo.

Todo un libro y no tiene ni idea de cómo debe proceder siquiera tras leerlo tres veces.

El resto del libro no parece tan tangible como esas pocas primeras páginas cerca del comienzo. Zachary siempre ha tenido una visión complicada de la magia debido a su madre. Pero si bien entiende la herbología y la adivinación, lo que hay en el libro va mucho más allá de su definición de lo real. Es magia *mágica.*

Además, si aquellas pocas páginas acerca de él son reales, el resto podría ser...

Zachary hunde la cabeza entre las rodillas e intenta mantener la respiración regular.

No deja de preguntarse quién lo escribió, quién lo vio en aquel callejón con la puerta y por qué lo escribieron. Las páginas iniciales implican que los primeros relatos están enmarcados dentro de otros: el pirata cuenta la historia de la acólita, la acólita ve la historia del chico: él mismo.

Pero si él está en una historia dentro de otra, ¿quién la cuenta? Alguien debió imprimirla y encuadernarla en un libro.

Alguien en algún lugar conoce esta historia.

Se pregunta si alguien en algún lugar sabe que está sentado en el suelo de su armario.

Zachary sale gateando a su habitación, con las piernas entumecidas. Falta poco para el amanecer, y la oscuridad fuera de su ventana se aclara levemente. Decide dar un paseo. Deja el libro sobre la cama. Sus dedos empiezan a crisparse de inmediato, deseando llevarlo consigo para volver a leerlo. Se envuelve el cuello con la bufanda. *Leer un libro cuatro veces en un día es un comportamiento perfectamente normal.* Se abrocha el abrigo de lana. *Tener una respuesta física a la falta de un libro no es inusual.* Se cala el gorro de lana sobre las orejas. *Todo el mundo pasa noches en el suelo de su armario cuando hace su posgrado.* Se calza las botas. *Encontrar un incidente de tu niñez en un libro, en una novela de misterio anónima, es algo que pasa todos los días.* Desliza las manos en los guantes. *Le sucede a todo el mundo.*

Mete el libro en el bolsillo de su abrigo.

Zachary camina penosamente a través de la nieve recién caída sin un destino en mente. Pasa la biblioteca y continúa hacia una franja de terreno del campus con una suave pendiente, cerca de las residencias de los estudiantes universitarios. Podría cambiar su ruta para pasar por su antigua residencia, pero no lo hace. Siempre le parece raro observar la ventana por la que solía mirar hacia fuera desde el otro lado. Se abre camino a través de la nieve crujiente e intacta, aplastando la prístina superficie bajo sus botas.

Suele disfrutar del invierno, la nieve y el frío, incluso cuando no puede sentir los dedos de los pies. Tiene cierto elemento maravilloso, algo que le quedó de cuando leía acerca de la nieve en los libros antes de experimentarla por sí mismo. Su primera nevada fue una noche llena de risas que transcurrió en el prado fuera de la casa de campo de su madre, haciendo bolas de nieve con las manos desnudas y perdiendo el equilibrio constantemente, con zapatos que descubrió después que no eran impermeables. Al recordarlo, siente un hormigueo en las manos, enfundadas en guantes forrados de cachemira.

Siempre le sorprende lo silenciosa que es la nieve. Hasta que se derrite.

—¡Rawlins! —llama una voz a sus espaldas, y él se da la vuelta. Una figura abultada con un sombrero a rayas lo saluda con una mano envuelta en un mitón colorido. Zachary observa la mancha de colores discordantes desplazándose sobre un prado blanco mientras sube penosamente la colina a través de la nieve, saltando por momentos dentro de la huella de sus propias pisadas. Cuando la figura está a unos metros de distancia, reconoce a Kat, una de las pocas estudiantes universitarias que ha pasado de ser conocida a casi amiga, fundamentalmente, porque se propuso conocer a todos ellos y él pasó la prueba. Dirige un blog de cocina con temática de videojuegos y tiende a probar sus a menudo deliciosos experimentos con el resto de ellos: panecillos dulces inspirados en *Skyrim*, clásicos pasteles rellenos de crema *BioShock* y odas de trufas al marrasquino dedicadas a las cerezas *Pac-Man*. Zachary sospecha que no duerme, y tiene tendencia a aparecer de la nada para proponer un cóctel, bailar o alguna otra excusa para obligarlo a salir de su habitación. Y si bien él jamás ha expresado el hecho de estar agradecido de contar con alguien como ella en su vida por lo demás notablemente introvertida, está casi seguro de que ella ya lo sabe.

—Hola, Kat —dice cuando lo alcanza, esperando que la locura que siente no se manifieste—. ¿Qué haces fuera tan temprano?

Ella suspira y pone los ojos en blanco. El suspiro se aleja flotando como una nubecilla en el aire frígido.

—Tan temprano es el único momento del día en que consigo un horario de laboratorio para los proyectos aún no oficiales. ¿Y tú? —Kat desplaza el bolso sobre el hombro y casi pierde el equilibrio. Zachary extiende una mano para estabilizarla, pero se recupera sola.

—No podía dormir —responde, lo cual no deja de ser cierto—. ¿Sigues trabajando en ese proyecto basado en los aromas?

—¡Sí! —Las mejillas de Kat traicionan la sonrisa oculta por la bufanda—. Creo que es la clave para las experiencias de inmersión. La realidad virtual no es tan real si no huele a nada. Todavía no logro hacerlo funcionar para el uso hogareño, pero todo el trabajo específicamente diseñado para una localización en particular, va bien. Probablemente, esta primavera necesite gente para la versión beta, si quieres ofrecerte.

—Si alguna vez llega la primavera, me apunto. —Los proyectos de Kat son famosos en el departamento. Se trata de elaboradas instalaciones interactivas, que siempre resultan inolvidables, independientemente de lo exitosos que ella los considere. Hacen que, en comparación, la investigación de Zachary parezca exageradamente cerebral y sedentaria, en especial dado que en gran parte es analizar el trabajo que ya han realizado otros.

—¡Excelente! —dice—. Te pondré en mi lista. Y me alegra haberme encontrado contigo. ¿Haces algo esta noche?

—En realidad, no —responde, quien no había pensado que el día seguiría, y que el campus continuaría con sus rutinas y que es el único cuyo mundo ha quedado patas arriba.

—¿Podrías ayudarme a dirigir el curso del programa de invierno? —pregunta Kat—. ¿Entre siete y ocho y media, más o menos?

—¿Tu clase de tejido de Harry Potter? No soy muy habilidoso tejiendo.

—No, esa es los martes. Esta es una discusión estilo salón llamada «Innovación en el arte de contar cuentos», y esta semana el tema son los videojuegos. Intento llevar a un invitado que actúe de comoderador para cada clase. Noriko debía ocuparse de esta pero se ha largado a esquiar. Será supertranquilo. No tendrás que dar clase ni preparar nada. Tan solo un poco de cháchara sobre videojuegos en un entorno relajado aunque intelectual. Sé que es lo tuyo, Rawlins. ¿Ok?

El impulso de negarse que Zachary siente respecto a casi cualquier cosa que involucre hablar con gente surge automáticamente. Pero mientras Kat rebota sobre los talones de los pies para mantener el frío a raya y él considera la propuesta, parece una buena idea para salir de su cabeza y alejarse del libro un rato. Después de todo, esta es la función de Kat. Es bueno tener a una Kat.

—Claro, por qué no —dice. Kat grita de alegría. El grito resuena sobre el césped cubierto de nieve, provocando que un par de cuervos contrariados abandonen su puesto en un árbol cercano.

—Eres increíble —dice ella—. Te tejeré una bufanda de la casa Ravenclaw como agradecimiento.

—¿Cómo sabías…?

—Por favor, es obvio que eres un Ravenclaw. Nos vemos esta noche. Estaremos en el salón de Scott Hall, el que está al fondo a la derecha. Te enviaré un mensaje con los detalles en cuanto se me descongelen las manos. Eres el mejor. Te abrazaría, pero creo que me caería al suelo.

—Agradezco la intención —le asegura Zachary. Considera, aquí en la nieve, preguntarle si alguna vez ha oído hablar de algo llamado el Mar sin Estrellas, porque si hay alguien que pueda haber oído de un sitio posiblemente fantástico, posiblemente mítico, sería Kat, pero decirlo en voz alta lo haría demasiado real. En cambio, la observa alejarse con dificultad hacia el patio interior del sector de ciencias que alberga el Centro de Nuevos Medios de Comunicación, aunque advierte que bien podría estar dirigiéndose en cambio al laboratorio de Química.

Zachary se queda parado solo en medio de la nieve, mientras mira el campus que empieza a despertar lentamente.

Ayer se sentía como siempre, como si no terminara de sentirse como en casa. Hoy se siente un impostor. Respira hondo, llenando los pulmones con el aroma a pino fresco.

Dos puntos negros interrumpen el azul pálido del cielo sin nubes: los cuervos que han echado a volar instantes antes, en proceso de desaparecer en la distancia.

Zachary Ezra Rawlins empieza el largo camino para regresar a su habitación.

Una vez que se ha quitado las botas de una patada y se ha despojado rápidamente de sus prendas invernales, saca el libro. Le da la vuelta en las manos y luego lo apoya en el escritorio. No parece nada especial, como si contuviera un mundo entero, aunque se podría decir lo mismo de cualquier libro.

Zachary cierra las cortinas y está medio dormido para cuando cubren toda la ventana, ocultando el paisaje de nieve bañado por el sol y a la figura que lo observa desde el otro lado de la calle, a la sombra de un abeto salvaje.

Se despierta horas después cuando un pitido lo alerta de un mensaje en su móvil. Sacudido por la vibración, el teléfono cae del escritorio al suelo y aterriza con suavidad sobre un calcetín desechado.

7pm sala Scott Hall del primer piso... desde la entrada principal pasa por delante de las escaleras y da la vuelta a la derecha por el pasillo. Está detrás de las puertas francesas y parece una versión posapocalíptica de un salón donde se reúnen mujeres refinadas a beber té. Estaré allí temprano. Eres el mejor. <3 K.

El reloj del teléfono le informa de que ya son las 5.50, y Scott Hall queda al otro lado del campus. Zachary bosteza y consigue arrastrarse fuera de la cama y caminar hasta el final del pasillo para darse una ducha.

De pie entre el vapor, cree que soñó el libro, pero el alivio que le trae este pensamiento se disipa lentamente y recuerda la verdad.

Se frota bien la piel con la mezcla casera de aceite de almendras y azúcar que su madre le regala todos los inviernos. La tanda de este año está aromatizada con vetiver para promover la tranquilidad emocional. Quizá pueda restregarse a ese chico parado en el callejón hasta hacerlo desaparecer. Quizá el verdadero Zachary esté allí, en alguna parte.

Cada siete años todas las células del cuerpo han cambiado, se recuerda a sí mismo. Ya no es aquel chico. Han pasado dos chicos más en ese tiempo.

Zachary pasa tanto tiempo en la ducha que tiene que darse prisa para prepararse. En el último momento, coge una barrita de proteínas cuando advierte que no ha comido en todo el día. Arroja un cuaderno en el bolso y detiene la mano encima de *Dulces penas* antes de elegir, en cambio, *El ocupante*.

Está casi fuera cuando vuelve para meter también *Dulces penas* en su bolso.

Mientras camina hacia Scott Hall, los rizos de su cabello húmedo se congelan, rozándole el cuello con un crujido. La nieve está surcada con tantas huellas de botas que casi no queda un trecho intacto en el campus. Zachary pasa un muñeco de nieve torcido con una bufanda roja real. Una hilera de bustos de exrectores de la universidad se encuentra mayormente oculta por la nieve. Ojos y orejas de mármol asoman aislados por debajo de los copos de nieve.

Una vez que llega a Scott Hall, las indicaciones de Kat resultan útiles. Es una de las residencias de estudiantes que jamás ha visitado. Pasa delante de las escaleras y una pequeña sala de estudio vacía antes de encontrar el pasillo y recorrerlo durante cierta distancia hasta que llega a un par de puertas francesas entreabiertas.

No está seguro de que sea la sala correcta. Una chica está sentada tejiendo en un sillón mientras un par de estudiantes reordenan algunos de los muebles para las tertulias que parecen haber visto mejores días: sillones y sofás de terciopelo, raídos y menoscabados por el paso del tiempo, algunos de los cuales han sido reparados con cinta adhesiva.

—¡Sí, nos has encontrado! —la voz de Kat se oye a sus espaldas, y se da la vuelta para encontrarla llevando una bandeja con una tetera y varias tazas apiladas de té. Parece más menuda sin su abrigo ni sombrero a rayas; el corte rapado de cabello cubre su cabeza como una sombra borrosa.

—No me di cuenta de que hablabas en serio respecto al té —dice Zachary, ayudándola a trasladar la bandeja a una mesa de centro en el medio de la sala.

—No bromeo acerca del té. Tengo Earl Grey y menta, y algo con jengibre para robustecer el sistema inmunológico. Y además he preparado galletas.

Para cuando se ha dispuesto el té y las varias bandejas de galletas, la clase ha ido llegando poco a poco. Son cerca de doce estudiantes, aunque parecen más por la cantidad de abrigos y bufandas dispersas encima de sillas y sillones. Zachary se instala en un antiguo sillón junto a la ventana al que lo dirige Kat con una taza de Earl Grey y una galleta enorme con chispas de chocolate.

—Hola, todos —dice ella, desviando la atención de la repostería y la conversación—. Gracias por venir. Creo que tenemos algunas personas nuevas que no vinieron la semana pasada, así que qué os parece si damos la vuelta a la sala presentándonos rápido, empezando por nuestro moderador invitado. —Kat se da la vuelta y mira a Zachary, expectante.

—Está bien… eh… soy Zachary —consigue decir entre mordiscos antes de tragar el resto de su galleta—. Soy estudiante de posgrado de Nuevos Medios de Comunicación. Estoy en segundo año. Sobre todo, estudio diseño de videojuegos con orientación en psicología y cuestiones de género.

Y ayer encontré un libro en la biblioteca en el que alguien escribió acerca de mi infancia. ¿No os parece un estilo innovador de relato?, piensa, aunque no lo dice en voz alta.

Las presentaciones continúan, y Zachary retiene datos personales y áreas de interés más que nombres. Varios estudian Teatro, incluida una chica con unas rastas multicolor impresionantes y un chico rubio con los pies apoyados sobre un estuche de guitarra. La chica con gafas de estilo ojos de gato que le resulta vagamente familiar estudia Literatura. También la chica que continúa tejiendo pero casi no baja la mirada a lo que teje. El resto son en su mayoría estudiantes de grado de Nuevos Medios de Comunicación. A algunos los reconoce (el tipo con sudadera de capucha de color azul, la chica con la hiedra tatuada que asoma bajo los puños de su jersey, el tipo de la coleta), pero a ninguno tan bien como a Kat.

—Y yo soy Kat Hawkins, estudiante del doble grado de Nuevos Medios de Comunicación y Teatro. Sobre todo paso mi tiempo intentando convertir los videojuegos en teatro y el teatro en videojuegos. Y también horneando pasteles y galletas. Esta noche vamos a discutir específicamente sobre los videojuegos. Sé que tenemos muchos gamers aquí, pero si no lo sois, os pido que preguntéis si necesitáis clarificar terminología o cualquier otra cosa.

—¿Cómo definiremos la palabra *gamer*? —pregunta el tipo con la sudadera azul con un tono de crispación que consigue ensombrecer la alegre expresión de Kat casi imperceptiblemente.

—Yo sigo la definición de Gertrude Stein: un gamer es un gamer es un gamer —interviene Zachary, acomodándose las gafas. Detesta su propio tono de pretensión pero también detesta al tipo que tiene una necesidad exagerada de definir las cosas.

—En cuanto a cómo definimos la palabra *juego* en este contexto —continúa Kat—, sigamos la línea de los juegos narrativos; los juegos de rol (es decir, RPG), etcétera. Todo debe vincularse con la historia.

Kat sugiere a Zachary que comparta algunos principios básicos de la narrativa de juegos, la capacidad de acción de los personajes, las elecciones y las consecuencias, observaciones que ha realizado en tantos ensayos y proyectos que resulta un cambio agradable contarlos a un grupo que no las ha escuchado ya miles de veces.

Kat interrumpe aquí y allá, y la discusión no tarda mucho en arrancar orgánicamente. Las preguntas se convierten en debate y en observaciones que van y vienen entre sorbos de té y migas de galletas.

La conversación gira hacia el teatro inmersivo, que fue el tema de la semana anterior, y luego vuelve a los videojuegos: de la naturaleza colaborativa de los juegos de multijugador masivo a las narrativas de un solo jugador y la realidad virtual, con una breve escala en los juegos de mesa.

Finalmente, deciden analizar pormenorizadamente la pregunta de por qué un jugador juega a juegos basados en una historia y por qué resulta atractivo.

—Pero ¿acaso no es lo que todos quieren? —pregunta la chica con las gafas estilo ojos de gato a modo de respuesta—. ¿Ser capaz de tomar sus propias decisiones pero como parte de una historia? Quieres que la narrativa esté en su lugar para confiar en ella, incluso si quieres mantener el libre albedrío.

—Quieres decidir a dónde ir y qué hacer y qué puerta abrir, pero aún quieres ganar el juego —añade el tipo de la coleta.

—Incluso si ganar el juego significa acabar la historia.

—Especialmente, si un juego permite múltiples finales posibles —dice Zachary, abordando el tema de un ensayo que había escrito hacía dos años—. Y deseas escribir la historia en coautoría, no dictarla tú mismo, de modo que sea colaborativa.

—Funciona mejor que nada con juegos —musita uno de los tipos que está en Nuevos Medios de Comunicación—. Y quizá con teatro de vanguardia —añade cuando uno de los estudiantes de Teatro empieza a objetar.

—¿Novelas digitales de Elige tu Propia Aventura? —arroja al ruedo la tejedora que estudia Literatura.

—No, si vas a atravesar todos los diagramas de árboles de decisión, todas las conjeturas, debes crear un juego de verdad —señala la chica con los tatuajes de hiedra, hablando con las manos de modo que la hiedra ayuda a subrayar sus opiniones—. Las historias escritas propiamente dichas son narraciones preexistentes de las que nos valemos; los juegos se van desarrollando sobre la marcha. Si puedo elegir lo que sucederá en una historia, quiero ser un mago. O por lo menos tener un arma sofisticada.

—Nos estamos yendo del tema —dice Kat—. Más o menos. ¿Qué hace que una historia sea tan atractiva? Cualquier historia, en términos básicos.

—El cambio.

—El misterio.

—Una apuesta elevada.

—El desarrollo de los personajes.

—El contenido romántico —dice el tipo de la sudadera azul—. ¿Qué? Es cierto —añade cuando varios se dan la vuelta para mirarlo alzando las cejas—. ¿Preferís la tensión sexual? También es cierto.

—Que haya obstáculos por superar.

—Sorpresas.

—Que tenga sentido.

—Pero ¿quién decide cuál es el sentido? —se pregunta Zachary en voz alta.

—El lector. El jugador. El público. Eso es lo que aportas. Aunque a lo largo del camino no tomes las decisiones, tú decides lo que significa para ti. —La chica que teje hace una pausa para atrapar un punto perdido y continúa—: Un juego o un libro que tiene significado para mí puede resultar aburrido para ti, o viceversa. Las historias son personales, te identificas o no te identificas.

—Como he dicho, todo el mundo quiere ser parte de una historia.

—Todo el mundo *es* parte de una historia. Lo que quieren es ser parte de algo que valga la pena registrar. Es el temor de la mortalidad, la necesidad de que los demás sepan que estuviste aquí y que importaste.

La cabeza de Zachary empieza a divagar. Se siente viejo. No cree que jamás haya tenido tanto entusiasmo como los estudiantes de grado y se pregunta si les parecía tan joven a los estudiantes de posgrado en aquel momento como este grupo le parece ahora. Recuerda el libro que tiene en el bolso, piensa en diferentes posibilidades sobre lo que significa estar en una historia, preguntándose por qué ha pasado tanto tiempo impulsando narraciones hacia delante e intentando determinar cómo hacer lo mismo con esta.

—¿Acaso no es más fácil tener las palabras en una página y dejarlo todo a la imaginación? —pregunta otra de las estudiantes de Literatura, una chica con un jersey rojo peludo.

—Las palabras en la página nunca son fáciles —dice la chica con las gafas de ojos de gato, y varios asienten.

—Entonces, más simple todavía. —La chica de jersey rojo levanta un bolígrafo—. Puedo crear todo un mundo con esto. Tal vez no sea original pero es efectivo.

—Lo es hasta que se te acaba la tinta —objeta alguien.

Otra persona señala que ya son las nueve, y más de uno se pone en pie de un salto disculpándose y sale corriendo. El resto continúa hablando en grupos y parejas separadas, y un par de estudiantes de Nuevos Medios de Comunicación se acercan a Zachary, preguntando acerca de profesores y recomendaciones de cursos mientras vuelven a poner la sala más o menos en orden.

—Ha sido genial, gracias —dice Kat una vez que él vuelve a prestarle atención—. Te debo una, y empezaré a tejer tu bufanda este fin de semana. Te prometo que la tendrás mientras siga haciendo bastante frío para llevarla.

—No tienes que hacerlo, pero gracias, Kat. Me he divertido.

—Yo también. Y, ah, Elena espera en el pasillo. Quería hablar contigo antes de que te fueras pero no quería interrumpir mientras hablabas con la gente.

—Oh, claro —dice, intentando recordar cuál era Elena.

Kat lo abraza de nuevo.

—No está intentando ligar contigo —le susurra al oído—. Le advertí de antemano que por motivos de orientación no estás disponible.

—Gracias, Kat —dice, intentando no poner los ojos en blanco y sabiendo que seguramente empleó esa frase exacta en lugar de decir sin más que es gay porque Kat odia las etiquetas.

Elena termina siendo la chica con las gafas estilo ojos de gato. Se encuentra apoyada contra la pared, leyendo una novela de Raymond Chandler que Zachary puede ahora identificar como *El largo adiós*, y advierte por qué le parece conocida. Seguramente, la habría reconocido si hubiera llevado el cabello recogido en un moño.

—Hola —dice. Ella levanta la mirada de su libro con una expresión perdida que reconoce en él mismo: la desorientación que se siente cuando te sacan de un mundo para meterte en otro.

—Hola —repite Elena, saliendo de la bruma de la ficción y metiendo el libro de Chandler en su bolso—. No sé si recuerdas haberme visto ayer, en la biblioteca. Sacaste ese libro raro que no se leía en el escáner.

—Lo recuerdo —dice—. Aún no lo he leído —añade, sin saber por qué es necesario mentir.

—Bueno, después de que te fueras sentí curiosidad —explica ella—. La biblioteca es terriblemente silenciosa, y últimamente he estado leyendo novelas de suspense, así que decidí investigar un poco.

—¿En serio? —pregunta. De pronto, se siente interesado cuando hasta hace un instante había estado mintiendo, nervioso y preocupado—. ¿Encontraste algo?

—No mucho. El sistema solo funciona con códigos de barras, de modo que si el ordenador no lo reconoce es difícil encontrar un archivo. Pero recuerdo que el libro parecía bastante antiguo así que fui a los catálogos de fichas de la época de cuando todo se guardaba en aquellos fabulosos catálogos de madera, para ver si estaba allí. No estaba, pero sí conseguí descifrar cómo había sido codificado: hay un par de dígitos en el código de barras que indican cuándo se añadió al sistema, así que crucé referencias.

—Impresionante investigación bibliotecológica.

—Ja, gracias. Por desgracia, lo único que encontré fue que era parte de una colección privada. Un tipo murió, y una fundación repartió su biblioteca entre varias universidades diferentes. Actualicé los ficheros y escribí el nombre, así que si quieres encontrar uno de los otros libros, alguien debería poder imprimirte una lista. Trabajo la mayoría de las mañanas hasta que vuelvan a empezar las clases, si te interesa. —Elena hurga en su bolso y saca un trocito doblado de papel a rayas de un cuaderno—. Algunos deberían estar en la sala de libros antiguos, no en circulación. Pero da igual. Creé una entrada de catálogo para ellos, así que el escáner debería leerlos cuando los devuelvas.

—Gracias —dice Zachary aceptando el papel. *Objeto adquirido*, señala una voz en su cabeza—. Me encantaría. Me pasaré pronto.

—Estupendo —responde Elena—. Y gracias por venir hoy. Ha sido un debate genial. Nos vemos.

Desaparece antes de que pueda despedirse.

Zachary desdobla el papel. Hay dos líneas de texto, escritas en letra increíblemente pulcra.

De la colección privada de J. S. Keating, donada en 1993.
Obsequio de la Fundación Keating.

DULCES PENAS
Hay tres caminos. Este es uno de ellos.

El papel es frágil, incluso cuando está atado con hilo y encuadernado en tela o cuero. La mayoría de las historias contenidas dentro del Puerto del Mar sin Estrellas se conservan en papel: en libros, rollos de pergamino o guardadas en pájaros de papel plegados y suspendidos de los techos.

Hay historias que son aún más frágiles: por cada leyenda esculpida en roca, hay aún más que están grabadas sobre hojas otoñales o tejidas dentro de telarañas.

Hay relatos envueltos en seda para que sus páginas no se conviertan en polvo, e historias que ya han sucumbido: fragmentos recolectados y guardados en urnas.

Son cosas frágiles, menos resistentes que sus primos que se relatan en voz alta y se aprenden de memoria.

Y siempre están aquellos a quienes les encantaría ver arder Alejandría.

Siempre los hubo. Siempre los habrá.

Así que siempre habrá guardianes.

Muchos han entregado su vida al servicio de la causa. A muchos más el tiempo les arrebató sus vidas antes de que pudieran perderlas de otro modo.

Es poco frecuente que un guardián no siga siéndolo para siempre.

Ser un guardián es ser digno de confianza. Para ser digno de confianza, todos deben someterse a una prueba.

Las pruebas a las que se someten los guardianes son un proceso largo y arduo.

Uno no puede ofrecerse voluntario para ser un guardián. Los guardianes se eligen.

Los guardianes potenciales se identifican y observan; se someten a examen. Jueces invisibles califican cada movimiento, cada decisión y cada acción. Los jueces no hacen otra cosa que observar durante meses, a veces años, antes de someterlos a sus primeras pruebas.

El guardián potencial no será consciente de que lo están sometiendo a una prueba. Es fundamental que haya un desconocimiento absoluto de las pruebas para que las respuestas no estén contaminadas. Muchas pruebas jamás serán reconocidas como tales, ni siquiera a posteriori.

Los candidatos para ser guardianes que son rechazados en estas etapas iniciales jamás sabrán siquiera que los consideraban. Seguirán con sus vidas y encontrarán otros caminos.

Antes de la sexta prueba se desestima a la mayoría de los candidatos.

Muchos no consiguen superar la duodécima.

Los pasos de la primera prueba siempre son los mismos, ya suceda dentro o fuera de un Puerto.

En una enorme biblioteca pública, un pequeño hojea libros, esperando que sea el momento en que se supone que deberá encontrarse con su hermana. Se pone de puntillas para alcanzar volúmenes que han sido colocados sobre estantes encima de su cabeza. Hace mucho que abandonó la sección infantil, pero aún no es lo bastante alto para alcanzar todas las demás estanterías.

Una mujer con ojos oscuros y un pañuelo verde, no una bibliotecaria por lo que ve, le entrega el libro que había estado intentando alcanzar, y él asiente tímidamente, agradecido. Le pregunta si le hará un favor a cambio, y cuando el niño accede, le pide que le vigile un libro, y señala un volumen delgado, encuadernado en cuero de color marrón, situado sobre una mesa cercana.

El pequeño accede, y la mujer se marcha. Los minutos pasan. El niño continúa examinando las estanterías, sin perder de vista el pequeño libro color marrón.

Varios minutos más pasan. El chico considera salir a buscar a la mujer. Mira su reloj. Pronto él mismo tendrá que marcharse.

Entonces, una mujer pasa a su lado sin mirarlo y levanta el libro.

Esta mujer tiene ojos oscuros y lleva un pañuelo verde. Es bastante parecida a la primera, pero no es la misma persona. Cuando se da la vuelta para marcharse con el libro, el chico sufre un leve ataque de pánico y confusión.

Le pide que se detenga. La mujer se da la vuelta, lo mira con sorpresa.

El chico balbucea que el libro pertenece a otra persona.

La mujer recién llegada sonríe y señala al hecho de que están en una biblioteca y los libros pertenecen a todos.

El chico está a punto de dejar que se marche. Ahora ni siquiera está seguro de que sea una mujer diferente, ya que es casi idéntica. Llegará con retraso si sigue esperando mucho tiempo más. Sería más fácil dejar que se lleven el libro.

Pero el chico protesta de nuevo. Explica con demasiadas palabras que otra persona le pidió que se lo cuidara.

Finalmente, la mujer cede y le entrega el libro al pequeño ofuscado.

El chico se lleva al pecho el objeto que tanto le ha costado obtener.

No sabe que lo han puesto a prueba, pero de todos modos está orgulloso de sí.

Dos minutos después, regresa la primera mujer. Esta vez él la reconoce. Sus ojos son más claros, el dibujo de su pañuelo verde es distinto, y lleva una hilera ascendente de aretes dorados sobre la oreja derecha, no la izquierda.

La mujer le agradece el servicio prestado cuando le entrega el delgado libro de color marrón. Mete la mano en su bolso, extrae un trozo de caramelo envuelto, y se lleva un dedo a los labios. El niño lo oculta en su bolsillo, comprendiendo que tales cosas no se permiten en la biblioteca.

La mujer le vuelve a dar las gracias y se marcha con el libro.

No volverán a abordar al chico durante los siguientes siete años.

Muchas de las pruebas iniciales son similares; están atentos al cuidado, el respeto y la atención al detalle; atentos a cómo reaccionan al estrés cotidiano o a emergencias extraordinarias. Evalúan cómo responden a una decepción o a un gato perdido. A algunos se les pide que quemen o, de lo contrario, destruyan el libro. (Destruir el libro, por más desagradable, ofensivo o mal escrito que esté, es un fracaso rotundo).

Un único fracaso lleva al rechazo.

Tras la duodécima prueba, comunicarán a los guardianes potenciales que los están evaluando. Conducen a los que no nacieron abajo al Puerto y los alojan en habitaciones que ningún residente ve jamás. Estudian, y los vuelven a poner a prueba de maneras diferentes. Se trata de pruebas de fuerza psicológica y fuerza de voluntad. Pruebas de improvisación e imaginación.

Este proceso se alarga tres años. Muchos son desestimados. Otros renuncian en algún momento del proceso. Algunos, pero no todos, se darán cuenta de que ahora la perseverancia es más importante que el desempeño.

Si llegan a los tres años, reciben un huevo.

Les permiten dejar de entrenar y estudiar.

Ahora solo tienen que volver con el mismo huevo, intacto, seis meses después.

La fase del huevo significa el fracaso de más de un guardián potencial.

De los que se marchan con sus huevos, quizá la mitad vuelvan.

Conducen al guardián potencial y su huevo intacto ante un anciano guardián, quien hace un gesto para que este acerque el huevo. El guardián potencial lo sostiene en alto sobre su palma.

El anciano guardián extiende la mano pero, en lugar de tomar la ofrenda, cierra los dedos del guardián potencial alrededor del huevo.

El guardián anciano presiona hacia abajo, obligando al guardián potencial a romper el huevo.

Lo único que queda en las manos del guardián potencial es la cáscara de huevo rota y polvo, un polvillo dorado que jamás desaparecerá por completo de su palma. Seguirá brillando incluso décadas después.

El anciano guardián no dice nada acerca de la fragilidad o la responsabilidad. Las palabras no necesitan pronunciarse. Todo se comprende.

El anciano guardián hace un gesto de aprobación, y el guardián potencial ha llegado al final de su entrenamiento y al comienzo de su iniciación.

Una vez que pasa la prueba del huevo, el guardián potencial realiza un tour guiado.

Empieza en salones familiares como el Puerto, iniciándose al pie del reloj, en el Corazón, con su péndulo gigantesco. Luego se desplaza hacia fuera a través de los principales pasillos, las alas de los residentes y las salas de lectura, para descender a la bodega y el salón de baile, con su imponente chimenea, más elevada que el más alto de los guardianes.

Se les muestran habitaciones jamás vistas por nadie sino por los guardianes mismos. Habitaciones ocultas y habitaciones cerradas y habitaciones olvidadas. Se internan aún más que cualquier residente, que cualquier acólito. Encienden sus propias velas. Ven lo que nadie más ve. Ven lo que ha acontecido antes.

Quizá no formulen preguntas. Quizá simplemente observen.

Recorren la orilla del Mar sin Estrellas.

Cuando el recorrido toca a su fin, llevan al guardián potencial a una pequeña recámara con un fuego ardiente y una única silla. Tras hacerlo sentar, le formulan una única pregunta.

¿Darías tu vida por esto?

Y responden, sí o no.

Quienes responden que sí permanecen en la silla.

Tras vendarles los ojos, atan sus manos a sus espaldas. Acomodan sus trajes o camisas para que su pecho quede al descubierto.

Un artista oculto con una aguja y un tintero atraviesa su piel, una y otra vez.

A cada guardián se le tatúa una espada de entre ocho y diez centímetros de largo.

Cada espada es única. Ha sido diseñada para este guardián y ningún otro. Algunas son sencillas, otras son intricadas y ornamentadas, pintadas con detalles minuciosos en negro, sepia u oro.

Si un guardián potencial responde negativamente, la espada que le ha sido diseñada será catalogada y jamás se inscribirá sobre piel alguna.

Pocos dicen que no, en este lugar, tras todo lo que han visto. Muy pocos.

A quienes lo hacen también se les venda los ojos y ata las manos a la espalda.

Una aguja larga y punzante se inserta rápidamente, atravesando el corazón.

Se trata de una muerte relativamente indolora.

Aquí en esta sala ya es demasiado tarde para elegir otro camino, no después de lo que han visto. Pueden escoger desistir de ser guardianes, pero aquí solo hay una única alternativa.

Los guardianes no pueden ser identificados. No llevan túnicas ni uniformes. Rotan sus tareas. La mayoría permanece dentro del Puerto, pero varios recorren la superficie, sin ser vistos ni advertidos. Un vestigio de polvo dorado sobre una palma no significa nada para quienes no comprenden su sentido. El tatuaje de la espada se oculta con facilidad.

Aunque no parezcan servir a nadie, lo están haciendo.

Saben a quién sirven.

Lo que protegen.

Comprenden lo que son, y eso es todo lo que importa.

Comprenden que el significado de ser un guardián es estar preparado para morir. Siempre.

Ser un guardián es llevar la muerte en el pecho.

Zachary Ezra Rawlins está de pie en el pasillo, mirando un trozo de papel arrancado de un cuaderno cuando Kat vuelve a salir, arropada en sus capas de invierno.

—¡Oye, sigues aquí! —exclama.

Zachary dobla el trozo de papel y lo mete en el bolsillo.

—¿Te han dicho alguna vez que tienes una gran capacidad de observación? —pregunta, y Kat le da un puñetazo en el brazo—. Eso me lo merezco.

—Lexi y yo iremos al Grifo a tomar algo, si quieres venir —dice, señalando por encima del hombro a la estudiante de Teatro con rastas, que en este momento se pone el abrigo.

—Claro —responde. Las horas de apertura de la biblioteca le impiden investigar la pista que tiene en el bolsillo, y el Grifo Alegre sirve un excelente cóctel Sidecar.

Abriéndose paso con dificultad a través de la nieve, los tres se alejan del campus y se dirigen al centro, hacia la breve franja de bares y restaurantes que brillan contra el cielo nocturno, sus aceras bordeadas por árboles cuyas ramas se encuentran cubiertas de un manto de hielo.

Continúan hablando del tema anterior de conversación, lo cual lleva a que Kat y Lexi resuman la discusión de la clase previa para Zachary. Al llegar al bar están en plena explicación del concepto de teatro *site-specific*.

—No lo sé. No soy fan de la participación del público —dice Zachary mientras se instalan en una mesa del rincón. Se ha olvidado de lo mucho que le gusta este bar, con su madera oscura y sus bombillas desnudas estilo industrial.

—*Odio* la participación del público —le asegura Lexi—. Esto es más independiente: vas adonde quieres ir y decides qué mirar.

—Entonces, ¿cómo te das cuenta de que un espectador cualquiera ve toda la historia?

—No puedes garantizarlo pero, si les proporcionas todo lo que necesitan para entender, con un poco de suerte podrán atar los cabos por sí mismos.

Piden cócteles y la mitad del sector de aperitivos del menú, y Lexi describe su proyecto de tesis a Zachary, un trabajo que involucra, entre otras cosas, descifrar y seguir pistas de diferentes sitios en pos de fragmentos de actuación.

—¿Puedes creer que no sea una gamer? —pregunta Kat.

—Me resulta increíblemente sorprendente —admite, y Lexi se ríe.

—Nunca me metí en eso —explica—. Además, tenéis que admitir que es un poco intimidante para los de fuera.

—Es un buen argumento —dice Zachary—. Pero lo que investigas acerca del teatro no está tan lejos.

—Necesita juegos que la inicien en el mundo de los videojuegos —dice Kat. Y entre sorbos de cóctel, dátiles envueltos en tocino y bolitas de queso frito bañadas en miel de lavanda, enumeran una lista de juegos que a Lexi podrían gustarle, aunque se resiste a creerles cuando le señalan que algunos podrían llevar hasta cien horas para jugar a fondo.

—Eso es una locura —dice, bebiendo sorbos de su whisky agrio—. ¿Acaso no dormís?

—Dormir es para los débiles —responde Kat, ampliando la lista de títulos de juegos sobre una servilleta.

En algún lugar detrás de ellos, una bandeja llena de vasos cae al suelo provocándoles un fuerte sobresalto.

—Espero que esa no fuera nuestra próxima ronda de bebidas —dice Lexi, mirando la bandeja caída y a la camarera nerviosa por encima del hombro de Zachary.

—Tienes la oportunidad de vivir dentro de un juego —señala este al volver a conversar sobre un tema que sabe que ya discutió con Kat— mucho más tiempo que en un libro, una película o una obra teatral. ¿Has visto cómo existe un tiempo de la realidad y un tiempo de la ficción, y que las historias dejan fuera las partes aburridas y condensan situaciones? Un juego de rol largo tiene cierta consistencia: permite disponer de tiempo suficiente para caminar por el desierto, tener una conversación o pasar el rato en el pub. Quizá no sea lo más parecido a la vida real pero, desde el punto de vista del paso del tiempo, está más cerca de una película, una serie de televisión o una novela. —Pensarlo, junto con los hechos recientes y el alcohol, le provoca un ligero mareo, y se disculpa para ir al baño.

Pero una vez allí, el papel pintado de estampados victorianos que se repite hasta el infinito en el espejo no hace nada por calmar el vértigo que siente. Se quita las gafas, las coloca junto al lavabo y se echa agua en la cara.

Mira su reflejo borroso y húmedo.

El volumen agradable de la música del jazz tradicional que se oye fuera se amplifica en este espacio diminuto. Tiene la incómoda sensación de que está cayendo a través del tiempo.

El hombre borroso en el espejo le devuelve la mirada. Parece tan confundido como lo que siente él.

Se seca el rostro con toallas de papel e intenta serenarse. Una vez que se pone las gafas y camina de vuelta a la mesa, los detalles adquieren una nitidez extrema, el bronce del picaporte de la puerta y las botellas iluminadas, alineadas sobre el bar.

—Había un tipo que, sin duda, te ha echado el ojo —le dice Kat cuando se sienta—. Está… oh, espera, se ha ido. —Escudriña el resto del bar y arruga el ceño—. Estaba allí hace un minuto, solo, en el rincón.

—Me resulta tierno que me inventes amores imaginarios —dice Zachary, bebiendo un sorbo de su segunda copa, que ha llegado durante su ausencia.

—¡Estaba allí! —protesta ella—. No estoy inventándomelo, ¿no es cierto, Lexi?

—Había un tipo en el rincón —confirma esta—. Pero no tengo ni idea de si estaba realmente echándote el ojo. Creía que estaba leyendo.

—Vaya aguafiestas —dice Kat, paseando la mirada ceñuda una vez más alrededor del salón. Finalmente, Zachary consigue perderse en la conversación mientras que en el exterior la nieve empieza a caer de nuevo.

Regresan dando tumbos al campus y se despiden bajo el brillo de las farolas de la calle. Zachary se da la vuelta y toma la calle curva que conduce a las residencias de los estudiantes de posgrado. Sonríe al oír la cháchara de las chicas perdiéndose en la distancia. Los copos de nieve quedan atrapados en su cabello y sobre sus gafas, y de pronto se siente observado. Pero al mirar la farola por encima del hombro, solo ve nieve, árboles y una neblina rojiza en el cielo.

De vuelta en su habitación, vuelve a *Dulces penas* bajo el efecto de los cócteles, y empieza a leer de nuevo desde el principio. Pero el sueño se acerca con sigilo y lo vence tras leer dos páginas, y el libro cae cerrado sobre su pecho.

A la mañana siguiente, es lo primero que ve, y sin pensarlo demasiado, lo pone en su bolso, se enfunda su abrigo y sus botas, y se dirige a la biblioteca.

—¿Está Elena? —le pregunta al señor en el mostrador de circulación.

—Está en el mostrador de reservas, doblando la esquina a la izquierda.

Zachary da las gracias al bibliotecario y atraviesa el atrio, doblando la esquina y llegando a un mostrador con un ordenador. Elena está sentada, con el cabello recogido en un moño y, esta vez, la nariz metida en una novela diferente de Raymond Chandler, *Playback*.

—¿Puedo ayudarte? —pregunta sin levantar la vista, pero cuando lo hace, añade—: ¡Ah, hola! No esperaba verte tan pronto.

—El misterio de la biblioteca me tiene intrigado —dijo, lo cual no deja de ser cierto—. ¿Qué tal está? —pregunta, señalando el libro de Chandler—. No lo he leído.

—Por ahora, bien, pero no me gusta manifestar una opinión hasta el final de un libro porque nunca sabes lo que puede suceder. Estoy leyendo todas sus novelas por orden de publicación. *El sueño eterno* es mi favorita. ¿Quieres esa lista?

—Claro, estaría genial —dice Zachary, satisfecho de lograr que su tono suene relativamente despreocupado.

Elena teclea algo en el ordenador, espera y teclea algo más.

—Parece que todos los demás libros tienen nombres de autores como corresponde. Vaya misterio, pero hay ficción y no ficción. Te ayudaría a buscarlos, pero tengo que quedarme en el mostrador hasta las once. —Teclea de nuevo y la antigua impresora junto al escritorio cobra vida con un zumbido—. Por lo que veo, había más libros en la donación original. Es posible que fueran demasiado frágiles para ponerlos en circulación o que se hayan dañado. Estos doce son todo lo que queda. Quizá el que tú tienes sea un segundo volumen de otro. —Entrega a Zachary la lista impresa de libros, autores y números de catálogo.

Tiene una hipótesis sólida que él no ha considerado. Tendría sentido. Echa una ojeada a los títulos, pero nada le llama la atención como particularmente significativo o interesante.

—Eres una excelente detective de bibliotecas —dice—. Gracias por esto.

—De nada —responde, y abre su Chandler una vez más—. Gracias por amenizar mi día. Avísame si tienes algún problema para encontrar algo.

Zachary empieza en el sector de ficción que tan bien conoce. Examina con detenimiento las estanterías bajo las bombillas poco fiables, eligiendo los cinco títulos de ficción de la lista, en orden alfabético.

Como era de esperar, el primero es una novela de Sherlock Holmes. El segundo es *A este lado del paraíso.* Jamás ha oído hablar de los siguientes dos, pero parecen tomos normales, con las páginas de copyright que le corresponden. El último es *Les Indes noires,* de Julio Verne, en el francés original, y por tanto en el estante equivocado. Todas parecen ser ediciones normales, si bien antiguas. Ninguna parece tener nada en común con *Dulces penas.*

Zachary acomoda la pila de libros bajo el brazo y se dirige hacia el sector de no ficción. Esta parte resulta más difícil mientras verifica y vuelve a verificar números de catálogo y los rastrea. Poco a poco obtiene los otros siete libros, desanimándose al advertir que ninguno se parece a *Dulces penas.* La mayoría están relacionados con la astronomía o la cartografía.

Su última opción lo lleva de vuelta cerca de la ficción, a los mitos: *La edad de oro del mito y la leyenda, o Historias de dioses y de héroes*, de Bulfinch. El libro parece nuevo, como si jamás hubiera sido leído, a pesar de estar fechado en 1899.

Zachary coloca el tomo azul con su dorada ornamentación sobre su pila de libros. El busto de Ares sobre la cubierta tiene un aspecto contemplativo. Su mirada alicaída pareciera reflejar su propia decepción ante la imposibilidad de encontrar una obra similar a *Dulces penas.*

Se dirige nuevamente arriba, a las salas de lectura prácticamente vacías (una bibliotecaria con un carrito, organizando libros; un estudiante con un jersey a rayas tecleando en un portátil; un hombre que tal vez sea un profesor, quien, sorprendentemente, lee una novela de Donna Tartt) y se dirige al rincón más alejado de la sala, desparramando los libros sobre una de las mesas más grandes.

Zachary examina metódicamente cada volumen. Escudriña las páginas finales y gira cada hoja, buscando pistas. Se abstiene de quitar las etiquetas adhesivas con los códigos de barras, pero ninguno parece estar cubriendo nada importante. De todas maneras, no sabe qué podría indicar encontrar otra abeja, llave o espada más.

Tras revisar siete libros sin ni siquiera un doblez en ninguna de sus páginas, siente la vista cansada. Necesita una pausa y, probablemente, cafeína. Saca una libreta de su bolso y escribe una nota que sospecha será innecesaria: *Vuelvo en 15 minutos. Por favor, no recolocar en los estantes.* Se pregunta si *recolocar* es, de hecho, una palabra y decide que no tiene importancia.

Abandona la biblioteca y camina hasta el café de la esquina donde pide un expreso doble y un muffin de limón. Termina ambos y vuelve a la biblioteca pasando al lado de un ejército de diminutos muñecos de nieve dignos de *Calvin y Hobbes* que no había advertido antes.

Regresa a la sala de lectura, ahora incluso más silenciosa que antes. Solo se encuentra a la bibliotecaria organizando su carrito. Zachary se quita el abrigo y reanuda su lento escrutinio de cada libro. Al consultar el noveno volumen, el de Fitzgerald, encuentra cada tanto algún fragmento subrayado a lápiz, aunque nada que resulte obtuso; tan solo las líneas realmente buenas. Los siguientes dos no tienen marcas y, a juzgar por el estado de sus lomos, ni siquiera parecen haber sido leídos.

Al extender el brazo hacia el último volumen, su mano aterriza sobre un espacio vacío en la mesa. Vuelve a mirar la pila de libros, pensando que quizá ha contado mal. Pero hay once libros en esa pila. Los cuenta de nuevo para estar seguro.

Le lleva un instante advertir cuál falta.

La edad de oro del mito y la leyenda, o Historias de dioses y de héroes se ha esfumado. El busto contemplativo de Ares no está en ningún lado. Zachary mira bajo la mesa y las sillas, sobre las mesas y las estanterías más cercanas, pero ha desaparecido.

Camina hasta el otro lado de la sala, donde la bibliotecaria se encuentra colocando libros en los estantes.

—¿No ha visto por casualidad a alguien llevarse un libro de aquella mesa en mi ausencia? —pregunta.

La bibliotecaria mira y sacude la cabeza.

—No —responde—. Aunque tampoco estaba prestando demasiada atención. Un par de personas han entrado y salido.

—Gracias —dice y vuelve a la mesa, hundiéndose bien en su asiento.

Alguien ha debido coger el libro y alejarse con él. No es que importe, dado que no ha encontrado nada en once libros. Las posibilidades de que el duodécimo fuera una revelación eran escasas.

Aunque tampoco eran demasiado elevadas las posibilidades de que uno de ellos desapareciera por completo.

Zachary escoge el libro de Sherlock Holmes y el de Fitzgerald para llevár-
selos prestados, dejando el resto de los volúmenes sobre la mesa para ser de-
vueltos a las estanterías.

—No he tenido suerte —le dice a Elena al pasar delante del mostrador de
reservas.

—Qué mal —señala ella—. Te aviso si encuentro algún otro misterio.

—Te lo agradecería —dice Zachary—. Oye, ¿es posible averiguar si alguien ha pedido prestado un libro durante la última hora?

—Si sabes el título, sí. Me reuniré contigo en el mostrador de circulación
y te lo averiguaré. Hasta ahora no ha venido nadie en toda la mañana para
buscar libros reservados. Si lo hacen ahora, pueden esperar cinco minutos.

—Gracias —responde, y se dirige hacia el atrio mientras Elena pasa a
través de una puerta y entra en un pasillo exclusivamente reservado para los
bibliotecarios. Reaparece tras el mostrador de circulación antes de que él lo
haya alcanzado siquiera.

—¿Cuál es el libro? —pregunta, flexionando los dedos sobre el teclado.

—*La edad de oro del mito y la leyenda, o Historias de dioses y de héroes*
—dice—. De Bulfinch.

—Está en la lista, ¿verdad? —pregunta—. ¿No has podido encontrarlo?

—Lo he encontrado, pero creo que alguien se lo ha llevado mientras no
estaba mirando —dice, cansado de tanto enigma libresco.

—Aquí dice que tenemos dos ejemplares y que nadie ha tomado prestado
ninguno de los dos —señala Elena, mirando la pantalla—. Oh, pero uno es
un e-book. Cualquier cosa que esté dando vueltas por aquí debería estar de
nuevo en los estantes para mañana por la mañana. También puedo reservarlos
para ti.

—Gracias —dice Zachary, entregándole los libros y su carné de identidad.
Por alguna razón, duda que este libro vaya a retornar a su estante a corto plazo—. Me refiero a que gracias por todo. Lo aprecio mucho.

—Descuida —responde ella, devolviéndole sus libros.

—Y lee algo de Hammett, por favor —añade—. Chandler es genial, pero
Hammett es superior. Fue un detective en la vida real.

Elena se ríe, y otra de las bibliotecarias la manda a callar. Zachary la saluda
con la mano mientras sale, divertido con el cruce de reprimendas entre bibliotecarias.

Una vez fuera, en la nieve, todo está traslúcido como el cristal, y la luz lo ciega. Al dirigirse nuevamente a su residencia de estudiantes, las posibilidades de lo que puede haber sucedido con el libro desaparecido le dan vueltas en la cabeza, sin detenerse en nada en particular.

Se siente aliviado de haber conservado *Dulces penas* en el bolso durante el rato que ha estado en la biblioteca.

Mientras camina se le ocurre algo que aún no ha intentado, sintiéndose un tanto estúpido por ello. Cuando vuelve a su habitación, deja caer el bolso sobre el suelo y va directo a su ordenador.

Busca en Google «Dulces penas» primero, aunque anticipa lo que encuentra: página tras página de citas de Shakespeare, bandas musicales y artículos sobre el consumo de azúcar. Busca los términos «abejas», «llaves» y «espadas». Los resultados son una mezcla de leyendas artúricas y listas de artículos de *Resident Evil*. Intenta diferentes combinaciones y encuentra una abeja y una llave sobre el escudo de armas de una escuela de magia ficticia. Apunta el nombre del libro y el autor, intrigado por saber si la simbología resulta o no una coincidencia.

En diferentes partes de *Dulces penas*, se refieren al sitio como el Puerto del Mar sin Estrellas, pero una búsqueda de «Mar sin Estrellas» revela poco más que un *Dungeon Crawl Classic*, que suena adecuado pero no parece guardar ninguna relación, y Google sugiere que quizá haya tenido en la cabeza *Mar sin Sol*, ya sea refiriéndose a un videojuego a punto de salir o al verso del poema de Samuel Taylor Coleridge, *Kubla Khan*.

Zachary suspira. Prueba con búsquedas de imágenes y se desplaza a través de página tras página de viñetas, esqueletos y amos de calabozo. Pero luego algo le llama la atención.

Hace clic sobre la imagen para agrandarla.

La fotografía en blanco y negro parece espontánea, no un posado, y quizá incluso recortada de una imagen aún más grande. Una mujer enmascarada, que aleja la cabeza de la cámara y se acerca para escuchar al hombre junto a ella, que también lleva una máscara y un esmoquin. A su alrededor, hay varias personas imposibles de reconocer, como si hubiera sido sacada en una fiesta.

Alrededor del cuello de la dama hay una serie de tres cadenas superpuestas con un colgante que cuelga de cada una de ellas.

Zachary vuelve a hacer clic en la imagen para verla en grande.

De la cadena que está encima cuelga una abeja.

Debajo hay una llave.

Debajo de la llave hay una espada.

Vuelve a hacer clic para ver la página de origen de la imagen: una publicación en un sitio de anuncios, en la que preguntan si alguien sabe dónde comprar el collar.

Pero debajo hay un enlace de la fuente de la fotografía.

Hace clic en el enlace, con la mano sobre la boca, y se encuentra ante una galería de fotos.

Baile Anual Literario de Máscaras, del Hotel Algonquín, 2014.

Otro clic le informa de que faltan tres días para el evento de este año.

DULCES PENAS
Una llamada en la memoria de una puerta.

Hay una puerta en un bosque que no siempre fue un bosque.

La puerta ya no es una puerta, no del todo. La estructura que la sostenía se derrumbó hace algún tiempo, y la puerta cayó con ella; yace en el suelo en lugar de estar erguida.

La madera de la cual estaba hecha se ha podrido. Sus goznes se han oxidado. Alguien se llevó el picaporte.

La puerta recuerda la época cuando estaba completa. Cuando había una casa con un techo, paredes y otras puertas y personas dentro. Ahora hay hojas, pájaros y árboles, pero no hay personas. Hace muchos años que desaparecieron.

Así que la chica resulta una sorpresa.

Es pequeña, demasiado pequeña para estar errando por el bosque, sola.

Pero no está perdida.

Una chica perdida en el bosque es un tipo de criatura diferente que una chica que camina decidida entre los árboles aunque no conozca el camino.

Esta chica en el bosque no está perdida. Explora.

Esta chica no está asustada. No le intimida la oscuridad de las sombras acechantes que arrojan los árboles bajo el sol del atardecer. No la perturban los espinos ni las ramas que tironean de sus prendas y rasguñan su piel.

Es lo bastante joven para cargar el temor con ella sin permitir que acceda a su corazón. Sin asustarse. Lleva el temor livianamente, como un velo, consciente de que hay peligros pero dejando que la chispeante conciencia merodee alrededor de ella. El miedo no consigue penetrarla, sino que zumba excitado como un enjambre de abejas invisibles.

Le han dicho a la chica muchas veces que no se interne demasiado en este bosque. Le han advertido directamente que no juegue en él, y le molesta que desestimen sus incursiones como «juegos».

Hoy se ha internado tanto en la espesura que se pregunta si ya ha salido al otro lado, dejándolo atrás. No le preocupa encontrar el camino de vuelta. Tiene buena memoria para los espacios; le quedan grabados en la cabeza incluso cuando se expanden, llenos de árboles y piedras. Una vez cerró los ojos y dio una vuelta para probarse a sí misma que podía elegir la dirección adecuada cuando los volviera a abrir. Tan solo cometió un pequeño error, y un pequeño error es, esencialmente, estar en lo cierto.

Hoy encuentra piedras, que alguna vez pudieron haber sido un muro, agrupadas en una hilera. Las que están apiladas unas encima de otras no alcanzan gran altura; sería fácil trepar por encima de ellas hasta en los lugares más elevados, pero la chica elige acometer, en cambio, un sitio de mediana altura.

Al otro lado del muro hay enredaderas que serpentean sobre el suelo, por lo que es difícil caminar. Así que la chica decide permanecer cerca para explorar. Se trata de un sitio más interesante que otros hallados en el bosque. Si fuera mayor, se daría cuenta de que alguna vez hubo una estructura en este sitio, pero no tiene la edad suficiente para unir en la cabeza las piezas de piedra derruida, disponiéndolas unas sobre otras hasta obtener un edificio largamente olvidado. El gozne de la puerta permanece enterrado bajo años de hojas cerca de su zapato izquierdo. Un candelabro se oculta entre las rocas, y las sombras caen de tal modo que ni siquiera esta pequeña exploradora lo advierte.

Cae la noche, aunque el sol dorado aún brilla lo bastante para iluminar su regreso a casa si decide volver a trepar el muro y desandar sus pasos. Pero no lo hace. Algo sobre el suelo la distrae.

A cierta distancia del muro hay otra hilera de piedras, dispuestas en un círculo casi completo: una forma mayormente ovalada. Un arco caído que quizá alguna vez albergara una puerta.

La chica levanta un palito y lo emplea para escarbar alrededor de las hojas en mitad del arco de piedras. Las hojas se desmoronan y rompen, dejando al descubierto algo redondo y metálico.

Al apartar a un lado más hojas con la rama, desentierra una argolla curva del tamaño de su mano. Quizá haya sido de bronce alguna vez; ahora se encuentra deslustrada, con dibujos musgosos verdes y pardos.

Un lado está unido a otro trozo de metal que permanece enterrado.

La chica solo ha visto fotografías de aldabas, pero cree que podría tratarse de una, incluso si la mayoría de las que ha visto tienen cabezas de león con una argolla en sus fauces, y esta no la tiene, salvo que el león esté oculto bajo la tierra.

Siempre ha querido emplear una aldaba para golpear una puerta. Ahora tiene una aquí, en el suelo, y no en una fotografía.

Esta está a su alcance.

Envuelve los dedos a su alrededor, sin que le importe ensuciárselos, y la levanta. Es pesada.

Vuelve a dejarla caer al suelo. El resultado es un estruendo de metal sobre metal que resuena a través de los árboles.

Después de tanto tiempo, la puerta está encantada de que la golpeen.

Y la puerta… aunque tan solo queden algunas tablillas de lo que alguna vez fue… recuerda a dónde conducía. Recuerda cómo abrirse.

Así que ahora, cuando la pequeña exploradora golpea, lo que queda de esta puerta al Mar sin Estrellas la deja entrar.

La tierra se desmorona debajo de ella, arrastrándola bajo el suelo con los pies por delante, envuelta en una cascada de polvo, rocas y hojas.

La chica está demasiado sorprendida para gritar.

No tiene miedo. No comprende lo que está sucediendo, así que su temor tan solo se agita alborotado a su alrededor mientras cae dentro.

Cuando aterriza es pura curiosidad, codos raspados y pestañas cubiertas de tierra. La aldaba desprovista de su cabeza de león yace doblada y rota a su lado.

La puerta ha quedado destruida al caer, demasiado dañada para recordar lo que fue alguna vez.

Una maraña de hiedra y tierra disimula cualquier indicio de lo que acaba de ocurrir.

ZACHARY EZRA RAWLINS está sentado en un tren rumbo a Manhattan, mirando la tundra helada de Nueva Inglaterra a través de la ventana. Comienza a cuestionarse, no por primera vez en el día, las decisiones que ha tomado.

Se trata de una coincidencia demasiado oportuna para no rastrear, aunque tan solo sea una tenue conexión con unas joyas. Estuvo un día organizándose, adquiriendo una entrada bastante costosa para la fiesta y una habitación de hotel aún más cara, en la calle de enfrente del Algonquín, que tenía todas las habitaciones ocupadas. Los detalles de la entrada incluían el código de vestimenta: debe ser formal, se sugieren disfraces literarios, las máscaras son obligatorias.

Perdió demasiado tiempo preocupándose por dónde podía encontrar una máscara hasta que pensó en enviarle un mensaje a Kat. Tenía seis, varias con plumas, pero la que terminó guardando en su bolsa de lona, junto con su traje cuidadosamente enrollado, es como las del Zorro: seda negra y sorprendentemente cómoda. («El año pasado para Halloween fui el tipo vestido de negro de *La princesa prometida*», explicó Kat. «¡Eso es literario! ¿Quieres que te preste también mi camisa negra con mangas abullonadas?»).

Zachary se pregunta si debió partir ayer, ya que hay solo un tren por día, y este llegará a Nueva York algunas horas antes del evento, pero el mal tiempo lo obliga a detenerse con frecuencia.

Se quita el reloj y lo mete en el bolsillo tras mirarlo cuatro veces en el transcurso de tres minutos.

No está seguro de por qué está tan ansioso.

No está completamente seguro de lo que hará una vez que llegue a la fiesta.

Ni siquiera sabe realmente qué aspecto tiene la mujer de la fotografía. No hay manera de saber si estará allí este año.

Pero no tiene más pistas a mano.

Zachary toma su móvil del abrigo y baja la copia de la fotografía que ha guardado, mirándola de nuevo a pesar de que ya ha memorizado hasta la

mano incorpórea en la esquina de la imagen, que alza una copa de vino burbujeante.

La mujer de la fotografía tiene la cabeza vuelta hacia un lado. Lo que más
se ve de su perfil es la máscara, pero su cuerpo está de frente a la cámara, exhibiendo las capas superpuestas de su collar, con su abeja dorada, su llave y su
espada tan traslúcidas y luminosas como estrellas contra su vestido negro. El
traje se ajusta sensualmente a su cuerpo. La mujer es curvilínea y alta, o lleva
tacones muy altos. Todo lo que hay bajo sus rodillas se encuentra oculto por
una maceta con una palmera, que conspira con el vestido para que las sombras
la engullan. El cabello encima de la máscara es oscuro y se encuentra recogido
en uno de aquellos peinados que no parecen requerir esfuerzo alguno pero que
probablemente requiera una gran elaboración. Podría tener veinte o cuarenta
años, o cualquier edad intermedia. Es más, la fotografía pudo haber sido to-
mada muchos años atrás, ya que todo lo que está enmarcado en ella parece
atemporal.

El hombre junto a la mujer lleva un esmoquin. El brazo en alto sugiere que
descansa la mano sobre el brazo de ella, pero el hombro de ella oculta el resto de
su manga. Se ve la cinta de una máscara contra su cabello ligeramente encanecido, pero su rostro está completamente oculto por el de ella. Una franja pequeña
de cuello y oreja revela que su tez es mucho más oscura que la de ella, pero no
mucho más. Zachary le da la vuelta al teléfono en la mano intentando echarle
una mirada al rostro del hombre. Por un instante olvida lo fútil del intento.

El tren disminuye la velocidad hasta detenerse.

Zachary mira a su alrededor: más de la mitad del vagón está vacío. En
general, son pasajeros solitarios, que se han apropiado cada uno de un par de
asientos. Un grupo en el otro extremo charla, de a ratos ruidosamente. Lamenta no haber traído los auriculares. La chica sentada delante de él tiene unos
enormes; entre los auriculares y la capucha está casi completamente oculta, de
cara a la ventana y seguramente dormida. Un anuncio invadido por interferen-
cias se oye en el altavoz: es la variante de uno que ya se ha transmitido tres
veces. Se encuentran detenidos debido al hielo que cubre las vías. Están a la
espera de que queden despejadas. Lamentan la tardanza. El tren se pondrá en
movimiento lo antes posible, etcétera, etcétera.

—Disculpa —dice una voz. Zachary levanta la vista. La mujer de mediana edad, sentada delante de él, se ha dado la vuelta por encima del elevado

respaldo de su asiento para mirarlo—. ¿No tendrás un bolígrafo por casualidad?
—pregunta. Lleva varios collares superpuestos con cuentas de colores que se
entrecruzan y tintinean mientras habla.

—Creo que sí —responde. Se pone a hurgar en su bolso y saca primero
un lápiz común, pero luego lo intenta de nuevo y encuentra uno de los bolígrafos de gel que parecen reproducirse en el fondo de su bolso—. Aquí tiene
—dice, entregándoselo a la mujer.

—Gracias. Solo tardaré un minuto —dice, y desaparece nuevamente tras
su asiento, acompañada del sonido tintineante.

El tren empieza a moverse y recorre una distancia suficiente como para
que la nieve y los árboles por fuera de las ventanas cedan a nieve y árboles diferentes antes de volver a reducir la marcha.

Zachary saca *El ocupante* de su bolso y empieza a leer, intentando olvidar
un rato dónde está, quién es y lo que está haciendo.

El anuncio de que han llegado a Manhattan lo sorprende, interrumpiendo
súbitamente su lectura.

El resto de los ocupantes ya se encuentra reuniendo su equipaje. La chica
con los auriculares ha desaparecido.

—Gracias por esto —dice la mujer delante de él mientras Zachary arroja
el bolso sobre el hombro y levanta su bolsa de tela. Le devuelve su bolígrafo—.
Me has salvado la vida.

—Descuide —responde él, volviendo a guardar el bolígrafo en su bolso.
Se pone a la fila con los pasajeros que se abren paso con impaciencia hacia la
salida del tren.

Salir a la calle desde Penn Station resulta abrumador, y se siente desorientado, pero Zachary siempre se ha sentido abrumado y desorientado en Manhattan, en general. Tanta energía, tantas personas y sucesos en un espacio tan
reducido. Hay menos nieve aquí; se agrupa en las alcantarillas formando diminutos montículos de hielo gris.

Llega a la calle cuarenta y cuatro dos horas antes de la fiesta. El Algonquín
parece tranquilo, pero es difícil darse cuenta desde el exterior. Casi se pierde la
entrada a su propio hotel al otro lado de la calle, y luego atraviesa la sala hundida
del vestíbulo y pasa junto a una chimenea acristalada antes de ubicar la recepción.
Se registra sin incidente alguno, dando un pequeño respingo al entregar su tarjeta
de crédito, aunque tiene dinero más que suficiente para cubrir la cantidad total

tras años de acumular cheques de cumpleaños enviados para suplir las visitas de su padre. El recepcionista promete enviar un vaporizador de prendas a su habitación para intentar reparar cualquier daño ocasionado a su traje dentro de la bolsa.

Caminar por los pasillos sin ventanas en el piso de arriba es como desplazarse dentro de un submarino. Su habitación tiene más espejos que cualquier habitación de hotel en la que se haya alojado jamás. Espejos del suelo al techo delante de la cama y en ambas paredes del baño le dan amplitud visual al pequeño espacio. También generan la sensación de que no está solo.

El vaporizador de ropa llega a la habitación, entregado por un botones al cual se le olvida darle una propina. Como es demasiado temprano para preparar el traje, Zachary se distrae con la enorme bañera redonda, aunque le resulten inquietantes las imágenes de sí mismo reproducidas en los espejos. Son contadas las oportunidades de darse un baño en una bañera. Su residencia de estudiantes tiene una hilera de duchas a las que apenas puede considerar privadas, y la bañera con patas de garra en la casa rural de su madre situada en el valle del río Hudson siempre parece atractiva, pero se resiste a conservar el agua tibia más de siete minutos cada vez. Por raro que parezca, hay una única vela votiva en el cuarto de baño, con una caja de cerillas, lo cual es todo un detalle. Zachary la enciende y la única llama se multiplica dentro de los espejos.

En algún momento del baño, admite para sí que, si esta excursión fracasa, renunciará a todo el asunto. Devolverá *Dulces penas* a la biblioteca, intentará olvidarlo y volverá a centrar su atención de nuevo en su tesis. Quizá visite a su madre de regreso a la universidad para limpiar el aura y beber una botella de vino.

Quizá su historia empezó y terminó aquel día en el callejón. Quizá su historia sea justamente acerca de oportunidades perdidas sin posibilidad de ser revividas.

Cierra los ojos, bloqueando las imágenes de sí mismo en los espejos.

Vuelve a ver aquellas dos palabras en tipografía con serif.

Aún no.

Se pregunta por qué cree en ello solo porque fue escrito por alguien en un libro. Por qué cree en lo que fuera, y dónde establecer el límite en su cabeza, dónde dejar de creer en lo inverosímil. ¿Cree que el niño del libro es él mismo? Pues, sí. ¿Cree que las puertas pintadas sobre paredes pueden abrirse como si fueran reales y conducir a otros lugares completamente diferentes?

Suspira y se hunde bajo la superficie, permaneciendo debajo hasta que debe volver arriba a respirar.

Zachary sale de la bañera antes de que el agua se haya enfriado, un lujo que resulta casi un milagro. La mullida bata del hotel lo hace pensar en que debería venir más seguido a hoteles elegantes, y luego recuerda lo que ha costado esta única noche y decide disfrutarla mientras pueda y evitar el minibar.

Un timbre apagado que proviene de su bolso indica que tiene un mensaje de texto: una fotografía de Kat de una bufanda a medio terminar, a rayas de color azul y bronce, con un texto que la acompaña: *¡casi terminada!*

Le responde: *¡Está genial! Gracias de nuevo. Nos vemos pronto*, y empieza a quitarle las arrugas a su traje con el vaporizador. No le lleva demasiado tiempo, aunque su camisa es un poco más complicada, y se da por vencido tras algunas pasadas. Imagina que no se quitará la chaqueta ni el chaleco durante toda la velada, por lo que la parte trasera de la camisa puede permanecer impresentable.

El Zachary que ve en el espejo tiene un aspecto decididamente apuesto; el Zachary de la vida real se pregunta si la luz y los espejos conspiran entre sí para que el interesado se vea de la mejor manera posible. Siendo tan escasas las ocasiones en que lleva lentillas, olvida su aspecto sin gafas.

No se trata de un disfraz específicamente literario, pero incluso sin la máscara se siente como un personaje enfundado en su traje negro, con la tela a rayas casi invisibles. Compró el traje hace dos años y no se lo ha puesto demasiado, pero está bien diseñado y le queda bien. Ahora tiene mejor aspecto, combinado con una camisa gris en lugar de la blanca con la que se lo ha puesto antes.

Deja su sombrero, sus guantes y su bufanda, ya que que solo va a cruzar la calle, y guarda la máscara en el bolsillo junto con su entrada impresa, aunque le hayan dado a entender que podía dar su nombre en la puerta. Lleva la cartera pero deja el móvil: no quiere llevar su mundo cotidiano a cuestas.

Zachary saca *Dulces penas* de su bolso y lo mete en el bolsillo de su abrigo. Luego lo cambia de lugar, poniéndolo en el bolsillo interior de la chaqueta del traje, donde cabe gracias a ser lo bastante pequeño. Quizá el libro cumplirá la función de una especie de faro luminoso, atrayendo hacia sí lo que sea o a quien sea que esté buscando.

Cree en los libros, piensa al abandonar la habitación. Al menos de eso está seguro.

DULCES PENAS
Los que buscan y los que encuentran.

Hay una puerta al fondo de la casa de té, bloqueada por una pila de cajas. La creencia instalada entre los empleados es que conduce a un armario en desuso, seguramente poblado por ratones. Una noche, bien tarde, una asistente que intenta ser útil la abrirá para ver si las cajas caben dentro y descubrirá que no es en absoluto un armario en desuso.

Hay una puerta en el fondo de un mar estrellado, reposando entre las ruinas de una ciudad sumergida. En un día oscuro como la noche un buzo que se vale de un respirador portátil y de una luz encontrará esta puerta y la abrirá, deslizándose dentro de una burbuja de aire junto con numerosos peces desconcertados.

Hay una puerta en un desierto, cubierta de arena. Con el paso del tiempo, los detalles de diseño de su gastada superficie de piedra se van perdiendo con las tormentas de arena. Finalmente, la excavarán y reubicarán en un museo sin haberla abierto jamás.

Hay numerosas puertas en diferentes lugares. En ciudades bulliciosas y bosques remotos. Sobre islas y cimas de montañas y prados. Algunas están integradas en edificios: en bibliotecas, museos o residencias privadas, ocultas en sótanos o desvanes o exhibidas como obras de arte en recibidores. Otras están en pie sin ayuda de elementos arquitectónicos que las apuntalen. Algunas se utilizan con una frecuencia que termina desgastando sus goznes, y otras permanecen desconocidas y cerradas. Muchas otras han sido olvidadas, pero todas conducen al mismo lugar.

(Cómo sucede es una cuestión de mucho debate, y nadie ha encontrado aún una respuesta satisfactoria. Hay grandes desacuerdos sobre este tema y otras cuestiones afines, incluida, la ubicación exacta del sitio. Algunos sostendrán enfáticamente que se encuentra en un continente o en otro, pero tales argumentos a menudo llegan a un punto muerto o se termina admitiendo que quizá el sitio mismo se desplace, y la piedra, el mar y los libros se deslicen bajo la superficie terrestre).

Si alguien se atreviera a abrir una, cada puerta conduce a un Puerto del Mar sin Estrellas.

No hay mucho que las distinga de las puertas comunes y corrientes. Algunas son sencillas; otras están profusamente ornamentadas. La mayoría tiene un picaporte que aguarda a ser girado, aunque otras tienen pomos que se tiran.

Estas puertas cantarán: cantos mudos de sirena, destinados a quienes buscan lo que aguarda tras ellas.

A quienes añoran un sitio al que nunca han ido.

A quienes buscan incluso sin saber qué (o dónde).

Los que buscan hallarán.

Sus puertas han estado esperándolos.

Pero lo que sucede después varía.

A veces alguien encuentra una puerta, la abre y escruta el interior solo para volver a cerrarla.

Otros, ante una puerta, se abstendrán de tocarla, aunque sientan curiosidad por hacerlo. Creen que necesitan un permiso para abrirla. Creen que la puerta espera a otra persona, incluso si, en realidad, los espera a ellos.

Algunos encontrarán una puerta, la abrirán y cruzarán para ver a dónde conduce.

Una vez allí deambulan a través de pasadizos de piedra, hallando a su paso objetos para observar, tocar y leer. Encuentran historias guardadas en rincones ocultos y desplegadas en mesas, como si hubieran estado allí desde siempre, esperando a que llegara la persona que las leyera.

Cada visitante encontrará algo, o un lugar, o alguien que les atraiga. Un libro, una conversación o una silla cómoda en un rincón dispuesto con esmero. Alguien les traerá una bebida.

Perderán la noción del tiempo.

De vez en cuando, un visitante se sentirá abrumado, perplejo y aturdido por todo lo que hay por explorar, sintiendo que el espacio le atenaza los pulmones, el corazón y los pensamientos. Solo después de mucho tiempo encontrará el camino de vuelta, regresando a la superficie familiar, las estrellas familiares y el aire familiar. La mayoría olvidará que existe un sitio semejante, y mucho menos que ellos mismos pusieron un pie allí. Irá desvaneciéndose como un sueño. No volverán a abrir su puerta nunca más. Quizá olviden que hubo siquiera una puerta.

Pero tales reacciones son poco frecuentes.

La mayoría de los que encuentran el lugar lo han buscado, incluso si no supieron jamás que este era el lugar que buscaban.

Y elegirán permanecer un tiempo.

Horas, días o semanas. Algunos se marcharán y volverán. Conservarán el lugar como un escape, un refugio, un santuario y vivirán vidas arriba y abajo.

Algunos han construido su hogar sobre la superficie alrededor de sus puertas, manteniéndolas cerca y protegidas, e impidiendo que desconocidos las utilicen.

Otros, una vez que han pasado a través de su puerta respectiva, no desean volver a lo que sea que hayan dejado atrás. La vida que abandonaron se convierte en sueños: no esperan volver a ella, sino olvidarla.

Estas personas permanecen y fijan su residencia. Ellas son las que empezarán a darle forma a lo que será el espacio mientras lo habiten.

Viven y trabajan. Consumen arte e historias y crean nuevo arte y nuevas historias para añadir a las estanterías y los muros. Encuentran amigos y amantes. Presentan espectáculos, se entretienen con juegos y construyen una comunidad a partir de la amistad.

Organizan festivales sofisticados y fiestas. Los visitantes ocasionales vuelven para dichos eventos, haciendo que aumente la población general, animando incluso los salones más silenciosos. La música y el júbilo resuenan en todos los salones de baile y en los rincones más alejados. Quienes descienden a la orilla del Mar sin Estrellas hunden sus pies desnudos en sus aguas, envalentonados por el vino y la efervescencia.

Incluso quienes permanecen en sus habitaciones privadas, a solas con sus libros, emergen de la soledad en tales ocasiones, y a algunos los convencen de unirse a la diversión mientras otros se contentan con observar.

El tiempo fluirá libre entre bailes y placeres, y luego quienes elijan marcharse empezarán a abrirse camino hacia la salida, para ser conducidos de vuelta a sus puertas respectivas.

Se despedirán de quienes permanecen.

De los que han encontrado su refugio en este Puerto.

Han buscado y encontrado, y eligen permanecer aquí, ya tomen un camino de dedicación o, simplemente, decidan residir de forma permanente.

Viven y trabajan y juegan y aman y, si alguna vez echan de menos el mundo que está arriba, rara vez lo admiten.

Este es su mundo, sagrado y sin estrellas.

Lo consideran inexpugnable. Impenetrable y eterno.

Sin embargo, el tiempo lo cambia todo.

ZACHARY EZRA RAWLINS llega al Algonquín aproximadamente cuatro minutos después de haber abandonado la habitación de su hotel. Habría tardado aún menos si no hubiera tenido que esperar, primero, el ascensor y, luego, el paso de un taxi por la calle.

La fiesta aún no ha llegado a su punto cúlmine, pero ya está animada. Una cola de personas que espera registrarse se apiña en el vestíbulo. El hotel tiene un estilo más clásico que aquel donde se hospeda. Los invitados de punta en blanco, la lujosa madera oscura y las palmeras en macetas iluminadas con una luz tenue en puntos estratégicos parecen transportarlo a otra época.

Zachary se pone su máscara mientras aguarda en la cola. Una mujer con un vestido negro reparte máscaras blancas a los invitados que no han traído la propia. Se alegra de haberla traído consigo. Las blancas son de plástico y no parecen demasiado confortables, aunque provocan un efecto impactante, diseminadas por la sala.

Anuncia su nombre a la mujer del mostrador, quien no le pide ver su entrada. Tras meterla dentro del bolsillo de la chaqueta del traje, deja el abrigo. Luego le entregan una muñequera de papel con la apariencia del lomo de un libro: en lugar del título, tiene impresa la fecha del evento. Tras informarle sobre el bar (está abierto y se aceptan propinas), lo dejan libre, momento en el cual no sabe bien qué hacer.

Zachary deambula por la fiesta como un fantasma. Agradece la máscara, que le permite permanecer oculto a la vista de todos.

En algunos sentidos, se parece a una infinidad de fiestas elegantes: el murmullo de las voces, el tintineo de las copas y la música que brota de las profundidades de las conversaciones, arrastrando el ritmo de todo. En una sala hay invitados tendidos sobre sillones y merodeando por los rincones; en otra, una pista de baile atestada de gente, donde la música domina las conversaciones e insiste en ser escuchada. Se trata de una escena de fiesta de película, aunque de una película que no se decide en lo que respecta a cuestiones de época o el largo de los dobladillos. Hay un trasfondo de incomodidad que Zachary recuerda de aquellas bodas donde la mayoría son invitados desconocidos, y que en su experiencia va desapareciendo a medida que avanzan la noche y el alcohol.

En otros sentidos, esta fiesta en particular no se parece a nada que haya experimentado jamás. El bar adjunto al salón principal está completamente iluminado con una luz azulada. No hay una gran cantidad de disfraces literarios evidentes, pero hay letras escarlatas y alas de hada confeccionadas con páginas de diccionarios, y un Edgar Allan Poe con un cuervo falso posado sobre el hombro. La imagen perfecta de una Daisy Buchanan bebe a sorbos un Martini en el bar. Una mujer enfundada en un pequeño vestido negro tiene los poemas de Emily Dickinson impresos sobre sus medias. Un hombre de traje lleva una toalla sobre los hombros. Varias personas encajarían a la perfección en obras de Austen o Dickens.

Alguien en el rincón viste como un autor reputado, aunque al acercarse cree que, en realidad, podría ser el mismísimo autor reputado en persona, y siente un escalofrío al caer en la cuenta de que algunas de las personas que escriben los libros de sus estanterías son personas reales que van a fiestas.

Su disfraz favorito es el largo vestido blanco con una sencilla corona dorada que lleva una mujer, una referencia que no termina de identificar hasta que se da la vuelta. La espalda drapeada del vestido incluye un par de orejas puntiagudas que cuelgan de una capucha y una cola que se arrastra con la sobrefalda. Recuerda haberse disfrazado él mismo del Max de *Donde viven los monstruos* cuando tenía cinco años, aunque su disfraz distaba mucho de ser tan elegante.

Zachary busca collares dorados, pero no encuentra ninguno con abejas, llaves o espadas. La única llave que distingue está dispuesta para que parezca que desaparece dentro de la nuca de una persona, pero reconoce esa llave como la referencia ingeniosa de un cómic.

Se encuentra deseando que las personas con las que tiene que hablar se enciendan con una luz, o tengan flechas indicadoras encima de sus cabezas u opciones de diálogo entre las cuales elegir. No siempre desea que la vida real se parezca más a un videojuego, pero en ciertas situaciones sería útil. Ve allí. Habla con esa persona. Siente que progresas, aunque no sepas qué intentas hacer exactamente.

Se siente cada vez más distraído por los detalles cuando debería estar concentrándose en las joyas. Pide uno de los exóticos cócteles literarios en el bar, una Ofelia ahogada, preparado con ginebra, limón y sirope de hinojo, servido con una ramita de romero y una servilleta que tiene una cita oportuna de Hamlet. Otros invitados beben de a sorbos daiquiris Hemingway y Vespers adornados con bucles intrincados de limón. Copas de vino espumoso se sirven con cintas que dicen «Bébeme» envueltas alrededor de los tallos.

Hay cuencos dispuestos sobre mesas con teclas fugitivas de máquinas de escribir; velas que iluminan portalámparas envueltos en páginas de libros. Un salón está engalanado con instrumentos de escritura (estilográficas, lápices, plumas) que cuelgan a diversas alturas del techo.

Una mujer con un traje de lentejuelas y una máscara que hace juego está sentada en un rincón ante una máquina de escribir, tecleando diminutas historias sobre pequeños trozos de papel que reparte a los invitados que pasan. La que entrega a Zachary está escrita como un largo mensaje dentro de una galleta de la fortuna:

Anda solo pero seguro en su soledad.
Confundido pero consolado por su confusión.
Un manto de desconcierto bajo el cual ocultarse.

No consigue librarse de la atención, ni siquiera fingiendo ser el fantasma del convite. Se pregunta si las máscaras envalentonan a las personas y las hacen más propensas a entablar una conversación bajo el anonimato. Otros espíritus errantes se acercan con comentarios sobre las bebidas y el ambiente. Compartir las historias que provienen de la máquina de escribir es un tema de conversación que goza de popularidad; consigue leer varios relatos diferentes, incluido uno sobre un erizo que mira las estrellas y otro sobre una casa construida sobre un arroyo, cuyas habitaciones resuenan con el sonido del agua. Escucha a alguien mencionar que hay personas que realizan sesiones privadas de cuentos en otras salas, pero no habla con nadie que haya escuchado alguno. Le confirman que, desde luego, quien está al otro lado del salón es, en efecto, el famoso autor y, por cierto, hay otro justo allí en el que ni siquiera había reparado.

En el bar teñido de azul charla acerca de cócteles con un hombre de traje que lleva una de las máscaras provistas por la casa y una placa de identificación pegada a su solapa que dice, *Hola, me llamo,* con la palabra *Godot* escrita encima. Zachary advierte el nombre de un whisky Godot recomendado en la parte trasera de su entrada impresa.

—Disculpe —dice una dama que lleva un vestido azul pálido extrañamente pueril y calcetines blancos hasta las rodillas. Zachary repara en que se dirige a él—. ¿Has visto por casualidad al gato por aquí? —pregunta.

—¿El gato? —Imagina que es una versión de cabello castaño de *Alicia en el país de las maravillas* hasta que se le une otra dama con idéntico atuendo, y luego es evidente, aunque levemente desconcertante, que son las mellizas de *El resplandor.*

—El hotel tiene un gato que reside aquí —explica la primera melliza—. Hemos estado buscándolo toda la noche, pero hasta ahora no hemos tenido suerte.

—¿Nos ayudas a buscarlo? —pregunta su doble, y él accede aunque suene a una invitación potencialmente ominosa dado el aspecto de las pequeñas.

Deciden separarse para cubrir más territorio. Zachary vuelve a la pista de baile y hace una pausa para escuchar a la banda de jazz; intenta recordar de dónde le resulta tan familiar la melodía.

Escudriña las sombras detrás de la orquesta, aunque cree que es poco probable que un gato ande cerca con tanto ruido.

Alguien le da una palmada en el hombro.

La mujer vestida de Max está de pie detrás. Gracias a la corona, parece más alta de lo que la imaginaba.

—¿Quieres bailar? —pregunta.

Di algo galante, ordena una voz en la cabeza de Zachary.

—Claro —es lo que se le ocurre a su boca, y la voz dentro de su cabeza alza los brazos al aire, decepcionada, pero a la reina de los monstruos no parece importarle.

Los detalles de su disfraz son aún más notables de cerca. Su máscara dorada hace juego con su corona, formas sencillas cortadas de un trozo de cuero, con un intenso acabado metalizado. Bajo la máscara sus ojos están delineados en tonos dorados, e incluso sus pestañas emiten destellos con el mismo brillo dorado que se encuentra espolvoreado en todo su oscuro cabello recogido. A estas alturas, Zachary sospecha que debe de ser una peluca. Una hilera de botones blancos cosidos con hilo dorado desciende delante de su vestido, casi invisibles contra la tela.

Hasta su perfume combina a la perfección con el disfraz: una mezcla arcillosa que, por algún motivo, huele a tierra y azúcar a la vez.

Tras un minuto de bailar en un silencio que no le resulta particularmente incómodo, y una vez que Zachary ha recordado cómo guiarla y ha encontrado el ritmo de la canción (un estándar de jazz que reconoce pero no podría nombrar), decide que quizá debería decir algo. Rebuscando en la cabeza, se decide por lo primero que pensó cuando la vio hace un rato.

—Tu disfraz de Max es mucho mejor que el mío —dice—. Me alegra no habérmelo puesto; habría sido penoso.

La mujer sonríe, el tipo de mueca irónica que Zachary asocia con estrellas de cine clásicas.

—No te imaginas la cantidad de personas que han preguntado quién se supone que soy —dice, con un dejo evidente de decepción.

—Deberían leer más —responde, con el mismo desencanto.

—Tú eres tú mismo con una máscara, ¿verdad? —pregunta la mujer, bajando la voz.

—Algo así.

La reina de los monstruos que posiblemente podría llevar una peluca le sonríe. Esta vez, una sonrisa de verdad.

—Ya me parecía —dice tras considerarlo—. ¿Qué te trae aquí esta noche, además de la afición por la literatura y los cócteles? Parece que buscas a alguien.

—Algo así —admite Zachary. Casi lo había olvidado—. Pero no creo que estén aquí.

La hace girar para evitar chocar contra otra pareja, pero el vuelo ondulante de su vestido es tan espectacular que varias personas cerca se detienen para observarlos.

—Es una pena —dice la mujer—. Creo que se han privado de una fiesta encantadora y de una compañía encantadora.

—Además, buscaba al gato —añade. La sonrisa de la mujer se ilumina.

—Ah, he visto a Matilda hace un rato, pero no sé dónde se ha metido. En mi experiencia, a veces es más efectivo dejar que sea ella quien te encuentre.

—Hace una pausa pero luego añade con un susurro nostálgico—: Qué encantador ser un gato de hotel. Ojalá todos fuéramos tan afortunados.

—¿Qué te trae aquí esta noche? —le pregunta Zachary. La música cambia de ritmo, y por un instante confunde el paso, pero afortunadamente se recupera sin pisarle los pies.

Pero antes de que pueda responder, algo detrás de su hombro derecho le llama la atención. La mujer se queda paralizada, un cambio que él puede sentir más que ver, y se le ocurre que tal vez esté ante una persona capaz de llevar muchas clases de máscaras diferentes.

—Disculpa un momento —dice. Apoya una mano sobre la solapa de su chaqueta y alguien que está cerca les hace una foto. La mujer empieza a darse la vuelta, pero antes se detiene y se inclina en un pequeño saludo, o hace algo entre una reverencia y un saludo, que parece formal y ridículo a la vez, especialmente dado que es ella quien porta la corona. Zachary le devuelve el gesto como mejor puede, y mientras desaparece entre la multitud alguien cerca aplaude, como si fueran parte de una actuación.

El fotógrafo se acerca y le pregunta sus nombres. Zachary decide pedir que sencillamente los identifiquen como invitados si las fotografías se publican en algún lugar, y el fotógrafo acepta a regañadientes.

Vuelve a recorrer el vestíbulo, esta vez más lento debido a una multitud cada vez más apretada. Una creciente desazón le tironea desde dentro. Escudriña de nuevo entre las joyas, buscando abejas, llaves o espadas. Algún signo. Debió llevarlos puestos él mismo, o dibujarlos sobre la mano o encontrado un pañuelo de bolsillo con un estampado de abejas. ¿Cómo pudo imaginar que encontraría a una única persona desconocida en una sala llena de gente que no conoce?

Busca a cualquiera de las personas con las que ya ha estado conversando. Piensa que quizá podría preguntar como de pasada acerca de… ya no está seguro. Ni siquiera distingue a su Max entre la multitud. Se topa con un grupo particularmente apiñado de invitados (una mujer con un impresionante pijama de seda verde que lleva en la mano una rosa encerrada en una campana de cristal) y se escabulle tras una columna, acercándose a la pared para eludirlos. Pero al hacerlo alguien de entre la multitud le coge la mano y lo hace pasar por una puerta.

La puerta se cierra tras ellos, amortiguando el bullicio de la fiesta y bloqueando la luz.

Hay otro individuo compartiendo aquel espacio oscuro junto a él. La mano que lo ha aferrado lo ha soltado, pero alguien se encuentra de pie cerca. Es posible que sea más alto. Respira con suavidad, y despide un aroma a limón, cuero y algo más que Zachary no consigue identificar pero que encuentra increíblemente atractivo.

Luego una voz le susurra al oído.

—Una vez, hace mucho tiempo, el Tiempo se enamoró del Destino.

Una voz masculina. El tono es profundo pero la cadencia es ligera: la voz de un narrador de historias. Zachary se queda inmóvil, esperando. Escuchando.

—Esto, como imaginarás, suscitaba problemas —continúa la voz—. Su romance alteró el flujo del tiempo. Enredó las cuerdas del destino, convirtiéndolas en nudos.

Una mano en su espalda lo empuja levemente hacia delante, y Zachary da un tímido paso hacia la oscuridad, y luego otro. El narrador continúa, con un volumen de voz lo bastante alto para adueñarse del espacio.

—Las estrellas observaban desde el cielo, inquietas, preocupadas por el desenlace de la historia. ¿Qué les ocurriría a los días y las noches si acaso el Tiempo sufriera de un corazón roto? ¿Qué catástrofes podrían resultar si idéntico destino aguardaba al Destino mismo?

Continúan caminando por un oscuro pasillo.

—Las estrellas conspiraron y separaron a ambos. Durante una temporada respiraron más aliviadas en el cielo. El Tiempo siguió fluyendo como siempre, o quizá, imperceptiblemente, más lento. El Destino siguió entretejiendo los caminos destinados a cruzarse, aunque tal vez cada tanto perdiera una cuerda.

Ahora doblan en una esquina, y el hombre conduce a Zachary en una dirección diferente a través de la oscuridad. En la pausa puede oír la banda y la fiesta, el sonido apagado y distante.

—Pero con el tiempo —continúa el narrador— el Destino y el Tiempo volvieron a encontrarse.

Una mano firme sobre su hombro detiene su movimiento. El narrador de historias se acerca inclinándose.

—En los cielos, las estrellas suspiraron, titilando inquietas. Le pidieron consejo a la luna. La luna a su vez convocó al parlamento de lechuzas para decidir la mejor manera de actuar.

En algún lugar de la oscuridad, el sonido de un aleteo, cercano y denso, mueve el aire a su alrededor.

—El parlamento de lechuzas se reunió y trató el asunto noche tras noche. Discutieron y debatieron mientras el mundo dormía a su alrededor, y el mundo siguió girando, desconociendo que se examinaban asuntos tan importantes mientras dormían.

En la oscuridad una mano guía la de Zachary hacia el picaporte de la puerta. Al girarlo, la puerta se abre. Delante de él cree que ve un pequeño trozo de una luna creciente, y luego desaparece.

—El parlamento de lechuzas llegó a la conclusión lógica de que, si el problema se hallaba en la asociación de ambos, uno de los dos debía ser eliminado. Eligieron preservar al que consideraban más importante.

Una mano empuja a Zachary hacia delante. Una puerta se cierra tras él. Se pregunta si lo han dejado solo, pero luego la historia continúa, y la voz se mueve a su alrededor en la oscuridad.

—El parlamento de lechuzas informó de su decisión a las estrellas, y las estrellas aceptaron. La luna no accedió, pero aquella noche estaba a oscuras y no pudo expresar su opinión.

En este punto Zachary recuerda con claridad la luna desapareciendo delante de sus ojos un instante antes mientras la historia continúa.

—Decidieron deshacerse del Destino, despedazándolo con picos y garras. Sus gritos resonaron a través de los rincones más profundos y los cielos más encumbrados, pero nadie se atrevió a intervenir salvo un pequeño ratoncillo valiente que se escabulló dentro de la refriega, escurriéndose inadvertido a través de la sangre, los huesos y las plumas, para coger el corazón del Destino y mantenerlo a resguardo.

Ahora un movimiento similar al de un ratón le sube correteando por el brazo hasta el hombro. Zachary se estremece. El movimiento se detiene sobre su corazón, y el peso de una mano se posa allí un instante antes de apartarse de nuevo. Le sigue una larga pausa.

—Cuando el furor se aquietó, ya no quedaba nada del Destino.

Una mano enguantada se posa sobre los ojos de Zachary. La oscuridad se vuelve aún más tibia y enlutada, la voz se acerca más.

—La lechuza que consumió los ojos del Destino obtuvo una visión más lúcida, mejor que cualquiera que hubiera recibido una criatura mortal alguna vez. El parlamento la coronó Rey Lechuza.

La mano permanece sobre sus ojos, pero otra descansa brevemente sobre su cabeza, un peso fugaz.

—En los cielos las estrellas brillaron aliviadas, pero la luna se llenó de pena.

Otra pausa. Una larga, y en el silencio Zachary alcanza a oír su respiración junto con la del narrador. La mano no se aparta de su vista. El olor a cuero se mezcla con el limón, el tabaco y el sudor. Empieza a ponerse nervioso cuando la historia continúa.

—Y así el Tiempo transcurre como debe hacerlo, y los hechos destinados a suceder, en cambio, quedan a merced del azar, y el Azar jamás se enamora de nada por mucho tiempo.

El narrador guía a Zachary hacia la derecha, empujándolo hacia delante una vez más.

—Pero el mundo es un lugar raro, y los finales no son realmente finales por mucho que lo deseen las estrellas.

Aquí se detiene.

—Cada cierto tiempo, el Destino se restablece.

El sonido de una puerta que se abre por delante, y Zachary avanza de nuevo, a instancias de su compañero.

—Y el Tiempo siempre está esperando —susurra la voz, un aliento cálido contra su nuca.

La mano que había estado cubriéndole los ojos se aparta, y una puerta se cierra con un golpe seco a sus espaldas. Parpadeando contra la luz, con el corazón retumbando en los oídos, Zachary mira alrededor y se encuentra nuevamente en el vestíbulo del hotel, en un rincón, escondido a medias tras una palmera alojada dentro de una maceta.

La puerta de detrás está cerrada con llave.

Algo choca contra su tobillo, y al mirar encuentra un gato peludo gris y blanco, frotando la cabeza contra su pierna.

Se inclina para acariciarlo, y solo entonces advierte que las manos le tiemblan. Al gato no parece importarle. Permanece un momento con él y luego se aleja perdiéndose entre las sombras.

Zachary regresa al bar, absorto aún en la magia de la historia. Intenta recordar si ya había escuchado este relato en particular, pero no lo consigue, a pesar de que le resulte familiar, como un mito que ha leído en algún lado y luego olvidado. El barman le prepara otra Ofelia ahogada, pero se disculpa porque se les ha acabado el sirope de hinojo. Lo ha reemplazado con miel y le ha añadido una capa de prosseco. Sabe mejor con la miel.

Zachary echa una mirada a su alrededor buscando a la mujer vestida de Max, pero no la encuentra.

Se sienta en el bar, sintiéndose como un fracasado, pero abrumado por todo lo que ha sucedido mientras intenta ordenar los sucesos de la noche. *He bebido romero para la memoria. He buscado un gato. He bailado con la reina de los monstruos. Un hombre que olía fantásticamente me ha contado una historia a oscuras. El gato me ha encontrado.*

Intenta recordar el nombre del whisky que Godot mencionó anteriormente, y saca la entrada del bolsillo de su chaqueta.

Al hacerlo, un rectángulo de papel del tamaño de una tarjeta de negocios cae de su bolsillo y revolotea hasta el suelo.

Zachary la levanta, intentando recordar si alguna de las personas con las que ha hablado le ha entregado una tarjeta.

Pero no se trata de una tarjeta de negocios; contiene dos líneas en texto manuscrito.

Paciencia & Fortaleza
1 a. m. Trae una flor.

Zachary mira el reloj: 00:42.
Da la vuelta la tarjeta.
En el dorso hay una abeja.

DULCES PENAS
Hay tres caminos. Este es uno de ellos.

Desde que existen las abejas, hay cuidadores de abejas.

Dicen que al principio solo había un cuidador de abejas, pero a medida que se multiplicaron las historias, hicieron falta más.

Los cuidadores estaban aquí antes que los acólitos y antes que los guardianes.

Antes de los cuidadores existieron las abejas y las historias, zumbidos y murmullos.

Existían cuidadores antes que llaves.

Un hecho a menudo olvidado porque se suelen identificar con las llaves mismas.

También es un hecho olvidado que una vez hubo una única llave. Una larga llave delgada de hierro, con la pieza circular bañada en oro.

Había un sinnúmero de copias, pero una única llave maestra. Las copias se llevaban en cadenas alrededor del cuello de cada cuidador. Caían tan a menudo contra sus pechos que muchos cuidadores llevaban la huella de la llave incrustada en la carne, y el metal desgastado por la piel.

Este es el origen de la tradición. Nadie lo recuerda ahora: una marca en el pecho surgió como idea por una marca en un pecho. Resulta evidente hasta que se olvida.

El papel de los cuidadores ha cambiado a lo largo del tiempo, más que cualquiera de los otros caminos. Los acólitos encienden sus velas. Los guardianes se mueven sin ser vistos y permanecen alerta.

Hubo un tiempo en el que los cuidadores solo se ocupaban de sus abejas y sus historias.

A medida que aumentó el espacio, pasaron a ocuparse de salas, clasificando las historias según el tipo, la duración o un capricho desconocido. Crearon estanterías talladas en la roca para los libros o construyeron armazones de metal, o vitrinas y mesas para los tomos más grandes; dispusieron sillas y cojines para leer y lámparas que iluminaran la lectura. A medida que las necesitaron, añadieron más salas: salas circulares con hogares en el centro para contar historias en voz alta; salas cavernosas con una acústica excelente para representar historias bailadas y cantadas; salas para reparar libros, salas para escribir libros, salas vacías destinadas a cualquier propósito que surgiera.

Los cuidadores confeccionaron puertas para las salas, y llaves para abrirlas o mantenerlas cerradas. Al principio, era la misma llave para todas las puertas.

Más puertas condujeron a más llaves. En cierta época un cuidador podía identificar cada puerta, cada sala y cada libro; ahora, no. Así que les asignaron sectores individuales, alas, niveles. Puede que un cuidador no conozca jamás a todos los demás cuidadores. Se desplazan en círculos unos alrededor de otros, a veces cruzándose, a veces, no.

Grabaron a fuego las llaves sobre el pecho para que siempre los señalaran como cuidadores. Para recordar que tienen una responsabilidad, incluso si su llave (o llaves) cuelga de un gancho sobre la pared y no alrededor de sus cuellos.

También ha cambiado el modo de convertirse en cuidador.

Al comienzo los elegían y criaban como cuidadores. Nacían en el Puerto o los traían de niños, demasiado pequeños para recordar el cielo ni siquiera en sueños. Les enseñaban desde una tierna edad todo acerca de libros y abejas, y les daban llaves de juguete de madera para que jugaran con ellas.

Después de cierto tiempo, decidieron que el camino, como el de los acólitos, debía ser voluntario. A diferencia de los acólitos, los voluntarios pasan por un periodo de entrenamiento. Si desean ser voluntarios después del primer periodo de entrenamiento, se someten a un segundo periodo de prueba. Tras el segundo, los que quedan pasan por un tercer periodo.

Este es el tercer periodo de entrenamiento.

El cuidador potencial debe elegir una historia. La que le plazca. Puede ser un cuento de hadas, un mito o una anécdota acerca de una noche tardía y demasiadas botellas de vino, siempre que no sea una historia propia.

(Muchos de los que creen al principio que desean ser cuidadores, en realidad, son poetas).

Estudian su historia durante un año.

Deben memorizarla. Más que memorizarla, deben retenerla en el corazón. No para que puedan sencillamente recitar las palabras, sino para sentirlas, para percibir la estructura de la historia mientras cambia, remonta o retrocede, y se precipita hacia su clímax o se toma su tiempo para alcanzarlo. Para que puedan recordar y relatar la historia tan íntimamente como si la hubieran vivido ellos mismos y tan objetivamente como si hubieran interpretado todos los papeles que tiene.

Tras el año de estudio los llevan a una sala circular con una única puerta. Dos sillas sencillas de madera aguardan en el centro, una frente a la otra.

Una serie de velas salpican el muro curvo como estrellas, brillando desde apliques dispuestos a alturas irregulares.

Cada pedacito de la pared que no está ocupado por una vela o anulado por una puerta está cubierto de llaves. Se extienden desde el suelo, sobre el muro, prolongándose más allá de las velas más altas hasta perderse entre las sombras de arriba. Largas llaves de cobre, cortas de plata, llaves con dientes complicados y con elaboradas cabezas decorativas. Muchas son antiguas y se encuentran deslustradas, pero todas juntas brillan y resplandecen a la luz de las velas.

En este sitio hay una copia de todas las llaves del Puerto. Si necesitan una, fabrican otra que ocupe su lugar para que jamás falte ninguna.

La única llave que cuelga en esta sala para la que no hay una copia igual es la que abre la puerta de la pared.

Es una sala cuya finalidad es distraer. Ese es su propósito.

Traen al cuidador potencial a esta sala y le piden que tome asiento.

(La mayoría elige la silla frente a la puerta. Los que eligen darle la espalda a la puerta casi siempre tienen más éxito).

Se los deja solos durante un tiempo que puede durar desde unos minutos hasta una hora.

Luego alguien entra en la sala y se sienta en la silla de enfrente.

Y luego relatan su historia.

Pueden relatar su historia de la manera en que lo deseen. No podrán abandonar la sala ni traer nada que no sean ellos mismos. Ni ayudas ni papel del que leer.

No hace falta que permanezcan en su silla, aunque sí debe hacerlo el único espectador.

Algunos se sentarán y recitarán, dejando que su voz haga todo el trabajo.

Una narración más animada puede involucrar cualquier cosa desde ponerse en pie sobre la silla hasta caminar de un lado a otro de la sala.

Un cuidador potencial se puso de pie una vez, caminó hacia la parte trasera de la silla de su espectador, se inclinó hacia él y le susurró toda la historia al oído.

Uno cantó su historia, un relato largo e intrincado que discurría desde lo dulce, suave y melódico hasta el dolor más penetrante para volver de nuevo al principio.

Otro, empleando su propia silla como ayuda, extinguió todas las velas a medida que progresaba su historia, terminando el aterrador relato a oscuras.

Cuando la historia está completa, el espectador se aleja.

El cuidador potencial permanece solo en la sala, desde algunos minutos hasta una hora.

Un cuidador vendrá entonces a por ellos. A algunos les agradecerán su trabajo y servicio, y los despedirán.

En cuanto el resto, el cuidador le pedirá al cuidador potencial que elija una llave de la pared, la llave que desee.

Las llaves no están etiquetadas. Eligen por medio del tacto, por instinto o por antojo pasajero.

La llave es aceptada, y el cuidador potencial vuelve a su asiento. Tiene los ojos vendados.

La llave elegida se recibe y se calienta en las llamas. Luego la presionan sobre el pecho del nuevo cuidador. Con ello aparece la cicatriz de una marca cerca del lugar donde se habría posado si la hubiera llevado en una cadena alrededor del cuello.

En la oscuridad, el cuidador entrará en la sala que abrirá la llave elegida. Y a medida que disminuye el intenso dolor, empezará a ver todas las salas. Todas las puertas. Todas las llaves. Todo lo que tiene a su cargo.

Quienes devienen cuidadores no lo son por ser organizados, porque se les dé muy bien la mecánica, porque sean devotos o sean considerados más dignos que otros. La devoción es para los acólitos. El mérito es para los guardianes. Los cuidadores deben tener espíritu y mantenerlo en alto.

Son nombrados cuidadores porque comprenden por qué estamos aquí.

Por qué importa.

Porque comprenden las historias.

Sienten el zumbido de las abejas en las venas.

Pero aquello era antes.

Ahora hay solo uno.

Zachary Ezra Rawlins consulta el reloj tres veces mientras espera para recuperar su abrigo del guardarropa. Lee una vez más la nota. *Pacienca & Fortaleza. 1 a. m. Trae una flor.*

Está seguro al noventa y cuatro por ciento de que Paciencia y Fortaleza son los nombres de los leones que hay en el exterior de la Biblioteca Pública de Nueva York, a solo unas calles de distancia. La incertidumbre del seis por ciento no es suficiente para que valga la pena considerar otras posibilidades, y los minutos se empeñan en pasar mucho más rápido que antes.

—Gracias —dice a la chica que le trae su abrigo, demasiado entusiasta a juzgar por su mirada, fácilmente legible incluso cubierta por la máscara, pero Zachary ya está a medio camino de la puerta.

Hace una pausa, recordando la breve instrucción de la nota, y extrae una flor de un adorno floral cerca de la puerta con el mayor disimulo posible. Se trata de una flor de papel, sus pétalos cortados de páginas de libros, pero técnicamente es una flor. Tendrá que servir.

Se quita la máscara antes de salir fuera, metiéndola deprisa en el bolsillo de su abrigo. Siente la cara un tanto rara ahora que se le ha quitado.

El aire del exterior lo golpea como un muro helado, y luego algo aún más duro lo derriba al suelo.

—Ay, lo siento —dice una voz por encima de él. Zachary levanta la mirada, parpadeando. El frío le provoca escozor en los ojos, y sus sentidos abotargados por el alcohol insisten en que tiene delante a un oso polar sumamente amable.

Al parpadear, una parte del oso polar se vuelve más definida, transformándose en una mujer de cabello blanco, enfundada en un abrigo de piel de la misma blancura, que le ofrece una mano enguantada.

Zachary acepta y deja que la mujer que parece un oso polar lo ayude a ponerse en pie.

—Pobrecillo —exclama, quitándole la tierra del abrigo mientras sacude sus guantes blancos encima de sus hombros y sus solapas, sin ensuciarse en absoluto por ello. Sus intensos labios rojos se fruncen consternados—. ¿Estás bien? Qué tonta, ni siquiera veía por dónde caminaba.

—Estoy bien —responde él. El hielo se adhiere a sus pantalones, y un sordo dolor se adueña de su hombro—. ¿Y usted...? —pregunta, aunque ni la mujer ni su abrigo parecen tener un pelo fuera de lugar, y ambos parecen ahora más plateados que blancos.

—Estoy ilesa y además soy una distraída —dice. Sus guantes empiezan a aletear de nuevo—. Hace mucho que un hombre no cae rendido a mis pies, independientemente de las circunstancias, así que gracias por eso, querido.

—De nada —responde Zachary, sonriendo automáticamente al tiempo que el dolor de su hombro cede. Se dispone a preguntarle a la mujer si también ha estado en la fiesta, pero está demasiado preocupado por los minutos que pasan—. Que tenga una magnífica velada —dice, dejándola en el círculo de luz bajo la marquesina del hotel y continuando su marcha por la calle.

Dobla la esquina en la Quinta Avenida y mira de nuevo su reloj. Quedan pocos minutos.

Al reducir la distancia con la biblioteca, envuelto en el sonido de los taxis que se deslizan a toda velocidad sobre la calzada húmeda, su impulso empieza a flaquear. Tiene las manos heladas. Baja la mirada a la flor que sujeta en la mano, ahora un tanto aplastada. La observa más detenidamente para ver si puede adivinar el libro del que proceden los pétalos, pero el texto se encuentra en italiano.

Zachary aminora la marcha al acercarse a los escalones de la biblioteca. A pesar de la hora tardía, hay un puñado de personas que dan vueltas por ahí. Un grupo de individuos enfundados en abrigos negros se ríe y parlotea esperando el cambio de luz para cruzar la calle. Una pareja se besa contra un muro bajo de piedra. Los escalones mismos están vacíos, y la biblioteca está cerrada, pero los leones permanecen en sus puestos.

Zachary pasa al lado de un león que supone es Fortaleza y se detiene cerca de la parte central de los escalones. Vuelve a mirar su reloj: 01:02 a. m.

¿Se habrá perdido la reunión, si acaso se trata de una? ¿O tendrá que esperar?

Debería haber traído un libro, piensa como siempre que espera en algún lugar sin tener uno a mano. De pronto, se acuerda y mete la mano en el abrigo.

Pero *Dulces penas* ya no está en su bolsillo.

Zachary busca en todos los demás para estar seguro, pero el libro ha desaparecido.

—¿Buscas esto? —pregunta alguien a sus espaldas.

De pie sobre los escalones de la biblioteca, unos peldaños más arriba, hay un hombre con un chaquetón, el cuello vuelto hacia arriba alrededor de una gruesa bufanda de lana. El cabello oscuro, encanecido en las sienes, enmarca un rostro que podría considerarse apuesto si ello implicara las cualidades de *duro* y *poco convencional*. Lleva pantalones de vestir de color negro y zapatos lustrosos, pero Zachary no recuerda haberlo visto en la fiesta.

En una de sus manos enfundadas en guantes negros sostiene *Dulces penas*.

—Me lo has quitado —dice Zachary.

—No, otra persona te lo ha quitado, y yo se lo he quitado a ellos —explica el hombre, descendiendo los escalones y deteniéndose junto a él—. De nada.

El vello en la nuca de Zachary reconoce la voz antes que todo el resto. Este hombre es su narrador.

—Hay gente que te sigue que desea este libro —continúa el hombre—. En este momento creen tenerlo. Contamos con poco tiempo, aproximadamente media hora, antes de que adviertan que ha desaparecido. Una vez más. Ven conmigo.

El hombre mete *Dulces penas* en su abrigo y empieza a caminar, pasando delante de Paciencia y dando la vuelta hacia el sur. No mira atrás. Zachary vacila y luego lo sigue.

—¿Quién eres? —le pregunta cuando lo alcanza en la esquina.

—Puedes llamarme Dorian —dice el hombre.

—¿Es ese tu nombre?

—¿Importa?

Cruzan la calle en silencio.

—Entonces, ¿para qué sirve la flor? —pregunta Zachary, levantando la flor de pétalos de papel entre los dedos casi helados por el frío.

—Quería ver si seguías instrucciones —responde Dorian—. Resulta aceptable, aunque no sea una flor real. Por lo menos eres bueno improvisando.

Dorian coge la flor de sus manos, la hace girar un instante entre los dedos, y la acomoda en el ojal de su abrigo.

Zachary hunde las manos heladas en los bolsillos.

—Ni siquiera has preguntado quién soy —señala. Lo desconcierta el hecho de que alguien pueda ser tan interesante e irritante a la vez.

—Tú eres Zachary Ezra Rawlins. Zachary, nunca Zach. Naciste el once de marzo, de mil novecientos noventa, en Nueva Orleans, Luisiana. Te trasladaste al norte del estado de Nueva York en dos mil cuatro con tu madre poco después del divorcio de tus padres. Has estado asistiendo a la universidad de Vermont durante los últimos cinco años y medio, y en este momento estás centrado a una tesis sobre el género y la narrativa de los videojuegos modernos. Tienes una nota media realmente sobresaliente. Eres una persona introvertida con algunos problemas menores de ansiedad, y eres amistoso con algunas personas aunque no tengas amigos realmente íntimos. Has estado en dos relaciones románticas serias y ambas terminaron mal. Al comienzo de esta semana tomaste prestado un libro de la biblioteca, y luego el libro en cuestión quedó registrado en un sistema informático, haciendo posible rastrearlo. Desde entonces han estado siguiéndoos a ti y al libro. No eres tan difícil de seguir, pero además están siguiendo la pista de tu teléfono y han colocado un dispositivo de rastreo que, afortunadamente, dejaste en tu hotel. Te gustan los cócteles bien preparados y el cacao de comercio justo, y probablemente deberías haberte puesto una bufanda. Sé quién eres.

—Te has olvidado de que soy de piscis —dice Zachary apretando los dientes.

—Creía que había quedado implícito al mencionar tu fecha de nacimiento —dice Dorian con un pequeño encogimiento de hombros—. Yo soy Tauro. Si salimos de esta debería pedirle a tu madre que me haga la carta astral.

—¿Qué sabes de mi madre? —pregunta, exasperado. Se da prisa para seguir el paso de Dorian. En cada intersección los alcanza una nueva ráfaga de aire helado que le atraviesa el abrigo. Ha dejado de mirar los letreros de las calles, pero cree que se dirigen al sudeste.

—Madame Love Rawlins, asesora espiritual —dice Dorian girando de nuevo—. Solo vivió en Haití hasta los cuatro años, pero a veces finge el acento porque a los clientes parece gustarles. Se especializa en psicometría e incursiona en el tarot y en las hojas de té. Vivíais encima de su tienda en Nueva Orleans. Ahí fue donde estaba la puerta que no abriste, ¿verdad?

Zachary se pregunta cómo es posible que sepa lo de la puerta, pero luego la sencilla respuesta aparece ante él.

—Has leído el libro.

—He echado una ojeada a los primeros capítulos, si se les puede llamar capítulos. Me preguntaba por qué le habías cogido tanto cariño, pero ahora lo entiendo. Ellos no deben saber que tú estás dentro de él, de lo contrario, estarían mucho más interesados en ti y por el momento están muy concentrados en el libro.

—¿Quiénes son ellos? —pregunta Zachary mientras doblan hacia una calle más ancha que reconoce como Park Avenue.

—Un grupo de cretinos malhumorados que creen que están haciendo lo correcto cuando lo *correcto* en este caso es subjetivo —responde Dorian, enfureciéndose de tal modo que Zachary supone que el malhumor podría ser personal y probablemente sea mutuo—. Puedo darte una lección de historia, pero no ahora. No tenemos tiempo.

—Entonces, ¿a dónde vamos?

—Vamos a su cuartel general en los Estados Unidos, que afortunadamente está a pocas calles de aquí —explica Dorian.

—Espera, ¿vamos a ir hasta *ellos*? No quiero...

—La mayoría de *ellos* no estarán allí, lo cual nos beneficiará. Cuando lleguemos, les darás esto.

Dorian mete la mano en su bolsa y le entrega a Zachary un libro, uno diferente. Grueso, azul y conocido, con un dibujo repujado en oro sobre la cubierta. Un busto de Ares.

Zachary le da la vuelta al libro para leer el lomo, aunque sabe lo que dirá. *La edad de oro del mito y la leyenda, o Historias de dioses y de héroes.* La etiqueta de la biblioteca sobre el lomo está despegada.

—Te lo llevaste de la biblioteca —dice. La afirmación se vuelve aún más penosamente evidente al pronunciarla en voz alta—. Estuviste allí.

—Correcto. Diez puntos para Ravenclaw. Aunque no fue muy astuto por tu parte reunir todos esos libros para dejarlos sin supervisión porque querías un muffin.

—Era un muffin de calidad —responde bruscamente, a la defensiva. Para su sorpresa, Dorian se ríe, una carcajada grave y placentera que hace que sienta un poco menos el frío.

—Un muffin de calidad es solo un pastelillo sin glaseado —señala antes de continuar—. Les llevarás este libro.

—¿Acaso no se darán cuenta de que no es el libro que buscan? —Zachary abre la cubierta posterior y advierte que también falta el código de barras: sobre el papel que ocupa su lugar han escrito las iniciales JSK.

—Las personas que te siguen sí —dice Dorian—. Pero las hemos distraído. Quienes han quedado a cargo de cuidar su colección son subalternos, no lo bastante importantes para estar al tanto de los pormenores de un libro buscado. Les darás este, recuperarás otro para mí, y yo te devolveré este.

Levanta en el aire *Dulces penas*, y a Zachary se le ocurre un instante demasiado tarde que podría cogerlo y salir corriendo. Tiene las manos demasiado frías para sacarlas de los bolsillos. Este hombre, cualquiera que sea su nombre real, seguramente sea capaz de alcanzarlo.

—¿Tienen algún propósito todos estos malabares librescos? —pregunta.

Dorian vuelve a deslizar *Dulces penas* dentro de su abrigo.

—Si me ayudas con estos malabares librescos, como los llamas tú, yo te ayudaré a llegar allí.

Zachary no necesita que le aclare a qué se refiere con *allí*, pero tampoco sabe qué decir. Una luz de neón parpadeante se refleja en la nieve gris de la alcantarilla y la tiñe de un tono rojizo y luego nuevamente de gris.

—Es real —dice, aunque no termina de formular la pregunta.

—Por supuesto que es real —responde Dorian—. Lo sabes. Lo sientes hasta en los dedos de tus pies. De no ser así, no estarías aquí.

—¿Es...? —empieza a preguntar, pero luego no puede terminar la pregunta. *¿Es como lo describen en el libro?* Se muere por saberlo, pero también sospecha que los lugares reales jamás terminan de ser plasmados adecuadamente con palabras. Siempre hay más.

—No llegarás allí sin mi ayuda —continúa Dorian al detenerse un momento en un paso de peatones con una señal roja a pesar de la ausencia de tráfico—. Salvo que tengas un acuerdo con Mirabel del que no sé nada.

—¿Quién es Mirabel? —pregunta Zachary cuando empiezan a caminar de nuevo.

Dorian se detiene en mitad de la calle y se da la vuelta hacia él, observándolo con una mirada inquisitiva rematada con un gesto escéptico de sus cejas.

—¿Qué? —pregunta tras una pausa lo bastante larga para incomodarlo, echando un vistazo a ambos lados para ver si viene algún taxi.

—No conoces... —empieza a decir Dorian, pero luego vuelve a detenerse. Las cejas escépticas descienden convirtiéndose en una expresión más cercana a la preocupación, pero luego se da la vuelta y sigue caminando—. No tenemos tiempo para esto. Estamos a punto de llegar. Voy a necesitar que escuches muy atentamente y sigas mis instrucciones.

—¿Nada de improvisaciones? —pregunta Zachary más bruscamente de lo que pretendía.

—No, salvo que tengas otras opciones. Tampoco podrás prestarle bolígrafos a nadie, por si te preguntabas por el dispositivo de rastreo. Le dirás a quienquiera que abra la puerta que vienes a entregar un paquete para el archivo. Muéstrales el libro, pero no lo sueltes. Si no te dejan entrar de inmediato, di que Alex te envía.

—¿Quién es Alex?

—No es una persona, sino un código. Llevarás esto y te asegurarás de que lo vean, pero no permitas que lo miren demasiado. Es más antigua que las que llevan ahora, pero es todo lo que he encontrado.

Dorian le entrega un trozo de metal sobre una larga cadena. Una espada de plata.

—Te conducirán a través de un pasillo escaleras arriba hacia otro pasillo con varias puertas cerradas con llave. Habrá una sala que abrirán para ti. Aproximadamente en ese momento sonará un timbre. Tu acompañante tendrá que ir a atender la puerta. Asegúrale que puedes ocuparte tú mismo de entregar el libro y que saldrás por la parte posterior: esto es habitual y no le resultará raro. Tu acompañante se marchará.

—¿Cómo puedes estar seguro? —pregunta Zachary, pasándose la cadena por encima de la cabeza mientras giran de nuevo. Las calles a su alrededor son más residenciales, salpicadas de árboles, tiendas y restaurantes aislados.

—Son bastante estrictos con sus protocolos, pero algunos son más estrictos que otros —dice Dorian, acelerando el ritmo de sus pasos mientras siguen su marcha—. El que abre la puerta siempre es uno de los más estrictos, y será prioritario. Ahora bien, la sala tendrá libros colocados sobre estanterías y dentro de vitrinas. A ti te conciernen las vitrinas. En una de ellas habrá un libro encuadernado en cuero de color marrón, con los cantos dorados descoloridos. Sabrás cuál es. Cambiarás tu mitología de Bulfinch por ese libro. Colócalo en la parte interior de tu abrigo mientras estés en la habitación; hay cámaras en los pasillos. Lo mejor es que mantengas la cabeza gacha, aunque no creo que nadie que esté vigilando te reconozca basándose en tu foto.

—¿Tienen una foto mía?

—Tienen una foto de anuario que no se parece en nada a ti, no te preocupes por ello. Sal como entrarás, bajando las escaleras, pero cuando llegues al vestíbulo principal da la vuelta a la parte posterior de las escaleras. Desde allí puedes descender al sótano y salir por la puerta trasera. La puerta conduce al jardín. Hay una verja al fondo, sal por ahí y da la vuelta a la derecha. Continúa hasta el final del callejón y vuelve a la calle. Estaré esperando en la acera de enfrente; cuando te vea empezaré a caminar. Sígueme seis calles y, si estás seguro de que nadie te ha seguido, alcánzame. Ya estamos —dice Dorian, deteniéndose en una esquina parcialmente en sombras—. A mitad de la calle, a la izquierda, un edificio gris con una puerta negra, número 213. ¿Tienes alguna pregunta?

—Sí, tengo preguntas —dice Zachary. La voz le sale más fuerte de lo que quiere—. ¿Quién diablos eres? ¿De dónde has salido? ¿Por qué no puedes hacer esto solo? ¿Qué tiene de importante este libro en particular y quiénes son estas personas y qué hizo el ratón con el corazón del Destino? ¿Quién es Mirabel y en qué momento de toda esta operación encubierta podré volver a mi hotel para recobrar las ventanas de mi cara? Gafas. Lentes.

Dorian suspira y se da la vuelta hacia él, su rostro medio oculto por las sombras. Entonces advierte que es más joven de lo que parece. El cabello encanecido y el permanente frunce de sus cejas le dan un aspecto mayor.

—Perdona mi impaciencia —responde, bajando la voz y acercándose un paso. Sus ojos echan un rápido vistazo a la calle, y luego vuelven a Zachary—. Tú y yo tenemos un destino común, y antes de que pueda ir allí necesito ese libro. No puedo hacer esto solo porque me conocen y, si pongo un pie en ese edificio, jamás volveré a salir de él. Te pido tu ayuda porque creo que estarás dispuesto a ayudarme. Por favor. Te lo suplicaré si debo hacerlo.

Por primera vez, la voz de Dorian tiene el tono que adoptó en la oscuridad en la fiesta: la cadencia del narrador que transforma la esquina en la que están parados en un lugar sagrado.

El hombre sostiene su mirada, y por un instante la sensación en el pecho que Zachary creía que eran nervios se vuelve algo completamente distinto, pero luego vuelven a ser nervios. Tiene demasiado calor.

Sin saber qué decir, asiente y se da la vuelta, dejándolo en las sombras. El corazón le martillea en los oídos, y los pies lo conducen por una calle desierta con una hilera de edificios de color rojizo, iluminados por los círculos de luz que arrojan las farolas de la calle y las cuerdas persistentes de luces navideñas titilantes que serpentean a través de los árboles.

¿Qué estás haciendo?, pregunta una voz en su cabeza, y no tiene una respuesta adecuada. No sabe qué o por qué o siquiera dónde, exactamente, porque ha olvidado comprobar el letrero de la calle. Podría seguir caminando, llamar a un taxi y volver a su hotel. Pero quiere que le devuelvan su libro. Y quiere saber qué sucede después.

Le han puesto una búsqueda por delante, y la llevará a cabo hasta el final.

Algunos edificios no tienen números visibles, así que no puede contar, pero no tarda mucho en encontrar el que busca. Es un tipo de edificio diferente de los que lo rodean: la fachada es de color gris, en lugar de color pardo, y las ventanas se encuentran protegidas por rejas negras ornamentadas. Si hubiera tenido una bandera, habría creído que se trataba de una embajada o de un club universitario. Tiene algo demasiado anónimo para que parezca una residencia privada.

Echa un vistazo a la calle antes de subir las escaleras, pero si Dorian espera allí, Zachary no lo ve. Repasa las instrucciones en su cabeza al acercarse a la puerta, preocupado de olvidarse de algo.

La puerta de entrada está iluminada por una única bombilla encerrada en un aplique ornamentado que cuelga sobre una placa de metal. Zachary se inclina para leerla.

Club de los Coleccionistas

No hay horarios de apertura ni ninguna otra clase de información. La puerta tiene un cristal esmerilado, pero las luces están encendidas en el interior. Se trata de una puerta negra con números dorados: 213. Definitivamente, es la puerta correcta.

Zachary respira hondo y presiona el timbre.

DULCES PENAS
Ciudades perdidas de miel y huesos.

En las profundidades hay un hombre perdido en el tiempo.

Ha abierto las puertas equivocadas. Se ha confundido de caminos.

Se ha alejado más de lo que debió alejarse.

Busca a alguien. Algo. A alguien. No recuerda quién es ese alguien. Aquí en las profundidades, donde el tiempo es frágil, no tiene la habilidad de entender los pensamientos y los recuerdos ni de retenerlos para organizarlos de modo que pueda recordar más que un atisbo de ellos.

A veces se detiene, y al detenerse el recuerdo se vuelve lo bastante claro para ver el rostro de ella o ciertas partes de él. Pero la claridad lo motiva para continuar, y luego las partes vuelven a desintegrarse, y continúa su camino sin saber para quién camina o qué camino recorre.

Solo sabe que aún no lo ha alcanzado.

Aún no la ha alcanzado.

¿A quién? Mira el cielo que le ocultan la roca y la tierra y las historias. Nadie responde a su pregunta. Hay un goteo que confunde con agua, pero ningún otro sonido. Luego vuelve a olvidar la pregunta.

Desciende por escaleras que se desmoronan y tropieza con raíces enmarañadas. Hace mucho que pasó por delante de las últimas salas, con sus puertas y sus cerraduras, los sitios donde las historias están contentas de permanecer sobre las estanterías.

Ha logrado soltarse de las enredaderas que brotan con flores llenas de cuentos. Ha cruzado pilas de tazas de té abandonadas con textos horneados dentro del esmalte agrietado. Ha caminado a través de charcos de tinta y dejado huellas que formaron historias a su paso que no se dio la vuelta para leer.

Ahora se desplaza a través de túneles que no tienen luz al final del recorrido, buscando el camino a tientas junto a paredes que no ve hasta que se encuentra en algún sitio, en algún lugar, en algún otro tiempo.

Pasa por encima de puentes destrozados y bajo torres ruinosas.

Camina por encima de huesos que confunde con polvo y de un vacío que confunde con huesos.

Sus zapatos antaño finos están gastados. Abandonó su abrigo hace algún tiempo.

No recuerda el abrigo con su multitud de botones. El abrigo, si los abrigos pueden recordar tales cosas, lo recordaría pero, para cuando se encuentren el abrigo y él, le pertenecerá a otra persona.

Cuando los días son despejados, los recuerdos destacan en su mente como palabras e imágenes dispersas. Su nombre. El cielo nocturno. Una habitación con cortinas de terciopelo rojo. Una puerta. Su padre. Libros, cientos y miles de libros. Un único libro en su mano. Los ojos de ella. Su cabello. Las puntas de sus dedos.

Pero la mayoría de los recuerdos son historias. Trozos de historias. Viajantes ciegos y amantes desventurados, maravillosas aventuras y tesoros ocultos. Reyes dementes y brujas enigmáticas.

Las cosas que ha visto y oído con sus propios ojos y oídos se mezclan con los relatos que ha leído u oído con sus propios ojos y oídos. Aquí abajo son inseparables.

No hay demasiados días despejados. Noches despejadas.

No hay modo de distinguir entre los dos aquí en los abismos.

Noche o día. Verdad o ficción. Real o imaginario.

A veces siente que ha perdido su propia historia. Que ha caído de entre sus páginas y aterrizado aquí, en el medio, pero permanece en su historia. No puede abandonarla, por mucho que lo intente.

El hombre perdido en el tiempo camina a lo largo de la orilla del mar y no levanta la mirada para ver la ausencia de estrellas. Recorre ciudades vacías de miel y huesos, atravesando calles que una vez resonaron con música y risas. Se detiene en templos abandonados, encendiendo velas para dioses olvidados y deslizando los dedos sobre los fósiles de ofrendas no aceptadas. Duerme en camas en las que nadie ha soñado durante siglos, y su propio sueño es profundo, sus sueños tan insondables como sus horas de vigilia.

Al principio, las abejas lo observaban. Lo seguían mientras caminaba y rondaban cerca mientras dormía. Creían que podía ser otra persona.

Es solo un niño. Un hombre. Algo entre los dos.

Ahora las abejas lo ignoran. Se ocupan de sus propios asuntos. Han decidido que un hombre perdido no es motivo de alarma, pero hasta las abejas se equivocan de vez en cuando.

ZACHARY EZRA RAWLINS debe aguardar tanto tiempo parado en el frío que toca el timbre del Club de los Coleccionistas por segunda vez con el dedo casi helado. Solo está seguro de que ha conseguido tocarlo porque oye un suave repique dentro del edificio.

Tras el segundo tañido, oye a alguien moviéndose tras la puerta y el *clic* de varias cerraduras abriéndose.

La puerta se abre algunos centímetros, trabada por una cadenilla de metal. Pero desde la rendija una joven bajita levanta la mirada hacia él. Es más joven que Zachary, pero no tanto como para ser considerada una niña. Le recuerda a alguien o quizá tenga una de esas caras que resultan conocidas. Le dirige una mirada que es mezcla de tedio y cansancio. Por lo visto, hasta las organizaciones secretas tienen becarios que deben lidiar con turnos ingratos.

—¿En qué puedo ayudarlo?

—Yo, eh, vengo a dejar esto para el archivo —dice Zachary. *La edad de oro del mito y la leyenda, o Historias de dioses y de héroes* a medias del bolsillo del abrigo. La mujer lo escudriña pero no exige verlo. Le pide algo más.

—¿Su nombre?

Es una pregunta que no había anticipado.

—¿Importa? —pregunta, imitando a Dorian lo mejor que puede. Aparta levemente el abrigo de manera despreocupada, asegurándose de que ella vea la espada plateada.

La joven frunce el ceño.

—Puede dejarme el objeto —dice—. Veré que…

—Me envía Alex —interrumpe.

La expresión de la mujer sufre un cambio. El tedio desaparece, reemplazado por el recelo.

—Un momento —dice. La puerta se cierra por completo, y empieza a sentir pánico hasta que advierte que está destrabando la cadenilla. La puerta se vuelve a abrir, casi de inmediato.

La mujer lo hace pasar a un pequeño vestíbulo con cristales esmerilados que le impiden ver lo que hay del otro lado. Otra puerta aguarda en la pared opuesta, también de cristales esmerilados en su mayoría. La doble entrada parece responder más a una intención de desorientar que a la seguridad.

La mujer echa el cerrojo y vuelve a colocar la cadenilla. Luego se desplaza rápidamente para abrir la puerta de cristales esmerilados. Lleva un largo vestido de color azul que parece sencillo y anticuado, como una túnica, con un escote cerrado y enormes bolsillos a ambos lados. Alrededor del cuello tiene una cadena plateada con una espada, un diseño diferente al de Zachary, más delgada y corta pero similar.

—Por aquí —dice, empujando la puerta de cristales opacos.

¿Debo fingir que ya he estado aquí o no? Habría sido una buena pregunta para formularle a Dorian. Zachary imagina que la respuesta habría sido que sí, dado que se supone que sabe dónde queda la puerta trasera, pero hace aún más difícil no mirar con curiosidad.

El pasillo es luminoso, con techos altos y paredes blancas, iluminado por una hilera de arañas de cristal que van desde el vestíbulo hasta las escaleras del fondo. Una alfombra de un intenso color azul cubre las escaleras y confluye en el vestíbulo como una cascada, atrapando la luz irregular que le da un aspecto aún más líquido.

Pero lo que Zachary no puede evitar mirar son los picaportes sin puerta que cuelgan a ambos lados del pasillo.

Suspendidos de cintas blancas a diferentes alturas, hay picaportes de cobre, picaportes acristalados y picaportes de marfil tallado. Algunos parecen haberse oxidado hasta el punto de haber manchado toda la cinta de la cual penden. Otros tienen pátinas verde grisáceas. Algunos cuelgan cerca del techo muy por encima de su cabeza, y otros rozan el suelo. Algunos están rotos. Otros, sujetos a escudetes, y otros son solo picaportes o manillas. A todos les faltan sus puertas.

Cada picaporte tiene una etiqueta, una cuerda que sujeta un trozo rectangular de papel que le recuerda al tipo de etiqueta que se coloca sobre los pies de los cadáveres en las morgues. Detiene la marcha para poder observar más de cerca. Alcanza a ver nombres de ciudades y números que tal vez sean latitudes y longitudes. Sobre la parte inferior de cada etiqueta hay una fecha.

Mientras caminan por el pasillo, el aire a su alrededor se agita encima de las cintas. Los picaportes empiezan a mecerse suavemente, chocando entre sí con un repiqueteo hueco y desolado.

Hay cientos. Tal vez miles.

Zachary y su acompañante ascienden la cascada de escaleras en silencio, dejando atrás el eco de los picaportes.

Las escaleras giran, serpenteando en ambas direcciones, pero la mujer asciende el tramo de la derecha. Una enorme araña cuelga en el centro de la escalinata circular, sus bombillas ocultas tras gotas de cristal.

Ambos tramos conducen al mismo pasillo en el piso superior, con un techo más bajo y sin los picaportes de las puertas ensartadas en cintas. Este pasillo tiene sus propias puertas, cada una pintada color negro mate, en marcado contraste con las paredes blancas que los rodean. Cada puerta está numerada, con un número de cobre en el centro. Mientras recorren el pasillo, son todos números bajos, pero no parecen ser secuenciales. Pasan una puerta marcada con un seis y otra con un dos y luego con un once.

Se detienen ante una puerta cerca del final, junto a la gran ventana con barrotes que Zachary podía ver desde la calle, marcada con un ocho. La mujer saca un anillo de llaves de su bolsillo y la abre.

Un fuerte repique se oye abajo. La mano de la mujer se detiene encima del picaporte, y él nota el conflicto desplegándose en su rostro mientras decide si debe ir o no.

El repique suena de nuevo.

—Puedo ocuparme de esto —dice, levantando el libro por si acaso—. Saldré por mi cuenta por la puerta trasera. No se preocupe.

Demasiado sereno, piensa para sí pero su acompañante se muerde el labio y asiente.

—Gracias, señor —responde, volviendo a meter las llaves en su bolsillo—. Que tenga una buena noche.

Echa a andar por el pasillo a un paso mucho más enérgico que antes al tiempo que el repique suena por tercera vez.

Zachary observa hasta que llega a las escaleras y luego abre la puerta.

Dentro, la habitación está más oscura que el pasillo; las luces, dispuestas como ha visto alguna vez en los museos, y las piezas, iluminadas desde ángulos cuidadosamente pensados. Las estanterías que cubren la pared tienen luz interior:

los libros y objetos resplandecen, incluida lo que parece una mano humana real que flota en un frasco de vidrio, con la palma hacia fuera como si estuviera saludando. Dos largas vitrinas de vidrio ocupan el largo de la sala, iluminadas desde dentro de modo que los libros parecen estar suspendidos en el aire. Gruesas cortinas cuelgan sobre las ventanas.

No le lleva demasiado tiempo encontrar el tomo que lo han enviado a buscar. Hay diez libros en una vitrina y ocho en otro, y solo uno está encuadernado en cuero de color marrón. La luz que lo rodea ilumina los bordes antaño dorados de las páginas, brillando aún más sobre las partes en torno a las esquinas donde la pátina dorada ha durado más. Se trata de uno de los volúmenes más pequeños, afortunadamente, y fácil de guardar en el bolsillo. Otros son más grandes y parecen bastante pesados.

Zachary examina la vitrina, intentando recordar si alguna de sus instrucciones incluía cómo abrirla. No encuentra bisagras o cerrojos.

«Una caja rompecabezas», masculla para sí.

Mira más detenidamente. El cristal está dividido en paneles, cada libro en su propio compartimento transparente, aunque se encuentren conectados unos con otros. Hay marcas casi invisibles que los separan entre sí. El libro de color marrón está situado en una sección cerca de un extremo, el penúltimo a la izquierda. Lo examina desde ambos lados y luego se arrastra bajo la mesa para ver si puede abrirse desde abajo, pero no encuentra nada. La mesa tiene una base sólida fabricada de algún tipo de metal.

Zachary se pone en pie y observa detenidamente el mueble. Las luces tienen cables, señal de que estos deben de conducir a algún lado, pero ninguno se ve desde fuera. Si los cables atraviesan la mesa, tal vez todo el mueble se encuentre conectado con la electricidad.

Examina el perímetro de la habitación para ver si encuentra interruptores. El que está junto a la puerta enciende una araña que ni siquiera había advertido entre las sombras de arriba. Es más sencilla que las que están en el pasillo y no aporta mucha luz.

La pared con ventanas tiene cerrojos intrincados, pero nada más. Zachary descorre una de las cortinas y encuentra una ventana que da al muro de ladrillos del edificio contiguo.

Al descorrer la otra, encuentra no una ventana sino una pared con una hilera de interruptores.

—¡Ja! —dice en voz alta.

Hay ocho clavijas en lo que parece ser una caja de interruptores, de las cuales ninguna está etiquetada. Zachary enciende la primera. Las luces de una de las estanterías se apagan y la mano suspendida se desvanece. Vuelve a encenderla y desciende al octavo interruptor, suponiendo que los primeros seis se corresponden con las estanterías.

Las luces se apagan en una vitrina, no en la que quiere abrir sino en la otra, y se oye un sonido metálico. Al acercarse a examinarla, se encuentra con que el cristal ha permanecido en su lugar, pero la base se ha hundido cerca de medio metro hacia abajo, permitiendo acceso a los libros.

Zachary vuelve rápidamente a los interruptores y enciende nuevamente el octavo al tiempo que apaga el séptimo. El estruendo metálico se intensifica, y las mesas se desplazan.

El libro de cuero de color marrón está ahora a su alcance, y lo levanta de su sitio en la vitrina. Mientras lo examina, vuelve a los interruptores. Le recuerda a *Dulces penas*, por la calidad del cuero y por el hecho de que no tenga nada impreso en la parte exterior, ni título ni autor a la vista. Abre la cubierta, y las páginas están iluminadas con preciosos bordes e ilustraciones, pero el texto está escrito en árabe. Lo vuelve a cerrar y lo mete en el bolsillo interior de la chaqueta de su traje.

Zachary vuelve a activar el interruptor número siete.

Pero las luces permanecen apagadas, y la vitrina sigue en un nivel inferior. El ruido metálico cede al chirrido de metal sobre metal.

Zachary lo vuelve a apagar. Luego se acuerda.

Coge *La edad de oro del mito y la leyenda, o Historias de dioses y de héroes* de su chaqueta y lo coloca en el sitio donde había estado el volumen de cuero de color marrón. Luego vuelve a intentarlo con el interruptor.

Esta vez rechina conforme, y las luces vuelven a encenderse al tiempo que la vitrina se desliza hasta cerrarse, encerrando los libros dentro.

Zachary echa un vistazo a su reloj, advirtiendo que no tiene ni idea de cuánto tiempo ha permanecido en la sala. Endereza las cortinas y mete el libro en el interior de su chaqueta. Tras apagar la araña, irrumpe silenciosamente en el pasillo una vez más.

Cierra la puerta lo más suavemente posible. No se ve a su acompañante por ningún lado, pero oye una voz en el piso de abajo mientras se dirige hacia las escaleras.

Cuando va bajando las escaleras y ha alcanzado el rellano, a punto de darse la vuelta para descender hacia el vestíbulo principal, la voz se vuelve más fuerte y alcanza a distinguirla mejor.

—No, no lo entiendes. Está aquí *ahora* —dice la acompañante que ya no lo acompaña.

Una pausa. Zachary camina más lento, escudriñando a través de las escaleras mientras la voz sigue, cada vez más ansiosa. Hay una puerta abierta en el lado del pasillo que se encuentra cerca de las escaleras que no había visto.

—Creo que sabe más de lo que anticipábamos... no sé si tiene el libro, pensé... Lo siento. No... Le escucho, señor. Bajo cualquier circunstancia, entendido.

Por las pausas, Zachary adivina que está hablando por teléfono. Desciende las escaleras con sigilo lo más rápido y silenciosamente que puede, con cuidado de evitar poner en movimiento los picaportes que se mecen sobre las cintas cuando llega al vestíbulo. Desde aquí puede ver la sala donde la joven está de pie de espaldas a él, dirigiendo la voz hacia el auricular de un anticuado teléfono negro de disco, situado sobre un escritorio de madera oscura. Junto al teléfono hay un ovillo de lana y la mitad de una bufanda enroscada sobre unas agujas de tejer. Zachary se da cuenta en ese momento de por qué la mujer le parecía familiar.

Estaba en la clase de Kat. La supuesta estudiante de Literatura que estuvo todo el tiempo tejiendo.

Zachary se escabulle alrededor de la parte trasera de las escaleras con el mayor sigilo posible y se detiene fuera de la vista. La voz se ha quedado en silencio, pero no ha oído que volvieran a colocar el auricular del teléfono sobre la base. Continúa caminando a lo largo de las escaleras hasta que llega a una puerta. La abre con cuidado y en silencio, descubriendo un estrecho tramo de escaleras mucho menos ornamentadas, que conducen al piso de abajo.

Tras cerrar la puerta a sus espaldas con suavidad, baja las escaleras despacio, esperando evitar que crujan con cada pisada. A mitad de camino cree oír que cuelgan el teléfono, y luego un sonido que podría ser el de alguien subiendo las escaleras de arriba.

La escalinata termina en una sala oscura llena de cajas. Pero la luz consigue filtrarse a través de un par de puertas de cristal esmerilado. Zachary supone que podrá salir por allí. No parece haber otra puerta, pero se fija por si acaso.

Las puertas tienen varios cerrojos, pero todos son fáciles de destrabar, y le lleva menos tiempo de lo que cree volver a salir al gélido exterior. Una tormenta ligera de nieve ha empezado a caer. Los copos luminosos quedan atrapados en el viento y giran a su alrededor, muchos sin alcanzar nunca el suelo.

Una breve escalinata desciende a un jardín en su mayor parte de hielo y piedras, con una cerca de barrotes de hierro negros iguales a los de las ventanas. La verja está al fondo, y el callejón al otro lado. Zachary camina hacia ella, más lento de lo que le gustaría, pero sus zapatos de vestir no son los adecuados para cruzar las piedras resbaladizas.

Una sirena aúlla en la distancia. Un claxon se une a ella.

Zachary quita una capa de nieve del cerrojo de la verja, empezando a respirar más tranquilo.

—¿Ya se va? —pregunta una voz detrás de él.

Él se da la vuelta, con la mano sobre la verja.

Parada en las escaleras, delante de las puertas acristaladas abiertas, se encuentra la mujer vestida de oso polar. Todavía lleva encima el abrigo de piel y sonríe, más y menos parecida a un oso a la vez.

Zachary permanece en silencio, paralizado.

—Quédese y beba una taza de té —dice la mujer, despreocupada y amable. Parece ignorar el hecho de que están de pie en la nieve y de que él se dispone a huir y desaparecer en la noche con un libro robado.

—Debo irme, de verdad —responde, ahogando una carcajada nerviosa que amenaza con acompañar a la afirmación.

—Señor Rawlins —continúa la mujer, descendiendo un único escalón hacia él pero deteniéndose de nuevo—, le aseguro que se encuentra en serios problemas. Lo que sea que cree que sucede aquí, cualquiera que sea el bando en el que lo han obligado a creer que está, se equivoca. Se ha topado con un asunto en el que no tiene ningún derecho a entrometerse. Por favor, entre para resguardarse del frío. Beberemos una taza de té y charlaremos amablemente, y luego podrá seguir su camino. Le pagaré su tren de regreso a Vermont como un gesto de buena voluntad. Volverá a sus estudios, y fingiremos que nada de esto ha sucedido.

La cabeza de Zachary bulle con preguntas y deliberaciones. ¿En quién debe confiar? ¿Qué debe hacer? ¿Cómo ha conseguido pasar, en una sola noche, de la ignorancia absoluta a estar tan profundamente envuelto en lo que sea que es este asunto? No tiene motivos reales para confiar en Dorian más de lo que confía en esta mujer. No tiene las suficientes respuestas para todas sus preguntas.

Pero tiene una respuesta, una que facilita la decisión que toma en este momento, en la nieve.

De ninguna manera volverá a casa para fingir que nada de esto ha sucedido. No ahora.

—Declino respetuosamente la oferta —dice. Abre la verja con un chirrido. Trozos de hielo se desprenden y caen sobre sus hombros. No vuelve la vista atrás a la mujer sobre las escaleras mientras corre por el callejón tan rápido como sus zapatos incómodos lo permiten.

Hay otra verja al fondo, y mientras tantea el pestillo distingue a Dorian al otro lado de la calle, apoyado contra un edificio y leyendo a la luz del bar aún abierto en la esquina. Se lo ve absorto en *Dulces penas*, frunciendo el ceño de un modo que a Zachary le resulta familiar.

Ignora tanto sus instrucciones como la farola, y se da prisa en cruzar la calle desierta.

—Creía haberte dicho que… —empieza a decir Dorian, pero Zachary no lo deja terminar.

—Acabo de declinar una invitación para asistir a una ceremonia de té nocturna con tintes intimidatorios, por parte de una mujer con un abrigo de piel, e imagino que sabes quién es. Sin duda, ella sabía quién era yo, así que no creo que nada de esto sea tan encubierto como te gustaría que lo fuera.

Dorian vuelve a colocar el libro dentro de su abrigo y masculla algo en un idioma que Zachary no reconoce, pero que supone que debe de tener un sentido profano. Se da la vuelta hacia la calle con la mano en alto. Le lleva un instante darse cuenta de que está llamando a un taxi.

Hace que se meta dentro del vehículo antes de que pueda preguntar a dónde van, pero dirige al conductor a Central Park West y la setenta y siete. Luego suspira y hunde la cabeza entre las manos.

Zachary se da la vuelta y mira hacia atrás mientras se alejan del bordillo. La joven se encuentra de pie en la esquina, con un abrigo oscuro encima de su vestido. No alcanza a distinguir si los ha visto o no desde esta distancia.

—¿Has conseguido el libro? —le pregunta Dorian.

—Sí —responde—. Pero antes de dártelo, vas a explicarme por qué lo he hecho.

—Lo has hecho porque te lo pedí amablemente —dice, sin conseguir enfadarlo tanto como Zachary espera—. Y porque me pertenece a mí, no a ellos, tanto como un libro puede pertenecer a alguien. Yo he recuperado tu libro; tú has recuperado el mío.

Zachary observa cómo Dorian mira la nieve fuera de la ventana. Parece cansado. Más que cansado, agotado, y quizá un poco triste. La flor de papel sigue metida en la solapa de su abrigo. Decide por ahora no seguir preguntando acerca del libro.

—¿A dónde vamos? —pregunta.

—Necesitamos llegar a la puerta.

—¿Hay una puerta? ¿Aquí?

—Debería haberla si Mirabel ha cumplido su parte del trato y no la han detenido en el proceso —explica Dorian—. Pero tenemos que llegar allí antes que ellos.

—¿Por qué? —pregunta—. ¿Ellos también quieren llegar allí?

—No que yo sepa —dice—, pero no quieren que nos dirijamos allí, no quieren que nadie vuelva a dirigirse allí. ¿Sabes lo sencillo que es destruir una puerta hecha de pintura?

—¿Cómo de sencillo?

—Tan sencillo como arrojarle más pintura encima, y ellos siempre tienen pintura.

Zachary mira fuera de la ventanilla a los edificios que van pasando y los copos de nieve que empiezan a adherirse a letreros y árboles. Echa un vistazo al Empire State Building, luminoso y blanco contra el cielo, y se da cuenta de que no tiene idea de la hora ni tampoco le importa lo bastante para mirar su reloj.

La pantalla de televisión en el interior del taxi parlotea sobre titulares y películas. Estira el brazo para silenciarla, indiferente a todo lo demás que suceda en el mundo, sea verdadero o ficticio.

—Supongo que no hay tiempo para pasar a buscar mi bolsa, ¿verdad? —pregunta, conociendo la respuesta de antemano. Sus lentillas empiezan a enemistarse con sus pupilas.

—Me aseguraré de que recuperes tus pertenencias lo antes posible —dice Dorian—. Sé que tienes muchas preguntas. Haré lo posible por responderlas una vez que estemos a salvo.

—¿Acaso no lo estamos ahora?

—Para serte sincero, me sorprende que hayas conseguido salir de allí —señala—. Seguramente, los has pillado por lo menos un poco por sorpresa. De lo contrario, no habrían dejado que te marcharas.

—Bajo ninguna circunstancia —masculla Zachary para sí, recordando la llamada telefónica que oyó por casualidad. No habían planeado dejar que se marchara. Seguramente, tampoco tenían té para ofrecerle—. Sabían quién era desde el principio —le dice a Dorian—. La que abrió la puerta estaba en Vermont fingiendo ser estudiante. Tardé un rato en reconocerla.

Dorian frunce el ceño, pero no dice nada.

Guardan silencio mientras el taxi avanza a toda velocidad por las calles.

—¿Mirabel es quien pinta las puertas? —pregunta Zachary. Le parece lo bastante relevante como para preguntar.

—Sí —responde Dorian, aunque no se explaya. Zachary le echa una ojeada, pero está mirando fuera de la ventana. Una de sus rodillas rebota incesantemente.

—¿Por qué creías que la conocía?

Dorian se da la vuelta y lo mira.

—Porque bailaste con ella en la fiesta.

Zachary intenta recordar su conversación con la mujer vestida de reina de los monstruos, pero el recuerdo es confuso y se encuentra fragmentado en su cabeza.

Está a punto de preguntarle a Dorian cómo la conoce, pero el taxi baja la velocidad y se detiene.

—En la esquina está bien, gracias —le dice al conductor, entregándole efectivo y rechazando el cambio. Zachary se para en la acera, intentando orientarse. Se han detenido junto a Central Park, al lado de una de las verjas que permanece cerrada durante el horario nocturno, y frente a un enorme edificio que reconoce.

—¿Vamos al museo? —pregunta.

—No —dice Dorian. Observa al taxista alejarse y luego se da la vuelta y salta el muro para entrar en el parque—. Date prisa.

—¿Acaso no está cerrado? —pregunta, pero Dorian ya se encuentra caminando por delante, desapareciendo entre las sombras proyectadas por las ramas cubiertas de nieve.

Zachary trepa el helado muro con torpeza, a punto de perder el equilibrio al otro lado, pero recobra la compostura a costa de ensuciarse las manos con tierra y hielo.

Echa a andar hacia el parque tras su compañero, zigzagueando alrededor de senderos desiertos y dejando las huellas en la nieve impoluta. Entre los árboles distingue algo parecido a un castillo. Es fácil olvidar que están en mitad de la ciudad.

Pasan un letrero que señala que parte del follaje escarchado es el Jardín de Shakespeare, y luego cruzan un pequeño puente sobre parte del estanque helado, tras lo cual Dorian aminora la marcha hasta detenerse.

—Parece que la noche avanza a nuestro favor —dice—. Hemos llegado aquí, los primeros. —Señala hacia una arcada de piedra, medio oculta entre las sombras.

La puerta pintada sobre las piedras ásperas es sencilla, menos ornamentada que la que Zachary recuerda. Carece de adornos, tan solo un picaporte reluciente de pintura de color cobre y goznes iguales alrededor de una puerta sin lujos que parece de madera. La piedra es demasiado irregular para engañar a nadie. Por encima hay letras que parecen talladas, algo que no alcanza a distinguir y podría estar escrito en griego.

—Ingenioso —dice Dorian para sí, leyendo el texto encima de la puerta.

—¿Qué dice? —pregunta Zachary.

—«Conócete a ti mismo» —responde—. A Mirabel le gustan los detalles pintorescos. Me sorprende que haya tenido tiempo para hacerlo con este clima.

—Esa es la mitad del lema de la familia Rawlins —señala Zachary.

—¿Y la otra mitad?

—«Y aprende a sufrir».

—Tal vez deberías pensar en cambiar esa parte —dice Dorian—. ¿Quieres hacer los honores? —añade, señalando la puerta.

Zachary estira la mano para sujetar el picaporte de la puerta. Aún no está seguro de creer realmente que no se trate de un engaño elaborado. Una parte de él espera que se rían de él, pero su mano se cierra sobre un objeto de metal frío, redondo y tridimensional. Gira con facilidad, y la puerta se abre hacia dentro, dejando al descubierto un amplio espacio, mucho más grande de lo que uno imaginaría. Zachary lo observa paralizado.

Luego oye algo… a alguien… por detrás, un susurro entre los árboles.

—Avanza —dice Dorian y lo obliga a dar un paso hacia delante, con un repentino empujón entre los omóplatos. Zachary avanza a través de las puertas dando un traspiés. En aquel mismo instante, algo húmedo lo golpea, salpicándole la espalda y el cuello, y chorreándole por el brazo.

Cuando mira hacia abajo esperando ver sangre, encuentra en cambio el brazo cubierto de pintura brillante, gotas que parecen oro líquido se escurren entre sus dedos.

Y Dorian ha desaparecido.

Detrás de él, lo que había sido momentos antes una puerta abierta, es ahora un muro de roca sólida. Zachary golpea las manos contra ella, dejando huellas metálicas de pintura de color dorado sobre la piedra pulida y oscura.

—¡Dorian! —llama a gritos, pero la única respuesta es el eco de su propia voz.

Cuando se disipa, un silencio pesado se instala sobre el lugar. No hay árboles que susurren ni vehículos distantes avanzando a toda velocidad sobre la calzada húmeda.

Zachary lo vuelve a llamar, pero esta vez el eco suena más tibio. De algún modo, sabe que nadie puede oírlo, no en este lugar. *Dondequiera* que esté.

Apartándose del muro salpicado de manchas doradas, mira a su alrededor. Se encuentra de pie sobre un tramo de roca en un espacio que parece una cueva. Una escalera en espiral está tallada en el espacio circular que conduce hacia abajo, donde en algún lugar hay algo que arroja una luz suave y cálida hacia arriba, como el fulgor de una chimenea, pero más constante.

Zachary se aparta del espacio donde había estado la puerta y desciende las escaleras lentamente, dejando un rastro de pintura dorada sobre la piedra.

Al fondo de la escalinata, encajadas sin interrupción alguna en la roca, hay un par de puertas doradas flanqueadas a ambos lados por farolas colgantes, suspendidas de cadenas: se trata sin duda de un ascensor. Está cubierto de dibujos recargados, incluidos una abeja, una llave y una espada, alineados a lo largo de la juntura central.

Zachary extiende la mano para tocarlo, esperando a medias que sea una ingeniosa ilusión como las puertas pintadas, pero el ascensor es un objeto de metal frío, y los dibujos se encuentran en relieve y están claramente definidos bajo la yema de sus dedos.

Este es un momento significativo, piensa, oyendo la voz de su madre pronunciar las palabras en su cabeza. Un momento con sentido. Un momento que altera todos los que le siguen.

Es como si el ascensor estuviera observándolo para ver lo que decidirá hacer.

Dulces penas jamás mencionó un ascensor.

Se pregunta qué le ha sucedido a Dorian.

En un lateral, bajo uno de los faroles, hay un único botón hexagonal sin marca alguna, rodeado de una filigrana dorada e incrustado en la piedra como una joya.

Zachary lo presiona, y se enciende con un suave resplandor.

Un profundo temblor surge de las entrañas, y se vuelve cada vez más fuerte y poderoso. Retrocede un paso. Las farolas se sacuden sobre sus cadenas.

El ruido se detiene abruptamente.

La luz del botón se extingue.

Un suave repique suena desde el interior de las puertas.

Entonces la abeja, la llave y la espada se dividen por la mitad y el ascensor se abre.

DULCES PENAS
...El Tiempo se enamoró del Destino.

El pirata le cuenta a la chica no esa única historia que le pide, sino muchas historias. Historias que se pliegan unas dentro de otras y echan a andar dentro de fragmentos de mitos perdidos y relatos olvidados y prodigios aún no contados que vuelven sobre sí mismos hasta regresar a dos personas frente a frente a través de barrotes de hierro, una narradora y un oyente, sin que queden ya palabras para susurrarse uno al otro al oído.

El silencio que sigue a las historias es denso y largo.

—Gracias —murmura la chica.

El pirata acepta su agradecimiento inclinando la cabeza en silencio.

Ya casi ha amanecido.

El pirata desenreda los dedos del cabello de la chica; ella se aleja de los barrotes.

Posa una mano sobre el pecho y le hace una reverencia grácil y profunda.

El pirata imita el gesto inclinando la cabeza, con la mano cerca del corazón, reconociendo formalmente que la danza ha acabado entre los dos.

Hace una pausa antes de alzar la cabeza, reteniendo el momento todo lo que puede.

Cuando levanta la mirada, la chica ya se ha dado la vuelta y se dirige en silencio hacia el muro que está delante.

Su mano oscila encima de la llave. No mira al guardia ni al pirata. Esta es su decisión, y no necesita ninguna ayuda externa para tomarla.

La chica desliza la llave del gancho. Evita que tintinee contra la argolla o repiquetee contra la piedra.

Vuelve a cruzar la estancia con la llave en la mano.

Ni el chasquido de la llave abriendo la celda, ni siquiera el crujido de la puerta, despierta al guardia.

No cruzan ninguna palabra mientras la chica obsequia al pirata con su libertad, y él la acepta. Durante el ascenso por las escaleras oscuras, no se dice nada acerca de lo que sucederá después, lo que ocurrirá una vez que lleguen a la puerta que está arriba, y los mares desconocidos que los aguardan más allá.

Justo antes de llegar a la puerta, el pirata atrae a la chica de nuevo hacia sí y atrapa sus labios con los suyos. Ya no existen barreras entre los dos, enlazados sobre la oscura escalinata. Solo el destino y el tiempo complican el asunto.

Aquí es donde los dejamos… una chica y su pirata, un pirata y su salvadora… unidos en un beso, en la oscuridad, antes de que se abra una puerta.

Pero aquí no es donde finaliza su historia.

Es solo donde cambia.

Otro lugar, otro tiempo:
INTERLUDIO I

Nueva Orleans, Luisiana, hace catorce años

Ya casi ha amanecido. Una bruma grisácea aleja la oscuridad de la noche sin que el día se decida a aparecer, pero un poco de luz de la calle se derrama en el callejón. Es más que suficiente para poder pintar.

Está acostumbrada a pintar con poca luz.

El aire está más frío de lo que esperaba, y sus guantes sin dedos son más adecuados para sostener el pincel que para darle calor. Tira de las mangas de la sudadera más abajo sobre las muñecas, dejando rastros de pintura, pero los puños ya se encontraban cubiertos de manchas de pinturas de varias tonalidades y acabados.

Agrega otra línea de sombra sobre los paneles de madera falsa, definiéndolos un poco más. La mayor parte del trabajo está acabado, ha estado acabado desde que la noche aún era noche y ni siquiera consideraba convertirse en día, y podría dejarlo como está, pero no quiere. Se siente orgullosa de esta obra; es un buen trabajo y quiere mejorarlo.

Cambia de pincel, extrayendo uno más delgado del abanico de herramientas para pintar que sobresalen de su coleta, un puñado de grueso cabello de color negro con pinceladas azules que desaparecen con esta luz en particular. Hurga en silencio en la mochila a sus pies y cambia el gris sombreado por un dorado metálico.

Los detalles son su parte favorita: una sombra añadida por aquí y un reflejo por allá, y de pronto una imagen plana cobra dimensión.

La pintura dorada sobre el pincel diminuto deja trazos áureos sobre la empuñadura de la espada, los dientes de la llave, las rayas de la abeja. Brillan en la oscuridad, sustituyendo las estrellas que se desvanecen.

Una vez que está satisfecha con el picaporte de la puerta, cambia de pincel de nuevo, ahora para los toques finales.

Siempre deja el ojo de la cerradura para el final.

Quizá el ojo de la cerradura de una puerta sin llave sea como una firma. Un detalle que está allí porque debe ser así, no porque haya ninguna necesidad técnica para que lo esté. Para que parezca completo.

—Es muy bonita —dice una voz por detrás, y la chica se sobresalta. El pincel cae de sus dedos y aterriza a sus pies, haciendo una pausa en el aire para manchar los cordones de sus zapatos con el negro oscuro del ojo de la cerradura.

Se da la vuelta. Una mujer está de pie detrás de ella.

Podría salir corriendo, pero no está segura del camino que debe tomar. Las calles parecen diferentes ahora que es casi de día.

Olvida cómo saludar en este idioma en particular y no sabe con certeza si debe decir *hola* o *gracias*, así que no dice nada.

La mujer está sopesando la puerta y no a la chica. Lleva una bata mullida del color de un melocotón poco maduro y sostiene un tazón en el que pone *Bruja Auténtica*. Lleva el cabello sujeto con un pañuelo estampado con arcoíris, y una gran cantidad de pendientes y tatuajes en las muñecas: un sol y una hilera de lunas. Es más baja que la chica, pero parece más alta, ocupa más espacio en el callejón a pesar de ser una persona menuda. La chica se retrae aún más, ocultándose dentro de su sudadera encapuchada.

—No puedes pintar ahí, ¿sabes? —dice la mujer. Bebe un sorbo de su tazón.

La chica asiente.

—Alguien vendrá y pintará encima de tu dibujo.

La chica mira la puerta y luego nuevamente a la mujer, y se encoge de hombros.

—Ven a beber una taza de café —dice la mujer. Se da la vuelta, alejándose por el callejón, y dobla la esquina sin esperar una respuesta.

La chica vacila, pero luego inserta el pincel en su coleta junto con los demás y recoge su bolso para seguirla.

A la vuelta de la esquina hay una tienda. Un letrero de neón con la forma de una palma levantada en alto y un ojo en el medio reposa apagado en el centro de la enorme ventana, rodeada de cortinas de terciopelo que oscurecen el interior. La mujer se para en la puerta y la sostiene abierta para que pase la chica.

Una campanilla repica al cerrarse detrás de ellas. El interior de la tienda no se parece en nada a ninguna otra que la chica haya visto jamás, repleta de velas y muebles desiguales. Manojos de salvia seca sujetos con cuerdas coloridas cuelgan del techo, rodeados de guirnaldas de lucecillas brillantes y faroles de papel. Sobre la mesa hay una bola de cristal y un paquete de cigarrillos de clavo de olor. Una estatua de un dios con cabeza de ibis escudriña por encima del hombro de la chica mientras intenta encontrar un lugar donde no entorpezca el paso.

—Siéntate —dice la mujer, guiándola hacia un sillón de terciopelo cubierto con pañuelos. La chica se tropieza con la pantalla de una lámpara de camino al sillón, cuyo ribete de flecos continúa meciéndose después de sentarse, con el bolso en su regazo.

La mujer regresa con dos tazones, el nuevo engalanado con una estrella de cinco puntas dentro de un círculo.

—Gracias —dice la chica con voz queda mientras acepta el tazón. Le calienta las manos heladas.

—Tienes permiso para hablar —dice la mujer, acomodándose en un antiguo sillón Chesterfield que suspira y cruje cuando se sienta—. ¿Cómo te llamas?

La chica no dice nada. Bebe el café demasiado caliente.

—¿Necesitas algún lugar donde quedarte? —pregunta la mujer.

La chica sacude la cabeza.

—¿Estás segura?

Esta vez la chica asiente con la cabeza.

—No era mi intención provocarte un sobresalto ahí fuera —continúa la mujer—. Hay que tener cuidado con los adolescentes que deambulan por la calle a horas extrañas. —Bebe un sorbo de café—. Tu puerta es muy bonita. A veces pintan cosas no tan bonitas sobre esa pared, porque la gente dice que hay una bruja que vive aquí.

La chica frunce el ceño. Luego señala a la mujer, que suelta una carcajada.

—¿Cómo te has dado cuenta? —pregunta, y aunque no parece preguntarlo en serio, la chica señala de todos modos el tazón de café. *Bruja Auténtica.*

La mujer se ríe aún más fuerte, y la chica sonríe. Provocar la hilaridad de una bruja podría traerle suerte.

—Obviamente, no intento ocultarlo —dice la mujer, riendo entre dientes—. Pero hay chicos que dicen tonterías sobre maldiciones y demonios, y algunos de los más ingenuos lo creen. No hace mucho alguien arrojó una piedra por la ventana.

La chica echa un vistazo a la ventana, cubierta por las cortinas de pana, y luego a sus propias manos. A veces, no está segura de entender a las personas. Tiene pintura bajo las uñas.

—Lo que más hago es leer —continúa—, como si leyera un libro sobre una persona, salvo que lo leo a través de un objeto que ha tocado. He leído llaves de coches y anillos de boda. Una vez leí uno de los mandos del videojuego de mi hijo. No le gustó, pero aun así lo leo todo el tiempo. Está escrito sobre todo el parqué, el papel pintado y el fregadero. Seguramente, podría leer tus pinceles.

La mano de la chica sube rápidamente al abanico de pinceles insertados en su cabello como para protegerlos.

—Solo si tú quieres que lo haga, cielo.

La expresión de la chica se transforma ante el apelativo cariñoso. Lo traduce varias veces en la cabeza y piensa que esta mujer debe de ser una bruja para saber tales cosas, pero no dice nada.

La chica apoya el tazón sobre la mesa y se pone de pie. Mira la puerta, con el bolso bajo el brazo.

—¿Tienes que marcharte? —señala la mujer, pero no protesta. Apoya su propio café y acompaña a la chica a la puerta—. Si necesitas lo que sea, vuelve aquí cuando quieras, ¿de acuerdo?

La chica parece a punto de decir algo, pero no lo hace. En cambio, mira rápidamente el letrero sobre la puerta, un trozo de madera pintado a mano sobre un galón que dice *Asesora Espiritual,* con pequeñas estrellas dibujadas en los bordes.

—Quizá la próxima vez puedas pintarme un letrero nuevo —añade la mujer—. Y toma, llévate esto. —Llevada por un impulso, coge un mazo de cartas de un estante, lo bastante alto para desalentar a un ratero, y se lo entrega a la chica. Ella misma rara vez lee las cartas, pero disfruta regalándolas como obsequios inesperados cuando le parece el momento adecuado, como este—. Son cartas que tienen historias —explica mientras la chica mira las cartas en su mano con curiosidad—. Las barajas y te cuentan la historia.

La chica sonríe, primero a la mujer y luego a las cartas, que sostiene con suavidad como un pequeño ser vivo. Se da la vuelta para marcharse, pero se detiene repentinamente tras unos pasos y retrocede antes de que la puerta se haya cerrado tras ella.

—Gracias —repite, no mucho más alto que antes.

—De nada —responde la mujer. Mientras el sol se eleva, el camino de la bruja la lleva de vuelta a la tienda, y el de la chica la lleva a otro lado. La campanilla encima de la puerta repiquetea señalando su despedida.

Dentro, la bruja levanta el tazón de la chica, con la estrella hacia su palma. No es necesario que lo lea, pero siente curiosidad y un poco de preocupación por la suerte de la joven, que anda sola en la calle.

Las imágenes le llegan veloces y nítidas, más nítidas de lo que suele ser un objeto que apenas se ha tenido entre las manos unos minutos. Más imágenes, más personas, más lugares y más elementos de los que deberían entrar en una sola chica. Luego la bruja se ve a sí misma. Ve las cajas de mudanza de cartón y el huracán en la televisión y la casa de campo blanca rodeada de árboles.

El tazón vacío cae al suelo golpeando la pata de una mesa, pero no se rompe.

Madame Love Rawlins sale al exterior, y la campanilla de la puerta vuelve a repiquetear. Primero, mira hacia la calle silenciosa, y luego a la vuelta de la esquina donde está el callejón y la puerta pintada que aún no se ha secado.

Pero la chica ha desaparecido.

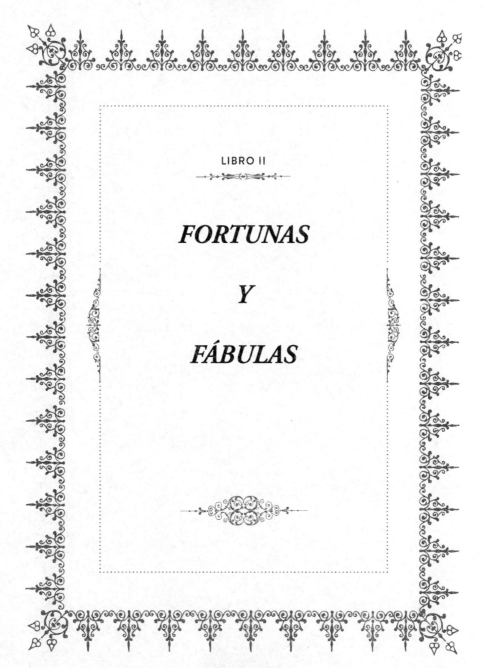

LIBRO II

FORTUNAS

Y

FÁBULAS

FORTUNAS Y FÁBULAS
EL MERCADER DE ESTRELLAS

Una vez había un mercader que viajaba por todos lados, vendiendo estrellas.

Este mercader vendía toda clase de estrellas: estrellas fugaces y estrellas perdidas y viales de polvo de estrellas. Trozos delicados de estrellas ensartadas en delgadas cadenas para llevar alrededor del cuello y magníficos ejemplares dignos de ser exhibidos en una vitrina. Los fragmentos de estrellas se compraban para obsequiarlos a amantes; el polvo de estrellas, para rociar en sitios sagrados o para hornear dentro de un pastel hechizado.

Las estrellas del inventario del mercader viajaban de un lugar a otro en un enorme saco bordado con constelaciones.

Los precios de las mercancías eran elevados pero a menudo negociables. Podían adquirirse las estrellas a cambio de monedas, favores o secretos guardados por soñadores ilusionados, esperando que el mercader de estrellas se cruzara en su camino.

De vez en cuando, el mercader intercambiaba estrellas por hospedaje o transporte al viajar de un lugar a otro. Las estrellas se cambiaban por noches en posadas con o sin compañía.

Una noche oscura en el camino, el mercader de estrellas se detuvo en una taberna para pasar el tiempo antes de que saliera el sol. Se sentó junto al hogar bebiendo vino y se puso a charlar con un viajero que también pasaba la noche en la taberna, aunque sus caminos tomarían rumbos diferentes una vez que amaneciera.

—Brindo por las Búsquedas —dijo el mercader de estrellas mientras llenaban su copa de vino una vez más.

—Brindo por los Hallazgos —respondió el viajante como era tradición—. ¿Qué es lo que vende? —preguntó, inclinando una copa hacia el saco cubierto de constelaciones. Era un asunto que aún no habían abordado.

—Estrellas —respondió el mercader de estrellas—. ¿Le gustaría echarles un vistazo? Le ofreceré un descuento por alegrarme la velada. Incluso quizá le muestre los objetos que reservo para los clientes distinguidos.

—No me interesan las estrellas —dijo el viajero.

El mercader se rio.

—Todo el mundo desea estrellas. Todo el mundo quiere echar mano de lo que existe fuera del alcance. Tener lo extraordinario en sus manos y guardar lo asombroso en sus bolsillos.

En este punto hubo una pausa, que se llenó con el sonido crepitante del fuego.

—Permítame contarle una historia —dijo el viajero tras la pausa.

—Por supuesto —respondió el mercader, señalando sus copas de vino para que las llenaran de nuevo.

—Una vez hace mucho tiempo —empezó el viajero—, el Tiempo se enamoró del Destino. Se enamoró apasionada y profundamente. Las estrellas los observaron desde los cielos, preocupadas porque su romance alterara el flujo del tiempo o enredara las cuerdas del destino convirtiéndolas en nudos.

El fuego siseó y chisporroteó con inquietud, recalcando las palabras del viajero.

—Las estrellas conspiraron y separaron a ambos. Después respiraron más aliviadas. El Tiempo siguió fluyendo como siempre, el Destino entretejió los caminos destinados a cruzarse, y con el tiempo el Destino y el Tiempo volvieron a encontrarse...

—Por supuesto que se encontraron —interrumpe el mercader de estrellas—. El Destino siempre obtiene lo que desea.

—Pero las estrellas no aceptaban la derrota —continuó el viajero—. Asediaron a la luna con reclamos y quejas hasta que accedió a convocar al parlamento de lechuzas.

En este punto, el mercader de estrellas frunció el ceño. El parlamento de lechuzas era un mito antiguo, que se invocaba como una maldición en las tierras donde el mercader había vivido de niño, lejos de aquel lugar. Si vacilas en tu camino, el parlamento de lechuzas vendrá a por ti. El mercader escuchó atentamente mientras continuaba el relato.

—El parlamento de lechuzas concluyó que debía eliminarse a uno de los dos. Eligieron preservar al que consideraron más importante. Las estrellas se regocijaron cuando despedazaron al Destino. Lo aniquilaron con picos y garras.

—¿Acaso nadie intentó detenerlas? —preguntó el mercader de estrellas.

—Seguramente, la luna lo habría hecho si hubiera estado allí. Eligieron una noche sin luna para el sacrificio. Nadie se atrevió a intervenir, salvo un ratoncillo que cogió el corazón del Destino para mantenerlo a salvo —dijo el viajante, haciendo una pausa para beber un sorbo de vino—. Las lechuzas no advirtieron al ratoncillo mientras se daban el banquete. La lechuza que consumió los ojos de Destino obtuvo mejor visión, y la coronaron Rey Lechuza.

Entonces, fuera en la noche, se oyó un sonido. Pudo haber sido el viento o pudieron haber sido alas.

El viajante aguardó a que cesara el sonido para retomar el relato.

—Las estrellas se arrellanaron muy ufanas en sus cielos. Observaron al Tiempo deslizándose con el corazón quebrantado. Finalmente, cuestionaron todo lo que alguna vez habían considerado una verdad indiscutible. Consideraron que la corona del Rey Lechuza que se pasaban unos a otros podía ser una bendición o una maldición, ya que ninguna criatura mortal debe gozar de semejante capacidad de visión. Aún hoy la incertidumbre las hace titilar mientras nos contemplan desde arriba.

El viajante hizo una pausa para beber el último sorbo de vino. Había concluido la historia.

—Como he dicho, no me gustan las estrellas. Están hechas de rencor y de pena.

El mercader de estrellas no dijo nada. La bolsa cubierta de constelaciones reposaba, llena, junto al fuego.

El viajante agradeció al mercader de estrellas el vino y la compañía, y el mercader expresó los mismos deseos. Antes de irse a dormir, el viajero se inclinó hacia él y le susurró en la oreja:

—Cada cierto tiempo, el Destino se restablece, y el Tiempo siempre está esperando.

El viajero dejó al mercader de estrellas solo, sentado, mientras bebía y observaba el fuego.

A la mañana siguiente, cuando las estrellas habían huido bajo el ojo avizor del sol, el mercader de estrellas preguntó si el viajero había partido, si había tiempo para despedirse adecuadamente.

Le informaron de que no había habido ningún otro huésped.

Zachary Ezra Rawlins se encuentra sentado en una banqueta de terciopelo, en el ascensor más refinado en el que haya montado jamás. Se pregunta si acaso es realmente un ascensor o más bien una habitación fija arreglada para simular un ascensor, porque le da la impresión de que ha estado sentado allí demasiado tiempo.

Se pregunta si es posible sufrir un súbito ataque de claustrofobia, y sus lentillas le están recordando por qué rara vez las usa. El probable ascensor emite un zumbido y cada tanto se sacude chirriando ruidosamente, así que es posible que esté impulsándose. Además, siente el estómago como si estuviera cayendo a un ritmo amable dentro de una jaula de oro, o tal vez esté más ebrio de lo que había creído. Una reacción tardía a salir de copas.

La araña que cuelga encima tiembla y emite un resplandor, arrojando una luz fragmentada sobre el interior ligeramente barroco, cuyas paredes doradas con terciopelo de color granate han perdido el lustre y la morbidez respectivos. El motivo de la abeja/llave/espada se repite en las puertas interiores, pero no hay otro adorno: ni información numérica, ni indicador de pisos, ni siquiera un botón. Por lo visto, hay un solo lugar al que ir y aún no lo ha alcanzado. La pintura sobre la espalda y el brazo ha empezado a secarse, y las escamas metálicas se adhieren a su abrigo y su cabello, provocándole escozor en el cuello, y pegándose bajo las uñas de los dedos.

Zachary está demasiado alerta aunque profundamente cansado. Siente un zumbido generalizado, desde la cabeza hasta los pies, y no sabe decir si se trata del ascensor, el alcohol o algo más. Se pone de pie y empieza a caminar de un lado a otro, tanto como lo permite un ascensor: no más de dos pasos en cualquiera de las direcciones.

Tal vez sea el hecho de que por fin has atravesado una puerta pintada y no has terminado donde imaginabas, sugiere la voz en su cabeza.

¿Acaso sé lo que imaginaba?, se pregunta.

Detiene sus idas y venidas y se sitúa mirando a las puertas del ascensor. Extiende una mano para tocarlas, posándola sobre el motivo de la llave. Vibra bajo sus dedos.

Por un instante se siente como un chico de once años en un callejón, con los dedos sobre una puerta pintada, no de metal, aunque reverbere. La música de jazz de la fiesta está atrapada en su cabeza y se repite continuamente. Le da un toque rítmico a toda la situación. De pronto, tiene la sensación de que el ascensor se acelera.

Se detiene abruptamente. La araña se sacude saliendo de su sopor y arroja una lluvia de luces chispeantes. En ese momento la puerta se abre.

Las sospechas de Zachary de que no se dirigía a ningún lugar eran infundadas. El salón que se encuentra fuera no es el espacio cavernoso en que inició el viaje. Se trata de una sala luminosa con un techo de paneles curvo. Le recuerda al atrio de la biblioteca universitaria pero más pequeño, con paredes de mármol color miel, opacas y de tonos variados, pero traslúcidas y luminosas, cubriéndolo todo salvo el suelo de piedra, el ascensor y otra puerta al otro lado del recinto. Sospecha que de hecho está tan abajo como lo sugiere la duración y la velocidad de su viaje en ascensor, aunque la voz en su cabeza sigue insistiendo en que tales cosas son imposibles. Hay demasiado silencio. El aire tiene una cierta densidad, la sensación del peso que tiene encima.

Zachary sale del ascensor, y las puertas se cierran tras él. El sonoro estruendo se reanuda en cuanto el ascensor regresa a algún otro lugar. Encima de las puertas hay un indicador sin números con forma de media luna, tan solo una flecha dorada que se desliza lentamente hacia arriba.

Camina hacia la puerta del otro lado de la sala: enorme, con un picaporte dorado que le recuerda a su puerta pintada original, aunque más grande, como si hubiera crecido a la par que él. En lugar de estar pintada, es una puerta real de madera tallada, cuya dorada ornamentación está descolorida en algunos lugares, aunque la abeja, la llave y la espada permanecen nítidas.

Zachary respira hondo y extiende el brazo hacia el picaporte. Es tibio y sólido, y cuando intenta girarlo, permanece rígido. Lo vuelve a intentar, pero le han echado el cerrojo.

—¿En serio? —dice en voz alta. Suspira y retrocede un paso. La puerta tiene una cerradura y, aunque se siente como un tonto, se inclina para mirar a través de ella. Hay una sala al otro lado, al menos eso es evidente, pero salvo el movimiento irregular de la luz, no discierne nada más.

Se sienta en el suelo, pero la piedra pulida no es muy confortable. Advierte desde el ángulo en que se encuentra que está gastada en el centro del hueco de la puerta. Muchas personas ya han pasado por ella antes que él.

Despierta, dice una voz en su cabeza. *Sueles ser bueno con este tipo de cosas.*

Zachary se levanta, dejando un rastro de escamas doradas a su paso, para ir a examinar el resto de la habitación.

Hay un botón cerca del ascensor, medio oculto en el mármol y en el metal dorado con el que se conectan los paneles de mármol. Presiona el botón, sin esperar nada, y es precisamente lo que obtiene. El botón permanece a oscuras, y el ascensor en silencio.

Prueba con las otras paredes sin puerta, y obtiene mejores resultados.

En mitad de la primera pared hay un nicho a la altura de la ventana. Se encuentra oculto de la vista incluso a unos pasos de distancia, disimulado por el brillo del mármol. Dentro, hay un hoyo con forma de cuenco, como si fuera una fuente de pared sin agua, cuyos lados se curvan hacia dentro hasta llegar a un sitio plano en el fondo.

En el centro hay un pequeño bolso negro.

Lo levanta. El peso le resulta conocido. Al alzar el bolso queda al descubierto una única palabra cincelada en la piedra de debajo.

Tíralos

—Tiene que ser una broma —dice, dando la vuelta al contenido del bolso sobre la mano.

Seis dados de la variedad tradicional de seis caras, tallados en piedra oscura. Cada lado tiene un símbolo en lugar de números o puntos, grabado y destacado con color dorado. Gira uno para identificarlo: la abeja, la llave y la espada le resultan familiares, pero hay otros. Una corona, un corazón y una pluma.

Zachary deja a un lado el bolso y sacude los dados con fuerza antes de dejar que rueden sobre el cuenco de piedra. Cuando finalmente se detienen, todos los símbolos son iguales: seis corazones.

Apenas tiene tiempo para leerlos antes de que el fondo del pilón se desplome y los dados y el bolso desaparezcan.

No se molesta en verificar la puerta antes de dirigirse a la pared opuesta, y no le sorprende hallar un nicho parecido.

Una copa diminuta se encuentra dentro, como las que sirven para beber licores, con una tapa de cristal como las que tienen algunas de las tazas de té más elegantes que posee.

Levanta la copa. De nuevo, una única palabra está cincelada debajo.

Bebe

La copa contiene una pequeña cantidad de un líquido de color miel, no mucho más que un diminuto sorbo.

Zachary le quita la tapa a la copa y la apoya junto a la instrucción cincelada. Olisquea el líquido: tiene un dulzor meloso, pero también huele a azahar, vainilla y especias.

Recuerda innumerables advertencias dirigidas en los cuentos de hadas contra comer o beber en inframundos. Al mismo tiempo, advierte que está increíblemente sediento.

Sospecha que este es el único camino hacia delante.

Apura la bebida de un trago y vuelve a colocar la copa vacía sobre la piedra. Percibe en el paladar todo lo que ha olido anteriormente y mucho más: damasco, clavo de olor y crema… y además un elevado contenido de alcohol.

Pierde el equilibrio lo bastante como para reconsiderar la relativa estupidez de toda la idea, pero tan rápido como la copa cae dentro de su propio abismo, la turbación desaparece. Su cabeza, que antes retumbaba, le daba vueltas y se hallaba presa de la somnolencia, se despeja.

Vuelve a la puerta y cuando gira el picaporte, se mueve, y la cerradura se destraba para él, dándole acceso.

La sala al otro lado parece una catedral; sus techos amplios y elevados, cubiertos de mosaicos intrincados y apuntalados por arbotantes, si corresponde emplear siquiera la palabra *arbotante*. Hay seis columnas grandes, revestidas con mosaicos decorativos, aunque cada tanto falte alguno, especialmente, cerca de la base, dejando parches desnudos de roca. El suelo está cubierto de mosaicos desgastados hasta la piedra, especialmente, bajo los pies de Zachary y en un círculo alrededor del perímetro del espacio circular, con mayor desgaste cerca de las otras entradas. Hay cinco entradas, sin contar la puerta por la que ha ingresado. Cuatro son arcadas, que conducen en diferentes direcciones hacia pasillos oscuros, pero directamente enfrente, una enorme puerta de madera se encuentra ligeramente entornada, dejando pasar una tenue luz a través de la abertura.

Hay arañas que cuelgan a alturas irregulares y poco adecuadas para este tipo de lámparas. Otras se encuentran sobre el suelo, formando pilas refulgentes de metal y cristal, sus diminutas bombillas atenuadas o completamente oscurecidas.

Una luz aún más poderosa proveniente de lo alto no es siquiera una araña sino un racimo de esferas resplandecientes que cuelgan entre barrotes y circuitos de cobre. Zachary estira el cuello y distingue manos en los extremos de los barrotes, manos humanas fundidas en oro que señalan hacia fuera, delante de las cuales el mosaico traza un dibujo de estrellas y números. En el centro, el punto medio de la sala, una cadena cuelga del techo y termina en un péndulo suspendido a solo centímetros del suelo; se mece suavemente rotando con exactitud.

A Zachary se le ocurre que el dispositivo podría ser un modelo a escala del universo o tal vez un reloj de algún tipo, pero no tiene ni idea de cómo interpretarlo.

—¿Hola? —llama. Desde uno de los pasillos oscuros se oye un crujido, como una puerta que se abre, pero es todo. Recorre el perímetro de la sala, escudriñando las galerías llenas de libros organizados sobre largas estanterías curvas y apilados sobre el suelo. En el otro extremo de un pasillo distingue un par de ojos brillantes que lo miran fijamente, pero cuando Zachary parpadea, los ojos desaparecen.

Vuelve la atención a aquel universo posible y al probable reloj para examinarlos desde otro ángulo. Uno de los barrotes más cortos se mueve al compás del péndulo, y mientras se dispone a discernir si alguna de las formas esféricas tiene lunas, oye una voz a sus espaldas.

—¿Puedo ayudarle, señor?

Zachary se da la vuelta tan rápido que siente un tirón en el cuello y hace una mueca de dolor. Es incapaz de saber si el hombre, que lo mira con cierta preocupación, lo hace por su evidente malestar, por su presencia o por ambos.

Hay otra persona en este lugar. Este lugar está realmente aquí.

Todo esto está sucediendo.

Al instante, se deshace en una carcajada histérica, una risa nerviosa que burbujea desde dentro y que no consigue reprimir aunque lo intente. La expresión del hombre muta de una leve preocupación a una mayor inquietud.

El individuo le provoca una impresión inmediata de edad avanzada, probablemente por el austero cabello blanco que cae en dos impresionantes trenzas largas. Pero Zachary parpadea, y cuando sus lentillas consiguen enfocarlo, se da cuenta de que el hombre roza más bien los cincuenta, o por lo menos que no es tan viejo como lo sugiere el cabello. Se encuentra además salpicado de perlas hilvanadas a lo largo de sus trenzas, que quedan camufladas cuando no les da la luz. Tiene las cejas y las pestañas oscuras, negras como los ojos. Su piel es más oscura en contraste con su cabello, pero apenas es un tono intermedio. Lleva gafas con montura metálica que hacen equilibrio sobre su nariz aquilina. Le recuerda un poco a su profesor de Matemáticas de séptimo, pero con un peinado mucho más estiloso, y lleva una túnica de un intenso color rojo con bordados dorados y ceñida con varias vueltas de cuerda. En una mano lleva múltiples anillos, uno con aspecto de lechuza.

—¿Puedo ayudarle, señor? —repite el hombre, pero Zachary no puede dejar de reírse. Abre la boca para decir algo, lo que sea, pero no le sale nada. Sus rodillas se olvidan de funcionar, y se desploma sobre el suelo, hundido bajo su abrigo de lana y la pintura dorada. La situación se vuelve aún más delirante al quedar a la altura de los ojos del gato naranja que lo mira con ojos de color ámbar desde detrás de la túnica del hombre. Jamás se ha reído hasta quedar presa de un ataque de pánico, pero, oye, siempre hay una primera vez para todo.

El hombre y el gato esperan pacientes, como si los visitantes cubiertos de pintura que se desternillan de la risa fueran algo habitual.

—Yo... —empieza a decir Zachary, y luego advierte que no tiene ni la más remota idea de por dónde empezar. El mosaico por debajo está frío. Lentamente se pone de pie, casi esperando que el hombre le ofrezca una mano por la torpeza con que lo hace, pero las manos del individuo permanecen a sus lados, aunque el gato avanza un paso, olisqueando sus zapatos.

—Resulta perfectamente adecuado si necesita unos instantes —dice el hombre—, pero me temo que tendrá que marcharse. Hemos cerrado.

—¿Qué? —pregunta, recuperando el equilibrio, pero al hacerlo la mirada escrutadora del hombre se detiene en un punto cerca del tercer botón de su abrigo abierto.

—No debería estar aquí —dice, mirando la espada plateada que cuelga alrededor del cuello de Zachary.

—Oh… —empieza a decir—. Oh, no… esto no es mío —intenta aclarar el asunto, pero el hombre empieza a dirigirlo de nuevo hacia la puerta y el ascensor—. Me lo dio alguien con el objetivo de… ocultar quien era. No soy un… quienesquiera que sean.

—Nadie reparte ese tipo de objetos porque sí —responde el hombre con frialdad.

Zachary no sabe cómo replicar, y ahora están de nuevo en la puerta. Ha deducido que Dorian es probablemente un exmiembro de la organización que colecciona picaportes solitarios para decorar su casa señorial de Manhattan, pero no puede estar seguro de si la espada le pertenece a Dorian, es una copia, o lo que sea. No está preparado para que lo acusen de robar joyas en catedrales subterráneas, temporalmente cerradas al público o por reformas. No está preparado para nada de lo que ha sucedido esta noche, salvo quizá el viaje en taxi.

—Se hacía llamar Dorian, me pidió que lo ayudara, creo que se encuentra en problemas. No sé quiénes son las personas de la espada —explica a toda velocidad, pero incluso mientras pronuncia las palabras parecen falsas. Los guardianes no parecen comportarse como sugería *Dulces penas*, aunque está casi seguro de que eso es lo que son.

El hombre guarda silencio y habiendo acompañado a Zachary de vuelta al ascensor, de manera amable pero enérgica, se detiene y señala el botón hexagonal que está al lado con la mano que porta el anillo.

—Les deseo a usted y a su amigo la mejor de las suertes en tratar de sobreponerse a sus dificultades presentes, pero debo insistir —dice. Señala nuevamente el botón.

Zachary lo presiona, esperando que el ascensor continúe retrasándose para ganar tiempo y poder explicar o comprender lo que sucede, pero el botón permanece apagado. No se enciende ni emite sonido alguno. Las puertas permanecen cerradas.

El hombre frunce el ceño, primero, mirando el ascensor y, luego, el abrigo de Zachary. No, la pintura de su abrigo.

—¿La puerta por la que entró estaba pintada? —pregunta.

—Sí.

—Debo suponer por el estado de su abrigo que la puerta ya no funciona, ¿verdad?

—Se puede decir que desapareció —responde. No termina de creerlo él mismo, aunque estaba allí.

El hombre cierra los ojos y suspira.

—Le advertí que esto sería problemático —dice para sí. Antes de que Zachary atine a preguntar a quién se refiere, el hombre pregunta—: ¿Qué sacó?

—¿Disculpe?

—Sus dados —aclara el hombre, señalando con otro gesto elegante la pared que está detrás—. ¿Qué sacó?

—Oh… eh… todo corazones —responde Zachary, recordando la caída de los dados en la oscuridad. Una sensación de mareo se apodera de él. Se vuelve a preguntar qué significa y si tal vez sacar todos los dados iguales sea algo malo.

El hombre lo mira, escrutando su rostro más detenidamente. Su expresión intrigada parece ser indicio de reconocimiento. Y aunque parece a punto de preguntar algo más, se abstiene de hacerlo.

—Si es tan amable de acompañarme —dice en cambio.

Se da la vuelta y pasa de nuevo por la puerta. Zachary lo sigue de cerca, sintiendo que no ha logrado nada. Pero por lo menos no tiene que marcharse justo después de llegar.

Particularmente, si considera que no está seguro de dónde está exactamente. Este amplio espacio con sus arañas plegadas y pilas polvorientas de libros no es lo que esperaba. Para empezar, hay más mosaicos. Es más magnífico, antiguo, silencioso, oscuro e íntimo de lo que imaginaba que sería al llegar. Ahora se da cuenta de lo seguro que estaba de que llegaría aquí de algún modo porque *Dulces penas* lo dio a entender.

Aún no, piensa, levantando la mirada al universo que gira encima de él, con sus manos que señalan hacia direcciones alternas. Se pregunta qué debe hacer ahora que está aquí.

—Sé por qué está aquí —dice el hombre mientras pasan el péndulo oscilante, como si pudiera escuchar los pensamientos de Zachary.

—¿En serio?

—Está aquí porque desea navegar el Mar sin Estrellas y respirar el aire encantado.

Los pies de Zachary se detienen ante la certeza consoladora de la afirmación, combinada con la confusión de no comprender lo que significa.

—¿Este es el Mar sin Estrellas? —pregunta, retomando la marcha tras los pasos del hombre hacia el extremo opuesto de la gran sala.

—No, este es solo un Puerto —responde— y, tal como he mencionado, está cerrado.

—Tal vez deba poner un letrero —dice antes de que pueda morderse la lengua. El comentario acarrea una mirada más fulminante que la que cualquiera de sus profesores de Matemáticas hubiera sido capaz, y masculla una disculpa.

Zachary sigue al hombre y al gato naranja que ha vuelto a unirse a la procesión a un sitio que solo se le ocurre que es una oficina, aunque no se parece a ninguna que conozca. Las paredes se encuentran prácticamente ocultas tras estanterías, archivadores y ficheros con sus hileras diminutas de cajones y etiquetas. El suelo está cubierto de un mosaico similar al que se encuentra fuera, un camino desgastado desde la puerta hasta el escritorio. Una lámpara de cristal verde brilla cerca del escritorio, y ristras de farolillos de papel cuelgan encima de las estanterías. Un fonógrafo hace sonar de manera suave y rasposa una melodía clásica. Una chimenea ocupa casi todo el muro que está frente a la puerta, con un fuego que arde módicamente en el hogar cubierto de una pantalla de seda que le da un aspecto rojizo a la luz parpadeante. Una antigua escoba de ramillas se encuentra apoyada contra el muro cercano. Una espada, una grande y real, cuelga sobre la repisa de la chimenea, sobre la cual hay varios libros, una cornamenta, otro gato (vivo pero que duerme), y varios frascos de cristal de diferentes tamaños, llenos de llaves.

El hombre se acomoda detrás de un amplio escritorio cubierto de papeles, libretas y botes de tinta: ahora parece mucho más relajado, aunque Zachary sigue nervioso. Nervioso y, por raro que parezca, más mareado que antes.

—Y bien —dice el hombre mientras el gato color naranja se sienta en el rincón del escritorio y bosteza, sin dejar de mirar a Zachary con sus ojos de color ámbar—, ¿dónde estaba su puerta?

—En Central Park —responde. Siente la lengua pastosa en la boca y cada vez es más difícil formar las palabras—. La destruyó aquella gente del club.

Creo que su líder es la mujer con el abrigo de piel que parece un oso polar. Me amenazó con té. Y creo que el tipo cuyo nombre dijo que era Dorian podría estar en problemas. Hizo que sustrajera esto de su sede central, pero no dijo por qué.

Zachary saca el libro de su abrigo y se lo ofrece. El hombre lo sostiene con cierta desconfianza. Lo abre y hojea algunas páginas. Observándolo invertido, Zachary tiene la impresión de que el texto árabe parece inglés, pero seguramente sus ojos lo estén engañando porque le arden las lentillas. Se pregunta si tal vez sea alérgico a los gatos. El hombre cierra el libro de nuevo antes de que pueda asegurarse de ello.

—Esto pertenece aquí abajo, así que gracias por devolverlo —dice, entregándoselo—. Puede guardarlo para su amigo si lo desea.

Zachary baja la mirada al libro de cuero color marrón.

—¿No debería alguien…? —dice, casi para sí—. No sé… ¿rescatarlo?

—Alguien debería hacerlo, estoy seguro —responde el hombre—. No podrá marcharse sin que alguien lo acompañe, así que tendrá que esperar a que regrese Mirabel. Mientras tanto puedo disponer una habitación para usted; parece que le vendría bien descansar. Solo necesito algunos datos más antes de proceder. ¿Nombre?

—Eh… Zachary. Zachary Ezra Rawlins —manifiesta obediente, en lugar de formular una de las numerosas preguntas que él mismo tiene.

—Es un placer conocerlo, señor Rawlins —dice el hombre, escribiendo el nombre de Zachary en uno de los libros contables que tiene sobre el escritorio. Comprueba la hora en un reloj de bolsillo y la añade también al libro—. Me llaman el Cuidador. Dijo que su entrada temporal fue por Central Park. ¿Me imagino que se refiere a la que está en Manhattan, Nueva York, en los Estados Unidos de América?

—Sí, ese Central Park.

—Muy bien —dice el Cuidador, anotando algo más en el libro de contabilidad. Realiza una marca sobre un documento que podría ser un mapa y luego se levanta del escritorio y camina hacia uno de los arcones con cajones diminutos que se encuentra a sus espaldas. Saca algo de uno de ellos, se da la vuelta y se lo entrega a Zachary: un relicario redondo de oro que cuelga de una larga cadena. Por un lado hay una abeja; por el otro, un corazón—. Si necesita volver a este lugar… casi todos lo llaman el Corazón… esto le señalará el camino.

Zachary abre el relicario para poner de manifiesto una brújula con una única marca donde debe de estar el norte, en la que una aguja gira erráticamente.

—¿Necesitará conocer la ubicación de La Meca? —pregunta el Cuidador.

—Oh, no, gracias. Soy agnóstico-pagano.

El Cuidador inclina la cabeza, intrigado.

—Soy espiritual pero no religioso —aclara Zachary. No dice lo que está pensando, y es que su religión es escuchar historias con el aliento atrapado en la garganta y emocionarse en conciertos nocturnos que provocan un zumbido en los oídos y presionar el botón de ataque contra el boss perfecto. Que su religión está sepultada bajo la nieve recién caída; dentro de un cóctel preparado con esmero; entre las páginas de un libro, en algún lugar después de comenzarlo pero antes de finalizarlo.

Se pregunta qué, exactamente, contenía lo que bebió anteriormente.

El Cuidador asiente y vuelve la atención a los archivadores. Abre otro cajón, saca algo y vuelve a cerrarlo.

—Por favor, acompáñeme, señor Rawlins —dice, saliendo del recinto. Zachary mira al gato, pero el felino, desinteresado, cierra los ojos y desiste de seguirlos.

El hombre cierra la puerta de la oficina y lo conduce por uno de los pasillos atestados de libros. Este espacio parece aún más subterráneo, como un túnel, iluminado a intervalos irregulares con velas y farolas. Tiene un techo bajo y circular y curvas que no parecen seguir un rumbo particular. Después de doblar por tercera vez un recodo, tras recorrer un laberinto de puertas y libros en el que un pasillo se ramifica hacia otros y desemboca en salas aún más grandes que vuelven a estrecharse hacia el túnel subterráneo, Zachary agradece la brújula. Las estanterías que trazan el contorno de la roca están repletas de textos, también apilados sobre mesas, armarios y sillas como un anticuario especializado en libros. Pasan delante de un busto de mármol con un sombrero de copa de seda y de otro gato que duerme sobre un sillón tapizado dentro de un nicho. Zachary sigue esperando encontrarse con otras personas, pero no hay nadie. Tal vez estén todos durmiendo y al Cuidador le haya tocado el turno noche. A estas alturas, debe ser muy tarde.

Se detienen ante una puerta rodeada de estanterías salpicadas con farolillos iluminados. El Cuidador abre la puerta y le hace un ademán para que entre.

—Pido disculpas por el estado… —Su anfitrión se detiene y frunce el ceño. El estado de la habitación no requiere ningún tipo de disculpas.

La habitación está… vaya, se trata de la más gloriosa habitación de hotel que Zachary haya podido imaginar, salvo que se encuentra en una cueva. Hay abundancia de terciopelo, la mayoría de color verde oscuro, dispuesto sobre sillas y cortinas que cuelgan alrededor de una cama con dosel que ha sido preparada anticipando la llegada de un huésped. Hay un enorme escritorio y varios rincones de lectura. Las paredes y el suelo son de piedra, que se asoma entre las estanterías, las pinturas enmarcadas y las diferentes alfombras. Es sumamente acogedor. Un fuego arde en el hogar. Las lámparas a ambos lados de la cama están encendidas, como si la habitación hubiera estado esperándolo.

—Espero que sea de su agrado —dice el Cuidador, aunque aún manifieste un atisbo del gesto ceñudo.

—Esto es asombroso —dice.

—El lavabo se encuentra por aquella puerta del fondo —señala el hombre, haciendo un ademán hacia la parte trasera de la habitación—. Puede acceder a la cocina por el panel junto a la chimenea. Por la mañana subirán el nivel de iluminación del pasillo. Por favor, no alimente a los gatos. Esta es su llave. —El Cuidador entrega a Zachary una llave que cuelga de otra larga cadena—. Cualquier cosa que necesite, por favor, no dude en preguntar, sabe dónde encontrarme. —Saca un bolígrafo y un pequeño trozo de papel rectangular del interior de su túnica y escribe algo—. Buenas noches, señor Rawlins. Espero que disfrute de su estancia. —Coloca el rectángulo de papel dentro de una pequeña placa junto a la puerta, le dirige una leve reverencia, y desaparece nuevamente por el pasillo.

Zachary lo observa alejarse y luego se da la vuelta para mirar el trozo de papel dentro de la placa. La caligrafía sobre el papel de color marfil colocado dentro de la placa de cobre dice:

Z. Rawlins

Cierra la puerta, preguntándose cuántos nombres han ocupado ese sitio y cuánto tiempo ha pasado desde el último. Tras unos segundos de vacilación, echa el cerrojo a la puerta.

Descansa la cabeza contra la puerta y suspira.

Esto no puede ser real.

Entonces, ¿qué lo es?, pregunta la voz en su cabeza, y no tiene una respuesta.

Tras quitarse la chaqueta manchada de pintura y colgarla en una silla, Zachary se abre paso hacia el cuarto de baño, apenas dedicando tiempo a mirar los mosaicos blancos y negros y la bañera con patas de garra. Una vez que se lava las manos, se quita las lentillas y observa su propio reflejo desenfocándose en el espejo sobre el lavabo. Arroja las lentillas dentro del cubo de la basura y se pregunta brevemente cómo se las arreglará sin ellas, pero tiene preocupaciones más acuciantes.

Vuelve a la mancha desdibujada de terciopelo y lumbre de la alcoba principal, librándose de los zapatos de una patada al avanzar. Consigue quitarse la chaqueta y el chaleco del traje antes de llegar a la cama, pero se queda dormido antes de poder lidiar con más botones, sábanas de lino y cojines de lana de oveja que lo engullen como una nube placentera. Sus últimos pensamientos antes de dormirse son una mezcla escurridiza de reflexiones sobre la noche que finalmente ha acabado, preguntas y preocupaciones que abarcan desde su propia cordura hasta cómo quitarse la pintura del cabello. Y luego desaparece el último pensamiento, desvaneciéndose como un soplo tras preguntarse cómo lograr quedarse dormido si uno ya está soñando.

FORTUNAS Y FÁBULAS
EL COLECCIONISTA DE LLAVES

Una vez había un hombre que coleccionaba llaves. Llaves viejas, llaves nuevas y llaves rotas. Llaves perdidas, llaves robadas y llaves maestras.

Las cargaba en sus bolsillos y las llevaba sobre cadenas que repiqueteaban al caminar por el pueblo.

Todo el pueblo conocía al coleccionista de llaves.

Algunas personas creían que tenía una costumbre rara, pero el coleccionista era un tipo amable, y tenía un aire pensativo y una sonrisa fácil.

Si alguien perdía una llave o la rompía, podía preguntarle al coleccionista y él solía tener una pieza de repuesto que se ajustaba a sus necesidades. A menudo era más rápido que mandar a hacer una llave nueva.

El coleccionista conservaba siempre a mano las formas y los tamaños más comunes de llaves, en caso de que alguien necesitara alguna para una puerta, un armario o un arca.

No era posesivo con sus llaves. Cuando alguien las necesitaba, las obsequiaba.

(Aunque la gente solía mandar a hacer una llave de todos modos y devolver la que habían tomado prestada).

Las personas le daban llaves encontradas o copias de llaves para añadir a su colección. Y al viajar encontraban llaves para traerle de vuelta, llaves con tamaños desconocidos y dientes raros.

(Lo llamaban el coleccionista de llaves, pero muchas personas ayudaban a engrosar la colección).

Con el tiempo, el coleccionista acumuló demasiadas para llevarlas a cuestas y empezó a exhibirlas en su casa. Las colgaba en las ventanas sobre cintas a modo de cortinas y las disponía sobre estanterías y enmarcadas sobre paredes. Conservaba las más delicadas bajo cristal o en cajas destinadas para joyas. Apilaba otras con llaves similares, en cubos o canastas.

Tras muchos años la casa entera quedó llena de llaves a reventar. Colgaban también por fuera, sobre las puertas y las ventanas, y cubrían los aleros del tejado.

La casa del coleccionista de llaves se veía fácilmente desde el camino.

Un día, alguien llamó a su puerta.

El coleccionista abrió la puerta y se encontró con una bonita mujer con un manto largo en el portal. Jamás la había visto en su vida ni había observado el tipo de bordado que ribeteaba su capa: una serie de flores con forma de estrella bordadas en hilo dorado sobre paño oscuro. Era demasiado elegante para un viaje, aunque debía de haber venido de lejos. El coleccionista no vio caballo ni carruaje alguno, y supuso que los habría dejado en la posada, pues nadie pasaba por ese pueblo sin alojarse en aquel mesón, y no distaba demasiado de allí.

—Me han dicho que usted colecciona llaves —le dijo la mujer.

—Así es —respondió, aunque se tratara de algo obvio. Las llaves colgaban encima del portal en el que estaban, había llaves en las paredes detrás de él, llaves en recipientes y cuencos y jarras sobre las mesas.

—Estoy buscando algo que está bajo llave. Me pregunto si una de sus llaves podrá abrirlo.

—La invito a buscar —dijo el coleccionista de llaves, e hizo pasar a la mujer dentro de la casa.

Pensó en preguntarle qué tipo de llave buscaba para poder ayudarla, pero sabía lo difícil que era describir una llave. Para encontrar una había que comprender la cerradura.

Así que el coleccionista dejó que la mujer buscara por toda la casa. Le mostró todas las habitaciones, los armarios y las estanterías a rebosar de llaves. La cocina con sus tazas y copas de vino llenas de llaves, excepto por las pocas que usaba con más frecuencia, vacías y aguardando al vino o al té.

El coleccionista le ofreció a la mujer una taza de té, pero ella rehusó amablemente. La dejó buscando y se sentó en el salón principal, donde podía encontrarlo si necesitaba hacerlo, leyendo un libro.

Después de muchas horas, la mujer volvió.

—No está aquí —dijo—. Gracias por dejarme buscar.

—Hay más llaves en el jardín trasero —dijo el coleccionista, y condujo a la mujer al exterior.

El jardín estaba adornado con llaves que colgaban de cintas en un arcoíris de colores: llaves atadas con lazos que colgaban de los árboles y ramilletes de llaves exhibidas en tiestos y vasijas acristaladas; jaulas desprovistas de pájaros con llaves que colgaban de los diminutos columpios; llaves incrustadas en los adoquines de los senderos del jardín. Una fuente burbujeante contenía pilas de llaves bajo el agua, hundidas como deseos.

La luz se desvanecía, y el coleccionista de llaves encendió las farolas.

—Qué bonito es todo —dijo la mujer. Empezó a buscar entre las llaves del jardín, llaves que colgaban de estatuas y envolvían arbustos bellamente recortados. Se detuvo delante de un árbol que apenas empezaba a florecer y extendió un brazo para tomar una llave, una de las muchas que colgaban de cintas rojas.

—¿Será la llave adecuada para su cerradura? —preguntó el coleccionista de llaves.

—Es más que eso —respondió la mujer—. Esta es mi llave. La perdí hace muchos años. Me alegro de que haya llegado a usted.

—Me alegra devolverla —afirmó el coleccionista. Levantó los brazos para desatarle la cinta, y la dejó en su mano colgando de la llave.

—Debo encontrar una manera de recompensarle —le dijo la mujer.

—No hay necesidad de hacerlo —le respondió—. Ha sido un placer ayudarla a encontrar el objeto que tiene guardado bajo llave.

—Ah —dijo la mujer—. No es un objeto, sino un lugar.

Levantó la llave delante de ella a una altura encima de la cintura donde habría una cerradura si hubiera una puerta, y parte de la llave desapareció. La mujer giró la llave, y una puerta invisible se abrió en mitad del jardín del coleccionista. La mujer empujó la puerta para abrirla.

La llave y su cinta permanecieron colgadas en medio del aire.

El coleccionista echó un vistazo a través de la puerta y vio un recinto dorado con ventanas arqueadas elevadas. Decenas de velas estaban colocadas sobre mesas dispuestas para un gran festín. Oyó el sonido de música y risas ocultas. A través de las ventanas distinguió cascadas y montañas, un cielo radiantemente iluminado por dos lunas e incontables estrellas cuya luz se reflejaba en un océano que brillaba con luz trémula.

La mujer pasó caminando a través de la puerta, su larga capa arrastrándose sobre los mosaicos dorados.

El coleccionista de llaves permaneció de pie en su jardín, observando.

La mujer extrajo la llave que colgaba de la cinta de su cerradura.

Se volvió de nuevo hacia el coleccionista. Alzó una mano para invitarlo a pasar, animándolo a avanzar.

El coleccionista de llaves la siguió.

La puerta se cerró tras él.

Nadie volvió a verlo jamás.

ZACHARY EZRA RAWLINS se despierta en un lugar y un tiempo lejanos, o al menos eso siente.

Desorientado y aturdido, la mente llega un instante después que el cuerpo, como si se abriera camino con dificultad a través de un lodo cristalino. Como si siguiera ebrio, pero lo estuviera haciendo mal.

La única otra vez que se sintió así fue una noche que preferiría olvidar en la que hubo demasiado *chardonnay*, y asocia ese recuerdo con la impresión cristalina y brillante del vino blanco: un cosquilleo intenso con un dejo a roble. La sensación de ponerse en pie habiendo olvidado que se ha caído.

Se frota los ojos y mira a su alrededor. La habitación parece borrosa. Lo asombra que sea tan grande, aunque recuerda que está en un hotel. Pero cuando los sucesos de la noche anterior se abren paso a través de la bruma, la estancia se cristaliza en su visión borrosa. Recuerda entonces que no se encuentra en absoluto en un hotel y entra en pánico.

Respira, dice la voz en su cabeza y, afortunadamente, escucha e intenta concentrarse en inhalar, exhalar y repetir la acción.

Zachary cierra los ojos, pero la realidad se filtra a través de sus otros sentidos. La habitación huele a un fuego chisporroteante que se apagó, a sándalo y a algo oscuro e intenso que no puede identificar. Hay un lejano repique que ha debido despertarlo. La cama y la almohada son tan suaves como un malvavisco. Su curiosidad libra una guerra silenciosa con su ansiedad, entorpeciendo la respiración. Pero al obligar a sus pulmones a respirar lenta y acompasadamente, gana la curiosidad y abre los ojos.

La habitación está más luminosa; la luz entra por los paneles de cristal de color ámbar dispuestos sobre la puerta, filtrándose desde el pasillo. Parece una luz que asocia más con el crepúsculo que con la mañana. Hay más objetos en la habitación de lo que recuerda. Incluso sin sus gafas, distingue el tocadiscos junto a los sillones, las velas chorreantes sobre la repisa de la chimenea, el cuadro de un barco en el mar que cuelga encima de esta.

Zachary se frota los ojos, pero la habitación permanece igual. Sin saber qué otra cosa hacer, se incorpora a desgana en la cama mullida y empieza algo semejante a su rutina matinal.

Encuentra las prendas de las que se deshizo en el baño la noche anterior, tiesas de pintura y de tierra, y se pregunta si hay servicio de lavandería en este lugar. Por algún motivo, la preocupación por la lavandería lo arrastra una vez más a la realidad de la situación; los sueños o las alucinaciones no reparan demasiado en problemas tan mundanos. Intenta recordar un solo sueño en el que pudo haber pensado: «Tal vez necesite calcetines limpios», y no lo consigue.

El baño tiene además más elementos de los que recuerda: un armario con espejo que contiene un cepillo de dientes y pasta de dientes en un tubo de metal, y varios frascos de cremas y ungüentos cuidadosamente etiquetados. Uno es una loción para después del afeitado con fragancia a canela y whisky.

Hay una ducha separada junto a la bañera, y Zachary hace lo que puede para quitarse la pintura dorada del cabello y raspar lo que queda sobre la piel. Hay jabones en platos elegantes, todos con un olor selvático o resinoso, como si hubieran sido adaptados a sus fragancias preferidas.

Envuelto en una toalla, examina el resto de la habitación, buscando algo para ponerse que no sea su traje sudoroso y manchado de pintura.

Un armario se alza contra una pared junto a un tocador que no hace juego. No solo encuentra algo para ponerse, sino que hay diferentes opciones. Los cajones están llenos de jerséis, calcetines y ropa interior, y en el armario cuelgan camisas y pantalones. Todo parece hecho a mano, fabricado con fibras naturales y sin etiquetas. Se pone un par de pantalones de lino de color marrón y una camisa sin cuello de color verde musgo que le recuerda a una de sus propias camisas favoritas. Sobre el suelo del armario hay varios pares de zapatos, y por supuesto son de su talla, lo cual le molesta más que las prendas, ya que la mayoría de estas son sueltas y ajustables. Todas le entran, pero podría explicarse porque tienen una talla estándar y él es delgado. Pero la cuestión del calzado lo atemoriza. Se calza un par de zapatos de gamuza de color marrón que podrían haber sido hechos a medida para él.

Quizá tengan duendes que midan los pies y confeccionen los zapatos mientras duermes, sugiere la voz en su cabeza.

Creía que eras la voz práctica de la razón, voz de la cabeza, replica Zachary a su vez, pero no recibe respuesta alguna.

Vuelve a ponerse la llave de la habitación alrededor del cuello, junto con su brújula y, tras un instante de vacilación, la espada de Dorian. Intenta dejar a un lado la preocupación acerca de lo que ha ocurrido arriba mientras él ha estado aquí abajo. Se distrae echando un vistazo alrededor de la habitación, aunque no la distingue con claridad. De cerca lo ve todo nítidamente, pero significa explorar pequeñas distancias cada vez, apreciando el espacio de a poco.

Coge un libro de una de las estanterías, recordando un relato que probablemente haya sido un episodio de *En los límites de la realidad*: tanto para leer y no tiene gafas.

Abre el libro de todos modos en una página al azar: las palabras impresas son claras y nítidas.

Zachary levanta la mirada. La cama, las pinturas que cuelgan en la pared, la chimenea, todo tiene la inconfundible falta de claridad con que percibe el mundo gracias a la combinación de miopía y astigmatismo que lo aqueja. Vuelve la mirada al libro entre las manos.

Se trata de un volumen de poesía; cree que es de Dickinson. Lo puede leer perfectamente. Aunque la letra sea pequeña, la ve con nitidez, incluso los puntos más diminutos y las comas minúsculas.

Deja el libro y coge otro. Sucede lo mismo: resulta perfectamente legible. Lo vuelve a colocar sobre la estantería. Se dirige al escritorio donde reposa el libro de cuero de color marrón del Club de los Coleccionistas que recuperó para Dorian. Prueba para ver si este truco insólito distinguirá también las ilustraciones y la letra árabe, pero al abrir el libro en la portada, no solo ve con nitidez las iluminaciones ensortijadas, sino que el título está en inglés.

Fortunas y fábulas

se lee, obviamente, con letra elegante pero definitivamente traducido. Tal vez esté impreso en diferentes idiomas y no lo haya notado antes, pero al hojearlo, en cada página se advierte el mismo alfabeto conocido.

Zachary deja el libro a un lado, presa nuevamente del vértigo. No recuerda la última vez que comió. ¿Fue en la fiesta? ¿Fue justo la noche anterior? Recuerda al Cuidador mencionando algo acerca de la Cocina cerca a la chimenea.

Junto a la chimenea que sigue percibiendo borrosa (aunque desde donde está puede ver que la embarcación de la pintura que está colgada encima está comandada y tripulada por conejos en un paisaje marino que, por lo demás, es realista) hay un panel en la pared, como la puerta de un armario encajada en la piedra, con un pequeño botón adyacente.

Zachary abre la puerta y encuentra un espacio que podría ser un montaplatos. Dentro hay un libro grueso y pequeño, una caja y una nota doblada situada encima. Levanta la tarjeta.

Saludos cordiales, señor Rawlins, le damos la bienvenida.

Esperamos que disfrute de su estancia.

Si requiere o desea un refrigerio de cualquier tipo, por favor, no dude en recurrir a nuestro sistema de servicios. Está diseñado para ser lo más conveniente posible.

- *Escriba su pedido en una tarjeta. El libro contiene una variedad de propuestas, pero, por favor, no permita que la lista condicione sus opciones. Estamos dispuestos a preparar lo que desee si está a nuestro alcance.*
- *Coloque su solicitud sobre el montaplatos. Cierre la puerta y pulse el botón para enviar su solicitud a la Cocina.*
- *Prepararemos su refrigerio y se lo enviaremos. Un timbre anunciará su llegada.*
- *Por favor, una vez que termine devuelva cualquier plato o utensilio que no necesite o no use a través del mismo sistema.*
- *Encontrará otros puntos de acceso en diversos lugares del Puerto, en zonas previstas para su uso cuando no esté en su habitación.*

Ante cualquier consulta no dude en incluirla con sus pedidos y haremos lo posible por responderla.

Gracias, y, de nuevo, esperamos que disfrute de su estancia.

—La Cocina

Dentro de la caja hay varias tarjetas y una pluma estilográfica. Zachary hojea el libro que contiene el menú más largo que haya visto jamás: capítulos, listas de platos y bebidas organizados y relacionados entre sí según el estilo, el sabor, la textura, la temperatura y las cocinas regionales por continente.

Cierra el libro y coge una tarjeta. Tras pensarlo unos instantes, escribe *Hola y Gracias por la bienvenida*, y pide café con crema y azúcar y un muffin o *croissant*, lo que tengan. Coloca la tarjeta sobre el montaplatos, cierra la puerta y oprime el botón. El botón se enciende con un suave rumor mecánico, una versión en miniatura del zumbido del ascensor.

Zachary vuelve su atención a la habitación y a los libros, pero un minuto después suena un timbre procedente de la pared. Al abrir la puerta se pregunta si habrá hecho algo incorrecto o si tal vez se han quedado sin muffins o *croissants*, pero encuentra dentro una bandeja de plata con una humeante cafetera, un tazón vacío, un cuenco con terrones de azúcar y una diminuta jarra de crema tibia, acompañados de una cesta de pastelillos tibios (tres muffins de diferentes sabores, *croissants* de mantequilla y de chocolate, junto con hojaldres rellenos con lo que parecen manzanas y queso de cabra). También, una botella helada de agua con gas, una servilleta de tela doblada y una simple flor metida dentro.

Otra tarjeta le informa de que el muffin de limón con semillas de amapola no lleva gluten, y que si tiene alguna restricción alimentaria por favor lo comunique. También, si le gustaría añadir mermelada o miel.

Zachary mira la cesta de pastelillos mientras se vierte el café, añade una gota de crema y un solo terrón de azúcar. El café es una mezcla más fuerte que la que acostumbra a beber, pero suave y excelente, como todo lo que prueba del cesto maravilloso de pastelillos. Hasta el agua es particularmente sabrosa, aunque siempre le ha parecido que el agua con gas parece más refinada por las burbujas.

¿Qué *es* este lugar?

Zachary lleva al escritorio sus pastelillos (que, aunque deliciosos, ve borrosos) y su café, intentando despejar la cabeza con la ayuda de la cafeína y los carbohidratos. Vuelve a abrir el libro de Dorian. Gira las páginas lentamente. Hay ilustraciones anticuadas, bellas páginas a todo color que aparecen aquí y allá a lo largo del texto, y por el título parece un libro de cuentos de hadas. Lee algunas líneas de uno llamado «La chica y la pluma» antes de volver al comienzo.

Pero al hacerlo, una llave se desprende del espacio que se encuentra por detrás del lomo del libro y repiquetea sobre el escritorio.

Es una llave larga y delgada, una llave maestra con una cabeza redonda y dientes pequeños y simples. Está pringosa, como si hubiera estado pegada al lomo del libro, detrás de las páginas y bajo el cuero.

Zachary se pregunta si era la llave o el libro lo que Dorian buscaba. O ambos.

Vuelve a abrir el volumen y lee la primera historia, que incluye una versión del mismo relato que le contó Dorian a oscuras en la fiesta. Pero muy a su pesar, no explica lo que hizo el ratón con el corazón del Destino. Leer la historia le suscita emociones más complicadas de lo que puede manejar tan temprano por la mañana, así que cierra el libro y ensarta la llavecilla en la cadena junto con la llave de su habitación. Luego se pone el jersey de cuello alto color gris. Es un tejido tan grueso que las llaves, la brújula y la espada quedan ocultas bajo las trenzas tejidas impidiendo que repiqueteen. Está seguro de que el jersey olerá a cedro, pero en cambio huele ligeramente a tortitas.

Se le ocurre escribir una nota a la Cocina y preguntar sobre el lavado de ropa.

Por favor, envíe lo que necesite ser lavado, señor Rawlins

es la rápida respuesta.

Zachary amontona el traje cubierto de manchas de pintura sobre el montaplatos con todo el cuidado que puede y lo envía abajo.

Unos segundos después la campanilla repica, y tal como son las cosas no le extrañaría si ya le hubieran lavado la ropa, pero en cambio encuentra el contenido olvidado de sus bolsillos devuelto: la llave de su hotel, su cartera y dos trozos de papel: la nota de Dorian y un billete impreso con una palabra garabateada que alguna vez fue el nombre de un whisky y ahora es una mancha. Zachary deja todo sobre la repisa de la chimenea, bajo los conejillos piratas.

Encuentra un morral, un viejo bolso de tipo militar, de color verde oliva descolorido, con varias hebillas. Mete dentro *Fortunas y fábulas* junto con un muffin cuidadosamente envuelto en su servilleta. Luego, tras estirar la cama deshecha a medias, abandona la habitación, cerrando la puerta tras él. Intenta encontrar el camino de vuelta a la entrada. El Corazón, según la había llamado el Cuidador.

Da tres vueltas antes de recurrir a su brújula. Los pasillos parecen diferentes, más luminosos que antes, y la luz ha cambiado. Hay lámparas metidas entre los libros, guirnaldas de luces que cuelgan de los techos, luces que parecen lámparas de gas en las intersecciones. Hay escaleras, pero no recuerda haber recorrido ninguna, así que no las toma. Pasa a través de un enorme recinto abierto con largas mesas y lámparas de cristal de color verde muy similar a una biblioteca, salvo por el hecho de que todo el suelo está hundido y forma un estanque, con senderos elevados fuera del agua para recorrer el espacio o llegar a los islotes donde se encuentran las mesas. Pasa delante de un gato que mira fijamente el agua y advierte que observa un único koi anaranjado que nada bajo su mirada avizora.

Este lugar no es lo que Zachary imaginó al leer *Dulces penas*.

Para empezar, es más grande. Si bien no alcanza a distinguir demasiado en la distancia, tiene la sensación de que no termina nunca. Ni siquiera se le ocurre cómo describirlo. Es como si hubieran trasladado un museo de arte y una biblioteca llena hasta rebosar a un sistema de subterráneos.

Más que nada le recuerda a su campus universitario: los largos tramos de pasadizos que unen diferentes áreas, las estanterías interminables, y algo que no consigue identificar, una sensación más que un rasgo arquitectónico: el clima de estudio que subyace en un lugar donde se aprende y se transmiten historias y secretos.

Aunque él parezca ser el único estudiante. O el único que no es un gato.

Después de la sala de lectura montada sobre un estanque y un pasillo lleno de libros, cuyas portadas son todas azules, Zachary toma un giro que lo conduce de nuevo a la enorme entrada de mosaicos con el universo mecánico. Las arañas brillan con más intensidad, aunque algunas se encuentran derribadas sobre el suelo. Están suspendidas (o no) por largas cuerdas y cadenas de color azul, rojo y verde. No lo había notado antes. Los mosaicos tienen un aspecto más colorido aunque pálido y descascarillado; hay partes que parecen murales, pero no quedan las piezas suficientes para distinguir alguno de sus diseños. El péndulo se mece en mitad de la sala. La puerta que conduce al ascensor está cerrada, pero la que da a la oficina del Cuidador se encuentra abierta, esta vez por completo, y puede ver al gato naranja sobre una silla, mirándolo.

—Buenos días, señor Rawlins —dice el Cuidador sin levantar la mirada de su escritorio antes de que pueda siquiera golpear a la puerta abierta—. Espero que haya descansado bien.

—Muy bien, gracias —replica Zachary. Tiene demasiadas preguntas, pero debe empezar por algún lado—. ¿Dónde están todos?

—Por el momento, usted es el único huésped —responde el Cuidador sin dejar de escribir.

—Pero acaso no hay… ¿residentes?

—Por el momento, no. ¿Hay algo más que necesite?

El Cuidador no ha apartado los ojos de su libreta de notas, así que Zachary se arriesga con la pregunta más específica que tiene.

—Sé que resulta un tanto fortuito, pero ¿no tiene por casualidad un par de gafas de repuesto por aquí?

El Cuidador levanta la mirada, dejando el bolígrafo a un lado.

—Lo siento tanto —dice, poniéndose de pie y cruzando la sala hasta llegar a uno de los archivadores repletos de cajones—. Cuánto lamento que no las solicitara anoche. Seguramente tenga un par que sea de su agrado. ¿Es miope o hipermétrope?

—Soy miope y tengo astigmatismo en ambos ojos, pero unas gafas para una miopía avanzada deberían servirme.

El Cuidador abre diferentes cajones y le entrega a Zachary una caja pequeña con varios pares de gafas, en su mayoría con montura metálica, pero algunas con marcos más gruesos y un único par con montura de carey.

—Espero que alguna le sirva —dice el Cuidador. Vuelve al escritorio y a su escritura mientras Zachary se prueba diferentes pares de gafas. Abandona el primero por apretarle demasiado, pero varios le quedan muy bien y son asombrosamente parecidos a su propia graduación. Elige un par de un color cobrizo con cristales rectangulares.

—Estas me quedan genial, gracias —dice, devolviéndole la caja al Cuidador.

—Lo invitamos a conservarlas durante el tiempo que permanezca aquí. ¿Puedo ayudarlo con algo más esta mañana?

—¿Ha vuelto… Mirabel?

De nuevo, Zachary cree advertir una sombra de irritación en el rostro del Cuidador, pero desaparece tan rápido que no puede estar seguro. Intuye que quizá él y Mirabel no estén en el mejor de los términos.

—Aún no —responde. Su tono de voz no traiciona nada—. Puede explorar el sitio a sus anchas mientras espera. Le pido que cualquier puerta cerrada con llave permanezca cerrada. Yo mismo... le informaré cuando llegue de que usted está aquí.

—Gracias.

—Que tenga un buen día, señor Rawlins.

Zachary se da por despedido y regresa al pasillo. Ahora que tiene las gafas graduadas puede ver los detalles. El sitio parece una ruina a punto de derrumbarse, sujeto por planetas que giran, relojes que marcan la hora, ilusiones y cuerdas.

Si bien siente deseos de interrogar al Cuidador, prefiere en cambio ir con cuidado dada la interacción de la noche anterior. Quizá Mirabel resulte más comunicativa respecto a... pues, lo que sea. Cuando sea que aparezca. Recuerda a la reina enmascarada de los monstruos y no la imagina en este lugar.

Zachary elige un pasillo diferente para explorar. Este tiene estanterías talladas en la piedra, y los libros apilados dentro de cubículos, junto con tazas de té, botellas y ceras sueltas. Este pasillo también tiene cuadros, muchos posiblemente realizados por el mismo artista que pintó los conejos marineros en su habitación, de un gran realismo pero con detalles extravagantes. Hay un retrato de un joven que lleva un abrigo con muchos botones, pero estos son relojes diminutos, desde el cuello hasta los puños, cada uno con una hora diferente. Hay un bosque sin árboles a la luz de la luna, con un único árbol vivo cubierto de hojas doradas. Una tercera pintura es una naturaleza muerta de frutas y vino, pero las manzanas están talladas en jaulas que albergan diminutos pájaros rojos.

Zachary prueba a abrir varias puertas que no tienen etiquetas identificativas, pero la mayoría están cerradas.

Se pregunta dónde está la casa de muñecas, si acaso es real.

Casi tan pronto como se le ocurre, ve una muñeca sobre un estante.

Una muñeca de madera redonda, pintada como una mujer envuelta en un traje de estrellas. Tiene los ojos cerrados, pero su boca pintada con líneas sencillas se curva en una sonrisa, y un par de pinceladas plateadas como la luna le dan a su expresión una calma expectante, una expresión como la de los ojos que se cierran justo antes de soplar las velas de un pastel de cumpleaños.

La muñeca está tallada en un estilo que al principio le recuerda a la colección de kokeshi de su madre. Pero luego encuentra una costura bien disimulada alrededor de su cintura redondeada y se da cuenta de que se parece más a una matrioska rusa. Da la vuelta a la muñeca con cuidado y separa la mitad superior de la inferior.

Dentro de la mujer vestida de estrellas hay una lechuza.

Dentro de la lechuza hay otra mujer, esta con un traje dorado y los ojos abiertos.

Dentro de la mujer dorada hay un gato, cuyos ojos tienen el mismo tono dorado que la mujer anterior.

Dentro del gato hay una niña con largo cabello rizado y un vestido azul cielo. Sus ojos están abiertos pero miran hacia el lado, más interesados en algo que está más allá de la persona que la mira.

La muñeca más diminuta es una abeja de tamaño real.

Algo se mueve en el extremo del pasillo donde las cortinas de terciopelo rojas cubren la piedra, algo más grande que un gato, pero cuando Zachary se da la vuelta no hay nada. Acopla todas las mitades de las muñecas de forma separada y las deja de pie en una hilera sobre el estante, en lugar de dejarlas todas atrapadas en una sola. Luego prosigue su camino.

Hay tantas velas que el aroma a cera de abejas lo impregna todo, suave y dulce, una mezcla de papel, cuero y piedra con un indicio de humo. *¿Quién enciende todas estas velas si no hay nadie más?*, se pregunta cuando pasa al lado de un candelabro que contiene más de una decena de cirios ardientes, chorreando cera sobre la piedra encima de la cual es evidente que ya han goteado muchas velas.

Una puerta se abre y comunica con una habitación circular con paredes intricadamente talladas. Hay una única lámpara sobre el suelo, y cuando Zachary la rodea la luz ilumina diferentes sectores de las tallas, descubriendo imágenes y textos, aunque no puede leer toda la historia.

Camina hasta que el pasillo desemboca en un jardín, con un inmenso techo, parecido al mármol cerca del ascensor. Emite un resplandor semejante a los rayos del sol sobre los libros abandonados en banquetas y fuentes y apilados cerca de esculturas. Pasa delante de la estatua de un zorro y de otra que parece una pila precaria de bolas de nieve. En el centro de la sala hay un sitio parcialmente cercado que le recuerda a una casa de té. Dentro, hay banquetas y una estatua de tamaño natural de una mujer sentada en una silla de piedra. El paño de su vestido cae alrededor de la silla en ondas talladas con realismo, y en todos lados, en su regazo, sobre sus brazos, entre los pliegues del vestido y los rizos de su cabello, hay abejas. Talladas en una piedra de un color diferente al de su ama, un tono más cálido, parecen piezas individuales. Zachary coge una y luego la vuelve a dejar. La mujer dirige la mirada hacia abajo. Las manos en su regazo tienen las palmas hacia arriba como si estuviera leyendo un libro.

A los pies de la estatua, rodeada de abejas y como una ofrenda, hay un vaso lleno hasta la mitad de un líquido oscuro.

—Sabía que me lo perdería —dice una voz a sus espaldas.

Zachary se da la vuelta. Si no hubiera reconocido la voz, no habría creído que se trataba de la misma mujer de la fiesta. Sin la peluca oscura, tiene el cabello grueso y ondulante, teñido de varios tonos de rosado, empezando por el rojo granate de las raíces hasta adquirir a la altura de los hombros el tono de las zapatillas de baile. Aún conserva algunos restos de brillo dorado alrededor de los ojos oscuros. Es mayor de lo que había estimado; había creído que solo le llevaba unos pocos años, pero podrían ser más. Lleva vaqueros y botas negras altas con cordones largos, y un jersey de color crema que parece haber pasado sin transición alguna de la oveja a la prenda. Sin embargo, todo el conjunto exuda un aire de elegancia natural. Varias cadenas le cuelgan alrededor del cuello, ensartadas con unas cuantas llaves y un relicario parecido a la brújula de Zachary y algo que parece la calavera de un pájaro fundida en plata. Por algún motivo, incluso sin la cola, sigue pareciéndose a Max.

—¿Qué es lo que te perderías? —pregunta Zachary.

—Todos los años, alrededor de esta época, alguien le deja una copa de vino —responde la dama de cabello rosado, señalando la copa a los pies de la estatua—. Jamás he visto quién lo hace, y no por falta de empeño. Otro año de misterio.

—Tú eres Mirabel.

—Mi reputación me precede —dice la mujer—. Siempre he querido decirlo. Jamás nos presentaron adecuadamente, ¿verdad? Tú eres Zachary Ezra Rawlins, y te llamaré Ezra porque me gusta.

—Si tú me llamas Ezra, yo te llamaré Max.

—Trato hecho —consiente con esa sonrisa de estrella de cine—. He recuperado tus cosas del hotel, Ezra. Las he dejado en la oficina cuando he venido a buscarte, así que probablemente haya un gato sentado encima, custodiándolas. Notifiqué al hotel que te marchabas, y te debo un baile, ya que nos interrumpieron. ¿Cómo estáis adaptándoos tú y como-se-llame?

—¿Dorian?

—¿Te dijo que se llamaba *Dorian*? Veo que terminó de sucumbir bajo el hechizo de Oscar Wilde. Creía que ya tenía suficiente con sus cejas exageradas y su mal humor. A mí me dijo que debía llamarlo *Señor Smith*. Debes de gustarle más que yo.

—Pues como quiera que se llame, no está aquí —dice—. Lo tienen esas personas.

La sonrisa de Mirabel desaparece. La preocupación inmediata duplica los temores que Zachary ha estado esforzándose por apartar de la mente.

—¿Quién lo tiene? —pregunta, aunque él advierte que ya lo sabe.

—La gente de la pintura y los trajes, el Club de los Coleccionistas, quienesquiera que sean. *Estos* tipejos —añade, sacando la espada plateada de debajo del suéter, maldiciendo cuando se le engancha y advirtiendo que está más molesto de lo que le gustaría admitir.

Mirabel no dice nada, pero frunce el ceño y mira por encima del hombro de Zachary, a la estatua de la mujer con sus abejas y sin su libro.

—¿Ya está muerto? —pregunta el joven, aunque no quiere escuchar la respuesta.

—Si no lo está, es solo por un motivo —responde Mirabel, con la atención fija en la estatua.

—¿Cuál?

—Lo están usando como carnada. —La mujer se acerca a la estatua y levanta la misteriosa copa de vino. Tras contemplarla unos instantes, se la lleva a sus labios, apurándola hasta acabarla. Tras dejarla a un lado, se vuelve hacia Zachary.

—¿Vamos a buscarlo, Ezra?

FORTUNAS Y FÁBULAS
LA CHICA Y LA PLUMA

Una vez había una princesa que se negaba a desposar al príncipe con quien estaba comprometida. Su familia la repudió, y ella abandonó el reino, cambiando sus joyas y su largo cabello por un billete al siguiente reino, y luego al siguiente, y luego a las tierras que estaban más allá y donde no había rey, y allí permaneció.

Como era hábil con la aguja de coser, estableció una tienda en un pueblo que no tenía costurera. Nadie sabía que había sido una princesa, pero era la clase de pueblo que no preguntaba acerca de anteriores ocupaciones.

—¿Alguna vez hubo rey en estas tierras? —preguntó la princesa a una de sus clientas preferidas, una anciana que había vivido allí durante muchos años pero que ya no veía lo suficiente como para realizar sus propios remiendos.

—Oh, sí —respondió—. Aún lo tienen.

—¿De veras? —Sus palabras sorprendieron a la princesa pues no había escuchado nada al respecto.

—El Rey Lechuza —explicó la anciana—. Vive en la montaña que se extiende más allá del lago. Predice el futuro.

La princesa sabía que la anciana bromeaba, pues no había nada en la montaña que se extendía más allá del lago, salvo árboles, nieve y lobos. Este Rey Lechuza debía de ser un relato que se contaba a los niños a la hora de dormir, como el Jinete del Viento Nocturno o el Mar sin Estrellas. No volvió a preguntar acerca del monarca de tiempos lejanos.

Tras varios años la princesa estrechó lazos con el herrero, y pasado algún tiempo se casaron. Una noche, cuando ya era tarde, le contó que había sido una princesa, y también le habló del castillo en el que había crecido, los perros pequeños que dormían sobre los cojines bordados, y el príncipe con la mirada colérica del reino vecino con el que rehusó casarse.

Su herrero se rio y no le creyó. Le dijo que debería haberse convertido en barda y no en costurera, y le besó la curva entre la cintura y la cadera. Pero a partir de entonces empezó a llamarla «princesa».

Tuvieron una hija, una criatura con ojos enormes y un llanto despiadado. La comadrona dijo que jamás había oído a un bebé que gritara tanto. La niña nació una noche de luna llena, lo cual traía mala suerte.

Una semana después, murió el herrero.

Por primera vez, la princesa temió la mala suerte, las maldiciones y el futuro de la niña. Buscó el consejo de la anciana, y esta le sugirió que llevara a la criatura al Rey Lechuza, que podía predecir esa clase de cosas. Si era una chica que traía mala suerte, él sabría qué hacer.

La princesa lo desestimó como una tontería, pero a medida que la niña crecía gritaba por nada o permanecía largas horas con los enormes ojos fijos en el infinito.

—¡Princesa! —dijo la niña a su madre un día cuando empezaba a aprender palabras—. ¡Princesa! —repitió, dando palmaditas con la mano sobre la rodilla de su madre.

—¿Quién te ha enseñado esa palabra? —preguntó.

—Papito —respondió su hija.

Así que la princesa llevó a la niña a ver al Rey Lechuza.

Tomó una carreta hasta el pie de la montaña que se extendía más allá del lago y recorrió el antiguo sendero desde allí, a pesar de las protestas del conductor. Fue un largo ascenso, pero era un día soleado, los lobos dormían, o quizá aquellas bestias solo fueran un tema del que hablaba la gente y no algo real. De vez en cuando la princesa hacía un alto en el camino para descansar y para que la niña jugara en la nieve. En algunos tramos era difícil distinguir el sendero, pero estaba marcado con piedras apiladas y pendones descoloridos que quizá alguna vez habían sido dorados.

Poco después la princesa y su hija llegaron a un claro, que se encontraba casi oculto bajo un dosel de enormes árboles.

Tal vez la estructura en el claro había sido un castillo, pero ahora era una ruina, y sus torrecillas estaban derruidas salvo por una única torre, cuyos muros decrépitos se hallaban cubiertos de hiedra.

Las farolas junto a la puerta estaban encendidas.

El interior del castillo se parecía a aquel en el que había vivido la princesa una vez, solo que más polvoriento y oscuro. Tapices con grifos, flores y abejas colgaban de los muros.

—Quédate aquí —le dijo la princesa a la niña, y la sentó sobre una alfombra polvorienta rodeada de muebles que quizá alguna vez habían sido imponentes y distinguidos.

Mientras su madre buscaba arriba, la pequeña niña se divertía inventando historias sobre los tapices y hablando con los fantasmas, puesto que el castillo estaba lleno de espectros, y como no habían visto a una niña en mucho tiempo se agruparon a su alrededor.

Luego algo dorado llamó la atención de la pequeña. Caminó torpemente hacia el objeto que brillaba, y los fantasmas la observaron levantar la pluma, un único ejemplar que un ave había mudado, maravillándose de que una niña tan pequeña pudiera empuñar un talismán tan mágico. Pero la niña no sabía lo que significaba la palabra *empuñar* ni la palabra *talismán*, así que hizo caso omiso a los fantasmas y, primero, intentó comérsela, pero luego se la metió en el bolsillo tras decidir que no era lo bastante sabrosa.

Mientras esto ocurría, la princesa encontró una habitación con una puerta señalada con una corona.

Abrió la puerta que daba a la torre que aún seguía en pie. Encontró una habitación sombreada en su mayor parte, en la que se filtraba la luz desde bien arriba, dejando un punto suave en el centro del suelo de piedra. La princesa entró, deteniéndose dentro del cono de luz.

—¿Qué deseas? —se oyó una voz proveniente del interior de las tinieblas que la rodeaban.

—Deseo conocer el futuro de mi hija —dijo la princesa, pensando que no era la respuesta exacta a la pregunta porque sus deseos la excedían, pero como había sido el motivo por el cual había venido, fue lo que pidió.

—Déjame ver a la chica —respondió la voz.

La princesa acudió a buscar a su hija, que lloró cuando la apartaron de sus amigos fantasmas recién conocidos, pero se rio y aplaudió cuando la siguieron en tropel escaleras arriba.

La princesa llevó a la niña en brazos a la habitación de la torre.

—Sola —dijo la voz desde la oscuridad.

La princesa vaciló, pero luego colocó a la niña dentro de la luz y volvió al pasillo. Esperó nerviosa, rodeada de fantasmas que no podía ver, incluso mientras le daban palmaditas en el hombro animándola a no inquietarse.

Dentro de la habitación de la torre, la pequeña niña contempló la oscuridad, y la oscuridad la contempló a ella.

Desde las sombras hacia donde la pequeña dirigía la mirada emergió una figura alta con el cuerpo de un hombre y la cabeza de una lechuza. Un par de enormes y redondos ojos la miraron desde lo alto.

—Hola —dijo la niña.

—Hola —dijo el Rey Lechuza.

Tras cierto tiempo la puerta se abrió, y la princesa volvió a entrar. Encontró a la pequeña sentada sola dentro de un círculo brillante de luz.

—La chica no tiene futuro —dijo la oscuridad.

La princesa echó un vistazo a la niña arrugando el ceño. Intentó determinar qué respuesta habría deseado que no fuera esta. Deseó por primera vez no haber abandonado su reino y haber tomado otras decisiones.

Tal vez podía dejar a la chica en aquel castillo y decirle al pueblo que los lobos la habían devorado. Podía hacer el equipaje, alejarse y empezar de nuevo.

—Prométeme algo —dijo la oscuridad a la princesa.

—Lo que quieras —respondió y de inmediato lo lamentó.

—Tráela de nuevo una vez que haya crecido.

La princesa suspiró y asintió. Se llevó a la niña que protestaba lejos del castillo, descendió la montaña una vez más y volvió a su pequeña casa.

Durante los años que siguieron, la princesa pensaría a veces en su promesa. En algunos momentos la olvidaría, y en otros se preguntaría si no había sido todo un sueño. La niña no trajo mala suerte después de todo; una vez que fue lo bastante grande para caminar, rara vez gritaba, y dejó de quedarse con la mirada fija en el infinito. Parecía más afortunada que la mayoría de los niños.

(La pequeña tenía una marca con aspecto de cicatriz entre la cintura y la cadera que parecía una pluma, pero su madre no recordaba de dónde venía o cuánto tiempo hacía que la tenía ahí).

Los días en los que la princesa creía que el recuerdo del castillo y la promesa eran reales, se decía que algún día volvería a subir la montaña con la niña. Si no encontraba nada, habría sido un agradable paseo y, si había un castillo, ya pensaría en qué hacer cuando llegara el momento.

Antes de que la chica fuera mayor, la princesa cayó enferma y murió.

Poco tiempo después, su hija desapareció. Nadie en el pueblo se sorprendió.

—Siempre fue una criatura salvaje —decían las mujeres que habían vivido lo suficiente para ser ancianas.

El mundo ya no es lo que era entonces, pero siguen contando historias acerca del castillo en la montaña, en aquel pueblo junto al lago.

En uno de esos relatos una chica encuentra el camino de regreso al castillo que recuerda a medias y creía que soñaba, y lo encuentra vacío.

En otra versión, una chica encuentra el camino de regreso al castillo que recuerda a medias y creía que era un sueño, y golpea a la puerta.

Se abre de par en par para ella, y los fantasmas que ya no puede ver le dan la bienvenida.

La puerta se cierra, y nunca más se vuelve a saber nada de ella.

En el relato que rara vez se cuenta, una chica encuentra el camino de regreso al castillo que recuerda a medias como de un sueño, un lugar al que prometieron que la llevarían, aunque no fuera ella quien hizo la promesa.

Las farolas están encendidas para su llegada.

La puerta se abre antes de que la golpee.

Asciende por una escalinata familiar que sabe que no fue un sueño en absoluto. Camina por un pasillo que ya recorrió una vez.

La puerta marcada con la corona se abre. La chica entra.

—Has vuelto —dice la oscuridad.

La chica permanece en silencio. Esta parte de lo que no ha sido un sueño es lo que más la ha turbado, incluso más que los fantasmas. Esta habitación. Esta voz.

Pero no siente temor.

De las penumbras sale el hombre con cabeza de lechuza. No lo recordaba tan alto.

—Hola —dice la chica.

—Hola —responde el Rey Lechuza.

Se miran en silencio un rato. Los fantasmas observan desde el pasillo, preguntándose qué sucederá, maravillándose de la pluma que la chica no puede ver alojada en su corazón, aunque la sienta revoloteando.

—Quédate tres noches en este lugar —dice el Rey Lechuza a la chica que ya no es chica.

—¿Luego dejarás que me marche? —pregunta ella, aunque no es lo que quiere decir, en absoluto.

—Luego ya no desearás marcharte —responde el Rey Lechuza, y todo el mundo sabe que solo dice la verdad.

La chica pasa una noche, y luego otra. Para el final de la segunda noche, puede ver de nuevo a los fantasmas. Para la tercera no tiene ningún deseo de marcharse, pues ¿quién abandonaría su hogar una vez que lo encuentra?

Todavía sigue allí.

Zachary Ezra Rawlins sigue a Mirabel por pasillos que doblan bruscamente entre salones en los que no había reparado antes, atravesando puertas que no había advertido que lo eran. Al pasar por encima de un suelo de cristal, aminora el paso para observar otro pasaje repleto de libros bajo sus pies, pero luego se lanza hacia delante para no quedar rezagado. Llegan nuevamente al Corazón en la mitad del tiempo que Zachary creía que emplearían. En lugar de dirigirse hacia el ascensor como anticipaba, Mirabel camina hacia una de las arañas derribadas sobre el suelo, donde cuelga una chaqueta de cuero gris descolorido y una bandolera negra.

—¿Necesito un abrigo? —pregunta él al ver que ella se pone su chaqueta. Se pregunta si debe ir a buscar la suya cubierta de pintura a su habitación, y cae en la cuenta de que olvidó enviarla a la Cocina para que la lavaran.

A su izquierda se oye un maullido. Zachary se da la vuelta y ve al gato naranja arrellanado en la entrada de la oficina del Cuidador, quien se encuentra sentado más allá ante su escritorio, escribiendo, aunque pese al movimiento incesante de su bolígrafo sobre el papel, no deja de observarlos por encima de la parte superior de sus gafas. Zachary está a punto de levantar la mano para saludarlo, pero decide no hacerlo.

—Ah —exclama Mirabel, haciendo caso omiso al gato y al Cuidador, y examinando los pantalones de lino de Zachary y el jersey de cuello alto—. Mejor busquemos una para ti. Deberías dejar tu bolsa. —La apoya mientras Mirabel se da la vuelta rápidamente, dirigiéndose al pasillo más cercano al ascensor. Abre una puerta tras la cual aparece un armario terriblemente desordenado, atiborrado de abrigos, sombreros y máquinas de escribir, cajas de lápices, bolígrafos y trozos sueltos de estatuas rotas. Coge un abrigo de lana verde oscuro con parches en los codos de color marrón, escogido de entre el caos de prendas como si fuera un tesoro encontrado en perfectas condiciones, en una tienda vintage, y se lo entrega a Zachary, pasando por encima de un busto que se desmorona sobre el suelo, cuyo ojo de yeso solitario observa sus botas con tristeza—. Este debería entrarte —dice, y por supuesto tiene razón.

Zachary la sigue a través de una puerta a la resplandeciente antecámara. Mirabel presiona el botón del ascensor, y se enciende obediente. La flecha vira hacia abajo.

—¿La bebiste? —pregunta mientras esperan.

—¿Disculpa?

Ella señala el muro donde había estado la pequeña copa de líquido, frente a los dados.

—¿La bebiste? —repite.

—Eh… sí, sí, la bebí.

—Bien —dice.

—¿Tenía opción?

—Podías verterla fuera de la copa o moverla al otro lado de la sala o varias opciones más. Pero jamás se ha quedado nadie que no la hubiera bebido.

El ascensor tintinea y las puertas se deslizan a los lados.

—¿Y tú qué hiciste? —pregunta Zachary. Mirabel se sienta en una de las banquetas de terciopelo, y él toma asiento en la que está delante. Está bastante seguro de que es el mismo ascensor, pero también recuerda haber chorreado pintura en todo el interior, a pesar de lo cual las banquetas de terciopelo parecen gastadas pero impecables.

—¿Yo? —pregunta Mirabel—. Nada.

—¿La dejaste donde estaba?

—No, nunca me tuve que someter a ninguna de esas pruebas. Ni a los dados ni a la bebida. El examen de ingreso.

—¿Cómo lo conseguiste?

—Nací aquí abajo.

—¿De verdad?

—No, la verdad es que salí del cascarón de un huevo dorado que un gato salvaje noruego empolló durante dieciocho lunas. Aquel gato me sigue odiando. —Hace una pausa antes de añadir—: Sí, *de verdad*.

—Lo siento —responde Zachary—. Todo esto es… demasiado.

—No, soy yo quien se disculpa —dice—. Diría que lamento que te hayan metido en este enredo, pero a decir verdad estoy agradecida de tener compañía. —Extrae una pitillera del bolso y la abre, ofreciéndosela. Pero antes de que pueda aclarar que no fuma advierte que está llena de pequeños dulces redondos, cada uno de un color diferente—. ¿Te gustaría una historia? Tal vez te haga sentir mejor, y solo funcionan mientras estamos en el ascensor.

—Tienes que estar de broma —dice. Toma un pálido disco rosado que podría tener sabor a menta.

Mirabel le sonríe. Guarda la pitillera sin quedarse ningún dulce para sí.

Zachary coloca el dulce sobre su lengua. Tenía razón: es de menta. No… de acero. Acero frío.

La historia se despliega en su cabeza más que en sus oídos, y las palabras existen pero al mismo tiempo no existen, son imágenes, sensaciones y sabores que cambian y evolucionan desde la menta y el metal originales pasando por la sangre, el azúcar y el aire estival hasta desvanecerse.

—¿Qué ha sido eso? —pregunta.

—Eso ha sido una historia —dice Mirabel—. Puedes intentar contármela, pero sé que son difíciles de traducir.

—Ha sido… —Zachary hace una pausa. Intenta comprender la experiencia breve y rara que es cierto que ha dejado una historia en su cabeza, como un cuento de hadas casi olvidado—. Había un caballero de los que tienen una armadura brillante. Mucha gente lo amaba, pero él no quiso a nadie, y lamentó haber roto tantos corazones. Así que se talló un corazón en la piel por cada uno de los que había roto. Hileras e hileras de cicatrices con forma de corazón sobre sus brazos, sus piernas y su pecho. Luego conoció a alguien que no esperaba y… no recuerdo lo que sucedió después.

—Caballeros que rompen corazones, y corazones que rompen caballeros —dice Mirabel.

—¿La conoces?

—No, cada una es diferente, aunque tienen puntos en común. Los hay en todas las historias, sea cual sea su forma. Hay algo que existe y luego cambia. El cambio es la esencia de una historia, después de todo.

—¿De dónde han salido estos?

—Encontré un frasco lleno hace unos años. Me gusta tenerlos a mano. Es como tener un libro siempre cerca, algo que también suelo hacer.

Zachary mira a esta mujer misteriosa con el cabello rosado. El caballero y sus corazones perduran sobre su lengua.

—¿Qué es esto? —pregunta. Se refiere a toda aquella experiencia, y confía en que ella lo entenderá.

—Jamás podré darte una respuesta que termine de satisfacerte, Ezra —dice, con una sonrisa triste—. Esta es la madriguera del conejo. ¿Quieres conocer el secreto para sobrevivir una vez que has descendido por la madriguera del conejo?

Él asiente, y ella se inclina hacia delante. Tiene los ojos ribeteados de dorado.

—Conviértete en un conejo —susurra.

Zachary la mira, y al hacerlo advierte que se siente más tranquilo.

—Fuiste tú quien pintaste mi puerta en Nueva Orleans —dice—, cuando era un niño.

—Así es. Y creí que la abrirías. Es una prueba de fuego: si crees lo bastante para intentar abrir una puerta pintada, es más probable que creas en el lugar adonde te lleve.

El ascensor se detiene con una sacudida.

—Qué rápido —señala Zachary. Si su noción del tiempo no le falla por completo, su propio descenso había tardado, por lo menos, tres veces más. Quizá la historia que ha relatado su dulce haya tardado más en disolverse de lo que creía.

—Le he dicho que teníamos prisa —dice Mirabel.

Cuando las puertas del ascensor se abren, están ante lo que parece la misma escalinata con columnas de piedra y faroles suspendidos que Zachary recuerda de antes.

—Tengo una pregunta —dice.

—Tendrás muchas —responde Mirabel mientras suben las escalinatas—. Tal vez quieras empezar a escribirlas.

—¿Dónde estamos ahora exactamente?

—Estamos entre dos lugares —dice—. Aún no hemos llegado a Nueva York, si te refieres a eso. Pero tampoco seguimos *allí*. Es una extensión del ascensor. Hace mucho tiempo había escaleras y había que caminar y caminar. O uno se caía. O había sencillamente una puerta. No lo sé, no hay demasiados registros. A veces no hay escaleras aquí, pero existe un ascensor desde hace bastante tiempo. Es como un teseracto, salvo que uno que contiene el espacio en lugar del tiempo. ¿O son para ambos los teseractos? No lo recuerdo. Qué vergüenza me da.

En lo alto de la escalinata, se detienen ante una puerta incrustada en la roca: una puerta sencilla de madera, sin lujo ni símbolo alguno. Mirabel coge una de las llaves de alrededor de su cuello y la abre.

—Espero que no hayan vuelto a colocar una estantería delante —dice, empujándola para abrirla algunos centímetros. Luego se detiene, asomándose por el resquicio antes de abrirla aún más—. Rápido —le dice a Zachary, empujándolo para que pase a través de ella y cerrando la puerta tras él.

Cuando echa un vistazo atrás, la puerta ha desaparecido, y tan solo hay un muro.

—Búscala —dice Mirabel, y entonces Zachary distingue los contornos, las delgadas marcas de lápiz que forman la puerta, tan tenues como fisuras en la pintura. Una sombra sutil que podría ser una mancha forma una manilla encima de una marca que es más claramente el ojo de una cerradura.

—¿Esto es una puerta? —pregunta.

—Esta es una puerta de incógnito para emergencias. No creo que nadie la encuentre jamás, pero de todos modos la mantengo cerrada. Me sorprende que no la hayan visto, pero como frecuento este lugar seguramente crean que es por motivos relacionados con los libros. Los lugares donde hay libros tienden a ser más receptivos a las puertas. Creo que es por la elevada concentración de historias en un mismo lugar.

Zachary mira alrededor. El trozo de pared desnuda está oculto entre elevadas estanterías de madera abarrotadas de libros, algunas marcadas con letreros rojos que le resultan conocidos, aunque no sabe por qué. Mirabel le hace señas para que avance, y cuando dejan atrás las estanterías y desembocan en una sala con mesas de libros y otra cubierta con discos de vinilo y más letreros, junto a personas que consultan materiales en silencio, se da cuenta de por qué el lugar le resulta conocido.

—¿Estamos en el Strand? —pregunta mientras suben una amplia escalinata.

—¿Cómo se te ha ocurrido? —pregunta Mirabel—. ¿Acaso han sido los enormes letreros rojos que dicen «Strand» y «Veintiocho kilómetros de libros»? Esa cantidad parece inexacta; apuesto a que hay muchos más.

Zachary ciertamente reconoce la planta principal de la enorme librería, que se encuentra más concurrida, con sus mesas de novedades y *best sellers* y libros recomendados por el personal (siempre le han gustado los libros que recomiendan los libreros) y bolsas de tela personalizadas, muchas bolsas de manotela. Se le ocurre que se parece levemente al espacio repleto de libros que está más abajo, pero a una escala más reducida, como un aroma errante podría evocar el recuerdo de un sabor, aunque no transmita la experiencia por completo.

Él y Mirabel se abren camino entre mesas y compradores y la larga cola junto a la caja, pero pronto han salido a la acera, a merced de un viento gélido feroz, y Zachary siente el deseo imperioso de volver adentro porque allí están los libros y también porque los pantalones de lino no fueron diseñados para la nieve y el aguanieve del invierno.

—No debería estar demasiado lejos —dice Mirabel—. Lamento que hoy esté tan poético.

—¿Tan *qué?* —pregunta Zachary. No cree haber oído correctamente.

—Poético —repite Mirabel—. El tiempo. Es como un poema, en el que cada palabra es más que una cosa a la vez y todo es una metáfora. El sentido está condensado en el ritmo y el sonido y los espacios entre las frases. Todo es intenso y cortante, como el frío y el viento.

—Podrías simplemente decir que hace frío fuera.

—Sí, *podría.*

La luz mortecina que cae sobre la calle da cuenta de las últimas horas de la tarde. Caminan esquivando a los transeúntes subiendo por Broadway y pasando junto a Union Square antes de doblar a la derecha, momento en el cual Zachary se olvida de los puntos de referencia que conoce en Manhattan, y el mapa de la ciudad que tiene en la cabeza se disuelve convirtiéndose en una cuadrícula de manzanas que desaparecen en la nada y en el río. Mirabel sabe cómo esquivar peatones mejor que él.

—Primero, tenemos que hacer una parada —dice, deteniéndose delante de un edificio. Abre una puerta de vidrio, y la mantiene abierta para permitir la salida de una pareja enfundada en varias capas de abrigos y bufandas.

—¿Estás de broma? —pregunta Zachary, alzando la mirada hacia el omnipresente letrero de la sirena verde—. ¿Vamos a parar a *tomar café?*

—La cafeína es un arma importante de mi arsenal —replica ella entrando y uniéndose al final de la breve cola—. ¿Qué quieres?

Zachary suspira.

UN MAR SIN ESTRELLAS 165

—Yo invito —insiste Mirabel. Le clava el dedo en el brazo, y él no recuerda en qué momento se enfundó guantes tejidos sin dedos; sus propias extremidades heladas sienten una envidia repentina.

—Un té verde mediano con leche descremada —dice Zachary. Le irrita que las bebidas calientes siempre terminen pareciendo una buena idea cuando arrecia este clima con su fría poesía.

—De acuerdo —responde Mirabel. Asiente pensativa como si estuviera evaluándolo mediante un pedido de Starbucks. Zachary no está seguro de lo que el té verde y la espuma delatan sobre él.

Todo parece normal, de pie en la cola para pedir café: el suelo bajo sus pies, húmedo de nieve derretida; la vitrina llena de pasteles etiquetados con esmero; las personas sentadas en los rincones mirando fijamente sus portátiles.

Es *demasiado* normal. Es desconcertante y empieza a provocarle mareos y quizá una vez que vas al país de las maravillas se supone que debes quedarte allí porque después de eso nada volverá a ser igual en el mundo real, en el otro mundo. En el Más Allá. Se pregunta si los probables estudiantes o probables escritores que teclean en sus ordenadores le creerían si les dijera que hay un tesoro subterráneo de libros e historias bajo sus pies. No le creerían. Él no lo cree. No está seguro de que lo crea. Lo único que impide que lo termine de considerar todo como una alucinación extraordinaria es la mujer de cabello rosado de pie junto a él. Observa la parte de atrás de la cabeza de Mirabel mientras examina un estante repleto de tazas de viaje. Tiene las orejas perforadas múltiples veces con pendientes plateados y una cicatriz detrás de la oreja, una línea de tal vez dos centímetros. Empiezan a verse sus raíces cerca del cuero cabelludo, un castaño oscuro que probablemente sea parecido al color de la peluca que llevaba en la fiesta, y se pregunta si se disfrazó de ella misma. Intenta recordar si la vio hablar con alguien. Si interactuó con otra persona que no fuera él.

Zachary no podía haber inventado tantos detalles sobre una persona. Seguramente, las mujeres imaginarias no piden café en Starbucks.

Es un alivio cuando la chica detrás de la caja registradora observa a Mirabel a los ojos y le pregunta qué desea.

—Un polvo de estrellas con miel de tamaño grande, sin nata —dice, y aunque Zachary piensa que tal vez no ha oído bien, la cajera presiona el pedido en la pantalla sin hacer pregunta alguna—. Y un té verde mediano con leche descremada.

—¿Nombre?

—Zelda —dice Mirabel.

La chica le dice el total, y Mirabel paga en efectivo, dejando caer el cambio dentro del frasco para propinas. Zachary la sigue al otro extremo del mostrador.

—¿Qué es lo que has pedido? —pregunta.

—Información —responde Mirabel, pero no ofrece más explicaciones—. Muy poca gente aprovecha el menú secreto, ¿alguna vez te habías dado cuenta?

—En mi caso, suelo ir a cafés independientes que tienen menús escritos sobre pizarras que no se toman demasiado en serio.

—Y sin embargo ya tenías listo un pedido muy específico aquí en Starbucks.

—Zelda —llama la barista, apoyando dos vasos sobre el mostrador.

—¿Es Zelda por la princesa o por la esposa de Fitzgerald? —pregunta Zachary al tiempo que Mirabel los levanta.

—Un poco por ambas —dice, entregándole el vaso más pequeño—. Vamos, volvamos fuera a desafiar al clima.

La luz se va apagando, el aire está más frío. Zachary se aferra a su vaso y bebe un sorbo de espuma hirviendo de color verde.

—¿Qué ha sido lo que has pedido en realidad? —le pregunta mientras Mirabel echa a andar.

—Es básicamente un té Earl Grey con leche de soja, miel y vainilla —explica, levantando su vaso—. Pero este es el motivo por el que lo he pedido. —Lo levanta aún más para que Zachary pueda ver el número de seis dígitos escrito con rotulador sobre el fondo del vaso: *721909*.

—¿Qué significa? —pregunta.

—Ya lo verás.

La luz se desvanece para cuando llegan a la siguiente manzana, dejando un crepúsculo rojizo.

—¿Cómo conoces a Dorian? —pregunta, intentando organizar las preguntas en su cabeza. Se le ocurre que tal vez deba conseguir una libreta de notas o algo para impedir que salgan volando, por la rapidez con la que entran y salen de su cabeza. Bebe otro sorbo del té con leche en vías de enfriarse velozmente.

—Intentó matarme una vez —dice Mirabel.

—¿Qué? —pregunta Zachary al tiempo que ella se detiene en mitad de la acera.

—Allá vamos.

Zachary ni siquiera había reconocido la calle bordeada de árboles. El edificio con el letrero del Club de los Coleccionistas parece normal y amistoso y quizá ligeramente siniestro, pero tiene más que ver con la ausencia de personas en esta manzana en particular.

—¿Has terminado? —pregunta Mirabel, señalando su vaso. Zachary bebe un último sorbo y se lo entrega. Ella apoya ambos vasos vacíos sobre una pila de nieve junto a las escaleras.

—Hay otro sitio al que también llaman el Club de los Coleccionistas que no está lejos de aquí —señala al acercarse a la puerta.

—¿En serio? —pregunta Zachary, lamentando no haberle preguntado si tiene algún tipo de plan.

—Aquel es para coleccionistas de sellos.

Gira el pomo de la puerta, y para sorpresa de Zachary, se abre. La pequeña antecámara está a oscuras, salvo por una luz roja sobre la pared junto a una pequeña pantalla: un sistema de alarma.

Mirabel pulsa 7-2-1-9-0-9 sobre el teclado.

La luz se pone verde.

Abre la segunda puerta.

El vestíbulo está en penumbras. Solo una luz violácea se filtra a través de las altas ventanas, tiñendo las cintas con los picaportes de sus puertas de un pálido color azul. Hay más de las que Zachary recordaba.

Quiere preguntarle a Mirabel cómo ha conseguido pedir el código de la alarma en Starbucks, y también a qué se refería exactamente con aquello de *intentó matarme una vez*, pero considera que es mejor callar. Luego ella tira de una de las cintas sujeta a un picaporte, arrancándola de lo que fuera que la sujetaba al techo bien arriba. Cae en medio del estrépito de picaportes que chocan entre sí, una cacofonía de tonos graves como campanas.

Evidentemente, el silencio ha acabado.

—Podrías haber tocado el timbre —observa Zachary.

—Si lo hubiera hecho, no nos habrían dejado entrar —responde. Levanta el picaporte… uno de color cobre con una pátina verdosa… y echa un vistazo a su etiqueta. Zachary la lee al revés: *Tofino, Columbia Británica,*

Canadá, 7-8-05—. Además, solo activan el despertador cuando no hay nadie de guardia. —Al adentrarse en el pasillo, recorre las cintas con los dedos como si fueran las cuerdas de un arpa—. ¿Imaginas todas las puertas? —pregunta.

—No —responde Zachary con sinceridad. Hay demasiadas. Al pasar junto a ellas, consigue leer más etiquetas: *Bombay, India, 12-2-13. Helsinki, Finlandia, 2-9-10. Túnez, 4-1-01.*

—La mayoría de ellas se encontraban perdidas antes de que se cerraran, si sabes a lo que me refiero —dice—. Quedaron olvidadas y clausuradas. El tiempo les hizo tanto daño como ellos; están intentando atar los cabos sueltos.

—¿Estas son todas?

—Tienen edificios similares en El Cairo y en Tokio, aunque no sé si existe algún orden respecto a qué restos terminan en qué lugar. Estas son decorativas; hay más, embaladas en cajas. Todos los trocitos que no pueden quemarse.

Mirabel parece tan triste que Zachary no sabe qué decir. Empiezan a subir las escaleras en silencio, los últimos rayos de luz colándose a través de las ventanas superiores.

—¿Cómo sabes siquiera que está aquí? —De pronto se pregunta si están realizando una misión de rescate o si Mirabel tiene otros motivos para estar en este espacio al amparo de la oscuridad. La ausencia de gente empieza a hacerse manifiesta, demasiado conveniente.

—¿Tienes miedo de que esto resulte una trampa, Ezra? —pregunta ella dándose la vuelta para pisar el rellano.

—¿Y tú, *Max*? —replica.

—Estoy segura de que somos demasiado astutos para eso —dice Mirabel, pero luego se detiene en seco al llegar a la parte superior de las escaleras.

Zachary sigue la trayectoria de su mirada. Se dirige a algo delante de ellos, en el pasillo del segundo piso, una sombra en la luz agonizante. Una sombra que a todas luces es el cadáver de Dorian, suspendido del techo y exhibido como los picaportes de la planta inferior, atado y envuelto en una red de pálidas cintas.

FORTUNAS Y FÁBULAS
LA POSADA EN LOS CONFINES DEL MUNDO

Un posadero tenía una posada en un cruce de caminos particularmente inhóspito. A cierta distancia de allí, en lo alto de una montaña se alzaba una aldea, además de varias ciudades en otras direcciones, la mayoría de las cuales tenían mejores caminos para ir y venir de ellas, especialmente, en invierno. Pero el posadero mantenía alumbradas sus farolas a lo largo de todo el año para los viajeros. Durante el verano la posada se llenaba a rebosar y se cubría de enredaderas en flor; por el contrario, en aquella parte de la comarca los inviernos eran largos.

El posadero era viudo y no tenía hijos, así que ahora pasaba la mayor parte de su tiempo en la posada, solo. Cada cierto tiempo se aventuraba en la aldea para comprar provisiones o pasar por la taberna para beber una copa, pero a medida que pasaba el tiempo lo hacía con menos frecuencia porque cada vez que acudía alguna persona bien intencionada le sugería algún hombre o mujer disponibles, o varias combinaciones de aldeanos a la vez que resultaban un buen partido, y el posadero terminaba su bebida, daba las gracias a sus amigos y volvía a descender la montaña para dirigirse a su posada, solo.

Un invierno trajo consigo tormentas fuertes como no se habían visto en años. Ningún viajante se animó a recorrer los caminos. El posadero intentó mantener las farolas encendidas, aunque el viento las extinguía con frecuencia, y se aseguró de que siempre hubiera un fuego ardiendo en el hogar principal para que el humo fuera visible siempre que la ventisca no acabara apagándolo también.

Las noches eran largas, y las tormentas, feroces. Las nieves ahogaron los caminos de montaña. El posadero no podía viajar a la aldea, pero tenía provisiones de sobra. Preparaba sopas y estofados. Permanecía sentado junto al fuego y leía libros que hacía tiempo que quería leer.

Mantenía las habitaciones de la posada preparadas para viajeros que no llegaban. Bebía vasos de whisky y vino. Leía más libros. Cuando el tiempo pasó y las tempestades no amainaron, solo mantuvo unas pocas habitaciones bien dispuestas, las más cercanas a la chimenea. A veces él mismo dormía en una silla junto al fuego, en lugar de refugiarse en su habitación, algo que jamás habría soñado hacer con huéspedes presentes. Pero no había huéspedes, tan solo el viento y el frío, y la posada empezó a parecerse más a una casa, aunque al posadero se le ocurrió que parecía más vacía como casa que como posada, pero no se enredó en aquellos pensamientos.

Una noche, cuando el posadero se había quedado dormido en su silla junto al fuego, con una copa de vino a su lado y un libro abierto en su regazo, se oyó un golpe en la puerta.

Al principio, el posadero recién despertado creyó que era el viento, ya que había pasado gran parte del invierno sacudiendo las puertas, las ventanas y el tejado, pero el golpe volvió a sonar, demasiado firme para tratarse de una ráfaga.

El posadero abrió la puerta, una hazaña que llevó más tiempo del habitual, empeñado como estaba el hielo en mantenerla cerrada. Cuando cedió, detrás del viento que traía consigo un torbellino de nieve, entró finalmente la viajera.

El posadero solo vio una capa con capucha mientras se esmeraba por cerrar la puerta una vez más, forcejeando con el viento que se empeñaba en impedírselo. Hizo un comentario sobre el vendaval, pero las ráfagas ahogaron sus palabras con su rugido indignado, enfurecidas por no haber sido admitidas dentro.

Tras cerrar la puerta, echar el cerrojo y atrancarla por si acaso, el posadero se dio la vuelta para saludar a la viajera como era debido.

Desconocía lo que había esperado de alguien que tuviera el valor y la insensatez suficiente para atreverse a recorrer estos caminos con aquel clima, pero ciertamente no a quien tenía delante: una mujer pálida como la luz de la luna, con los ojos tan oscuros como su capa negra crepuscular, y los labios azules por el frío. El posadero se quedó mirándola; habían desaparecido de su cabeza los saludos y comentarios afables con los que solía saludar a los recién llegados.

La mujer empezó a decir algo… quizá estuviera saludando, haciendo un comentario sobre el tiempo, expresando un deseo o una advertencia… lo que fuera que quiso decir se perdió en un balbuceo, y sin decir una palabra el posadero la llevó rápidamente a la chimenea para que entrara en calor.

Acomodó a la viajera en su silla, quitándole la capa mojada, aliviado de ver que llevaba otra por debajo, una tan blanca como la nieve de la cual había huido. Le trajo una taza de té tibio y atizó el fuego mientras el viento aullaba fuera.

Poco a poco, el temblor de la mujer amainó. Bebió el té y observó las llamas, y antes de que el posadero pudiera plantearle cualquiera de sus numerosas preguntas, se quedó dormida.

El posadero se puso en pie mirándola. Parecía un fantasma, tan pálida como su manto. Dos veces comprobó que siguiera respirando.

Se preguntó si acaso él dormía y soñaba, pero sus manos estaban frías de abrir la puerta, y sentía un escozor donde uno de los pestillos había atrapado su dedo provocándole un pequeño corte. No estaba durmiendo, aunque aquello era tan extraño como cualquier sueño.

Mientras la mujer dormitaba, el posadero se ocupó de preparar la habitación más cercana, aunque ya estuviera preparada. Encendió el fuego en el hogar más pequeño y añadió otra capa a la cama. Puso una olla de sopa a fuego lento y calentó un trozo de pan para que la mujer tuviera algo que comer si lo deseaba al despertar. Pensó en llevarla en brazos a su habitación, pero hacía más calor junto al fuego, así que en cambio le colocó otra manta encima.

Luego, por falta de otra cosa de qué ocuparse, se quedó de pie mirándola de nuevo. No era extremadamente joven: hebras plateadas salpicaban su cabello. No llevaba anillos ni pendientes que indicaran que estuviera casada o comprometida de otro modo con nadie ni nada que no fuera ella misma. Había recuperado el color de los labios, y el posadero halló que su propia mirada volvía a ese lugar tan a menudo que fue a servirse otra copa de vino para impedir que sus pensamientos siguieran distrayéndolo. (No funcionó). Pasado un tiempo, se quedó dormido en la otra silla junto al fuego.

Cuando despertó seguía estando oscuro, aunque aislado como estaba por la nieve y las tormentas, no supo si era de noche o de día. El fuego seguía ardiendo, pero la silla junto a la suya estaba vacía.

—No quería despertarlo —dijo una voz a sus espaldas. Se dio la vuelta y vio a la mujer de pie, ya no tan pálida como la luz de la luna, más alta de lo que la recordaba, y hablando con un acento que no conseguía situar aunque en su época había oído los acentos de muchas tierras.

—Lo siento —dijo, disculpándose tanto por quedarse dormido como por no estar a la altura de sus estándares de atención habituales—. Su habitación es... —empezó a decir, dándose la vuelta hacia la puerta del aposento, pero vio que su capa ya se hallaba colgada cerca del fuego, y el bolso que había dejado junto a la silla, al pie de la cama.

—Ya la he encontrado, gracias. A decir verdad, no creí encontrar a nadie en este lugar; no había farolas y no se veía la lumbre desde el camino.

Como regla general, el posadero no se entrometía en los asuntos de sus huéspedes, pero no pudo evitarlo.

—¿Qué hacía fuera con un tiempo así? —preguntó.

La mujer le sonrió como disculpándose, y el posadero supo por aquella sonrisa que estaba lejos de ser una viajera imprudente, aunque podía haberlo supuesto por el hecho de que hubiera llegado hasta allí siquiera.

—Debo reunirme con alguien aquí, en esta posada, en este cruce de caminos —dijo—. Lo dispusieron hace mucho tiempo, no creo que anticiparan las tormentas.

—En este momento no hay ningún otro huésped —le dijo el posadero. La mujer frunció el entrecejo, pero se trató de un gesto pasajero que desapareció de inmediato.

—¿Me permite quedarme hasta que llegue? —preguntó—. Puedo pagar por la habitación.

—Le habría aconsejado permanecer de todos modos, dadas las tormentas —dijo el posadero, y en ese preciso instante el viento aulló—. No será necesario que me pague.

La mujer arrugó el ceño, y esta vez el gesto de extrañeza duró un poco más, pero luego asintió.

Cuando el posadero se dispuso a preguntar su nombre, el viento abrió de golpe los postigos, y la nieve entró arremolinándose en la enorme sala abierta perturbando el fuego. La mujer lo ayudó a cerrar los postigos de nuevo. El posadero echó un vistazo a la furibunda oscuridad y se preguntó cómo era posible que alguien hubiera viajado a través de ella.

Después de cerrar las ventanas y de devolverle al fuego su anterior vigor, el posadero trajo sopa y pan tibio, y también vino. Se sentaron y comieron junto al fuego y hablaron de libros y la mujer preguntó acerca de la posada (cuánto tiempo había estado allí, cuánto tiempo hacía que era posadero, cuántas habitaciones había, y cuántos murciélagos en las paredes), pero el posadero, aunque ya se arrepentía de su conducta anterior, se abstuvo de hacerle preguntas, y ella brindó muy poca información.

Conversaron hasta mucho después de acabarse el pan y la sopa y haber abierto otra botella de vino. El viento se apaciguó, escuchando.

El posadero sintió entonces que el mundo exterior desaparecía, y que no había ni viento, ni tormenta, ni noche, ni día. Sencillamente existía esa habitación y ese fuego y esa mujer, y no le importó.

Tras un lapso de tiempo inmensurable, la mujer sugirió, vacilando, que quizá él debiera dormir en una cama en lugar de hacerlo en una silla, y el posadero le dio las buenas noches, aunque no sabía si era de noche o de día, y la oscuridad exterior se negó a hacer comentarios sobre la cuestión.

La mujer le sonrió y cerró la puerta de su habitación, y en aquel momento, al otro lado, el posadero se sintió de veras a solas por primera vez en aquel sitio.

Se sentó junto al fuego, encerrado en sus propios pensamientos durante cierto tiempo, con un libro abierto que no leyó, y luego se retiró a su propia habitación al otro lado del pasillo y durmió un sueño despojado de sueños.

El día siguiente (si lo fue realmente) transcurrió de modo agradable. La viajera ayudó al posadero a hornear más pan y le enseñó a preparar una especie de bollo pequeño que él jamás había visto, con forma de medialuna. Envueltos en nubes de harina relataron historias: mitos y cuentos de hadas y antiguas leyendas. El posadero le contó a la mujer la historia del viento que, según cuentan, asciende la montaña y desciende de ella en busca de algo que ha perdido, y que sus aullidos se deben al sufrimiento por su pérdida y a las súplicas por recuperarlo.

—¿Qué fue lo que perdió? —preguntó la mujer.

El posadero encogió los hombros.

—Las historias varían —le contó—. En algunas, perdió el lago que está situado hace mucho tiempo en el valle donde hoy corre un río. En otras, perdió a una persona a la cual amaba, y aúlla porque un mortal no puede amar al viento del modo como este corresponde a ese amor. En la versión más frecuente, solo ha perdido el camino, porque a causa del emplazamiento inusual de las montañas y el valle, el viento se confunde y extravía y a eso se deben sus aullidos.

—¿Cuál de los relatos cree que es el verdadero? —preguntó la mujer, y el posadero se detuvo para examinar la cuestión.

—Creo que es tan solo el aullido propio de viento al atravesar montañas y valles, y creo que a la gente le gusta contar cuentos para explicar dichos fenómenos.

—Para explicarles a los niños que no hay nada que temer respecto al sonido; es simplemente tristeza.

—Eso parece.

—¿Por qué entonces supone que las historias se siguen contando una vez que los niños son grandes? —preguntó la mujer, y el posadero no tenía una respuesta adecuada para aquella pregunta, así que le formuló otra a su vez.

—Allí de donde usted viene, ¿cuentan historias para explicar esos fenómenos? —preguntó, y de nuevo se abstuvo de preguntar cuál era aquel lugar. Aún no conseguía identificar del todo su acento y no podía pensar en nadie que conociera y hablara la lengua local con su mismo acento cantarín.

—A veces narran una historia sobre lo que le sucede a la luna cuando se ausenta del cielo.

—Aquí también relatan esa clase de historias —dijo el posadero, y la mujer sonrió.

—¿Dicen a dónde va el sol cuando este también desaparece? —preguntó, y el hombre sacudió la cabeza.

»En el lugar de donde vengo hay una historia que lo explica —dijo ella, concentrada en la tarea que tenía ante ella, el movimiento acompasado de sus manos cubiertas de harina—. Dicen que cada cien años... algunas versiones dicen que cada quinientos, o incluso cada mil... el sol desaparece del cielo durante el día al mismo tiempo que la luna lo hace de noche. Dicen que han coordinado su ausencia para reunirse en un sitio secreto, a resguardo de las estrellas, para discutir el estado del mundo y comparar lo que ha visto cada uno a lo largo de los últimos cien, quinientos o mil años. Se encuentran, charlan y se despiden una vez más, volviendo a sus respectivos lugares en el cielo hasta el siguiente encuentro.

El posadero recordó otra historia similar, y le hizo una pregunta que lamentó tan pronto como escapó de sus labios.

—¿Son amantes? —preguntó. Las mejillas de la mujer se sonrojaron. El posadero estaba a punto de disculparse cuando ella continuó.

—En algunas versiones, sí —dijo—. Aunque sospecho que si la historia fuera cierta, tendrían demasiado de qué hablar para destinar el tiempo a otros menesteres.

El posadero se rio, y la mujer lo observó, sorprendida. Pero luego también se rio, y continuaron relatando sus historias y horneando su pan mientras el viento rodeaba la posada, escuchando sus relatos y olvidando durante un tiempo lo que había perdido.

Pasaron tres días. La tempestad siguió bramando. El posadero y la mujer siguieron pasando el tiempo a buen resguardo, contándose historias, compartiendo la comida, y llenando una y otra vez sus copas de vino.

El cuarto día se oyó un golpe en la puerta. El posadero se dirigió a abrirla. La mujer se mantuvo sentada junto al fuego.

El viento se había calmado y solo entró una pequeña cantidad de nieve junto con el segundo viajero. Los copos de nieve se derritieron en cuanto se cerró la puerta.

El comentario del posadero acerca del tiempo murió en sus labios cuando se dio la vuelta hacia la persona recién llegada.

Su manto tenía un color desgastado que debía de haber sido dorado alguna vez; aún brillaba en algunos lugares. Se trataba de una mujer de tez oscura y ojos luminosos. Llevaba el cabello más corto que cualquier estilo que el posadero conociera, y era de un tono casi dorado. No parecía sentir el frío.

—Debo encontrarme en este lugar con otra viajera —dijo, con una voz como la miel, profunda y dulce.

El posadero asintió y señaló hacia el fuego en el extremo opuesto del salón.

—Gracias —respondió ella. El hombre la ayudó a quitarse el manto de los hombros, del cual chorreaba nieve derretida, y se lo quitó de las manos para colgarlo hasta que se secara. Ella también llevaba otro manto por debajo, una prenda adecuada para el clima, de un color dorado descolorido.

Caminó hacia el hogar y se sentó en la otra silla. El posadero estaba demasiado lejos para oírlas, pero desde donde estaba tuvo la impresión de que no se saludaron, sino que entablaron de inmediato conversación.

Continuaron hablando durante cierto tiempo.

Al cabo de una hora, el posadero dispuso un plato de pan, fruta seca y queso, y se lo llevó a las mujeres, junto con una botella de vino y dos copas. Al acercarse, ellas dejaron de charlar.

—Gracias —dijo la primera mujer mientras colocaba la comida y el vino sobre la mesa junto a las sillas. Apoyó su mano un instante sobre la suya. Nunca lo había tocado, y él no pudo emitir palabra por lo que tan solo asintió y dejó que siguieran charlando. La otra mujer sonrió, y el posadero no supo por qué lo hacía.

Dejó que hablaran. No se movieron de sus sillas. En el exterior, el viento se apaciguó.

El posadero se sentó en el otro extremo de la sala, lo bastante cerca para que cualquiera de las dos mujeres lo llamara si lo necesitaban, pero lo bastante lejos para no poder oír una sola palabra de lo que se decían entre ellas. Dispuso otro plato para sí, pero apenas lo probó, salvo el bollo con forma de medialuna que se derritió sobre su lengua. Intentó leer, pero apenas conseguía concentrarse en una hoja por vez. Debieron de pasar horas. La luz exterior no cambió.

El posadero se quedó dormido, o al menos eso creyó. Parpadeó y vio que en el exterior había oscurecido. El sonido que lo despertó fue el movimiento de la segunda mujer, que se levantó de su silla.

Besó a la otra mujer en la mejilla y volvió a cruzar el salón.

—Agradezco su hospitalidad —le dijo al posadero cuando llegó junto a él.

—¿No se quedará? —preguntó.

—No, debo marcharme —respondió. El posadero fue a buscar su manto dorado, ya seco y tibio entre sus manos. Lo envolvió sobre sus hombros y la ayudó a asegurar los broches. Ella le volvió a sonreír, una sonrisa cálida y amable.

Pareció entonces como si estuviera a punto de pronunciar unas palabras, tal vez, una advertencia o un deseo, pero en cambio guardó silencio y sonrió una vez más mientras él abría la puerta y ella salía internándose en la oscuridad.

El posadero la observó hasta que la perdió de vista (no demasiado tiempo). Luego cerró la puerta y echó el cerrojo. Una vez más el viento empezó a aullar.

Al acercarse al fuego y a la mujer de cabello oscuro arrimada a su lado, cayó en la cuenta de que desconocía su nombre.

—Tendré que marcharme por la mañana —dijo sin mirarlo—. Me gustaría pagar la habitación.

—Podría quedarse —le dijo él. Apoyó la mano sobre el lateral de su silla. Ella contempló sus dedos y de nuevo volvió a colocar su mano sobre la suya.

—Me gustaría hacerlo —respondió en voz queda.

El posadero alzó la mano de ella hasta sus labios.

—Quédate conmigo. —Exhaló su petición sobre su palma—. Estemos juntos.

—Tendré que marcharme por la mañana —repitió ella. Una única lágrima se deslizó sobre su mejilla.

—Con este tiempo, ¿quién se da cuenta de cuándo amanece? —preguntó él, y la mujer sonrió.

Se levantó de su silla junto al fuego y condujo al posadero de la mano a su habitación y dentro de su cama. Y el viento aulló alrededor de la posada, sollozando por el amor encontrado y apenado por el amor perdido.

Pues no hay mortal que pueda amar a la luna. No por mucho tiempo.

Zachary Ezra Rawlins está casi seguro de que alguien le asestó un golpe en la nuca, pero solo recuerda haberse golpeado la frente contra las escaleras, y ahora que ha recobrado el conocimiento es donde más le duele. También está bastante seguro de haber oído a Mirabel señalar que alguien estaba respirando, aunque ahora no está seguro de a quién se refería.

No tiene certezas sobre nada salvo de que le duele la cabeza y mucho.

Y definitivamente está atado a una silla.

Es una silla elegante. Tiene un respaldo alto con reposabrazos a los que justamente sus propios brazos están sujetos con cuerdas que son también finas: varias vueltas de cuerda negra desde sus muñecas hasta sus codos. También tiene atadas las piernas, pero no alcanza a verlas bajo la mesa.

Se trata de una larga mesa de comedor de madera oscura, situada en una sala tenuemente iluminada.

Supone que es algún lugar dentro del Club de los Coleccionistas, dada la altura del techo y las molduras, aunque este recinto es más oscuro; solo la mesa está iluminada. Pequeñas luces empotradas arrojan círculos de luz uniformes desde un extremo de la mesa hasta el otro, donde hay una silla vacía tapizada en terciopelo azul marino que probablemente se parezca a aquella a la que está atado en este momento, porque parece el tipo de sala donde todas las sillas son iguales.

A pesar de su dolor de cabeza, oye el suave sonido de música clásica. Quizá, Vivaldi. No alcanza a ver dónde están los altavoces. O si no hay altavoces y la música entra flotando en el aire desde fuera de la habitación. O quizá el Vivaldi esté en su imaginación, una alucinación musical derivada de una complicación como consecuencia del leve traumatismo en la cabeza. No recuerda lo que sucedió o cómo terminó en este banquete de terciopelo azul dispuesto para una sola persona y sin cena.

—Veo que nos visita de nuevo, señor Rawlins —la voz lo envuelve desde todos lados. Altavoces. Y cámaras.

Zachary se devana los sesos pensando en algo que decir, intentando evitar que su rostro traicione los nervios que siente.

—Me hicieron creer que habría té.

No hay respuesta. Mira la silla vacía. Oye a Vivaldi, pero nada más. En principio, Manhattan no debería estar tan silenciosa. Se pregunta dónde está Mirabel, si está en una habitación diferente, atada a una silla diferente. Se pregunta si Dorian sigue vivo por alguna razón. Lo duda, y se da cuenta de que no quiere pensar en ello. Advierte que está muerto de hambre, o de sed, o ambos. ¿Qué hora es? Advierte que es una observación estúpida, y el hambre recién descubierta lo carcome como una comezón, rivalizando con su dolor de cabeza por atraer su atención. Un rizo cae sobre su rostro, e intenta echarlo hacia atrás sacudiendo la cabeza de modos creativos, pero se mantiene en su lugar, atrapado en el borde de sus gafas de repuesto. Se pregunta si Kat ha terminado ya su bufanda Ravenclaw y si volverá a verla alguna vez y cuánto tiempo pasará antes de que a alguien en el campus se le ocurra preocuparse por él. ¿Una semana? ¿Dos? ¿Más? Kat creerá que ha decidido permanecer en Nueva York durante algún tiempo, y nadie más lo advertirá hasta que las clases empiecen de nuevo. Son los riesgos de ser un cuasi ermitaño. Probablemente en algún lugar de este edificio haya bañeras llenas de lejía.

Se encuentra discutiendo acaloradamente con la voz de su cabeza acerca de si su madre *sabrá* o no de su muerte gracias a su intuición maternal junto a sus capacidades de *vidente* cuando se abre la puerta a sus espaldas.

La chica de la otra noche, la que fingió ser una estudiante apacible de la clase de Kat que tejía, entra con una bandeja plateada y la coloca sobre la mesa. No dice nada, ni siquiera lo mira, y luego se marcha tal como ha llegado.

Zachary mira la bandeja, incapaz de alcanzarla porque tiene las manos atadas a la silla.

Hay una tetera sobre la bandeja, una jarra achaparrada sobre un calentador con una única vela encendida, y dos tazas vacías de cerámica, sin asa, junto a ella.

La puerta del otro extremo del salón se abre, y no le sorprende ver a la dama con cara de oso polar, aunque se ha despojado de su abrigo. Ahora lleva un traje blanco, y el conjunto le da un aire a David Bowie, a pesar del cabello plateado y la tez aceitunada. Incluso tiene los ojos de tonos diferentes: uno es de color pardo oscuro y el otro, de un desconcertante color azul pálido. Lleva el cabello recogido en un moño, y el pintalabios rojo, impecable y levemente amenazante con su estilo retro. El traje tiene una corbata con un nudo mejor hecho de lo que Zachary jamás ha logrado hacerse él mismo, y ese detalle lo irrita más que cualquier otro.

—Buenas noches, señor Rawlins —dice la mujer, deteniéndose a su lado. No le habría parecido irrazonable que le dijera que permaneciera sentado. Le dirige una sonrisa, una sonrisa amable que lo habría tranquilizado si Zachary no estuviera ya más allá de toda posibilidad de ser tranquilizado—. No hemos sido debidamente presentados. Me llamo Allegra Cavallo.

Extiende el brazo y levanta la tetera. Llena ambas tazas de té verde humeante y vuelve a colocar la tetera sobre el calentador.

—Es diestro, ¿verdad? —pregunta.

—Sí... —responde.

Allegra extrae un pequeño cuchillo de su chaqueta. Desliza la punta sobre las cuerdas de su brazo izquierdo.

—Si intenta desatar su otra mano o escapar de cualquier otro modo, perderá esta mano. —Presiona la punta del cuchillo sobre el dorso de su muñeca izquierda, aunque no lo suficiente como para extraer sangre—. ¿Lo entiende?

—Sí.

Allegra desliza el cuchillo entre las cuerdas y la silla y libera su brazo con dos veloces cortes; trozos retorcidos de cuerda caen sobre el suelo.

Vuelve a poner el cuchillo dentro de su bolsillo y toma una de las tazas. Recorre todo el largo de la mesa y se sienta en la silla en el otro extremo.

Zachary se mantiene inmóvil.

—Debe de tener sed —dice la mujer—. El té no está envenenado, por si esperaba tácticas tan pasivas. Notará que he servido mi taza de la misma tetera. —Bebe un sorbo de té intencionadamente—. Es orgánico —añade.

Zachary levanta su taza con la mano izquierda, aquejado por un dolor en el hombro, un achaque más para su lista. Bebe un sorbo de té. Un té verde con un toque herbal, casi aunque no completamente amargo. Sobre su lengua hay un caballero con un corazón roto. Corazones rotos. Le duele la cabeza. El corazón le duele. Algo. Apoya su taza de té.

Allegra lo observa con calculado interés desde el otro extremo de la mesa, como se observaría a un tigre en un zoológico, o posiblemente como el tigre observa a los turistas.

—¿No le gusto, verdad, señor Rawlins?

—Usted me ha atado a una silla.

—Ordené que lo ataran; no lo hice yo misma. Pero también le he ofrecido un té. ¿Acaso una acción no anula a la otra?

Zachary no responde. Después de una pausa, continúa.

—Temo haber causado una mala primera impresión derribándolo en la nieve. Las primeras impresiones son muy importantes. Sus primeros encuentros con los otros fueron mejores; no me sorprende que ambos le gusten más. Me considera una villana.

—Usted me ha atado a una silla —repite Zachary.

—¿Disfrutó de mi fiesta? —pregunta Allegra.

—¿Qué?

—En el Algonquín. No prestó demasiada atención a la letra pequeña. Una fundación benéfica que dirijo se encargó de organizarla. Promueve la alfabetización de niños de escasos recursos en todo el mundo, crea bibliotecas, otorga subsidios a los escritores noveles. También trabajamos para mejorar las bibliotecas de las cárceles. La fiesta es un evento anual para recaudar fondos. Siempre hay invitados imprevistos; es casi una tradición.

Zachary bebe su té en silencio. Recuerda que la fiesta tenía algo que ver con una organización benéfica literaria.

—¿Así que cierra una biblioteca para abrir otras? —pregunta apoyando su taza.

—Ese sitio no es una biblioteca —responde Allegra bruscamente—. En ningún sentido de la palabra. No es un subsuelo de Alejandría en caso de que esté sacando conclusiones erróneas. Es aún más antiguo. No hay un concepto que lo defina totalmente en ningún idioma. La gente se desvive poniéndoles nombre a las cosas.

—Es usted quien hace desaparecer las puertas.

—Me dedico a proteger lo que necesita ser protegido, señor Rawlins.

—¿Qué sentido tiene una biblioteca-museo si nadie puede leer los libros?

—Conservarla —responde—. Cree que quiero ocultarla, ¿verdad? La estoy protegiendo. De… de un mundo que sería excesivo para ella. ¿Se imagina lo que podría suceder si todos se enteraran de que existe? ¿Si supieran que hay un sitio así, accesible desde prácticamente cualquier lugar? ¿Si fueran conscientes de que un lugar *mágico*, a falta de un término mejor, aguarda bajo nuestros pies? ¿Qué podría suceder una vez que haya entradas de blog y hashtags y turistas? Pero estamos adelantándonos. Usted me robó algo, señor Rawlins.

Zachary permanece callado. Se trata más de la afirmación de un hecho que de una acusación, así que no protesta.

—¿Sabe por qué quería ese volumen en particular? —pregunta—. ¿El libro por el que él lo obligó a mentir para entrar en este edificio a buscarlo? Seguramente, no. Jamás fue de los que divulgaran más información de la necesaria.

Zachary sacude la cabeza.

—O tal vez no quería admitir su propio sentimentalismo —continúa Allegra—. Cuando un miembro de nuestra orden se inicia, recibe el primer libro que protegió al realizar su primera prueba, a modo de obsequio. La mayoría no recuerda los detalles, pero él sí. Me refiero a que recordaba el libro. Hace varios años adecuamos esta práctica para guardar los libros aquí o en una de nuestras otras oficinas. Es una pena que no lo vaya a recuperar después de tomarse tanto trabajo.

—Vosotros sois guardianes —dice Zachary, y los ojos de la mujer se abren de par en par. Espera haber puesto el énfasis correcto en la palabra para que ella no pueda advertir si ha sido solo una observación y no una conexión.

—Nos han llamado muchas cosas a lo largo de los años —dice Allegra, y Zachary consigue no suspirar de alivio—. ¿Sabe lo que hacemos?

—¿Montar guardia?

—Es usted un impertinente, señor Rawlins. Probablemente, se crea muy simpático. Lo más probable es que emplee el humor como un mecanismo de defensa porque es más inseguro de lo que quiere admitir ante los demás.

—¿Así que son guardianes pero no… montan guardia?

—¿Y usted a qué le da importancia? —pregunta ella—. A sus libros y sus juegos, ¿no es así? A sus historias.

Zachary encoge los hombros como si le trajera sin cuidado.

Allegra apoya su taza de té y se pone de pie, alejándose de la mesa hacia un lugar en sombra en un lateral del salón. Zachary adivina por los ruidos que podría estar abriendo un armario, pero no puede verlo. El ruido se repite y luego se detiene. La mujer se para nuevamente bajo la luz proyectada alrededor de la mesa; las lamparillas vuelven a atrapar su traje color blanco hasta el punto de que prácticamente resplandece.

Extiende una mano y coloca algo sobre la mesa, justo fuera del alcance de
Zachary. No advierte lo que es hasta que aparta la mano.

Es un huevo.

—Le contaré un secreto, señor Rawlins. Estoy de acuerdo con usted.

Guarda silencio, sin haber afirmado en realidad estar de acuerdo con algo
que ella haya dicho, ni seguro de si lo está o no.

—Una historia es como un huevo, un universo contenido dentro de su
medio elegido. El destello de algo nuevo y diferente, pero completamente de-
sarrollado y frágil, necesitado de protección. Usted también quiere protegerlo,
pero el asunto va más allá. Usted quiere estar dentro de él, me doy cuenta por
su mirada. Antes buscaba a personas como usted, tengo experiencia en advertir
ese deseo. Usted quiere estar dentro de la historia, no observándola desde fuera. Quiere estar bajo su cáscara. La única manera de hacerlo es rompiéndolo.
Pero si se rompe, desaparece.

Allegra extiende una mano hacia el huevo y deja que lo sobrevuele, pro-
yectando su sombra. Podría aplastarlo con facilidad. Hay un sello plateado
sobre su dedo índice. Zachary se pregunta qué contiene exactamente este huevo en particular, pero la mano de Allegra se mantiene inmóvil.

—Evitamos que el huevo se rompa —continúa.

—No estoy seguro de si estoy siguiendo el juego de las metáforas —dice
Zachary. Su mirada se detiene en el huevo sobre la mesa. Allegra vuelve a
retirar la mano, y el huevo queda nuevamente en la luz. Zachary cree que
advierte una grieta muy fina a lo largo del lateral, pero podría ser su imaginación.

—Intento explicarle algo, señor Rawlins —responde Allegra, internándose nuevamente en las sombras alrededor de la mesa—. Quizá pase un tiempo
hasta que lo entienda del todo. Hubo un momento en la historia en que había
guardias y guías en aquel espacio que usted visitó brevemente, pero aquel
tiempo ha pasado. Hubo fallos en el sistema. Ahora tenemos un orden nuevo.
Solicito respetuosamente que lo acate.

—¿Y eso qué significa? —pregunta Zachary, y antes de que pueda terminar la pregunta, Allegra agarra un puñado de su pelo y tira de su cabeza hacia
atrás, presionando la punta del cuchillo detrás de su oreja derecha.

—Tenía otro libro —dice la mujer, serena y tranquila—. Un libro que
halló en la biblioteca de su universidad. ¿Dónde está? —Hace la consulta con

deliberada ligereza, con el mismo tono que emplearía para preguntarle si prefiere miel en el té. La vela bajo la tetera parpadea y se extingue.

—No lo sé —responde, intentando no mover la cabeza, pero su pánico incipiente queda atenuado por la confusión. Dorian tenía *Dulces penas*. Quizá no lo hubieran revisado lo suficiente como para quitarle las llaves bajo su enorme suéter, pero sin duda habrían encontrado el libro en su poder. O sobre su cadáver. Zachary traga saliva, el sabor de corazón roto que desprende el té verde le raspa la garganta. Concentra la mirada en el huevo sobre la mesa. *Esto no puede estar sucediendo*, piensa. Pero el cuchillo presionando contra su piel insiste en que lo está.

—¿Lo dejó allí abajo? —pregunta la mujer—. Necesito saberlo.

—Se lo he dicho, no lo sé. Lo tenía, pero l-lo perdí.

—Una lástima. Aunque supongo que eso significa que no hay nada que lo retenga aquí. Podría regresar a Vermont…

—Es cierto —dice. Volver a casa se vuelve de pronto más atractivo, ya que alejarse de todo esto es preferible a directamente perder la posibilidad de abandonar este edificio, lo cual empieza a parecer una posibilidad concreta—. Podría además no contarle a nadie nada de esto… o de aquel lugar imposible de nombrar… o de que esto ha sucedido siquiera. Quizá me lo haya inventado todo. Bebo demasiado.

Cuidado con exagerar, advierte la voz en su cabeza. El cuchillo vuelve a presionar la piel junto a su oreja. No sabe si es sangre o sudor lo que le chorrea por el cuello.

—Sé que no lo hará, señor Rawlins. Podría cortarle la mano para dejarle claro que estoy hablando en serio. ¿Alguna vez ha notado cuántas historias incluyen manos extraviadas o mutiladas? Se hallaría en una compañía interesante. Pero creo que podemos llegar a un acuerdo sin que las cosas se vuelvan tan complicadas, ¿no le parece?

Zachary asiente, recordando la mano en el frasco de vidrio. Se pregunta si su exdueño también ocupó una vez esta silla. El cuchillo se aleja.

Allegra da un paso al costado, pero permanece cerca de su hombro.

—Me contará todo lo que recuerda sobre aquel libro. Escribirá cada detalle que recuerde, desde su contenido hasta su encuadernación, y después de que termine lo embarcaré en un tren rumbo a Vermont y jamás volverá a pisar esta isla llamada Manhattan. No le hablará a nadie acerca del Puerto, este edificio o esta conversación, acerca de cualquiera al que haya conocido o acerca de ese libro. Porque me temo que si lo hace, si escribe o tuitea o siquiera susurra estando ebrio las palabras *Mar sin Estrellas* en un bar oscuro, me veré obligada a llamar por teléfono al operario que tengo emplazado a distancia de francotirador de la granja de su madre.

—¿El qué? —consigue preguntar Zachary, a pesar de la aridez de su garganta.

—Me ha oído —responde la mujer—. Es una casa preciosa. Tiene un jardín muy bonito con ese enrejado; debe de ser hermoso en primavera. Sería una pena romper uno de esos vitrales.

La mujer tiende algo delante de Zachary. Un móvil con una fotografía de una casa cubierta de nieve. La casa de su madre. Las lucecillas navideñas aconfesionales siguen colgadas en el porche.

—Creí que necesitaría más alicientes —dice Allegra, guardando el móvil y dirigiéndose de nuevo al otro extremo de la mesa—. Un poco de presión con algo que realmente valore. Aún no ha tenido tiempo suficiente de apreciar a los otros dos, por enamorado que esté. Me pareció que sería mejor presionarlo con su madre que con su padre, por lo complicado que resulta con la nueva y mejor familia que tiene. Tendríamos que eliminar toda la casa en aquel caso. Quizá podría funcionar una explosión de gas.

—No se atrevería… —empieza a decir Zachary, pero se detiene. No tiene ni idea de lo que esta mujer se atrevería o no a hacer.

—Ha habido víctimas en el pasado —dice como de pasada—. Habrá más en el futuro. Esto es importante. Es más importante que mi vida y que la suya. Usted y yo somos irrelevantes, nadie nos echará de menos si no nos incluyen en esta historia. Existimos fuera del huevo, siempre ha sido así. —Le dirige una sonrisa que no llega a sus ojos desiguales y levanta su taza de té.

—El huevo está lleno de oro —dice Zachary, mirándolo de nuevo. Lo que había tomado por una raja en el huevo era un cabello suelto atrapado en el cristal de sus gafas.

—¿Qué ha dicho? —pregunta Allegra, deteniendo la taza en el aire, pero entonces las luces se apagan.

FORTUNAS Y FÁBULAS
LAS TRES ESPADAS

La espada era la mejor que el herrero había fabricado tras años de producir las espadas más exquisitas de todo el reino. No había empleado una cantidad excesiva de tiempo para fabricarla ni había usado los mejores materiales, pero aun así era un arma de un calibre que superaba sus expectativas.

No la había confeccionado para ningún cliente en particular, y el herrero se devanaba los sesos tratando de decidir qué hacer con ella. Podía guardarla para sí, pero era mejor fabricando espadas que blandiéndolas. Era reacio a venderla, aunque estaba seguro de que obtendría un buen precio por ella.

El herrero hizo lo que siempre hacía cuando se sentía indeciso: visitó al vidente del pueblo.

Había muchos videntes en las comarcas aledañas que eran ciegos; veían de modos que se les negaban a otros, aunque no pudieran usar sus ojos.

El vidente del pueblo apenas era miope.

Se hallaba a menudo en la taberna, sentado en una mesa aislada en el fondo de la sala, y si le invitaban a una copa leía el futuro de objetos o personas.

(Era mejor leyendo los futuros de objetos que los de personas).

El herrero de espadas y el vidente habían sido grandes amigos durante años. A veces le pedía al vidente que leyera las espadas.

Acudió a la taberna y llevó consigo la espada nueva. Invitó a una copa al vidente.

—Brindo por las Búsquedas —dijo el vidente, alzando su copa.

—Brindo por los Hallazgos —replicó el herrero, alzando también su copa.

Dialogaron sobre los acontecimientos actuales y la política y el clima antes de que el herrero le mostrara la espada.

El vidente miró la espada durante un buen rato. Le pidió al herrero otra copa y este lo complació.

El vidente acabó su segunda bebida y luego devolvió la espada.

—Esta espada matará al rey —le dijo al herrero.

—¿Eso qué significa?

El vidente encogió los hombros.

—Matará al rey —repitió. Y no dijo más al respecto.

El herrero guardó la espada e intentó decidir qué hacer con ella, sabiendo que el vidente rara vez se equivocaba.

Ser responsable del arma que mataría al rey no era algo que le agradara, aunque ya había forjado muchas espadas que habían matado a muchas personas.

Se le ocurrió que debía destruirla, pero no tenía el valor para destruir una espada tan magnífica.

Tras mucho reflexionar, fabricó dos espadas más, idénticas e indistinguibles de la primera. Ni siquiera el herrero podía notar la diferencia.

Mientras trabajaba recibió muchas ofertas de clientes que deseaban comprarlas, pero él se negó.

En lugar de ello, el forjador de espadas obsequió una espada a cada uno de sus tres hijos, sin saber quién recibiría la que mataría al rey. Luego se olvidó del asunto porque ninguno de sus hijos haría semejante cosa. Y si alguna de las espadas caía en otras manos, el asunto sería cuestión del destino y el tiempo, y el Destino y el Tiempo pueden matar a tantos reyes como les plazca, y con el tiempo los matarían a todos.

El forjador de espadas guardó silencio respecto a lo que el vidente le había contado, vivió todos sus días, y guardó el secreto hasta que sus días hubieron acabado.

El hijo menor tomó su espada y se lanzó a la aventura. No era un aventurero terriblemente experimentado, y empezó a distraerse visitando aldeas desconocidas, conociendo gente y probando alimentos fascinantes. Su espada rara vez abandonaba su vaina. En una de las aldeas que visitó, conoció a un hombre por el que se sintió atraído, y que tenía debilidad por los anillos. Así que el hijo menor tomó su espada sin usar, la llevó a un herrero y la hizo fundir. Luego acudió a un joyero para que confeccionara anillos a partir del metal obtenido. A partir de entonces obsequió al hombre uno de ellos durante cada año que estuvieron juntos: fueron muchos anillos.

El hijo mayor permaneció en casa durante muchos años y empleó su espada para batirse en duelo. Era un avezado duelista y ganó mucho dinero haciéndolo. Con el dinero ahorrado decidió emprender un viaje por mar y llevó su espada a cuestas, esperando aprender durante el viaje y mejorar sus habilidades. Se instruía con la tripulación del barco y practicaba sobre la cubierta cuando los vientos estaban en calma. Pero un día lo desarmaron estando demasiado cerca de la borda. Su espada cayó al mar y se hundió hasta el fondo, clavándose en el coral y la arena, donde aún sigue estando.

La hija del medio, la única mujer, conservó la espada dentro de una vitrina en su biblioteca. Aseguraba que era un adorno, un recuerdo de su padre que había sido un forjador de espadas excepcional, y que no la usaba nunca. Eso no era cierto. Cuando estaba sola la sacaba a menudo del sitio donde la guardaba, muy de noche, y practicaba con ella. Su hermano le había enseñado algunas técnicas de duelo, pero ella jamás había empleado esa espada en particular para uno. La conservaba lustrosa, y conocía cada milímetro, cada una de sus líneas. Cuando no la tenía cerca, sentía una comezón en los dedos por empuñarla. La sensación de blandirla en la mano era tan familiar que la llevaba con ella hasta en sueños.

Una noche se quedó dormida en su silla junto al fuego de la biblioteca. Aunque la espada descansaba en su estuche sobre la estantería cercana, cuando empezó el sueño la tenía en la mano.

En su sueño caminaba a través de un bosque. Las ramas de los árboles estaban cargadas de flores de cerezo, adornadas con farolillos y repletas de libros.

Al caminar, sintió la mirada de muchos ojos que la observaban, pero no vio a nadie. Las flores caían flotando a su alrededor como nieve.

Llegó a un sitio bajo un árbol enorme al que habían derribado dejando tan solo el tocón. La base seccionada estaba rodeada de velas y tenía una pila de libros encima, sobre los cuales había una colmena. La miel goteaba del panal y caía sobre los libros y el tocón, aunque no hubiera abejas a la vista.

Solo había una enorme lechuza, encaramada encima de la colmena: tenía el plumaje de color blanco y pardo y llevaba una corona dorada. Cuando la hija del forjador de espadas se acercó, sus plumas se encresparon.

—Has venido a matarme —dijo el Rey Lechuza.

—¿Lo dices de verdad? —preguntó la hija del forjador de espadas.

—Siempre encuentran un modo de matarme. Me han encontrado aquí hasta en sueños.

—¿Quién? —preguntó la hija del forjador de espadas, pero el Rey Lechuza no respondió a su pregunta.

—Un nuevo rey vendrá a ocupar mi lugar. Hazlo, es tu propósito.

La hija del forjador de espadas no tenía ningún deseo de matar a la lechuza, pero daba la impresión de que estaba destinada a hacerlo. No lo comprendía, pero aquello era un sueño y tales cosas tienen sentido en los sueños.

La hija del forjador de espadas cortó la cabeza del Rey Lechuza. Con un movimiento veloz y bien practicado rebanó la pluma y el hueso.

La corona de la lechuza cayó de su cabeza tronchada y repiqueteó sobre el suelo cerca de sus pies.

La hija del forjador de espadas se inclinó para recuperar la corona, pero esta se desintegró entre sus dedos, y no quedó más que un polvillo dorado.

Luego despertó, aún sentada sobre la silla junto al fuego de su biblioteca.

Sobre la estantería donde había estado la espada había una lechuza de plumaje color blanco y pardo encaramada sobre la vitrina vacía.

La lechuza permaneció a su lado el resto de sus días.

Zachary Ezra Rawlins se queda paralizado en su silla. Oye a Vivaldi, aunque no recuerda si sonó durante todo el tiempo que conversaban y bebían té. Algo roza contra el suelo, seguramente, Allegra empujando su silla hacia atrás. Zachary sigue esperando que sus ojos se ajusten a la oscuridad, pero no sucede. La penumbra es espesa y sólida como si le hubieran vendado los ojos.

Aquel sonido era definitivamente el *clic* de una cerradura que se abría: supone que Allegra lo ha abandonado, dejándolo atado a su silla. Pero enseguida hay otro sonido, algo que golpea el otro extremo de la mesa con fuerza suficiente como para que reverbere hasta el otro lado, y algo que cae al suelo y una taza de té que se rompe.

Luego pisadas, que se acercan.

Zachary intenta contener la respiración, pero no lo consigue.

Las pisadas se detienen junto a su silla, y alguien le susurra al oído.

—No creías que dejaría que te matara de aburrimiento con su cháchara, ¿verdad Ezra?

—¿Qué está…? —empieza a preguntar, pero Mirabel lo silencia.

—Podrían estar grabando —susurra—. He podido apagar las luces, pero el audio y las cámaras son un sistema diferente. La misión de rescate está procediendo más o menos como lo planeamos; gracias por distraerla. —Un movimiento contra sus brazos rompe las cuerdas sobre su muñeca; Mirabel tira de la silla hacia atrás para liberar sus pies.

Debe de tener buena visión nocturna. Toma su mano en la oscuridad. Zachary sabe que su palma está sudorosa pero no le importa. Aprieta su mano, y ella aprieta la suya a su vez, y si hay bandos en lo que sea que es esto, se siente bastante bien tomando partido con la reina de los monstruos.

En el pasillo, la luz de la calle se cuela a través de las ventanas, apenas lo suficiente para ver.

Mirabel lo conduce escaleras abajo y doblan un recodo hacia las escaleras del sótano, y Zachary siente un leve alivio sabiendo a dónde se dirigen aunque no vea demasiado. Sombras y más sombras, y cada tanto un vistazo fugaz del color violeta-rosado del cabello de Mirabel. Pero cuando llegan al sótano no salen al jardín cubierto de hielo. Ella lo conduce en la dirección opuesta, adentrándose en la casa.

—¿A dónde...? —empieza a decir, pero ella lo vuelve a silenciar. Salen a un pasillo privado y dejan atrás la luz del jardín, quedando sumidos una vez más en las tinieblas. Luego, en algún lugar de la oscuridad, Mirabel abre una puerta.

Al principio, Zachary cree que quizá sea una de *sus* puertas, pero a medida que sus ojos se ajustan a la oscuridad advierte que siguen estando dentro del Club de los Coleccionistas. Se trata de una habitación más pequeña que las de arriba, desprovista de ventanas, iluminada por un farol anticuado sobre una pila de cajas de cartón. La luz parpadea sobre las paredes cubiertas de pinturas enmarcadas, como una galería de arte en miniatura que ha sido abandonada.

Dorian se encuentra desplomado en el suelo junto a las cajas, inconsciente pero obviamente respirando, y Zachary siente que se deshace el nudo que tiene en el corazón, aunque no supiera que estaba allí para empezar. Le irrita levemente lo que significa, pero luego se distrae con la otra puerta.

En el centro de la habitación se erige una puerta con un marco que no tiene una pared a su alrededor. Está fijada al suelo de algún modo, pero hay espacio libre por encima y a cada lado, y por detrás, contra la pared del fondo, hay más cajas de cartón.

—Sabía que tenían una puerta —dice Mirabel—. Lo sentía en lo más profundo, pero no podía encontrarla porque no sabía dónde estaba. No sé de dónde la han sacado, no es una de las viejas puertas de Nueva York.

La puerta parece muy antigua, tachonada con clavos que forman dibujos a lo largo de los bordes. Tiene una gruesa aldaba circular sujeta en las fauces de un tigre, y una manilla curva en lugar de un picaporte. Una puerta más adecuada para un castillo. El marco no coincide con ella: su acabado es más lustroso. Es una puerta antigua encastrada en un marco moderno.

—¿Funcionará? —pregunta Zachary.

—Solo hay una forma de saberlo.

Mirabel abre la puerta, y en lugar de las cajas de cartón y la pared del fondo hay una caverna bordeada de farolas. Este sitio intermedio carece de escaleras; la puerta del ascensor aguarda delante, más lejos de lo que sería lógicamente posible.

Zachary rodea la puerta por la parte posterior. Desde detrás es un marco en posición vertical. Puede ver a Mirabel a través de él, pero cuando vuelve delante aparecen de nuevo la caverna y el ascensor, claros como el agua.

—Magia —masculla entre dientes.

—Ezra, voy a pedirte que creas en muchas cosas imposibles, pero te agradecería que evitaras pronunciar la palabra con la *m*.

—Claro —dice, pensando que, de todos modos, la palabra con la *m* no explica todo lo que está sucediendo en este momento.

—Ayúdame con él, ¿de acuerdo? —pide, avanzando hacia Dorian—. Pesa.

Ambos lo levantan, cada uno de un brazo. Zachary ha desempeñado este rol con más de un compañero excesivamente ebrio, pero esto es diferente: puro peso muerto de un hombre bastante alto que está completamente inconsciente. Sigue oliendo bien. Mirabel tiene una fuerza excepcional en los miembros superiores, y ambos consiguen mantener a Dorian erguido mientras sus zapatos raspados de cuero calado se arrastran sobre el suelo.

Zachary echa un vistazo a uno de los cuadros sobre la pared y reconoce el espacio representado en su interior: las estanterías de libros que bordean un pasillo que parece un túnel y una mujer que lleva un largo vestido, alejándose del espectador con un farol muy parecido al que justamente se encuentra cerca, encima de una caja de cartón.

El cuadro que está al lado también representa una suerte de biblioteca subterránea familiar: un sector de un vestíbulo curvo, en el que las figuras obstaculizan la iluminación que proviene de la curva y proyectan sombras sobre los libros aunque permanezcan fuera de la vista. El cuadro que está debajo es similar, un rincón con un sillón vacío y una única lámpara, envuelto en una penumbra espolvoreada de luz dorada.

Luego pasan a través de la puerta, y las pinturas que acaba de ver Zachary son reemplazadas por un muro de piedra.

Trasladan a Dorian al otro extremo de la caverna hasta el ascensor.

Detrás oyen un ruido, y Zachary advierte demasiado tarde que debió cerrar la puerta. Se oyen pisadas. Algo que cae. El golpe lejano de una puerta que se cierra. Luego se oye el repique de la llegada del ascensor, y la seguridad se materializa en la forma de terciopelo gastado y cobre.

Es más fácil acomodar a Dorian sobre el suelo que sobre las banquetas. Las puertas del ascensor permanecen abiertas, aguardando.

Mirabel vuelve a mirar por donde han llegado, a través de la puerta aún abierta que comunica con el Club de los Coleccionistas.

—¿Confías en mí, Ezra? —pregunta.

—Sí —Zachary responde sin tomarse el tiempo de considerar la pregunta.

—Algún día te recordaré que lo has dicho —dice ella. Mete la mano en su bolso y extrae un pequeño objeto de metal. A Zachary le lleva un momento advertir que es un revólver. Del tipo pequeño y elegante que una *femme fatale* se metería en un liguero, en un tipo de historia diferente.

Mirabel alza el revólver y lo vuelve a apuntar hacia la puerta abierta. Dispara hacia el farol sobre la pila de cajas de cartón.

Zachary lo observa estallar en una lluvia de cristal y aceite. Las llamas cobran fuerza y se propagan, consumiendo con avidez el cartón, el papel pintado y los cuadros. Y luego las puertas del ascensor se cierran bloqueándole la vista, y empiezan a descender.

FORTUNAS Y FÁBULAS
LA ESCULTORA DE HISTORIAS

Una vez había una mujer que esculpía historias.

Lo hacía con todo tipo de materiales. Al principio trabajaba con nieve, humo o nubes porque sus historias eran pasajeras y fugaces. Desaparecían de un momento a otro, y solo quienes estaban presentes en el momento entre la escultura y su desintegración conseguían verlas y leerlas. Pero la escultora lo prefería así: le dejaba muy poco tiempo para preocuparse por detalles o imperfecciones. Las historias no permanecían para que ella u otros pudieran cuestionarlas, criticarlas o preguntar sobre ellas. Existían, y luego dejaban de existir. Muchas jamás se leían antes de dejar de existir, pero la escultora de historias las recordaba.

Historias de amor apasionadas que extraía de los espacios libres entre las gotas de lluvia y desaparecían con el final de la tormenta.

Tragedias intrincadas vertidas de botellas de vino, y bebidas a pequeños sorbos junto con melancolía y quesos finos.

Cuentos de hadas que procedían de la arena y de los caracoles sobre riberas que las suaves olas borraban lentamente.

La escultora obtuvo reconocimiento, y sus historias atrajeron a grandes multitudes. Asistían a ellas como si se trataran de espectáculos teatrales, observando mientras se esculpían, y luego se derretían o desmoronaban, o se alejaban a la deriva llevadas por el viento. Trabajaba con luz y sombras, hielo y fuego, y una vez esculpió una historia con hebras de cabello individuales, arrancadas de cada miembro de su público y luego entretejidas.

La gente le rogaba que esculpiera objetos más permanentes. Los museos pedían exposiciones que duraran más de algunos minutos u horas.

Poco a poco, la escultora les concedió lo que pedían.

Esculpía historias en cera y las colocaba sobre ascuas tibias para que se derritieran, gotearan y desaparecieran.

Dirigía a aquellos participantes que lo desearan para formar una maraña de miembros enredados y cuerpos enroscados que duraban el tiempo que sus piezas vivientes pudieran tolerarlo. La historia cambiaba según el ángulo desde el cual se observaba, y sufría otros cambios a medida que los modelos se cansaban, y las manos caían sobre muslos, en un giro imprevisto de la trama.

Tejía mitos de lana lo bastante pequeños para guardar en bolsillos, aunque al leerlos con demasiada frecuencia se desovillaban y enredaban.

Entrenaba a las abejas para construir sus panales sobre marcos intrincados que formaban ciudades enteras con habitantes dulces y dramas amargos.

Tallaba historias con árboles cultivados con esmero, relatos que seguían creciendo y desplegándose mucho después de haber sido abandonados para controlar sus propias narrativas.

Pero la gente seguía rogando que les diera historias para guardar.

La escultora experimentaba. Construyó farolas de metal con diminutas manivelas que pudieran girarse para proyectar relatos sobre los muros cuando ponían una vela en el interior. Estudió con un relojero durante una temporada y construyó novelas por entregas que podían llevarse como relojes de bolsillo y a los que se les podía dar cuerda, aunque con el paso del tiempo sus resortes terminaran desgastándose.

Se dio cuenta de que ya no le importaba que las historias perduraran. Que algunos las disfrutaban y otros no, pero que esa es la naturaleza de un relato. No todas las historias hablan a todos los públicos, pero todos los públicos pueden encontrar una historia que les hable, en algún sitio, alguna vez. De una forma u otra.

La escultora solo accedió a trabajar con piedra cuando ya era mucho mayor.

Al principio le resultó difícil, pero con el tiempo aprendió a hablar con la piedra, a darle forma y a discernir los relatos que deseaba contar esculpiéndola tan fácilmente como antes había esculpido lluvia y césped y nubes.

Talló visiones en mármol, con piezas movibles y rasgos realistas. Cajas de rompecabezas y acertijos sin solución, con varios desenlaces posibles que jamás se encontraban o veían. Piezas que se mantenían firmes y piezas en continuo movimiento que se desgastaban hasta terminar arruinadas.

Talló sus sueños y sus deseos y sus temores y sus pesadillas y dejó que se mezclaran.

Los museos pedían a gritos sus obras, pero ella prefería exhibir su trabajo en bibliotecas o librerías, en montañas o playas.

Rara vez asistía a estas presentaciones, y cuando acudía lo hacía de incógnito, perdida entre la multitud. Pero algunas personas la advertían y reconocían su presencia en silencio, asintiendo con la cabeza o alzando su copa. Algunos se animaban a hablar con ella sobre cuestiones que no fueran las historias exhibidas, o le contaban sus propias historias o hablaban sobre el tiempo.

En una de aquellas presentaciones un hombre se quedó para hablar con la escultora después de que las multitudes se marcharon. Parecía más bien un ratoncillo, callado y nervioso, encerrado en su propio hermetismo, sus palabras suaves y delicadas.

—¿Podría ocultar algo que me pertenece en una historia? —le preguntó el hombre que parecía un ratoncillo a la escultora—. Hay… hay personas que buscan lo que debo ocultar y están dispuestas a poner al universo patas arriba con tal de encontrarlo.

Se trataba de una petición peligrosa, y la escultora pidió tres noches para pensar en su respuesta.

La primera noche no pensó en el asunto, y se abocó a su trabajo, al descanso y a las pequeñas cosas que la hacían feliz: la miel en su té, las estrellas del cielo nocturno, las sábanas de hilo de su cama.

La segunda noche le preguntó al mar, ya que el mar ha ocultado muchas cosas en sus profundidades, pero el mar guardó silencio.

La tercera noche no durmió, elaborando una historia en la cabeza que pudiera esconder lo que fuera, más profundamente de lo que jamás se hubiera escondido algo, incluso en las profundidades del mar.

Después de tres noches el hombre con aspecto de ratoncillo volvió.

—Haré lo que me pides —le dijo la escultora—, pero no deseo saber lo que quieres esconder. Te daré una caja para que lo hagas. ¿Entrará en una caja?

El hombre asintió y le dio las gracias.

—Todavía no me agradezcas —dijo ella—. Tardaré un año en terminarla. Vuelve entonces con tu tesoro.

El hombre frunció el ceño pero asintió.

—No es un tesoro en el sentido tradicional —respondió, y le besó la mano, sabiendo que jamás sería capaz de retribuir semejante servicio. Luego la dejó con su trabajo.

La escultora trabajó con empeño todo un año. Rechazó todo encargo y pedido. Creó no una historia, sino muchas. Historias dentro de historias. Acertijos y giros equivocados y falsos finales, en piedra, en cera y en humo. Confeccionó cerraduras y destruyó sus llaves. Urdió narraciones de lo que sucedería, de lo que podría suceder, de lo que ya había sucedido y de lo que jamás sucedería, y las mezcló entre sí.

Combinó su trabajo con la permanencia y la piedra con el trabajo que había creado de joven, mezclando elementos que resistirían el paso del tiempo con otros que desaparecerían en cuanto se completaran.

Cuando pasó el año, el hombre regresó.

La escultora le entregó una caja tallada y decorada de forma muy elaborada.

El hombre metió dentro el objeto precioso que debía esconder. La escultora no le enseñó cómo cerrar la caja ni cómo volver a abrirla. Solo ella lo sabía.

—Gracias —dijo el hombre, y esta vez besó a la escultora en los labios a modo de pago... lo máximo que podía darle... y ella aceptó el beso y lo consideró justo.

La escultora no supo nada acerca del hombre después de que se marchara. La historia seguía en su lugar.

Muchos años después quienes buscaban lo que había sido escondido encontraron a la escultora.

Cuando advirtieron lo que había hecho, le cortaron las manos.

Otro lugar, otro tiempo:
INTERLUDIO II

una ciudad ahora olvidada hace mucho, mucho tiempo

El pirata (que sigue siendo una metáfora pero también una persona, y a quien a veces le cuesta encarnar a ambos al mismo tiempo) se para en la orilla, observando los barcos que se deslizan sobre el Mar sin Estrellas cerca de este Puerto.

Deja que su mente se imagine a sí mismo y a la chica a su lado a bordo de una de estas naves, alejándose aún más en la distancia y aún más hacia el futuro, distanciándose de este Puerto y dirigiéndose a uno nuevo. Lo imagina tan claramente que está casi seguro de que sucederá. Se imagina lejos de aquí, liberado de sus reglas y limitaciones, sin estar unido a nada que no sea ella.

Casi puede ver las estrellas.

Acerca a la chica hacia sí para que no tenga frío. Le besa el hombro, fingiendo que la tendrá para siempre cuando en realidad solo les quedan unos minutos.

El tiempo que el pirata imagina no sucede en aquel momento, en la ciudad, ni sucede pronto.

Las naves están lejos de la orilla. Las campanas a sus espaldas ya suenan dando el toque de alarma.

El pirata sabe que aún tienen mucho por recorrer, aunque no desea admitirlo ni siquiera para sí.

La chica (que también es una metáfora, una que cambia permanentemente y que solo a veces adopta la forma de una chica) lo sabe también, incluso más que él, pero no hablan de tales asuntos.

No es la primera vez que están de pie juntos sobre esta ribera. No será la última.

Esta es una historia que ellos vivirán una y otra vez, juntos y por separado.

La jaula en la que ambos están encerrados es una celda grande que no tiene llave.

Aún no.

La chica aparta al pirata del resplandor del Mar sin Estrellas y lo empuja hacia las sombras, para aprovechar todo lo posible los momentos que aún les quedan antes de que intervengan el tiempo y el destino.

Para que él tenga un recuerdo más vívido de ella.

Después de que los encuentren, cuando la chica vaya al encuentro de la muerte con los ojos abiertos y los gritos de su amante resonando en los oídos, antes de que la oscuridad sin estrellas la reclame una vez más, alcanza a ver los océanos de tiempo que se extienden entre este punto y su libertad, amplios y despejados.

Y ve una manera de cruzarlos.

LIBRO III

LA

BALADA DE

SIMON

Y ELEANOR

La balada de Simon y Eleanor
la designación de las cosas, parte I

La pequeña niña mira con sus grandes ojos color marrón a cada persona que viene a observarla. Una nube oscura de cabello ensortijado rodea su cabeza, ocultando hojas sueltas en el interior. Sujeta una aldaba como un pequeño podría aferrarse a un sonajero o un juguete. Con fuerza. En actitud protectora.

La han sentado en un sillón, en una de las galerías, como si ella misma fuera una pieza de arte. Sus pies no llegan al suelo. Han examinado su cabeza, y hubo cierta preocupación acerca de la herida, aunque no sangra. Una magulladura empieza a formársele cerca de la sien, una mancha verdosa que se extiende sobre su piel morena clara. No parece afectarle. Le dan un plato con pasteles diminutos y los come con mordisquitos solemnes.

Le preguntan su nombre. Parece no comprender la pregunta. Hay cierta controversia acerca de cómo traducirle a una niña tan pequeña (pocos recuerdan la última vez que hubo un niño en ese lugar), pero ella entiende otras preguntas: asiente cuando le preguntan si tiene hambre o sed. Sonríe cuando alguien le trae un viejo peluche, un conejo desgastado con orejas largas. Solo suelta la aldaba cuando le presentan el conejo y lo aferra con la misma firmeza.

No recuerda su nombre, su edad, nada sobre su familia. Cuando le preguntan cómo llegó allí levanta la aldaba con una mirada lastimosa en sus enormes ojos, como si la respuesta fuera terriblemente evidente y las personas que la miran desde arriba no fueran muy observadoras.

La analizan de arriba abajo, desde la marca de sus zapatos hasta su acento a medida que la obligan a que pronuncie palabras o frases sueltas, pero ella rara vez habla, y en lo único en lo que están todos de acuerdo es en que hay indicios de Australia o posiblemente de Nueva Zelanda, aunque algunos insisten en que su inglés levemente acentuado proviene de Sudáfrica. Hay un gran número de puertas viejas que permanecen sin catalogar en cada país. La chica no ofrece información geográfica fiable. Recuerda a personas y hadas y dragones con la misma claridad. Edificios enormes y pequeños edificios y bosques y prados. Describe espejos de agua cuyo tamaño es imposible de discernir, que podrían ser lagos, océanos o bañeras. Nada que señale su origen con certeza.

En el curso de las investigaciones y aunque nadie lo reconozca, lo cierto es que no puede volver fácilmente al lugar de donde ha caído si su puerta ya no existe.

Dicen que la enviarán de vuelta a través de otra puerta, pero ninguna persona de la menguante población de residentes se ofrece para semejante misión, y a la chica se la ve bastante contenta. No se queja. No pide regresar a casa. No llora reclamando a sus padres, dondequiera que estén.

Le dan una habitación donde todo es demasiado grande para ella. Encuentran prendas que le entran razonablemente bien, y uno de los grupos de tejedoras la provee de jerséis y calcetines hilados con lanas coloridas. Limpian sus zapatos, el único calzado que posee hasta que dejan de entrarle, remendando una y otra vez sus suelas de goma agujereadas.

La llaman la *chica* o la *niña* o la *huérfana*, aunque los residentes más atentos a la semántica señalan que no fue abandonada, aunque nadie lo sepa con certeza, por lo que el término *huérfana* resulta inexacto.

Con el tiempo la llaman Eleanor, y algunos dicen que la llamaron así por la reina de Aquitania. Otros aseguran que la elección se inspiró en Jane Austen, y aún hay otros que afirman que una vez le preguntaron cómo se llamaba y respondió diciendo «Ellie» o «Allira» o algo por el estilo. (La verdad es que la persona que sugirió el nombre lo extrajo de una novela de Shirley Jackson, pero se olvidó de aclararlo debido al infortunado destino de aquella otra Eleanor de la ficción).

—¿Ya tiene nombre? —pregunta el Cuidador, sin levantar la mirada del escritorio ni dejar de deslizar el bolígrafo sobre la página.

—Han empezado a llamarla Eleanor —le informa la pintora.

El cuidador deja el bolígrafo y suspira.

—Eleanor —repite, poniendo el énfasis en las últimas sílabas, lo cual convierte el nombre en un suspiro más. Levanta su bolígrafo y retoma la escritura, todo sin ni siquiera echar un vistazo a la pintora.

La pintora no se entromete. Cree que quizá el nombre tenga algún significado particular para él. Solo hace muy poco que lo conoce. Decide permanecer ajena al asunto.

Este Puerto del Mar sin Estrellas absorbe a la niña que cayó a través de los restos de una puerta del mismo modo en que el suelo del bosque ha consumido la puerta: se vuelve parte del paisaje. A veces la ven. Casi siempre la ignoran y la abandonan a su suerte.

Nadie asume la responsabilidad. Todo el mundo supone que será otro quien lo haga, y nadie se ocupa. Todos están preocupados por su propio trabajo, sus propios dramas íntimos. Observan y preguntan e incluso participan, pero no por mucho tiempo. No más de unos instantes, aquí y allá, dispersos a lo largo de la infancia como hojas caídas.

En aquel primer día, sentada en la silla pero antes del conejito, Eleanor solo responde una pregunta en voz alta cuando le preguntan qué estaba haciendo fuera sola.

—Exploraba —dice.

Y considera que lo está haciendo muy bien.

ZACHARY EZRA RAWLINS se encuentra en un ascensor con una mujer de cabello rosado que empuña un revólver, seguramente la responsable de provocar un incendio, además de todos los crímenes ya cometidos aquel día, y con un hombre inconsciente que podría ser un asesino frustrado, y su cabeza, presa de un punzante dolor, no puede decidir si necesita una siesta o una bebida o por qué, exactamente, se siente más cómodo ahora que antes con quienes lo acompañan en el ascensor.

—¿Qué narices…? —empieza a preguntar, y no sabe qué más decir así que termina la pregunta dirigida a Mirabel gesticulando hacia el revólver que empuña y hacia la puerta del ascensor.

—Inutilizará el uso de esa puerta, y esperemos que le lleve un rato encontrar otra. No me mires así.

—Me estás apuntando con un arma.

—¡Ay, lo siento! —dice, mirando su mano y volviendo a poner el revólver en su bolso—. Es un revólver antiguo de una sola bala. Una vez y listo. Estás sangrando.

Mira detrás de la oreja de Zachary y extrae del bolsillo un pañuelo estampado con relojes. Al apartarlo, se encuentra más ensangrentado de lo que él había imaginado.

—No es tan grave —le dice ella—. No te lo quites. Lo limpiaremos después. Quizá deje una cicatriz, pero entonces seríamos mellizos. —Levanta el cabello para mostrarle la cicatriz que tiene detrás de la oreja. Ya la había visto antes y no necesita preguntarle qué le pasó.

—¿Qué está sucediendo aquí? —pregunta.

—Esa es una pregunta complicada, Ezra —dice Mirabel—. Estás muy tenso. Me imagino que la hora del té no ha sido demasiado agradable.

—Allegra amenazó a mi madre —dice. Tiene la sensación de que Mirabel intenta distraerlo. Para calmarlo.

—Suele hacer ese tipo de cosas —responde ella.

—Hablaba en serio, ¿verdad?

—Sí, pero esa amenaza dependía de hablarle a alguien sobre nuestro destino, ¿verdad?

Zachary asiente.

—Tiene sus prioridades. Quizá lo mejor sea que te quedes aquí abajo algunos días. Puedo hacer algunas averiguaciones. Allegra no hará nada, salvo que crea que no tiene otra opción. Ha tenido la oportunidad de deshacerse de los tres y sin embargo seguimos vivos —añade, mirando a Dorian.

—Pero ¿de verdad mata gente?

—Contrata a personas para que hagan el trabajo sucio. Aquí tenemos un ejemplo. —Empuja suavemente la pierna de Dorian con la punta de su zapato.

—¿Lo dices en serio?

—¿Necesitas que te cuente otra historia? —le pregunta Mirabel, cogiendo su bolso.

—No, no necesito que me cuentes otra historia —responde Zachary, pero al decirlo vuelve a sentir en la lengua el sabor del caballero y sus corazones rotos, y recuerda más detalles: el grabado estampado en la armadura del caballero, el prado de jazmines en flor en el crepúsculo estival. Se enredan en su cabeza como un recuerdo o un sueño cristalizado en azúcar. Inesperadamente, lo calma.

Zachary se recuesta sobre la banqueta de terciopelo descolorido e inclina la cabeza contra el muro del ascensor, sintiéndolo vibrar. La araña que pende encima se mueve provocándole mareos, y cierra los ojos.

—Entonces cuéntame una historia —dice Mirabel, sacudiéndole la somnolencia y el vértigo—. ¿Por qué no empiezas por el principio y me dices cómo llegaste aquí? Puedes saltarte la precuela de tu infancia; ya la conozco.

Zachary suspira.

—Encontré un libro —relata, rastreando la historia hacia atrás hasta aterrizar directamente en *Dulces Penas*— en la biblioteca.

—¿Cuál? —pregunta ella.

Zachary vacila, pero luego describe los sucesos que llevaron del hallazgo del libro a la fiesta: un breve esbozo de los días precedentes. Le irrita lo poco que tarda en relatarlos y lo poco importantes que parecen al narrarlos uno por uno.

—¿Qué pasó con el libro? —pregunta Mirabel cuando acaba.

—Creía que lo tenía él —dice Zachary, mirando a Dorian. Ahora parece dormido más que inconsciente, con la cabeza apoyada sobre el borde de la banqueta de terciopelo.

Mirabel revisa los bolsillos de Dorian, y encuentra un juego de llaves, un bolígrafo, una cartera de cuero delgada con una gran cantidad de efectivo, una tarjeta de la Biblioteca Pública de Nueva York a nombre de David Smith, junto con algunas tarjetas comerciales con otros nombres y profesiones, y varias tarjetas en blanco con la marca de una abeja. No hay tarjetas de crédito ni documentos de identidad. Tampoco, un libro.

La mujer coge algunos billetes de la cartera de Dorian y vuelve a poner el resto de las cosas en sus bolsillos.

—¿Para qué es eso? —pregunta Zachary.

—Después de todo por lo que hemos pasado para rescatarlo, el café correrá de su cuenta. Espera, ambos bebimos té, ¿verdad? Da igual, que lo pague él.

—¿Qué crees que le han hecho?

—Creo que lo interrogaron y creo que no obtuvieron las respuestas que querían y luego lo drogaron y colgaron atado para provocar un efecto dramático y esperaron a que apareciéramos. Puedo ayudar una vez que lo tengamos dentro.

Como si fuera una señal, el ascensor se detiene y las puertas se abren dejando al descubierto la antecámara. Zachary trata de determinar lo que siente al llegar y solo se le ocurre que, si el apartamento encima de la tienda de su madre en Nueva York siguiera existiendo, sentiría esto mismo al volver a verlo. Pero no sabe si es nostalgia o desorientación. Intenta no pensar en ello demasiado, le provoca dolor de cabeza.

Zachary y Mirabel levantan a Dorian con el mismo sistema de antes, compensando el peso con torpeza y cuidado. Dorian no contribuye en nada a la marcha hacia delante. Zachary oye el ascensor cerrándose, dirigiéndose a donde sea que habita cuando no está ocupado por hombres inconscientes, mujeres con el cabello teñido color rosado y turistas aturdidos.

Mirabel extiende la mano para aferrar el picaporte de la puerta, desplazando un poco el peso de Dorian hacia Zachary. El picaporte no gira.

—Maldita sea —dice ella. Cierra los ojos e inclina la cabeza, como si estuviera escuchando algo.

—¿Qué pasa? —pregunta, esperando que alguna de las múltiples llaves que tiene alrededor del cuello solucione el problema.

—Jamás ha estado aquí —dice, asintiendo hacia Dorian—. Es nuevo.

—¿En serio? —pregunta Zachary, sorprendido, pero Mirabel continúa.

—Tiene que hacer el examen de ingreso.

—¿Con los dados y la bebida? ¿Cómo se supone que va a hacerlo?

—No lo hará —responde ella—. Lo haremos nosotros por él.

—¿Qué...? —Su pregunta se va apagando, comprendiendo el sentido de sus palabras antes de poder formularla.

—Yo haré una y tú la otra —sugiere.

—Claro —accede. Deja a Mirabel sosteniendo a Dorian casi en posición vertical y se vuelve hacia los dos nichos. Elige el que tiene los dados, más que nada porque tiene más experiencia con dados que con líquidos misteriosos, pero también porque no cree que quiera beber más líquidos misteriosos y no le parece correcto derramarlo.

—Concéntrate en hacerlo por él y no por ti —le dice ella cuando llega al pequeño nicho con los dados listos para ser lanzados de nuevo.

Extiende la mano para levantarlos pero se le escapan, atrapando en cambio el aire que los rodea. Debe de estar más cansado de lo que creía. Lo intenta de nuevo y sostiene los dados en la mano haciéndolos girar entre los dedos. No sabe mucho acerca de Dorian, ni siquiera conoce su nombre real, pero cierra los ojos y lo evoca en su cabeza: una combinación de su andar por las calles heladas, la flor de papel en su solapa, la fragancia a limón y tabaco en la oscuridad del hotel y el aliento contra su cuello. Luego deja que los dados caigan rodando de su mano.

Abre los ojos. Los dados tambaleantes aparecen borrosos ante él, pero luego cobran nitidez.

Una llave. Una abeja. Una espada. Una corona. Un corazón. Una pluma.

Los dados ruedan un poco y se detienen, y antes de que el último se quede quieto el fondo del nicho se desploma y desaparecen en la oscuridad.

—¿Qué ha obtenido? —pregunta Mirabel—. Espera, déjame adivinar: espadas y... llaves, tal vez.

—Uno de cada uno —dice Zachary—. Al menos eso creo, siempre que no haya más de seis posibilidades.

—Ajá —dice Mirabel en un tono que no logra descifrar. Luego lo deja sujetar a Dorian de nuevo, quien de repente parece mucho más *presente* gracias

al recuerdo fresco del relato en su cabeza y esa fragancia a limón casi impercep-
tible. Aquí abajo hace más calor de lo que Zachary recuerda. Comprueba que
ha perdido su abrigo en algún lado.

Al otro lado de la sala, Mirabel levanta la copa cubierta y la mira con
cuidado antes de destaparla y beberla. Se estremece y vuelve a colocarla en el
nicho.

—¿Qué sabor tenía cuando tú lo bebiste? —le pregunta a Zachary volviendo a tomar el brazo de Dorian.

—Um… a miel, especias, vainilla, azahar —responde, recordando el sabor a licor, aunque las notas enumeradas no le hacen justicia—. Con un cho-
rrito de alcohol —añade—. ¿Por qué?

—Este sabía a vino, a sal y a humo —dice ella—. Pero él lo hubiera bebido. Veamos si ha funcionado.

Esta vez, la puerta se abre.

El alivio de Zachary es temporal al advertir cuánto deben caminar una vez
que están dentro del enorme recinto.

—Ahora lo registraremos —dice Mirabel—. Luego tú y yo iremos a tomar una copa de verdad, nos la merecemos.

La caminata a la oficina del Cuidador atrae la atención de algunos gatos
curiosos que se asoman desde detrás de pilas de libros y arañas observándolos
avanzar.

—Espera aquí —dice Mirabel, desplazando todo el peso de Dorian al
hombro de Zachary, que lo vuelve a sentir tremendamente pesado y más *presente* de lo que le gustaría admitir—. Escalera de color, ¿verdad?

—No creo que se aplique a los dados.

Mirabel encoge los hombros y se dirige a la oficina del Cuidador. Zachary
no alcanza a distinguir la mayor parte de la conversación, solo palabras y frases
que ponen de manifiesto que se trata más de una discusión que de una conversación. Entonces la puerta se abre de par en par, y el Cuidador avanza a grandes pasos hacia él.

Ni siquiera lo mira. Su atención se concentra en Dorian, a quien levanta
la cabeza de un tirón, aparta el grueso cabello entrecano de las sienes y lo mira
fijamente, un examen visual mucho más minucioso que aquel al que sometió
a Zachary.

—¿Has lanzado los dados por él? —le pregunta.

—Sí…

—¿Los has lanzado específicamente por él? ¿No los has dejado simplemente caer?

—Pues… sí —responde—. ¿Acaso no he hecho lo correcto? —pregunta, un poco al Cuidador y otro poco a Mirabel, que lo ha seguido fuera de la oficina con sus bolsos colgados sobre el hombro y una brújula y una llave que cuelgan de las cadenas en su mano.

—Es… raro —dice el Cuidador pero no da detalles, y habiendo acabado aparentemente con su examen, suelta la cabeza de Dorian, que cae sobre el hombro de Zachary. Sin decir otra palabra, el Cuidador se da la vuelta. Pasa junto a Mirabel para volver a su oficina y cierra la puerta. Ambos intercambian una mirada penetrante cuando se cruzan, pero Zachary solo ve el lado de Mirabel, y su expresión no delata lo suficiente para poder interpretarla.

—¿De qué iba eso? —pregunta cuando ella se acerca para ayudarlo de nuevo con Dorian, tras añadir su cartera a la colección de bolsos.

—No estoy segura —responde Mirabel, pero no lo mira a los ojos—. Quizá, reglas que se han violado combinadas con un lanzamiento de dados poco probable. Llevémoslo a su habitación. No tropieces con los gatos.

Se abren paso por pasillos que Zachary no ha visto aún (uno pintado de color cobre, otro con libros que cuelgan de cuerdas enlazadas) y algunos demasiado estrechos para que los tres pasen a la vez, por lo que tienen que hacerlo de costado. Todo parece más grande y raro de lo que recuerda, sombras más acechantes y más sitios y libros en los que perderse. Los pasillos parecen desplazarse y perderse en diferentes direcciones como serpientes. Zachary mantiene los ojos fijos en el suelo por delante para no perder el equilibrio.

Llegan a un salón repleto de mesas y sillas de café, todas negras, sobre las cuales se apilan libros con los bordes de las páginas dorados. Una mesa tiene un gato, un felino atigrado plateado con orejas plegadas y ojos amarillos que los observa con curiosidad. El suelo está cubierto de baldosas negras y doradas decoradas con diseños de hojas de vid. Algunas de las vides embaldosadas trepan los muros, cubriendo la piedra hasta el techo curvo. Mirabel extrae una llave y abre una puerta entre las vides. Al otro lado hay una habitación parecida a la de Zachary pero en tonos azules, con muebles en su mayoría lacados y negros. Una especie de *art déco* mezclado con el tipo de habitación que podría oler a puros. Ahora que lo piensa, los siente en el aire. El suelo de baldosas deja entrever un diseño a cuadros donde no las cubren alfombras de color azul marino. El hogar encendido es pequeño y arqueado. Varias bombillas de filamento cuelgan sin pantalla de cuerdas suspendidas del techo, brillando tenuemente.

Zachary y Mirabel colocan a Dorian sobre la cama, una pila cubierta de cojines azul marino con una cabecera de abanico. Zachary vuelve a sentir mareos, además de advertir cuánto le duelen los brazos. Por la expresión de Mirabel al masajearse el hombro, ella seguramente sienta lo mismo.

—Tenemos que tener por aquí una regla para las personas que pierden el conocimiento —dice—. O quizá hagan falta carretillas. —Se dirige a un panel junto a la chimenea. Zachary puede adivinar lo que es, aunque esta puerta sea más delgada y moderna que su propio montaplatos—. ¿Puede quitarle los zapatos y el abrigo? —le pide mientras escribe sobre un trozo de papel.

Zachary le quita los zapatos desgastados de cuero calado dejando al descubierto calcetines de color morado brillante con compartimentos para cada dedo del pie. Luego lo libera del abrigo con cuidado, notando la flor de papel, parcialmente aplastada en el ojal. Al poner el abrigo sobre una silla, intenta alisar las arrugas de la flor y comprueba que puede leerla aunque recuerda que las palabras habían estado en italiano.

No temas; nadie nos puede quitar nuestro destino; es un don.

Está a punto de preguntarle a Mirabel acerca de esas traducciones sin usar la palabra con la letra *m*, pero mientras el texto pasa del inglés al italiano y luego al inglés de nuevo, el mareo se intensifica. Levanta la mirada y la habitación está ondulando, como si estuviera bajo el agua y no solo bajo tierra. En aquel momento, pierde el equilibrio, y al llevar la mano a la pared para enderezarse, falla.

Mirabel se da la vuelta al oír el golpe de la lámpara que cae.

—No bebiste nada mientras te tenía atado, ¿verdad?

Zachary intenta responderle, pero se estrella contra el suelo.

La balada de Simon y Eleanor
una niña no es un conejo, un conejo no es una niña

La chica con la máscara de conejo deambula por los pasillos del Puerto. Abre puertas y se arrastra bajo escritorios y se queda de pie en medio de salas, con la mirada perdida al frente, a veces durante largos periodos.

Las personas que se topan con ella se atemorizan, aunque rara vez sucede.

La máscara es un objeto precioso, antiguo y, seguramente, de origen veneciano, aunque nadie recuerde su origen: tiene una nariz de un tenue color rosado, rodeada de bigotes realistas y de una filigrana dorada; las orejas se extienden por encima de su cabeza, y parece más alta de lo que es. Por el suave tono dorado rosado del interior, da la impresión de que puede oír y captar cada sonido que rompe el silencio que cubre este lugar como un manto en este momento.

Ahora ya se ha acostumbrado a este lugar. Sabe cómo caminar suave y levemente para que sus pisadas no resuenen, una habilidad que aprendió de los gatos, aunque no logre silenciar sus pasos como los felinos por mucho que lo intente.

Tiene pantalones que son demasiado cortos y un jersey demasiado grande. Carga una mochila que perteneció hace tiempo a un soldado muerto, quien jamás habría imaginado que el destino de su bolsa serían los delgados hombros de una chica disfrazada de conejo mientras explora habitaciones subterráneas a las que le han prohibido expresamente entrar.

Dentro del bolso hay una cantimplora de agua, un paquete cuidadosamente envuelto de galletas, un telescopio con una lente rayada, una libreta en gran parte vacía, varios bolígrafos y una serie de estrellas de papel cuidadosamente dobladas, arrancadas de hojas de libretas repletas de pesadillas.

Deja caer las estrellas en los rincones alejados, abandonando sus temores detrás de bibliotecas y metidos en jarrones, desparramados en constelaciones ocultas.

(También lo hace con los libros: arranca las páginas que no le interesan y las arroja a las sombras adonde pertenecen).

(Los gatos juegan con las estrellas, lanzando las pesadillas o la prosa incómoda de un escondrijo a otro, rediseñando las estrellas).

Una vez que se desprende de ellas, la chica olvida los sueños, añadiéndolos a la larga lista de cosas que ya no recuerda: la hora a la que debe ir a dormir; dónde pone los libros que empieza pero no termina; la hora antes de venir a este lugar. Más que nada.

Del tiempo anterior recuerda el bosque con árboles y pájaros. Recuerda estar sumergida en una bañera llena de agua, con la mirada en un techo plano y blanco, diferente de los techos de este lugar.

Es como recordar a una chica diferente. Una chica en un libro que leyó y no la chica que era ella misma.

Ahora es algo diferente, con un nombre diferente, en un sitio diferente.

La Eleanor conejita es diferente de la Eleanor común.

La Eleanor común se despierta a altas horas de la noche y olvida dónde está. Se olvida de la diferencia entre lo que ha sucedido y lo que ha leído en los libros y lo que cree que tal vez ha ocurrido pero tal vez no. La Eleanor común a veces duerme en su bañera en lugar de en su cama.

La chica prefiere ser un conejito. Rara vez se quita la máscara.

Abre puertas que le han dicho que no abra y descubre habitaciones con paredes que cuentan historias, y habitaciones con almohadas para siestas, bordadas con cuentos para dormir. También habitaciones con gatos y la habitación con lechuzas que encontró una vez y jamás volvió a encontrar, y una puerta que todavía no ha logrado abrir en el sitio que sufrió el incendio.

Encontró ese lugar porque alguien le puso estanterías delante lo bastante altas para impedir que pasaran adultos, pero no pequeñas conejitas, y ella la atravesó arrastrándose por debajo.

La habitación contenía libros carbonizados y hollín y algo que pudo haber sido un gato alguna vez, pero ya no lo era.

Y la puerta.

Una puerta sencilla con una pluma brillante de cobre situada en el centro, encima de la cabeza de la niña.

La puerta era lo único que no estaba cubierto de hollín en la habitación.

La niña creyó que quizá la puerta había estado oculta detrás de una pared que se destruyó junto con el resto de la habitación. Se pregunta por qué alguien ocultaría una puerta detrás de una pared.

La puerta resultó imposible de abrir.

Cuando Eleanor se rindió, frustrada y con hambre, y volvió a su habitación, la pintora la encontró, cubierta de hollín. La metió en una bañera, pero no sabía en qué se había metido porque el incendio fue anterior a la época de la pintora.

Ahora Eleanor sigue volviendo a ver la puerta.

Se sienta y la mira.

Intenta susurrar a través del ojo de la cerradura, pero nunca recibe una respuesta.

Mordisquea galletas en la oscuridad. No necesita quitarse la máscara de conejito porque no le cubre la boca, uno de los muchos motivos por los cuales la máscara de conejito es la mejor de todas.

Apoya la cabeza en el suelo, lo cual la hace estornudar, pero esa posición le permite advertir una delgada rendija de luz.

Una sombra pasa junto a la puerta y vuelve a desaparecer. Como cuando los gatos pasan de noche por su habitación.

Eleanor presiona la oreja contra la puerta pero no oye nada. Ni siquiera un gato.

Saca una libreta y un bolígrafo de su bolso.

Considera lo que debe escribir y luego redacta un mensaje sencillo. Decide dejarlo sin firmar pero luego cambia de parecer y dibuja en la esquina un pequeño rostro de conejito. Las orejas no son tan iguales como le gustaría, pero lo importante es que se lo puede identificar como un conejito.

Arranca la página de la libreta y la dobla, presionando los dobleces para aplanarla.

Desliza la hoja de papel bajo la puerta. Se detiene a mitad de camino. La empuja de nuevo y pasa a la habitación del otro lado.

Eleanor espera, pero no sucede nada, y el hecho de que no suceda nada se vuelve rápidamente tedioso así que se marcha.

Cuando se encuentra en otra habitación, dándole una galleta a un gato, habiendo olvidado a medias la nota, la puerta se abre. Un rectángulo de luz se derrama dentro del espacio cubierto de hollín.

La puerta permanece abierta un instante, y luego se cierra lentamente.

ZACHARY EZRA RAWLINS se despierta a medias bajo el agua con el sabor a miel en la boca. Le provoca tos.

—¿Qué bebiste? —oye la voz de Mirabel desde lejos, pero cuando parpadea la ve a centímetros de su rostro, mirándolo, borrosa, su cabello como un halo rosado a contraluz. Sus gafas han desaparecido—. ¿Qué bebiste? —repite la versión subacuática y borrosa de Mirabel. Zachary se pregunta si las sirenas tienen el cabello rosado.

—Me dio a beber té —dice, cada palabra pastosa como la miel—. De hecho, un té intimidante.

—¿Y tú te lo bebiste? —pregunta Mirabel, incrédula. Zachary cree que asiente con la cabeza—. Necesitas beber más de esto.

Lleva a sus labios algo que podría ser un cuenco y que definitivamente está lleno de miel. Miel y tal vez canela y clavo de olor. Es apenas lo bastante líquido para beber y sabe a jarabe para los resfriados navideños. *Siempre invierno.* *Nunca días de fiesta aconfesionales*, piensa Zachary, como si estuviera en Narnia, y vuelve a toser, pero la Princesa Chicle… no, en realidad, Mirabel… lo obliga a beber un poco más.

—No puedo creer que hayas sido tan estúpido —dice.

—Ella bebió primero —protesta, casi hablando a una velocidad normal—. Sirvió ambas tazas.

—Y eligió de qué taza beberías tú, ¿verdad? —pregunta Mirabel, y él asiente—. El veneno estaba en la taza, no en el té. ¿Te bebiste todo el contenido?

—No lo creo —responde. La habitación se vuelve más nítida. Sus gafas no se habían perdido después de todo: las tiene puestas. La sensación subacuática desaparece. Está sentado en un sillón, en la habitación *art déco* de Dorian, quien duerme sobre la cama—. ¿Cuánto tiempo he estado…? —está a punto de preguntar, pero no recuerda la palabra para terminar la frase, aunque sepa que la tiene en la punta de la lengua. *¿Inconsistente?*

—Unos minutos —responde Mirabel—. Debes beber un poco más de esto.

Inconsciente. Esa es la palabra. Palabra escurridiza donde las haya. Zachary bebe otro sorbo de líquido. No recuerda si le gusta o no la miel.

Detrás de él, el montaplatos emite un repique, y Mirabel acude a comprobarlo. Extrae una bandeja llena de ampollas y cuencos, una toalla y una caja de cerillas.

—Enciende esto y colócalo sobre la mesilla de noche, por favor —le instruye, entregándole las cerillas y un cono de incienso con un quemador de cerámica. Zachary advierte que es toda una prueba en cuanto intenta encender la cerilla sin coordinar sus movimientos. Le lleva tres intentos.

Acerca la cerilla encendida al incienso, recordando todas las veces que hizo lo mismo por su madre. Se concentra en evitar que le tiemble la mano, algo que le cuesta más de lo habitual. Espera a que el incienso se encienda y sopla la llama suavemente hasta que se reduce a un trozo de brasa humeante. Su fragancia es intensa e inmediata pero desconocida. Dulce pero con una nota a menta.

—¿Qué es? —pregunta, colocándola sobre la mesilla de luz. Volutas de humo flotan sobre la cama. Las manos le tiemblan menos, pero vuelve a sentarse y bebe otro sorbo de la mezcla de miel. Es posible que la miel le guste, después de todo.

—No tengo ni idea —dice Mirabel. Coloca un poco de líquido sobre la pequeña toalla y la apoya sobre la frente de Dorian—. La Cocina tiene sus remedios caseros, y tienden a ser eficaces. Conoces la Cocina, ¿verdad?

—Nos hemos conocido.

—Por lo general, no incluyen incienso, salvo que sea algo serio —dice, frunciendo el ceño ante las volutas de humo y luego volviendo a mirar a Zachary—. Quizá sea para ambos.

—¿Por qué me envenenaría Allegra? —pregunta.

—Hay dos posibilidades —dice Mirabel—. La primera, te iba a dejar inconsciente y enviarte de regreso a Vermont para que despertaras con una leve amnesia y creyeras que había sido un sueño en caso de recordar algo.

—¿Y la segunda?

—Intentaba matarte.

—Genial. ¿Y este es el antídoto?

—Jamás supe de un veneno que no se pudiera contrarrestar. Ya te sientes mejor, ¿verdad?

—Aún tengo la vista borrosa —dice Zachary—. Dijiste que intentó matarte una vez.

—No funcionó —replica, y antes de que él pueda pedirle una explicación se oye un golpe en la puerta.

Zachary imagina que es el Cuidador. Pero hay una joven en el umbral con gesto de preocupación. La chica tiene alrededor de su edad, la mirada alerta y baja estatura, y su oscuro cabello está dispuesto en trenzas alrededor de su rostro pero suelto en la espalda. Lleva una versión color hueso de la túnica del Cuidador aunque más simple, salvo el intrincado bordado blanco sobre blanco alrededor del dobladillo, los puños y el cuello. Mira a Zachary extrañada y luego se gira hacia Mirabel, alzando la mano izquierda con la palma de lado y luego girándola abierta con la palma hacia arriba. Sin tener necesidad de una traducción, Zachary sabe que quiere saber lo que pasa.

—Hemos estado teniendo aventuras, Rhyme —dice Mirabel, y la chica frunce el ceño—. Hubo un osado rescate, un cautiverio, una ceremonia de té, un incendio y envenenaron a dos tercios de nuestro grupo. Ah, te presento a Zachary. Zachary, ella es Rhyme.

Automáticamente, Zachary se lleva dos dedos a los labios e inclina la cabeza a modo de saludo, sabiendo que esta chica debe de ser una acólita y recordando el gesto de *Dulces penas*. En cuanto lo hace se siente estúpido por suponerlo, pero los ojos de Rhyme se iluminan y el ceño irritado desaparece. Coloca la mano sobre el esternón e inclina la cabeza devolviéndole el saludo.

—Vaya, vosotros dos os llevaréis a las mil maravillas —observa Mirabel, dirigiendo una mirada curiosa hacia Zachary antes de volver la atención a Dorian. Alza una mano para acercar el humo del incienso aún más. Las volutas siguen el movimiento de sus dedos y se deslizan sobre su brazo—. Tú y Rhyme tenéis algo en común —le dice Mirabel—. Rhyme encontró una puerta pintada cuando era niña, pero ella abrió la suya. Eso fue hace ocho años, ¿verdad?

Rhyme sacude la cabeza y levanta todos los dedos.

—Me estás haciendo sentir vieja —dice Mirabel.

—¿No volviste a casa? —pregunta Zachary y de inmediato lamenta la pregunta cuando su expresión se ensombrece. Mirabel interrumpe antes de que pueda disculparse.

—¿Sucede algo, Rhyme?

Rhyme vuelve a gesticular, y esta vez Zachary no consigue entender lo que quiere decir, un revoloteo de dedos que va y viene de una mano a la otra. Sea lo que sea que signifique, Mirabel parece comprenderla.

—Sí, lo tengo —responde. Se da la vuelta hacia Zachary—. Por favor, discúlpanos un momento, Ezra —dice—. Si no se despierta para cuando el incienso se apague, enciende otro, ¿de acuerdo? Enseguida vuelvo.

—Claro —dice. Mirabel sigue a Rhyme fuera de la habitación, recogiendo su bolso de una silla al salir. Zachary intenta recordar si el bolso parecía contener algo grande y pesado anteriormente, porque ahora sin duda lo parece. Mirabel y el bolso desaparecen antes de que pueda observarlo con más detenimiento.

A solas con Dorian, se dedica a observar las volutas de humo que flotan alrededor de la estancia. Se arremolinan encima de las almohadas y suben hacia el techo. Intenta realizar el mismo gesto elegante de manos con el que Mirabel había conseguido canalizar el humo en la dirección correcta, pero en cambio se retuerce alrededor de su brazo, envolviéndole la cabeza y el hombro. Aunque este ha dejado de dolerle, no recuerda el momento en el que dejó de hacerlo.

Se inclina encima de Dorian para acomodar el trozo de tela sobre su frente. Los dos botones superiores de su camisa están desabrochados. Mirabel debió hacerlo, quizá para que respirara con mayor facilidad. La mirada de Zachary va y viene de los remolinos de humo al cuello abierto de Dorian hasta que no puede resistir la curiosidad.

Parece una intromisión, aunque el alcance de su atrevimiento apenas equivale a un botón. De todos modos, vacila al desabrocharlo. ¿Cómo reaccionaría Dorian si le dijera que solo buscaba su espada?

La ausencia de espada estampada sobre su pecho resulta una sorpresa y una decepción a la vez. A Zachary le había intrigado por su aspecto más que por si la tenía o no grabada. Al desabrochar un botón más han quedado expuestos algunos centímetros más de su pecho bien torneado cubierto de una buena cantidad de vello y varias magulladuras. Pero no tiene nada grabado, nada que lo distinga como un guardián. Quizá ya no se conserve aquella tradición, y haya sido reemplazada por espadas plateadas como la que él mismo tiene bajo el jersey. ¿Cuánto de *Dulces penas* es realidad y cuánto ficción, y cuánto sencillamente ha cambiado con el paso del tiempo?

Zachary vuelve a abrochar el botón adicional, y al hacerlo nota que, si bien no tiene una espada, hay un indicio de tinta más arriba, alrededor de los hombros de Dorian: el borde de un tatuaje que cubre la espalda y el cuello, aunque solo se distingan en la luz formas que se ramifican.

Se pregunta por la línea entre cuidar a alguien que está inconsciente y contemplarlo mientras duerme, y decide que tal vez deba leer. La Cocina seguramente le prepararía algo para beber, pero no siente sed ni hambre, aunque cree que debería tenerlas.

Zachary se levanta de su silla, aliviado porque moverse le haya dejado de provocar la confusa sensación de estar en un medio subacuático, y encuentra sus bolsas donde Mirabel las dejó junto a la puerta. Advierte que por fin vuelve a ver su bolsa de lona. Saca su teléfono, que no le sorprende encontrar sin batería, aunque de cualquier manera duda de que pueda tener señal aquí abajo. Lo guarda y vuelve a sacar de la bolsa el libro de cuero marrón de cuentos de hadas.

Vuelve a la silla junto a la cama y lee. Está a mitad de un cuento sobre un posadero en una posada cubierta de nieve que resulta tan apasionante que casi puede oír el viento. De pronto, advierte que el incienso se ha apagado.

Apoya el libro sobre la mesilla y enciende otro cono de incienso. Al encenderse, el humo se desliza flotando sobre el libro.

—Por lo menos a ti te devolvieron tu libro, aunque yo no tenga el mío —señala en voz alta. Cree que tal vez beberá algo, quizá un vaso de agua para quitarse el sabor a miel de la boca, y se dirige a escribir un pedido para la Cocina. Tiene el bolígrafo entre los dedos cuando oye a Dorian a sus espaldas.

—Puse tu libro en tu abrigo —dice con voz somnolienta pero clara.

La balada de Simon y Eleanor
la aventura no es lo mismo que la desventura

Simon es hijo único y heredó su nombre de un hermano mayor que murió al nacer. Es como un sustituto. A veces se pregunta si está viviendo la vida de otro, llevando los zapatos de otro y el nombre de otro.

Simon vive con su tío (el hermano de su madre muerta) y su tía, quienes le recuerdan constantemente que no es su hijo. El espectro de su madre lo sobrevuela. Su tío solo la menciona cuando bebe (también es el único momento en que llama a Simon un bastardo), pero bebe a menudo. Invocan a Jocelyn Keating con todo tipo de injurias, desde una ramera hasta una bruja. Simon no recuerda lo bastante de ella para saber si era o no una bruja. Una vez se atrevió a sugerir que quizá no fuera un bastardo, ya que nadie está seguro de la identidad de su padre y su madre estuvo con quienquiera que fuera su padre el tiempo suficiente para que hubiera dos Simones, por lo que quizá se casaron en secreto. Pero eso le valió que le arrojaran una copa de vino a la cabeza (con muy mala puntería). Su tío no recordó después la conversación. Una criada limpió el cristal roto.

Cuando Simon cumple dieciocho años le dan un sobre. Su sello de lacre tiene la imagen de una lechuza, y el papel está amarillento por el paso del tiempo. El frente del sobre dice lo siguiente:

> *Para Simon Jonathan Keating en ocasión del décimo octavo*
> *aniversario de su nacimiento*

Lo habían conservado en una caja fuerte de algún lugar, según su tío, y entregado esa misma mañana.

—No es mi cumpleaños —observa Simon.

—Jamás estuvimos seguros de la fecha de tu nacimiento —afirma su tío con monótono pragmatismo—. Por lo visto, es hoy. Muchas felicidades.

El hombre lo deja a solas con el sobre.

Es pesado. Hay algo más que una carta dentro. Simon rompe el lacre, sorprendido de que su tío no lo haya abierto ya él mismo.

Espera que su madre le haya escrito un mensaje, comunicándose con él a través del tiempo.

No es una carta.

El papel no tiene encabezamiento ni firma. Solo una dirección. Algún lugar en el campo.

Y hay una llave.

Simon da la vuelta el papel y encuentra dos palabras más en el reverso.

memorízalo y quémalo

Vuelve a leer la dirección. Mira la llave. Lee una vez más la parte frontal del sobre.

Alguien le ha obsequiado una casa de campo. O un granero. O una caja cerrada en una pradera.

Lee la dirección por tercera vez, luego una cuarta. Cierra los ojos, la repite para sí y comprueba que no se equivoca. La lee una vez más por si acaso y deja caer el papel en la chimenea.

—¿Qué había en aquel sobre? —pregunta su tío, con demasiada calma, a la hora de cenar.

—Solo una llave —responde Simon.

—¿Una llave?

—Una llave. Supongo que un recuerdo.

—*Pfff* —gruñe aquel, mirando su copa de vino.

—Tal vez, la semana que viene vaya a visitar a mis amigos del colegio en el campo —señala Simon restándole importancia. Su tía hace un comentario sobre el clima, y su tío vuelve a mascullar. Tras una expectante semana, Simon está a bordo de un tren con la llave en el bolsillo, mirando por la ventanilla y repitiendo la dirección para sí.

En la estación pide direcciones, y le señalan un camino serpenteante que pasa junto a campos desiertos.

No ve la cabaña de piedra hasta que está en la entrada. Se encuentra oculta detrás de hiedras y arbustos espinosos, un jardín abandonado a su suerte que prácticamente ha devorado el edificio que lo rodea. Un muro bajo de piedra la separa del camino, cuya verja oxidada está cerrada.

Simon trepa por encima del muro, enganchándose los pantalones con los espinos. Aparta una cortina de hiedra para llegar a la puerta de la cabaña.

Prueba la llave en la cerradura. Gira con facilidad, pero entrar es otro asunto. Empujando y forcejeando, consigue apartar la enredadera y por fin obliga a la puerta a ceder.

Al entrar en la cabaña, estornuda. Cada paso que da levanta más polvo mientras camina y flota a través de la tenue luz del sol, entre las sombras con forma de hojas que se arrastran sobre el suelo.

Uno de los zarcillos de hiedra ha encontrado la forma de entrar a través de una grieta en la ventana y se enrosca alrededor de la pata de una mesa. Simon abre la ventana para permitir la entrada de aire fresco y más luz.

En un armario abierto se apilan tazas de té; una tetera cuelga junto a la chimenea. Los muebles (una mesa y sillas, dos sillones junto al fuego, y una cama de bronce deslustrado) naufragan bajo libros y papeles.

Al abrir un libro, Simon encuentra el nombre de su madre inscrito dentro de la cubierta. *Jocelyn Simone Keating.* Jamás conoció su segundo nombre; ahora entiende el origen de su propio nombre. No está seguro de que le guste esta cabaña, pero parece que ahora la pertenece para que le guste o no a su antojo.

Abre otra ventana todo lo que le permiten las hiedras. Encuentra una escoba en un rincón y barre, intentando eliminar todo el polvo posible a medida que la luz se desvanece.

No tiene un plan, lo cual ahora le parece una insensatez.

Simon había creído que habría alguien aquí. Quizá, su madre. Sorpresa, no está muerta. Si recuerda bien los cuentos, las brujas son seres difíciles de matar. Podría ser considerada la cabaña de una de ellas: una bruja estudiosa con afición por el té.

Se le ocurre que sería más fácil barrer si se librara del polvo por la puerta trasera, así que descorre el cerrojo y la abre. Pero aparece ante él no el prado de detrás de la casa, sino una escalera de piedra en espiral.

Simon mira fuera de la ventana cubierta de hiedra hacia la derecha de la puerta y la luz crepuscular.

Echa un vistazo de nuevo a través de la puerta. El espacio es más amplio que la pared, superponiéndose sin lugar a dudas con la ventana.

Al pie de las escaleras hay una luz.

Con la escoba en la mano, desciende los escalones hasta llegar a dos farolas iluminadas que bordean una rejilla de hierro. Parece una jaula incrustada en la piedra.

Abre la jaula y entra. En el interior, hay una palanca. Extiende la mano y tira de ella.

La puerta se cierra deslizándose. Simon echa un vistazo hacia arriba, a la farola suspendida en el techo, y la jaula se desploma.

Se queda de pie, perplejo, aferrándose a la escoba mientras desciende. Luego la jaula se detiene con un estremecimiento. La puerta se abre.

Simon entra en un recinto resplandeciente de luces. Hay dos pedestales y una puerta enorme.

Cada pedestal tiene una taza encima. Ambas tienen instrucciones.

Simon bebe el contenido de una de ellas, saboreando arándanos, clavos de olor y aire nocturno.

Lanza los dados de la otra taza sobre el pedestal y los observa detenerse. Luego los dos pedestales se hunden en la piedra.

La puerta se abre a un enorme recinto hexagonal con un péndulo que cuelga en el medio. El interior brilla con el resplandor de las luces danzantes que emiten una cantidad de farolas que bordean los pasillos torcidos que se pierden de vista.

Hay libros por doquier.

—¿Puedo ayudarlo en algo, señor?

Simon se da la vuelta y ve a un hombre con una larga cabellera blanca, de pie en el umbral de una puerta. En algún lugar más lejano oye risas y música tenue.

—¿Dónde estoy? —pregunta.

El hombre lo mira y echa un vistazo a la escoba que tiene en la mano.

—Si me acompaña, señor —dice, haciéndole una seña para que avance.

—¿Es una biblioteca? —pregunta, mirando los libros a su alrededor.

—Algo así.

Simon sigue al hombre a una sala con un escritorio donde hay apilados papeles y libros. Cajones diminutos con asas metálicas y placas manuscritas cubren las paredes. Un gato sobre el escritorio levanta la cabeza a medida que se acerca.

—La primera vez puede resultar desorientador —dice el hombre, abriendo un libro de contabilidad. Hunde la pluma en la tinta—. ¿Por qué puerta ha entrado?

—¿Puerta?

El hombre asiente.

—Estaba… en una cabaña no lejos de Oxford. Alguien me dejó la llave.

El hombre había empezado a escribir en el libro, pero ahora se detiene y levanta la mirada.

—¿Es el hijo de Jocelyn Keating?

—Sí —responde, quizá con demasiado entusiasmo—. ¿Usted la conoció?

—La conocí, sí —responde—. Mi más sentido pésame —añade.

—¿Era una bruja? —pregunta, mirando el gato sobre el escritorio.

—Si lo fue, no me confió esa información —responde el hombre—. ¿Su nombre completo, señor Keating?

—Simon Jonathan Keating.

El hombre lo registra en el libro de contabilidad.

—Puede llamarme el Cuidador —le dice—. ¿Qué le ha salido?

—¿Disculpe?

—Los dados, en la antecámara.

—Oh, todos eran coronas pequeñas —explica Simon, recordando los dados sobre el pedestal. Había intentado ver las otras imágenes, pero solo había alcanzado a distinguir un corazón y una pluma.

—¿Todos?

Simon asiente.

El Cuidador frunce el ceño. La pluma rasga el papel al registrarlo en el libro. El gato en el escritorio levanta una pata intentando darle un zarpazo.

El hombre apoya la pluma muy a pesar del gato y se dirige a la vitrina al otro lado de la sala.

—Es preferible que las primeras visitas sean breves, aunque puede volver en cualquier momento. —El Cuidador entrega a Simon una cadena con un relicario en el extremo—. Esto le señalará la entrada en caso de que se pierda. El ascensor lo llevará de vuelta a su cabaña.

Simon mira la brújula en la mano, cuya aguja gira en el medio. *Mi cabaña*, piensa.

—Gracias —dice.

—Por favor, no dude en avisarme si necesita ayuda.

—¿Puedo dejar esto aquí? —Simon alza la escoba.

—Por supuesto, señor Keating —dice el Cuidador, señalando la pared junto a la puerta. Simon apoya la escoba.

El Cuidador vuelve su escritorio. El gato bosteza.

Simon sale de la oficina y observa el péndulo.

Se pregunta si está durmiendo y soñando.

Levanta un libro de una pila junto a la pared y lo vuelve a apoyar. Camina por un pasillo bordeado de estanterías curvas: los libros lo rodean por todas partes como un túnel. No entiende cómo los que están encima de su cabeza no se vienen abajo.

Intenta abrir puertas. Algunas están cerradas, pero muchas se abren y revelan habitaciones llenas de más libros, sillas, escritorios y mesas con botes de tinta, botellas de vino y de coñac. La mera cantidad de libros le resulta intimidante. ¿Cómo podría alguien elegir algo para leer?

Oye a más personas de las que ve: pisadas y susurros que están cerca pero resultan invisibles. Distingue a una figura en una túnica blanca encendiendo velas y a una mujer tan absorta en el libro que lee que no levanta la mirada cuando pasa delante de ella.

Camina a través de un pasillo lleno de cuadros, todos imágenes de edificios imposibles: castillos flotantes, mansiones que se funden con barcos; ciudades talladas en acantilados. Todos los libros de alrededor parecen volúmenes de arquitectura. Un pasillo lo conduce a un anfiteatro donde los actores parecen estar ensayando una obra de Shakespeare. La reconoce como *El rey Lear*, aunque han cambiado los papeles de modo que hay tres hijos con una formidable anciana como madre que se hunde en la locura. Simon observa un rato antes de seguir su camino.

En algún lugar están tocando música, un pianoforte. Sigue el sonido, pero no ubica su origen.

En ese momento, una puerta le llama la atención: han colocado un armario atestado de libros que la cubre parcialmente, dejándola medio oculta o medio al descubierto.

La puerta tiene una imagen cobriza de un corazón en llamas.

Cuando Simon intenta abrirla, el picaporte gira con facilidad. Una larga mesa de madera ocupa el centro del salón, cubierta de papeles y libros y botes de tinta, pero de un modo que invita a empezar una tarea, no como si la hubieran interrumpido. El suelo y una tumbona están sembrados de cojines. También hay un gato sobre la tumbona. El felino se levanta y se estira y baja de un salto, desapareciendo a través de la puerta que Simon acaba de abrir.

—No hay de qué —dice a espaldas del animal, pero el felino no responde y Simon vuelve la atención al salón ahora desprovisto de gato.

A lo largo de las paredes hay otras cinco puertas. Cada una está marcada con un símbolo diferente. Simon cierra su puerta detrás de él y busca un corazón idéntico en el lado opuesto. Las otras puertas tienen las marcas de una llave, una corona, una espada, una abeja y una pluma.

Entre las puertas hay columnas y estanterías delgadas suspendidas del techo como columpios, con los libros apilados de lado, en posición horizontal. Simon no imagina cómo podría alguien alcanzar los estantes más altos hasta que se da cuenta de que están ensartados en poleas, por lo que se pueden alzar o bajar.

Sobre cada puerta hay apliques que arden vivamente, excepto el de la puerta con llave, que se encuentra completamente extinguido, y el de la puerta con la pluma, que han atenuado.

Un trozo de papel aparece deslizándose por debajo de la puerta que tiene la figura de la pluma.

Simon lo levanta. El hollín que lo recubre le tizna los dedos. Las palabras están escritas en letra temblorosa e infantil.

Hola.
¿Hay alguien detrás de esta puerta
o eres un gato?

Debajo han dibujado un conejo.

Simon gira el picaporte de la puerta. Está cerrada. Examina la cerradura y encuentra un pestillo que gira y lo vuelve a intentar. Esta vez la puerta cede.

Se comunica con una habitación oscura con paredes desnudas. No hay nadie allí. Mira desde la parte trasera de la puerta, pero solo ve oscuridad.

Confundido, vuelve a cerrar la puerta.

Da la vuelta la nota.

Escoge una pluma de la mesa, la sumerge en el tintero, y escribe una respuesta.

No soy un gato.

Dobla el papel y lo desliza bajo la puerta. Espera. Vuelve a abrir la puerta. La nota ha desaparecido.

Simon cierra la puerta.

Vuelve su atención a una estantería.

La puerta se abre de par en par a sus espaldas. Simon suelta un grito de sorpresa.

En la puerta hay una joven con el cabello castaño recogido en una cascada de rizos y trenzas alrededor de un par de orejas de conejito de filigrana plateada. Lleva una extravagante camisa tejida y una falda escandalosamente corta sobre pantalones azules y botas altas. Sus brillantes ojos están desorbitados.

—¿Quién eres? —pregunta la chica, que parece haberse materializado de la nada. Tiene la nota aferrada en un puño.

—Simon —responde—. ¿Quién eres tú?

La chica sopesa la pregunta más tiempo, ladeando la cabeza. Las orejas de conejito se inclinan hacia la puerta con la imagen de la espada.

—Lenore —responde Eleanor, lo cual no es completamente cierto. Lo leyó en un poema una vez y le pareció más bonito que Eleanor, a pesar de lo similares que son. Además, nadie le pregunta su nombre jamás, así que parece una buena oportunidad para probar uno nuevo.

—¿De dónde has salido? —pregunta Simon.

—De la sala que se incendió —dice, como si aquella explicación fuera suficiente—. ¿Fuiste tú quien ha escrito esto? —Le muestra la nota.

Simon asiente.

—¿Cuándo?

—Hace unos instantes. ¿Escribiste tú el mensaje desde el otro lado? —pregunta, aunque la letra le parece demasiado infantil para que sea cierto. Por otra parte, está la cuestión de las orejas de conejito.

Eleanor da la vuelta la nota y observa las letras desmañadas, el conejo torcido.

—Lo escribí hace ocho años —dice.

—¿Por qué pasarías una nota antigua por debajo de la puerta justo ahora?

—La pasé por debajo de la puerta en cuanto la escribí. No lo entiendo.

Hace un gesto de extrañeza y cierra la puerta con el dibujo de la pluma. Camina al otro lado de la habitación. En algún momento Simon advierte que es bastante bonita, a pesar de lo excéntrico de su vestuario. Tiene los ojos oscuros, casi negros, la piel morena clara, y sus rasgos tienen un aire exótico. Parece completamente diferente de las chicas que su tía hace desfilar a veces ante él. Intenta imaginar cómo le quedaría un vestido y luego qué aspecto tendría sin él, y empieza a toser, ofuscado.

Ella observa cada puerta a su vez.

—No lo entiendo —se dice a sí misma. Se da la vuelta y mira a Simon de nuevo. No, en realidad, lo mira fijamente, escrutándolo desde el pelo hasta las botas—. ¿Hay abejas aquí dentro? —le pregunta. Empieza a buscar detrás de las estanterías y bajo los cojines.

—Yo no he visto nada —le responde él. Mira instintivamente bajo la mesa—. Hace un rato había un gato, pero se ha ido.

—¿Cómo llegaste aquí? —le pregunta, captando su atención desde el otro lado de la mesa—. Me refiero a aquí abajo, a este lugar, no a la habitación.

—A través de una puerta, en una cabaña…

—¿Tienes una puerta? —pregunta Eleanor. Se sienta en el suelo entre las sillas, con las piernas cruzadas, mirándolo expectante.

—Para ser precisos, no es mía —aclara. Aunque supone que si la cabaña es suya, también lo es la puerta. Una herencia rara. Él también se sienta, apartando una silla, de modo que quedan cara a cara entre un bosque de patas de sillas con una mesa que hace las veces de dosel.

—Creía que la mayoría de las puertas habían desaparecido —confía ella.

Simon le habla acerca de su madre, acerca del sobre y la llave y la cabaña. Ella escucha con atención mientras él añade la mayor cantidad de detalle posible. El sello de lacre en el sobre; la hiedra que cubría la cabaña. Eleanor adopta una expresión de curiosidad cuando describe el ascensor con aspecto de jaula, pero no lo interrumpe.

—¿Tu madre estuvo aquí? —pregunta una vez que él ha llevado la historia a través de la puerta y al interior de la habitación donde se encuentran sentados.

—Eso parece, sí. —Simon cree que esto puede ser mejor que una carta: apropiarse de espacios que ella ocupó y de libros que leyó.

—¿Qué aspecto tenía? —pregunta.

—No lo recuerdo —responde, y de pronto desea cambiar de tema—. Jamás he conocido a una chica que llevara pantalones —dice, esperando que no se ofenda.

—No puedo trepar a ningún lado con un vestido —explica ella, como si fuera algo obvio.

—Las chicas no trepan.

—Las chicas pueden hacer lo que quieran.

Lo mira con tanta gravedad que Simon se detiene a pensar en lo que ha dicho. Va contra todo lo que su tío le ha explicado alguna vez acerca de las mujeres, pero cree que quizá no sepa tanto sobre chicas como aparenta. Su tía por otra parte tiene ideas muy personales acerca de lo que es *femenino*.

Se pregunta si ha llegado a un lugar donde las chicas no juegan a juegos, donde no hay reglas tácitas que haya que seguir. Donde no hay expectativas ni acompañantes. Se pregunta si su madre era así. Se pregunta qué es lo que convierte a una mujer en bruja.

Continúan intercambiando preguntas y respuestas, a veces tantas al mismo tiempo que es como hacer malabares para responder una y luego otra y más en el medio. Simon le cuenta cosas que jamás le ha contado a nadie. Le confía temores y expone preocupaciones, pensamientos que caen de sus labios y que antes no se atrevía a decir en voz alta. Pero aquí con ella es diferente.

Ella le habla sobre aquel lugar. Sobre los libros y las habitaciones y los gatos. Tiene un recipiente diminuto de miel en su bolso y le deja probarla. Simon espera que sea dulce, pero es más que eso: es intensa y dorada y ahumada.

No sabe qué decir mientras se lame la miel de los dedos y se le ocurren pensamientos que no puede expresar y que sabe que serían inadecuados si lo hiciera.

Eleanor no sabe qué pensar de ese chico, con su camisa de volantes y su chaqueta abotonada. ¿Es un niño o un hombre? No sabe cómo darse cuenta de la diferencia. Pronuncia las *r* de modo extraño. Ignora si es apuesto ya que no tiene demasiados puntos de referencia para ello, pero le agrada su rostro, tiene cierta franqueza. Se pregunta si guarda algún secreto. Tiene ojos color café, pero el cabello rubio. Ha leído tantos libros en los que se empareja el cabello rubio con los ojos azules que lo halla incongruente. De todos modos, su cara es mucho más que cabello y color de ojos; se pregunta por qué los libros no describen la curva de la nariz o el largo de las pestañas. Observa la forma de sus labios. Quizá un rostro sea demasiado complejo para describir con palabras.

Eleanor extiende la mano y toca su cabello. Él parece tan sorprendido que la aparta.

—Lo siento —dice.

—Descuida. —Simon estira su mano y toma la de ella en la suya. Tiene los dedos tibios y pegajosos de miel. El corazón le late demasiado rápido. Intenta recordar libros con chicos de camisas con volantes para saber cómo actuar. Lo único que recuerda es bailar, lo cual parece inadecuado, y bordar, lo cual no sabe cómo hacer. Seguramente, no debería estar mirándolo así, pero él también la mira, así que lo sigue haciendo.

Continúan hablando, sentados y tomados de la mano. Eleanor traza círculos en la palma de su mano con las puntas de los dedos mientras hablan del Puerto, los pasillos, las salas, los gatos.

Los libros.

—¿Tienes alguno que sea tu favorito? —le pregunta Simon.

Eleanor lo piensa. No es una pregunta que le hayan hecho jamás, pero se le ocurre un libro.

—Sí. C-claro que sí. Es… —Hace una pausa—. ¿Te gustaría leerlo? —pregunta en lugar de intentar explicarlo. Los libros siempre son mejores al leerlos que al explicarlos.

—Me encantaría —responde Simon.

—Puedo ir a buscarlo, y tú puedes leerlo y luego podemos hablar sobre él. Si te gusta o si no te gusta, y en ese caso me gustaría saber exactamente por qué. Está en mi habitación, ¿vienes conmigo?

—Por supuesto.

Eleanor abre la puerta con el dibujo de la pluma.

—Lamento que esté tan oscuro. —Saca una varilla de metal del bolso y presiona algo que la hace irradiar una luz brillante, fija y blanca. La emplea para iluminar las tinieblas, y Simon alcanza a distinguir los restos desmoronados de la habitación, los libros quemados. Un tufillo a humo flota en el ambiente.

Eleanor sale de una habitación y entra en otra.

Simon la sigue, pero se da contra una pared. Cuando desaparecen las estrellas detrás de sus ojos por el impacto, vuelve a tener la oscuridad ante él, pero la habitación quemada y la chica han desaparecido.

Intenta abrirse paso en la oscuridad, pero es sólida.

La golpea, como si la oscuridad fuera una puerta.

—¿Lenore? —llama.

Volverá, se dice. Irá a buscar el libro y volverá. Si no puede seguirla, la esperará.

Cierra la puerta y se frota la frente.

Vuelve a fijarse en las estanterías de libros. Reconoce volúmenes de Keats y Dante, pero los demás le resultan desconocidos. Sus pensamientos vuelven una y otra vez a la chica.

Recorre con los dedos los cojines de terciopelo apilados sobre la tumbona.

La puerta con la pluma se abre, y Eleanor entra, con un libro en la mano. Se ha cambiado la ropa. Ahora lleva una camisa azul oscuro que cuelga sobre sus hombros con una larga bufanda rosa que le da varias vueltas alrededor del cuello.

Cuando su mirada se cruza con la suya, se sobresalta, y la puerta se cierra por detrás. Lo mira con los ojos muy abiertos.

—¿Qué ha pasado? —pregunta Simon.

—¿Cuánto tiempo he estado ausente? —pregunta ella.

—¿Un instante? —No se le había ocurrido medir el tiempo, distraído por sus pensamientos—. No creo que más de diez minutos.

Eleanor suelta el libro, que cae al suelo. Las páginas se abren con un revoloteo y luego se vuelven a cerrar a sus pies. Se lleva las manos al rostro alarmada y se cubre la boca. Sin saber qué hacer, Simon recoge el libro, mirando su portada dorada con curiosidad.

—¿Se puede saber qué pasa? —pregunta. Resiste el deseo de hojear las páginas, aunque se siente tentado de hacerlo.

—Seis meses —dice ella. Simon no lo entiende. Alza una ceja, y ella arruga el ceño, frustrada—. Seis meses —repite, esta vez con más fuerza—. Esta habitación ha estado vacía durante seis meses cada vez que he abierto esa puerta, y hoy estás aquí de nuevo.

Simon se ríe, a pesar de la seriedad de Eleanor.

—Eso es absurdo.

—Es cierto.

—Son tonterías —declara—. Estás bromeando. Uno no desaparece durante unos instantes y luego asegura que ha estado ausente durante varios meses. Mira, te lo mostraré.

Simon se da la vuelta hacia la puerta con el dibujo del corazón y sale al pasillo, con el libro en la mano.

—Ven a ver —dice, girando de nuevo hacia la habitación. Pero no hay nadie—. ¿Lenore?

Simon entra en la estancia, pero está vacía. Mira el libro en sus manos. Cierra la puerta y la abre de nuevo.

No puede haber imaginado a una chica.

Además, si no había chica, ¿de dónde ha salido el libro?

Le da la vuelta en las manos.

Lee, porque la lectura tranquiliza sus nervios.

Espera que la puerta se vuelva a abrir, pero no ocurre.

ZACHARY EZRA RAWLINS encuentra *Dulces penas* exactamente donde Dorian dijo que lo encontraría, dentro del bolsillo de su abrigo manchado de pintura, echado sobre el respaldo de una silla de su habitación, donde lo dejó al llegar.

Ni siquiera lo había notado. El libro es lo bastante pequeño para ser deslizado en el bolsillo de un abrigo sin que lo advierta quien lo lleva puesto, especialmente si tiene frío y está mareado y ebrio. Zachary cree que debería recordarlo; le irrita no haber advertido el gesto íntimo.

Es la primera oportunidad que tiene para comprobarlo tras regresar a su habitación después de estar quién sabe cuántas horas cuidando a Dorian, aunque este no volvió a decir nada. Zachary mientras tanto se entretuvo leyendo su libro de cuentos, cada vez más perplejo por las menciones al Mar sin Estrellas y lo que parecían varios Reyes Lechuza diferentes. Rhyme lo relevó de su guardia, pero no pudo entender su explicación respecto del paradero de Mirabel. Ahora cree que debió pedirle que lo pusiera por escrito y se pregunta si está permitido.

Su propia habitación le resulta cómoda y familiar, con el fuego chisporroteando alegremente. Puede que alguien le haya hecho la cama, pero es tan mullida que es difícil saberlo. La Cocina ha devuelto sus prendas, dobladas e inmaculadas, incluido el traje.

Envía el abrigo olvidado abajo para ver si pueden ayudarlo con eso y decide que quizá debería comer algo.

Instantes después, la campanilla repica, y comprueba que la Cocina se ha tomado literalmente su pedido de cenar «todos los bollos», pero el surtido resulta tan delicioso como apabullante. Bocadillos especiales en un sinfín de variedades se presentan sobre platos individuales con cubreplatos, acompañados de salsas para mojarlos. Cada cubreplatos de cerámica tiene una escena pintada: una figura que emprende un viaje, la misma figura simple que se repite en cada pieza, rodeada de un entorno diferente: un bosque lleno de pájaros, la cima de una montaña, una ciudad nocturna.

Zachary no consigue probar ni la mitad de los destinos que proponen los bollos, por lo que deja los demás platos cubiertos, esperando que mantengan sus temperaturas respectivas.

Estrena una colección de las botellas de agua mineral de vidrio azul, de las que se encuentran sobre la estantería. Quizá pueda encontrar velas para poner dentro. No está en contra de ponerse cómodo. Ya lo está. El tipo de comodidad que implica recostarse cada cierto tiempo sobre los baldosas del baño y recordarse a sí mismo que debe respirar.

Ahora que ha recuperado su bolsa, tiene de nuevo su propia ropa, pero no es tan bonita como la que provee la habitación. Incluso si compara sus gafas habituales con las prestadas, estas resultan mejores, así que tampoco se las quita.

Encuentra una toma de corriente junto a una de las lámparas y enchufa su móvil, aunque el esfuerzo parece fútil.

Se sienta junto al fuego y vuelve a hojear *Dulces penas*; siente alivio de haberse reencontrado con el libro. Faltan más páginas de lo que recuerda. Quizá debería mostrarle el libro a Mirabel. Cuando llega a la parte acerca del hijo de la vidente, hace una pausa. *Aún no*. Bueno, ya ha llegado hasta aquí. Ha conseguido llegar al Puerto, incluso si no ha encontrado aún el Mar sin Estrellas. ¿Ahora qué?

Tal vez debería rastrear el libro hacia atrás. ¿Dónde estuvo antes? Recuerda la antigua pista que obtuvo de la biblioteca. De la biblioteca de… alguien. Cierra los ojos e intenta imaginar el trozo de papel que le dio Elena después de la clase de Kat, donado por… una fundación… maldición. Había una J, cree. Tal vez.

Keating. Recuerda el nombre, pero no las iniciales. No puede creer que haya olvidado traer el trozo de papel.

Una cosa es segura: aquí no hallará nada que hacer ahora, salvo que se trate de dormir la siesta.

Zachary mete *Dulces penas* en su bolso, envía sus platos de vuelta a la Cocina y pide una manzana (aparece un cuenco plateado lleno de manzanas amarillas con un suave rubor rosado). Luego echa a andar nuevamente hacia las partes desconocidas del Puerto.

Intenta no usar su brújula, pero en ningún momento sabe dónde está. Encuentra un salón lleno de mesas y sillones, algunos dispuestos en nichos alrededor de la habitación, un enorme espacio vacío con más sillas y una fuente de donde brota una cascada en el medio.

En el fondo de la fuente hay monedas. Reconoce algunas y otras son desconocidas, montículos de deseos que yacen bajo las suaves burbujas del agua.

Piensa en la fuente llena de llaves y en el coleccionista de llaves del libro de Dorian y se pregunta qué le ocurrió.

Nadie volvió a verlo jamás.

Se pregunta si alguien se ha preguntado ya dónde está él mismo. Seguramente no.

Más allá de la fuente hay un pasillo con un techo más bajo, cuya entrada está oculta tras una estantería y un sillón. Tiene que mover el sillón para poder seguir. El pasillo con puertas se extiende por delante, tenuemente iluminado. Al caminar, Zachary advierte por qué le resulta tan extraño. No es la ausencia relativa de libros o gatos, sino que las puertas a lo largo del pasadizo no tienen picaportes ni pomos; solo cerraduras. Se detiene ante una y la empuja pero no se mueve. Al examinar más de cerca la madera alrededor de la puerta descubre vetas de carbón negro sobre los bordes. Hay un ligero olor a humo en el aire, como un incendio extinguido hace mucho tiempo. Sobre la puerta hay una mancha donde solía estar el picaporte, una ausencia que ha sido reemplazada con un trozo de madera más nueva que no ha sufrido quemaduras. Vuelve a percibir un movimiento en el otro extremo del pasillo; se trata de una presencia demasiado grande para ser un gato, pero cuando mira ha desaparecido.

Zachary vuelve sobre sus pasos hacia la fuente, y elige un pasillo diferente. Se encuentra mejor iluminado, pero la iluminación es un término relativo en este sitio. La mayoría de los espacios tienen suficiente luz para leer y nada más.

Deambula sin rumbo, evitando volver a comprobar cómo está Dorian. Se siente además irritado por tener que dedicar tanto esfuerzo mental a preocuparse por ello (por él).

Zachary pasa delante de la pintura de una vela. Podría jurar que parpadea a su paso, así que se detiene para observarla más de cerca y advierte que no es una pintura en absoluto, sino un marco colgado en la pared alrededor de un estante, en cuyo interior hay una vela que parpadea, insertada en un candelabro plateado. ¿Quién la habrá encendido?

Un maullido a sus espaldas interrumpe sus reflexiones. Zachary se da la vuelta y ve un gato persa mirándolo con fijeza, contorsionando su rostro aplastado en una mirada de escepticismo.

—¿Cuál es tu problema? —le pregunta al gato.

—*Miauuu* —responde el felino con un sonido híbrido, mitad maullido, mitad gruñido, sugiriendo que son tantos los problemas que ni siquiera sabe por dónde empezar.

—Te entiendo —responde. Vuelve a mirar la vela que titila dentro del marco.

La apaga con un soplido.

De inmediato, el marco se estremece deslizándose hacia abajo. Toda la pared empieza a moverse, desde el marco del cuadro hacia abajo, hundiéndose dentro del suelo. Se detiene cuando la parte inferior del marco llega al suelo embaldosado. La vela extinguida se queda inmóvil a la altura de los ojos del gato.

En el sitio vacío donde había estado el marco hay un hoyo rectangular en el muro. Zachary mira al gato, que está más interesado en la vela, intentando darle un zarpazo a una viruta de humo.

La abertura es lo bastante grande para que pase por ella, pero no hay suficiente luz. Casi toda la iluminación proviene de una lámpara adornada con flecos sobre una mesa al otro lado del pasillo. Zachary tira de la lámpara lo más cerca que le permite el cable hacia el hoyo recién descubierto en la pared, preguntándose cómo funciona la electricidad aquí abajo y qué sucede cuando se va la luz.

Consigue acercar la lámpara a la abertura pero no meterla dentro. Tras apoyarla en el suelo, la inclina para que quede orientada hacia el hoyo, deleitando al gato con los flecos. Luego cruza por encima del cuadro falso e ingresa al interior.

Sus zapatos crujen sobre algo en el suelo que solo conoce la oscuridad, y cree que tal vez sea mejor así. La lámpara cumple un papel admirable al iluminar el recinto, pero le lleva un tiempo ajustar los ojos a la oscuridad. Zachary empuja sus gafas prestadas hacia arriba, acercándolas al puente de la nariz.

Advierte que la habitación permanece a oscuras porque todo lo que hay dentro está quemado. Lo que creía que era polvo es ceniza, acumulada sobre los restos de lo anterior. Reconoce exactamente lo que había antes, una cantidad de tiempo indeterminada antes de que llegara.

El escritorio en el centro de aquel espacio y la casa de muñecas que hay encima se han quemado hasta quedar reducidos a escombros negros. Sus habitantes y su entorno han sido incinerados, y no quedan más que recuerdos. La habitación entera está llena de papel chamuscado y objetos quemados hasta volverse irreconocibles.

Zachary extiende la mano para tocar una única estrella sujeta a una cuerda que cuelga milagrosamente intacta del techo, haciendo que caiga al suelo y se pierda entre las sombras.

—Hasta los imperios diminutos se desploman —dice, en parte para sí mismo y en parte para el gato que lo mira por encima del marco del cuadro en el pasillo.

El felino le responde perdiéndose de vista.

Los zapatos de Zachary crujen sobre madera carbonizada y trozos rotos de un mundo que dejó de existir. Camina hacia la casa de muñecas. La bisagra que solía abrir la casa como si fuera una puerta está intacta. Pero al destrabarla el movimiento la rompe y la fachada cae sobre la mesa, dejando el interior a la vista.

A diferencia del resto de la habitación, no se ha destruido por completo. Pero está carbonizada y tiznada de negro. No se distinguen las habitaciones de la sala ni de la cocina. El desván ha caído al piso inferior, llevándose con él la mayoría del tejado.

Zachary distingue algo en una de las habitaciones quemadas. Se inclina y lo levanta de entre los escombros.

Un muñeco solitario. Le quita el hollín con el jersey y al levantarlo hacia la luz advierte que se trata de una muñeca, quizá la hija de la familia de muñecos originales. Es de porcelana pintada y está rajada pero no rota.

La deja de pie entre las cenizas de la casa.

Le hubiera gustado verlo todo tal como era. La casa, el pueblo y la ciudad al otro lado del mar. La multitud de partes que se fueron sumando y las narrativas que se fueron superponiendo. Tal vez habría querido añadirle algo él mismo, para dejar su propia huella en la historia. No se había dado cuenta de lo mucho que lo deseaba hasta afrontar la realidad de que no podrá hacerlo. No puede decidir si está triste, enfadado o decepcionado.

El tiempo pasa. Las cosas cambian.

Mira alrededor de la habitación, la más amplia de todas, que ahora alberga una única chica de pie entre las cenizas de su mundo. Hay cuerdas donde tal vez solían colgar estrellas o planetas del techo. Se encuentran hechas jirones como telas de araña. Ahora ve que hay más objetos que han sobrevivido a esta misteriosa conflagración: un naufragio en una esquina que alguna vez fue un océano; un tramo de vía férrea junto al costado de la mesa; un reloj de pie a punto de caer a través de la ventana de la casa principal; un ciervo, ennegrecido desde sus cascos hasta su cornamenta pero intacto, que lo observa desde un estante con sus diminutos ojos vidriosos.

Las paredes están tapizadas con un papel pintado antiguo, cuyas puntas se enrollan formando tiras como la corteza del abedul. Junto al estante donde está el ciervo hay una puerta sin picaporte, y Zachary se pregunta si es la misma que pasó hace un rato.

La habitación empieza a parecer de pronto una tumba, y se vuelven más intensos el olor de papel quemado y humo.

En el pasillo la lámpara cae al suelo, ya sea por voluntad propia o con ayuda del gato. La bombilla estalla con un suave crujido, llevándose la luz con ella, y Zachary queda a solas en la oscuridad con los restos carbonizados de un universo en miniatura.

Cierra los ojos y cuenta hacia atrás desde diez.

Algo en su interior tiene la esperanza de abrir los ojos y encontrarse de nuevo en Vermont, pero está exactamente en el mismo lugar que diez minutos atrás, y ahora ve un poco de luz que lo guía.

Trepa fuera del hoyo en la pared, con cuidado de no tropezar con la lámpara rota. La vuelve a colocar sobre la mesa, esmerándose en apartar los trozos rotos de cristal del camino.

Hay unas pocas velas votivas metidas subrepticiamente en las estanterías. Zachary se vale de una para volver a encender el cirio dentro del marco. En cuanto lo hace, el marco sube de nuevo a su lugar, y la pared se vuelve a cerrar ocultando los despojos del universo de muñecos.

—*Miau* —ronronea el gato persa, que de pronto se incorpora.

—Hola —le responde Zachary—. Yo iré por este lado. —Señala el pasillo hacia la izquierda, una decisión que toma en el momento de articularla—.

Puedes venir si quieres; pero si no, no tiene importancia. Haz lo que tengas que hacer.

El gato lo mira y retuerce la cola.

El pasillo de la izquierda es corto y está tenuemente iluminado. Se comunica con una habitación rodeada de columnas compuestas por estatuas de mármol, figuras desnudas que sostienen el techo, enroscándose en combinaciones de dos y de tres, aunque parezcan más concentradas en ellas mismas que en su función arquitectónica.

El techo dorado tiene decenas de lucecillas que proyectan un cálido resplandor sobre la orgía de mármol inmóvil.

Zachary echa un vistazo por encima del hombro. El gato lo sigue, pero cuando lo mira se detiene lamiéndose una pata con aire despreocupado, como si en realidad no estuviera siguiéndolo sino dirigiéndose por casualidad en la misma dirección.

Continúa caminando por otro pasillo que se aleja del recinto rodeado de columnas. Esta vez lo aguardan dos estatuas: una mira hacia la habitación; la otra aleja la vista, cubriendo sus ojos de mármol.

El gato encuentra algo y lo impulsa alrededor de la habitación con zarpazos, observándolo deslizarse sobre el suelo. Pero rápidamente pierde el interés en el objeto, y tras un último zarpazo sigue su camino. Zachary se acerca para mirar el objeto y encuentra una estrella de origami con una de las puntas dobladas. La guarda en su bolsillo.

Después de un rato, llega al Corazón, casi por casualidad. La puerta de la oficina del Cuidador está abierta, pero no levanta la mirada hasta que Zachary llama a la puerta abierta.

—Hola, señor Rawlins —dice—. ¿Cómo se siente?

—Mejor, gracias.

—¿Y su amigo?

—Está dormido pero parece haberse recuperado. Y… he roto una lámpara en uno de los pasillos. Puedo limpiarlo si me da una escoba. —Sus ojos se detienen en la escoba de ramillas en el rincón.

—No será necesario —dice el Cuidador—. Haré que se ocupen de ello. ¿Qué pasillo es?

—Por allí y dando la vuelta —responde, indicando el lugar de donde ha venido—. Junto al marco de un cuadro con una vela real en el interior.

—Ya veo —dice el Cuidador, escribiendo algo. El tono de su voz es lo bastante extraño como para que Zachary decida averiguar por qué. Se le ocurre que quizá por regla general el hombre sea demasiado amable.

—¿Qué pasó con la sala de la casa de muñecas?

—Hubo un incendio —responde el Cuidador sin levantar la mirada. No parece sorprendido de que se haya topado con ella.

—Lo suponía —dice—. ¿Qué lo provocó?

—Una acumulación de circunstancias imprevistas —responde—. Un accidente —añade cuando Zachary no le responde de inmediato—. No puedo describir los detalles del evento porque no estuve allí para presenciarlo. ¿Hay algo más en que pueda ayudarle?

—¿Dónde está todo el mundo? —pregunta, la irritación evidente en su voz. Pero el hombre no levanta la mirada de sus papeles.

—Usted y yo estamos aquí, su amigo está en su habitación. Rhyme debe estar cuidándolo o cumpliendo con sus obligaciones, y no sé dónde se encuentra Mirabel exactamente. No suele compartir sus actividades.

—¿Eso es todo? —pregunta Zachary—. Somos cinco personas y… ¿el gato?

—Es correcto, señor Rawlins —dice el Cuidador—. ¿Le gustaría saber la cantidad de gatos que hay? Quizá no sea un número exacto; son difíciles de contar.

—No, no hace falta —dice—. Pero ¿a dónde… a dónde se han ido todos?

El Cuidador hace una pausa y lo mira desde el escritorio. Parece mayor o más triste, Zachary no sabe cuál de las dos. Quizá ambas.

—Si se refiere a nuestros antiguos residentes, algunos se marcharon. Otros murieron. Algunos volvieron a los lugares de donde vinieron y otros buscaron nuevos lugares y espero que los hayan encontrado. Ya conoce a quienes seguimos aquí.

—¿Por qué sigue *usted* aquí?

—Porque es mi trabajo, señor Rawlins. Mi vocación, mi deber, mi razón de ser. ¿Y usted?

Porque un libro me dijo que debía estar aquí, piensa Zachary. *Porque me preocupa volver arriba, a causa de damas desquiciadas que visten abrigos de piel y conservan manos en frascos. Porque aún no he descubierto cómo resolver el enigma aunque no sepa cuál es ese enigma.*

Porque me siento más vivo aquí abajo que allí arriba.

—Estoy aquí para navegar el Mar sin Estrellas y respirar el aire encantado —dice, y la resonante declaración provoca una sonrisa en el Cuidador. Cuando sonríe parece más joven.

—Le deseo la mejor de las suertes —dice—. ¿Puedo ayudarlo con algo más?

—Entre los residentes anteriores, ¿había alguno llamado Keating?

La expresión del Cuidador sufre un cambio que Zachary no puede descifrar.

—Muchos de nuestros residentes se han llamado así.

—¿Alguno… alguno tenía una biblioteca? —pregunta—. ¿Arriba?

—No que yo sepa.

—¿Cuándo estuvieron aquí?

—Hace mucho tiempo, señor Rawlins. Antes de su época.

—Ah —dice. Intenta pensar en otras preguntas y no se le ocurre qué preguntar. *Dulces penas* está en su bolsa y podría mostrárselo al Cuidador, pero algo lo hace vacilar. De pronto, se siente cansado. La vela sobre el escritorio del Cuidador chisporrotea a punto de extinguirse, y el humo le recuerda de nuevo la casa de muñecas y la destrucción del universo, y se le ocurre que tal vez debería ir a tumbarse o algo.

—¿Se siente bien? —pregunta el Cuidador.

—Estoy bien —dice, y sabe a mentira—. Gracias.

Serpentea a través de los pasillos que parecen más oscuros y vacíos. Estar bajo tierra le produce una intensa sensación de agobio. Hay tanta piedra entre aquí y el cielo. Tanto peso sobre su cabeza.

Cuando llega a su habitación, la siente como un remanso de seguridad. En cuanto cruza el umbral pisa algo que ha sido deslizado bajo su puerta.

Aparta el zapato; por debajo hay un trozo de papel doblado.

Zachary se inclina y lo levanta. Tiene una letra Z en la parte de delante, elegantemente cruzada con una raya en el medio. Por lo visto, está dirigida a él.

Hay cuatro líneas de texto dentro, pero no reconoce la escritura. No parece una carta ni una nota. Se le ocurre que puede ser un fragmento de un poema o de una historia.

O un enigma.

La Reina de las Abejas ha estado esperándote
Historias ocultas en su interior que esperan ser contadas
Tráele una llave que jamás haya sido forjada
Y otra solo confeccionada de oro

La balada de Simon y Eleanor
préstamos de libros

Simon sabe que han pasado muchas horas. Está cansado y tiene hambre. Recuerda que guardó alimentos con este propósito, pero dejó su bolsa en la cabaña y trajo en cambio una escoba que ahora parece poco práctica. No cree en lo que dijo Lenore respecto a que haya pasado tanto tiempo, pero ella no ha vuelto y ahora está medio dormido y el libro que ella le prestó es bastante raro y no está seguro de que le guste nada de esto.

Se pregunta acerca de su madre, y el hecho de que haya ocultado semejante sitio en una cabaña de campo.

Sigue su brújula a desgana para regresar al salón de entrada.

Intenta abrir la puerta, pero está cerrada.

Lo intenta de nuevo, empujando el tirador un poco más.

—No puede llevarse eso consigo —dice una voz a sus espaldas. Se da la vuelta y encuentra al Cuidador parado en el umbral de su puerta, al otro lado del péndulo oscilante. Le lleva un momento advertir que se refiere al libro de bordes dorados que tiene en la mano.

—Quería leerlo —explica, aunque es evidente. ¿Qué otra cosa podría hacer con el libro? Aunque no es completamente cierto. Quiere hacer más que leerlo. Quiere estudiarlo. Quiere saborearlo. Quiere usarlo como una ventana para adentrase en otra persona. Quiere llevar el libro a su casa, a su vida, a su cama porque no puede hacer lo mismo con la chica que se lo dio.

Se le ocurre que en este lugar tiene que haber un proceso formal para tomar prestado un libro.

—Me gustaría tomar prestado el libro, si puedo —dice.

—Debe dejar algo en su lugar —responde el Cuidador.

Simon frunce el ceño y señala la escoba apoyada junto a la puerta de la oficina.

—¿Basta con eso?

El Cuidador considera la escoba y asiente.

Se dirige al escritorio, escribe su nombre sobre un trozo de papel y lo ata a la escoba. El gato sobre el escritorio bosteza, y Simon responde con un bostezo.

—¿El título del volumen? —pregunta el Cuidador.

Simon mira el libro, aunque conoce la respuesta.

—*Dulces penas* —responde—. No aparece ningún autor.

El Cuidador lo mira.

—¿Puedo verlo?

Le entrega el libro.

El Cuidador le echa un vistazo, examinando la encuadernación y las hojas de guarda.

—¿Dónde lo encontró?

—Me lo dio Lenore —responde. Supone que no necesita decirle quién es Lenore, ya que es bastante memorable—. Dijo que era su favorito.

El Cuidador adopta una expresión rara al devolvérselo.

—Gracias —dice, aliviado de recuperarlo.

—Su brújula —responde el Cuidador abriendo la palma, y Simon mira desconcertado un instante antes de sujetar la cadena dorada que lleva alrededor del cuello. Está a punto de preguntar si hay algún problema, o acerca de Lenore, o cualquiera de las numerosas preguntas, pero ninguna se presta a ser pronunciada.

—Buenas noches —dice en cambio, y el Cuidador asiente y esta vez cuando Simon intenta marcharse la puerta se abre para él sin protesta.

Se queda dormido de pie en la jaula mientras asciende, despertando bruscamente al llegar.

La recámara de piedra alumbrada por faroles tiene el mismo aspecto que antes. La puerta que conduce de vuelta a la cabaña sigue abierta.

La luz de la luna brilla a través de las ventanas de la cabaña. No se le ocurre qué hora puede ser. Hace frío y está demasiado cansado para encender un fuego pero agradece contar con su abrigo.

Se desploma sobre la cama sin apartar los libros que hay encima, aferrando *Dulces penas* con una mano.

Mientras duerme, el volumen cae al suelo.

Simon se despierta con las marcas de libros en la espalda. No recuerda dónde está ni cómo ha llegado allí. La luz de la madrugada asoma por los resquicios de la hiedra. Una ventana que sigue abierta chirría sobre sus goznes tironeada por el viento.

El recuerdo de la llave y la cabaña y el tren se filtran de nuevo en sus pensamientos nublados. Debió de quedarse dormido. Ha tenido un sueño muy extraño.

Intenta abrir la puerta al fondo de la cabaña, pero se atasca, probablemente trabada por las zarzas exteriores.

Enciende un fuego en la chimenea.

No sabe qué hacer con este espacio y estos libros, estos objetos que supuestamente su madre dejó para él.

Encuentra un baúl largo y bajo detrás de la cama. El cerrojo está trabado por el óxido, y también los goznes, pero una buena patada con el talón de su bota consigue romper ambos. Dentro hay papeles descoloridos y más libros. Uno de los documentos es la escritura de la casa a su nombre, que incluye buena parte de la tierra de los alrededores. Hojea el resto de los documentos buscando alguna misiva de su madre. Le irrita que hubiera anticipado su cumpleaños número dieciocho y su hallazgo de este lugar, pero que no se hubiera dirigido personalmente a él. Pero la mayoría de los papeles son incomprensibles: fragmentos de notas y papeles que parecen cuentos de hadas, apuntes largos e incoherentes acerca de la reencarnación y las llaves y el destino. La única carta que hay no está escrita por su madre, sino que está dirigida a ella, una misiva un tanto ardiente firmada por alguien llamado Asim. Se le cruza por la cabeza que ese hombre podría perfectamente ser su padre.

Se pregunta de pronto si su madre sabía que iba a morir. Si preparaba todo esto anticipando su ausencia. No es algo que se le haya ocurrido antes, y no le gusta.

Tiene una herencia. Una cubierta de polvo, atestada de libros y ahogada por la hiedra. Es algo que puede llamar suyo.

Se pregunta si podría vivir aquí. Si quisiera hacerlo. Quizá con alfombras y mejores sillas y una cama adecuada.

Clasifica libros y agrupa los mitos y fábulas a un lado de la mesa, y las historias y geografías al otro, dejando los libros que no puede diferenciar en el medio. Hay libros de mapas y libros escritos en idiomas que no puede leer. Varios están marcados con apuntes y símbolos: coronas y espadas y dibujos de lechuzas.

Encuentra un pequeño volumen junto a la cama que no está tan cubierto de polvo como los demás, y cuando lo reconoce lo suelta de nuevo. Cae sobre la pila de libros, casi sin poder distinguirlo de los demás.

No era un sueño.

Si el libro no era un sueño, la chica no es un sueño.

Simon vuelve a la puerta del fondo y la empuja. Con fuerza. Apoya todo el peso sobre el hombro para forzarla, y esta vez termina cediendo.

De nuevo aparece la escalera. Las farolas que aguardan abajo.

La jaula de metal que lo espera.

El descenso es exasperantemente lento.

Esta vez no hay pedestales en la antecámara. La puerta le permite entrar sin hacer pregunta alguna.

La oficina del Cuidador está cerrada, y Simon oye el sonido de la puerta abriéndose mientras avanza por el pasillo, pero no vuelve la vista atrás.

Sin su brújula, es difícil volver a localizar la puerta con la imagen del corazón. Elige el camino equivocado y debe volver sobre sus pasos una y otra vez. Sube escaleras hechas de libros.

Finalmente, encuentra un recodo familiar, y luego el nicho en sombras y la puerta con su corazón ardiente.

La habitación al otro lado está vacía.

Prueba con la puerta que tiene la imagen de la pluma, pero se empeña en abrirse hacia un recinto vacío. La cierra de nuevo.

La chica podría volver en cualquier momento.

O podría no volver nunca.

Simon pasea nervioso alrededor de la mesa. Cuando se cansa de caminar se sienta sobre la tumbona, pero antes la orienta hacia la puerta. Se pregunta cuánto tiempo tuvo que esperar aquel gato en esta habitación antes de que lo soltaran y cómo llegó a quedar encerrado para empezar.

Se cansa de estar sentado y vuelve a dar vueltas, nervioso.

Levanta una pluma de la mesa y contempla la posibilidad de escribir una carta y deslizarla bajo la puerta.

Se pregunta qué puede escribir que resulte útil. Cree que ahora comprende por qué su madre no le dejó ninguna carta. Ni siquiera puede decirle a Lenore qué hora o día estuvo esperándola aquí ya que carece de parámetros de tiempo. Ahora se da cuenta de lo difícil que es determinar el paso del tiempo sin luz solar.

Deja la pluma a un lado.

Se pregunta cuánto tiempo corresponde esperar a una chica que puede o no haber sido un sueño. Se pregunta si pudo haber soñado a una chica en un lugar real o si el lugar es un sueño. Y luego la cabeza le duele, así que se le ocurre que tal vez debería encontrar algo para leer en lugar de seguir pensando.

Lamenta haber dejado *Dulces penas* en la cabaña.

Revisa los libros de las estanterías. Muchos le resultan ajenos y raros. Un grueso volumen con notas al pie y un cuervo en la cubierta llama su atención más que los demás, y se encuentra tan atraído hacia el relato que narra acerca de dos magos en Inglaterra que pierde la noción del tiempo.

Entonces la puerta con la pluma se abre, y ella aparece.

Simon deja el libro. No espera que ella diga nada. No puede esperar; tiene demasiado miedo de que ella desaparezca de nuevo y no vuelva a aparecer. Cierra la distancia entre ellos tan rápido como puede y la besa desesperada y vorazmente, y tras un momento ella también lo besa con la misma intensidad.

Eleanor piensa que los libros no les hacen justicia a los besos.

Rápidamente, se arrancan una a una las capas de ropa. Simon maldice ante los broches y cremalleras de las prendas de Elenor mientras ella se ríe de la gran cantidad de botones en la suya.

Él no le quita las orejas de conejo.

Es más fácil estar enamorado en una habitación con las puertas cerradas. Tener todo el mundo dentro de una sola habitación. Dentro de una persona. El universo condensado e intensificado y ardiente, brillante y vivo y eléctrico.

Pero las puertas no pueden permanecer cerradas para siempre.

ZACHARY EZRA RAWLINS está de pie delante de la estatua de una mujer cubierta de abejas, preguntándose si para ser reina se necesita una corona.

No se le ocurre otra posibilidad para la Reina de las Abejas de su nueva misión (*¿se trata de una misión paralela o de la misión principal?*, pondera la voz en su cabeza), pero no sabe cómo entregarle las llaves. Ha examinado la estatua de mármol buscando ojos de cerraduras y no ha encontrado más que grietas, aunque de todos modos no tenga llaves que entregarle. Está atascado con la cuestión de la llave que jamás ha sido forjada y no sabe dónde podría encontrar una llave de oro. Quizá debería revisar todos los recipientes de la oficina del Cuidador, o encontrar la habitación con las llaves a la que se refiere *Dulces penas*, y comprueba que las llaves dentro de los recipientes podrían ser esas mismas llaves que se han almacenado.

Ha inspeccionado cada abeja, ha examinado toda la silla de mármol sobre la cual está sentada la mujer, sin encontrar nada. Quizá haya otra dama en algún sitio que gobierne sobre las abejas. Las abejas ni siquiera son parte de la estatua: están esculpidas en una piedra diferente, de un color más cálido y similar a la miel, y se las puede cambiar de lugar. Podrían pertenecer a otro sitio. Algunas se han desplazado desde la primera vez que vio esta estatua.

Zachary coloca una abeja sobre cada una de las palmas abiertas de la mujer y la deja a solas para pensar en cualesquiera que sean los pensamientos que tienen las estatuas cuando están solas bajo tierra y cubiertas de abejas.

Elige uno de los pasillos que nunca ha recorrido, haciendo una pausa ante un artilugio: parece una enorme máquina antigua que expende bolas de chicle, llena de orbes metálicos de diferentes tonos. Gira la manivela ornamentada, y la máquina le entrega una esfera de cobre. Es más pesada de lo que parece, y una vez que descubre cómo abrirla encuentra un diminuto manuscrito metido dentro que se despliega como una serpentina. Lleva escrita una historia sorprendentemente larga acerca de amores perdidos y castillos y destinos cruzados.

Zachary mete la bola de cobre vacía y la historia ahora enrollada dentro de su bolsa y sigue caminando por el pasillo hasta que llega a una enorme escalera que desciende a un amplio espacio: un gran salón de baile, completamente vacío. Intenta imaginar cuántas personas harían falta para llenarlo de bailarines y jolgorio. Es más alto que el Corazón, su techo elevado desaparece entre las sombras que podrían confundirse con el cielo nocturno. Hay una sucesión de chimeneas a lo largo de la pared. Una de ellas está encendida; el resto de la luz proviene de farolas que cuelgan de cadenas que se extienden sobre las paredes. ¿Las encenderá Rhyme por si acaso alguien recorre el salón o quiere bailar? ¿O se encienden solas, con ardiente y vertiginosa expectativa?

Al cruzar el salón de baile la sensación de haberse perdido algo se vuelve más intensa. Ha llegado demasiado tarde; la fiesta ya se ha acabado. Si hubiera abierto la puerta pintada en aquel tiempo remoto, ¿también habría sido demasiado tarde? Es probable.

Hay una puerta en la pared del fondo, más allá de las chimeneas y de un tramo de arcadas abiertas en penumbra. Zachary abre la puerta, y hay otra persona sumergida en la desolación del final de fiesta.

Acurrucada entre estantes repletos de botellas, Mirabel se encuentra metida en un recoveco que parece una ventana pero no lo es, situada en lo alto del muro sin aberturas, dentro de una bodega con vino más que suficiente para todas las fiestas que no están celebrándose en el salón de baile. Lleva un vestido negro de mangas largas que podría considerarse sensual si no fuera tan voluminoso, y oculta las piernas y cajas de vino apiladas debajo de ella y parte del suelo. Tiene una copa de vino espumoso en una mano y la nariz metida en un libro. A medida que Zachary se acerca, alcanza a leer la cubierta: *Una arruga en el tiempo*.

—Me molestó no recordar los detalles técnicos del teseracto —dice Mirabel sin levantar la mirada o dar precisiones acerca del espacio o el tiempo—. Tal vez te interese saber que el daño provocado por un cortocircuito en el sótano de un club privado de Manhattan ha sido muy grave, pero fueron capaces de controlarlo y no se extendió a los edificios colindantes. Es posible que ni siquiera tengan que derribarlo.

Apoya el libro sobre una botella de vino cercana, abierto para mantener la página marcada, y lo mira desde arriba.

—Según dicen, el edificio estaba desocupado en ese momento —continúa—. Si estás de acuerdo, me gustaría saber dónde está Allegra antes de volver a llevarte arriba.

Zachary piensa que seguramente importe muy poco si él está o no de acuerdo, y de nuevo siente que no tiene ninguna prisa por volver a la superficie.

—¿Quién es la Reina de las Abejas? —pregunta.

La extrañeza de su mirada es suficiente como para asegurarse de que ella no escribió la nota. Pero enseguida encoge los hombros y señala detrás de él.

Zachary se da la vuelta. Hay largas mesas de madera con bancos metidas entre las estanterías de vino, y otros recovecos sin ventanas enclavados en los muros de piedra. En el interior del más grande de todos está la enorme pintura que Mirabel señala.

Se trata del retrato de una mujer con un vestido escotado de color rojo vino, que lleva una granada en una mano y una espada en la otra. El fondo es una oscuridad texturizada, cuya luz proviene de la figura misma. Le recuerda a Zachary a un cuadro de Rembrandt por la manera en que ilumina las sombras. El rostro de la mujer está completamente ensombrecido por un enjambre de abejas. Algunas han volado hacia abajo para olfatear la granada.

—¿Quién es? —pregunta Zachary.

—Vete tú a saber —responde—. Alude fuertemente a Perséfone.

—Reina del mundo subterráneo —señala él, mirando la pintura, tratando de descubrir cómo dotarla de llaves, sin que se le ocurra nada. Cómo le gustaría que hubieran pintado un ojo de cerradura sobre la granada: sería un toque enigmático, además de resultar más que oportuno.

—Eres un chico culto, Ezra —señala Mirabel, deslizándose hacia abajo desde su posición.

—Soy experto en mitos —la corrige—. Cuando era niño creía que Hécate, Isis y todas las orishas eran amigas de mi madre, es decir, personas de verdad. Supongo que en cierto modo lo eran. Lo siguen siendo. Lo que sea.

Mirabel alza una botella abierta de champán de un cubo de hielo sobre una de las mesas. La sostiene en alto ofreciéndosela a Zachary.

—Me gustan más los cócteles —dice, aunque también opina que el vino espumoso es una bebida para cualquier ocasión y aprecia la sofisticación de Mirabel.

—¿Cuál es tu veneno? —pregunta ella, volviendo a llenar su copa—. Sin duda, te debo una copa, y un baile, y otras cosas.

—El Sidecar, sin azúcar —replica él, distraído por el mazo de cartas ubicado al lado del champagne.

Mirabel se desliza hacia la pared al otro lado del cuadro, arrastrando su vestido. Golpea suavemente un punto en el muro, y este se abre, dejando al descubierto un montaplatos oculto.

Zachary vuelve su atención a las cartas.

—¿Son tuyas?

—Suelo barajarlas compulsivamente más que leerlas —dice—. Me sorprende que no haya más aquí abajo. Básicamente, son trozos de historias que pueden ser reorganizadas.

Zachary da la vuelta una carta, esperando un arquetipo de tarot conocido, pero la imagen de la carta es rara: un boceto anatómico en blanco y negro, rodeado de un remolino de sangre trazado con acuarela.

El Pulmón.

Se trata de un título adecuado para la ilustración: un pulmón solitario, no un par de órganos. La sangre acuosa parece moverse, entrando y saliendo del pulmón como un remolino.

Vuelve a apoyar la carta sobre el mazo.

La puerta en la pared da un timbrazo, provocándole un sobresalto.

—¿Tu madre lee las cartas? —pregunta Mirabel entregándole una copa helada, cuyo borde está claramente desprovisto de azúcar.

—A veces —dice—. Las personas tienden a esperar que lo haga, así que pone algunas cartas sobre la mesa cuando lee, pero más que nada sostiene objetos con la mano y recoge sus impresiones. Se llama psicometría.

—La medición de almas.

—Supongo que sí, si vas a traducirlo directamente. —Zachary bebe un sorbo de su Sidecar. Posiblemente sea el Sidecar más perfecto que haya probado en su vida y se pregunta por qué lo desconcierta tanto la perfección.

—La Cocina es un barman excepcional —dice ella, respondiendo a la sucesión de expresiones que recorren su rostro—. Como decía, deberíamos quedarnos abajo. Y no se trata de un mero juego de palabras. No me digas que no puedes encontrar nada con qué mantenerte ocupado, o nadie, para el caso.

—Mirabel sigue adelante antes de que Zachary pueda protestar por lo que acaba de decir—. Y pensar que si hubieras elegido un libro diferente de la biblioteca, no estarías aquí en este momento. Lamento que lo hayas perdido.

—Ah —señala—. Lo tenía todo el tiempo conmigo. Dorian lo había metido en mi abrigo. —Saca *Dulces Penas* de su bolsa y se lo entrega a Mirabel—. ¿Sabes de dónde provino?

—Podría ser uno de los libros del Archivo —dice ella, hojeando las páginas—. No estoy segura; solo los Acólitos tienen acceso al Archivo. Rhyme seguramente esté mejor informada, aunque es probable que no te lo cuente. Se toma muy en serio sus votos.

—¿Quién lo escribió? —pregunta Zachary—. ¿Por qué aparezco yo?

—Si pertenece al Archivo, lo escribieron aquí abajo. Me han dicho que los registros que conservan en el Archivo no se encuentran precisamente en orden cronológico. Alguien debió haberlo tomado y se lo debió haber llevado arriba. Debe de ser por eso que Allegra lo buscaba: le gusta conservar las cosas bajo llave.

—¿Eso es lo que intenta hacer? ¿Mantenerlo bajo llave?

—Cree que si lo guarda bajo llave estará a salvo.

—¿A salvo de qué? —pregunta Zachary.

Mirabel encoge los hombros.

—¿Las personas? ¿El progreso? ¿El tiempo? No lo sé. Podría haberlo logrado si no fuera por mí. Hubo un tiempo en el que solo existían las puertas reales, y ella cerró demasiadas antes de que yo descubriera que podía pintar puertas nuevas, y ahora intenta cerrar esas también. Encerrar las cosas y evitar que corran peligro.

—Hablaba mucho sobre huevos y cómo evitar que se rompan.

—Si un huevo se rompe, se convierte en algo más de lo que era —dice Mirabel, tras considerar la cuestión—. ¿Y qué es un huevo sino un objeto que espera que lo rompan?

—Creo que el huevo era una metáfora.

—No puedes preparar una tortilla sin romper algunas metáforas —dice Mirabel. Cierra el ejemplar de *Dulces penas* y se lo devuelve—. Si realmente pertenece al Archivo, no creo que a Rhyme le importe que lo conserves, siempre que permanezca aquí abajo.

Al girarse para volver a llenar su copa de vino, Zachary advierte que ha sumado algunos colgantes más a los que lleva alrededor del cuello.

Una serie de cadenas superpuestas con una espada dorada muy parecida a la que él mismo lleva alrededor del cuello, junto con una llave y una abeja.

—¿Ese collar es de oro? —pregunta Zachary, señalando. Mirabel lo mira con curiosidad y luego le echa un vistazo a la llave.

—Creo que sí. Al menos, bañado en oro.

—¿Lo llevaste a la fiesta el año pasado?

—Sí, me acordé gracias a tu historia de los orígenes en el ascensor. Me alegra que haya sido útil. Las joyas útiles son la mejor clase de joyas.

—¿Puedo... puedo pedirte prestada la llave?

—¿No tienes suficientes joyas ya? —pregunta, mirando su brújula y sus llaves y la espada de Dorian que cuelga como un talismán.

—Mira quién habla.

Mirabel estrecha los ojos y bebe un sorbo de vino, pero luego se lleva las manos detrás del cuello y la desabrocha. Desenreda la cadena con la llave para separarla del resto de las que lleva puestas y se la entrega.

—No la fundas —dice, dejando que caiga sobre la palma abierta de Zachary.

—Por supuesto que no. Te la devolveré.

Guarda el collar en su bolsa.

—¿Qué estás tramando, Ezra? —le pregunta, y está a punto de contárselo pero algo lo detiene.

—Aún no estoy seguro —dice—. Te lo diré si lo descubro.

—Por favor, hazlo —señala ella, con una sonrisa intrigada.

Zachary levanta la copa de vino de ella de la mesa y bebe un sorbo. Sabe a sol de invierno y a nieve derretida, y las burbujas estallan ácidas y punzantes.

Hay una historia aquí por cada burbuja en cada botella, en cada copa, en cada sorbo.

Y cuando el vino se haya acabado, las historias permanecerán.

Zachary no está seguro de si se trata de la voz habitual de su cabeza o de otra completamente diferente, si tal vez el vino de Mirabel sean historias destiladas, así como su extraño bote de dulces de menta que en realidad no lo eran.

No tiene ninguna certeza.

Ni siquiera la certeza de que le importe no tener certezas.

Apura el resto de su Sidecar para eliminar las voces de los relatos, y cuando llega a su estómago hay en cambio una pregunta sobre su lengua.

—Max, ¿dónde está el mar?

—¿El qué?

—El *mar*. El Mar sin Estrellas, la extensión de agua sobre la que está este Puerto.

—Ah —dice Mirabel, mirando con extrañeza su copa burbujeante. Zachary espera que le diga que el Mar sin Estrellas es un cuento infantil o que el Mar sin Estrellas es un estado de la mente o que ni siquiera hay un Mar sin Estrellas y nunca lo hubo, pero no lo hace.

»Por aquí —responde, poniéndose de pie. Rescata la botella de champán de la mesa y abandona la bodega dirigiéndose al salón de baile.

Zachary la sigue, dejando su copa vacía junto a un mazo de cartas que le contaría toda la historia si las dispusiera en el orden adecuado.

Mirabel lo conduce a través de las arcadas sombreadas cerca de la puerta de la bodega, tan oscuras que Zachary no había notado las escaleras que están al otro lado. Al descender, no ve más allá de un brazo de distancia. Permanece dos escalones por detrás de ella para no pisar el dobladillo de su vestido, e incluso a esa distancia tan exigua prácticamente se desvanece en la oscuridad.

—¿Cuánto más hay que descender? —empieza a preguntar, pero la oscuridad le arrebata la palabra *cuánto* y la lanza de vuelta: *cuánto, cuánto, cuánto, cuánto, cuánto.*

Ahora comprende que la oscuridad es inmensamente amplia.

La escalinata termina en un muro bajo y alargado excavado en la roca, cuyas pequeñas columnas salen directamente del suelo de piedra.

Zachary echa un vistazo atrás, a la cima de las escaleras donde seis arcadas de luz miran hacia la oscuridad.

—Así que deseas ver el mar —pregunta Mirabel con voz cantarina, mirando por encima del muro hacia la oscuridad. Zachary no se da cuenta de si le habla a él o a sí misma o a la oscuridad que supone que es una cueva. La cueva responde: *mar, mar, mar, mar, mar.*

—¿Dónde está? —pregunta.

Mirabel se acerca al muro de piedra mirando por encima. Zachary se para junto a ella y mira hacia abajo.

La luz del salón de baile ilumina un tramo de piedra virgen antes de que la roca se desvanezca hasta desaparecer entre las sombras. Zachary apenas alcanza a distinguir su silueta sobre la piedra junto a la de Mirabel, pero la luz no llega a iluminar nada que parezca agua u olas.

—¿Cuánto más hay que descender?

A modo de respuesta, Mirabel coge la botella de champán y la arroja a la oscuridad. Zachary espera que se estrelle contra la roca o caiga en el mar que no cree que esté allí, pero no sucede ninguna de las dos cosas. Espera. Y espera. Mirabel bebe su vino a sorbos.

Después de cierto tiempo que sería más adecuado medir en minutos que en segundos hay un sonido de una extrema suavidad muy muy abajo, tan lejano que no advierte si es o no el estallido del cristal. El eco lo recoge con desgana y lo trae de vuelta parcialmente, como si fuera demasiado esfuerzo acarrear tan lejos un sonido tan exiguo.

—El Mar sin Estrellas —dice Mirabel, haciendo un ademán con la copa hacia el abismo que está abajo y hacia la oscuridad por encima, carente de estrellas.

Zachary mira fijamente el vacío, sin saber qué decir.

—Estas solían ser las playas —le explica ella—. La gente bailaba entre las olas cuando había fiestas.

—¿Qué pasó?

—Se retrajo.

—¿Por eso se marchó la gente? ¿O se retrajo porque la gente se marchó?

—Ninguna de los dos. Ambos. Podrías intentar determinar el momento justo en que se inició el éxodo, pero creo que sencillamente ya era hora. Las puertas viejas ya estaban deterioradas mucho antes de que Allegra y compañía empezaran a derribarlas y a exhibir los picaportes como si fueran trofeos de caza. Los lugares cambian. Las personas cambian.

Bebe otro sorbo de vino, y Zachary se pregunta si se refiere a alguien en particular, pero no pregunta.

—No es lo que era —continúa diciendo ella—. Por favor, no te sientas mal por haberte perdido su apogeo; el apogeo había acabado y la marea se había retirado mucho antes de que yo naciera.

—Pero el libro… —empieza a decir Zachary sin saber exactamente lo que dirá, pero Mirabel lo interrumpe.

—Un libro es una interpretación —dice—. Quieres que un lugar sea como lo leíste en el libro, pero no es un lugar en un libro, son solo palabras. El lugar adonde quieres ir es el que está en tu imaginación, y ese lugar es imaginario. Este es real. —Apoya la mano sobre el muro que tienen delante. La piedra está agrietada cerca de sus dedos; una fisura recorre el lateral del muro hacia abajo y desaparece dentro de una columna—. Puedes escribir páginas interminables, pero las palabras jamás serán el lugar. Además, dicen lo que fue, no lo que es.

—Podría volver a serlo, ¿verdad? —pregunta Zachary—. Si nosotros arregláramos las puertas, vendría gente.

—Valoro ese «nosotros», Ezra —dice—. Pero he estado haciendo esto durante años. La gente viene, pero no se queda. La única que se quedó fue Rhyme.

—El Cuidador dijo que todos los antiguos residentes se marcharon o murieron.

—O desaparecieron.

—¿Desaparecieron? —repite Zachary, y la caverna a su alrededor repite su eco, fragmentando la palabra y eligiendo su favorita: *aparecieron, aparecieron, aparecieron.*

—Hazme un favor, Ezra —dice Mirabel—. No desciendas demasiado.

Se da la vuelta y lo besa en la mejilla. Luego sube las escaleras.

Zachary echa un último vistazo a la oscuridad y la sigue.

Sabe que la conversación ha acabado antes de llegar arriba, pero cuando él pasa a su lado ella inclina ligeramente su copa vacía en señal de despedida y continúa a través del amplio salón de baile.

Puede sentirla mirándolo mientras camina, y no se da la vuelta. Hace una pequeña pirueta en mitad de la pista de baile vacía y la oye reírse mientras sigue su camino.

De pronto, siente que todo va bien, incluso en la soledad de la pista de baile y con el chisporroteo de un fuego que debería ser una decena.

Tal vez todo esté ardiendo, todo haya ardido, todo arderá.

Tal vez, como regla general, no debería beber nada aquí abajo.

Tal vez, reflexiona al ascender las escaleras en el otro extremo de la pista de baile, haya más misterios y más acertijos aquí abajo de los que alguna vez podrá resolver.

Al llegar al final de la escalera, una sombra cruza el final del pasillo y se da cuenta por el pelo de que es Rhyme. Trata de alcanzarla, pero ella consigue sacarle ventaja.

La observa atenuar algunas lámparas e ignorar otras.

Movido por la curiosidad de saber más acerca de este lugar y del destino de Rhyme cuando no está errando por los salones encendiendo velas, continúa siguiéndola desde una buena distancia.

La sigue por un pasillo lleno de relieves exquisitos y de enormes estatuas mientras enciende velas que le extienden manos de mármol.

La chica se detiene abruptamente, y Zachary retrocede para ocultarse entre las sombras de un recoveco, metido detrás de una estatua de tamaño natural de un sátiro y una ninfa, que se encuentran petrificados en un abrazo exquisitamente acrobático. Puede ver a Rhyme a través de un resquicio entre un muslo y un brazo. Se ha detenido delante de un muro de piedra tallado. Levanta la mano y presiona algo sobre la superficie, y el muro se desliza al tiempo que se abre.

La joven da un paso dentro y el muro vuelve a deslizarse en su sitio, como el muro detrás del cuadro de la vela.

Zachary se acerca para mirar el muro, pero ahora que está cerrado no distingue la puerta. Los dibujos tallados de la piedra son puras hojas de hiedra, flores y abejas.

Abejas.

Casi toda la talla está en relieve, pero las abejas son huecos con forma de abeja, tallados con gran detalle en la piedra.

Intenta recordar el lugar donde Rhyme presionó la puerta y encuentra una abeja solitaria.

Ella debía de tener una abeja para colocar en ese lugar. A modo de llave.

Tal vez sea este el Archivo que Mirabel mencionó y al que solo tienen acceso los acólitos.

El muro vuelve a desplazarse. Zachary se oculta detrás de la estatua.

Rhyme sale del muro y toca la puerta de nuevo. Esta vez tiene algo en la mano, algo pequeño y metálico. Zachary adivina que tiene forma de abeja.

En la otra mano tiene un libro.

Rhyme espera que la puerta se cierre y luego se da la vuelta. Mira la estatua de la ninfa y el sátiro y levanta el libro. Lo apoya sobre una de las mesas.

Tras mirar fijamente en dirección de la estatua otra vez, se aleja caminando.

Zachary se dirige al libro para cogerlo. No decide si con este giro de los acontecimientos se le da mejor o peor lo de seguir a las personas.

El libro es pequeño, con bordes dorados. Es parecido a *Dulces penas*, pero encuadernado en color azul oscuro. No hay marca alguna sobre la cubierta o la contraportada, ni indicación respecto a cuál es cuál.

Dentro, el texto está escrito a mano. Zachary cree al principio que podría ser un diario, pero luego la primera página tiene un título.

La balada de Simon y Eleanor

La balada de Simon y Eleanor
un discurso breve acerca de la naturaleza del tiempo

No pueden permanecer en esta habitación para siempre. Lo saben, pero no hablan de ello, distraídos por miembros desnudos enredados y por la necesidad de desenredarlos y encontrar nuevas maneras de volver a enredarlos. Encuentran una botella de vino metida detrás de una pila de libros, pero allí no hay puerta que comunique con la Cocina y tarde o temprano uno de ellos tendrá que marcharse.

Las preocupaciones prácticas hacen mella en su optimismo, pero Simon las aparta a lo más recóndito de su mente. Hunde su rostro en el cuello de Eleanor y se concentra en ella, en su piel, en cómo huele, en el modo en que se ríe, en la sensación de tenerla encima y debajo.

Pierden la noción del tiempo relativo.

Pero perder la noción del tiempo lleva a problemas de deshidratación y de inanición.

—¿Y si pudiéramos marcharnos juntos por una de las otras puertas? —sugiere Eleanor poniéndose los calcetines extrañamente rayados. Echa una mirada hacia la abeja, la llave, la espada y la corona.

La puerta con la abeja no cede. La puerta con la espada no tiene picaporte, algo que Simon no había advertido antes. La puerta con la corona se comunica con un montículo de piedras sólidas, detrás de las cuales se ha derrumbado la sala. Algunos guijarros sueltos entran rodando en el recinto antes de que Simon pueda volver a cerrar la puerta.

Lo cual significa que solo queda la puerta con la llave.

Aunque se encuentra cerrada, Eleanor emplea los trozos de metal de su collar para forzarla.

Detrás hay una sala en curva repleta de estanterías.

—¿La reconoces? —pregunta Simon.

—Tendría que examinarla mejor —responde ella—. Muchas salas tienen el mismo aspecto.

Extiende una mano hacia delante, y nada le impide avanzar.

—Inténtalo tú —sugiere, y Simon repite el gesto. Tampoco él encuentra resistencia cuando desplaza la mano desde el recinto hacia la sala.

Se miran. No hay nada más que hacer: se han acabado las opciones.

Simon le ofrece la mano, y Eleanor entrelaza los dedos en los suyos.

Juntos dan un paso y entran en la sala.

Los dedos de Eleanor desaparecen dentro de los suyos como la niebla.

La puerta se cierra de un portazo detrás de él.

—¿Lenore? —grita Simon, pero sabe que ha desaparecido. Intenta abrir la puerta, incrustada con una llave que hace juego a este lado, y la encuentra cerrada. Golpea pero no recibe respuesta.

Su mente bulle a toda velocidad examinando las opciones, pero ninguna le resulta adecuada. Decide intentar encontrar su propia puerta, su puerta con el corazón, porque esa no está cerrada.

Simon recorre un laberinto de salones y durante algún tiempo no ve nada familiar. Encuentra una mesa dispuesta con fruta, queso y galletas y se detiene a comer todo lo que puede, llenándose los bolsillos del abrigo con varias galletas y una ciruela.

No pasa mucho tiempo antes de que se encuentre de nuevo en el Corazón.

Desde aquí sabe cómo llegar a la puerta con la marca del corazón y se precipita hacia allí solo para comprobar que le han quitado el picaporte. Han colocado un tapón de madera en el hueco que ha quedado tras quitarlo. También han rellenado el ojo de la cerradura de un modo parecido.

Simon vuelve al Corazón.

La puerta a la oficina del Cuidador está cerrada, pero se abre en cuanto la golpea.

—¿Cómo puedo ayudarlo, señor Keating? —pregunta el Cuidador.

—Necesito entrar en una habitación —explica Simon. Parece faltarle el aliento, como si hubiera estado corriendo. Quizá lo ha estado, no lo recuerda.

—Hay muchas habitaciones aquí —señala el Cuidador—. Debo pedirle que sea más específico.

Simon explica la ubicación de la puerta, describe el corazón en llamas que la distingue.

—Ah —dice el hombre—. Esa puerta. No está permitido el acceso a esa habitación. Le ruego que me disculpe.

—Esa puerta no estaba cerrada con llave —protesta Simon—. Necesito volver con Lenore.

—¿Quién? —pregunta el Cuidador, y ahora Simon presiente que entiende perfectamente bien lo que está sucediendo. Ya mencionó a Lenore antes, cuando se llevó *Dulces penas* a casa. Duda de que el hombre tenga tan poca memoria.

—Lenore —repite Simon—. Vive aquí abajo, tiene mi altura, cabello oscuro y tez morena y lleva orejas de conejo de color plateado. Tiene que saber a quién me refiero. No hay nadie como ella, en ningún sitio.

—No hay ningún residente con ese nombre —dice el Cuidador, con frialdad—. Me temo que se confunde, joven.

—No estoy confundido —insiste Simon. Su voz es más fuerte de lo que pretende. Un gato en una silla en el rincón se despierta de su siesta y lo mira furioso antes de estirarse, bajar de un salto y salir de la oficina.

La mirada de furia del Cuidador es aún más intensa que la del gato.

—Señor Keating, ¿qué sabe acerca del tiempo?

—¿Disculpe?

El Cuidador acomoda sus gafas y continúa.

—Voy a suponer que lo que sabe del tiempo se basa en cómo funciona arriba, donde es posible medirlo y es relativamente uniforme. Aquí, en esta oficina y en los lugares más cercanos al ancla en el centro del Corazón, el tiempo funciona más o menos como funciona allí arriba. Hay… lugares… más alejados de este sitio y más profundos que son menos fiables.

—¿Qué significa eso? —pregunta Simon.

—Significa que se encontró con alguien de quien no tengo registro alguno porque aún no ha estado aquí —explica el Cuidador—. En el tiempo —añade, a modo de aclaración.

—Eso es absurdo.

—Lo absurdo del asunto no lo hace menos cierto.

—Déjeme volver a aquella habitación, por favor, señor —suplica Simon. No sabe qué pensar de todo este asunto del tiempo. Solo desea volver a Lenore—. Se lo ruego.

—No puedo. Lo siento, señor Keating, pero no puedo. Esa puerta ha sido cerrada.

—Entonces, ábrala.

—Usted no me entiende —dice el Cuidador—. No le han *echado cerrojo*, la han *clausurado*. Ya no podrá abrirse, con ningún tipo de llave. Fue una precaución necesaria.

—Entonces, ¿cómo volveré a encontrarla?

—Puede esperar —sugiere el Cuidador—. Quizá se trate de un periodo que exceda un tiempo de espera. No puedo afirmarlo.

Simon no dice nada. El Cuidador está sentado en su escritorio y endereza una pila de libros. Aparta con la mano una capa de polvo secante de la superficie del libro de contabilidad abierto.

—Tal vez no me crea, señor Keating, pero comprendo cómo se siente —dice.

Simon sigue protestando y discutiendo con el Cuidador, pero es un tipo de discusión de lo más exasperante, ya que nada de lo que diga, nada de lo que haga, incluyendo patear sillas y arrojar libros, tiene efecto alguno sobre la calma imperturbable del hombre.

—No hay nada que pueda hacerse —repite una y otra vez. Parece con ganas de beber una taza de té pero sin ánimo de dejar que Simon actúe por su cuenta—. Parece haber tropezado con una fisura en el tiempo. Tales desperfectos son volátiles y deben ser sellados.

—¿Me dirigía al futuro? —pregunta Simon, intentando entenderlo. Una biblioteca subterránea clandestina es una cosa; viajar a través del tiempo es otra.

—Es posible —responde el Cuidador—. Lo más probable es que ambos estuvieran pasando por un espacio que se hubiera soltado de los confines del tiempo. Un sitio donde el tiempo no existía.

—No lo entiendo.

El Cuidador suspira.

—Piense en el tiempo como un río —explica, trazando una línea en el aire con el dedo. Lleva varios anillos que lanzan destellos bajo la luz—. El río fluye en una dirección. Si hay una ensenada a lo largo de aquel río, el agua en su interior no fluye en la misma dirección que el resto del curso de agua. La ensenada no sigue las mismas reglas. Usted encontró una ensenada. En algún momento, dentro de meses o tal vez años, esta chica de la que habla encuentra el mismo entrante. Ambos salieron del río del tiempo y entraron en otro espacio. Un espacio al que ninguno de los dos pertenecía.

—¿Hay otros espacios como ese? ¿Otras ensenadas aquí abajo?

—Su línea de pensamiento no es prudente. En absoluto.

—Así que hay una manera de encontrarla; es *posible*.

—Sugiero que vuelva a casa, señor Keating —dice el Cuidador—. Lo que sea que esté buscando aquí no lo encontrará.

Simon frunce el entrecejo. Echa un vistazo alrededor de la oficina, a los cajones de madera con sus tiradores de cobre y a los sillones de cuero con sus elegantes cojines. Hay varias brújulas que penden de cadenas en un plato sobre el escritorio. Su escoba, la escoba de su madre, descansa contra la pared junto a la puerta. Un gato está hecho un ovillo sobre un cojín como si estuviera durmiendo, pero tiene un ojo medio abierto, fijo en él.

—Gracias por su consejo, señor —dice Simon al Cuidador—, pero no lo seguiré.

Simon toma una de las brújulas del plato sobre el escritorio y se da media vuelta, marchando enérgicamente pero sin correr, adentrándose aún más en las profundidades rumbo al Mar sin Estrellas y volviendo la vista atrás solo una vez para estar seguro de que el Cuidador no lo ha seguido. No hay nada detrás más que libros y sombras.

Consulta la brújula y sigue adelante, a pesar de la aguja que le señala con insistencia la dirección opuesta. Camina con el Corazón a sus espaldas mientras emprende la marcha hacia lo desconocido.

Allí donde el tiempo es menos fiable.

Zachary Ezra Rawlins se encuentra sentado sobre un sofá de cuero desvaído, muy por debajo de la superficie de la tierra, a una hora que podría ser muy tarde por la noche, junto a una chimenea chisporroteante, y lee.

El libro que Rhyme le ha dejado está completamente escrito a mano. Zachary solo ha podido leer unas pocas páginas hasta ahora. Leer un libro manuscrito es un proceso lento. Además, no está seguro del idioma en que está escrito. Si deja de concentrar la mirada, las letras se mezclan confundiéndose en algo que no reconoce como un idioma, lo cual le provoca dolor de cabeza y le resulta frustrante. Deja el libro a un lado y mueve una lámpara para ver mejor.

Intenta determinar la conexión de este libro con todo el resto. Está seguro de que la chica que también es un conejo es la misma que cayó dentro de la puerta olvidada en *Dulces penas*. La historia acaba de apartarse del Puerto del Mar sin Estrellas para presentar a Keating.

Zachary bosteza. Si piensa leer todo el libro, necesita cafeína.

Su bolígrafo habitual para enviarle recados a la Cocina ha desaparecido, seguramente debido a la interferencia del gato, de modo que busca otro. Suele haber varios sobre la repisa de la chimenea bajo los conejillos piratas. Al desplazar una vela y una estrella de papel, algo cae al suelo.

Se inclina para levantar una tarjeta plástica de acceso a las habitaciones de los hoteles, y su mano se queda paralizada a mitad de camino.

Te ha llevado bastante tiempo, señala la voz en su cabeza.

Zachary vacila, decidiendo entre todos los misterios que merecen ser investigados.

Mete la llave en su bolsillo y abandona la habitación.

Los pasillos están oscuros; debe de ser más tarde de lo que había imaginado. Toma un giro equivocado, intentando recordar cómo llegar a su destino.

Al entrar en un pasillo embaldosado familiar, se detiene ante una puerta que prácticamente desaparece en la oscuridad. Permanece indeciso delante de ella. Una línea de luz se cuela por debajo.

Zachary golpea una vez la puerta de Dorian, y luego de nuevo, y está a punto de marcharse cuando la puerta se abre de par en par.

Dorian lo mira… no, en realidad, su mirada lo atraviesa… con los ojos bien abiertos aunque cansados. A Zachary se le ocurre que quizá estaba durmiendo, pero luego advierte que está completamente vestido aunque con los botones mal abrochados. Además está descalzo y tiene un vaso de whisky en la mano.

—«Has venido a matarme» —dice Dorian.

—¿Yo q-qué? —responde Zachary, pero Dorian continúa con el relato sin hacer una pausa.

—… dijo el Rey Lechuza. «¿Lo dices de verdad?», preguntó la hija del forjador de espadas.

—¿Estás muy muy borracho en este momento? —pregunta Zachary, mirando detrás de Dorian a una licorera casi vacía en el escritorio.

—«Siempre encuentran un modo de matarme. Me han encontrado aquí hasta en sueños». —Dorian se da la vuelta de nuevo hacia la habitación al pronunciar la palabra «aquí»; el whisky en el vaso lo sigue medio segundo después y salpica fuera.

—*Estás* muy muy borracho en este momento.

Zachary lo sigue mientras Dorian sigue relatando la historia, en parte dirigida a él y en parte a la habitación en general. *Fortunas y fábulas* se encuentra abierto en el escritorio junto al whisky. Zachary le echa un vistazo y nota que está abierto en la historia de las tres espadas. Alcanza a ver el dibujo de una lechuza encima de una pila de libros sobre un tocón de árbol cubierto de velas: el ilustrador olvidó la parte de la colmena.

—«Un nuevo rey vendrá a ocupar mi lugar» —dice Dorian a sus espaldas—.«Hazlo, es tu propósito».

Extiende la copa, y Zachary aprovecha para quitársela de la mano, situándola a salvo, sobre el escritorio.

En secreto, había querido compartir otro momento de relatos con Dorian, pero esto no era lo que tenía en mente. Se para y observa y escucha, sobre el búho decapitado y la corona desintegrada, y a pesar de las peculiaridades de la narración y del estado en el que se encuentra el narrador, parece real, más real ahora que cuando él leyó las mismas palabras en la página. Como si realmente hubiera sucedido érase una vez.

—Luego se despertó, aún sentada junto al fuego en su biblioteca.

Dorian subraya la oración derrumbándose en su propio sillón junto al fuego. Su cabeza cae sobre el respaldo y sus ojos se cierran y permanecen cerrados.

Zachary se mueve para comprobar su estado, pero en cuanto llega a la silla, Dorian se inclina hacia delante y continúa como si jamás hubiera hecho una pausa.

—Sobre la estantería donde había estado la espada había una lechuza de plumaje color blanco y pardo, encaramada sobre la vitrina vacía. —Señala una estantería detrás de Zachary, quien se da la vuelta, esperando ver la lechuza, y la ve. Entre los libros hay una pequeña pintura de una lechuza con una corona dorada que se cierne sobre su cabeza.

—La lechuza permaneció a su lado durante el resto de sus días —susurra Dorian al oído de Zachary antes de hundirse otra vez contra el respaldo de la silla.

Aún en este estado de ebriedad, es un muy buen narrador.

—¿Quién es realmente el Rey Lechuza? —pregunta Zachary tras el silencio posterior a la historia.

—Shhh —responde Dorian, alzando una mano para cubrirle la boca y hacerlo callar—. No podemos saberlo todavía. Cuando lo sepamos será porque hemos llegado al final de la historia.

Sus dedos se detienen sobre los labios de Zachary un instante antes de que su mano caiga de nuevo. Un instante que sabe a whisky y a sudor y a páginas que dan vueltas.

La cabeza de Dorian descansa sobre el elevado respaldo del sillón. La hora nocturna de cuentos en estado de ebriedad ha finalizado.

Zachary lo toma como su señal para irse, haciendo una pausa en el escritorio para levantar el vaso casi vacío de whisky. Bebe el resto, en parte para que Dorian no lo termine él mismo si se despierta, dado que probablemente ya haya consumido demasiado, pero más que nada porque quiere probar lo que él ha estado probando: un sabor dulce y ahumado y con un toque de melancolía.

Cierra la puerta lo más suave que puede, dejando a Dorian casi dormido y posiblemente soñando en su silla junto al fuego, en su rincón personal de este recinto que no termina de ser una biblioteca, deseando que hubiera un gato para vigilarlo de cerca.

No está seguro de la dirección que tomará, aunque tiene claro cuál es su destino, o al menos lo tenía cuando salió de su habitación ¿hace cuánto tiempo? La hora de cuentos ha alterado su sentido del tiempo real. Tal vez quisiera estar acompañado.

Cuando llega al Corazón está más oscuro que nunca; solo están encendidas unas pocas bombillas de las diversas arañas.

La puerta de la oficina del Cuidador está entreabierta. Un haz delgado de luz cae sobre el Corazón en penumbras.

Zachary puede oír las voces desde dentro y se le ocurre que jamás ha escuchado una conversación a hurtadillas en este lugar ni ha creído que alguien pudiera escuchar sus propias conversaciones, a pesar de los interminables rincones y pasillos y los sitios perfectamente situados para escuchar a escondidas.

Se acerca un poco más porque de cualquier modo se encaminaba en esa dirección, preguntándose si escuchar una conversación sin querer hacerlo equivale a ser indiscreto.

—Esto no funcionará. —El Cuidador habla en voz baja y suena diferente por algún motivo. Ha perdido el tono formal con el que se ha dirigido a Zachary en todas sus conversaciones.

—No lo sabes con certeza —la voz de Mirabel responde.

—¿Cómo lo sabes? —le pregunta el Cuidador.

—Tiene el libro —responde ella, y el hombre responde algo más pero Zachary no oye la respuesta.

Se acerca un poco más a la oficina, oculto entre las sombras, ahora escuchando activamente. Solo ve una porción estrecha de la oficina, un fragmento de estanterías y partes de libros, el rincón del escritorio, la cola del gato naranja. Las sombras interceptan la luz que proviene de las lámparas, desplazando partes del espacio de la oscuridad a la luz y nuevamente a la oscuridad. Otra vez distingue la voz del Cuidador.

—No debiste ir allí —dice—. No debiste involucrar a Allegra...

—Allegra ya estaba involucrada —interrumpe Mirabel—. Allegra ha estado involucrada desde que empezó a clausurar puertas y posibilidades junto con ellas. Estamos tan cerca...

—Razón de más para no provocarla.

—No había otra manera. Lo necesitábamos, necesitábamos eso... —Zachary puede ver parte del brazo de Mirabel moviéndose mientras indica algo al otro lado de la habitación, pero no ve qué es— y han devuelto el libro. Te has rendido, ¿verdad?

La pausa continúa durante tanto tiempo que Zachary se pregunta si la oficina tiene otra puerta por la que pueda haberse retirado Mirabel, pero luego la voz del Cuidador rompe el silencio, su tono cambiado, su voz más baja.

—No quiero volver a perderte.

Sorprendido, Zachary se mueve, y el fragmento visible de la habitación se altera.

La curva de la espalda de Mirabel, sentada sobre la esquina del escritorio, dándole la espalda. El Cuidador de pie, con la mano extendida que se desliza sobre el cuello y el hombro de ella, deslizando la manga de su vestido hacia abajo mientras se acerca, rozando sus labios contra la piel recién descubierta.

—Quizá esta vez sea diferente —dice ella con suavidad.

El gato naranja maúlla en dirección a la puerta, y Zachary se da la vuelta y camina rápidamente hacia el pasillo más cercano, avanzando hasta que está seguro de que nadie lo ha seguido, preguntándose lo fácil que es pasar por alto las cosas, incluso cuando suceden justo delante de uno.

Se da la vuelta y mira por encima del hombro. Allí, en medio del pasillo, está su amigo persa con la cara plana.

—¿Quieres hacerme compañía? —le pregunta, y la petición suena triste. Una parte de él quiere volver a su propia cama, otra parte quiere hacerse un ovillo en una silla junto a Dorian, y otra parte no sabe lo que quiere.

El gato persa se estira y se acerca, deteniéndose justo a sus pies. Levanta la mirada, expectante.

—De acuerdo, entonces —dice, y con el gato a su lado serpentea a través de los pasillos y salas llenas de los relatos de otros hasta que llegan al jardín repleto de esculturas.

—Creo que ya lo he resuelto —le dice al gato. El felino no responde, preocupado por la inspección de la estatua de un zorro con su propio tamaño, paralizado en pleno salto, que arrastra sus múltiples colas sobre el suelo.

Zachary vuelve la atención hacia una estatua diferente.

Se detiene delante de la mujer sentada con su multitud de abejas y se pregunta quién la talló. Se pregunta a cuántos rincones de este sitio han acudido sus abejas, situadas en bolsillos o asistidas por los gatos para realizar sus travesías.

Se pregunta si alguien la contempló alguna vez y creyó que quería otra cosa que no fuera un libro en sus palmas abiertas.

Se pregunta si alguna vez llevó una corona.

Se pregunta quién le dejó aquella copa de vino.

Zachary coloca la llave dorada del collar de Mirabel en la mano derecha de la estatua.

Pone su tarjeta de plástico de acceso en la mano izquierda.

No sucede nada.

Zachary suspira.

Está a punto de preguntarle al gato si tiene hambre y preguntándose a sí mismo cuán estricta es la norma de «no alimentar a los gatos» cuando empieza el zumbido.

Sale del interior de la estatua. Un zumbido, un canturreo.

Los dedos de piedra de la mujer empiezan a moverse, enroscándose alrededor de las llaves. Una abeja solitaria se desploma desde su brazo y cae al suelo.

Hay un sonido chirriante, seguido por el *paf* pesado de una máquina.

Pero la estatua, con las llaves aferradas en las manos, no vuelve a moverse.

Zachary extiende el brazo y le toca la mano. Está cerrada alrededor de la llave como si la hubieran esculpido así.

No se ha producido ningún otro cambio, pero ha oído el sonido.

Camina alrededor de la estatua.

El respaldo de la silla de piedra se ha deslizado dentro del suelo.

Se trata de una estatua hueca.

Hay una escalinata debajo de ella.

Al fondo de las escaleras hay una luz.

Zachary echa un vistazo atrás para mirar al gato, sentado bajo los pies del zorro de mármol que lo sobrevuela, enroscado en las múltiples colas. La única que se retuerce es la del felino.

El gato le maúlla.

Quizá todos los momentos tengan sentido.

En algún sitio.

Zachary Ezra Rawlins entra dentro de la Reina de las Abejas y desciende aún más en las profundidades.

La balada de Simon y Eleanor
la designación de las cosas, parte II

Eleanor no sabe qué hacer con el bebé.

El bebé llora y come y llora un poco más y a veces duerme. El orden o la duración de estas acciones no tiene una progresión lógica.

Esperaba que el Cuidador fuera más servicial, pero no lo ha sido. No le gusta el bebé. Se refiere a él como «la niña» y no por el nombre, aunque Eleanor es la que tiene la culpa porque aún no le ha puesto nombre.

(Eleanor solía ser ella misma *la niña*. No sabe cuándo dejó de serlo o en qué se ha convertido ahora si es otra cosa).

El bebé no necesita un nombre. No hay otros bebés con los que se lo pueda confundir. Es el único. Es especial. Singular. Es *el bebé*. A veces, *la niña*, pero es verdaderamente un bebé.

Antes de que naciera, Eleanor leyó todos los libros que pudo encontrar acerca de bebés, pero los libros no la prepararon para el bebé verdadero. Los libros no gritan ni lloran ni fastidian ni observan.

Cuando le formula preguntas al Cuidador, no las responde. Mantiene la puerta de su oficina cerrada. Le pregunta a la pintora y a los poetas, y la ayudan durante horas enteras, la pintora más que los poetas, permitiendo que pueda deslizarse en sueños sin sueños que resultan demasiado breves, pero a la larga siempre son ella y él, juntos y solos.

Escribe notas a la Cocina.

No está segura de que la Cocina le vaya a responder.

A veces, cuando era pequeña, le escribía notas muy cortitas, y no siempre respondía. Si escribía *Hola*, le escribía *Hola* a su vez y respondía preguntas. Pero una vez Eleanor le preguntó quién era el que cocinaba y preparaba y disponía los platos, y aquella nota quedó sin respuesta.

Envía su primer interrogante vinculado con el bebé, con inquietud, y siente alivio cuando se enciende la luz.

La Cocina brinda respuestas excelentes a sus preguntas: listas detalladas de alimentos para probar, sugerencias y palabras de aliento expresadas con cortesía.

La Cocina envía arriba biberones de leche tibia para el bebé y pastelillos para Eleanor.

La Cocina sugiere que le lea al bebé, y Eleanor se siente como una estúpida por no haberlo probado antes. Echa de menos *Dulces penas* y lamenta haberlo regalado. Le apena haber arrancado páginas, todas las partes que no le gustaron, la primera vez que lo leyó. Se pregunta si ahora esas partes le gustarían más si pudiera volver a leerlas, pero se han perdido, plegadas dentro de estrellas y arrojadas en rincones oscuros como sus viejas pesadillas. Intenta recordar por qué no le gustaban. Estaba la parte acerca del ciervo atascado en la nieve que le apenó el corazón, y la parte sobre la elevación del nivel del mar, y alguien perdió un ojo pero no recuerda quién. Ahora le parece ridículo sentirse molesto por la suerte que corren personajes que no existen hasta el punto de arrancar páginas y ocultarlas, pero en aquel momento le pareció lógico. Este sitio parecía más lógico cuando ella era un conejo, escabulléndose a hurtadillas a través de la oscuridad como si fuera suyo, como si el mundo fuera suyo. No recuerda cuándo cambió todo ello.

Tal vez ella misma sea una página arrancada de un relato, a quien plegaron para formar una estrella y arrojar a las sombras para ser olvidada.

Tal vez no debería sustraer libros de archivos ocultos solo para arrancarles las páginas y regalarlas, pero ahora es demasiado tarde para cambiar nada de eso, y un libro amado sigue siendo amado incluso si se robó para empezar y es imperfecto y luego se pierde.

Eleanor recuerda la mayoría de *Dulces penas* lo bastante para repetirle partes al bebé: las historias sobre el pirata, la casa de muñecas, la parte acerca de la chica que cayó a través de una puerta que parece tan familiar que a veces cree que ella misma lo vivió, aunque lo leyó tantas veces que casi parece haber sido así.

La Cocina envía un conejo de peluche con pelaje marrón y orejas largas y caídas.

Al bebé le gusta el conejito más que todo lo demás.

Entre el conejito y los cuentos, Eleanor consigue un poco de calma, aunque a menudo solo sea pasajera.

Echa de menos a Simon. Está agotada de llorar, aunque se pasó muchos días y noches sollozando una vez que se convenció de que no había modo de volver a entrar en la habitación y de que incluso si lo lograba jamás volvería a verlo.

Sabe que jamás volverá a ver a Simon porque el Cuidador se lo ha dicho. Jamás volverá a verlo porque él jamás volvió a verla. El Cuidador lo sabe porque él estuvo allí. Siempre ha estado aquí. Masculló algo acerca del tiempo e hizo un gesto para desestimarla.

Eleanor cree que el Cuidador entiende el pasado mejor que el futuro.

Ella jamás sintió que perteneciera a este lugar, y ahora ese sentimiento es aún más fuerte.

Busca un parecido a Simon en el rostro del bebé, pero solo ve algún atisbo. El bebé tiene el pelo oscuro aunque es pálido cuando no está gritando. Ella deseaba tanto que tuviera el cabello rubio de Simon, pero ninguno de los libros sugiere que el color de pelo de un bebé cambie del negro a otro color con el paso del tiempo. Es posible que el color de los ojos sí, pero están fuertemente apretados tan a menudo que Eleanor no está segura del color que tienen.

Debería ponerle nombre.

Siente que es demasiada responsabilidad darle un nombre a otra persona.

—¿Cómo debería llamarlo? —le escribe a la Cocina.

Cuando se enciende la luz y Eleanor abre la puerta no hay una bandeja o una tarjeta, sino un trozo de papel que parece arrancado de un libro, con una sola palabra escrita:

Mirabel

Otro lugar, otro tiempo:
INTERLUDIO III

Vermont, hace dos semanas

El bar está tenuemente iluminado con bombillas antiguas; arrojan un resplandor parecido a las velas sobre los objetos de cristal y sobre sus clientes. A pesar de la hora, otro poco de luz se filtra a través de las ventanas: las farolas brillan sobre la nieve, que cobra la claridad del día.

Un hombre cuyo nombre no es Dorian se sienta solo ante una mesa en un rincón, con la espalda contra la pared. Se exhiben allí un par de cuernos de venado, un faisán disecado y el retrato de un joven colgado por traidor en una guerra que nadie que esté vivo hoy recuerda. El hombre que sí vive y se encuentra delante del cuadro mira hacia el resto del bar de un modo que sugiere que observa todo el espacio, y no otra mesa en particular.

A una persona en particular.

La copa que bebe con lentitud es una sugerencia de la camarera cuando le pidió algo a base de whisky; ha olvidado su nombre ingenioso pero despide un aroma a arce.

Tiene un libro abierto, pero no lo lee (ya lo ha leído). Es una mera excusa para mantener la mirada fija en una mesa de tres que tiene en frente, solo parcialmente oculta por algún cliente ocasional que se detiene junto al bar, que a su vez está coronado por un enorme trozo de mármol que parece haber sido rescatado de un edificio mucho más antiguo.

Dos mujeres jóvenes (una que ya había visto aquella mañana en la nieve) y un hombre apenas mayor. Había dudado antes de la naturaleza de la relación, pero cuanto más las sigue y observa, más entiende y más quiere saber.

Las dos jóvenes forman la pareja, si no se equivoca en su lectura del lenguaje corporal y el contacto visual. Descubre una mano posada sobre un muslo que confirma sus sospechas y está orgulloso de sí, a pesar de haber hecho esto muchas veces, en muchos bares, y hace rato que dejó de sentir orgullo por una habilidad bien entrenada. Se le da bien. Siempre se le dio bien, la capacidad de leer a las personas como libros desde el otro lado de salones tenuemente iluminados.

No tiene problema con leer a las mujeres. La que tiene el cabello muy corto habla con rapidez. Enfatiza sus argumentos con las manos y echa frecuentes vistazos al resto de bar. La otra mujer es más apocada, cómoda y relajada. Ha deslizado los pies fuera de sus botas bajo la mesa, y Dorian se siente momentáneamente envidioso. La joven se siente a gusto en este espacio, con estas personas, aunque escucha de un modo particularmente atento. Conoce a los otros dos, aunque no tan bien como le gustaría.

Luego está el hombre.

Se encuentra casi mirando hacia otro lado, alcanzado por la luz que ilumina su perfil en el instante en que alza su cóctel. Cuando se da la vuelta, su expresión está completamente perdida, una sombra de rizos humedecidos por la nieve.

Dorian había esperado un chico. Un estudiante. Una miscelánea de clichés colegiales. Es un hombre. Un hombre joven, pero un hombre. Un hombre misterioso. Un hombre que, de entre todas las cosas, estudia videojuegos.

Al mirarlo ahora, Dorian no lo ve. No puede leer el puñado de datos en el hombre que tiene en frente. Había anticipado *ansiedad social* y *ermitaño*, pero no es lo que tiene delante. La timidez es una molestia menor que desaparece a mitad de la primera ronda. Escucha más que habla, pero cuando habla no hay nada incómodo en su modo de hacerlo. Cada cierto rato empuja sus gafas sobre el puente de la nariz y parece beber un Sidecar aunque ha debido de pedir que lo sirvieran sin el borde cubierto de azúcar.

Un hombre que Dorian no puede leer. Es tan fastidioso como tener un libro que no puede tocar. Una frustración demasiado frecuente.

—¿Qué tal el libro?

Dorian levanta la mirada y se topa con la camarera. Acecha cerca de su hombro, llenando su vaso de agua una vez más. Probablemente ha pasado por allí para comprobar el nivel de su copa: medio llena o medio vacía, dependiendo del optimismo. Echa un vistazo al libro entre sus manos. *La historia secreta*. Ha añorado en secreto un romance con el tipo de intensidad de quienes pueblan sus páginas, sin reparar en su orgiástica carnicería, pero jamás lo ha hallado, y ahora ha alcanzado una edad en la que seguramente jamás lo haga. Ya ha leído el libro siete veces, pero no se lo dice a la camarera.

—Es muy bueno —dice.

—Yo empecé el del pájaro, pero jamás lo entendí.

—Este es mejor —le asegura Dorian, con la suficiente frialdad como para dar por finalizado el flirteo. La calidez desaparece parcialmente de la sonrisa de la joven, aunque no por completo.

—Es bueno saberlo —responde—. Llámame si necesitas algo más.

Dorian asiente y vuelve la atención hacia el punto justo encima de la parte superior de su libro. Considera que el grupo al que observa no tiene el mismo grado de camaradería que los personajes en su mano, pero ahí hay algo. Como si cada uno fuera individualmente capaz de la intensidad, si no del homicidio, aunque no sea la combinación adecuada de personas. No del todo. Observa la mesa en la que están sentados, observa los gestos de la mano y la comida que llega, y advierte algo que provoca la risa de los tres, y sonríe a pesar suyo, y luego oculta su sonrisa tras su bebida.

Cada pocos minutos echa un somero vistazo al salón. Hay una buena cantidad de gente, probablemente, porque solo hay un puñado de bares en este pueblo. Lanza una mirada a la ilustración de Tenniel de un grifo que domina el bar y se pregunta si alguien alguna vez le pone el nombre de la Falsa Tortuga a un bar.

Debajo del letrero, entre un grupo de personas, una chica que parece ligeramente familiar alza el brazo en un gesto con el que pretende llamar la atención de la camarera, pero cuando desplaza el brazo sobre una bandeja de copas a la espera de ser llevadas a una mesa, Dorian entiende la intención del gesto, el rastro casi invisible de polvo que queda depositado en el fondo del Sidecar sin azúcar, disolviéndose en el líquido.

La chica se marcha sin haber sido siquiera advertida por la camarera, deslizándose, primero, entre la masa anónima de bebedores y, luego, escabulléndose por la puerta. No hay que quedarse para observar. Conoce esa norma. Solía romper esa regla en particular, para estar seguro. Estos nuevos reclutas no se toman el tiempo de advertir las sutilezas que rodean las normas. Vale la pena romper las reglas para estar seguros.

Podría dejarlo pasar.

Ha hecho cosas similares muchas veces. Y peores. Piensa en la última vez... la última vez... y las manos empiezan a temblarle. Por un momento se encuentra en una ciudad diferente, en la habitación oscura de un hotel, y todo lo que creía que era cierto está equivocado, y su mundo se da la vuelta, y luego recobra la calma. Deja el libro a un lado.

Se pregunta si el polvo dentro de esta copa en particular es la versión suave del que provoca amnesia o la versión peligrosa. Cualquiera de los dos resultaría indetectable. El destinatario quedaría atontado en una hora o dos, luego perdería la conciencia y despertaría con una resaca terrible o directamente no despertaría.

Dorian se levanta de su silla en el momento en que una camarera levanta la bandeja, y para cuando la alcanza ha decidido que probablemente sea la versión peligrosa y que carece de importancia.

Es sencillo chocar con la camarera, hacer que la bandeja caiga con estrépito sobre el suelo; es sencillo disculparse por una torpeza fingida, ofrecer ayuda y ser apartado con un gesto de la mano, volver a su mesa como si ese hubiera sido siempre su destino y no su punto de partida.

¿Cómo llevó todo a este momento? Un libro, un hombre. Años de misterio y tedio y ahora las cosas insisten en suceder todas a la vez.

Ya está demasiado interesado. Lo sabe.

¿Por qué tenía que ser interesante el chico?

El joven inesperadamente interesante se levanta de su mesa, y deja a las dos mujeres conversando. Se da la vuelta y camina hacia el fondo del bar; en cuanto queda fuera de la vista de la mesa, algo cambia en su expresión. No un estado de ebriedad sino de ensoñación, como la desorientación de quien no termina de estar presente y se encuentra ensimismado, quizá hasta un poco preocupado. Más y más interesante.

Dorian vuelve a echar un vistazo a la mesa; una de las mujeres lo está mirando directamente. De inmediato, aparta la vista y sigue hablando mientras apunta algo en una servilleta de coctel. Pero lo ha visto. Lo ha visto mirándolas.

Es hora de irse.

Guarda su libro y desliza bajo su copa vacía una cantidad de dinero en efectivo más que suficiente para el único cóctel que ha bebido y una buena propina. Para cuando Zachary Ezra Rawlins vuelve a su mesa, se encuentra en el exterior, en medio de la nieve, evitando los charcos de luz de las farolas.

Dorian alcanza a verla desde aquí, una sombra borrosa a través del panel de cristal pero que se distingue del resto de las sombras que se mueven a través del espacio.

Sabe que es arriesgado. No debería estar aquí. Debió marcharse hace un año, después de una noche diferente en una ciudad diferente, cuando nada salió de acuerdo a los planes.

¿Cuántos dramas están sucediendo a nuestro alrededor en este preciso instante?

De nuevo, sus manos empiezan a temblar, y las hunde con fuerza dentro de los bolsillos de su abrigo.

Algo se rompió en aquel momento, pero ahora está aquí. No sabe a dónde más ir. Qué más hacer.

Podría marcharse. Podría huir. Seguir huyendo. Seguir ocultándose. Podría olvidar todo esto. Este libro, su libro, el Mar sin Estrellas, todo ello.

Podría hacerlo.

Pero no lo hará.

De pie en la nieve, con los dedos temblorosos y casi helados y pensamientos tibios por el whisky, observando a Zachary a través del cristal, no piensa en todo lo que inevitablemente está a punto de suceder.

Piensa: *Déjame contarte una historia.*

LIBRO IV

ESCRITO

EN

LAS

ESTRELLAS

una estrella de papel doblada a partir de una hoja arrancada de un libro

Hay un ciervo en la nieve.

Si parpadeas desaparecerá.

¿Era siquiera un ciervo u otra cosa?

¿Era un sentimiento no expresado o un camino no tomado o una puerta cerrada sin abrir?

¿O era un ciervo, lo que se vio entre los árboles y que luego desapareció, sin alterar una sola rama al partir?

El ciervo es un tiro no disparado.

Una oportunidad perdida.

Robado como un beso.

En estas épocas nuevas y desmemoriadas, con sus costumbres alteradas, a veces un ciervo se detendrá un instante más.

Espera aunque no solía esperar jamás, jamás hubiera soñado con esperar o esperar para soñar.

Ahora espera.

Que alguien dispare.

Que alguien le perfore el corazón.

Para saber que lo recuerdan.

Zachary Ezra Rawlins desciende por una estrecha escalinata que se encuentra debajo de una estatua, seguido por un gato persa. Los escalones bajo sus pies son toscos y desiguales. Uno de los peldaños se desmorona cuando lo pisa, y se resbala tres escalones, extendiendo los brazos a los lados para recobrar el equilibrio.

Detrás de él, el gato maúlla abriéndose paso con gracia encima de los restos de la escalera ruinosa y se detiene al alcanzarlo.

—Fanfarrón —le dice Zachary. El gato no dice nada.

Fanfarrón, repite una voz en algún lugar más abajo. Un eco, imagina. Un eco nítido y tardío. Es todo.

De hecho, está a punto de creerlo, pero las orejas del gato se pliegan hacia atrás y lanza un siseo a la negrura. Zachary se vuelve a quedar perplejo.

Desciende los peldaños restantes con cuidado, aliviado cuando advierte que el gato sigue a su lado.

Sobre una repisa al fondo hay una lámpara de las que tienen asa que quizá alguna vez contuvo un genio pero que en la actualidad solo contiene aceite hirviendo. La rodean cuerdas y poleas con un mecanismo que parece un trozo de pedernal junto a las llamas. Ha debido de encenderse automáticamente al abrirse la puerta.

La lámpara es la única luz del recinto, de modo que Zachary la levanta por el asa curva. Al alzarla, un disco dorado se eleva por debajo, y las cuerdas y poleas empiezan a moverse. Un sordo estruendo se oye en el interior de las paredes, y se vislumbra una chispa entre las sombras: otra lámpara que se enciende al fondo del oscuro pasillo, un punto brillante como una luciérnaga que muestra el camino hacia delante.

Zachary recorre el pasadizo con la lámpara, seguido por el gato.

A mitad de camino, la luz se proyecta sobre una llave en una argolla que cuelga de un gancho en la pared.

Zachary extiende la mano y toma la llave.

—*Miauuu* —manifiesta el gato, en señal de aprobación o desacuerdo o indiferencia.

Zachary avanza aún más por el pasillo con la llave y la lámpara a cuestas, seguido por el gato y la oscuridad.

Cerca del final del pasillo hay un nicho con una lámpara igual a la que tiene en la mano.

Detrás de la lámpara hay una puerta arqueada de piedra pulida, sin ningún tipo de marca con excepción del agujero de una cerradura.

Desliza la llave que cuelga de la argolla dentro de la cerradura y gira con un chasquido. Empuja la piedra y abre la puerta.

La lámpara que lleva en la mano y la que está en el pared parpadean.

El gato sisea al espacio que está más allá de la puerta y huye corriendo de nuevo por el pasillo.

Zachary lo oye subiendo a toda velocidad las escaleras, la piedra ruinosa de los escalones rotos desmoronándose aún más, y luego nada.

Inspira hondo y entra en la habitación.

Huele a polvo y azúcar, como el perfume de Mirabel.

La luz de la lámpara brilla sobre trozos de columnas de piedra y muros tallados.

Delante de él hay un pedestal, un podio, con un disco dorado encima.

Zachary coloca la lámpara sobre el disco, y este desciende bajo su peso. Le sigue un estruendo metálico.

Alrededor de la habitación se encienden lámparas que cuelgan de las columnas. Algunas permanecen sin iluminarse, desprovistas de sus farolillos o quizá habiéndose quedado sin aceite.

Detrás de las columnas hay una sucesión de largos nichos horizontales que bordean el recinto. Zachary se pregunta por qué el espacio le resulta familiar, y luego advierte el esqueleto de una mano en los márgenes de uno de los espacios en sombras.

Se trata de una cripta.

Por un momento, quiere huir, seguir al gato escaleras arriba.

Pero no lo hace.

Alguien quería que él viera esto.

Alguien… o algo… cree que debe estar aquí.

Cierra los ojos y se recompone, y luego inspecciona la recámara.

Empieza por sus ocupantes.

Al principio cree que podrían estar momificados, pero al acercarse nota que los vendajes que envuelven los cuerpos de manera holgada están cubiertos de texto. La mayoría se ha resecado y descompuesto junto con sus portadores, pero algunos aún pueden leerse.

canta para sí cuando cree que nadie la escucha
lee los mismos libros una y otra vez hasta que se familiariza
  íntimamente con cada página
camina descalza a través de los pasillos, tan silenciosa como un gato
se ríe tan fácil y tan a menudo, como si todo el universo lo deleitara

Están envueltos en recuerdos. Recuerdos de quienes eran cuando estaban vivos.

Zachary lee lo que puede sin perturbarlos. Las frases desenrolladas y los sentimientos reflejados por la luz.

ya no deseaba estar aquí

dice una tira de texto, envuelta alrededor de una muñeca que ahora no es más que hueso, y Zachary se pregunta si significa lo que cree que probablemente signifique.

Dentro de un nicho hay una urna. No tiene recuerdos que la acompañen. Las demás están vacías.

Vuelve su atención al resto de la habitación. Algunas de las columnas tienen muescas talladas, superficies inclinadas como podios bajo sus lámparas.

Uno de los podios tiene un libro. Tiene un aspecto muy antiguo. No tiene cubierta, tan solo páginas encuadernadas con holgura.

Zachary levanta el libro con el mayor cuidado posible.

El pergamino se deshace en sus manos, desmoronándose hasta convertirse en fragmentos sobre el podio.

Suspira, y el suspiro traslada algunos fragmentos más desde el podio hasta la piedra a sus pies.

Intenta no sentirse tan mal por ello. Quizá el libro, como las personas alrededor de él, ya se hubiera marchado.

Mira hacia abajo a los restos del libro caídos alrededor de sus pies e intenta leer, pero solo hay trozos y fragmentos.

Distingue una sola palabra.

Hola.

Parpadea y echa un vistazo a otro trozo de papel.

Hijo, dice.

Extiende la mano para recoger otro fragmento, lo bastante grande para sujetarlo.

De la fortuna…

El papel se convierte en polvo entre sus dedos, pero las palabras perduran grabadas en sus ojos.

Observa otro trozo roto de papel antiguo, aunque sabe lo que dirá antes de leerlo.

dile

ella

Zachary cierra los ojos, esperando escuchar la voz en su cabeza desmintiendo lo que sucede, pero la voz permanece en silencio. La voz sabe que esto está sucediendo y también él.

Abre los ojos. Se inclina y examina cuidadosamente el libro roto sobre el suelo, concentrándose en el primer fragmento escrito que encuentra y luego en otro y otro.

hay tres
cosas perdidas
en el tiempo

Sigue buscando y el libro sigue deshaciéndose. Los únicos trozos que alcanza a discernir son palabras sueltas.

espada
libro
hombre

Las palabras se esfuman casi al instante en que las encuentra, hasta que solo quedan dos en el polvo.

encontrar

hombre

Zachary busca entre la pila de papel ruinoso alguna explicación más, pero la sesión de bibliomancia ha concluido. Este libro que ya perdió la forma de libro no tiene nada más que decir.

Se quita el polvo de papel profético de las manos. Encontrar al hombre. Recuerda el hombre perdido en el tiempo de *Dulces penas*. No tiene ni idea de cómo buscar a alguien que ha estado perdido en el tiempo a instancias de los fantasmas de libros antiguos. Mira los cadáveres, que no se molestan en devolverle la mirada: hace mucho que pasaron sus días de mirar a otros.

Levanta la lámpara del pedestal, y el resto de las luces se extinguen.

Sale por la puerta haciendo una pausa para extraer la llave de su cerradura.

La puerta gira sobre sus goznes y se cierra.

Fuera, el pasillo parece haberse alargado.

Zachary cuelga la llave del gancho y vuelve a colocar la lámpara sobre su estante. Se hunde hasta quedar en su sitio, y la luz en el otro extremo del pasillo se extingue.

Echa un vistazo a lo largo del pasillo, que desaparece en la oscuridad, pero el máximo alcance de la luz de la lámpara tropieza con una sombra entre las sombras, alguien parado en el centro del pasillo que lo mira.

Zachary parpadea, y la figura desaparece.

Sube corriendo la ruinosa escalinata, sin atreverse a mirar atrás y a punto de tropezarse con el gato persa que ha estado esperándolo con paciencia en la cima.

una estrella de papel con una única punta doblada

Pesadilla número 113:

Estoy sentada en un sillón muy grande y no puedo levantarme. Tengo los brazos atados a los reposabrazos de una silla, pero mis manos han desaparecido. Hay personas sin rostro de pie a mi alrededor alimentándome con trozos de papel que tienen escritas todas las cosas que debo ser, pero jamás me preguntan quién soy.

Zachary Ezra Rawlins está a mitad de camino del ascensor, a mitad de camino de volver a Vermont y a su universidad y a su tesis y a su normalidad, a mitad de camino de olvidar que nada de esto sucedió alguna vez, y, oye, quizá se lleve al gato consigo y algún día se convenza de que todo el mundo maravilloso de la biblioteca subterránea era una explicación fantástica y elaborada de la procedencia del gato que él se contó a sí mismo tantas veces que empezó a creérselo, incluso si el gato solo ha sido un felino extraviado con la cara plana que lo siguió a casa, dondequiera que esté su casa.

Luego recuerda que la puerta por la que entró la última vez al sótano del Club de los Coleccionistas se incendió y seguramente haya quedado inservible.

Así que a mitad de camino al ascensor, con el gato todavía pisándole los talones, se da la vuelta y vuelve a dirigirse en cambio a su habitación.

En el medio de la puerta hay un post-it; el papel es azul pálido, en lugar del amarillo tradicional.

Dice en letras pequeñas y pulcras: *Ya has recibido todo lo que hace falta que sepas.*

Zachary toma la nota de la puerta. La lee cuatro veces y la da la vuelta, pero no hay nada en el dorso. Mientras entra en la habitación, vuelve a leerla, pero no cree en lo que dice. El fuego en la chimenea chisporrotea aguardando su llegada.

El gato lo sigue dentro. Zachary cierra la puerta detrás del felino.

Pega el post-it sobre el marco de la pintura de conejillos piratas.

Se mira las muñecas.

No quería permanecer más tiempo aquí.

Intenta recordar la última vez que habló con alguien que no fuera un gato. ¿Acaso solo habían pasado unas horas desde que Dorian le relató las historias en estado de embriaguez? ¿Acaso sucedió alguna vez? Ya ni siquiera lo sabe.

Quizá esté cansado. ¿Cuál es la diferencia entre estar cansado o somnoliento? Se pone el pijama y se sienta delante de la chimenea. El gato persa se hace un ovillo al pie de la cama, reconfortándolo en silencio. Toda esta comodidad no debería parecerle tan perturbadora.

Zachary mira las llamas, recordando la figura sombría que apareció en el pasillo y le clavó la mirada dentro de un recinto donde no había más que cadáveres.

Tal vez tu mente esté jugando contigo, sugiere la voz en su cabeza.

—Creía que tú eras mi mente —dice en voz alta. El gato se remueve estirándose en la cama, y luego se vuelve a acomodar.

La voz en su cabeza no responde.

De pronto, se siente desesperado por hablar con alguien, pero tampoco quiere abandonar la habitación. Se le ocurre enviarle un mensaje de texto a Kat porque ella suele estar despierta a cualquier hora, aunque no sabe qué le escribiría. *Hola K., me he quedado atrapado en un calabozo subterráneo que hace las veces de biblioteca, ¿hay mucha nieve?*

Encuentra el móvil, y está parcialmente cargado, aunque no todo lo que debería estarlo dada la cantidad de tiempo que ha estado conectado al enchufe, pero lo suficiente para encenderlo.

La fotografía de la fiesta del Algonquín que había guardado sigue allí, y ahora está claro que la mujer enmascarada de la fotografía es Mirabel, e incluso más evidente que el hombre que hablaba con ella era Dorian. Se pregunta qué podían estar susurrándose un año atrás, y no está seguro de si desea o no saberlo.

No hay ninguna llamada perdida, y hay tres mensajes de texto. Una fotografía de Kat de su bufanda terminada, un recordatorio de su madre de que Mercurio pronto empezará su retrogradación, y un mensaje de cinco palabras de un número desconocido.

Proceda con cuidado, señor Rawlins.

Zachary apaga el móvil. De todos modos, aquí abajo no hay ningún tipo de cobertura.

Se dirige al escritorio y toma un bolígrafo para escribir dos palabras sobre una tarjeta.

Hola, Cocina.

La coloca en el montaplatos para enviarla y casi se ha convencido de que la Cocina y los cadáveres envueltos en historias y el sitio mismo y Mirabel y Dorian y la habitación en la que está de pie y su pijama son todo producto de su imaginación cuando suena la campanilla del montaplatos.

Hola, señor Rawlins, ¿cómo podemos ayudarlo?

Zachary piensa un largo momento antes de anotar una respuesta.

¿Esto es real?

Escribe. Parece demasiado vago, pero lo envía de todos modos.

El montaplatos repica un instante después, y dentro, junto con otra tarjeta, hay un tazón de cuyo interior emana una voluta de humo y un plato cubierto con una tapa plateada.

Zachary lee la nota.

Por supuesto que es real, señor Rawlins. Esperamos que pronto se sienta bien.

El tazón está lleno de leche de coco tibia con cúrcuma, pimienta negra y miel.

Bajo la tapa plateada hay seis cupcakes pequeños y perfectamente glaseados.

Gracias, Cocina, escribe.

Toma su tazón y sus cupcakes y vuelve a sentarse delante del fuego.

El gato se estira y se acerca para sentarse a su lado, olisqueando los cupcakes y lamiendo el glaseado de las puntas de sus dedos.

Zachary no recuerda haberse quedado dormido. Se despierta hecho un ovillo delante del fuego mortecino, sobre una pila de cojines, con el gato persa acurrucado dentro de su brazo. No sabe qué hora es.

—¿Qué es el tiempo, de todos modos? —le pregunta al gato.

El felino bosteza.

El montaplatos repica, y la luz de la pared se enciende. Zachary no recuerda que haya repicado por sí solo en otras ocasiones.

Buenos días, señor Rawlins.

Dice la nota en el interior.

Esperamos que haya dormido bien.

Hay una jarra de café y una tortilla enrollada y dos rebanadas tostadas de pan de masa fermentada y una jarra de cerámica de mantequilla rociada con miel y espolvoreada con sal y una canasta llena de mandarinas.

Zachary se pone a escribir una nota de agradecimiento, pero en lugar de ello expresa otro sentimiento.

Te quiero, Cocina.

No espera una respuesta, pero oye otro repique.

Gracias, señor Rawlins. Usted también nos gusta mucho.

Zachary toma su desayuno (comparte la tortilla con el gato, olvidando la regla acerca de no alimentar a los gatos, habiéndola ya infringido la noche anterior con un glaseado de crema de mantequilla) y piensa, con la cabeza más despejada que antes.

—Si fueras un hombre perdido en el tiempo, ¿dónde estarías? —le pregunta al gato.

El gato se queda mirándolo.

Ya has recibido todo lo que hace falta que sepas.

—Oh, claro —dice, dándose cuenta. Revisa los libros junto a la chimenea para encontrar el que Rhyme le dio y gira la página donde lo dejó. Lleva el libro al escritorio y acerca una lámpara para ver mejor. El gato se sienta en su regazo, ronroneando. Zachary pela y se come una mandarina en gajos pequeños de sol mientras lee.

Lee y frunce el ceño y lee un poco más y luego gira una página y no hay nada más. El resto de las páginas están en blanco. El relato, la historia, lo que sea que es, se detiene a mitad del libro.

Zachary recuerda al hombre perdido en el tiempo recorriendo ciudades de miel y huesos en *Dulces penas* y la mención del Mar sin Estrellas en *Fortunas y fábulas* y se pregunta si todas estas historias son de alguna manera la misma. Se pregunta dónde estará Simon en aquel momento y cómo hacer para encontrarlo. Se pregunta acerca del sitio quemado y acerca de la escoba en la oficina del Cuidador. Se pregunta qué le sucede exactamente al hijo de la vidente.

En la esquina del escritorio hay una estrella de origami que había guardado en su bolsillo. La sostiene entre los dedos y se la acerca a los ojos. Tiene algo escrito.

Zachary la despliega; se extiende formando una larga tira de papel.

Contiene palabras tan diminutas que parecen susurradas:

Pesadilla número 83: Camino por un lugar muy muy oscuro y algo grande y resbaladizo se desliza en la oscuridad, tan cerca que podría extender la mano y tocarlo, pero si toco esa cosa resbaladiza sabrá que estoy aquí y me devorará muy lentamente.

Zachary deja que la pesadilla caiga revoloteando sobre el escritorio y vuelve a levantar el libro. Gira la última página escrita y la vuelve a leer, deteniéndose en la palabra final, en el libro sin concluir.

Lentamente, retira al gato de su regazo. Lo coloca en el suelo, y mete el libro en su bolsa junto con el mechero, para no volver a perderse de nuevo en la oscuridad. Se pone los zapatos, un jersey sobre su pijama y sale a buscar a Mirabel.

el contenido combinado de varias estrellas de papel (una ha sido masticada parcialmente por un gato)

Una vez, hace mucho tiempo, un acólito elige ceder algo que no sea su lengua al profesar sus votos.

Esa clase de acólitos son escasos. No suele recordarse la última excepción que sucedió antes. No servirán el tiempo suficiente como para conocer al que le sigue.

La pintora se ha perdido.

Cree (se equivoca) que elegir este camino (un camino, cualquier camino) la acercará a este lugar que una vez quiso, este lugar que ha cambiado a su alrededor como el tiempo cambia todas las cosas.

Quisiera avivar llamas extinguidas hace mucho tiempo.

Encontrar algo que ha perdido que no puede nombrar, pero cuya ausencia siente por dentro como un anhelo.

La pintora toma su decisión sin contársela a nadie. Solamente nota su ausencia la única estudiante que tiene, pero no le da importancia, habiendo aprendido hace mucho tiempo que las personas desaparecen como conejos dentro de sombreros y a veces regresan y otras no.

Los acólitos permiten esta inusual concesión, puesto que su número está menguando.

La pintora pasa el tiempo en soledad dedicada a la contemplación, categorizando pérdidas y penas, tratando de decidir si pudo haber hecho algo para evitar alguna o si simplemente entraron y salieron de su vida como las olas de la orilla.

Cree que, si en algún momento del transcurso de su encierro se le ocurre una idea para una nueva pintura, rechazará este camino y volverá con sus pinturas y dejará que las abejas encuentren a otro para servirlas.

Pero no hay nuevas ideas. Solo viejas, que dan vueltas y vueltas en su cabeza. Solo lo seguro y lo conocido, imágenes que sus pinceles han plasmado una y otra vez, tantas veces que las encuentra vacías.

Considera intentar escribir, pero siempre se ha sentido más cómoda con imágenes que con palabras.

Cuando la puerta se abre mucho antes de que la pintora lo espere, acepta su abeja sin vacilación.

El acólito y la pintora caminan por los pasillos vacíos hacia una puerta que no tiene marca. Solo un gato los ve en aquel momento, y aunque reconoce el error en el que está a punto de incurrir, no interfiere. Los gatos no acostumbran a interferir con el destino.

La pintora espera sacrificar ambos ojos, pero solo le extraen uno.

Uno será más que suficiente.

En el instante en que las imágenes invaden su visión, en el momento en que es asediada por tantas que no puede separar unas de otras, que no puede soñar con plasmar siquiera una pequeña parte de todas ellas en pinturas al óleo sobre tela, incluso mientras sus dedos anhelan tomar sus pinceles, advierte que este camino no era para ella.

Pero ya es demasiado tarde para elegir otro.

ZACHARY EZRA RAWLINS recorre los pasillos del Puerto, pero cae en la cuenta de que no sabe en realidad dónde se encuentra la habitación de Mirabel. Ni se le ha ocurrido preguntar. Desanda sus pasos a través del salón de baile cavernoso hacia donde la vio por última vez, pero la bodega está vacía. La pintura de la dama con el rostro cubierto de abejas se cierne encima de los estantes para guardar vino, y antes de marcharse Zachary coge una botella de aspecto interesante que guarda en la bolsa, un tinto sin nombre, cuya etiqueta está impresa con un farol y un par de llaves cruzadas.

Esta vez toma un tramo de escaleras diferente para salir del salón de baile, y advierte que está perdido. Ha vuelto a meterse en terreno desconocido.

Se detiene intentando orientarse junto a un nicho tapizado de libros, donde hay un solo sillón y una pequeña mesa improvisada a partir de una columna rota. Una taza de té reposa encima, con una vela encendida que arde donde debería estar el té.

Entre las estanterías hay una pequeña placa de bronce con un botón, como un interruptor de luz. Zachary lo presiona.

La estantería se desliza hacia atrás, abriéndose a un recinto oculto.

Llevaría una eternidad encontrar todos los secretos aquí, observa la voz en su cabeza. *Resolver una mínima parte de los misterios.* No lo discute.

El recinto que tiene ante él parece salido de una vieja casa solariega o de una novela policial de época: paneles de madera oscura y lámparas de cristal verde. Sofás de cuero y alfombras orientales que se superponen y muros cubiertos de estanterías, una de las cuales se ha abierto para permitirle la entrada. Entre las estanterías hay pinturas enmarcadas, iluminadas con luces de galería, y una puerta real, abierta, que conduce a un pasillo.

Una enorme pintura se exhibe en la pared opuesta: se trata de la escena nocturna de una luna creciente visible entre las ramas. Pero dentro del bosque hay una enorme pajarera, tan grande que, encaramado sobre la percha donde debería haber un pájaro, hay un hombre, de espaldas al espectador, sentado tristemente en su prisión.

Los árboles que rodean la jaula están cubiertos de llaves y estrellas que penden sujetos de cintas de las ramas, se ocultan dentro de los nidos y se hallan caídas sobre el suelo. Le recuerdan a Zachary a los conejillos piratas. Quizá los haya pintado el mismo artista. Para el caso, es probable que también haya creado a la dama de las abejas en la bodega.

Delante del cuadro se encuentra Dorian, observándolo. Lleva un largo abrigo confeccionado en fieltro de lana azul medianoche, sin cuello y perfectamente entallado a su cuerpo, con botones pulidos que podrían ser de madera o hueso, y forma de estrella, de modo que combinan con la pintura. El abrigo tiene pantalones que hacen juego, pero está descalzo.

Se da la vuelta en el instante en que la estantería se cierra tras Zachary.

—Estás aquí —dice Dorian, y parece más una observación acerca del sitio en general que un comentario en particular acerca del hecho de que él acaba de salir de una biblioteca.

—Sí, lo estoy.

—Creía que te había soñado.

Zachary no tiene ni idea de cómo responder a ese comentario y se siente aliviado cuando Dorian devuelve la atención al cuadro. Probablemente crea que aquel momento en el que le contó un cuento estando borracho también fue un sueño, y quizá sea lo mejor. Acercándose, se para junto a él, y juntos observan al hombre dentro de su jaula.

—Siento que ya he visto esto —señala Dorian.

—Me recuerda al jardín del coleccionista de llaves de tu libro —le dice Zachary, y este se da la vuelta hacia él sorprendido—. Lo leí. Lo siento. —Se disculpa automáticamente, aunque no esté realmente arrepentido.

—No te disculpes —responde Dorian. Se gira de nuevo hacia el cuadro.

—¿Cómo te sientes?

—Como si estuviera perdiendo la cabeza, pero de un modo lento, bello y doloroso a la vez.

—Sí, lo entiendo. Entonces, *mejor*.

Dorian sonríe, y Zachary se pregunta cómo es posible echar de menos la sonrisa de alguien cuando solo la has visto una vez.

—Sí, *mejor*. Gracias.

—No te has puesto zapatos.

—Odio los zapatos.

—El odio es una emoción un tanto fuerte para manifestar hacia el calzado —observa.

—La mayoría de mis emociones son fuertes —responde Dorian, y de nuevo Zachary no sabe cómo responder, y el otro lo salva de tener que hacerlo.

Dorian da un paso hacia Zachary, repentina e inesperadamente cerca. Extiende la mano y la coloca sobre el pecho de este, encima del corazón. Le lleva un momento darse cuenta de lo que hace: confirmar su solidez. Le asombra lo fácil que es sentir el latido del corazón a través de un jersey.

—Estás realmente aquí —dice Dorian en voz queda—. Los dos estamos realmente *aquí*.

Zachary no sabe qué decir, así que solo asiente mientras se observan mutuamente. Hay cierta calidez en el tono marrón de los ojos de Dorian que no había notado antes. Tiene una cicatriz encima de su ceja izquierda. Una persona tiene tantas piezas diferentes. Tantas historias pequeñas y tan pocas oportunidades de leerlas. *Me gustaría mirarte,* parece una petición muy embarazosa.

Observa los ojos de Dorian recorrer su piel de un modo parecido, preguntándose cuántos pensamientos tienen en común.

Este baja la mirada a su mano y suspira.

—¿Te has puesto el pijama?

—Sí —responde Zachary, advirtiendo que efectivamente lleva puesto todavía su pijama de rayas azules y luego empieza a reírse de lo absurdo de todo ello y tras un instante de vacilación Dorian se une a él.

Algo cambia en la risa; hay algo que se pierde y algo más que se encuentra y, a pesar de que Zachary no tiene palabras para lo que ha sucedido, hay una complicidad entre los dos que no existía antes.

—¿Qué hacías dentro de la estantería? —pregunta Dorian.

—Intentaba decidir cuál era el siguiente paso —responde—. Buscaba a Mirabel, pero no podía encontrarla, y luego me perdí, así que empecé a buscar algo familiar y te encontré a ti.

—¿Soy familiar? —pregunta Dorian, y él quiere decir, *Sí, sí, eres muy familiar y no entiendo cómo*, pero es demasiada verdad para este momento.

—Si fueras un hombre perdido en el tiempo, ¿dónde estarías? —pregunta en cambio.

—¿No querrás decir *cuándo* estaría?

—Eso también —dice Zachary, sonriendo a pesar de darse cuenta de que todo el asunto de buscar a un hombre perdido en el tiempo podría ser mucho más difícil de lo que creía. Vuelve a mirar el cuadro.

—¿Cómo te sientes *tú*? —le pregunta Dorian, reaccionando a la malhumorada frustración que seguramente delate su rostro.

—Como si ya hubiera perdido la cabeza y la vida desprovista de mente fuera un enigma tras otro. —Zachary mira al hombre enjaulado. La jaula parece real, la gruesa cerradura pasa entre los barrotes sujeta a una cadena. Parece lo bastante real como para tocarla. Como para engañar al ojo.

Por un momento se siente de nuevo como aquel niño que era, de pie delante de una puerta pintada que no se atreve a abrir. ¿Cuál es la diferencia entre una puerta y una jaula? ¿Entre *aún no* y *demasiado tarde*?

—¿Qué tipo de enigmas? —pregunta Dorian.

—Desde que llegué no he encontrado más que notas y pistas y misterios. Primero, fue la Reina de las Abejas, pero ella solo me condujo a una cripta secreta llena de cadáveres envueltos en recuerdos, donde mi gato me abandonó y un libro me dijo que había tres cosas perdidas en el tiempo. Por favor, no me mires así.

—¿Un libro te lo dijo?

—Se rompió en pequeños trozos cubiertos con instrucciones, pero no sé qué significa, y me rodeaban cadáveres, así que no tenía demasiadas ganas de quedarme para averiguarlo. De todos modos, el libro desapareció. También me topé después de eso con un fantasma. Creo. Quizá.

—¿Estás seguro de que no lo imag...?

Zachary lo interrumpe antes de que pueda pronunciar la palabra.

—¿Crees que me lo estoy inventando? —pregunta—. Estamos en una biblioteca subterránea, has visto puertas pintadas que se abren sobre paredes sólidas, ¿y crees que estoy *imaginando* la bibliomancia y los posibles fantasmas?

—No lo sé —responde Dorian—. En este momento no sé en qué creer.

Ambos se miran en un silencio cargado de diferentes clases de tensión hasta que Zachary no lo aguanta más.

—Siéntate —dice, señalando uno de los sofás de cuero. Hay una lámpara de lectura con una pantalla de cristal color verde posada encima. Espera que

Dorian proteste pero no lo hace. Se sienta como le han indicado y permanece en silencio, sumiso, aunque su expresión delata su enfado—. Termina de leer esto —dice Zachary, cogiendo *Dulces penas* de la bolsa y entregándoselo—. Cuando acabes, lee este. —Coloca *La balada de Simon y Eleanor* sobre una mesa cercana—. ¿Llevas tu libro contigo?

Dorian saca *Fortunas y fábulas* del bolsillo de su abrigo.

—No podrás leer... —Hace una pausa al tiempo que Zachary le quita el libro—. Has dicho que ya lo has leído.

—Lo he leído —responde—. Creo que leerlo de nuevo resultará útil. ¿Qué pasa? —pregunta, observando la pregunta formándose en su expresión.

—Que yo sepa, solo hablas inglés y francés.

—No diría que mi chapurreo con el francés sea *hablarlo* —aclara Zachary, intentando juzgar cuán enfadado está y descubriendo que la ira ha desaparecido. Se sienta en el otro sofá y abre con cuidado *Fortunas y fábulas*—. Aquí abajo los libros se traducen solos. Creo que la lengua también, pero solo he estado hablando en inglés con los demás o con gestos de manos. Ahora que lo pienso, es probable que el Cuidador no me hable en inglés. Ha sido un poco atrevido de mi parte.

—¿Cómo es posible? —pregunta Dorian.

—¿Cómo es algo de esto posible? Ni siquiera entiendo las leyes físicas que rigen el movimiento de las estanterías.

—Te lo he preguntado en chino mandarín.

—¿Hablas chino mandarín?

—Hablo muchos idiomas —explica Dorian, y Zachary presta especial atención a sus labios. No se corresponden exactamente con las palabras que llegan a sus oídos, como cuando las traducciones de los libros se vuelven borrosas antes de aclararse de nuevo. Se pregunta si habría advertido siquiera la diferencia si no estuviera buscándola.

—¿Eso también lo has dicho en chino mandarín? —pregunta.

—Lo he dicho en urdu.

—*De verdad* hablas muchos idiomas.

Dorian suspira y mira el libro en sus manos y luego al hombre en la jaula sobre la pared y luego de nuevo a Zachary.

—Me da la impresión de que te quieres ir —le dice, y la expresión de Dorian se transforma en sorpresa.

—No tengo a dónde ir —dice, y sostiene su mirada un momento antes de dirigirla a *Dulces penas*.

Zachary está en mitad de *Fortunas y fábulas*, preguntándose si hay más de un Rey Lechuza cuando Dorian lo mira de repente.

—El… el chico de la biblioteca que está con la mujer del pañuelo verde. Este soy yo —dice.

—Estás teniendo una reacción mucho más calmada a estar en el libro de la que tuve yo.

—¿Cómo…? —empieza a decir Dorian y su voz se va apagando mientras sigue leyendo—. Solo en la primera parte. Jamás realicé ninguna de estas otras pruebas.

—Pero eras un guardián.

—No, era un miembro prestigioso del Club de los Coleccionistas —lo corrige Dorian sin levantar la mirada de la página—. Aunque estoy suponiendo que el club es una evolución de esto. Hay… similitudes. —Levanta la mirada del libro y echa un vistazo a la sala, las estanterías y el cuadro, y la puerta que comunica con el pasillo. Un gato pasa sin siquiera echar una ojeada dentro—. Allegra siempre decía que teníamos que esperar hasta que estuviera seguro y protegido. Me lo dijo durante años, y le creí. La seguridad y la protección eran objetivos que cambiaban constantemente. Siempre había más puertas que cerrar e individuos más problemáticos que eliminar. Siempre *pronto,* y jamás *ahora*.

—¿Eso es lo que cree todo el Club de los Coleccionistas?

—¿Que si hacen lo que Allegra les dice que hagan durante suficiente tiempo se ganarán un lugar en el paraíso, que es (como Borges suponía) una especie de biblioteca? Sí, eso es lo que creen.

—Suena a culto —observa Zachary.

Para su sorpresa, Dorian se ríe.

—Es cierto, desde luego —admite.

—¿Tú creías en todo eso?

Dorian considera la pregunta antes de responder.

—Sí, lo creía. Con tenacidad. Acepté muchas cosas sin cuestionarlas, y llegó una noche que me hizo cuestionarlo todo y hui. Desaparecí. Eso no sentó demasiado bien. Bloquearon mis tarjetas bajo todos mis alias, hicieron que algunas versiones mías dejaran de existir, pusieron otras en listas de vigilancia y en listas de personas que tienen prohibido volar y en todo tipo de listas. Pero tenía mucho efectivo y estaba en Manhattan. Es fácil permanecer perdido en Manhattan. Podía caminar por Midtown en un traje con un maletín y me esfumaba entre el gentío, aunque generalmente fuera a la biblioteca.

—¿Qué te hizo cambiar de opinión?

—No qué, sino *quién*. Mirabel me hizo cambiar de opinión —responde, y antes de que Zachary pueda investigar más a fondo, Dorian devuelve la atención a su libro, dando por terminada la conversación de forma clara y tajante.

Leen en silencio durante cierto tiempo. Zachary le echa miradas ocasionales para adivinar en qué parte del libro está, basándose en la reacción de las cejas.

Finalmente, Dorian cierra *Dulces penas* y lo apoya en la mesa. Frunce el ceño y extiende una mano. Zachary le entrega *La balada de Simon y Eleanor* sin decir una palabra, y se ponen a leer de nuevo.

Zachary está absorto en un cuento de hadas (preguntándose en qué clase de caja la escultora de la historia ocultó lo que supone que era el corazón del Destino) cuando Dorian cierra el libro.

Lentamente intentan desentrañar las miles de incógnitas. Por cada conexión que establecen entre un libro y el otro, hay más que no encajan. Algunos relatos parecen completamente separados y distantes, y otros, conectados explícitamente con la historia en la que están ahora juntos.

—Había… —empieza a decir Dorian, pero luego hace una pausa y cuando continúa se dirige al hombre que está en la pared, en lugar de al que tiene sentado delante—. Había una organización a la que llamaban Fundación Keating. Nunca de manera pública; era una palabra que se empleaba puertas adentro. Jamás supe cuál era su origen, no conocí jamás a nadie con ese nombre, pero no puede ser una coincidencia.

—La biblioteca tenía una nota que señalaba que esto era un obsequio de la Fundación Keating —señala Zachary, levantando *Dulces penas*—. ¿Cómo se relacionaban con el Club de los Coleccionistas?

—Estaban enfrentados. Eran… objetivos que debían eliminarse. —Dorian hace una pausa. Se para y empieza a caminar de un lado a otro. Zachary tiene la repentina sensación de que la jaula del cuadro no se restringe a la pared.

—¿Me repites lo que decía el libro que encontraste en la cripta? —pregunta Dorian, deteniéndose para levantar *La balada de Simon y Eleanor* y hojearlo mientras camina.

—«Hay tres cosas que están perdidas en el tiempo. Un libro, una espada y un hombre». *Dulces penas* debe de ser el libro, dado que Eleanor se lo dio a Simon y luego estuvo... ¿cien años en la superficie? Las instrucciones decían «encuentra a un hombre» y no «encuentra a un hombre y una espada», así que quizá la espada ya haya sido devuelta. Hay una espada en la oficina del Cuidador que cuelga llamativamente a la vista de todos.

—Simon es el hombre perdido en el tiempo —dice Dorian.

—Tiene que serlo. El hombre perdido en el tiempo de *Dulces penas* tiene incluso el abrigo con los botones.

Dorian levanta *Dulces penas*, yendo y viniendo entre un libro y otro.

—¿Quién crees que es el pirata? —pregunta.

—Creo que el pirata es una metáfora.

—¿Una metáfora de qué?

—No lo sé —dice Zachary. Suspira y vuelve la mirada al hombre en su jaula pintada, rodeado de tantas llaves.

—¿Quién es el pintor? —pregunta Dorian al mismo tiempo en que la voz de la cabeza de Zachary formula la misma pregunta.

—No lo sé —dice—. He visto varios que probablemente sean del mismo artista. Hay uno con conejillos piratas en mi habitación.

—¿Puedo verlo?

—Claro.

Zachary mete *Dulces penas* y *La balada de Simon y Eleanor* en su bolsa, y Dorian vuelve a guardar *Fortunas y fábulas* en su bolsillo, y echan a andar por el pasillo, uno que Zachary reconoce en cierto modo, uno con forma de túnel en el que las estanterías se tuercen en cada giro.

—¿Cuánto has visto? —pregunta mientras caminan. Observa a Dorian moderando el paso, observando su entorno.

—Solo algunas habitaciones más —responde, mirando más allá de sus pies desnudos. El suelo de este pasillo es de cristal, dejando al descubierto una habitación por debajo, repleta de paneles móviles impresos con historias, aunque desde donde están parados sea un relato sobre un gato en un laberinto—. Las únicas personas que he visto sois tú y esa chica angelical con el cabello alborotado vestida con una túnica blanca, que es muda.

—Esa es Rhyme —dice Zachary—. Es una acólita.

—¿Tiene lengua?

—No he preguntado. He creído que sería grosero.

Dorian se detiene ante un telescopio aparatoso situado junto a un sofá. Está dirigido a una ventana empotrada en el muro de piedra contiguo. Suelta el pestillo y abre la ventana: se ve sobre todo oscuridad al otro lado, y una suave luz en la distancia.

Dorian vuelve al telescopio y mira al exterior a través del instrumento óptico. Zachary observa la insinuación de una sonrisa tironeando de los extremos de sus labios. Tras un momento, se hace a un lado y le hace una señal para que observe.

Una vez que los ojos de Zachary se ajustan a las lentes de sus gafas y al objetivo del telescopio combinados, consigue ver en la distancia, atravesando un espacio cavernoso. Hay ventanas que dan a otras habitaciones, en alguna otra parte del Puerto, talladas en una roca dentada que desciende hacia las sombras. Pero sobre la extensión de piedra iluminada descansan los restos de un enorme barco. El casco está partido en dos, y le han robado el mar sobre el que navegaba. Una bandera hecha jirones cuelga flácida del mástil. Torres de libros se encuentran apiladas sobre la cubierta inclinada.

—¿Crees que había sirenas aquí? —pregunta Dorian, y su voz se oye cerca de su oído—. ¿Que con su canto arrastraron a los marineros al naufragio?

Zachary cierra los ojos, intentando imaginar aquel barco en un mar.

Se aparta del telescopio, esperando ver a Dorian a su lado, pero este ya ha seguido avanzando por el pasillo.

—¿Puedo hacerte una pregunta? —le pregunta cuando lo alcanza.

—Claro.

—¿Por qué me ayudaste en Nueva York? —Es algo que no ha podido dilucidar, convencido de que debió de haber algo más que querer recuperar su libro.

—Porque quería hacerlo —responde—. He pasado casi toda mi vida haciendo lo que otras personas querían que hiciera y no lo que yo quería hacer, y estoy intentando cambiarlo. Tomo decisiones impulsivas, me quito los zapatos… Es estimulante aunque aterrador al mismo tiempo.

Tras dar un par de giros más y atravesar un salón repleto de historias representadas en vitrales, llegan a la puerta de Zachary. Cuando intenta abrirla, está cerrada. Se había olvidado de que la había cerrado y busca sus llaves bajo el jersey.

—Sigues llevándola —señala Dorian, mirando la espada plateada. Zachary no sabe cómo responder a eso, más allá de admitir lo que es completamente obvio: que la lleva puesta y que rara vez se la quita. Pero al abrir la puerta se distrae de inmediato con el aullido indignado de un gato persa que ha quedado encerrado por un descuido.

—Oh, lo siento —le dice. El felino no dice nada, solo se abre paso entre sus piernas y luego echa a andar por el pasillo.

—¿Cuánto tiempo ha estado aquí? —pregunta Dorian.

—Creo que un par de horas —conjetura Zachary.

—Pues al menos estaba cómodo —responde, echando un vistazo alrededor de la habitación. Dirige la atención al cuadro encima de la repisa de la chimenea. Parece el clásico paisaje marino de una fragata, con nubes amenazantes y el mar picado, completamente realista si no fuera por los piratas leporinos—. ¿Crees que es una coincidencia? —pregunta—. ¿Una chica que finge ser un conejo que conoce a una pintora, y luego las pinturas sobre conejos?

—Crees que la artista las pintó para Eleanor.

—Creo que es una posibilidad —dice Dorian—. Creo que aquí hay una historia.

—Creo que aquí hay muchas historias —afirma Zachary. Deja caer su bolsa sobre el suelo; la botella de vino golpea la piedra con un ruido metálico. Abre la bolsa para extraerla y quita el polvo encima del farol y las llaves impresas sobre la botella, preguntándose quién la embotelló y cuánto tiempo estuvo en la bodega, esperando que alguien la abriera. ¿Por qué no ahora?

Zachary mira el corcho y frunce el ceño.

—No me juzgues —le dice a Dorian levantando un bolígrafo del escritorio y empleándolo para empujar el corcho hasta que queda completamente insertado dentro de la botella, un truco que ha empleado muchas veces como estudiante universitario, cuando carecía de las herramientas adecuadas para el bar.

—Podríamos haber encontrado un sacacorchos en algún sitio —señala Dorian observando el tosco proceso.

—Solían causarte cierta impresión mis habilidades para improvisar —responde, levantando la botella que ha conseguido abrir con éxito.

Dorian se ríe al tiempo que Zachary bebe un trago del vino. Probablemente, sabría mejor si lo decantara y empleara copas, pero tiene un sabor intenso, exuberante y terso. De algún modo, luminoso, como el farol que tiene impreso. No susurra versos o relatos alrededor de su lengua y dentro de su cabeza, por suerte, pero sabe a algo más antiguo que las historias. Sabe a mito.

Le ofrece la botella a Dorian, quien la toma, dejando que sus dedos descansen sobre los de Zachary al hacerlo.

—Volviste a por mí, ¿verdad? —pregunta de pronto—. Lamento no haberlo mencionado antes, todo sigue aún muy confuso.

—Fue Mirabel más que nada —responde Zachary—. La acompañé para ayudarla y luego me ataron a una silla y me envenenaron. —Todo parece distante ahora, aunque haya sido tan reciente—. Estoy mejor —añade.

—Gracias —dice Dorian—. No hacía falta que lo hicieras. No me debías nada y yo… gracias. Creía que jamás me volvería a despertar y en cambio me desperté aquí.

—De nada —responde Zachary, aunque siente que debe decir algo más.

—¿Hace cuánto tiempo sucedió? —pregunta—. ¿Cuatro días? ¿Cinco? ¿Una semana? Parece más tiempo.

Zachary lo mira en silencio, sin una respuesta adecuada. Cree que puede haber sido una semana, o toda una vida, o un instante. Piensa: *Siento que te he conocido desde siempre*, pero no lo dice, y entonces solo se miran el uno al otro, sin necesidad de decir nada.

—¿De dónde has sacado esto? —pregunta Dorian tras beber un sorbo de la botella.

—De la bodega. Está en el otro extremo del salón de baile, pasando el sitio donde solía estar el Mar sin Estrellas.

Dorian lo mira con aquella expresión de las mil preguntas en sus ojos, pero en lugar de formular alguna de ellas, bebe otro trago más del vino y le vuelve a pasar la botella a Zachary.

—Debió de ser algo extraordinario en su época —dice.

—¿Por qué crees que la gente venía aquí? —pregunta Zachary, tomando otro sorbo matizado de mitos antes de pasarle la botella a Dorian, sin saber si la descarga que siente en la cabeza y en el pulso provienen del vino o del modo en que se mueven los dedos de Dorian sobre los suyos.

—Creo que la gente venía aquí por el mismo motivo por el que estamos aquí —dice Dorian—. Para buscar algo. Incluso si no sabemos qué. Algo más. Algo para admirar. Un lugar al que pertenecer. Estamos aquí para perdernos en las historias de otras personas, buscando las nuestras. Por las Búsquedas —dice, inclinando la botella hacia Zachary.

—Por los Hallazgos —responde este, repitiendo el gesto una vez que le pasa la botella.

—Me encanta que hayas leído mi libro —le dice Dorian—. Gracias de nuevo por ayudarme a recuperarlo.

—De nada.

—Es extraño, ¿verdad? Querer a un libro. Cuando las palabras en las páginas se vuelven tan preciosas que parecen parte de tu propia historia porque lo son. Es agradable tener finalmente a alguien que lea las historias que conozco tan íntimamente. ¿Cuál es tu favorita?

Zachary considera la pregunta mientras se plantea también el uso particular de la palabra «íntimamente». Reflexiona sobre las historias, fragmentos de imágenes que vuelven a él mientras se permite considerarlas sencillamente como historias en lugar de tratar de desmantelarlas para buscar sus secretos. Mira la botella en sus manos, las llaves y el farol, pensando en videntes en tabernas y botellas compartidas en posadas cubiertas de nieve.

—No lo sé. Me gustó la de las espadas. Muchas eran tristes. Creo que la del posadero y la luna fue mi favorita, pero quería... —Se detiene, sin saber qué deseaba encontrar en ella. *Más*, quizá. Le pasa la botella de nuevo a Dorian.

—¿Querías un final más feliz?

—No... no necesariamente más feliz. Quería una historia más larga. Quería saber qué sucedía después. Quería que la luna descubriera un modo de volver, incluso si no pudiera quedarse. Todas esas historias son así, parecen trozos de historias más grandes. Como si sucedieran más cosas fuera de las páginas.

Dorian asiente, pensativo.

—¿Eso es un armario? —pregunta, señalando el mueble del otro lado de la habitación.

—Sí —responde Zachary distraído por afirmar lo obvio.

—¿Lo has revisado?

—¿Para qué? —pregunta, pero cae en la cuenta al tiempo que las cejas incrédulas de Dorian se alzan—. Ah. Eh, no. No lo hecho.

Se le ocurre que es el único armario propiamente dicho que ha tenido alguna vez, y tras el tiempo considerable que ha transcurrido sentado en armarios literal y figurativamente, no puede creer que no haya explorado este para ver si encuentra una puerta a Narnia.

Dorian le entrega la botella de vino y camina hacia el armario.

—Yo mismo jamás he sido particularmente aficionado a Narnia —señala Dorian, recorriendo los dedos sobre las puertas de madera tallada—. Hay demasiada alegoría directa para mi gusto. Aunque tiene cierto romanticismo. La nieve. El sátiro caballero.

Abre la puerta y sonríe, aunque Zachary no advierte porqué.

Extiende un brazo y aparta, lentamente y con cuidado, las hileras de prendas de lino y cachemira que cuelgan dentro, alargando el movimiento en lugar de darse prisa por meter la mano de inmediato y tocar el fondo del armario. Tomándose su tiempo.

Ni siquiera necesita palabras para contar una historia, dice una voz en algún lugar de la cabeza de Zachary, y de pronto siente un deseo desesperado por estar ocupando el jersey sobre el que Dorian ha posado la mano y está tan distraído por este pensamiento que le lleva un momento darse cuenta de que este ha entrado en el armario y ha desaparecido.

 una estrella de papel que ha sido
tan aplastada por las circunstancias
y el tiempo que solo es vagamente
reconocible como una estrella

Un hombre, que se encuentra momentáneamente dentro del tiempo, camina enfurecido por el pasillo y encuentra la forma de salir de nuevo del tiempo.

Un candelabro caído no es algo fuera de lo común. Los acólitos lo anticipan, tienen un modo de saber cuándo es posible que caiga una llama. Hay métodos para evitar accidentes.

Los acólitos no pueden predecir lo que hará un hombre que se ha perdido en el tiempo. No pueden saber dónde o cuándo aparecerá. No están allí cuando y donde aparecen.

No hay tantos acólitos como antes, y en este momento están todos ocupados en otros asuntos.

Al principio, el fuego se desliza cautelosamente y luego cobra fuerza. Arrastra los libros de los estantes convirtiéndolos en rollos de papel, y reduce las velas a charcos de cera fundida.

Atraviesa los pasillos, moviéndose como el mar, cubriendo todo a su paso.

Encuentra la habitación con la casa de muñecas y la reclama como propia, todo un universo perdido en llamas.

Las muñecas solo ven un resplandor y luego nada.

Zachary Ezra Rawlins mira dentro del armario que solo contiene una pila de jerséis, camisas de lino y pantalones, y cuestiona su cordura.

—¿Dorian? —pregunta. Debe de estar oculto entre las sombras, hecho un ovillo bajo las prendas que cuelgan, como él mismo se ha sentado tantas veces, en un mundo solitario, encogido y olvidado.

Estira una mano entre los jerséis y camisas, preguntándose por qué tomaría a las sombras por sombras en un sitio donde tantas cosas son más de lo que parecen, y donde en el lugar donde sus dedos deberían tocar madera sólida, no hallan nada.

Se ríe, pero el sonido queda atrapado en su garganta. Introduciéndose en el armario, estira aún más los brazos. Hay un espacio vacío donde debería estar el fondo del armario, más allá de donde la pared se habría encontrado con sus dedos.

Da un paso y luego otro, sintiendo cómo la cachemira roza su espalda. La luz de su habitación se desvanece rápidamente. Extiende una mano hacia el lateral y choca ligeramente con una superficie sólida de piedra curva. Un túnel, quizá.

Avanza hacia la oscuridad con las manos por delante cuando una mano atrapa la suya.

—Veamos a dónde conduce esto, ¿te parece? —le susurra Dorian en el oído.

Zachary se aferra a su mano, y enlazados así avanzan por el túnel que traza una curva, conduciéndolos a otra habitación.

Se trata de una recámara iluminada por una sola vela, delante de un espejo que refleja la luz duplicando su llama.

—No creo que esto sea Narnia —dice Dorian.

Zachary deja que sus ojos se acostumbren a la luz. Dorian tiene razón: no es Narnia. Es una habitación llena de puertas.

Cada puerta tiene imágenes talladas. Zachary camina hacia la más cercana. Al hacerlo, pierde el contacto de la mano de Dorian y lo lamenta, pero su curiosidad es demasiada.

Tallada en la puerta hay una niña con un farol en alto, recortada contra un cielo oscuro repleto de criaturas aladas, que chillan, gruñen e intentan arañarla con sus garras.

—No abramos esta —dice.

—De acuerdo —responde Dorian, mirando por encima del hombro.

Se mueven de una puerta a la siguiente. Aquí hay una ciudad atravesada con torres curvas; allí, una isla bajo un cielo iluminado por la luna.

Una puerta representa una figura tras unos barrotes intentando tocar a otra en una jaula separada. A Zachary le recuerda al pirata atrapado en el sótano. Cuando acude a abrirla, Dorian desvía su atención hacia otra.

Esta puerta tiene tallada la imagen de una celebración. Decenas de figuras sin rostro bailan bajo farolas y banderines, uno de los cuales tiene una hilera de lunas grabadas: una luna llena, rodeada de lunas en cuarto creciente y menguante.

Dorian abre la puerta. El espacio al otro lado está oscuro. Se introduce dentro.

Zachary lo sigue, pero en el instante en que entra, Dorian desaparece.

—¿Dorian? —pregunta, volviéndose hacia la habitación con su multitud de puertas, pero también se ha desvanecido.

Se da la vuelta de nuevo y se encuentra parado en un pasillo bien iluminado, tapizado de libros.

Un par de mujeres con túnicas largas pasan a su lado rozándolo. Sus risas ponen en evidencia que están más interesadas unas en otras que en él.

—¿Hola? —llama mientras se alejan.

Mira por detrás. No hay una puerta, solo libros: elevadas estanterías en las que se acumulan pilas y montones desordenados, una colección ajada por el uso, algunos abiertos. Unos estantes más allá hay un apuesto joven con cabello pelirrojo tan brillante que roza el rojo propiamente dicho. Se encuentra revisando uno de los volúmenes.

—Disculpe —dice Zachary, pero el hombre no levanta la mirada de su libro. Extiende una mano para tocarle el hombro, y siente la tela extraña entre sus dedos, como si existiera y no existiera a la vez, como si se tratara de la mera idea de tocar el hombro de un individuo con una chaqueta y no de la sensación real, la versión táctil de una película que no ha sido doblada adecuadamente. Zachary retira la mano, sorprendido.

El hombre pelirrojo levanta la vista, pero no para mirarlo a él exactamente.

—¿Ha venido a la fiesta?

—¿Qué fiesta? —replica Zachary, pero antes de que pueda responder hay una interrupción.

—¡Winston! —llama una voz masculina desde el otro lado del recodo del pasillo, en la dirección hacia la que se dirigían las jóvenes con las túnicas. El hombre pelirrojo apoya su libro y hace una leve inclinación de cabeza, tras lo cual sigue a la voz.

—Creo que he visto un fantasma —oye que comenta casualmente a su compañero antes de desaparecer pasillo abajo.

Zachary se mira las manos. Tienen el mismo aspecto que siempre. Levanta el libro que el hombre había vuelto a colocar en el estante y lo siente sólido aunque no tan sólido en sus manos, como si su cerebro le dijera que tiene un volumen entre las manos sin que realmente esté allí.

Pero hay un libro. Lo abre y para su sorpresa reconoce los fragmentos de poesía sobre la página. Sappho.

alguien nos recordará
digo
incluso en otro tiempo

Cierra el libro y lo vuelve a colocar sobre el estante, sin que su peso acompañe la acción por completo, pero él mismo anticipa las discrepancias sensoriales.

Un sonido de carcajadas brota desde otra sala. Se oye música en la distancia. Zachary se encuentra indudablemente dentro del Puerto con el que está familiarizado, en el Mar sin Estrellas, pero todo vibra animado. Hay mucha gente.

Pasa caminando junto a algo que cree que es la estatua dorada de una mujer desnuda hasta que se mueve y advierte que la pátina dorada está meticulosamente pintada sobre una mujer desnuda de verdad. Al pasar, ella extiende la mano y le toca el brazo, dejando manchas de polvo dorado sobre su manga.

Mientras continúa no hay muchos más que lo reconozcan, pero la gente parece saber que él está allí, quitándose de en medio a su paso. La frecuencia de la gente va aumentando al avanzar y luego se da cuenta de a dónde van.

Otra curva lo lleva a la amplia escalinata que conduce escaleras abajo al salón de baile. Está decorada con farolas y guirnaldas de papel bañado en oro. El confeti cae a torrentes como un oleaje dorado sobre las escalinatas de piedra. Se pega al dobladillo de los vestidos y a los bajos de los pantalones, flotando y arremolinándose en torno a la multitud que desciende.

Zachary la sigue, dejándose llevar por la marea de invitados. La sala de baile a la que entran le resulta familiar y completamente inesperada a la vez.

El espacio que ha conocido vacío y cavernoso está atestado de gente. Todas las arañas están iluminadas, arrojando luces que danzan sobre el salón. El techo está cubierto de globos metalizados. Largas cintas relucientes cuelgan de ellos, y cuando Zachary se acerca nota que han aumentado su peso con perlas.

Todo ondula, reluciente y dorado. Huele a miel e incienso, a almizcle y sudor y vino.

La realidad virtual no es tan real si no huele a nada, señala una voz en su cabeza.

Las cortinas de globos forman laberintos, dividiendo y fragmentando el enorme sitio con muros casi transparentes. El espacio se multiplica: surgen habitaciones improvisadas, nichos, pequeños ambientes de sillas, alfombras de intensos tonos brillantes que cubren el suelo de piedra, y mesas envueltas en sedas de un color azul como el cielo nocturno salpicado de estrellas. Sobre ellas han dispuesto cuencos de bronce y vasijas, repletos de vino, fruta y queso.

A su lado hay una mujer que lleva el cabello sujeto con un pañuelo y la túnica de los acólitos. Tiene en los brazos un enorme recipiente lleno de líquido dorado. Mientras observa, los invitados hunden las manos dentro y las extraen cubiertas de oro refulgente. Se escurre por brazos y mangas, y Zachary alcanza a ver subrepticiamente las impresiones doradas de dedos detrás de orejas y descendiendo sobre nucas, rastros sugerentes sobre escotes y bajo las cinturas.

Más cerca del centro del salón de baile, las cortinas de cordones se abren, permitiendo que el recinto despliegue su máxima capacidad. Una pista de baile ocupa casi todo el espacio, extendiéndose hacia las arcadas del lado opuesto.

Zachary camina por la periferia. Los bailarines giran tan cerca que los vestidos le rozan las piernas. Llega a la enorme chimenea y la encuentra cubierta de velas, apiladas dentro del hogar y tapizando la repisa. La cera gotea formando charcos sobre la piedra. Entre las velas hay botellas llenas de arena dorada y de agua en la que nadan pececillos blancos con colas que se abren como abanicos, refulgiendo como llamas a la luz de las velas. Por encima de las llamas y de los peces hay una serie de signos mágicos pintados. Una luna llena rodeada de lunas en cuarto creciente y menguante.

Un movimiento junto a la mano de Zachary llama su atención. Cuando baja la mirada descubre que alguien le ha metido un trozo de papel doblado en la palma de la mano. Echa un vistazo a los invitados a su alrededor, pero todos están inmersos en su propio mundo.

Despliega el papel: está cubierto de un texto manuscrito garabateado en tinta dorada.

La luna jamás había pedido que la Muerte o el Tiempo la bendijeran, pero había algo que deseaba, que ansiaba, que anhelaba más de lo que jamás había deseado algo.

Un lugar se había vuelto precioso para ella, y una persona que lo habitaba aún más.

La luna volvía a este lugar todo lo que podía, en momentos robados de tiempo prestado.

Había hallado un amor imposible.

Resolvió encontrar el modo de conservarlo.

Zachary levanta la mirada al océano de gente que lo rodea, bailando y bebiendo y riéndose. No ve a Dorian por ningún lado pero, como seguramente ha sido él quien ha escrito estas palabras, no debe de estar lejos. Dobla nuevamente el trozo de papel, guarda el fragmento de historia en su bolsillo y sigue cruzando el salón de baile.

Oye al barman desearle a alguien un feliz año nuevo lunar mientras le entrega una copa aflautada con una capa de pan de oro. Tendrían que romperla para poder consumir la bebida. Zachary sigue su camino antes de ver cómo rompen la superficie.

En un rincón silencioso un hombre vierte arena sobre el suelo en tonos negro, gris, dorado y marfil realizando intrincados patrones, dibujos circulares que representan mandalas, exhibiendo figuras que bailan y globos y una enorme fogata, con un círculo exterior de gatos y un círculo aún más externo de abejas. Cincela los detalles en la arena con el filo de su pluma. Zachary se acerca para ver mejor, pero en cuanto lo completa, el hombre lo elimina y empieza de nuevo.

Cerca de allí, una mujer ataviada solo con cintas se arrellana sobre un diván. Las cintas tienen poemas escritos; rodean su garganta y su cintura, y descienden en espirales entre sus piernas. Muchos admiradores se congregan a su alrededor leyéndola. A Zachary le recuerda demasiado a los cadáveres de la cripta y empieza a darse la vuelta cuando una de las líneas del texto le llama la atención.

Primero la luna fue a hablar con la Muerte.

Se acerca para leer la historia que continúa descendiendo por el brazo de la mujer y alrededor de su muñeca.

Le preguntó a la Muerte si podía perdonar a una única alma.
La Muerte le habría concedido a la luna cualquier deseo a su alcance pues la Muerte no es nada sino generosa. Este era un deseo sencillo, fácil de conceder.

La cinta termina allí, enroscándose alrededor del dedo anular de la mujer. Zachary lee otras cintas, pero no hay nada más acerca de la luna.

Sigue avanzando y encuentra otro sector del salón de baile con cientos de libros suspendidos del techo, los lomos abiertos y sobrevolando el espacio. Estira la mano para tocar uno justo encima de su cabeza, y las páginas revolotean a modo de respuesta. Toda la bandada de libros se reordena, cambiando la formación como gansos.

Cree ver a Dorian al otro lado de la pista de baile e intenta abrirse paso en aquella dirección. Se mueve con la multitud. Hay tantas personas. Nadie le echa siquiera un vistazo, aunque ahora ya se siente menos fantasmal, y el espacio y la gente a su alrededor son más sólidos. Casi puede sentir los dedos rozando los suyos.

—Ahí estás —dice una voz junto a él, pero no es Dorian, sino el joven de cabello pelirrojo que ha visto antes. Ha perdido su chaqueta y tiene los brazos cubiertos de oro hasta las puntas de los dedos. Zachary cree haberse equivocado

y que el hombre se ha dirigido a otra persona, pero lo mira directamente a él—.
¿Cuándo estás? —pregunta.

—¿Qué? —replica, aún no muy seguro de que el hombre se dirija a él.

—No estás ahora —señala el pelirrojo, levantando una mano a su rostro y
limpiando su mejilla suavemente con los dedos. Zachary lo siente, esta vez lo
siente de verdad, y está tan sorprendido que no puede responder. El pelirrojo
hace un gesto para atraerlo a la pista de baile, pero en ese momento la multitud
se desplaza en torno a ellos, separándolos, y el tipo vuelve a desaparecer.

Zachary intenta encontrar el perímetro de la sala, alejándose de la muche-
dumbre. Había creído que los músicos estaban detrás, pero ahora la flauta se
encuentra delante de él y hay tambores a su izquierda. Las luces se han atenuado, quizá los globos estén descendiendo, el espacio se hace más pequeño al
moverse hacia la periferia. Pasa junto a un vestido dorado abandonado sobre
un sillón, como la piel mudada de una serpiente.

Cuando finalmente llega a la pared la encuentra cubierta de texto, escrito
con pinceladas doradas sobre la piedra oscura. Las palabras son difíciles de
leer; el pigmento metálico refleja mucha o muy poca luz. Zachary sigue la
historia que se despliega sobre el muro.

La luna habló con el Tiempo.

(No habían hablado en mucho tiempo).

La luna le pidió al Tiempo que no alterara un espacio y un alma.

El Tiempo hizo que la luna esperara una respuesta. Cuando la
recibió había una condición.

El Tiempo accedió a ayudar a la luna solo si la luna ayudaba al
Tiempo a encontrar un modo de retener el Destino.

La luna lo prometió, aunque aún no sabía cómo arreglar aquello
que había sido roto.

Entonces el Tiempo consintió en mantener un sitio oculto, lejos de
las estrellas.

Ahora en este espacio los días y las noches pasan de modo diferente.
De modo extraño, lento. Lánguido y exquisito.

Aquí terminan las palabras en la pared. Zachary echa un vistazo a la fiesta,
a los globos que flotan a la deriva junto a las arañas, a los bailarines que dan

vueltas y a una chica cercana que pinta líneas de prosa sobre la piel desnuda de otra, con pintura dorada que seguramente antes tomó prestada para escribir en el muro. Un hombre pasa junto a él con una bandeja llena de pequeños pasteles glaseados con poemas inscritos. Alguien le entrega una copa de vino, y luego la bebida desaparece y no recuerda a dónde fue.

Zachary echa una ojeada a la concurrencia, buscando a Dorian, preguntándose si de alguna manera ha conseguido perderse en el tiempo que está transcurriendo de modo extraño y lento y cómo debería volver al estado de no estar perdido. Luego su mirada se detiene en un hombre al otro lado de la sala, que también se encuentra inclinado contra la pared. Se trata de un individuo con trenzas pálidas y elaboradas que han sido bañadas en oro, pero si no fuera por ello el Cuidador tendría exactamente el mismo aspecto. No ha cambiado un ápice. Observa a alguien en la multitud, pero Zachary no ve a quién. Él mismo busca pistas sobre el año en el que están, pero los estilos son tan diversos que es difícil adivinarlo. ¿Los años veinte? ¿Los treinta? Se pregunta si el Cuidador podrá verlo, se pregunta cuántos años tiene de todos modos, y a quién mira con tanto detenimiento.

Intenta seguir la dirección de su mirada, caminando a través de una arcada que conduce a una escalinata cubierta de velas y farolas, despidiendo una luz dorada trémula y resplandeciente sobre las olas que se pierden en la oscuridad.

Zachary se detiene y mira el oleaje reluciente del Mar sin Estrellas. Da un paso hacia él y luego otro y luego alguien tira de él hacia atrás. Un brazo rodea su pecho y una mano le cubre los ojos, serenando el movimiento turbulento y atenuando la lumbre dorada.

Una voz que reconocería en cualquier sitio le susurra al oído.

—Y entonces la luna encontró un modo de conservar su amor.

Dorian lo conduce hacia atrás a la pista de baile.

Zachary siente el océano de juerguistas a su alrededor, aunque no pueda verlos ni sentirlos de verdad sin cierto efecto de retraso, aunque por el momento sus sentidos estén completamente en sintonía con la voz junto a su oreja y el aliento contra su cuello. Deja que Dorian lo conduzca a él y a la historia adonde él desee conducirlos.

—Una posada situada una vez en un cruce de caminos ahora está situada en otro —continúa—, un lugar más profundo y oscuro, donde pocos lograrán encontrarla, a la orilla del Mar sin Estrellas.

Dorian aparta la mano de los ojos de Zachary y le da la vuelta, casi haciéndolo girar, de modo que quedan cara a cara, bailando en medio de la multitud. Su cabello está surcado de vetas doradas, que descienden por su cuello y encima del hombro de su abrigo.

—Aún sigue allí —dice y hace una pausa tan larga que Zachary cree que tal vez el relato ha concluido, pero luego se acerca aún más—. Aquel sitio es donde va la luna cuando no la ven en el cielo. —Dorian exhala lentamente cada palabra contra sus labios.

Zachary se acerca para acortar la mínima distancia entre ellos, pero antes de poder hacerlo se oye un estruendo crepitante, como si se tratara de un trueno. El suelo bajo sus pies se sacude. Dorian pierde el equilibrio, y Zachary lo toma del brazo con fuerza para evitar que se caiga, o que se estrelle contra cualquiera de los demás bailarines. Pero no hay otros bailarines. No hay nadie. Ni globos, ni fiesta, ni salón de baile.

Se encuentran de pie, juntos en una sala vacía, con una puerta tallada que ha caído desprendiéndose de sus goznes. La celebración representada sobre ella está detenida y resquebrajada.

Antes de que Zachary pueda preguntar qué ha sucedido, otra explosión sigue a la primera; una lluvia de piedras cae sobre sus cabezas.

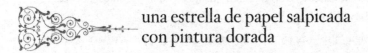

una estrella de papel salpicada con pintura dorada

El Mar sin Estrellas está subiendo.

Las lechuzas observan el cambio de la marea, al comienzo, lento.

Vuelan sobre las olas que rompen contra orillas largamente olvidadas.

Lanzan advertencias y gritos de euforia.

El momento ha llegado. Han esperado mucho.

Chillan y celebran hasta que el mar está tan alto que también ellas deben buscar cobijo.

El Mar sin Estrellas empieza a subir.

Ahora inunda el Puerto, derribando los libros de sus estanterías, reclamando el Corazón para sí.

Ha llegado el fin.

Aparece entonces el Rey Lechuza trayendo el futuro en sus alas.

ZACHARY EZRA RAWLINS cae tropezando a través de una cortina de prendas de cachemira y lino, derribando jerséis y camisas. Atraviesa dando tumbos el armario junto a Dorian, mientras el túnel se desploma por detrás, levantando una nube de polvo.

En la habitación de Zachary la mayoría de los libros se han caído de las estanterías. La botella de vino abandonada se ha desplomado, derramando su contenido sobre el lateral del escritorio. Los conejillos piratas han naufragado sobre el suelo junto a la chimenea.

Otro temblor derriba el armario con estrépito, y Zachary echa a correr hacia la puerta con Dorian pisándole los talones. Aferra rápidamente su bolsa y se la echa sobre el hombro.

Se dirige al Corazón, sin saber a dónde más dirigirse, preguntándose a dónde hay que ir exactamente durante un terremoto cuando se está bajo tierra.

Los temblores cesan, pero los daños quedan a la vista. Tropiezan por encima de estanterías y muebles caídos, haciendo una pausa para liberar a un gato atigrado de debajo de una mesa derribada. El felino huye sin darles las gracias.

—No creía que fuera a hacerlo de verdad —le dice Dorian, observando al gato saltar sobre un candelabro caído que forma un charco de cera de abeja sobre la piedra, y luego desaparece entre las sombras.

—¿Hacer qué? —pregunta Zachary. Pero luego oyen un estruendo por delante y siguen avanzando, en la dirección opuesta al gato, algo que advierte en silencio como un mal augurio.

Justo antes de llegar al Corazón, donde alguien está gritando aunque Zachary no logre distinguir las palabras por un estruendo metálico, Dorian lo empuja hacia atrás, estirando el brazo contra la pared para bloquearle el camino.

—Necesito que sepas algo —dice. Se oye otro estrépito proveniente del Corazón. Zachary lanza una mirada en la dirección de donde procede, pero Dorian levanta la mano y vuelve su rostro hacia el suyo, enredando los dedos en su cabello.

—Necesito que sepas que lo que siento por ti es real. Porque creo que tú sientes lo mismo. He perdido muchas cosas y no quiero perder esto también —dice con voz tan queda que Zachary apenas consigue oírlo por el clamor de fondo continuo.

—¿Qué? —pregunta este. No sabe si ha escuchado correctamente. Desea además que amplíe la información acerca de la clase de sentimientos a los que se refiere y también quiere saber por qué, exactamente, Dorian ha elegido un momento particularmente inoportuno para llevar a cabo esta conversación. Aunque resulta que no se trata de una conversación en absoluto, porque este le sostiene la mirada un momento más antes de soltarlo y alejarse caminando.

Zachary permanece contra la pared, aturdido. El suelo se sacude de nuevo y más libros salen despedidos desde estanterías cercanas.

—¿Qué está pasando? —pregunta en voz alta, y nadie, ni siquiera la voz en su cabeza, tiene una respuesta.

Se ajusta la bolsa sobre el hombro, y sigue a Dorian.

Cuando llegan al Corazón, la causa del estruendo se vuelve evidente: el universo mecánico se ha desplomado. El péndulo oscila descontrolado y se enreda alrededor de enormes bobinas de metal. Algo por encima intenta fútil-mente moverlas. Ascienden y descienden a intervalos irregulares, cayendo a plomo al suelo, rompiendo baldosas que ya están rotas hasta hacerlas polvo. Las agujas doradas del reloj están intactas, pero una se inclina ahora hacia las baldosas agrietadas más abajo, y la otra señala de forma acusadora hacia la pila de rocas donde solía estar la puerta del ascensor.

El griterío, que proviene de la oficina del Cuidador, es cada vez más inten-so. Dorian levanta la mirada al mecanismo derrumbado, y Zachary advierte que él jamás conoció el Corazón como era, y que todo lo que ocurre a su alre-dedor parece tremendamente injusto y terrible y por un instante, solo un ins-tante, desea que nunca hubieran venido aquí.

La voz del Cuidador es la primera que se distingue.

—Yo no *permití* nada —dice… no, en realidad, grita… a alguien que Zachary no ve—. Tengo entendido…

—Tú no lo entiendes —interrumpe una voz, y la reconoce más porque Dorian se paraliza y porque recuerda de verdad el timbre de la voz de Alle-gra—. Yo lo entiendo porque he visto a dónde conduce todo esto y no permi-tiré que suceda —dice la mujer, y luego aparece en la puerta de la oficina con su abrigo de piel, mirándolos con sus labios pintados de rojo torcidos en una mueca. El Cuidador la sigue por detrás, con la túnica cubierta de polvo.

»Veo que sigue vivo, señor Rawlins —señala Allegra con calma, con aire despreocupado, como si no acabara de gritar un instante antes, como si no estuvieran de pie entre trozos de metal rotos y destartalados y páginas que revolotean en el aire, liberadas de sus cubiertas—. Conozco a alguien que se alegrará de saberlo.

—¿Qué? —pregunta Zachary, aunque quería decir *quién* y la pregunta queda acallada por el fragor detrás de ellos. Allegra no responde.

Por un segundo sus ojos van y vienen entre él y Dorian, el ojo azul más brillante de lo que lo recuerda, y tiene la impresión de que lo miran, de que realmente lo miran por primera vez, y luego desaparece.

—Ni siquiera lo sabes —dice ella, y Zachary no distingue si le habla a él o a Dorian—. No tienes ni idea de por qué estás aquí. —*O a ambos*, piensa, cuando centra su atención directamente en Dorian—. Tú y yo tenemos asuntos pendientes.

—No tengo nada que decirte —responde él. El universo recalca su afirmación con un golpe sordo sobre el suelo embaldosado.

—¿Qué te hace creer que quiero *hablar*? —pregunta Allegra. Camina hacia Dorian y solo cuando están casi frente a frente advierte Zachary el revólver que tiene en la mano, parcialmente oculto por el puño de piel de su abrigo.

El Cuidador reacciona antes de que Zachary pueda percatarse de lo que sucede. Aferra la mano de Allegra y tira de su brazo hacia atrás, arrebatándole el revólver de la mano, pero no sin que ella apriete antes el gatillo. La bala se dirige hacia arriba en lugar de adonde estaba dirigida: directa al corazón de Dorian.

El disparo rebota sobre una de las agujas doradas que cuelga encima de ellos, y la envía oscilando y retorciéndose hacia atrás, hasta que choca contra el engranaje.

La bala se detiene en el muro de baldosas, en el centro de un mural que una vez representaba una celda de prisión, con una chica a un lado de las rejas y un pirata al otro, pero que se ha descolorido y agrietado, y el daño ocasionado por el pequeño trozo de metal no se distingue del daño que ha provocado el tiempo.

Más arriba el mecanismo que regía el movimiento pendular de los planetas vuelve a caer con fuerza, y esta vez el suelo embaldosado sucumbe a su presión, fisurando la piedra bajo las baldosas en una grieta que se abre no hacia otro salón repleto de libros como Zachary espera, sino hacia una cueva, una enorme caverna de roca que se extiende hacia abajo, mucho más hacia abajo, adentrándose en las sombras y en la negrura.

Te olvidas de que estamos bajo tierra, dice la voz en su cabeza. *Te olvidas de lo que significa*, continúa, y ya no sabe si realmente se trata de la voz en su cabeza.

El péndulo se suelta de la maraña de metal y cae en picado.

Zachary espera para oírlo tocar el fondo, recordando la botella de champán de Mirabel, pero no oye nada.

La fisura pasa de una grieta a una hendidura y, finalmente, a un abismo, arrastrando piedras, baldosas, planetas, arañas destrozadas y libros con ella, acercándose al sitio donde están parados como una ola.

Zachary retrocede un paso, adentrándose en la puerta de la oficina. El Cuidador apoya una mano sobre su brazo para sujetarlo, y tiene la sensación de que todo lo que sucede después ocurre lentamente, aunque en realidad solo dura un momento.

Allegra se resbala, el suelo se desmorona bajo sus tacones al tiempo que el borde del abismo encuentra sus pies. Extiende el brazo buscando aferrarse de algo, lo que sea, al caer dentro.

Sus dedos encuentran la lana color azul medianoche del abrigo con botones de estrella que lleva Dorian y tira de él junto con el hombre que está dentro. Ambos se desploman dentro del abismo.

Durante una fracción de segundo mientras caen, los ojos de Zachary van al encuentro de los de Dorian, y recuerda lo que le ha dicho minutos, segundos, instantes antes.

No quiero perder esto.

Luego desaparece, y el Cuidador arranca del borde a Zachary mientras grita a la oscuridad que se abre a sus pies.

una estrella de papel que ha sido
desplegada y vuelta a plegar para formar
un diminuto unicornio, pero el unicornio
recuerda el tiempo en el que era estrella y
un tiempo anterior en el que era parte de
un libro y a veces el unicornio sueña con el
tiempo anterior a ser un libro cuando era
un árbol y el tiempo todavía más anterior
cuando era una clase de estrella diferente

El hijo de la vidente camina atravesando la nieve.

Lleva una espada creada por el mejor de los herreros, mucho antes de que él naciera.

(Las hermanas de la espada se han perdido, una destruida por el fuego para convertirse en algo nuevo, y la otra hundida en el mar y olvidada).

La espada ahora descansa en la vaina que una vez llevó un aventurero que murió intentando proteger a alguien que amaba. Tanto su espada como su amor se perdieron junto con el resto de su historia.

(Durante una época se cantaron canciones sobre este aventurero, pero quedaba poca verdad en los versos).

Arropado así en la historia y el mito, el hijo de la vidente mira una luz en la distancia.

Cree que está a punto de llegar, pero tiene mucho por recorrer.

Otro lugar, otro tiempo:
INTERLUDIO IV

De camino a Cerdeña (Italia) y una vez allí, veinte años atrás

Es un martes cuando la pintora hace el equipaje y se marcha con la intención de no volver jamás. Nadie recuerda después que fue un martes, y pocos recuerdan siquiera la partida. Es una de tantas durante los años que rodean aquel martes. Empiezan a mezclarse mucho antes de que cualquiera se atreva a usar la palabra éxodo.

La pintora misma solo es ligeramente consciente del día o del mes o del año. Para ella este día se distingue por su sentido y no por sus detalles, la culminación de meses (años) de observar y pintar e intentar comprender, y ahora que comprende ya no puede solo observar y pintar.

Nadie levanta la mirada cuando pasa enfundada en su abrigo con su equipaje. Solo se detiene una vez, delante de una puerta en particular donde deja sus pinturas y pinceles. Apoya el estuche sin hacer ruido. No golpea la puerta. Un pequeño gato gris observa.

—Asegúrate de dárselo —le dice la pintora al gato, y este se sienta obediente sobre el estuche para ponerlo a resguardo mientras duerme una siesta.

La pintora lamentará después esta acción, pero no es de las cosas que haya podido prever.

La pintora toma un camino sinuoso hacia el Corazón. Conoce otros más cortos, los conocería incluso con los ojos vendados. Podría orientarse en este lugar mediante el tacto o el olfato o algo más profundo que guía sus pies. Camina los últimos pasos atravesando sus habitaciones favoritas. Endereza marcos torcidos y ordena pilas de libros. Encuentra una caja de cerillas colocada junto a un candelabro y guarda las cerillas en su bolsillo. Da un último giro atravesando el pasillo susurrante, que le cuenta una historia sobre dos hermanas que llevan a cabo búsquedas separadas y acerca de un anillo perdido y un amor encontrado, y el relato no se resuelve por completo, pero las historias de pasillos susurrantes rara vez se resuelven.

Cuando la pintora llega al Corazón, advierte al Cuidador en su oficina delante de su escritorio, pero él permanece atento a su escritura. Considera pedirle que encuentre un sitio adecuado para colgar el cuadro que ha dejado en su taller y que acaba de terminar, pero no lo hace. Sabe que alguien lo hallará y lo colgará. Puede verlo ya, sobre una pared rodeado de libros.

No sabe quiénes son las figuras del cuadro, aunque las ha visto muchas veces en imágenes fragmentadas y en visiones a medio formar. Una parte de ella espera que no existan, y otra sabe que existen o existirán. Por ahora están en la historia sobre el sitio.

La pintora echa un vistazo arriba, al universo mecánico que vira suavemente. Con un ojo lo ve reluciente y perfecto, cada pieza moviéndose como debe hacerlo. Con el otro ojo lo ve quemándose y destrozado.

Una aguja dorada la dirige hacia la salida.

Si está decidida a cambiar la historia, es aquí donde empezará.

(El Cuidador levantará la mirada al oír la puerta cerrándose tras ella, pero no será sino mucho después cuando advierta quién se ha marchado).

La pintora pasa por el lugar en la antecámara donde echó a rodar los dados justo al llegar. Todas espadas y coronas.

Ahora ve más espadas y coronas. Una corona dorada en el interior de una sala atestada de gente. Una espada antigua sobre una orilla oscura, húmeda de sangre. Tiene el deseo de regresar a sus pinturas, pero no puede pintar todo lo que ve. Jamás podría pintarlo todo. Lo ha intentado. No hay suficiente tiempo ni suficiente pintura.

La pintora pulsa el botón para llamar al ascensor, y se abre de inmediato, como si hubiera estado esperándola. Se deja llevar por él.

Ya empieza a nublársele el ojo que ve. Las imágenes se desvanecen. Es un gran alivio y es aterrador.

Para cuando el ascensor la deposita en una cueva familiar, iluminada por una única farola, solo la bruma ocupa el lugar. Las imágenes, los eventos y los rostros que la han acechado durante años han desaparecido.

Ahora apenas distingue la puerta recortada contra la roca delante de ella.

Jamás se ha visto a sí misma yéndose. Una vez juró que jamás se iría. Hizo una promesa y, sin embargo, ahí está, rompiéndola irreparablemente. Lograr esta hazaña imposible la anima.

Si puede cambiar esta parte de la historia, puede seguir cambiándola.

Puede cambiar el destino de este sitio.

Gira el picaporte y empuja.

La puerta se abre a una playa, una extensión de arena a la luz de la luna. La puerta es de madera y, si alguna vez la pintaron, la arena y el viento han conspirado para desgastarla y despintarla. Está oculta en un acantilado, disimulada tras la roca. Durante años creyeron que era un trozo de madera abandonado, desde la última vez que la pintora estuvo aquí, antes de que la llamaran pintora siquiera, cuando era solo Allegra, en aquel entonces una joven que encontró una puerta y pasó a través de ella sin volver atrás. Hasta ahora.

Allegra mira a un lado y otro de la playa vacía. Hay demasiado cielo. El golpeteo incesante de las olas sobre la orilla es el único sonido. El aroma resulta abrumador, la sal, el mar y el aire se estrellan contra ella como un violento ataque de nostalgia y arrepentimiento.

Cierra la puerta por detrás, dejando que la mano descanse sobre la superficie dañada por la intemperie, tersa y suave y fría.

Deja caer su bolso sobre la arena. Le sigue el abrigo de piel: el aire nocturno es pesado y demasiado caluroso para llevar algo de piel.

Da un paso atrás. Levanta el tacón de su bota y patea. Una patada sólida, suficiente para partir la vieja madera.

La patea de nuevo.

Cuando ya no puede hacer más daño con sus botas, encuentra una roca para hacerla trizas. La madera se agrieta y astilla, cortándole las manos, sus fragmentos le provocan un escozor bajo la piel.

Finalmente, es una pila de madera y no una puerta. No hay nada detrás sino roca sólida.

Solo queda el picaporte, caído en la arena, aferrado a trozos de madera astillados que solían ser una puerta, y antes de eso fueron un árbol, y ya no son ninguno de los dos.

Allegra saca las cerillas de su abrigo, enciende la antigua puerta y la observa arder.

Si puede impedir que alguien entre, puede impedir que sucedan los hechos que ha visto que sucederán. El objeto dentro del frasco en el interior de su bolso (un objeto que vio y pintó antes de comprender lo que era y mucho antes de que se convirtiera en un objeto dentro de un frasco) será su seguro. Sin puertas puede impedir el regreso del libro y todo lo que seguiría.

Ella sabe cuántas puertas hay.

Ella sabe que cualquier puerta puede cerrarse.

Allegra gira el picaporte entre las manos. Considera arrojarlo al mar, pero lo coloca dentro de su bolso junto con el frasco, queriendo retener cualquier parte de ese sitio que sea posible.

Luego, Allegra Cavallo hunde sus rodillas sobre una playa vacía junto a un mar cubierto de estrellas y solloza.

LIBRO V

EL

REY

LECHUZA

ZACHARY EZRA RAWLINS está siendo arrastrado hacia atrás, tropezando con las baldosas rotas, lejos de la grieta que ha destrozado el Corazón de este Puerto. Alguien lo introduce en la oficina del Cuidador, donde el suelo ha permanecido intacto.

—Siéntate —le ordena, obligándolo a sentarse en la silla detrás del escritorio. Intenta volver a ponerse de pie, pero el hombre lo retiene en la silla—. Respira —le sugiere, pero no recuerda cómo hacerlo—. *Respira* —repite. Zachary inhala aire a bocanadas lentas y entrecortadas. No entiende cómo el Cuidador puede estar tan tranquilo. No entiende nada de lo que está sucediendo, pero sigue respirando y, una vez que recupera una respiración acompasada, el hombre lo suelta y permanece en la silla.

El Cuidador selecciona una botella de una estantería. Llena un vaso con un líquido claro y lo coloca delante de él.

—Bebe esto —le dice, dejando la botella y alejándose. No añade, «te hará sentir mejor», y Zachary no cree que jamás vuelva a sentirse mejor, no en este momento ni sentado en esta silla. De todos modos, lo bebe y tose.

No lo hace sentirse mejor.

Hace que todo lo sucedido se vuelva más patente, más claro y atroz.

Apoya el vaso junto a la libreta del Cuidador e intenta concentrarse en algo, cualquier cosa que no sean los últimos momentos terribles que se reproducen una y otra vez en su cabeza. Mira la libreta abierta y lee, una página y luego otra.

—Son cartas de amor —se dice a sí mismo, sorprendido, y también dirigiéndose al Cuidador, que permanece en silencio.

Zachary sigue leyendo. Algunas son poemas y otras están escritas en prosa, pero cada línea es apasionada y explícita, y es evidente que se dirigen a Mirabel o son acerca de ella.

Levanta la mirada hacia el Cuidador, de pie en la entrada, mirando el abismo dentro del cual se ha precipitado el universo. Solo una única estrella cuelga, desafiante, del techo.

El hombre golpea el marco de la puerta con tanta fuerza que se resquebraja, y Zachary advierte que la calma aparente es ira apenas contenida.

Lo observa suspirar y apoyar una mano contra el marco. La grieta se repara a sí misma, zurciéndose lentamente hasta que solo queda una línea delgada.

Las piedras del Corazón empiezan a desplazarse con un ruido sordo. Fragmentos de roca se deslizan sobre el hueco, reconstruyendo la superficie parte por parte.

El Cuidador regresa al escritorio y levanta la botella.

—Mirabel estaba en la antecámara —dice, respondiendo a la pregunta que Zachary no se había animado a formular mientras vierte un vaso para sí—. No podré recuperar su cuerpo o lo que queda de él hasta que se despejen los escombros. Llevará un tiempo realizar las reparaciones.

Zachary intenta hablar, decir lo que sea, pero no puede. En cambio, apoya la cabeza sobre el escritorio, intentando comprender.

Por qué están solo ellos dos en esta habitación colmada de pérdidas y libros. Por qué todo lo que se desmoronaba antes está roto ahora y por qué solo el suelo parece ser reparable. A dónde se ha marchado el gato color naranja.

—¿Dónde está Rhyme? —pregunta cuando vuelve a encontrar la voz.

—Probablemente, en algún lugar seguro —responde el Cuidador—. Tiene que haber oído lo que iba a suceder. Creo que intentó advertirme, pero en aquel momento no lo comprendí.

Zachary no le pide al Cuidador que le vuelva a llenar su copa, pero lo hace de todos modos.

Se estira para sujetarla, pero en cambio su mano se cierra sobre un objeto que está al lado: un dado solitario, más antiguo que los dados del examen de entrada pero con los símbolos tallados en los lados.

Lo lanza sobre el escritorio.

Como anticipa, cae sobre el corazón solitario tallado.

Caballeros que rompen corazones, y corazones que rompen caballeros.

—¿Qué significan los corazones? —pregunta.

—Históricamente, los dados se han lanzado para saber lo que el Destino tiene que decir acerca de una nueva llegada a este lugar —dice el Cuidador—. Durante un tiempo los resultados se utilizaban para calibrar el potencial de los caminos. Los corazones eran para poetas, quienes llevaban sus corazones abiertos y encendidos. Mucho antes los usaban los narradores para encaminar una historia hacia el romance, la tragedia o el misterio. Su propósito ha cambiado con el correr del tiempo, pero había abejas antes que acólitos, y espadas antes que guardianes, y todos aquellos símbolos estaban aquí antes de que los tallaran sobre los dados.

—Entonces, hay más de tres caminos.

—Cada uno de nosotros tiene su propio camino, señor Rawlins. Los símbolos están para ser interpretados, no para dar definiciones.

Zachary piensa en las abejas, las llaves, las puertas, los libros y los ascensores, repasando el camino que lo trajo a esta sala y a esta silla. Cuanto más se remonta hacia atrás, más se le ocurre que tal vez todo sucedió demasiado tarde incluso antes de empezar.

—Usted intentó salvarlo —le dice al Cuidador—. Cuando Allegra iba a disparar a Dorian, usted la detuvo.

—No quería que usted sufriera como yo, señor Rawlins. Creí que podía evitar este momento. Lamento haber fracasado. He sentido lo que usted siente infinidad de veces. No se vuelve más fácil. Simplemente, más familiar.

—Usted ya la ha perdido —dice Zachary. Empieza a comprender, incluso si aún no tiene la certeza de que le cree.

—Muchas, muchas veces —confirma el Cuidador—. La pierdo a través de la circunstancia o la Muerte o mi propia estupidez, y los años pasan y vuelve a regresar. Esta vez ella estaba convencida de que algo había cambiado; jamás me contó por qué.

—Pero… —Zachary empieza a decir algo, pero se detiene, distraído por el recuerdo de la voz de Dorian en su oído.

(Cada cierto tiempo, el Destino se restablece, y el Tiempo siempre está esperando).

—La persona que conoció bajo el nombre de Mirabel —prosigue el Cuidador—, no, lo siento, la llamaba Max, ¿verdad? Ha vivido ocupando diferentes receptáculos a lo largo de los siglos. A veces ella los recuerda y otras… En la encarnación anterior a esta se llamaba Sivía. Cuando salió del ascensor, estaba empapada. En el momento de llegar, usted me recordó a ella, porque chorreaba pintura. Debía de estar lloviendo cerca de Reikiavik aquella noche, jamás pregunté. Al principio, no la reconocí. Rara vez la reconozco, y después me pregunto cómo puedo ser tan ciego todas las veces. Y siempre acaba en pérdida. Sivía creía que eso también podía cambiar.

Hace una pausa, mirando su copa.

—¿Qué le sucedió? —pregunta Zachary tras un momento.

—Murió —responde el Cuidador—. Hubo un incendio. Fue el primer incidente de ese tipo en este lugar y ella estaba justo allí, en el centro de todo. Reuní todos los restos que pude para llevarlos a la cripta, pero era difícil separar lo que una vez había sido una mujer de los restos de libros y gatos. Después creí que quizá había sido la última. Tras el incendio, todo cambió de verdad. Al comienzo, lentamente, pero luego las puertas se fueron cerrando una tras otra hasta que me convencí de que ya no volvería aunque lo quisiera, y luego un día levanté la mirada y ya estaba aquí.

—¿Y *usted* hace cuánto que está aquí? —pregunta Zachary, mirando al hombre que tiene delante, pensando en piratas metafóricos encerrados en jaulas subterráneas, y en el Tiempo, el Destino y sitios arrasados por el fuego, recordando el aspecto del Cuidador al otro lado del salón de baile dorado. Ahora tiene exactamente el mismo aspecto. En cualquier caso, tiene más perlas en el cabello.

—Siempre he estado aquí —responde. Apoya la copa sobre el escritorio. Levanta el dado y lo sostiene en la palma de la mano—. Estaba aquí antes de que hubiera un aquí en el que se pudiera estar. —Lanza el dado sobre el escritorio y no lo ve caer—. Venga, me gustaría mostrarle algo.

El Cuidador se pone de pie y camina hacia el fondo de la oficina, a una puerta que no había advertido, metida entre dos estanterías elevadas.

Zachary mira el escritorio.

En la cara superior del dado hay una llave solitaria, aunque no sabe lo que abre ni lo que cierra. Al ponerse de pie advierte que tiene las piernas más firmes de lo que cree. Echa un vistazo al Corazón, donde el suelo sigue recomponiendo sus piezas fracturadas. Empieza a seguir al Cuidador, haciendo una pausa delante de una estantería sobre la que hay un recipiente familiar. Una mano que flota dentro, saludándolo o despidiéndose o transmitiéndole algún otro sentimiento. Recuerda el objeto pesado en el bolso de Mirabel después de huir juntos del Club de los Coleccionistas y se pregunta a quién le perteneció la mano antes de ser envasada. Luego avanza hacia el recinto detrás de la oficina.

El Cuidador enciende una lámpara, iluminando una habitación más pequeña que la de Zachary, o quizá esté tan repleta de libros y obras de arte que parece más estrecha. La cama en el rincón también está cubierta de libros. Los tomos se apilan en dos hileras sobre los estantes y se amontonan sobre cualquier superficie disponible y casi todo el suelo. Echa un vistazo alrededor buscando al gato naranja, pero no lo ve.

Se detiene ante un estante con libretas idénticas a la que está sobre el escritorio. Tienen nombres escritos sobre sus lomos: *Lin, Grace, Asha, Étienne*. Muchos nombres tienen más de una libreta. Hay varias *Sivías*, seguidas por hileras de *Mirabeles* que se repiten.

Zachary se da la vuelta hacia el Cuidador, que se halla encendiendo otras lámparas, para preguntar por ellas, pero la pregunta muere en sus labios.

Detrás del Cuidador hay una enorme pintura en la pared.

Lo primero que piensa es que se trata de un espejo porque él mismo se encuentra retratado en la pintura. Pero al acercarse, el Zachary de la obra permanece inmóvil, aunque esté representado con detalles tan realistas que pareciera que respirara.

Se trata de un retrato de tamaño natural. El Zachary del cuadro está de pie frente a frente con el real, con los mismos zapatos de gamuza y los mismos pantalones de pijama azules que, de algún modo, consiguen parecer elegantes y clásicos en una pintura al óleo. Pero el Zachary del cuadro tiene el torso descubierto y lleva una espada en una mano, colgando ligera a su lado, y una pluma enarbolada en la otra.

Dorian se encuentra detrás, inclinándose hacia el Zachary de la pintura y susurrando en su oído. Uno de sus brazos lo rodea con la palma hacia arriba, cubierta de abejas que danzan sobre las puntas de sus dedos y se arremolinan en torno a su muñeca. La otra mano de Dorian, extendida hacia el costado, está envuelta en cadenas, de las que cuelgan decenas de llaves.

Encima de sus cabezas flota una corona dorada. Más allá hay un enorme cielo nocturno lleno de estrellas.

Es increíblemente realista, salvo por el hecho de que el Zachary de la obra tiene el pecho abierto y el corazón expuesto, detrás del cual se advierte el cielo lleno de estrellas. O quizá sea el corazón de Dorian. O quizá, ambos. De cualquier manera, es anatómicamente correcto, incluidas las arterias y la aorta, pero está pintado de oro metalizado y cubierto de llamas, brillando como un farolillo cuyas chispas de luz minuciosamente pintadas salpican a las abejas, las llaves, la espada y los rostros de ambos.

—¿Qué es esto? —pregunta al Cuidador.

—Esta es la última obra que pintó Allegra en este lugar.

—Entonces, Allegra es la pintora. —Zachary recuerda el sótano lleno de pinturas del Puerto en el Club de los Coleccionistas—. ¿Cuándo lo pintó?

—Hace veinte años.

—¿Cómo es posible?

—Creía que no haría falta que el hijo de una vidente tuviera que preguntar.

—Pero… —Se detiene. La cabeza le da vueltas a una velocidad pasmosa—. Mi madre no… —Vuelve a detenerse. Puede que su madre vea con tanta claridad, pero no pinta. Jamás se lo ha preguntado.

Esto es más raro que leer sobre sí mismo en *Dulces penas*. Quizá porque mientras que solo puede suponer que es el chico en el libro, es absolutamente indudable que es el hombre del cuadro.

—Usted sabía quiénes éramos —dice, mirando una vez más la versión pintada de Dorian, recordando el modo en que el Cuidador lo había escrutado cuando lo llevaron abajo.

—Conocía sus rostros —responde—. He observado esa pintura todos los días durante años. Sabía que algún día llegaría, pero no sabía si algún día significaba que faltaban meses, décadas o siglos.

—Usted habría estado aquí incluso si hubiera sido dentro de siglos, ¿verdad?

—Solo podré marcharme cuando desaparezca este sitio, señor Rawlins —dice—. Espero que ambos podamos vivir más.

—¿Qué sucede ahora?

—Quisiera poder responderle. No lo sé.

Zachary vuelve a mirar el cuadro, las abejas, la espada, las llaves y el corazón dorado. Al principio, su mirada evita a Dorian, pero luego inevitablemente termina encontrándolo de nuevo.

—Una vez intentó matarme —dice, recordando a Mirabel en la acera cubierta de nieve hace una eternidad y lo que había dicho después cuando preguntó sobre ello.

No funcionó.

—Me temo que no le entiendo —dice el Cuidador.

—Creo que algo cambió —dice Zachary, intentando controlar sus pensamientos efervescentes.

Se oye un sonido en la puerta. El Cuidador levanta la mirada y abre mucho los ojos. Un jadeo mudo escapa de sus labios, y su mano cubierta de anillos sube para cubrirlos.

Zachary se da la vuelta, anticipando lo que verá, pero Mirabel es una sorpresa de todos modos, de pie en la puerta, cubierta de polvo y con el gato naranja en los brazos.

—El cambio es justamente de lo que va una historia, Ezra —dice Mirabel—. Creía que ya te lo había dicho.

DORIAN ESTÁ CAYENDO.

Ha estado cayendo durante algún tiempo, mucho más que la duración que se corresponde con una distancia calculable.

Ha perdido de vista a Allegra. Fue un peso sobre su abrigo, luego se volvió una mancha borrosa, y luego desapareció en una lluvia de piedras, baldosas y metal refulgente. Un anillo volador que pudo haberse desprendido de un planeta golpea su hombro con tal fuerza que está seguro de que se ha roto. Pero después solo hubo oscuridad y una ráfaga de aire, y ahora está solo y por alguna razón sigue cayendo.

No recuerda exactamente lo que sucedió. Recuerda que el suelo se resquebrajó y luego desapareció, y solo quedó un estrépito caótico.

Recuerda la mirada en el rostro de Zachary, que seguramente reflejó la suya. Una mezcla de sorpresa, confusión y horror. Luego, en un instante, desapareció. Es posible que hasta en menos tiempo.

Dorian cree que todo esto parecería aún más extraño si no resultara una sensación casi familiar, como si hubiera estado cayendo desde hace un año y solo acabara de volverse literal.

O quizá siempre ha estado cayendo.

Ya no sabe hacia dónde es arriba. La caída libre es vertiginosa, y si no se acuerda de respirar, siente el pecho a punto de estallar, pero respirar es muy complicado. *Debo de estar llegando a algún lugar cerca del centro de la Tierra*, piensa, al estilo de Alicia.

Luego aparece una luz que seguramente proceda de abajo. Se ve tenue pero acercándose a mayor velocidad de lo que creía posible.

Su mente está atiborrada de pensamientos; son demasiados para concentrarse en uno solo, como si todos compitieran por ser el definitivo. Cree que si está a punto de morir, debió aclarar antes sus ideas finales. Piensa en Zachary y lamenta muchas cosas que no dijo y no hizo. Libros que no leyó. Historias que no contó. Decisiones que no tomó.

Piensa en la noche con Mirabel que lo cambió todo, pero no está seguro de lamentarlo, ni siquiera ahora.

Creyó que sabría en qué creía antes de que acabara todo, pero no lo sabe. La luz de debajo se acerca cada vez más. Se encuentra cayendo a través de una caverna. El suelo brilla. Sus pensamientos se transforman en destellos. En imágenes y sensaciones. En aceras atestadas de gente y en taxis amarillos. En libros que parecían más reales que las personas. En habitaciones de hotel y aeropuertos y la Sala Rosada de la Biblioteca Pública de Nueva York. En él mismo de pie en la nieve mirando su futuro a través de la ventanilla de un bar. En una lechuza con una corona. En una sala de baile dorada. En un beso que estuvo a punto de darse.

El último pensamiento que cruza su mente antes de aterrizar en el suelo resplandeciente, al tiempo que intenta cambiar de posición para poder tocarlo con los pies desnudos por delante, el pensamiento que prevalece como el último de una larga caída sumida en la reflexión es el siguiente: *Quizás el Mar sin Estrellas no sea solo un cuento infantil para ir a dormir.*

Quizás, *quizás* por debajo de él termine habiendo agua.

Pero cuando la caída llega a su fin, y Dorian se estrella en el Mar sin Estrellas, advierte que no, no es agua.

Sino miel.

ZACHARY EZRA RAWLINS, aunque parezca imposible, ve a Mirabel de pie en la puerta. Está cubierta de polvo, una piedra pulverizada que cubre su ropa y su cabello. Su chaqueta tiene un desgarro sobre una manga. La sangre florece roja sobre sus nudillos, y desciende como un pequeño hilo por su cuello. Por lo demás, está ilesa.

Coloca al gato naranja en el suelo; se frota contra sus piernas y se dirige nuevamente a su silla preferida.

El Cuidador murmulla algo entre dientes y luego camina hacia ella, abriéndose paso entre las pilas de libros sin quitarle los ojos de encima.

Observándolos mirarse, Zachary se siente súbitamente invadiendo la historia de amor de otro.

Cuando el Cuidador llega a Mirabel, la estrecha en un abrazo tan apasionado que Zachary aparta la mirada, pero al hacerlo vuelve a enfrentarse a la pintura, así que cierra los ojos. Por un instante puede sentir, firme y claramente, dentro del aire de sus pulmones, lo que es precisamente perder y encontrar y volver a perder, una y otra vez.

—No tenemos tiempo para esto.

Zachary abre los ojos al oír la voz de Mirabel. La ve darse la vuelta y entrar en la oficina, con el Cuidador a la zaga.

Él vacila pero luego los sigue. Permanece en la entrada y la observa lanzar la silla del escritorio de una patada a la chimenea. Uno de los frascos apoyados sobre la repisa se cae, desparramando las llaves.

—No creíste que tenía un plan —dice ella, subiendo la silla—. Siempre ha habido un plan, las personas han estado trabajando con este plan durante siglos. Sencillamente, ha habido algunas complicaciones para ejecutarlo. ¿Vienes, Ezra?

—¿Qué? —pregunta Zachary al mismo tiempo que el Cuidador pregunta, «¿A dónde crees que te diriges?», y las preguntas se superponen de tal modo que se oye, «¿Qué eres?», lo cual a Zachary también le parece una muy buena pregunta.

—Tenemos que rescatar al novio de Ezra porque parece que es lo que hacemos —le dice Mirabel al Cuidador. Arranca la espada del lugar donde está expuesta sobre la chimenea. Otro recipiente de llaves cae con estrépito esparciendo las llaves.

—Mirabel… —empieza a decir el Cuidador para protestar, pero ella levanta la espada y le apunta con ella. Es evidente por el modo de empuñarla que sabe cómo usarla.

—Basta, por favor —dice. Una advertencia y un deseo—. Te amo, pero no me quedaré aquí esperando a que esta historia cambie. Seré yo quien la haga cambiar. —Sostiene su mirada por encima de la longitud de la espada y tras un largo y mudo coloquio, la baja y se la entrega a Zachary—. Ten.

—«Es peligroso andar solo» —cita este a modo de respuesta mientras la acepta, aunque la cita completa está fuera de lugar, dirigiéndola en parte a ella y en parte a sí mismo y en parte a la espada entre las manos. Es un sable recto, delgado, de doble filo que parece salido de un museo, aunque supone que en cierto modo procede justamente de un lugar como aquel. La empuñadura ostenta una exquisita filigrana, y el cuero del puño está gastado. Zachary comprueba que ha sido empuñada muchas veces por muchas otras manos. Sigue conservando su filo.

Es la misma espada que empuña en el cuadro, aunque la versión artística ha sido lustrada. Pesa más de lo que parece.

—Necesito cambiarme de ropa —dice Mirabel. Se baja de la silla quitándose el polvo de las mangas y frunciendo el ceño cuando advierte la que se ha rasgado—. Dame un minuto y nos encontraremos en el ascensor, Ezra.

No espera a que Zachary responda para marcharse ni vuelve a dirigirle la palabra al Cuidador.

Este se queda mirando su partida a través de la puerta, aunque ha desaparecido. Zachary lo observa mirar el espacio donde acaba de estar.

—Usted es el pirata —dice. Todas las historias son la misma historia—. En el sótano. El que está en el libro. —El Cuidador se da la vuelta para mirarlo—. Mirabel es la chica que lo rescató.

—Aquello fue hace mucho tiempo —responde—. Soy un Puerto mayor. Y *pirata* no es una traducción adecuada. Quizá *rufián* se acerque más. Solían llamarme el Capitán del Puerto hasta que decidieron que los Puertos no deben tener capitanes.

—¿Qué sucedió? —pregunta. Desde la primera vez que leyó *Dulces penas* ha estado preguntándoselo. *Este no es el momento en el que acaba la historia entre los dos*: eso es evidente.

—No llegamos lejos. La ejecutaron a ella en mi lugar. La ahogaron en el Mar sin Estrellas. Me obligaron a verlo.

El Cuidador estira una mano cubierta de anillos y la apoya sobre la frente de Zachary, y el contacto es el de alguien... el de algo... mucho más antiguo de lo que hubiera podido imaginarse. La sensación se desplaza como un oleaje desde su cabeza hasta los dedos de los pies, ondeando y vibrando sobre su piel.

—Que los dioses lo bendigan y guarden, señor Rawlins —dice tras apartar la mano.

Zachary asiente. Aferra su bolso y la espada y se aleja caminando de la oficina.

Evita las partes del suelo que siguen reparándose de forma diligente, ciñéndose a los márgenes del Corazón, sin mirar atrás, sin mirar hacia abajo, con la mirada fija solo en la puerta despedazada que conduce al ascensor.

Mirabel está de pie en mitad de la antecámara, sacudiéndose el cabello enmarañado, devolviéndole la intensidad al tono rosado. Se ha limpiado casi todo el polvo de la cara y se ha puesto el mismo jersey peludo que llevaba la primera vez que la vio vestida de ella misma.

—Te ha bendecido, ¿verdad? —pregunta.

—Sí —responde Zachary. Aún siente que le vibra la piel.

—Eso debería ayudar —dice—. Vamos a necesitar toda la ayuda posible.

—¿Qué ha pasado? —pregunta, mirando el caos a su alrededor. Los brillantes muros ambarinos están agrietados, algunos completamente destrozados. Sale humo del ascensor.

Mirabel mira los escombros y empuja algo con la punta de su bota. Los dados a sus pies giran, pero no se detienen. Caen dentro de una grieta en el suelo y desaparecen.

—Allegra se desesperó lo suficiente como para intentar cerrar la puerta desde el otro lado —explica—. ¿Te gusta este lugar, Ezra?

—Sí —responde, confundido, pero incluso al pronunciar la palabra advierte que no se refiere al estado actual del lugar, con sus salas vacías y su universo fracturado. Se refiere al sitio que era antes, cuando estaba animado. Se refiere al salón de baile atestado de gente: una multitud de personas que buscan cosas para las cuales no tienen nombres y las encuentran en historias escritas y desechadas y contenidas una dentro de otra.

—No tanto como a Allegra —señala Mirabel—. Mi madre desapareció de este sitio cuando yo tenía cinco años, y tras desaparecer, Allegra me crio. Me enseñó a pintar. Se marchó cuando cumplí catorce años y empezó sus intentos por sellar todo este mundo. Cuando empecé a pintar puertas, esperando permitir que volviera a entrar alguien, quien fuera, intentó hacer que me mataran, muchas veces, porque me veía como un peligro.

Hace una pausa, y Zachary no sabe qué decir. Todavía siente la cabeza a punto de estallar con tantas historias y tantos sentimientos encontrados.

Surge un momento. Un momento en el que podría pedir perdón porque está arrepentido, pero el sentimiento es demasiado exiguo. También podría darle la mano sin decir nada y dejar que el gesto hable por él, pero la mano de ella está demasiado lejos.

Así que se abstiene de toda acción, y el momento se esfuma.

—Tenemos que marcharnos; hay cosas que hacer —dice ella—. ¿Cómo llama tu madre a momentos como estos? ¿Momentos con sentido? La conocí una vez; me sirvió café.

—¿La conociste? —pregunta Zachary, pero Mirabel no responde. En cambio, camina hacia el ascensor. Las puertas se abren para ella. La cabina se encuentra varios centímetros bajo el suelo y desciende un par de centímetros más cuando ella da un paso dentro.

—Dijiste que confiabas en mí, Ezra —dice, observándolo vacilar.

—Es verdad —admite poniendo un pie en el ascensor para quedarse junto a ella. El suelo tiembla bajo sus pies, y la espada le pesa entre las manos. El zumbido ha cesado. Se siente extrañamente en calma. Puede manejar ser el secuaz para lo que sea que esté a punto suceder—. ¿A dónde vamos, Max?

—Vamos abajo —responde Mirabel. Retrocede un paso y luego levanta la bota y patea el lateral del ascensor con fuerza.

La máquina se sacude hundiéndose unos centímetros más, y luego la calma abandona el estómago de Zachary y descienden abruptamente en picado.

Dorian se sumerge en un océano de miel, una corriente que se desliza lentamente y tira de él hacia abajo. Es demasiado espesa para atravesarla a nado. Le arranca la ropa y lo hunde con su peso.

Este modo de morir no se encuentra ni siquiera entre las cien primeras formas en que esperaba hacerlo. Ni de cerca.

No puede ver la superficie, pero extiende el brazo, estirando los dedos lo más lejos posible en la dirección que cree que es hacia arriba, pero no siente si hay aire alrededor de ellos ni si está en algún lugar cercano a la superficie.

Qué manera más estúpida y poética de morir, piensa, y luego alguien lo toma de la mano.

Sacándolo del mar, lo colocan encima de lo que parece un muro, y alguien lo acomoda sobre una superficie lisa y dura que no parece firme.

Dorian intenta expresar su agradecimiento, pero al abrir la boca se atraganta con el dulzor pegajoso.

—No te levantes —dice una voz cerca de su oído, el sonido de las palabras, sordo y lejano. Aún no puede abrir los ojos, pero la dueña de la voz lo empuja hacia abajo, hundiendo su espalda contra un muro. Cada aliento que exhala es un jadeo meloso. La superficie sobre la que está se tambalea; los sonidos más allá de sus oídos obstruidos son intermitentes y chirriantes. Una fuerza choca contra su hombro, manoteando y arañando. Se cubre la cabeza con los brazos, pero eso le impide respirar. Frotándose la cara se quita un poco de miel aunque no toda, y su respiración se libera. Algo merodea por encima.

La superficie sobre la cual se encuentra se inclina de pronto, y se desliza hacia el costado. Cuando se detiene, el sonido chirriante ha desaparecido. Dorian tose, y alguien le pone un trozo de tela en la mano. Se limpia el rostro con él, lo suficiente para abrir los ojos y empezar a distinguir lo que tiene exactamente delante de los ojos.

Está sobre un barco. Un navío. No, un barco. Un barco con aspiraciones de ser un navío, con decenas de farolillos que cruzan la multitud de velas oscuras.

Quizá sea una nave verdadera. Alguien lo está ayudando a quitarse el abrigo empapado de miel.

—Por ahora han desaparecido, pero volverán —dice una voz, más clara esta vez. Dorian se da la vuelta para poder ver mejor a la mujer que lo ha rescatado. Se encuentra sacudiendo su chaqueta con botones de estrella sobre la barandilla del barco, dejando que las gotas de miel vuelvan al mar.

Su cabello es una maraña enredada de ondas y trenzas oscuras sujetas hacia atrás con un trozo de seda roja. Tiene la piel morena clara con una multitud de pecas que salpican de manera inconfundible el puente de su nariz. Sus ojos son oscuros y están bordeados de negro y dorado brillante: se parece más a pintura de guerra que a maquillaje. Lleva tiras de cuero marrón sujetas como un chaleco encima de lo que pudo haber sido un jersey pero ahora se trata más de un escote circular y puños unidos con puntadas sueltas y restos de lana, dejando al descubierto la mayor parte de sus hombros y la parte de arriba de sus brazos, y una enorme cicatriz que rodea el tríceps izquierdo. Bajo el chaleco, su falda es abultada y está recogida formando pliegues voluminosos como un paracaídas, pálido y casi descolorido. Parece una nube sobre sus botas oscuras.

Cuelga el abrigo sobre la barandilla para que continúe goteando solo, asegurándose de que esté bien sujeto para que no se caiga.

—¿Quién ha desaparecido? —empieza a preguntar Dorian, pero solo consigue decir «quién» antes de volver a atragantarse con la miel. La mujer le pasa una petaca, y cuando se la lleva a los labios el agua es lo mejor que ha probado jamás.

Ella lo mira de modo compasivo y le entrega otra toalla.

—Gracias —dice, cambiando la petaca por el trozo de tela. La palabra sabe dulce en sus labios pegajosos.

—Las lechuzas han desaparecido —responde ella—. Vinieron a averiguar por qué había tanto alboroto. Les gusta enterarse cuando hay un cambio.

Se aleja sobre la cubierta, dejando que Dorian recobre la compostura. Hileras de farolillos resplandecientes serpentean alrededor del mástil y trepan por él encaramándose sobre las velas color rojo vino. Las luces continúan sobre las barandillas como luciérnagas, elevándose en la proa, donde hay un mascarón con la talla de un conejo, cuyas orejas se despliegan hacia atrás, sobre los costados de la nave.

Dorian respira larga y profundamente. Cada respiración es un poco menos empalagosa que la anterior. Por lo visto, aún no ha muerto. El hombro ya no le duele. Se mira el pecho desnudo y los brazos, seguro de conservar alguna herida residual, al menos, alguna rascada o rasguño, pero no hay nada.

Bueno, no exactamente.

Sobre el pecho, encima de la clavícula, tiene el tatuaje de una espada. Una espada estilo cimitarra con una hoja curva. Su empuñadura es imposiblemente dorada, la tinta metálica brilla bajo su piel.

De pronto, le cuesta respirar de nuevo. Se pone de pie sujetándose de la barandilla para recuperar el equilibrio y mira el Mar sin Estrellas. Trozos de la maqueta del universo se hunden lentamente dentro de la miel. Una aguja dorada y solitaria señala desesperadamente hacia arriba y termina de desaparecer mientras la observa. La caverna se extiende perdiéndose en las sombras; el mar emite un suave resplandor. A lo lejos las sombras se mueven, revoloteando como alas.

La miel gotea de su cabello y sus pantalones, formando charcos alrededor de sus pies desnudos. Da un paso hacia fuera, y siente la cubierta tibia bajo sus dedos.

Camina hacia la proa de la nave, siguiendo la dirección de la mujer, quien supone que es la capitana de la embarcación.

La encuentra sentada junto a un bulto cubierto de un trozo de seda que combina con las velas desplegadas sobre la cubierta.

—Uh —dice cuando advierte lo que es.

Es difícil entender todo lo que siente cuando ve el cuerpo de Allegra.

—¿La conocías? —pregunta la capitana.

—Sí —responde Dorian. No añade que ha conocido a esta mujer la mitad de su vida, que es lo más parecido a una madre que ha conocido alguna vez, que la quiso y la odió a partes iguales, que hace instantes la habría matado con sus propias manos. Y sin embargo, ahora que está allí de pie, siente una pérdida cuyo alcance no puede explicar. Se siente desconectado. Se siente perdido. Se siente libre.

—¿Cómo se llamaba? —pregunta la capitana.

—Se llamaba Allegra —responde. Justo ahora advierte que no sabe si era su nombre real.

—La llamábamos la pintora —dice la capitana—. Tenía el cabello diferente en aquella época —añade, tocando con suavidad uno de los mechones plateados de la mujer.

—¿La conocías?

—Cuando era un conejo, ella me dejaba jugar a veces con sus pinturas. Jamás fui demasiado buena.

—¿Cuándo fuiste qué?

—Solía ser un conejo. Ya no. No necesito serlo. Jamás es demasiado tarde para cambiar lo que eres; me llevó mucho tiempo entenderlo.

—¿Cómo te llamas? —pregunta Dorian, aunque ya lo sabe. No puede haber tantas personas que fueron anteriormente conejos en esos lugares.

La capitana lo mira frunciendo el ceño. Es evidente que no es una pregunta que le hayan formulado en cierto tiempo y hace una pausa, considerándola.

—Solían llamarme Eleanor allí arriba —dice—. No es mi nombre.

Dorian la mira. No tiene la edad suficiente para ser la madre de Mirabel. Ni de cerca; tal vez sea incluso menor. Pero se parece a ella, los ojos y la forma de la cara. Se pregunta cómo funciona el tiempo aquí abajo.

—¿Cómo te llamas? —le pregunta Eleanor.

—Dorian —responde. Parece más cierto que cualquier otro nombre que haya usado. Empieza a gustarle.

Eleanor lo mira y asiente, luego se voltea nuevamente hacia Allegra.

Tiene los ojos cerrados. Un largo tajo abierto le cubre parte de la cabeza, y le atraviesa el cuello de lado a lado, aunque no hay mucha sangre. Casi todo su cuerpo está cubierto de miel, pegada a la seda. Su abrigo de piel se perdió en algún lugar en medio del mar. Dorian cae en la cuenta de lo afortunado que ha sido por sobrevivir a la caída. Se pregunta si cree en la suerte. El cuello de la blusa de Allegra se ha deshecho lo suficiente para advertir el tatuaje de la espada sobre su pecho, pero no hay espada; tan solo una delicada cicatriz con forma de abeja.

Eleanor besa a Allegra en la frente y luego levanta la tela de seda para cubrirle la cara.

Se pone de pie y mira a Dorian.

—Puedo llevarte allí si es adonde vas —dice, señalándolo—. Sé dónde está.

—¿Llevarme a dónde?

—Al lugar que tienes en la espalda.

Dorian se lleva la mano al hombro, y toca el borde superior del tatuaje muy elaborado y muy real que le cubre la espalda. Las ramas de un árbol, el dosel de un bosque de cerezos en flor, tachonados por los brillos de farolas y luces, aunque todo ello sea el trasfondo de una atracción principal: el tocón de un árbol cubierto de libros que gotean miel bajo una colmena, con una lechuza sentada encima que lleva una corona.

Zachary Ezra Rawlins está bailando. El salón de baile está atestado de gente, la música demasiado fuerte, pero se siente a gusto moviéndose con un ritmo continuo y perfecto. Sus parejas de baile cambian incesantemente, todas ellas con el rostro cubierto por una máscara.

Todo reluce, áureo y hermoso.

—Ezra —oye la voz de Mirabel, demasiado suave y distante a pesar de la inmediatez de su rostro—. Ezra, vuelve a mí.

No quiere volver. La fiesta acaba de empezar. Los secretos están aquí. Las respuestas están aquí. Podrá comprenderlo todo tras un baile más, por favor, uno más.

Una ráfaga de viento lo separa de su pareja actual, y no consigue echar mano de otra. Los dedos cubiertos de oro se deslizan entre los suyos. La música se oye entrecortada.

La fiesta se esfuma, un aliento la sopla lejos, y delante de sus ojos Mirabel se vuelve casi nítida, su rostro a centímetros del suyo. La mira parpadeando e intenta recordar dónde están, pero luego advierte que no tiene absolutamente ninguna idea.

—¿Qué ha pasado? —pregunta. El mundo gira y da vueltas y se ve borroso, como si siguiera bailando, aunque ahora se da cuenta de que, en realidad, está sobre un suelo duro.

—Has estado inconsciente —dice Mirabel—. Es posible que fuera el impacto lo que te dejó sin aliento. No fue un aterrizaje muy elegante. —Señala una pila de metal no lejos de allí: los restos del ascensor—. Toma —añade—. Te las he quitado para que pudieras respirar mejor, pero no les ha pasado nada.

Le entrega sus gafas.

Zachary se incorpora y se las pone.

El ascensor se ha derrumbado de tal modo que le sorprende que ellos… bueno, en realidad, él… haya sobrevivido a la caída. Quizá la bendición del cuidador haya servido y los dioses estuvieran cuidándolo porque no ve lo que hay encima del hueco del ascensor; solo una enorme caverna abierta.

Mirabel lo ayuda a ponerse de pie.

Están en un patio interno rodeados de seis arcadas de piedra aisladas, la mayoría resquebrajadas. Las que siguen en pie tienen símbolos tallados en las piedras angulares. Zachary solo alcanza a descifrar una llave y una corona, pero adivina el resto. Detrás de las arcadas hay una ciudad en ruinas.

La única palabra que se le ocurre al observar las estructuras que los rodean es *antigüedad*, pero es una antigüedad sin especificidad, como un febril sueño arquitectónico de piedra, marfil y oro. Hay columnas, obeliscos y tejados en forma de pagodas. Todo irradia luz, como si la ciudad y la caverna que la contiene estuvieran cubiertas de una capa de cristal. Los mosaicos se extienden a lo largo de muros y sobre el suelo bajo sus pies, aunque casi toda la superficie se encuentre cubierta de libros: pilas amontonadas y esparcidas por doquier, volúmenes abandonados por quienquiera que haya estado aquí alguna vez leyéndolos.

La caverna es gigantesca, más que suficiente para abarcar la ciudad. En los muros lejanos se alzan acantilados, en los cuales se han labrado escalinatas, senderos y torres iluminadas como faros. Aunque solo son almenaras aisladas, todo brilla. Parece demasiado grande para estar bajo tierra. Demasiado vasto, intrincado y abandonado.

Un fuego arde junto al ascensor, dentro de una estructura que parece una fuente, pero repleta de llamaradas; gotean de cuencos colgados como cristales de una araña, aunque no todos estén encendidos. Hay otras fuentes parecidas en el patio, pero el resto está oscuro.

Zachary levanta un libro; lo siente sólido y pesado en las manos. Sus páginas están selladas con una sustancia pegajosa que termina siendo miel.

—Ciudades perdidas de miel y huesos —señala.

—Técnicamente, es un Puerto, aunque la mayoría de los Puertos se parecen a ciudades —aclara Mirabel al tiempo que devuelve el tomo ilegible a su sitio de reposo—. Recuerdo este patio; era el Corazón de este Puerto. Durante las fiestas colgaban farolas de las arcadas.

—¿Recuerdas esto? —pregunta, mirando la ciudad desierta. Hace mucho tiempo que nadie ha estado aquí.

—Antes de pronunciar mis primeras palabras, ya recordaba miles de vidas pasadas —dice—. Algunas se han desvanecido con el tiempo, y la mayoría se parece más a sueños medio olvidados, pero reconozco los sitios donde he estado cuando los vuelvo a frecuentar. Supongo que es como ser acechado por tu propio fantasma.

Zachary la observa mientras mira los edificios en ruinas. Intenta decidir si Mirabel parece más o menos real aquí que cuando hacía la cola para comprar café en mitad de Manhattan, pero no puede. Tiene el mismo aspecto, solo magullada y cubierta de polvo y cansada. La lumbre juega con su pelo, haciéndolo pasar por tonos rojos y violetas, sin dejar que permanezca de un solo color.

—¿Qué sucedió aquí? —pregunta. Intenta comprender todo lo que sucede; parte de su mente sigue girando en un salón de baile dorado. Empuja otro libro con la punta del pie. Se resiste a abrirse; sus páginas están selladas.

—Las mareas suben —dice Mirabel—. Así sucede históricamente. Un Puerto se hunde, y se abre uno nuevo en un sitio más elevado. Cambian para adaptarse al mar, que jamás se ha replegado. Pero supongo que incluso un mar puede sentirse descuidado. Ya nadie le prestaba atención, así que se alejó nuevamente a las profundidades de donde venía. Mira, puedes ver dónde estaban los canales allí. —Señala un lugar donde los puentes cruzan un tramo inexistente.

—Pero… ¿dónde está el mar ahora? —pregunta, deseando saber qué tan profundo llega la nada.

—Debe de estar más abajo. Se encuentra en un nivel inferior al que yo creía. Este es uno de los Puertos más bajos. No sé lo que encontraremos si tenemos que descender aún más.

Zachary mira los restos cubiertos de libros de una ciudad que se sumergió alguna vez. Trata de imaginarla rebosando de gente y por un momento lo logra… las calles repletas, las luces que se extienden en la lejanía… y luego vuelve a ser una ruina sin vida.

Jamás estuvo en los inicios de esta historia. Es mucho, mucho más antigua que él.

—Yo viví tres existencias en este Puerto —dice Mirabel—. En la primera morí cuando tenía nueve años. Lo único que quería era ir a las fiestas para ver a la gente bailar, pero mis padres me dijeron que tenía que esperar hasta que tuviera diez años, y luego nunca pude cumplirlos, no en aquella vida. En la siguiente existencia llegué a los setenta y ocho y pude bailar hasta cansarme, pero siempre sería mortal hasta que me concibieran fuera del tiempo. Las personas que creían en los viejos mitos quisieron erigir un sitio para que sucediera. Lo intentaron Puerto tras Puerto. Transmitían teorías y consejos a sus sucesores. Se esmeraban aquí y en la superficie y tuvieron muchos nombres a lo largo de los años, incluso mientras eran cada vez menos. Más recientemente, les pusieron el nombre de mi abuela.

—La Fundación Keating —adivina Zachary. Mirabel asiente.

—La mayoría murió antes de que pudiera darles las gracias. Y durante todo aquel tiempo nadie pensó jamás en lo que sucedería después. Nadie pensó en las consecuencias o en las repercusiones.

Levanta la espada de su lugar de descanso sobre el terreno. La hace girar expertamente. En sus manos parece una pluma. Sigue haciéndola girar mientras habla.

—Yo… es decir, una yo anterior… saqué esto de contrabando de un museo, oculto en la espalda de un vestido muy incómodo. Fue antes de los detectores de metal, cuando por regla general los guardias no revisaban las espaldas de los vestidos de baile de las damas. Gracias por devolver el libro; llevaba perdido mucho tiempo.

—¿Eso es lo que hemos venido a hacer aquí? —pregunta Zachary—. ¿Devolver cosas perdidas?

—Te lo he dicho, vamos a rescatar a tu novio. De nuevo.

—¿Por qué siento que no es…? Espera —dice—. Ya habías visto la pintura.

—Por supuesto que la había visto. Durante mucho tiempo dormí en una cama que estaba delante de ella. Es uno de los mejores cuadros de Allegra. Una vez hice un estudio con carboncillo, pero tu cara nunca me salió del todo bien.

—Por eso nos querías a ambos aquí. Porque estamos en el cuadro.

—Pues… —empieza a decir, pero luego lo mira encogiendo los hombros a medias, sugiriendo que podría tener razón.

—Eso no es el destino, es… historia del arte —protesta Zachary.

—¿Quién ha mencionado el destino? —pregunta ella, pero sonríe al decirlo, la sonrisa glamurosa de una antigua estrella de cine mudo. A la luz de la lumbre parece atemorizadora.

—¿No serás…? —Zachary hace una pausa porque ¿Eres el destino? parece una pregunta demasiado absurda para preguntar, incluso cuando están hablando de pasada de vidas anteriores y a pesar del hecho de que no le falte mucho para creer que la mujer que tiene delante es, de alguna manera insólita, el

Destino. La mira. Parece una persona normal. O quizá sea como sus puertas pintadas: una imitación tan precisa que engaña el ojo. La luz cambiante del fuego ilumina diferentes partes de su cuerpo, permitiendo que el resto desaparezca entre las sombras. Ella lo mira con ojos oscuros e imperturbables, manchados de máscara, y él ya no sabe qué pensar. O preguntar.

»¿Qué eres? —pregunta por fin, y de inmediato desea no haberlo hecho.

La sonrisa de Mirabel se desvanece. Da un paso hacia él, deteniéndose demasiado cerca. Hay un cambio en su rostro, como si le acabaran de quitar una máscara invisible que oculta una personalidad conjurada a partir de cabello color rosado y de un sarcasmo tan falso como la cola y la corona de una fiesta lejana. Zachary intenta recordar si sintió alguna vez la misma presencia ancestral indescriptible que sintió con el Cuidador y de alguna manera sabe que siempre estuvo allí y que la sonrisa disimulada es más arcaica que la estrella de cine más antigua. Se inclina tan cerca como para besarlo, y al hablar lo hace con voz serena y queda.

—Soy muchas cosas, Ezra. Pero no soy la razón por la cual no abriste aquella puerta.

—¿Qué? —pregunta, aunque está seguro de que ya sabe a lo que se refiere.

—Es tu maldita culpa que no abrieras aquella puerta cuando tenías la edad que tuvieras, y de nadie más —le dice—. No mía y no de quienquiera que haya pintado encima. Tuya. Tú decidiste no abrirla. Así que no te quedes ahí inventando una mitología que te permita echarme la culpa de tus problemas. Tengo los míos.

—No estamos aquí para encontrar a Dorian, estamos aquí para encontrar a Simon, ¿verdad? —pregunta Zachary—. Es lo último que se perdió en el tiempo.

—Estás aquí porque necesito que hagas algo que yo no puedo hacer —lo corrige. Le pone la espada delante, con la empuñadura hacia arriba, obligándolo a tomarla. Es aún más pesada de lo que la recuerda—. Y estás aquí porque me has seguido; no hacía falta que lo hicieras.

—¿No *hacía falta*?

—No, no era necesario —dice—. Quieres creer que estabas obligado a hacerlo o que *debías* hacerlo, pero siempre tuviste una opción. No te gusta elegir, ¿verdad? No haces nada hasta que alguien o algo te da permiso de hacerlo. Ni siquiera decidiste venir aquí hasta que un libro te dio permiso de hacerlo. Estarías sentado en la oficina del Cuidador compadeciéndote de ti mismo si no te hubiera sacado de allí a la fuerza.

—Claro que no… —protesta Zachary, furioso por lo que siente y por las verdades que esconden sus sentimientos, pero Mirabel lo interrumpe.

—Cállate —dice, levantando una mano y mirando en la distancia detrás de él.

—No me digas que… —empieza a decir pero luego se da la vuelta para ver lo que está mirando y se detiene.

Una sombra que parece una nube tempestuosa se mueve hacia ellos, acompañada de un sonido como el viento. Las llamas que arden en el pilón de fuego echan a temblar.

La nube se vuelve más grande y más fuerte, y Zachary se da cuenta de lo que tiene delante.

El sonido no es el viento, sino alas.

Zachary Ezra Rawlins solo ha visto una vez una lechuza que no estuviera taxidermizada, y fue cerca de la granja de su madre, una tarde de primavera, justo antes del ocaso. Se encontraba encaramada al lateral del camino, sobre un cable de teléfono. Había reducido la velocidad al pasar junto a ella porque no había otros vehículos y porque quería asegurarse de que era, realmente, una lechuza y no otra ave de presa, y la lechuza lo había mirado con una mirada indudablemente propia de un ave de este tipo, y Zachary la había mirado a su vez hasta que apareció otro coche por detrás y siguió conduciendo, sin que la lechuza dejara de mirarlo.

Ahora hay una gran cantidad de lechuzas mirándolo, con decenas y decenas de ojos, acercándose cada vez más, una sombra de alas y garras que desciende sobre ellos. Lechuzas que se lanzan hacia abajo y vuelan a través de las calles, perturbando los huesos y el polvo.

El fuego se debilita bajo las ráfagas de aire, chisporroteando y atenuándose, oscureciendo las sombras de modo que, a medida que se acerca, la nube de lechuzas consume primero una calle y luego otra.

Zachary siente a Mirabel apoyando la mano sobre su brazo, pero no puede apartar la mirada de las decenas, no, cientos, de ojos que los miran.

—Ezra —dice, apretándole el brazo—. Corre.

Por un segundo, Zachary se queda paralizado, pero luego algo en su cerebro consigue reaccionar a la voz de Mirabel y seguir sus instrucciones. Levanta la bolsa del suelo y echa a correr en la dirección opuesta, alejándose de la oscuridad y de los ojos.

Corre a través de arcadas y hacia los edificios y luego baja la primera calle que alcanza, tropezando con libros y tambaleándose, tratando de retener la bolsa y la espada. Oye a Mirabel corriendo a sus espaldas, golpeando el suelo con las botas una fracción de segundo después de las suyas, aunque no se atreve a mirar atrás.

Cuando la calle se bifurca, vacila, pero la mano de Mirabel en su espalda lo impulsa a doblar a la izquierda, y echa a correr por otra calle, otro sendero oscuro donde no alcanza a ver más de dos pasos por delante.

Dobla otra curva, y el eco de sus pisadas desaparece. Cuando mira hacia atrás, Mirabel se ha desvanecido.

Entonces las sombras a su alrededor empiezan a moverse. A ambos lados los huecos profundos de las puertas y ventanas se llenan de alas y ojos.

Zachary tropieza hacia atrás, se cae, y suelta la espada. El sendero de piedra bajo sus pies le raspa las palmas al intentar enderezarse.

Las lechuzas están ahora encima de él; no ve cuántas son en medio de las sombras. Una de ellas intenta cogerle la mano, y le clava la garra en la piel.

Zachary recupera la espada y empieza a blandirla ciegamente de lado a lado. Su hoja choca con garras y plumas y se hunde en sangre y hueso. Los chillidos que le siguen son ensordecedores, pero las lechuzas retroceden lo suficiente para que se ponga en pie, resbalándose sobre piedras salpicadas de sangre.

Corre lo más rápido que puede, sin mirar atrás. Ha perdido todo sentido de la dirección en esta ciudad laberíntica y debe conformarse con orientarse por los sonidos para alejarse del ruido de las alas.

Toma un giro tras otro. El callejón en el que está lo lleva a cruzar el puente, debajo del cual la nada se pierde en la distancia, y algo brilla muy abajo. Pero no se detiene para mirar. Cuando llega al otro lado, no hay camino ni sendero, solo un desfiladero al que le siguen los restos de una escalinata que empieza encima de su cabeza y continúa hacia arriba, habiendo perdido el resto de sus escalones.

Zachary se da la vuelta hacia atrás. La ciudad parece vacía, pero enseguida afloran las lechuzas, una y luego otra y otra hasta que se convierten en una masa indistinguible de alas y ojos y garras.

Hay más de las que creía posible. Se desplazan a tal velocidad que no imagina poder escapar de ellas jamás ni por qué siquiera él y Mirabel se han atrevido a intentarlo.

Echa un vistazo a las escaleras más arriba. Parecen sólidas, talladas dentro de la roca. No están a tanta altura, y la brecha que lo separa de ellas no es tan amplia. Podría intentar alcanzarlas. Arroja la espada al escalón más bajo, y se queda allí, inmóvil.

Respira profundo y se lanza hacia arriba. Consigue aferrarse con una mano al escalón de piedra y con la otra a la espada. Pero luego el arma se resbala, arrastrándolo junto a ella.

Y entonces la espada aparta bruscamente a Zachary Ezra Rawlins de esta escalera en ruinas, en una ciudad olvidada, y en cambio lo envía dando tumbos hacia la profunda oscuridad.

DORIAN NO HA pasado la mayor parte de su vida cubierto de miel, así que no sabe cómo puede meterse en absolutamente todos los pliegues de su cuerpo y resultar tan difícil de quitársela. Llena otra cubeta de agua fría de los barriles almacenados en el casco de la nave y la vierte encima de su cabeza, tiritando cuando cae en cascada sobre su piel.

Si creyera que estaba durmiendo, el impacto del agua fría podría haberlo despertado, pero sabe que no está soñando. Lo sabe con toda certeza.

Después de quitarse la mayor cantidad de miel posible, vuelve a ponerse su ropa, dejando el abrigo con botones de estrella colgando abierto. *Fortunas y fábulas* se encuentra en el bolsillo interior, habiendo de algún modo sobrevivido a sus viajes, intacto y a salvo de la miel.

Dorian pasa una mano a través de su cabello algo encanecido y aún pegajoso. Se siente demasiado viejo para todos estos prodigios. Quisiera saber cuándo pasó de ser una persona joven, fiel y obediente a convertirse en un individuo de mediana edad, desorientado y confundido. Pero sabe exactamente cuándo sucedió porque aquel momento lo atormenta aún.

Regresa a la cubierta. El barco ha navegado hacia un conjunto de cavernas diferentes, cuyas rocas están atravesadas con cristales parecidos al cuarzo o la citrina. Las estalactitas están talladas con dibujos de vides, estrellas y diamantes. El lugar entero resplandece con las luces de la nave y la suave luminiscencia del mar.

A medida que el barco flota a la deriva entre las formaciones, alcanza a ver otras cavernas por detrás, atisbos de espacios conectados: escalinatas y enormes arcadas que se desmoronan; estatuas rotas y esculturas elaboradas; ruinas subterráneas suavemente iluminadas por la miel. A lo lejos, una cascada del líquido viscoso burbujea y se precipita sobre las rocas. Hay un mundo bajo el mundo bajo el mundo. O al menos, solía haberlo.

Eleanor se encuentra sobre el alcázar, regulando una serie de instrumentos que Dorian no reconoce, pero navegar una embarcación semejante debe de requerir cierto grado de creatividad. Uno de ellos parece una sucesión de relojes de arena. Otro, una brújula con forma de esfera. Determina la orientación en los sentidos habituales pero además indica la dirección hacia arriba y hacia abajo.

—¿Estás mejor? —pregunta, echando un vistazo a su cabello húmedo cuando se acerca.

—Sí, gracias —responde—. ¿Puedo hacerte una pregunta?

—Sí, aunque quizá no tenga la respuesta, o si la tengo quizá no sea la correcta o la adecuada. Las preguntas y las respuestas no siempre encajan unas con otras como las piezas de un rompecabezas.

—Cuando estaba allí arriba, no tenía esto conmigo —dice, indicando la espada tatuada en su pecho.

—Esa no es una pregunta.

—¿Cómo he llegado a tenerla ahora?

—¿*Creíste* que la tenías? —pregunta Eleanor—. Esas cosas pueden volverse confusas aquí abajo. Probablemente, creíste que debía estar allí, así que ahora lo está. Debes de ser un buen narrador de historias; por lo general, tarda un tiempo. Pero además estuviste bastante tiempo en el mar, y eso también puede provocarlo.

—Solo era una idea —dice Dorian, recordando cómo se sintió leyendo el libro de Zachary, leyendo acerca de lo que habían sido los guardianes, tratando de descubrir qué aspecto habría tenido su espada si fuera un guardián de verdad y no una triste imitación de uno.

—Es una historia que te contaste a ti mismo —dice Eleanor—. El mar te oyó contándola así que ahora ha aparecido. Así funciona. Por lo general, tiene que ser personal, una historia que llevas sobre la piel, pero ahora lo he logrado con la nave. Me llevó mucha práctica.

—¿Tú misma lograste que apareciera esta nave?

—Encontré diferentes partes y me conté la historia del resto del barco. Con el tiempo, las partes encontradas se volvieron iguales a las partes imaginadas. La nave puede navegar por sí misma, pero tengo que indicarle a dónde ir y a veces ponerla en la dirección correcta. Puedo cambiar el velamen, pero le gusta ser de este color. ¿Te gusta?

Dorian levanta la mirada a las velas color rojo oscuro. Por un instante cobran una intensidad más profunda y luego vuelven al tono bermellón.

—Me encantan —dice.

—Gracias. ¿Tenías el tatuaje en la espalda cuando estabas allí arriba?

—Sí.

—¿Dolió?

—Mucho —responde, recordando las sesiones en el salón de tatuaje que olía a café y a incienso Nag Champa y donde ponían rock clásico a volúmenes lo bastante altos como para encubrir el zumbido de las agujas. Hacía unos años había copiado la ilustración de una sola página en una fotocopiadora para colgar en una pared, sin pensar que perdería el libro, y durante la época en que era todo lo que le quedaba de *Fortunas y fábulas,* lo quiso tener más cerca que la pared, donde nadie pudiera quitárselo.

—Es importante para ti, ¿verdad? —pregunta Eleanor.

—Sí.

—Las cosas importantes duelen a veces.

Dorian sonríe al escucharla, a pesar de la verdad que encierran sus palabras, o a causa de ellas.

—Nos llevará un tiempo llegar allí —dice ella, ajustando la brújula en forma de esfera y anudando una cuerda sobre el timón.

—Creo que no entiendo a dónde vamos —admite Dorian.

—Ven, te lo mostraré.

Verifica la brújula de nuevo y luego lo conduce abajo, al camarote del capitán. Hay una mesa larga en el centro cubierta con velas de cera de abeja. En los rincones han dispuesto sillones de cuero, junto a una estufa con un tubo que conduce hacia arriba y al exterior a través de la cubierta. A lo largo del fondo hay vitrales de múltiples colores. De las vigas del techo cuelgan cuerdas, cintas y una enorme hamaca cubierta de mantas. Un conejillo de peluche con un parche y una espada adornan un estante, junto con otros objetos varios: una calavera con cornamenta, tazones de arcilla llenos de bolígrafos y lápices, recipientes de tinta y pinceles. Cordeles con plumas cuelgan a lo largo de las paredes, meciéndose con el aire.

Eleanor camina hacia el otro extremo de la mesa. Entre las velas hay una pila de papeles de diferentes texturas, tamaños y formas. Algunos son transparentes. La mayoría tiene líneas trazadas y anotaciones.

—Es difícil realizar un mapa de un sitio que va cambiando —explica—. El mapa tiene que cambiar con él.

Levanta una esquina de la pila de papeles sobre la mesa y la sujeta a un gancho que cuelga de una cuerda del techo. Hace lo mismo con las otras esquinas. Luego tira de una polea sobre la pared. Los trozos del mapa se levantan, sujetándose unos con otros mediante cintas y cuerdas. Se eleva en capas, ahuecándose como un pastel de papel de múltiples capas. Los niveles superiores están llenos de libros. Dorian encuentra el salón de baile y luego el Corazón (un rubí que hace las veces de corazón cuelga allí junto con los restos de un reloj) y un enorme espacio hueco por debajo, que atraviesa múltiples capas. Más abajo hay cavernas, caminos y túneles. Cuando se acerca advierte figuras recortadas de papel de estatuas gigantes, edificios solitarios y árboles. Trozos de seda de color dorado se dispersan por las capas inferiores, y un barco diminuto está clavado con chinchetas sobre una de estas cintas cerca del centro. La seda se extiende hasta la superficie de la mesa donde se acumula formando olas rodeadas de castillos y torres de papel.

—¿Este es el mar? —pregunta Dorian, palpando la tela.

—Es más fácil decir «mar» que «una serie complicada de ríos y lagos», ¿verdad? —responde Eleanor—. Todo se conecta, pero hay diferentes zonas. Nosotros estamos en una de las más elevadas. Llega hasta aquí —señala los niveles inferiores que no se encuentran tan detallados como el resto del mapa—. Pero si no eres una lechuza, esas zonas no son seguras; cambian demasiado. Esto solo es lo que he visto con mis propios ojos.

—¿Hasta dónde llega? —pregunta Dorian.

Eleanor encoge los hombros

—Aún no lo he averiguado —dice—. Nosotros estamos aquí. —Toca un barco diminuto sobre una de las ondas doradas en el centro—. Seguiremos por aquí y luego daremos la vuelta aquí —indica dos remolinos ascendentes de seda—, y luego puedo dejarte aquí. —Señala una serie de árboles de papel.

—¿Cómo vuelvo a este sitio? —pregunta Dorian, mostrando el Corazón.

Eleanor considera el mapa, y luego se desplaza hacia el otro lado de la mesa. Señala hacia el lado opuesto del bosque.

—Si sales por aquí y luego vas por aquí… —Hace un gesto hacia un sendero que conduce desde el bosque—… deberías poder encontrar la posada. —En ese sitio hay un edificio con una farola diminuta—. Desde la posada deberías ser capaz de cambiar de camino para llegar aquí. —Lo lleva a la esquina del mapa donde le muestra los caminos más cercanos al Puerto—. Una vez que estés allí, tu brújula debería volver a funcionar, y eso siempre te indica el camino de regreso aquí. —Señala el Corazón.

Dorian mira la cadena alrededor del cuello, con la llave a su habitación y la brújula del tamaño de un relicario. Cuando la abre, una pequeña cantidad de miel se escurre hacia fuera, pero la aguja gira fuera de control, incapaz de orientarse.

—¿Para eso sirve esto? —pregunta. Nadie se lo había explicado jamás.

—No será igual cuando vuelvas —dice Eleanor—. A veces no puedes volver al mismo sitio que dejaste; tienes que ir a los nuevos.

—No intento volver al sitio —explica Dorian—. Intento volver a una persona. —Admitirlo en voz alta es como una afirmación.

—Las personas también cambian, ¿sabes?

—Lo sé —responde, asintiendo. No quiere pensar en ello. Siempre había querido estar en el sitio, pero no fue sino cuando llegó que comprendió que el lugar era solo un modo de llegar a la personas, y ahora ha perdido ambos.

—Tal vez ya te hayas ausentado durante mucho tiempo —dice Eleanor—. El Tiempo es diferente aquí abajo. Pasa más lento. A veces no se detiene ni siquiera para transcurrir, sino que empieza a saltar.

—¿Acaso estamos perdidos en el tiempo?

—Tal vez lo estés tú. Yo no estoy *perdida*.

—¿Qué haces aquí abajo? —pregunta. Eleanor piensa en la pregunta, mirando las capas del mapa.

—Durante un tiempo buscaba a una persona, pero no la encontré. Después empecé a buscarme a mí misma. Ahora que me he encontrado, me he puesto a explorar de nuevo, justamente, lo que hacía al principio antes de hacer cualquier otra cosa. Creo que se suponía que debía estar explorando desde el principio. ¿Te parece tonto?

—Parece una gran aventura.

Eleanor sonríe para sí. Ella y Mirabel tienen la misma sonrisa. Dorian se pregunta qué le sucedió a Simon, ahora que entiende cuánto espacio y tiempo pueden perderse aquí abajo. Trata de no pensar en cuánto tiempo pudo haber pasado ya arriba mientras Eleanor dobla el mapa, plegando el Corazón hasta que queda encima del Mar sin Estrellas.

—Estamos cerca de un lugar adecuado para despedirnos —dice—. Si estás listo.

Dorian asiente y juntos vuelven a subir a la cubierta. Se encuentran dentro de otra caverna con enormes nichos tallados en la roca; cada uno de los seis contiene una estatua colosal de una persona con un objeto en la mano, aunque muchas de ellas están rotas y todas están recubiertas de miel cristalizada.

—¿Qué es este lugar? —pregunta Dorian mientras caminan hacia la proa.

—Es parte de uno de los Puertos antiguos —responde—. La última vez que pasé, el nivel del mar se encontraba en un nivel más alto. Debería actualizar mi mapa. Creí que a ella le gustaría venir aquí. Me dijo una vez que las personas que morían aquí debían regresar al Mar sin Estrellas porque el mar es de donde proceden las historias, y todos los finales son comienzos. Luego le pregunté qué les sucede a las personas que nacen aquí abajo, y me dijo que no lo sabía. Si todos los finales son comienzos, ¿todos los comienzos también son finales?

—Tal vez —responde Dorian. Mira hacia abajo al cuerpo de Allegra, envuelto en sedas y sujeto con cuerdas a una puerta de madera.

—Era lo único que tenía del tamaño adecuado —explica Eleanor.

—Has hecho un buen trabajo —la tranquiliza.

Juntos levantan la puerta haciéndola descender por encima de la barandilla hasta la superficie del Mar sin Estrellas. Los bordes se hunden dentro de la miel, pero la puerta se mantiene a flote.

Una vez que se ha alejado cierta distancia de la embarcación, Eleanor se acerca a la barandilla y arroja una de las farolas de papel sobre la puerta. Aterriza sobre los pies de Allegra y cae de lado. La vela en el interior quema primero su carcasa de papel y luego alcanza la seda, extendiéndose sobre las cuerdas.

La puerta y su ocupante, ambas en llamas, se alejan aún más del barco.

Dorian y Eleanor permanecen observando juntos ante la barandilla.

—¿Quieres decir algo bonito? —pregunta Eleanor.

Dorian mira el cadáver ardiente de la mujer que le arrebató el nombre y la vida y le hizo miles de promesas que jamás cumplió; la mujer que lo encontró cuando era un niño perdido y solitario y le dio un propósito, marcándole un rumbo que ha terminado siendo más sorprendente y extraordinario de lo que le hicieron creer; una mujer en quien había confiado más que en ninguna otra hasta hace un año y una mujer que muy recientemente le habría disparado en el corazón si el tiempo y el destino no hubieran intervenido.

—No, no quiero decir nada —responde. Ella se gira y lo mira, reflexiva, pero luego asiente y vuelve su atención a estribor, observando las llamas ahora distantes un largo tiempo antes de hablar.

—Gracias por verme cuando otras personas me miraban sin verme como si fuera un fantasma —dice Eleanor, y un sollozo inesperado queda atrapado en la garganta de Dorian.

Ella coloca una mano sobre la suya, encima de la barandilla, y permanecen así en silencio, observando hasta mucho después de que las llamas se pierdan de vista y la nave continúe gobernándose rumbo a su destino.

La puerta ardiente ilumina los semblantes de las antiguas estatuas mientras pasa.

Son apenas copias de piedra de quienes vivieron en este lugar mucho tiempo atrás, pero reconocen a uno de los suyos y rinden sus respetos silenciosos cuando Allegra Cavallo es devuelta al Mar sin Estrellas.

ZACHARY EZRA RAWLINS mira con fijeza una tenue luz que brilla (sin intensidad) en la distancia. Una distancia que le había parecido anteriormente muy lejana. Pero ahora él mismo se encuentra en un sitio muy por debajo.

¿Qué es lo contrario al temor a las alturas? ¿El temor a las profundidades?

La sombra de un acantilado se alza hacia la tenue luz de la ciudad. Distingue de algún modo el puente. Una luz exigua se cuela hasta el sitio donde ha caído, como un rayo cálido de luna.

No recuerda el aterrizaje, solo resbalarse y seguir resbalándose y luego ya haber aterrizado.

Ha caído sobre una pila de rocas. Le duele la pierna, pero no parece haberse roto nada, ni siquiera sus gafas indestructibles.

Extiende los brazos para incorporarse, y sus dedos se cierran alrededor de una mano.

Aparta el brazo bruscamente.

Al extenderlo de nuevo, vacilante, la mano sigue allí, rígida, saliendo de un cúmulo de piedras que, en realidad, no se trata de un cúmulo de piedras. Junto a la mano hay una pierna y una forma redonda como media cabeza. Cuando se estira para ponerse en pie, apoya la mano sobre una cadera sin cuerpo.

Zachary se encuentra de pie en un océano de estatuas hechas añicos.

Un brazo cercano sostiene una antorcha apagada, una de verdad según se ve, no una esculpida en la piedra. Se desplaza con lentitud hacia ella y la toma de la mano de la estatua.

Apoya la espada sobre el suelo junto a sus pies y rebusca en su bolsa en pos del encendedor, agradecido de que el Zachary del pasado lo haya incluido en su inventario.

Necesita varios intentos, pero consigue encender la antorcha. Obtiene la luz suficiente para echar a andar, aunque no sabe hacia dónde dirigirse. Deja que la gravedad dicte el camino a seguir, siguiendo la superficie inclinada en la dirección en la que sea más fácil pisar. Las estatuas se desplazan bajo sus pies, y emplea la espada para evitar perder el equilibrio.

Es difícil abrirse paso con la espada y la antorcha sobre la superficie irregular, pero no se atreve a abandonar ninguna de las dos. Necesita la antorcha para ver, y la espada parece... importante. Las estatuas rotas se deslizan, provocando pequeñas avalanchas de fragmentos de cuerpo. Deja caer la espada y extiende la mano para estabilizarse, chocando con algo más suave que la roca.

La calavera bajo sus dedos no está tallada en marfil ni en mármol. Se trata de un hueso, adherido a los últimos vestigios de carne que antaño lo rodearon. Los dedos de Zachary se enredan en lo que queda de su cabello. Tira de la mano hacia atrás rápidamente, llevándose consigo algunas hebras sueltas entre los dedos.

Apoya la antorcha en la mano expectante de una estatua cercana para poder examinarla más detenidamente, aunque no sabe si desea hacerlo.

El cadáver que es prácticamente un esqueleto está oculto entre fragmentos de estatuas. Si hubiera estado caminando algunos pasos más allá en cualquiera de las dos direcciones, no lo habría advertido, aunque ahora sienta el tufillo de la putrefacción.

Este cuerpo no está envuelto en recuerdos. Lleva trozos de prendas que se desintegran. Quienquiera que estuviera dentro ha desaparecido, llevándose sus historias consigo, dejando sus huesos, sus botas y una vaina de cuero envuelta alrededor del torso, en la que encaja una espada que se encuentra ausente.

Zachary se detiene, dividido entre la evidente utilidad de la vaina y todas las partes del cadáver que tendrá que tocar para obtenerla. Tras un debate interno contiene el aliento y desengancha con torpeza el cinturón de su antiguo dueño, derribando en el proceso huesos, podredumbre y líquidos sin identificar.

Se le ocurre súbitamente que esto es en lo que se convertirá aquí abajo, y se obliga a dejar de pensar en ello, concentrándose en los trozos de cuero y metal.

Cuando libera la vaina y sus tiras de cuero, tiene el tamaño adecuado para ceñir la espada, si no a la perfección, lo suficiente como para no tener que llevarla a cuestas. Tarda un minuto en descubrir cómo llevarla sobre su jersey, pero finalmente el sable permanece fijo sobre su espalda.

—Gracias —le dice al cadáver.

El muerto no dice nada; agradece en silencio haber podido prestar ayuda. Zachary continúa avanzando, tropezando con las estatuas. Ahora le resulta más fácil. Cambia la antorcha de una mano a la otra para descansar el brazo.

Los trozos de estatuas rotas se vuelven más y más pequeños hasta que solo queda gravilla bajo sus pies; la extensión de mármol se convierte en algo que podría asemejarse a un sendero.

El sendero se transforma en un túnel.

A Zachary le da la impresión de que la lumbre de la antorcha empieza a debilitarse.

No sabe cuánto tiempo hace que camina. Se pregunta si sigue siendo enero, si en algún lugar muy por encima sigue nevando.

Oye sus propias pisadas, su aliento, los latidos de su corazón y el crepitar de la llama de la antorcha que definitivamente está a punto de apagarse, lo cual resulta decepcionante: había esperado que fuera una antorcha provista de una luz mágicamente inagotable y no una que se extinguiera como todas las demás.

Un sonido cercano llega a sus oídos. No proviene de sus propios pasos; es algo que avanza sobre el suelo.

El sonido continúa, cada vez más fuerte. Un bulto se mueve cerca. Detrás de él y ahora junto a él.

Zachary se da la vuelta, levantando la mirada. La antorcha ilumina un ojo gigante y lóbrego rodeado de pelaje lanudo. El ojo lo mira con placidez y parpadea.

Extiende la mano y toca el pelaje de una suavidad inaudita. Puede sentir cada aliento bajo su mano, el estruendo de latidos gigantescos. La criatura vuelve a parpadear y gira la cabeza. En ese momento la luz de la antorcha ilumina sus largas orejas y la pelusa de su cola. Instantes después, desaparece.

Zachary se queda mirando la oscuridad tras el enorme conejo blanco.

¿Todo esto empezó con un libro?

¿O se remonta aún más atrás? ¿Acaso todo lo que lo trajo aquí es mucho más antiguo ahora?

Intenta identificar los momentos, entender lo que significan.

No hay significados. Ya no.

La voz suena como una brisa susurrada.

—¿Qué? —pregunta en voz alta.

¿Qué?, responde su eco una y otra vez.

Has llegado demasiado tarde. Seguir adelante es una insensatez.

Zachary lleva la mano hacia atrás y extrae la espada de su vaina, blandiéndola hacia la oscuridad.

Eres consciente de que ya estás muerto, ¿verdad?

Hace una pausa y escucha con atención, aunque no quiere hacerlo.

Diste un paseo demasiado temprano por la mañana y te desplomaste de cansancio y estrés y luego te alcanzó la hipotermia, pero tu cuerpo ha estado sepultado bajo la nieve. Nadie te encontrará hasta que la primavera la derrita. Hay mucha nieve. Tus amigos creen que has desaparecido cuando en realidad estás bajo sus pies.

—Eso no es cierto —dice, aunque no con la convicción que le gustaría.

Tienes razón, no lo es. No tienes amigos. Y todo esto es una invención. El débil intento de tu cerebro por preservarse. Contándose una historia que tiene amor, aventura y libertad. Todo lo que querías en tu vida que no pudiste salir a buscar por estar demasiado ocupado jugando tus juegos y leyendo tus libros. Tu vida malgastada está acabando, por eso estás aquí.

—Cállate —le dice Zachary a la oscuridad. Ha tenido la intención de gritarlo, pero sus palabras son débiles, ni siquiera lo bastante fuertes para convertirse en un eco.

Sabes que es cierto. Lo crees porque es más creíble que esta tontería. Estás fingiendo. Has imaginado a estas personas y estos lugares. Te cuentas a ti mismo un cuento de hadas porque tienes demasiado miedo de la verdad.

La antorcha se va apagando. Un frío helado se desliza sobre su piel.

Ríndete. Jamás encontrarás la salida. No hay salida. Has llegado al final. Game over.

Zachary se obliga a seguir caminando. Ya no ve a dónde conduce el sendero. Se concentra en un paso y luego en otro. Tiembla.

Ríndete. Rendirse es más fácil. Tendrás más calor si te rindes.

La antorcha se extingue.

No tienes que temer morir porque ya estás muerto.

Intenta seguir avanzando, pero no ve.

Estás muerto. Has fallecido. No hay más vidas. Ya tuviste tu oportunidad. Jugaste tu partido. Perdiste.

Zachary cae de rodillas. Había creído que tenía una espada, ¿por qué tendría una espada? Qué estúpido.

Es estúpido. Es una tontería. Es hora de que dejes de fantasear sobre espadas y viajes en el tiempo y hombres que no te mienten y reyes lechuza y el Mar sin Estrellas. Ninguna de esas cosas existe. Las inventaste todas. Todo esto está en tu cabeza. Puedes dejar de caminar. No hay a dónde ir. Estás cansado de caminar.

Está cansado de caminar. Cansado de intentarlo. Ni siquiera sabe lo que quiere, lo que busca.

No sabes lo que quieres. Jamás lo supiste y jamás lo sabrás. Todo esto está terminado y acabado. Has llegado al final.

Hay una mano sobre su brazo. Cree que hay una mano sobre su brazo. Tal vez.

—No escuches —dice una voz diferente cerca de su oído. No reconoce la voz ni su acento. Puede ser británico, irlandés, escocés u otro idioma. No es bueno identificando acentos, así como no es bueno en nada más—. Miente —continúa la voz—. No la escuches.

Zachary no sabe a qué voz creer, aunque los acentos británicos, irlandeses o escoceses tienden a sonar oficiales e importantes, y la otra voz no tenía acento. Pero quizá, en realidad, no esté oyendo ninguna voz; quizá deba descansar un rato. Intenta recostarse, pero alguien tira de su brazo.

—No podemos permanecer aquí —insiste una de las voces. La británica.

Te has imaginado que venían a ayudarte, estás tan desesperado por creer. Qué patético.

La mano le suelta el brazo. Jamás hubo una mano allí, no hubo nada.

Se enciende una luz, una luminosidad repentina que se precipita sobre el espacio. Por un instante, hay un túnel, un sendero y enormes puertas de madera en la distancia. Luego la oscuridad lo envuelve todo una vez más.

Eres un hombre pequeño, triste y sin importancia. Nada de esto importa. Nada de lo que puedas hacer tendrá ningún tipo de impacto. Ya has sido olvidado. Quédate aquí. Descansa.

—Levántate —dice la otra voz, y la mano vuelve a apoyarse sobre su brazo, arrastrándolo hacia delante.

Zachary se incorpora torpemente poniéndose en pie. La espada en su mano le golpea la pierna.

Así que tiene una espada.

No.

La voz en la oscuridad cambia. Antes estaba calmada. Ahora está furiosa.

No, repite la oscuridad cuando Zachary intenta moverse, y alguien… *algo*… lo sujeta de los tobillos, envolviéndole las piernas e intentando derribarlo de nuevo.

—Por aquí —dice la otra voz, esta vez más urgente, yendo por delante. Zachary la sigue, topándose a cada paso con una resistencia cada vez mayor del suelo. Intenta correr, pero apenas puede caminar.

Aprieta el puño alrededor de la empuñadura de la espada. Se concentra en la mano sobre su brazo y no en las otras cosas que suben por sus piernas y se deslizan alrededor de su cuello, aunque las siente igual de reales.

No está solo. Esto está sucediendo.

Tiene una espada y está en una caverna bajo una ciudad perdida, en algún lugar de los alrededores del Mar sin Estrellas, y ha perdido el rastro del Destino y no puede ver pero aún cree. Maldición.

Sus pies se mueven ahora con mayor rapidez, un paso y luego otro y otro, aunque la cosa en la oscuridad lo sigue, avanzando al mismo ritmo mientras continúan por un sendero que termina ante algo que parece un muro.

—Espera —dice la voz que no es la oscuridad, y la mano suelta el brazo de Zachary, reemplazada por algo que no es una mano, pesada y fría, enroscándose alrededor de su hombro.

Delante de él hay un resquicio de luz que se cuela por una puerta abierta.

La oscuridad emite un sonido horrendo que no es un grito pero que es la palabra más cercana que tiene Zachary para el rechinante terror que domina su cabeza y los alrededores.

Es tan fuerte que tropieza, y la oscuridad lo apresa, tirando de sus zapatos, enroscándose alrededor de sus piernas, tirando de él hacia atrás. Pierde el equilibrio y se cae, resbalando hacia atrás, tratando de retener la espada.

Alguien le rodea el pecho con un brazo y lo empuja hacia la luz y la puerta. Zachary no sabe si el hombre o la oscuridad son más fuertes, pero con un brazo se aferra a quien intenta rescatarlo y con el otro intenta apuñalar la oscuridad con su espada.

La oscuridad le lanza un siseo.

Ni siquiera sabes por qué estás aquí, vocifera mientras Zachary es arrastrado hacia la luz. Las voces siguen resonando en sus oídos y en su cabeza. *Están usándote…*

Las puertas se cierran, ahogándolas, pero continúan vibrando y sacudién-dose, intentando irrumpir desde el otro lado.

—Ayúdame con esto —dice el hombre, empujando las puertas para man-tenerlas cerradas. Zachary parpadea, acostumbrando los ojos a la penumbra, pero distingue la enorme barra de madera con la que se afana el hombre, y se pone en pie, tomando el otro extremo de la gruesa palanca y deslizándola dentro de los soportes metálicos a ambos lados de las puertas.

La barra encaja en su lugar, atrancándolas.

Zachary apoya la frente contra las puertas e intenta serenar su respiración. Se trata de unas puertas gigantescas, talladas, y parecen más reales y sólidas bajo su piel con cada segundo que pasa. Está vivo. Está aquí. Esto está suce-diendo.

Suspira y levanta los ojos para mirar alrededor del espacio en el que ha entrado, y luego al hombre que está de pie junto a él.

El espacio es un templo. Las puertas forman un conjunto de cuatro por-tones que conducen a un atrio abierto. Asciende en gradas más, más arriba, rodeadas de escaleras y balcones de madera. El fuego arde en cuencos colgan-tes; sus luces cambiantes, realzadas por velas que cubren cada centímetro, ocu-pando el lugar de ofrendas y goteando cera sobre altares tallados y sobre los hombros y palmas abiertas de estatuas. Largos pendones de páginas de libros cuelgan sujetos a cuerdas sobre los balcones como banderas que se agitan, libe-radas de sus cubiertas.

Dentro de este santuario de luz, Zachary Ezra Rawlins y Simon Jonathan Keating se miran con mudo desconcierto.

Identificarla entre los invitados enmascarados de la fiesta fue más fácil de lo que él había anticipado. Iniciar una conversación; hacerla más profunda; invitarla a la habitación de su hotel, registrarse bajo un nombre ficticio.

Esperaba que fuera más precavida.

Esperaba muchas cosas de esta noche que no han sucedido.

Llegar a este punto ha sido tan fácil que lo irrita. Ahora que están alejados de la cháchara y la música de la fiesta, le molesta aún más. Ha sido demasiado fácil. Demasiado sencillo identificarla con la abeja y la llave y la espada que cuelga tan conspicua y ostentosamente alrededor de su cuello. Demasiado fácil conseguir que hablara. Demasiado fácil llevarla arriba, a un sitio sin testigos, salvo la ciudad al otro lado de la ventana, que está demasiado sumida en sus propias preocupaciones para darse cuenta o que le importe.

Ha sido todo demasiado fácil, y la facilidad de todo ello le molesta.

Pero también es demasiado tarde ya.

Ahora ella está de pie junto a la ventana, aunque no haya demasiado para ver: un sector del hotel al otro lado de la calle, un ángulo de cielo nocturno sin estrellas visibles.

—¿Alguna vez piensas en la cantidad de estrellas que hay ahí fuera? —pregunta, apoyando un dedo sobre el cristal—. ¿En cuántas situaciones dramáticas están produciéndose en este mismo momento? ¿En la extensión que tendría un libro con todas ellas? Probablemente, necesitarías una biblioteca entera para contener una sola noche en Manhattan. Una hora. Un minuto.

Entonces, a él se le ocurre que ella sabe por qué está aquí y que por eso ha sido tan fácil y ya no puede darse el lujo de vacilar un instante más.

Hay una parte de él que quiere mantener la farsa, seguir jugando a este rol con esta máscara.

Se da cuenta de que quiere seguir hablando con ella. Se distrae con sus preguntas, pensando en los demás habitantes de la ciudad, todas las historias que llenan esta calle, esta manzana, este hotel. Esta habitación.

Pero tiene un trabajo que hacer.

Aferra el arma de su bolsillo mientras avanza hacia ella.

Ella se da la vuelta y lo mira, con una expresión inescrutable. Alza la mano y apoya la palma contra un lado de su rostro.

Él sabe dónde está su corazón antes de atacar. Ni siquiera tiene que apartar la mirada de sus ojos. El movimiento está tan bien practicado que es casi automático, una habilidad tan entrenada que no tiene ni que pensarla, aunque no pensar le molesta aquí y ahora.

Luego está hecho. Una de sus manos está presionada contra el escote de su vestido y la otra contra su espalda para evitar que se caiga o se aparte de él. Desde la distancia, visto a través de la ventana, puede parecer un gesto romántico; la aguja larga y delgada que atraviesa su corazón, un detalle que se pierde en el abrazo.

Espera que su aliento quede atrapado en su garganta, que su corazón se detenga.

No sucede.

Su corazón continúa latiendo. Puede sentirlo bajo sus dedos, recalcitrante, insistente.

Ella sigue mirándolo, aunque la expresión de sus ojos ha cambiado y ahora él comprende. Antes, ella había estado poniéndolo a prueba. Ahora ya ha sido puesto a prueba y no la ha pasado, y su decepción es tan obvia y evidente como la sangre que se desliza por su espalda y a través de los dedos de él y el corazón que aún late bajo su mano.

Ella suspira.

Se inclina hacia delante, hacia él, presionando su corazón palpitante contra los dedos de él. Su aliento, su piel, todo su ser está tan imposiblemente vivo en sus brazos que él se siente aterrado.

Ella levanta la mano, de modo casual y sereno, y le quita la máscara. Deja que caiga al suelo mirándolo a los ojos.

—Estoy tan cansada del sentimentalismo de la chica muerta —dice—. ¿Tú no?

Dorian se despierta con un sobresalto.

Se encuentra sentado en un sillón, en las dependencias de la capitana de un barco pirata, sobre un mar de miel. Intenta convencerse de que la habitación del hotel en Manhattan era el sueño.

—¿Has tenido una pesadilla? —pregunta Eleanor desde el otro lado de la habitación. Se encuentra acomodando sus mapas—. Yo solía tener pesadillas. Cuando acababan, las escribía en una hoja de papel y las plegaba formando estrellas y arrojándolas lejos para deshacerme de ellas. A veces funcionaba.

—Jamás podré deshacerme de esta —le dice Dorian.

—A veces se quedan con uno. —Ella asiente. Realiza un cambio en la seda dorada y vuelve a doblar los mapas—. Ya estamos a punto de llegar —dice, y sale a la cubierta.

Dorian se detiene un instante más para evocar la habitación del hotel y luego la sigue. Lleva la mochila que ella le ha dado con algunos objetos que pueden servir, incluida una redoma llena de agua, aunque Eleanor asegura que él ha pasado suficiente tiempo dentro de la miel como para no sentir hambre o sed durante un tiempo. Hay una navaja, un trozo de cuerda y una caja de cerillas.

Ha conseguido encontrar un par de botas que le entran, altas, con puño y un aire bucanero. Son casi cómodas. Junto con su chaqueta con botones de estrella parece recién salido de un cuento de hadas. Tal vez haya sido así.

Sale a la cubierta y queda paralizado en el sitio ante lo que tiene ante él.

Un denso bosque de cerezos en flor ocupa toda la caverna hasta el borde del río. Raíces retorcidas desaparecen bajo la superficie de la miel, y flores sueltas caen y flotan río abajo.

—Es bonito, ¿verdad? —pregunta Eleanor.

—Es hermoso —accede, aunque esa sola palabra no alcance para describir la fuerza con que este sitio largamente querido le conmueve el corazón.

—No podré detenerme mucho tiempo con esta corriente —le explica ella—. ¿Estás listo para desembarcar?

—Creo que sí —responde.

—Cuando encuentres la posada, saluda al posadero de mi parte.

—Claro —promete. Y porque sabe que quizá no tendrá otra oportunidad, añade—: Conozco a tu hija.

—¿Conoces a Mirabel?

—Sí.

—No es mi hija.

—¿No?

—Porque no es una persona —aclara—. Es otra cosa disfrazada de persona, como también lo es el Cuidador. Lo sabes, ¿verdad?

—Sí —admite Dorian, aunque no habría podido explicarlo con tanta sencillez. El sueño que en realidad era un recuerdo se vuelve a reproducir en su mente, siguiendo con el resto de aquella noche que estuvieron juntos en el bar de un hotel mientras su mundo se derrumbaba y Mirabel atrapaba los trozos en el fondo de una copa de Martini. Se pregunta a veces qué habría sucedido, que podría haber hecho él, si ella no se hubiera quedado con él.

—Creo que quizá es difícil no ser una persona cuando estás atrapado dentro de una persona —reflexiona Eleanor—. Siempre pareció estar enfadada con todo. ¿Cómo está ahora?

Dorian no sabe cómo responder esa pregunta. Siente el latido de un corazón entre los dedos que no está allí. Por un momento, al recordar, al conjurar la idea de la persona que no es una persona, se siente de nuevo como aquella noche, y bajo todo el terror y la confusión y el asombro hay una calma perfecta.

—No creo que siga enfadada —le dice a Eleanor. Aunque incluso al decirlo se le ocurre que tal vez aquella calma se parece más a la calma dentro de una tormenta.

Ella inclina la cabeza, pensando en ello, y luego asiente, aparentemente satisfecha.

Dorian quisiera poder darle algo a cambio de su amabilidad, como pago por haberlo llevado, por salvarle la vida, algo que parece ser cosa de familia.

Solo tiene una cosa para ofrecerle y advierte ahora que lo que más le molestaba era el hecho de que nadie leyera el libro y no tanto el hecho de que no lo tuviera consigo. Además, lo lleva siempre consigo, plasmado con tinta sobre la espalda y constantemente desplegándose en su cabeza.

Dorian toma *Fortunas y fábulas* del bolsillo de su abrigo.

—Me gustaría darte esto —dice, entregándoselo a Eleanor.

—Es importante para ti —le dice ella. Una afirmación y no una pregunta.

—Sí.

Ella le da la vuelta el libro en las manos, mirándolo con preocupación.

—Hace mucho tiempo le di a alguien un libro que era importante para mí —dice—. Jamás lo recuperé. Algún día te devolveré este libro, ¿trato hecho?

—Siempre y cuando lo leas antes de hacerlo —le pide.

—Lo haré; lo prometo —dice ella—. Espero que encuentres a tu persona.

—Gracias, mi capitana —responde—. Te deseo muchas grandes aventuras en el futuro. —Se inclina ante ella, y ella se ríe. Y aquí y ahora se separan para continuar sus historias respectivas.

El desembarco de Dorian es una hazaña complicada de cuerdas y un salto cuidadosamente logrado, y luego está de pie sobre la orilla, observando al barco volviéndose cada vez más pequeño.

Desde donde está alcanza a leer el texto cincelado en el costado:

Buscar y Encontrar

La nave se vuelve una luz resplandeciente en la distancia. Luego desaparece y Dorian se queda solo.

Se da la vuelta para mirar el bosque.

Jamás ha visto cerezos tan imponentes en su vida, acechantes y nudosos. Sus ramas se retuercen en todas las direcciones, algunas lo bastante altas como para rozar los muros de roca de la caverna en las alturas y otras tan bajas que puede tocarlas con las manos. Todas están cargadas con miles de flores rosadas. Las raíces y los troncos se abren paso a través del suelo de piedra sólida que se agrieta a su alrededor.

Entre las ramas cuelgan farolillos de papel, algunos a alturas imposiblemente altas, salpicando el dosel como estrellas, meciéndose aunque no sople la brisa.

Dorian se interna en el bosque topándose con tocones aislados entre los árboles. Algunos están cubiertos de velas encendidas, derramándose hacia los lados y sobre el suelo. Otros están repletos de libros. Estira la mano para sostener uno, pero descubre que los libros mismos son de madera sólida, una parte del árbol, que han sido tallados y pintados.

Las flores caen a su alrededor. Entre los árboles se ha despejado un camino, marcado con señales sobre los árboles, guijarros planos clavados en las raíces sobre los cuales se han colocado velas encendidas. Dorian sigue este camino, rápidamente dejando atrás el Mar sin Estrellas. Ya no puede oír el sonido de las olas contra la orilla.

Un pétalo solitario cae balanceándose sobre su mano y se disuelve como un copo de nieve sobre su piel.

Mientras sigue caminando, las flores continúan cayendo. Al principio, son pocos pétalos por vez, pero luego empiezan a acumularse, cayendo sobre el camino.

No puede señalar con precisión el momento en el que dejan de ser flores de cerezo y se convierten en nieve.

A medida que avanza, sus botas van dejando huellas. Cada vez hay menos luces en el sendero. La nieve floral cae más pesadamente, apagando las llamas de las velas. Hace más frío, y cada flor que cae sobre su piel expuesta es como un trozo de hielo.

La oscuridad sobreviene rápida y densa. Es imposible ver.

Da un paso adelante y luego otro; sus botas se hunden profundamente en la nieve.

Oye un sonido. Al principio cree que es el viento, pero suena más regular, como si alguien estuviera respirando. Algo se mueve junto a él y luego delante de él. Pero no ve nada; la oscuridad es absoluta.

Se detiene. Rebusca con cuidado en su mochila, y sus manos se cierran alrededor de una caja de cerillas.

Completamente a ciegas, intenta encender una de ellas, pero se escapa entre sus dedos trémulos. Respira para serenarse y lo intenta con otra.

La cerilla se enciende, arrojando apenas una débil luz con su llama temblorosa.

Delante de Dorian hay un hombre de pie en la nieve, más alto, más delgado pero con hombros más fuertes. Encima de ellos se advierte la cabeza de una lechuza, que lo mira con ojos grandes y redondos.

La lechuza ladea la cabeza, estudiándolo.

Los grandes ojos redondos parpadean.

La llama llega al final de la cerilla; la luz titila y se apaga.

Dorian queda envuelto de nuevo en sombras.

Zachary Ezra Rawlins ha imaginado a más de un personaje literario, pero nunca soñó que terminaría cara a cara con uno de ellos e, incluso si sabía que Simon Keating era una persona de verdad y no un personaje literario, de todos modos imaginó un personaje que no tiene nada que ver con la persona que tiene delante en aquel momento.

El hombre es mayor que el chico de dieciocho años que tenía en mente, aunque ¿qué importancia tiene la edad para alguien que está perdido en el tiempo? Parece tener treinta y tantos años, ojos oscuros y largo cabello rubio oscuro sujeto hacia atrás en una coleta, con varias plumas que la decoran. Lleva una camisa con volantes, que tal vez fuera blanca alguna vez y ahora se ha vuelto gris, pero su chaleco ha corrido mejor suerte: cuerdas anudadas reemplazan varios botones extraviados. Una tira de cuero da dos vueltas alrededor de su talle como un cinturón doble, del cual cuelgan varios objetos, incluido un puñal y un rollo de cuerda. También hay tiras de cuero y tela envueltas alrededor de sus rodillas, codos y la mano derecha.

Le falta la mano izquierda, amputada encima de la muñeca. El extremo de este brazo también está envuelto y protegido, y tanto la piel que se ve por encima como una parte del cuello se han quemado con toda claridad en algún momento del pasado.

—¿Todavía puedes oírlos? —pregunta Simon.

Zachary sacude la cabeza, tanto para apartar el recuerdo de las voces de la cabeza como para responder a la pregunta. En algún punto dejó caer la antorcha, aunque en este momento no recuerde si la empuñó realmente. Intenta recordar y evoca estatuas, oscuridad y un conejo gigante.

Levanta la vista hacia efigies que han presidido durante siglos festividades, fieles y, luego, el vacío. Después del vacío el mar meloso les arrebató los ojos. Y cuando las mareas bajaron y volvió la luz, vieron, primero, a un hombre solo y, ahora, a dos.

—Te han mentido —le asegura Simon, haciendo un gesto hacia la puerta—. Ha sido una suerte que te oyera.

—Gracias —dice Zachary.

—Atraviesa todo esto —le aconseja—. Deja que te atraviese y luego déjalo ir.

Gira la cabeza, dejando que se recomponga. Se encuentra temblando, pero empieza a calmarse y a asimilar todo lo que tiene delante, alrededor y por encima.

Decenas de estatuas gigantes ocupan el lugar. Algunas figuras tienen cabezas de animales y otras han perdido, directamente, la cabeza. Ocupan el espacio de un modo tan orgánico que no le sorprendería si empezaran a moverse, o quizá estén moviéndose muy, muy lento.

Entre las ramas extendidas, las coronas y las cornamentas, cuelgan cuerdas, cintas e hilos, amarrando las estatuas a balcones y puertas, ensartados con páginas de libros, llaves, plumas y huesos. Una larga secuencia de lunas de bronce cuelga en mitad del atrio. Algunas de las cuerdas se enganchan con ruedas dentadas y poleas.

Dos de las estatuas son tan grandes que han construido los balcones a su alrededor, uno a cada lado. Se sientan una frente a la otra, presidiendo el resto de los dramas que se desarrollan en la piedra, sobre el papel y en vivo.

La estatua más cercana tiene una forma y un aspecto tan detallados que Zachary reconoce al Cuidador, aunque parte de su cara esté oculta por papeles que revolotean y la curva de una luna creciente. Sus manos se extienden con un gesto familiar, levantadas como si estuviera esperando que le colocaran un libro muy grande en las palmas abiertas. En lugar de ello, una cantidad de cintas rojas, largas tiras de seda del color de la sangre, le cuelgan de los dedos y alrededor de las muñecas, y se estiran hacia fuera sujetándolo a los balcones, las puertas y a la otra estatua que tiene delante.

La figura que tiene enfrente no se parece a Mirabel pero, claramente, la intención es que la represente, o a alguien que ha sido. Las cintas rojas que sujetan sus muñecas le rodean el cuello y caen sobre el suelo donde se acumulan alrededor de sus pies como sangre. *Hola, Max*, piensa Zachary. La estatua gira la cabeza levemente y lo mira con sus ojos huecos de piedra.

—¿Estás herido? —pregunta Simon cuando Zachary tropieza hacia atrás, apoyándose en un altar para recuperar el equilibrio. Siente la suave superficie bajo la mano, la piedra cubierta con varias capas de gotas de cera. Sacude la cabeza a modo de respuesta, aunque no esté seguro. Aún puede sentir la densa oscuridad en los pulmones y en los zapatos. Quizá debería sentarse. Intenta recordar cómo hacerlo. Las cintas que revolotean cerca tienen un texto escrito que no puede leer, además de oraciones, plegarias o mitos. Deseos o advertencias.

—Yo… soy… —empieza a decir, pero no sabe cómo terminar lo que quiere decir. No sabe qué es. No en este momento.

—¿Cuál eres? —pregunta Simon, escrutándolo—. ¿El corazón o la pluma? Llevas la espada, pero no tienes las estrellas. Es confuso. No deberías estar aquí. Estabas destinado a estar en otro sitio.

Zachary abre la boca para preguntar de qué habla exactamente. En lugar de ello, se refiere a lo único que le vuelve una y otra vez a la mente.

—He visto un conejito.

—Has visto… —Simon lo mira sin entender, y Zachary no sabe si se ha expresado adecuadamente. Sus pensamientos parecen demasiado desconectados de su cuerpo.

—Un conejito —repite, lo bastante lento como para que le vuelva a sonar raro—. Uno enorme. Era como un elefante, pero era… un conejito.

—La liebre celestial no es un conejito —lo corrige Simon y luego vuelve su atención a las cuerdas y engranajes encima de ellos—. Si has visto a la liebre significa que la luna está aquí —señala—. Es más tarde de lo que creía. Se acerca el Rey Lechuza.

—Espera… —empieza a decir Zachary, afirmándose de manera vacilante con algo que ya ha preguntado—. ¿Quién es el Rey Lechuza?

—La corona pasa de uno a otro —responde Simon, preocupado por enderezar las cuerdas con movimientos hábiles que realiza con una sola mano—. La corona pasa de una historia a otra. Ha habido muchos reyes lechuza con sus coronas y sus garras.

—¿Quién es el Rey Lechuza en este momento?

—El Rey Lechuza no es un ser vivo. No siempre. No en esta historia. Confundes lo que fue con lo que es. —Simon suspira e interrumpe sus trapicheos para devolver su atención a Zachary. Titubea para explicarlo, buscando las palabras adecuadas—. El Rey Lechuza es un… fenómeno. Es el futuro que irrumpe en el presente como una ola. Sus alas baten en los espacios entre las elecciones y antes de las decisiones, anunciando un cambio... aquellos cambios largamente esperados, los cambios que predijeron las profecías y acerca de los cuales advirtieron los presagios, y escritos en las estrellas.

—¿Quiénes son las estrellas? —Es una pregunta en la que ya ha pensado, pero que aún no ha puesto en palabras, aunque sigue confundido respecto a si el Rey Lechuza es una persona, un pájaro o un tipo de clima.

Simon lo mira y parpadea.

—Nosotros somos las estrellas —responde, como si se tratara de un hecho evidente, a pesar de que se encuentren flotando en un mar de metáforas y ambigüedades—. Todos somos polvo de estrellas y relatos.

Simon se da la vuelta y desata una cuerda de uno de los ganchos junto a la pared. Tira de ella, y en lo alto el engranaje las poleas se ponen en marcha. Una forma de medialuna se vuelve sobre sí misma y desaparece.

—Esto no funciona —dice, tirando de una cuerda diferente que mueve las páginas alborotadas—. Las puertas están cerrándose y se llevan consigo las posibilidades. La historia se escribe incluso cuando no está segura de su rumbo, y ahora alguien más está leyéndola, siguiéndola, en pos del final.

—¿Qué? —pregunta Zachary, aunque quizá quería decir *quién* y no recuerda la diferencia.

—La historia —repite Simon, como si con ello respondiera a la pregunta en lugar de crear nuevas—. Yo estaba en la historia y luego salí de ella y encontré este sitio donde podía escuchar en lugar de que me leyeran. Aquí todo susurra la historia. El mar y las abejas susurran, y yo escucho intentando encontrar la forma de todo ello. Dónde ha estado y a dónde se dirige. Nuevas historias se enquistan en historias antiguas. Las historias de antaño que las llamas susurran a las polillas. Esta está desgastada en los lugares donde la han contado una y otra vez, y hay peligro de caer dentro de esos hoyos. Quise escribirla, pero no lo he logrado.

Simon señala arriba, a las estatuas, cintas, cuerdas, papeles y llaves.

—Esto es... —empieza a decir Zachary.

—Esto es la historia —termina Simon por él—. Si permaneces aquí abajo el tiempo suficiente, oirás el zumbido del relato. Intento registrar todo lo que puedo; hacerlo mitiga el sonido.

Zachary mira más detenidamente. Dentro de las cintas, cuerdas, engranajes y llaves hay más elementos; se mueven, echan destellos y cambian a la luz del fuego:

Una espada y una corona rodeadas de un enjambre de abejas de papel.

Un barco sin mar. Una biblioteca. Una ciudad. Un incendio. Una hendidura llena de huesos y sueños. Una figura enfundada en un abrigo de piel sobre una playa. Una forma como de una nube o un pequeño vehículo de color azul. Un cerezo con flores parecidas a las páginas de un libro.

Las llaves y las cintas cambian de dirección, y las imágenes en su interior se vuelven más claras, demasiado claras para poder urdirlas con papel e hilo.

Las enredaderas trepan a través de las ventanas y se enroscan alrededor de un gato color naranja que duerme en la oficina del Cuidador. Dos mujeres sentadas en una mesa de picnic bajo las estrellas beben y charlan. Detrás de ellas un chico está de pie ante una puerta pintada que jamás se abrirá.

Zachary mira desde otro ángulo, y por un momento toda la estructura efímera parece una enorme lechuza que abarca la habitación entera. Luego, con un revoloteo de páginas, se vuelve a fragmentar en trozos de relatos. El cambio de perspectiva acarrea, a la vez, más y menos. Las figuras que estaban entrelazadas se encuentran ahora separadas. Nieva en algún sitio. Hay una posada en un cruce de caminos, y alguien camina hacia ella.

Hay una puerta en la luna.

—La historia está cambiando. —Zachary está tan ensimismado en las imágenes cambiantes que la voz de Simon le provoca un sobresalto a su lado. Aunque cuando vuelve a mirar, solo haya una maraña de papel, metal y tela—. Se mueve demasiado rápido. Los sucesos se están superponiendo unos sobre otros.

—Creía que el tiempo no era… —empieza a decir, pero se detiene de nuevo, dudando de lo que el tiempo no era o no será o es—. Creía que aquí el tiempo transcurría de manera diferente.

—Avanzamos a velocidades diferentes, pero todos nos dirigimos hacia el futuro —le dice Simon—. Ella lo retenía como un soplo y ahora ha desaparecido. No creía que aquello fuera a suceder.

—¿Quién? —pregunta Zachary, pero Simon, que sigue cambiando cuerdas de lugar con su única mano, no responde.

—El huevo está rompiéndose —dice—. Se ha roto. Se romperá.

Por encima de ellos una serie de llaves se precipitan al suelo, chocando entre ellas como campanillas.

—Pronto el dragón vendrá a comerse el mundo. —Simon vuelve a mirar a Zachary—. No deberías estar aquí. La historia te ha seguido hasta aquí. Aquí es donde ellos quieren que estés.

—¿Quiénes? —vuelve a preguntar, y esta vez Simon parece escuchar la pregunta. Inclinándose hacia él, susurra como si temiera que lo fueran a escuchar.

—Hay dioses que han perdido su mitología, escribiéndose nuevos mitos. ¿Ya puedes oír el zumbido?

Al pronunciar las palabras, hay un cambio en el aire. Una brisa encrespada irrumpe en el recinto, haciendo revolotear hojas de libros y cintas y extinguiendo varias velas. Simon acude rápidamente a encenderlas de nuevo al tiempo que el espacio queda oculto en sombras.

Zachary se aparta algunos pasos para no interponerse en su camino y choca con la estatua de un guerrero con casco, montado sobre un grifo. Detenido en mitad de un salto sobre un enemigo invisible, desenvaina la espada y despliega las alas.

Encaramada sobre la espada de la estatua hay una pequeña lechuza que lo mira.

Zachary salta hacia atrás sorprendido y lleva la mano a su propia espada para desenvainarla, pero la ha dejado sobre el suelo a cierta distancia de donde está parado. La lechuza continúa mirándolo. Se trata de un ejemplar muy pequeño, casi todo pelo y ojos. Sujeta un objeto entre sus garras.

—¿Por qué temerías aquello que te guía? —le pregunta Simon con calma sin darse la vuelta para mirarlo, abocado a encender las velas. El recinto se vuelve más luminoso—. Lo único que han hecho las lechuzas ha sido impulsar la historia hacia delante. Tienen esa finalidad. Esta ha estado esperando a alguien. Debí haberlo sabido. —Se aleja farfullando para sí.

La pequeña lechuza suelta el objeto que lleva a los pies de Zachary.

Él baja la mirada.

Sobre la piedra junto a su zapato hay una estrella plegada de papel.

La lechuza vuela hacia arriba y se posa sobre la barandilla del balcón, sin dejar de mirarlo. Cuando Zachary no reacciona, suelta un ulular para animarlo.

Entonces, levanta la estrella de papel. Tiene un texto impreso encima que parece familiar. ¿Cuánto tiempo habrán impulsado los gatos esta estrella a través de los pasillos hasta que ha caído aquí, al sitio donde la lechuza la ha recogido? ¿Hasta que se ha abierto paso para llegar aquí y ahora?

Zachary desdobla la estrella y la lee.

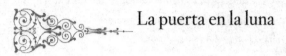# La puerta en la luna

El hijo de la vidente se encuentra ante seis puertas,

Zachary Ezra Rawlins mira las palabras que anhela leer desde hace mucho tiempo, presa de la excitación. Por fin ha encontrado otra oración que empieza con el hijo de la vidente en una tipografía serif familiar, sobre una hoja de papel arrancada de un libro antes de convertirse en una estrella, que luego una pequeña lechuza le ha obsequiado. Pero luego se detiene.

La lechuza ulula desde el balcón llamando su atención.

No está preparado. No quiere saber.

Aún no.

Pliega la página de nuevo para formar una estrella y la mete en su bolsillo sin leer más que las primeras palabras.

Tres cosas perdidas en el tiempo. Todas, aquí. *Dulces penas* en su bolsa, la espada a sus pies, y Simon al otro lado de la sala.

Zachary siente que algo debe suceder ahora que están todos juntos, pero aún no ha pasado nada. Al menos, no aquí. Quizá sigan todos perdidos, y ahora él también se haya perdido con ellos.

Encuentra al hombre.

Lo ha encontrado. Ahora, ¿qué?

Vuelve a mirar a Simon, que sigue encendiendo las velas de los altares y las escaleras. El suelo está cubierto de cera de abejas. Hay tramos que parecen panales, aunque las pisadas y el tiempo han destruido todos los hexágonos perfectos.

A medida que aumenta la luz, alcanza a ver las otras capas que han sido construidas encima de este templo. Un nicho para ofrendas aloja ahora una pila de mantas. Una serie de frascos se amontonan en el suelo, extraídos de un sitio con menos cera y traídos aquí. Aquí es donde ha estado el hombre perdido en el tiempo, oculto durante semanas o meses o siglos.

Zachary camina hacia Simon, siguiendo sus pasos mientras enciende sus velas.

—Tú eres las palabras en una hoja de papel —susurra este, no se sabe si a sí mismo o a Zachary o a las palabras encima de ellos, inscritas en sus respectivas hojas de papel—. Cuidado con las historias que te cuentas a ti mismo.

—¿A qué te refieres? —pregunta Zachary, recordando las voces en la oscuridad y preguntándose si ellas son la historia. Simon se sobresalta ante el sonido de su voz, y se gira sorprendido.

—Hola —lo saluda de nuevo—. ¿Has venido a leer? Creía que estaba aquí para leer y no para que me leyeran, pero la historia ha cambiado.

—¿De qué modo? —pregunta Zachary. Simon lo mira sin comprender—. ¿De qué modo ha cambiado la historia? —vuelve a repetir, señalando hacia arriba a las páginas y las estatuas, preocupado por el comportamiento de Simon y aún más inquieto por el modo en que todo se sigue repitiendo. Cada vez se siente más confundido cuando, en realidad, todo debería volverse más claro.

—Se rompió —responde Simon, sin explicar cómo se hace para romper una historia. Quizá es como romper una promesa—. Tiene bordes cortantes.

—¿Cómo la arreglo? —pregunta Zachary.

—Es imposible arreglarla. Solo se puede avanzar con el daño a cuestas. Mira aquello. —Le indica algo dentro de la historia que Zachary no puede ver—. Tú, con tu amado y tu espada. Las mareas subirán. Hay un gato que te busca.

—¿Un gato? —Levanta la mirada a la lechuza, y si las lechuzas pudieran encogerse de hombros, la lechuza se encogería de hombros, pero no pueden hacerlo, no de un modo evidente, así que en lugar de ello la lechuza eriza sus plumas.

—Tantos símbolos, y al final y en el comienzo, solo hubo abejas —señala Simon.

Zachary suspira y levanta la espada. Tantos símbolos. *Los símbolos son para ser interpretados, no para definir algo*, se recuerda a sí mismo. Ahora la espada pesa un poco menos; quizá esté acostumbrándose a su peso. La vuelve a meter en la vaina.

—Tengo que encontrar a Mirabel —le dice a Simon.

Este lo mira sin entender.

—*Ella* —explica Zachary, señalando la estatua—. Tu... —se interrumpe a sí mismo. Le preocupa que si Simon no sabe ya que Mirabel es su hija, la revelación podría ser demasiado, así que empieza de nuevo—. Mirabel... El Destino, quienquiera que sea. Esta encarnación tiene el pelo rosa y suele estar en el Puerto superior. No sé si puedes verla en la historia, pero es mi amiga y se encuentra aquí abajo en alguna parte, y debo encontrarla.

Se le ocurre que ahora debe encontrar a más de una persona, pero no quiere entrar en eso. No quiere pensar en ello. En sí mismo. A pesar de que el nombre que probablemente no sea el verdadero se repita como un mantra en el fondo de su mente. *Dorian. Dorian. Dorian.*

—Ella no es tu amiga —dice Simon, interfiriendo en sus pensamientos, interfiriendo en todo su ser—. La dueña de la casa de los libros. Si te ha abandonado, estaba en sus planes hacerlo.

—¿Qué? —pregunta Zachary, pero Simon sigue hablando, caminando alrededor de estatuas y tirando de más cuerdas y cintas. Las páginas y los objetos que cuelgan encima giran a toda velocidad. La lechuza chilla desde el balcón y se lanza hacia abajo, posándose sobre el hombro de Zachary.

—No debiste traer la historia hasta aquí —lo reprende Simon—. Me mantengo alejado del sitio donde se encuentra la historia; se supone que ya no debo ser parte de ella. La última vez que intenté volver, solo me acarreó dolor.

Simon mira el espacio vacío donde debería estar su mano izquierda.

—Una vez, volví a la historia y terminó en llamas —dice—. La última vez que me acerqué, una mujer con un ojo brillante como el cielo me arrebató la mano y me advirtió que no volviera jamás.

—Allegra. —Zachary recuerda la mano en el frasco. Era probable que hubiera sido una forma de asegurar que parte de Simon se perdiera para siempre. O quizá fuera la técnica de intimidación que empleaba, y en este caso se hubiera pasado de la raya.

—Ha desaparecido.

—Espera, ¿ha desaparecido de verdad o, simplemente, se ha perdido? —pregunta Zachary, pero Simon no lo aclara.

—Deberías venir conmigo —dice—. Debemos marcharnos antes de que el mar acabe con nosotros.

—¿Acaso todo esto dice que vaya contigo? —pregunta, señalando las cintas, los engranajes y las llaves, apuntando con el brazo derecho para no sacudir la lechuza encaramada en el hombro izquierdo. Seguir las instrucciones entretejidas en una enorme escultura de relatos que se mueve no parece mejor solución que arrancarlas de las páginas de libros.

No quiere volver a la oscuridad, pero hay más de una manera de salir de aquí.

Simon levanta la mirada a la historia, observándola como si buscara una estrella en particular en un vasto cielo.

—No sé cuál eres —le dice.

—Soy Zachary. Soy el hijo de la vidente. Necesito saber qué debo hacer ahora, Simon, por favor —dice. Simon se da la vuelta y lo mira con curiosidad. No, no de manera inquisitiva, sino como si no comprendiera.

—¿Quién es Simon? —pregunta, volviendo su atención a los engranajes y las estatuas, como si la respuesta a su pregunta estuviera en la inmensidad sin estrellas y no dentro de sí.

—Oh —responde Zachary—. *Oh*.

Entonces, eso es ser un hombre perdido en el tiempo: haber perdido el propio ser, abandonándolo a los siglos. Poder ver pero no recordar al hacerlo, ni siquiera el nombre propio.

No sin que se lo recuerden a uno.

—Toma —dice Zachary, rebuscando en su bolso—. Debes quedarte con esto.

Le tiende *La balada de Simon y Eleanor*.

Simon mira el libro, vacilando, como si una historia encuadernada con esmero fuera un objeto inusual, pero luego acepta el obsequio.

—Somos palabras sobre papel —dice con suavidad, dando la vuelta al libro en las manos—. Estamos llegando al final.

—Leerlo puede ayudarte a recordar.

Simon abre el libro y lo vuelve a cerrar rápidamente.

—No tenemos tiempo para esto. Yo subiré, será más seguro estar en alto una vez que empiece. —Se dirige a otra de las imponentes puertas y la abre. El sendero al otro lado se encuentra iluminado, pero de todos modos vuelve para quitarle una antorcha de las manos a una de las estatuas—. ¿Vendrás conmigo? —dice volviéndose nuevamente hacia Zachary.

La lechuza hunde sus diminutas garras en su hombro, y no sabe si el gesto está destinado a animarlo o a desanimarlo.

Levanta la mirada a la historia en la que se ha encontrado él mismo, en cuyo centro está ausente la luna. Echa un vistazo a las estatuas de Mirabel y el

Cuidador y a muchas otras figuras para las cuales no tiene nombre, que en algún momento u otro debieron desempeñar un papel en este relato. Se pregunta cuántas personas han pasado ya a través de este espacio, cuántas han respirado este aire que huele a humo y miel, y si alguno se sintió como se siente él ahora: inseguro, temeroso, incapaz de saber cuál es la decisión acertada, si acaso hay una.

Zachary se da la vuelta para mirar a Simon.

La única respuesta que tiene es una pregunta.

—¿Hacia dónde está el Mar sin Estrellas?

DORIAN SE ENCUENTRA parado en la nieve, rodeado de la oscuridad, temblando por algo más que el frío.

Ha dejado caer sus cerillas.

A pesar de no ver nada, aún percibe los ojos de la lechuza contemplándolo. No sabía que era posible sentirse tan desnudo aunque esté completamente vestido en la oscuridad.

Respira hondo y cierra los ojos, extendiendo su mano vacía y temblorosa, con la palma hacia arriba. Una ofrenda. Una presentación.

Espera, oyendo el sonido de una respiración acompasada. Mantiene la mano extendida.

Una mano toma la suya en la oscuridad. Dedos largos se enroscan sobre los suyos, aferrándolo con suavidad pero con firmeza.

La mano lo conduce hacia adelante.

Caminan durante cierto tiempo. Dorian da un paso tras otro atravesando la nieve lentamente, siguiéndole los pasos al hombre con cabeza de lechuza, confiando en que aquella es la dirección correcta. La oscuridad parece no acabar nunca.

Entonces, aparece una luz.

Es tan suave que Dorian cree que podría estar imaginándola, pero a medida que avanza, la luz se vuelve más intensa.

El sonido de la respiración regular desaparece, arrebatado por el viento.

Los dedos que aferran los suyos se desvanecen. De un momento a otro, la mano que sujeta la suya se ha esfumado.

Dorian intenta expresar su gratitud, pero sus labios se niegan a formar palabras en el frío. Lo piensa, lo más fuerte que puede, y espera que alguien lo oiga.

Camina hacia la luz. A medida que se acerca, advierte que son dos.

Dos farolas encendidas a ambos lados de una puerta.

No alcanza a ver el resto del edificio, pero hay una aldaba con la forma de una luna creciente en el centro de una puerta azul noche. Dorian la levanta con una mano casi helada y golpea.

Cuando la puerta se abre, el viento lo empuja dentro.

El espacio al que entra es la antítesis de lo que ha dejado atrás. Una luz cálida lo envuelve suprimiendo el lúgubre frío. Un enorme salón abierto colmado de luz de lumbre y libros, vigas de madera oscura y ventanas recubiertas de escarcha. Huele a vino especiado y a pan horneado. Lo reconforta de un modo que desafía cualquier descripción. Parece un abrazo, si el abrazo fuera un lugar.

—Bienvenido, viajero —dice una voz profunda.

Detrás de él un hombre corpulento con una barba imponente asegura la puerta para impedir que entre el viento. Si el lugar fuera una persona, sería este hombre, el consuelo hecho carne, y Dorian tiene que hacer un esfuerzo enorme por no desplomarse en sus brazos y soltar un suspiro.

Intenta devolver el saludo, pero está demasiado entumecido para hablar.

—Qué tiempo tan terrible para andar viajando —señala el posadero, y lo dirige a una enorme chimenea de piedra que cubre casi todo el muro opuesto de la gran sala.

Tras instalarlo en una silla, toma su mochila y la coloca sobre el suelo a la vista. Parece a punto de intentar llevarse su abrigo, pero lo piensa mejor. Decide, en cambio, quitarle las botas cubiertas de nieve y dejarlas junto al fuego para que se sequen. El posadero desaparece, y vuelve con una manta que coloca sobre el regazo de Dorian y un artefacto lleno de brasas ardientes que acomoda bajo la silla. Envuelve un trozo de tela tibia alrededor de su cuello a modo de pañuelo y le entrega una taza humeante.

—Gracias —consigue decir Dorian, aceptando la taza con manos temblorosas. Bebe un sorbo y, aunque no percibe sabor en la bebida, le calienta el cuerpo y es todo lo que importa.

—No te preocupes, pronto entrarás en calor —le dice el posadero, y es cierto, empieza a absorber el calor de la bebida, el fuego y el sitio. El frío empieza a disiparse.

Dorian oye el rugido del vendaval. ¿Por qué rugirá el viento? ¿Será una advertencia o un deseo? Las llamas bailan alegremente en la chimenea.

Resulta raro, piensa, estar sentado en un sitio que te has imaginado miles de veces. Que al final sea todo lo que creías y más. Más detalles. Más sensaciones. Resulta aún más raro que este sitio esté lleno de cosas que jamás imaginó, como si hubieran extraído la posada de su mente y otro narrador oculto la hubiera embellecido.

Cada vez se acostumbra más a las rarezas.

El posadero le trae otra taza y otro trozo de tela caliente para reemplazar el primero.

Dorian desabrocha las estrellas de su abrigo para que su piel esté más expuesta al calor.

El hombre echa un vistazo y al advertir la espada grabada en su pecho da un paso atrás, sorprendido.

—Ah —dice—. Eres tú. —Sus ojos se vuelven a desplazar rápidamente a los de Dorian y luego de nuevo a la espada—. Tengo algo para ti.

—¿Qué? —pregunta.

—Mi esposa me dejó algo para que te entregue —explica—. Me dio instrucciones por si acaso llegabas durante alguna de sus ausencias.

—¿Cómo sabe que es para mí? —pregunta Dorian. Cada palabra le pesa sobre la lengua, aún en proceso de descongelarse.

—Me dijo que algún día un hombre llegaría portando una espada y vestido con estrellas. Me dio algo y me pidió que lo guardara bajo llave hasta que tú llegaras, y ahora estás aquí. Mencionó que quizá no supieras que lo estabas buscando.

—No lo entiendo —dice, y el posadero suelta una carcajada.

—Yo tampoco lo entiendo todo siempre —responde—. Pero tengo fe. Admito que creía que tendrías una espada de verdad y no una grabada.

El posadero saca una cadena de debajo de su camisa. Una llave cuelga de ella.

Desplaza una de las piedras del hogar delante del fuego, dejando al descubierto un compartimento bien oculto con una cerradura elaborada. Gira la llave para abrirla y mete la mano dentro.

El hombre extrae un cofre cuadrado. Sopla una capa de polvo y ceniza que se ha acumulado encima y lo pule con un trozo de tela que saca de su bolsillo antes de entregárselo.

Dorian acepta la caja con desconcierto.

Se trata de un cofre precioso de hueso tallado, decorado con una serie de dibujos elaborados en marquetería incrustada de oro. Un par de llaves cruzadas cubren la tapa, rodeadas de estrellas. Los laterales están decorados con abejas, espadas y plumas, y una corona de oro solitaria.

—¿Hace cuánto tiempo que la posee? —le pregunta al posadero.

El hombre sonríe.

—Hace mucho tiempo. Por favor, no me pidas que lo estime. Ya no conservo relojes.

Dorian mira la caja. La siente pesada y sólida en las manos.

—Usted dijo que su esposa le dio esto para que me lo entregara —dice, y el posadero asiente. Dorian recorre los dedos sobre una secuencia de lunas doradas a lo largo del borde de la caja: luna llena, menguante, nueva y, nuevamente, creciente y llena. Se pregunta si hay alguna diferencia entre la historia y la realidad aquí abajo—. ¿Su esposa es la luna?

—La luna es una roca en el cielo —dice el posadero con una risilla—. Mi esposa es mi esposa. Lamento que no esté aquí en este momento; le hubiera gustado conocerte.

—A mí también —responde él. Vuelve a mirar el cofre en sus manos.

No parece haber una tapa. Los dibujos dorados se repiten y rodean cada lado y no encuentra bisagras ni costuras. La luna crece y mengua a lo largo de sus bordes, una y otra vez. Dorian desliza las puntas heladas de sus dedos sobre cada una, preguntándose cuánto tiempo pasará antes de que la luna esté nueva y oscura y la esposa del posadero vuelva. Entonces, se detiene.

Una de las lunas llenas sobre lo que supone es la parte superior de la caja tiene una hendidura, una marca de seis lados oculta por su redondez, algo que puede sentir más que ver.

No se trata del ojo de una cerradura, pero algo podría encajar allí.

Quisiera que Zachary estuviera con él. Sería capaz de resolver mejor estos enigmas, además de otra serie de cosas.

¿Qué falta?, piensa, mirando el cofre por encima. Hay lechuzas y gatos ocultos en el espacio negativo entre los diseños de oro. Hay estrellas y formas que podrían ser puertas. Dorian piensa en todas sus historias. ¿Qué falta?

De pronto, lo descubre de un modo sencillo.

—¿Tiene un ratón? —le pregunta al posadero.

El hombre lo mira sin comprender, y luego se ríe.

—¿Me acompañas?

Dorian, mucho más calentito que cuando llegó, asiente y se levanta del asiento, colocando el cofre sobre una mesa junto al sillón.

El posadero lo conduce al otro lado del salón.

—En otra época esta posada estaba situada en otro paraje —le explica—. No ha cambiado mucho por dentro, pero una vez le mencioné a mi esposa que a veces echo de menos los ratones. Solían mordisquear los sacos de harina y semillas secretas que guardaba en mis tazas de té. Era exasperante, pero me había acostumbrado a ello, y una vez que desaparecieron me di cuenta de que los extrañaba. Así que ella me los trae.

Se detiene ante una vitrina metida entre un par de estanterías y abre la puerta.

Por dentro los estantes están cubiertos de ratones de plata. Algunos bailan y otros duermen o mordisquean diminutos trozos de queso dorado. Uno de los animalitos empuña una pequeña espada dorada: un caballero en miniatura.

Dorian lleva la mano a la vitrina y coge el ratón con la espada. Se encuentra de pie sobre una base de seis lados.

—¿Me permite? —le pregunta al posadero.

—Por supuesto —responde.

Entonces, lleva al ratón caballero de regreso a su sillón junto a la chimenea y lo coloca sobre la hendidura dentro de la luna que se encuentra encima del cofre. Encaja perfectamente.

Gira el ratón, y la caja oculta se abre con un chasquido.

—¡Ja! —exclama el posadero encantado.

Dorian coloca el ratón de plata con su espada junto al cofre.

Levanta la tapa.

Dentro, hay un corazón humano que palpita.

Zachary Ezra Rawlins jugaba de niño con los cristales de la amplia colección de su madre: los miraba, los ponía a trasluz y observaba las inclusiones, fisuras y heridas fracturadas y reparadas por el tiempo, imaginando mundos dentro de las gemas, reinos y universos enteros que pudiera sostener en la palma de la mano.

Los espacios que imaginaba entonces no eran nada en comparación con las cavernas cristalinas que recorre ahora, iluminando su camino con una antorcha en alto, y con una lechuza encaramada sobre el hombro hundiendo las garras en su suéter.

Cuando vacila en las intersecciones, el ave vuela por delante para explorar el terreno. Reporta nuevamente mediante señales indiscernibles que transmite parpadeando, erizando el plumaje o ululando. Zachary finge entender aunque no comprenda, y de esta manera proceden juntos hacia delante. Simon le advirtió de que el mar estaba a gran distancia, pero se olvidó de mencionar que el sendero fuera tan oscuro y sinuoso.

Ahora este hombre que no está del todo perdido en el tiempo y su compañero emplumado llegan a una fogata que arde con fuerza esperándolos. Junto al fuego hay una enorme tienda de tela que parece haber albergado a muchos viajeros en espacios con más climas. El interior es acogedor y luminoso.

Se trata de una tienda enorme, lo bastante alta para que Zachary pueda estar de pie y entrar caminando. Hay almohadas y mantas que parecen haber sido sustraídas de otros sitios y otros tiempos y dispuestas aquí para ofrecer un descanso al viajero fatigado que pasa por allí, demasiado coloridas para un espacio tan monocromático. Incluso hay un poste en el exterior para que pueda apoyar su antorcha, y algo más que cuelga por debajo.

Un abrigo. Un abrigo muy viejo con muchos botones.

Zachary se deshace de su jersey gastado por la travesía y se enfunda con cuidado el abrigo de Simon, perdido hace mucho tiempo. Los botones están blasonados con escudos, aunque la poca luz solo le permite distinguir un puñado de estrellas.

Resulta más abrigado que lo que lleva puesto. Le cuelga en los hombros, pero le trae sin cuidado. Coloca su jersey sobre el poste.

Tras terminar de abrochar los botones de su nuevo abrigo viejo, la lechuza se vuelve a instalar sobre su hombro y juntos entran para examinar la tienda.

En el interior hay una mesa donde se ha dispuesto un modesto festín.

Un cuenco de fruta apilada: manzanas y uvas e higos y granadas. Una hogaza redonda y crujiente de pan. Una gallina asada.

Hay botellas de vino y redomas de misterios. Copas de plata deslucida aguardan a que las llenen. Recipientes de mermelada y miel. Un pequeño objeto envuelto con esmero en papel que termina siendo una ratón muerto.

—Creo que esto es para ti —dice Zachary, pero la lechuza ya se ha lanzado en picado para reclamar su manjar. Lo mira con la cola colgando del pico.

Al otro lado de la tienda hay una mesa cubierta de objetos no comestibles, dispuestos con esmero sobre una tela bordada en oro.

Una navaja. Un encendedor. Un arpón. Una bola de cordel. Un par de puñales idénticos. Una manta de lana enrollada con fuerza. Una petaca vacía. Una farola pequeña de metal perforada con agujeros con forma de estrella. Un par de guantes de cuero. Un pedazo de cuerda enrollada. Un trozo de pergamino enroscado que parece un mapa. Un arco de madera con un carcaj de flechas. Una lupa.

Algunos de estos objetos, aunque no todos, entrarán en su bolsa.

—Gestión de inventario —masculla para sí.

En mitad de la mesa de provisiones hay una nota doblada. Zachary la levanta y la abre.

cuando estés listo
elige una puerta

Echa una mirada alrededor de la tienda, pero no ve ninguna puerta; tan solo las solapas de abertura por donde ha entrado, atadas con cuerdas para que permanezcan abiertas.

Coge la antorcha de su sitio de reposo y sale a la caverna, siguiendo el sendero al otro lado de la tienda.

La senda se detiene abruptamente ante un muro cristalino.

En el muro donde debería continuar el sendero hay puertas.

Una puerta marcada con una abeja. Otra con una llave. Y también, una espada, una corona, un corazón y una pluma, aunque las puertas no se encuentran en el orden al que está acostumbrado. La corona está al final; la abeja está en el centro, junto al corazón.

El hijo de la vidente está de pie ante seis puertas, sin saber cuál elegir.

Zachary suelta un suspiro y vuelve a la tienda de campaña. Apoya la antorcha y levanta una botella de vino que afortunadamente ya está abierta, y se sirve una taza. Le han dado un lugar para reposar antes de proceder, y lo aceptará, a pesar de su parecido con otros reposos virtuales similares que se ha tomado antes. No hay nada como demasiadas pociones curativas justo antes de una puerta para indicar que algo peligroso está a punto de suceder.

Observa la mesa llena de objetos, intentando decidir qué llevarse consigo y se detiene para recordar lo que ya tiene:

Una espada con una vaina.

Una lechuza pequeña que en este momento se encuentra destrozando un cojín de seda con las garras.

Una cadena alrededor del cuello con una brújula, cuya aguja no deja de girar en círculos. Dos llaves: la llave de su habitación y la llave delgada que había caído del interior de *Fortunas y fábulas*, acerca de la cual jamás consiguió preguntarle a Dorian, y una pequeña espada de plata. Zachary pasa a examinar el contenido de su bolsa para pensar en alguien, en algo, en *cualquier* otra cosa.

Encuentra *Dulces penas*, y se siente reconfortado por su familiaridad. Un encendedor. Una pluma estilográfica que no recuerda haber guardado en la bolsa en ningún momento, y un muffin, completamente estrujado, de limón con semillas de amapola, sin gluten y envuelto en una servilleta de tela.

Zachary se deshace del muffin sobre la mesa con el resto de la comida. Trincha la gallina que de algún modo sigue caliente. ¿Por qué no esperó Mirabel habiendo estado aquí hace tan poco? Quizá él se encuentre en un hueco perdido de tiempo donde la comida sigue eternamente caliente. Se sirve un poco más sobre un plato de plata y acerca un cojín al fuego para sentarse. La lechuza se acerca saltando y aguarda cerca.

Zachary mira las opciones ante él, mientras mastica reflexivamente el ala de la gallina. Se pregunta al pasar si es grosero comer un ave en presencia de otra. Luego recuerda una historia que Kat le contó acerca de presenciar a una gaviota asesinando a una paloma. Llega a la conclusión de que probablemente no lo sea.

Bebe su vino mientras sopesa sus opciones, su futuro y su pasado, y su historia. Lo lejos que ha llegado. La distancia desconocida que aún le queda por recorrer.

Toma la estrella plegada de papel del bolsillo y le da la vuelta en la mano, dejando que baile sobre sus dedos.

No la ha leído.

Aún no.

La lechuza lo mira, ululando.

El hijo de la vidente arroja la estrella de papel con su futuro escrito en ella al fuego.

Las llamas la consumen, el papel se carboniza y se enrosca hasta que deja de ser una estrella, y las palabras que contenía se pierden y desaparecen para siempre.

Zachary se pone de pie y toma el rollo de pergamino de la mesa del inventario. Se trata de un mapa, torpemente dibujado, con un círculo de árboles y dos cuadrados que podrían ser edificios. Un sendero se desplaza entre el edificio y un sitio dentro del bosque que lo rodea. No parece demasiado útil.

Vuelve a dejarlo y, en cambio, toma la navaja, el encendedor, para tener uno de repuesto, la cuerda y los guantes, y los mete en su bolsa. Tras considerar el resto de los objetos coge también el cordel.

—¿Estás lista? —pregunta a la lechuza.

La lechuza responde echando a volar sobre la fogata y hacia las sombras.

Zachary toma la antorcha y la sigue hasta el muro de puertas.

Las puertas son grandes, talladas en una piedra más oscura que el cristal que los rodea, pintadas por encima con símbolos color dorado.

Hay tantas puertas.

Está harto de las puertas.

Sostiene su antorcha y explora las sombras, alejándose de las puertas y de la tienda de campaña, entre cristales dentados y arquitectura olvidada. Acerca la luz a sitios que no han sido iluminados en mucho tiempo y que la acogen como un sueño medio olvidado.

Finalmente encuentra lo que busca.

Sobre la pared descubre el leve indicio de una línea. Y al alcance de la mano, encuentra otra.

Alguien ha grabado la idea de una puerta sobre el muro de la caverna.

Zachary acerca la antorcha. El cristal está embebido de luz, lo bastante para advertir la forma del picaporte grabado.

El hijo de la vidente se encuentra de pie delante de otra puerta dibujada sobre otra pared.

Un hombre que ya ha llegado tan lejos en la historia tiene que seguir su camino. Una vez hubo numerosos caminos, pero se perdieron muchos kilómetros y páginas atrás. Ahora solo queda un camino que debe elegir Zachary Ezra Rawlins.

El camino que conduce al final.

Otro lugar, otro tiempo:
INTERLUDIO V

Valle del río Hudson, Nueva York, dos años después

El coche parece más antiguo de lo que es, pintado y vuelto a pintar de un modo que dista mucho de haber sido realizado por manos profesionales. En la actualidad es de color azul cielo y tiene una cantidad de pegatinas (una bandera arcoíris, un signo de igual, un pez con piernas, la palabra *Resiste*). Se acerca vacilante a la entrada sinuosa, sin saber si ha encontrado la dirección correcta, ya que el GPS ha estado confundiendo a su conductora, incapaz de encontrar satélites, perdiendo señales y siendo el blanco de una sarta de blasfemias creativas.

El coche se detiene delante de la casa. Espera, observando la casa blanca de campo y el granero que está detrás, pintado de un intenso color azul índigo, en lugar del rojo más tradicional.

La puerta del conductor se abre y una joven se baja del coche. Lleva una gabardina en un tono naranja intenso, demasiado pesada para el clima casi veraniego. Tiene un corte de cabello corto al estilo de un duendecillo, teñido de un tono descolorido que no se ha decidido por completo a ser rubio. Se quita las gafas redondas de sol y echa un vistazo alrededor, sin estar completamente segura de haber llegado a su destino.

El cielo es de un azul parecido al del coche, salpicado por nubes vaporosas. A lo largo del camino de entrada y en el pasillo delantero brotan flores, manchas de color amarillo y rosa que señalan el camino desde el coche hasta el porche. Campanillas de viento y prismas cuelgan engalanando la galería, tiñendo la casa monocromática de un arcoíris.

La puerta de entrada está abierta, pero la mosquitera se encuentra cerrada, con el cerrojo puesto. Un letrero descolorido cuelga junto a la puerta, pintado a mano. Las estrellas y letras cobran forma a partir del vapor que se eleva enroscándose de una taza diminuta de café: *Asesora Espiritual*. No hay timbre. La joven golpea sobre el marco de la puerta.

—¿Hay alguien? —llama—. ¿Hay alguien? ¿Señora Rawlins? Soy Kat Hawkins. ¿Recuerda haberme dicho que podía venir hoy?

Kat da un paso atrás y mira alrededor. Tiene que ser la casa indicada. No puede haber muchas granjas donde se brinden servicios de asesoramiento espiritual. Echa un vistazo al granero y advierte la cola de un conejo alejándose a saltos entre las flores. Empieza a preguntarse si debe intentar por la parte trasera de la casa cuando la puerta se abre.

—Hola, señorita Kitty Kat —dice la mujer en la entrada. Kat se había imaginado varias veces a la madre de Zachary, pero nunca creyó que se encontraría con la persona que tiene delante en el umbral: una mujer menuda y voluptuosa con un mono. Su cabello, una cantidad desmedida de rizos apretados, está sujeto con un pañuelo de cachemira; su rostro está surcado de arrugas, pero es juvenil y redondo, y sus grandes ojos están bordeados con delineador verde brillante. El tatuaje de un sol se ve a medias en uno de sus antebrazos; y en el otro, una luna triple.

Se precipita encima de Kat para enfundarla en un fuerte abrazo, más de lo que esperaba de una persona tan menuda.

—Qué bien conocerla por fin, señora Rawlins —dice, pero Madame Love Rawlins sacude la cabeza.

—Soy señorita, y no para ti, cariño —la corrige—. Llámame Love o Madame o Momma o lo que quieras.

—He traído galletas —dice Kat, levantando una caja. Madame Love Rawlins suelta una carcajada y la conduce dentro de la casa. El vestíbulo de entrada está cubierto de cuadros y fotografías, y Kat se detiene ante una fotografía de un niño con rizos oscuros, con una expresión seria y gafas demasiado grandes. Las siguientes habitaciones están pintadas en una gran variedad de colores y atiborradas de muebles desiguales. Cristales de todos los colores están dispuestos formando dibujos sobre las mesas y las paredes. Pasan bajo un letrero que dice «Como es arriba, es abajo», y a través de una cortina de cuentas para entrar en una cocina con una estufa antigua y un borzoi dormido a quien presenta como Horacio.

Madame Love Rawlins instala a Kat ante la mesa de la cocina, con una taza de café, y pasa las galletas de limón con forma de abeja de la caja a un plato de porcelana floreado.

—¿No está…? —Kat se detiene. No sabe si la pregunta es o no adecuada, pero dado que ya la ha empezado, más vale decirlo—. ¿No está preocupada?

Madame Love Rawlins bebe un sorbo de café y mira a Kat por encima del borde de su tazón. Se trata de una mirada penetrante, una mirada que significa mucho más que las palabras que dice después. Kat la entiende. Es una advertencia. Por lo visto, aún no es seguro hablar de ello, no de verdad. Se pregunta si alguien le ha contado a Madame Love Rawlins que todo ha acabado y si a ella también le ha sonado a mentira.

—Pase lo que pase, sucederá de todos modos, me preocupe o no por ello —dice, una vez que vuelve a apoyar su tazón—. También sucederá te preocupes o no por ello.

Pero Kat sí se preocupa. Por supuesto que se preocupa. Lleva su preocupación puesta como un abrigo que jamás se quita. Se preocupa por Zachary y se preocupa por otras cosas que claramente no pueden ser mencionadas ni siquiera aquí, oculta en las colinas, entre los árboles rodeados de hechizos de protección, cristales y un perro guardián distraído. Kat coge una galleta con forma de abeja del platillo y la mira, preguntándose si Madame Love Rawlins sabe de abejas mientras mastica un ala de limón y miel. Luego le cuenta algo que aún no ha admitido ante nadie.

—Diseñé un juego para él —le cuenta—. Para mi tesis. ¿Sabe cómo algunos autores dicen que escriben un libro para un solo lector? Fue como si yo diseñara un juego para un solo jugador. Muchas personas lo han jugado ya, pero no creo que nadie lo *entienda*, no como él. —Bebe un sorbo de café—. Empecé a diseñarlo en una libreta como una de esas aventuras que crea el propio usuario; eran un conjunto de mitos e historias pequeñas dentro de historias con múltiples finales. Luego lo convertí en un juego de texto, así que es más complicado y tiene más opciones. En este momento se encuentra en esa etapa, pero la compañía que me contrató quiere que quizá lo desarrolle aún más, que haga una versión completa de él.

Kat se detiene, mirando el fondo de su taza de café y pensando en elecciones, movimientos y destino.

—No crees que vaya a jugarlo jamás —dice Madame Love Rawlins.

Kat encoge los hombros.

—Cuando vuelva tendrá ganas de jugar.

—Iba a preguntarle cómo sabe que volverá, pero luego recordé cuál es su trabajo —dice Kat, y Madame Love Rawlins se ríe.

—No lo *sé* —dice—. Lo presiento. No es lo mismo. Podría equivocarme, pero tendremos que esperar y ver. La última vez que hablé con Zachary, me di cuenta de que se iba a algún lado a aclarar la cabeza. Terminó siendo más tiempo del que imaginé. —Echa un vistazo fuera de la ventana, pensativa, y es tanto el tiempo que permanece así que Kat se pregunta si se ha olvidado de que está con alguien, pero luego continúa—. Hace mucho tiempo una lectora muy buena me leyó las cartas. Al principio, no le di mucha importancia. Era joven y estaba más preocupada por el futuro inmediato que por el largo plazo. Pero a medida que pasó el tiempo, me di cuenta de que había dado en el clavo. Todo lo que me dijo aquel día ha sucedido, salvo una cosa. No tengo ningún motivo para creer que se equivocaría respecto a una sola cosa cuando acertó en casi todo lo demás.

—¿Y eso qué fue? —pregunta Kat.

—Dijo que tendría dos hijos. Tuve a Zachary y durante años creí que quizá solo era mala haciendo cuentas, o que quizá tuvo un mellizo antes de nacer que no tuvo suerte, pero luego lo entendí, y debí haberlo entendido antes. Sé que volverá porque aún no he conocido a mi yerno.

Kat sonríe. La idea la hace feliz. Es tan prosaica y tan simple; una aceptación completa cuando ella tiene que luchar constantemente con sus padres. Pero no está segura de creerlo. Sería genial poder hacerlo.

Madame Love Rawlins pregunta por sus planes, y ella le habla sobre el empleo que ha aceptado en Canadá, que irá a Toronto para visitar a sus amigas durante algunos días y luego seguirá el viaje. Las amigas son una ficción que ha inventado para no tener que contar la verdad de que explorará sola una ciudad desconocida, pero Madame Love Rawlins se abstiene de realizar comentarios. Kat menciona la realidad virtual, y una vez que toca el tema del aroma, esta saca su colección de aceites perfumados caseros, y juntas olisquean los frascos mientras hablan de la memoria y la aromaterapia.

Juntas descargan las pertenencias de Zachary del vehículo azul cielo, haciendo varios viajes escaleras arriba a una de las habitaciones libres.

Una vez que ha realizado el último trayecto y está a solas en la habitación, Kat saca de su bolso una bufanda a rayas doblada. Durante el tiempo desde que tejió esta bufanda en particular, ha cambiado de opinión respecto a clasificar personalidades de acuerdo a las categorías excesivamente simplificadas de una casa de determinado color, pero siguen gustándole las rayas. Junto a la bufanda deja un llavero pendrive, sobre el cual ha escrito *<3 K* con un Sharpie de color plateado metalizado.

Extrae una libreta de notas azul brillante y la apoya sobre el escritorio, pero luego la vuelve a levantar. Echa un vistazo hacia las escaleras de nuevo. Madame Love Rawlins se mueve de una habitación a otra, haciendo sonar la cortina de cuentas como una lluvia.

Kat vuelve a guardar la libreta en el bolso. No está preparada para separarse de ella. Todavía no.

Abajo en el porche, Madame Love Rawlins le da a Kat un frasquito de aceite cítrico (para la claridad mental) y otro abrazo.

Kat se da la vuelta para marcharse, pero la mujer toma su rostro entre las manos y la mira a los ojos.

—Sé valiente —le dice—. Sé audaz. No te calles. Nunca cambies por nadie que no seas tú misma. Cualquier alma que se precie de sus estrellas aceptará el paquete entero como está y como sea que termine creciendo. No pierdas tu tiempo con nadie que no crea en ti cuando les digas cómo te sientes. Ese martes de septiembre, cuando creas que no tienes a nadie con quien hablar, llámame ¿vale? Estaré esperando junto al teléfono. Y respeta los límites de velocidad cuando estés en Buffalo.

Ella asiente, y Madame Love Rawlins se pone de puntillas para besarla en la frente. Kat hace un esfuerzo por no llorar y lo logra hasta que le informa de que está invitada para el Día de Acción de Gracias o para el Día de Acción de Gracias canadiense o cualesquiera sean las vacaciones de invierno que elija, porque siempre, siempre hay una fiesta para celebrar el solsticio de invierno.

—Crees que no tienes un hogar adonde volver, pero ahora lo tienes, ¿de acuerdo?

Kat no puede evitar las pocas lágrimas que logran escapar, pero tose e inhala el fresco aire de primavera. Asiente sin pronunciar palabra y se siente diferente de cuando llegó. Por un momento, mientras camina de regreso a su coche, cree, realmente cree que esta mujer ve más que la mayoría de personas, ve en la distancia y ve en profundidad y, si ella cree que Zachary está vivo, entonces Kat también lo creerá.

Se pone sus gafas y enciende el motor.

Madame Love Rawlins sacude la mano desde el porche al tiempo que el coche se aleja. Vuelve dentro, besando las puntas de sus dedos y presionándolas contra la fotografía del niño de cabello rizado. Luego vuelve a la cocina para servirse otra taza de café. El borzoi bosteza.

El coche azul cielo conduce fuera de la entrada sinuosa y se encamina hacia su futuro.

LIBRO VI

EL

DIARIO SECRETO

DE

KATRINA

HAWKINS

Fragmento del diario secreto de Katrina Hawkins

Está bien, vamos a escribir esto a mano porque ya no confío en Internet.

No es que alguna vez haya confiado en Internet.

Pero esto se ha vuelto raro.

No es que no fuera raro antes.

Lo que sea.

Escribiré aquí todo lo que sé hasta ahora para no volver a perderlo. Quité mis notas del portátil, borré los archivos, pero las escribiré aquí antes de destruir las copias impresas.

De algún modo, me limpiaron el teléfono, así que aquellas notas se perdieron definitivamente, y es probable que las haya olvidado de todas maneras. Intentaré recrear aquí lo que recuerdo, respetando el orden cronológico lo mejor posible.

He conseguido un teléfono desechable para emergencias.

Quiero guardar todo lo que pueda en un sitio móvil que pueda llevar conmigo en todo momento.

Ahora somos solo tú y yo, libreta.

Espero poder leer mi letra.

Espero que valga la pena adonde sea que conduzca esto.

Cuando sea que ocurra.

Lo gracioso: cuando la gente adulta desaparece de tu vida y no hay pruebas de que se haya cometido un delito, nadie decide aprovechar al máximo el modo detective para llegar al fondo de la cuestión.

Así que decidí hacerlo yo.

Un poco porque estaba harta de aquello de que «las personas desaparecen todo el tiempo», la respuesta de todo el mundo, y otro poco porque creo que vi a Z más que a cualquier otra persona en aquellos últimos días.

La policía quería saber por qué Z había ido a Nueva York, y yo sabía que había ido por una fiesta de disfraces (se lo dije a la policía, ellos dijeron que lo investigarían, pero no sé si lo hicieron; cuando les dije que Z me pidió una máscara prestada, me miraron como si me lo estuviera inventando). De todos modos, me dio la impresión de que fue todo en el último momento y sin planearlo de antemano, así que intenté ir más allá, volviendo sobre lo que había hecho un par de días antes.

Estaba… no lo sé. Como era él, pero un poco más exagerado. Como si estuviera más y menos presente al mismo tiempo. No puedo dejar de recordar aquella conversación que tuvimos en la nieve cuando le pedí que me ayudara con aquel curso. Tuve una sensación de… algo. Había algo que lo distraía, y me propuse preguntarle qué. Pero luego, cuando salimos, Lexi estuvo todo el tiempo con nosotros, y sé que no la conoce lo suficiente para ese tipo de conversación. Después, desapareció.

A la policía no le gusta que le respondas que «parecía distraído» cuando no puedes decirle qué lo tenía distraído.

No resultaba serio. ¿Acaso no está distraído todo el mundo todo el tiempo?

Tampoco le gustó que a su pregunta de: «¿Qué decía el mensaje de texto que le enviaste?», le respondiera: «Que le estaba tejiendo una bufanda de Harry Potter».

—¿No sois un poco grandes para eso? —preguntó uno de ellos, con aquel tono de *eres demasiado grande, millenial grandota, y te crees con demasiados derechos.*

Encogí los hombros.

Odio haber encogido los hombros.

—¿Qué tan bien lo conoces? —me preguntaron mientras bebía una taza de té tibio, cortesía de la estación de policía, servida en un vaso desechable y antiecológico, con una bolsita de té en el interior que pretendía ser más que agua con sabor a hoja y había fracasado en el intento.

¿Qué tan bien puede conocerse a alguien? Teníamos un puñado de clases que se superponían, y toda la gente que se dedica al tema de los juegos se conoce más o menos. Pasábamos el tiempo a veces en bares o junto a la deplorable máquina de café que se encontraba en el bar del edificio destinado a los medios. Hablábamos sobre juegos, cócteles, libros y el hecho de que éramos hijos únicos, sin que nos importara esto último, a pesar de que la gente parecía creer que debía importarnos.

Quería decirles que conocía a Z lo bastante para pedirle un favor y para devolvérselo. Sabía qué cócteles del menú de un bar pediría y que, si no había nada interesante, pedía un Sidecar. Sabía que teníamos criterios similares respecto a que los videojuegos son más que los juegos de tiroteos; que tienen enormes posibilidades, una de las cuales son los juegos de disparos. A veces salíamos a bailar juntos los martes por la noche porque a ambos nos gustaba más cuando no había tanta gente en las discotecas, y yo sabía que era un muy buen bailarín pero que debía beber al menos dos copas antes de conseguir que saliera a la pista de baile. Sabía que leía muchas novelas y que era feminista, y si lo veía por el campus antes de las 8 a. m. era porque seguramente aún no había ido a dormir. Sabía que yo tenía la sensación de estar justo en el momento en el que uno pasa de un grado de amistad superficial a uno en que le puede pedir al otro que lo ayude a mover cadáveres de noche, aunque aún no lo hubiéramos alcanzado. Era como si hiciera falta una misión paralela más y tener un par de instantes más de aprobación mutua, después de lo cual nos sentiríamos un poco más a gusto el uno con el otro. Todavía no habíamos terminado de descubrir la dinámica de nuestra amistad.

—Éramos amigos —les dije, y sentí que estaba diciendo la verdad pero al mismo tiempo que no.

Me preguntaron si él estaba saliendo con alguien, y les dije que no lo creía. Entonces, fue como si de un momento a otro dejaran de creer lo que les había contado sobre nuestra amistad, porque un amigo estaría al tanto de una cosa así. Casi les conté que sabía lo de la ruptura fatal con aquel tipo del MIT (se llamaba, Bell o Bay o algo así), pero no lo hice, porque eso fue hace años y estoy bastante segura de que fue más que nada por cuestiones de distancia, y no parecía superrelevante.

Me preguntaron si creía que habría hecho algo… se referían a algo así como saltar de un puente… y les dije que no lo creía, pero también creo que la mayoría de nosotros estamos casi todo el tiempo al borde de hacer una cosa así, y nunca sabes si al día siguiente habrá algo que te empuje a hacerlo o no.

Me pidieron mi número de teléfono, pero jamás llamaron.

Yo llamé y dejé mensajes un par de veces para ver si habían encontrado algo.

Nadie me volvió a llamar jamás.

EL HIJO DE LA VIDENTE está de pie en un campo nevado. A su alrededor, la nieve sigue cayendo liviana, pegándose a sus gafas y su cabello. El campo está rodeado de árboles, sus ramas extendidas espolvoreadas de nieve. El cielo nocturno está recubierto de una capa de nubes, pero reluce de todos modos con suavidad ocultando las estrellas y la luna.

Zachary se da la vuelta: hay una puerta a sus espaldas. Un rectángulo se alza en mitad del campo, abriéndose a una caverna de cristal. Mucho más allá hay un destello de luz de lumbre; su brillo alcanza la nieve, pero la antorcha que sujetaba hace un instante ha desaparecido junto con su lechuza.

El aire que entra en sus pulmones es fresco, luminoso y difícil de respirar.

Todo parece demasiado. Demasiado amplio y demasiado expuesto. Demasiado frío y demasiado raro.

A lo lejos distingue una luz, y al caminar hacia ella envuelto en la ligera precipitación de la nieve, se desdobla en un sinfín de lucecillas unidas a lo largo de la fachada de un edificio muy familiar. Una voluta de humo se eleva desde la chimenea, abriéndose paso a través de la nieve y hacia las estrellas.

Acaba de estar aquí. ¿Acaso fue tan solo unas semanas atrás? Quizá. Quizá no. Parece igual, año tras año.

Zachary Ezra Rawlins pasa el granero de color índigo que parece negro bajo la luz y asciende las escaleras cubiertas de nieve de la casa de campo de su madre. Se para en el porche trasero, helado y confundido. Hay una espada sujeta a su espalda, enfundada en una vaina de cuero arcaica. Lleva puesto un abrigo antiguo que se ha perdido en el tiempo y se ha vuelto a encontrar.

No puede creer que Mirabel lo haya enviado a casa.

Pero está aquí. Siente la nieve sobre la piel, los tablones gastados bajo sus pies. Una cuerda de luces titilantes se despliega sobre la barandilla y cuelga de los aleros. El porche está sembrado de ramas de acebo envueltas en cintas plateadas y cuencos que se han dejado a la intemperie para las hadas.

Bajo el aroma de la nieve hay una fogata que arde en la chimenea, y la fragancia de canela de las galletas que seguramente acaban de salir del horno.

Dentro, las luces están encendidas. La casa está llena de gente. Se oye la risa, el tintineo de copas y la música inconfundible de Vince Guaraldi.

Las ventanas están empañadas. Desde el exterior, la fiesta es una bruma de luz y color, dividida en rectángulos.

Zachary echa un vistazo a los graneros y los huertos. Hay una serie de coches estacionados a lo largo de la entrada; reconoce algunos y otros no.

Al borde del bosque que se encuentra detrás del granero distingue un ciervo mirándolo a través de la nieve.

—Ahí estás —dice una voz a sus espaldas. Zachary siente frío y calor al mismo tiempo—. Te he estado buscando.

El ciervo desaparece dentro del bosque, y él se da la vuelta hacia la voz.

Dorian está parado detrás de él en el porche. Se ha cortado el cabello más corto. Parece cansado. Tiene puesto un jersey con un estampado de ciervos y copos de nieve que parece irónicamente festivo a la vez que le sienta increíblemente bien. En los pies lleva calcetines de lana a rayas, sin zapatos.

Sujeta una copa de whisky llena de cubitos de hielo con forma de estrella.

—¿Qué ha pasado con tu jersey? —le pregunta Dorian—. Creía que estabas obligado a llevarlo puesto incluso después de ganar el concurso del jersey más feo.

Zachary lo mira paralizado. Su cerebro no se aviene a creer que tiene delante a esta persona familiar en este contexto igualmente familiar aunque completamente diferente.

—¿Te encuentras bien? —pregunta Dorian.

—¿Por qué estás aquí? —pregunta cuando encuentra la voz.

—Me han invitado —responde él—. Hace varios años que la invitación llega dirigida a ambos, lo sabes.

Zachary vuelve a mirar la puerta en mitad del campo y no consigue distinguirla a través de la nieve. Parece no haber estado nunca allí. Como si todo ello hubiera sido un sueño. Una aventura que imaginó para sí.

Se pregunta si ahora está soñando, pero no recuerda haberse quedado dormido.

—¿Dónde nos conocimos? —le pregunta Zachary al hombre de pie junto a él. Dorian le dirige una mirada de recelo, pero tras una breve pausa, le responde.

—En Manhattan. En una fiesta que tuvo lugar en el Hotel Algonquín. Salimos a dar un paseo por la nieve después y terminó en una de esas tabernas oscuras donde hablamos hasta el amanecer. Luego te acompañé de vuelta a tu hotel como un caballero. ¿Me estás poniendo a prueba?

—¿Cuándo fue aquello?

—Hace casi cuatro años. ¿Quieres volver? Si lo deseas, podemos hacer una fiesta de aniversario.

—¿Cómo… cómo te ganas la vida?

La expresión de Dorian pasa fugazmente del escepticismo a la preocupación.

—La última vez que me fijé —dice finalmente—, era editor, aunque ahora me arrepienta de admitirlo porque si lo hubieras olvidado podría haberte engañado para que me muestres de una vez por todas el proyecto al que le has estado dando vueltas, el que no sabes si es un libro o un juego, el del pirata. ¿He pasado ya la prueba? Hace frío aquí fuera.

—Esto no puede ser real. —Zachary extiende el brazo hacia la barandilla. Está demasiado asustado de tocar a la persona que tiene al lado. Siente la barandilla sólida bajo sus dedos; la nieve se derrite sobre su piel, adormeciéndolo suavemente.

Todo parece adormecerlo suavemente.

—¿Has bebido demasiado de ese ponche que preparó Kat? Hay que decir que colgó un letrero de advertencia encima, por eso yo solo he bebido esto. —Dorian levanta la copa en la mano.

—¿Qué pasó con Mirabel? —pregunta Zachary.

—¿Quién es Mirabel? —Dorian bebe un sorbo de su whisky.

—No lo sé —responde, y es cierto. No lo sabe. No a ciencia cierta. Quizá la inventó. La recreó a partir del mito y el tinte de pelo. Si fuera real, estaría aquí, su madre la conocería.

El rostro de Dorian vuelve a mostrar preocupación, y contrae las cejas.

—¿Estás sufriendo otro episodio?

—¿Qué?

Dorian mira su copa y tarda demasiado antes de responder. Cuando lo hace, pronuncia cada palabra con tranquilidad, hablando con tono uniforme y bien ensayado.

—En el pasado has tenido algunas dificultades para separar la fantasía de la realidad —dice—. A veces tienes episodios en los que no recuerdas ciertas cosas o recuerdas otras que nunca sucedieron. Hace un tiempo que no has tenido ninguno. Creía que quizá tus nuevos medicamentos estuvieran ayudando, pero es posible que...

—No tengo episodios —protesta Zachary, pero apenas puede expresarse. Cada vez le cuesta más respirar; cada jadeo le paraliza la mente más y más. Le tiemblan las manos.

—Siempre empeora en invierno —dice Dorian—. Lo superaremos.

—Y-yo... —empieza a decir, pero no puede terminar. No puede mantenerse en pie. El suelo ya no parece sólido bajo sus pies. Le está costando separar la realidad de la fantasía—. Y-yo no...

—Vuelve dentro, cariño. —Dorian se inclina para besarlo. El gesto es casual, cómodo. Como si ya lo hubiera repetido miles de veces.

—Esto es un relato —susurra Zachary contra los labios de Dorian antes de que toquen los suyos—. Este es un relato que me estoy contando a mí mismo.

Levanta una mano temblorosa a los labios de Dorian y lo aparta suavemente de sí. Lo siente real. Real, sólido, cómodo y familiar. Esto sería más fácil si no lo sintiera tan real.

La conversación y la música de la casa se desvanecen, como si alguien o algo hubiera bajado el volumen del ambiente.

—¿Llevas puesto el pijama? —pregunta la idea de Dorian.

Zachary vuelve a levantar la mirada hacia el cielo. Las nubes se han separado. La nieve ha cesado.

La luna lo mira desde su lugar en el cielo.

—No deberías estar aquí en este momento —le dice Zachary a la luna—. Yo no debería estar aquí en este momento —se dice a sí mismo.

Vuelve sobre la idea de Dorian vestido para acudir con él a la gran fiesta del solsticio de invierno que celebra su madre una vez al año. Le produce placer y temor a la vez.

—Me temo que tengo que irme.

—¿De qué hablas? —pregunta Dorian.

—Me encantaría estar aquí —responde Zachary, y va en serio—. O quizá en una versión diferente de este momento. Y creo que podría estar enamorado de ti, pero esto no está ocurriendo realmente, así que debo marcharme.

Zachary se da la vuelta y regresa por donde vino.

—¿*Podrías* estar enamorado? —llama Dorian tras él.

Zachary resiste la tentación de darse la vuelta. Aquel no es realmente Dorian, se recuerda a sí mismo.

Sigue caminando, aunque una parte de él quiere permanecer allí. Continúa a través de la nieve bajo la luz de la luna, alejándose de la casa, incluso si parece estar retrocediendo. Quizá fuera una prueba. Retroceder para avanzar.

Camina hacia la puerta que se alza en medio del campo, pero a medida que se acerca puede ver que no hay puerta. Ya no.

Solo hay nieve. Ventiscas de nieve que se adentran en el bosque.

Zachary recuerda el mapa que decidió no incluir en su inventario. Dos edificios rodeados de bosques. Pero ya no ve la casa de campo; solo sabe en qué dirección debería estar, si acaso está ahí. Intenta recordar hacia dónde apuntaba la flecha en el mapa, qué parte del bosque indicaba, o incluso dónde había estado el ciervo, pero no lo consigue y decide que no le importa.

Si esta es una historia que está contándose a sí mismo, entonces puede contarse que debe avanzar.

Y alejarse de aquí.

Levanta la mirada al cielo cubierto de estrellas. La luna lo mira desde arriba.

Zachary la mira a su vez.

—No deberíamos estar aquí —le grita a la luna de nuevo.

La luna no dice nada.

Solo observa.

Esperando ver qué sucede ahora.

Fragmento del diario secreto de Katrina Hawkins

Le conté al departamento de Tecnología de la Información una historia trágica sobre mi amigo desaparecido y el correo electrónico inexistente que había borrado «por error», y tuve que recurrir a lágrimas reales, pero terminaron revisando el correo electrónico universitario de Z, dado que la policía ni se molestó en hacerlo. No encontré nada después del día que desapareció, aunque por otra parte tampoco había nada antes. Absolutamente nada en enero, lo cual es superraro. Estaba convencida de que nos habíamos enviado varios correos acerca de algún tema durante la primera semana, y le envié mi horario del programa de invierno para que lo tuviera.

Revisé mi propio correo electrónico, y no había absolutamente nada de Z, desde hacía meses, y sé que *sin duda* tendría que haber algo.

Revisé su habitación. Esperé hasta que no hubiera nadie en su planta. Fue fácil forzar la cerradura; todas las cerraduras interiores del campus son una mierda.

Su portátil estaba allí. Lo inicié, pero alguien lo había reseteado a la configuración predeterminada. Ni siquiera estaba protegido con una contraseña. Sus archivos han desaparecido, sus juegos han desaparecido, aquel increíble salvapantallas de *Blade Runner*, también. En su lugar, hay un paisaje estándar de alta definición.

Eso no era normal.

Busqué libros de la biblioteca, pero no encontré ninguno. Quizá se los llevara a Nueva York. Siempre tenía una pila de libros de la biblioteca.

Lo único raro que encontré fue un pequeño trozo de papel bajo la cama. Estaba bajo un calcetín, así que era fácil no verlo (Z debió hacer la colada como cada día, ya que hasta la ropa en el suelo estaba limpia), pero era el mismo tipo de papel que el que tenía la libreta sobre el escritorio.

Estaba cubierto de garabatos inconexos, como si hubiera estado tomando notas mientras hacía otra cosa. La mayor parte es ilegible, pero hay un dibujo en el medio. Es decir, tres dibujos.

Una abeja, una llave y una espada.

Puestos en fila, en el medio de la hoja.

Están dentro de un rectángulo que parece que podría ser una puerta o podría ser un rectángulo. Z no es el mejor de los artistas. La abeja tiene más aspecto de mosca, pero tiene rayas, así que por eso me imagino que debe de ser una abeja.

Parecía que podía resultar importante, así que lo metí en mi bolsillo.

Luego le robé su PS4.

Apuesto a que no fueron lo suficientemente inteligentes como para borrarla.

Al parecer, Z no fue lo bastante astuto como para dejar pistas ocultas en las partidas guardadas de su PS4. O no tuvo el tiempo, o la previsión, o lo que sea, pero aun así. Carita de detective decepcionado.

Ningún dato guardado en la PSN ni nada.

Quizá tuviera su propia libreta secreta en algún lado. Probablemente, la lleve consigo si la tiene.

Siento que los misterios de ficción ofrecen más indicios que todo esto. O pistas que realmente conducen a otras. Quería una pista, y lo que tengo es un montón de cosas extrañas que no se parecen en nada a una pista.

No sé qué esperaba encontrar; quizá alguien a quien le hubiera enviado un mensaje explicándole sus planes o algo así. Si tenía un plan. Quizá no lo tenía.

Encontré la organización benéfica que celebró la fiesta a la que asistió Z… Parto del hecho de que efectivamente *fue* a la fiesta. Sé que se registró en un hotel, porque la policía lo consultó, así que no son completamente inútiles… pero se trata de una organización rara.

Donan o recaudan toneladas de dinero con diferentes fines literarios, y muchos parecen cool, pero cuando intenté rastrearlos a una fuente o siquiera a una persona… un CEO o algo… vuelven siempre al inicio: una organización benéfica que es parte de otra, y esta figura como una filial de una de las otras. Son como bucles infinitos: organizaciones benéficas que jamás remiten a una sola persona. Parece un frente de lavado de dinero, pero llamé a un par de sitios, y todos confirmaron haber recibido donaciones, aunque no pudieran darme ninguna otra información.

Así que seguí buscando. Encontré varias direcciones y lo intenté con varios números de teléfono. Uno me dejó en el purgatorio de los mensajes grabados y el otro estaba desconectado.

La dirección más cercana, sepultada en una página auxiliar de una página auxiliar de uno de los sitios web (dicho sea de paso, uno al que no se accedía con un motor de búsqueda de tan oculto que estaba, tanto que parecía que no debía ser encontrado) estaba en Manhattan.

Lo busqué.

Se incendió justo dos días después de la fiesta.

No puede ser una coincidencia.

Estoy en Manhattan.

Hice fotografías de aquel edificio; está todo acordonado. El cascarón parece estar en buen estado, pero las ventanas están quemadas y hay mucho daño ocasionado por el humo. Es una lástima, ya que es un edificio bastante bonito.

Tiene un letrero que reza *Club de los Coleccionistas*. Una señora salió de uno de los edificios del otro lado de la calle para pasear a su perro, y le pregunté sobre él. Dijo que fue un cortocircuito y se quejó de los sistemas eléctricos en los edificios antiguos mientras su pug (Balthazar) husmeaba mis botas. Le pregunté qué tipo de club era, y me dijo que creía que era uno de esos clubes de membresía privada, pero no estaba segura de qué tipo. Dijo que veía a gente entrando y saliendo, pero no muy seguido. Dijo que recibían muchos paquetes, pero luego fue como si se hubiera arrepentido de hablar de más, lo cual tiene sentido porque se trata de uno de esos cotilleos que resultan de espiar a los vecinos desde la ventana de tu casa. Era eso, o que había decidido que le parecía raro que le hiciera tantas (¡dos!) preguntas acerca de un edificio quemado. Sea como sea, ella y su pug se marcharon. Tal vez creyó que me estaba entrenando para ser una pirómana.

Busqué «Club de los Coleccionistas», pero es demasiado genérico para resultar útil. Hay un club para coleccionistas de sellos con el mismo nombre que está a solo unas manzanas. No hay nada en Internet que conecte ese nombre con aquella dirección, no que yo sepa.

Inspeccioné el callejón detrás del edificio y todos sus puntos de acceso, y conseguí atravesarlo caminando sin parecer perdida. Mantuve mi capucha puesta y no dejé de caminar, porque había cámaras dentro, pero conseguí echarle un buen vistazo a la parte trasera del edificio. No era tan profundo como el resto de la manzana. Tenía un cerco y un jardín prístino cubierto de nieve, aunque el fondo del edificio tenía las mismas ventanas rotas y las puertas traseras estaban tapiadas.

La verja era una elaborada reja de hierro, y en el sitio donde se unían las dos mitades de la puerta, en mitad de todos los remolinos decorativos, había una espada.

Tampoco creo que sea una coincidencia.

No estoy segura de que siga creyendo en las coincidencias.

Di un largo paseo después. Deambulé desde el centro de la ciudad y terminé en el Strand. Por algún motivo extraño no dejaba de pensar que allí me cruzaría con Z. Como si hubiera perdido la noción del tiempo entre los anaqueles de la biblioteca y no se hubiera dado cuenta de cuántos días habían pasado ya.

Estuve en aquel sótano con olor a moho un rato largo y no dejaba de sentir como si alguien estuviera mirándome, o como si hubiera algo cerca que no estaba viendo. Es tonto, pero sentí que allí, en algún sitio, se encontraba el libro justo, y que si cerraba los ojos y estiraba la mano estaría allí, justo bajo mis dedos.

Lo intenté un par de veces, pero no resultó.

Todos los libros que había eran solo libros.

Fui a Lantern's Keep, y después de comportarme con mi camarero como una sabionda de los cócteles (me preguntó si era barista, así que tuve que admitir que, simplemente, bebo mucho), usé el WiFi que no era del hotel para sumergirme en las profundidades de la red. Encontré un sitio de teorías conspirativas que de hecho tenía algunas personas bastante sensatas (desacreditaban la mayoría de las cosas que las personas publicaban en el tablón de anuncios, en un lapso de veinte minutos).

Me registré con un correo falso, entré en el grupo y publiqué lo siguiente:

Busco información:
Abeja
Llave
Espada

Olvidé hacer una captura de pantalla. Grave error. Pero obtuve tres respuestas en diez minutos. Una me llamaba trol, otra eran solo siete signos de interrogación, y la tercera era el emoticono de los hombros encogidos.

Cinco minutos después eliminaron la publicación, y tenía dos mensajes en el buzón de mi tablero de mensajes.

El primero era de uno de los administradores y solo decía: «No lo hagas».

Respondí y dije que no era spam, solo una pregunta.

El administrador respondió de nuevo.

«Lo sé. No lo hagas. No te conviene meterte en eso».

El segundo mensaje, de una cuenta sin publicaciones y con un nombre de usuario alfanumérico incoherente, era el siguiente:

Corona
Corazón
Pluma

El Rey Lechuza se acerca.

El hijo de la vidente camina a través de la nieve, hablando con la luna.

Le pide que le muestre hacia dónde ir, o le dé una señal, o le haga saber de algún modo que todo va a salir bien, incluso si no es cierto. Pero la luna no dice nada, y Zachary continúa caminando penosamente. La nieve se pega a las piernas de su pijama y cae dentro de sus zapatos.

Se queja de que debería estar haciendo algo, en lugar de quedarse brillando en el cielo, pero luego se disculpa, porque ¿quién es él para cuestionar lo que hace o no hace la luna?

Por grande que sea la distancia recorrida, el bosque no parece estar acercándose. Ya debería haberlo alcanzado.

Zachary sabe que, a pesar de la presencia de las estrellas y la luna, sigue aún muy por debajo de la superficie de la Tierra. Todo ese peso gravita sobre él.

Después de lo que parece un largo tiempo sin avanzar, hace una pausa para hurgar en su bolso buscando algo que podría resultarle útil. Sus dedos se cierran alrededor de un libro y deja de buscar.

Extrae *Dulces penas*. No lo abre; tan solo lo sostiene un momento y luego lo coloca en el bolsillo de su abrigo, para tenerlo más cerca.

De pronto, al vaciarla de todos los libros, la bolsa se vuelve incómoda para seguir llevándola a cuestas; el resto de su contenido parece innecesario.

Ninguno de estos objetos le resultará útil. No aquí.

Zachary deja caer la bolsa sobre el suelo, abandonándola en la nieve.

Enlaza los dedos a través de las cadenas que lleva alrededor del cuello, portando la llave, la espada y la brújula, por el momento incapaz de guiarlo a ningún lado.

Se aferra a ellas mientras sigue caminando. Ahora que solo lleva su libro y su espada, se siente más ligero.

Desea que Dorian esté realmente aquí. Lo desea casi con la misma intensidad con que desea saber qué debe hacer ahora.

—Si Dorian está aquí abajo en algún lado, quiero verlo —le dice a la luna—. Ahora mismo.

La luna no responde.

(No ha respondido a ninguno de sus reclamos).

A medida que camina vuelve a recordar el sitio que dejó atrás, la fiesta imaginaria en su interior y lo que sintió al ver que esta historia en la que se encuentra se filtra dentro de su vida normal y llena los espacios vacíos.

Se acercan pisadas. Alguien está corriendo; el sonido de los pasos, amortiguado por la nieve. Zachary se detiene paralizado. Una mano lo toma del brazo.

Gira para enfrentarse a quien tiene atrás, desenvainando la espada para mantener este nuevo engaño a raya.

—Zachary, soy yo —dice Dorian, levantando las manos a la defensiva. Tiene el mismo aspecto que recuerda, desde el cabello más largo hasta el abrigo con botones de estrella. Aunque ahora se encuentra iluminado por la luna y cubierto de nieve.

—¿A dónde va la luna cuando no está en el cielo? —pregunta Zachary sin bajar la espada, y sabe por la sonrisa que obtiene a modo de respuesta que ahora no es una fantasía, que esta es la persona real. Está aquí pero no está aquí. De pie junto a él en la nieve bañada de luz de luna y también en otro sitio. Pero de todos modos, es Dorian. Lo sabe con la certeza más absoluta.

—A una posada que una vez se levantaba en un cruce de caminos y ahora se encuentra aquí abajo con el resto de lo que sea todo esto —responde, sacudiendo una mano alrededor de la nieve y las estrellas—. Ahora estoy allí. Creo que quizá esté durmiendo. Estaba mirando la nieve al otro lado de la ventana, pensando en ti, y luego te vi y salí aquí fuera. No recuerdo haber salido de la posada.

Zachary baja la espada.

—Creí que te había perdido.

Dorian toma su brazo de nuevo, acercándolo a él. Inclina la frente contra la suya. Tiene frío y calor, se siente real y no real, todo a la vez.

Esta persona es como un sitio en el que Zachary podría perderse, sin desear que lo encuentren jamás.

Empieza a nevar de nuevo.

—Ahora tú también estás aquí abajo, ¿verdad? —pregunta Dorian—. ¿El mundo bajo el mundo bajo el mundo?

—Me monté en el ascensor con Max... me refiero a Mirabel... después de que te cayeras. Ahora estoy aún más abajo, en algún sitio por debajo de una ciudad perdida de miel y huesos. Pasé a través de una puerta. Tengo que dejar de hacer este tipo de cosas. He perdido mi lechuza.

—¿Crees que puedes encontrar la posada desde el sitio donde estás?

—No lo sé —dice Zachary—. Debo de estar cerca del Mar sin Estrellas. Es posible que tú y yo ya ni siquiera estemos en el mismo periodo de tiempo. Si... si ocurre algo...

—No te atrevas —lo interrumpe Dorian—. No te atrevas a transformar esto en una despedida. Te encontraré. Nos encontraremos y resolveremos esto juntos. Tal vez no haya nadie en este momento contigo, pero no estás solo.

—*Es peligroso avanzar solo* —dice Zachary, casi de manera automática y también en parte para contener las lágrimas que, junto con la nieve, le provocan escozor en los ojos. Vuelve a envainar su espada y se la quita de la espalda—. Toma esto —dice, ofreciéndosela a Dorian. Siente que es lo que debe hacer. Probablemente, él sepa cómo usarla.

Dorian la acepta y empieza a decir algo más pero luego, en un abrir y cerrar de ojos, desaparece. Un instante está allí y al siguiente ha desaparecido. Ni siquiera quedan sus huellas en la nieve; ningún indicio de que alguna vez estuvo allí.

Salvo que la espada ha desaparecido. Junto con la luna, que se ha ocultado tras las nubes.

Ahora la nieve está más ligera; los copos descienden casi flotando. Como la nieve de los globos de nieve.

Zachary estira la mano solo para estar seguro de que no hay nada que tocar. La nieve envuelve su mano estirada y se desliza bajo el puño de su abrigo heredado.

Dorian ha estado aquí, piensa para sí, como una afirmación. *Está en algún lugar aquí abajo, y está vivo, y no estoy solo.*

Respira hondo. El aire ya no está tan helado.

Cerca de allí hay un sonido suave. Al darse la vuelta se topa con el ciervo, mirándolo, lo bastante cerca para ver su aliento empañando el aire.

Sus cuernos dorados están cubiertos de velas, entrelazadas y ardiendo como una corona de llamas y cera.

Zachary lo mira y el ciervo lo mira a su vez, sus ojos como dos trozos de cristal oscuro.

Por un instante, ninguno de los dos se mueve.

Luego el ciervo se da la vuelta y camina hacia los árboles.

Zachary lo sigue.

Llegan al límite del bosque antes de lo que espera. El resplandor de la luna o de las estrellas o una luz artificial imaginaria se filtra a través de los árboles, aunque la mayoría del espacio permanece en penumbras. La nieve parece más azulada que blanca, y los árboles mismos son dorados. Zachary hace una pausa para examinar el tronco de uno de ellos con más detenimiento y se encuentra con que la corteza está cubierta con una delicada lámina de pan de oro.

Sigue al ciervo entre los árboles lo más cerca que puede, aunque por momentos no es más que una luz guiándolo hacia delante. Rápidamente, pierde de vista el campo, inmerso en este bosque cubierto de oro que es profundo y oscuro.

Los árboles se vuelven más anchos y altos, y el suelo se torna irregular bajo sus pies. Zachary aparta la nieve con su zapato y descubre que no es tierra sino llaves, pilas de llaves que se deslizan bajo sus pies.

El ciervo lo guía a un claro en el bosque. La floresta se vuelve menos tupida, revelando una extensión de firmamento repleto de estrellas. La luna ha desaparecido, y cuando Zachary vuelve su atención al suelo, el ciervo también lo ha abandonado.

Los árboles que rodean el claro están cubiertos de cintas: negras, blancas y doradas, envolviendo ramas y troncos, y formando un embrollo sobre la nieve.

Cintas en las cuales han ensartado llaves.

Llaves pequeñas, grandes y pesadas. Llaves recargadas, sencillas y rotas. Descansan en pilas, dentro de ramas, y giran libremente pendiendo de ramas. Se cruzan y enredan, uniéndose unas con otras.

En el centro del claro hay una figura sentada en una silla, mirando hacia otro lado. Contemplando el bosque. Es difícil ver a través de las penumbras, pero Zachary advierte un tenue vestigio color rosa.

—Max —llama, pero la figura no se da la vuelta. Camina hacia ella, pero la nieve lo obliga a avanzar lentamente, tan solo un paso por vez. Parece pasar una eternidad antes de alcanzarla.

»*Max* —vuelve a llamar. La figura de la silla sigue sin darse la vuelta. Ni siquiera se mueve cuando se acerca. Al estirar la mano para tocarla, la esperanza a la que desconocía que se estaba aferrado tan firmemente se derrumba bajo sus dedos junto con el hombro de la escultura.

La figura sentada en la silla ha sido esculpida en nieve y hielo.

Al caer como una cascada alrededor de la silla, las ondas de su túnica se convierten en olas, y dentro de las olas hay barcos, marineros y monstruos de mar, y luego el mar dentro de su traje se pierde a la deriva en la nieve.

Tiene el rostro vacío y helado, pero su semejanza no es tenue como las estatuas anteriores. Esta tiene un parecido tan preciso como el que puede plasmarse con agua helada, como si hubiera sido moldeada a partir de la versión de carne y hueso. Es Mirabel hasta las pestañas salpicadas de nieve, perfecta, salvo por el detalle del hombro que acaba de romperse.

Dentro de su pecho oculta una luz. Brilla roja bajo la nieve, creando la suave ilusión rosa que había contemplado de lejos.

Sus manos descansan sobre el regazo. Zachary supone que las extenderá a la espera de un libro como la estatua de la Reina de las Abejas, pero en cambio sostiene un trozo de cinta rota, como las cintas de los árboles, solo que si alguna vez tuvo una llave ensartada, alguien la ha retirado.

Ahora Zachary se da cuenta de que la figura no está mirando los árboles. Mira la otra silla que tiene delante.

Esa silla está vacía.

Es como si hubiera estado aquí, desde siempre, esperándolo.

Las llaves que cuelgan de los árboles se mecen y chocan entre sí alborotadas, repiqueteando como campanas.

Zachary se sienta en la silla.

Mira a la figura que tiene delante.

Oye las llaves mientras bailan pendiendo de sus cintas, chocando entre sí a su alrededor.

Cierra los ojos.

Respira hondo. El aire está frío, despejado y brillante a la luz de las estrellas.

Zachary abre los ojos de nuevo y observa la figura de Mirabel delante de él. Espera helada, su traje cargado de antiguos relatos y vidas pasadas.

Casi puede oír su voz.

Cuéntame una historia, dice.

Es lo que ha estado esperando.

Zachary la complace.

DORIAN SE DESPIERTA en una habitación desconocida. Aún siente la nieve sobre la piel y la espada en la mano. Pero no hay nieve que pudiera resistir allí con ese calor, y sus dedos se aferran a las mantas apiladas sobre la cama y a nada más.

Fuera de la posada el viento aúlla, confundido por este giro de los acontecimientos.

(Al viento no le gusta que lo confundan. La confusión estropea su sentido de la dirección, y la dirección lo es todo para el viento).

Dorian se calza las botas y el abrigo, y abandona el consuelo de su habitación. Mientras se abrocha los botones de estrella, el hueso tallado contra las puntas de sus dedos no parece ni más ni menos real que la espada que ha sentido en la mano hace instantes, o el recuerdo de la piel helada de Zachary contra la suya.

Las farolas del salón principal se han atenuado, pero la lumbre sigue ardiendo en la enorme chimenea de piedra. La luz que ilumina las mesas y sillas se incrementa gracias a las velas.

—¿Te ha despertado el viento? —pregunta el posadero, levantándose de una de las sillas junto al fuego, con un libro abierto en la mano—. Puedo conseguirte algo para ayudarte a dormir, si lo deseas.

—No, gracias —responde, mirando a este hombre que ha surgido de su imaginación, en un salón que ha anhelado visitar miles de veces. Si pudiese concebir un lugar para olvidarse de dónde ha venido o hacia dónde va, sería un sitio como este.

»Tengo que irme —le dice al posadero.

Dorian se dirige a la puerta de la posada y la abre. Espera encontrarse con la nieve y el bosque, pero en cambio tiene ante sí una caverna oscura sin nieve. A lo lejos hay un bulto que parece una montaña y que podría ser un castillo. Está muy, muy lejos.

—Ciérrala —dice el posadero detrás de él—. Por favor.

Dorian vacila, pero luego la cierra.

—La posada solo puede enviarte adonde se supone que debías dirigirte —le dice el posadero—. Pero *aquello* —señala la puerta— es una oquedad adonde solo las lechuzas se animan a volar, esperando a su rey. No puedes ir ahí sin estar preparado.

Cruza de nuevo hacia el fuego, y Dorian lo sigue.

—¿Qué necesito? —pregunta.

Antes de que el posadero pueda responder, la puerta se abre girando de par en par sobre su goznes. El viento entra primero, trayendo consigo una ráfaga de nieve, y tras la nieve entra una viajera que lleva una larga capa encapuchada del color del cielo de la noche, bordada con constelaciones en hilo plateado. Incluso después de que la viajera se retire la capucha, los copos de nieve siguen pegados a su oscuro cabello y permanecen brillando sobre su piel.

La puerta se cierra con fuerza a sus espaldas.

La luna se dirige directamente a Dorian; al acercarse extrae del interior de su capa un largo paquete envuelto en seda color azul medianoche.

—Esto es tuyo —dice, entregándoselo, obviando las presentaciones innecesarias—. ¿Estás listo? No queda mucho tiempo.

Dorian sabe lo que contiene el paquete antes de desenvolver la seda. El peso le resulta familiar en la mano, aunque solo la ha sostenido una vez en un sueño.

(Si la espada pudiera suspirar aliviada al extraerla de su vaina, lo haría. Ha sido perdida y hallada muchas veces, pero esta vez sabe que será la última).

—No podemos enviarlo ahí fuera —le dice el posadero a su esposa—. Es… —No se anima a decirlo en voz alta, y el peligro que no se puede decir en voz alta es peor que cualquier cosa que Dorian pueda imaginarse.

—Es adonde él quiere ir —insiste la luna.

—Encontraré a Zachary allí, ¿verdad? —pregunta.

La luna asiente.

—Entonces, es allí adonde iré.

(En aquel momento hay una pausa, solo colmada por el viento, el crepitar del fuego y el zumbido de la historia, impaciente por continuar, ronroneando como un gato).

—Iré a buscar su bolsa —dice el posadero, dejando a Dorian a solas con la luna.

—Esta posada está atada en un sitio —le dice—. Permanece igual por mucho que cambien las mareas. Una vez que abandones este lugar, volverás a estar desatado y no podrás confiar en nada que encuentres en el camino. Te toparás con objetos en las sombras, hayan sido dioses o mortales o relatos alguna vez, que ahora se han convertido en otra cosa. Se adaptarán para complacerte y poder apartarte del rumbo.

—¿Para complacerme?

—Para asustarte o confundirte o seducirte. Emplearán tus pensamientos para tenderte una trampa. Aquí existimos en los márgenes de lo que podría llamarse el cuento o el mito. Puede ser difícil vérselas con esta realidad. Sujétate con fuerza a aquello en lo que crees.

—¿Y si no sé en qué creo?

La luna lo mira con ojos oscuros como la noche, y por un momento parece a punto de decir algo, quizá una advertencia o un deseo, pero en cambio toma su mano en la suya, la lleva a sus labios y luego la suelta. Se trata de un gesto simple y profundo, y encuentra en él la respuesta a su pregunta.

El posadero regresa con la bolsa de Dorian. Ahora resulta más pesada; puede sentir el peso del cofre que guarda un corazón que ha sido colocado dentro. Probablemente, debería devolverle el corazón al Destino, pero decide preocuparse por terminar una historia por vez.

Dorian abre la puerta de la posada, revelando la misma visión lóbrega de antes. Ahora se parece más a un castillo que a una montaña. Incluso quizá haya una luz en una de las ventanas, pero está demasiado lejos para estar seguro.

—Que los dioses te bendigan y te guarden —dice el posadero, y deposita un beso ligero sobre sus labios.

Armado con una espada y un corazón, Dorian se adentra en lo desconocido y deja la posada atrás.

El viento aúlla a sus espaldas al marcharse, temiendo lo que está por llegar, pero un mortal no puede comprender los deseos del viento por fuerte que grite, así que estas últimas advertencias son desatendidas.

Fragmento del diario secreto de Katrina Hawkins

Tengo la impresión de que ya he oído hablar del Rey Lechuza, pero no sé dónde.

Le pregunté a Elena de qué quería hablar con Z después de clase aquella noche, y me dijo que había estado en la biblioteca retirando un libro raro que no estaba en el sistema y que luego volvió para rastrear otros procedentes de la misma donación, al mejor estilo detective de biblioteca (esas fueron sus palabras), pero no sabía por qué y él no se lo había contado. De todos modos, mencionó que un par de los libros (incluido el primero) seguían desaparecidos, así que es posible que los tuviera él.

Me dio el nombre que le había pasado a él de la persona que había estado involucrada en la donación de libros: J. S. Keating. Así que hice algunas averiguaciones. Bastantes averiguaciones.

Jocelyn Simone Keating, nacida en 1812. No hay mucho sobre ella; ni actas matrimoniales, ni hijos posteriores, ni nada. Parece haber sido desheredada. Otros Keating: un hermano, casado, sin hijos, tan solo un niño sin nombre, un «tutelado» que fue declarado muerto de adolescente. La esposa del hermano murió: él se volvió a casar y la segunda esposa murió. Luego supongo que el hermano murió, viejo y solo. Hubo otros dos primos Keating que no vivieron más allá de los veinte. Y eso es todo lo que hay acerca de ellos o, por lo menos, acerca de esa rama, ya que es un nombre bastante común.

No hay acta de defunción de Jocelyn. No una que pueda encontrar.

Pero ¿donaron los libros en su nombre hace menos de treinta años? Elena me dejó rebuscar en los archivos de la biblioteca durante la hora del almuerzo de su supervisora, y encontré el expediente completo, aunque en aquel momento no estaba digitalizado porque seguían transfiriendo la información

digital. Es un escaneo de baja resolución de un papel manuscrito, del cual la
mitad es indescifrable.

Pero hay información acerca de una fundación e instrucciones para donaciones. Además, ¿cómo consigue una mujer dejarle su biblioteca a un montón
de universidades diferentes en países diferentes cuando algunas ni siquiera
existían al morir? Me refiero a que, en serio, aunque viviera cien años, esta
universidad se fundó, a ver… haciendo un rápido cálculo mental… ¿algo así
como cuarenta o cincuenta años después?

Elena me ayudó a buscar algunos de los demás libros donados; algunos
son demasiado modernos para pertenecer a una dama del siglo diecinueve.
Hay libros de la Era del Jazz en la donación. Tal vez no fuera «su» biblioteca,
tal vez fuera una biblioteca a la que se le dio su nombre. O es solo la fundación, y el nombre viene heredado de algo anterior. No encuentro información
sobre la Fundación Keating en ningún sitio; es como si no tuviera ninguna
entidad.

Uno de esos libros también tenía el dibujo de la abeja. La abeja, la llave y
la espada en tinta descolorida sobre la contraportada bajo la etiqueta del código de barras.

Qué extraño es todo esto. Y no extraño en el sentido de interesante. Me
encantan las cosas extrañas que son interesantes.

Cierro mi cuenta de Twitch porque hay alguien que no deja de enviarme correo basura con emoticonos de abejas.

Recibí un mensaje de texto en mi móvil de un número desconocido que
dice *Deje de husmear, señorita Hawkins.*

No respondí.

Todos los mensajes de texto que envié y recibí de Z han desaparecido.

El hijo de la vidente, sentado en una silla rodeado de llaves, en mitad de un bosque iluminado de estrellas, habla con una mujer de nieve y hielo.

Al principio no sabe qué decir.

No piensa en sí mismo como un narrador de historias. Jamás lo ha pensado.

Recuerda todos los gratos relatos con los que se crio: mitos, cuentos de hadas e historietas.

Recuerda *Dulces penas* y las pruebas a las que debían someterse los cuidadores, el relato de historias rodeado de llaves, y la posibilidad de contar cualquier historia salvo la propia. Pero él no tiene una historia.

No ha practicado ni preparado nada. De todos modos, la propuesta es muy indefinida.

Cuéntame una historia.

La petición viene sin especificaciones ni requisitos.

Así que Zachary empieza a hablar, al principio, de manera vacilante, pero poco a poco sintiéndose más cómodo, como si estuviera hablando con un viejo amigo en un bar tenuemente iluminado, bebiendo cócteles bien preparados, en lugar de estar sentado en un bosque de cuento de hadas cubierto de nieve hablando con una efigie silenciosa.

Empieza con un niño de once años que encuentra una puerta pintada en un callejón. Describe la puerta con gran detalle, incluido el ojo pintado de la cerradura. Le cuenta que el niño no la abrió. Que después deseó haberlo hecho y que en los años posteriores, en momentos inesperados, pensaba en ello. Que la puerta lo obsesionaba, aún lo obsesiona.

Le cuenta las mudanzas de un sitio a otro, sin sentir jamás que perteneciera a ninguno de ellos, y que dondequiera que estuviera casi siempre prefería estar en algún otro lado, preferiblemente, un lugar ficticio.

Le dice que le preocupa que nada de ello tenga algún sentido, que nada sea importante. Que quien es, o quien piensa que es, sea solo una colección de referencias al arte de otras personas, y está tan centrado en la historia, el sentido y la estructura que quiere que su mundo los tenga todos perfectamente expuestos. Pero jamás sucede, y teme que jamás sucederá.

Le cuenta cosas que jamás le ha contado a nadie.

Acerca del hombre al que se le rompió el corazón durante un proceso tan largo e interminable que no podía discernir el dolor del amor, y que cada vez que quiere entender cómo se siente ahora, mucho después del final, solo siente un vacío.

Le cuenta que después de eso la biblioteca de la universidad se convirtió en una piedra angular y que, cuando sentía que se desplomaba, iba en cambio y buscaba un libro nuevo para tumbarse dentro de él y ser alguien en algún otro sitio durante un rato. Describe la biblioteca hasta sus bombillas poco fiables, el hallazgo de *Dulces penas* y el hecho de que aquel momento cambió inesperadamente todos los que le siguieron.

Le lee *Dulces penas*, confiando en la memoria cuando la luz de las estrellas resulta demasiado exigua para iluminar las palabras. Le cuenta los cuentos de hadas de Dorian acerca de castillos y espadas y lechuzas, acerca de corazones perdidos y llaves perdidas y la luna.

Le cuenta que siempre sintió que iba en busca de algo, siempre pensando en aquella puerta que no abrió y en lo decepcionado que se sintió al atravesar otra puerta pintada. Aquel sentimiento aún no desaparecía. Pero al menos por un instante, estando en un salón de baile dorado preservado en el tiempo, se había mitigado. Encontró lo que había estado buscando, una persona, no un sitio, una persona concreta en este sitio concreto. Pero luego el momento y el sitio y la persona desaparecieron.

Le relata todo lo que sigue, desde la caída del ascensor hasta las voces en la oscuridad, pasando por el hallazgo de Simon en su santuario intentando plasmar la historia. También la caminata a través de la nieve, la fiesta de Navidad fantasmal y el ciervo en el bosque, hasta que dirige la historia al claro que ocupan actualmente, describiendo hasta los detalles de los barcos tallados en su vestido.

Luego, sin que le quede nada para contar de lo que ha traído consigo, Zachary empieza a inventar cosas.

Se pregunta en voz alta a dónde se dirige una de las naves heladas de su vestido, y mientras habla la nave se desplaza, navegando por encima de las olas, alejándose de Mirabel a través de la nieve.

El bosque cambia a su alrededor, los árboles se desvanecen a medida que la embarcación navega a través de ellos, pero Zachary permanece en su silla, y la versión helada de Mirabel permanece con él, escuchando, mientras él encuentra la forma de avanzar, lentamente y a trompicones cuando las palabras no aparecen. Pero espera y no corre tras ella; acompaña al navío y a la historia adonde desean ir.

Mientras el barco navega, la nieve se derrite a su alrededor, transformándose en olas que se arremolinan y se estrellan contra su casco.

Se imagina sobre esta nave cruzando el mar. Dorian está allí y también su compañera perdida, la lechuza. Por si acaso, suma al gato persa.

Zachary imagina un lugar hacia donde se dirige la nave, no para llevar a sus habitantes de vuelta a casa, sino para llevarlos a un sitio sin descubrir. Dirige la nave y la historia a lugares a los que aún no ha viajado.

Atravesando el tiempo y el destino, y pasando delante de la luna y el sol y las estrellas.

En algún lugar hay una puerta marcada con una corona, un corazón y una pluma, que aún no ha sido abierta.

Puede verla justo un poco más adelante, resplandeciente entre las sombras. Alguien posee la llave que la abrirá. Al otro lado de la puerta hay otro Puerto del Mar sin Estrellas, animado con libros, botes y olas que rompen contra historias acerca de lo que fue y de lo que será.

Zachary sigue las historias y la nave tan lejos como puede y luego los trae de vuelta. Al aquí y al ahora. A este momento cubierto de nieve, rodeado de nuevo por un bosque cubierto de llaves.

Aquí se detiene.

El barco vuelve a anclarse en el vestido helado junto con sus monstruos.

Zachary se queda acompañando a Mirabel, juntos en el silencio que sigue a las historias.

No tiene ni idea de cuánto tiempo ha transcurrido, si acaso siquiera ha transcurrido.

Tras el silencio se pone de pie y camina hacia su público. Efectúa una pequeña reverencia, inclinándose ante ella.

—¿Dónde termina, Max? —le susurra al oído.

La cabeza de ella gira rápidamente hacia él, y le clava sus ojos gélidos y vacíos.

Zachary se paraliza, demasiado sorprendido para moverse cuando ella alza su mano y la extiende no hacia él, sino hacia la llave que cuelga de su cuello.

Toma la larga y delgada llave que estuvo oculta en *Fortunas y fábulas*, y la separa de la brújula y la espada. Luego la sostiene en la palma de la mano. Una capa de escarcha se forma sobre la llave.

Ella se levanta de la silla, tirando de Zachary hacia arriba con el impulso. Su traje se desmorona, enviando a los barcos, los marineros y los monstruos marinos dentro de sus mareas a sus tumbas de hielo.

Luego empuja la palma y la llave que tiene encima contra el pecho de Zachary, entre los botones abiertos de su abrigo.

Tiene la mano tan fría que le quema, presionando el metal candente contra su piel.

Con la otra mano lo sujeta y acerca hacia sí, deslizando sus gélidos dedos a través de su cabello y atrayendo sus labios a los suyos.

Todo resulta demasiado caliente y demasiado frío. El mundo entero de Zachary es un beso imaginario en una oscuridad luminosa que sabe a miel y a nieve y a fuego.

Siente una tirantez en el pecho que crece y le quema y ya no sabe dónde acaba el hielo y comienza él mismo, y justo cuando cree que ya no lo puede tolerar más, se hace añicos y cesa.

Zachary abre los ojos e intenta recobrar el aliento.

La figura helada de Mirabel ha desaparecido.

La llave ha desaparecido, y solo quedan la espada y la brújula abandonadas en la cadena. La marca candente de la llave está estampada sobre su pecho y permanecerá allí por siempre.

El resto de las llaves también han desaparecido, junto con los árboles correspondientes de los cuales pendían.

Zachary ya no está en el bosque.

Ahora está de pie en un callejón cubierto de nieve en el que, en caso de existir todavía, jamás la habría.

Ahora hay una nueva figura tallada en hielo. Una más pequeña, con gafas y cabello rizado, que lleva una sudadera con capucha y una mochila en la espalda. Se encuentra de pie ante un muro de ladrillo que no es hielo sino ladrillo de verdad, la mayor parte encalado y blanquecino, fundiéndose con la nieve.

Sobre la pared hay una puerta pintada intrincadamente.

Los colores son intensos, algunos de los pigmentos, metálicos. En el centro, a la altura de donde podría haber una mirilla y estilizada con líneas que combinan con el resto de la talla pintada, hay una abeja.

Debajo de la abeja hay una llave. Debajo de la llave hay una espada.

Zachary estira la mano para tocar la puerta, alcanzando con la punta de los dedos el sitio entre la abeja y la llave, posándose sobre una superficie lisa de pintura que cubre el frío ladrillo; una leve irregularidad sobre la superficie traiciona la textura por debajo.

Es un muro. Un muro con un bonito dibujo por encima.

Un dibujo tan perfecto como para engañar al ojo.

Zachary da la vuelta de nuevo hacia el fantasma de su yo más joven, pero la figura ha desaparecido. La nieve, también. Está a solas en el callejón, de pie delante de la puerta pintada.

La luz ha cambiado. El resplandor de la aurora ahuyenta a las estrellas.

Alcanza el picaporte pintado, y su mano se cierra sobre el frío metal, redondo y tridimensional.

Abre la puerta y pasa por ella.

Y así el hijo de la vidente encuentra el camino al Mar sin Estrellas.

Dorian navega a través de los abismos subterráneos. Lleva el corazón del Destino en su caja cuidadosamente envuelta, dentro de una mochila sujeta a su espalda, y una espada que es mucho más antigua que él pero ni de lejos tan antigua como las criaturas que lo acechan desde las sombras, y que además conservan su filo.

Una espada no se olvida de acertar en el blanco si la mano que la empuña sabe cómo usarla.

El filo de la hoja y las mangas de su abrigo con botones de estrella están cubiertos de sangre.

Hay… *criaturas* que lo han seguido desde que abandonó la posada, y otras que se han unido a ellas mientras camina.

Criaturas que quieren su vida y su carne y sus sueños.

Criaturas que se arrastrarían bajo su piel y lo llevarían puesto como un abrigo.

No han tenido un mortal tan cerca para tentarlos en incontables años.

Mutan de forma a su alrededor. Aprovechan sus propias historias para arremeter contra él.

No es lo que Dorian esperaba, ni siquiera habiendo sido advertido por la luna.

Todo parece demasiado real.

Un instante está en una caverna, con la vista enfocada en una luz distante, y al siguiente se encuentra caminando por la calle de una ciudad. Puede sentir la luz del sol sobre la piel y oler el escape de los coches que pasan.

No confía en nada de lo que ve.

Dorian continúa descendiendo por una acera atestada de gente en lo que podría considerarse el centro de la ciudad de Manhattan si no se mirara demasiado de cerca. Se echa a uno y otro lado para esquivar a los peatones con una habilidad que ya tiene entrenada.

Hombres de negocios, turistas y niños pequeños se dan la vuelta para mirarlo pasar.

Evita mirar a los ojos a nadie ni a nada, pero luego llega a un monumento familiar, flanqueado por dos grandes felinos.

Jamás advirtió lo enormes que son la Paciencia y la Fortaleza. Los dos leones, que superan en tamaño a los de la vida real, lo siguen con sus relucientes ojos negros que no les pertenecen.

Dorian se detiene ante la escalinata de la biblioteca, aferrando todavía con más fuerza su espada. Se pregunta si los leones de piedra se desangran como se han desangrado todas las demás criaturas que este sitio le ha puesto en el camino.

Se prepara, esperando que se abalancen sobre él, pero de pronto algo lo sujeta desde atrás, enrollándose alrededor de su cuello y tirando de él hacia la calle.

La criatura estampa a Dorian contra el lateral de un taxi. El sonido estridente de los cláxones le hace perder el equilibrio, pero sujeta con fuerza la espada y, cuando recobra el equilibrio, blande la hoja y da en el blanco, veloz y certero.

La criatura que derriba parece, al principio, un hombre de negocios empuñando un maletín; luego, una sombra amorfa de múltiples miembros; después, un niño pequeño que grita, y, finalmente, nada.

La calle, los taxis, la biblioteca y los leones se desvanecen todos con ella, y Dorian se queda a solas en una amplia caverna.

Por encima, la oscuridad sin estrellas es tan vasta que casi podría creer que es el cielo.

Hay un castillo a lo lejos. Una luz relumbra en la ventanilla de su torre más elevada. Dorian alcanza a verla junto con el tenue resplandor de la orilla sobre la cual se alza. Mantiene la vista en ella, ya que el castillo no cambia de lugar como sucede con el resto del mundo aquí abajo, valiéndose de él como de un faro para guiar su camino.

La sangre ajena forma charcos dentro de sus botas, filtrándose dentro con cada pisada.

Bajo sus pies el terreno se modifica, mutando de piedra a madera. Luego empieza a inclinarse, meciéndose sobre olas que no están realmente allí.

Se encuentra sobre una embarcación, navegando sobre el océano abierto bajo un brillante cielo nocturno.

De pie sobre la cubierta, delante de él, hay una figura en un abrigo de piel
que parece ser Allegra, aunque sabe que no puede serlo.

Están intentando desarmarlo.

Dorian aprieta aún más la empuñadura de su espada.

Fragmento del diario secreto de Katrina Hawkins

Me están observando. Literalmente, en este momento, mientras pongo esto por escrito.

Estoy en el Noodle Bar y cuando estaba en la cola para pedir mi ramen, un tipo cualquiera se puso a hablar conmigo para ligar. Me preguntó sobre mi camiseta, que dice: «Una mujer instruida es una criatura peligrosa», y también si había probado algún otro sitio de ramen cerca, y luego, mientras estaba pidiendo, dejó caer algo dentro de mi bolso. No sé si es un micrófono oculto o algo por el estilo. Estoy esperando a que se marche para vaciar todo lo que hay dentro y fijarme. El tipo se encuentra ahora sentado del otro lado del restaurante en lo que probablemente sea una distancia «respetable». Está enfrascado en un libro. Reconozco la cubierta, aunque no distingo el título; alguna novedad de la mesa de entrada de una librería. Pero no lee. Lo tiene abierto en alguna parte cerca del final, pero la sobrecubierta está demasiado intacta para estar a punto de terminarlo, y es el tipo de sobrecubierta en la que quedan marcadas las huellas de los dedos, especialmente si lees y comes al mismo tiempo.

Puede que esté volviéndome demasiado buena en esto.

Pero apenas mira el libro y casi no prueba sus fideos; indudablemente, se le da fatal la sutileza. Me observa escribir, mirando mi diario como si estuviera intentando decidir la manera más fácil de quitármelo cuando me distraiga.

Ahora no le quito los ojos de encima.

Tendrás que arrancar mi libreta de *Hora de Aventuras* de las manos de mi cadáver, idiota.

Me recuerda un poco al tipo que observaba a Z en el Grifo Alegre aquella noche, pero este es más joven y sin el encanto del hombre mayor en proceso de aprender el oficio.

(También intenté rastrear a *ese* tipo hace un tiempo. Les pregunté a las camareras y a los bármanes, pero solo una camarera lo recordaba... dijo que intentó ligar con él y él la rechazó, pero se comportó de manera amable... Desde entonces no había vuelto a verlo).

Este tipo se ha dado cuenta ahora de que no me marcharé antes que él. Y si quiere quedarse esperando hasta que me vaya, de ningún modo buscaré una estúpida ruta de escape por alguna puerta trasera de la cocina como sucede en las películas de espionaje.

Un poco más tarde.

Gané el duelo del sitio de ramen. El tipo terminó marchándose. Fue a cámara lenta y a desgana, como si hubiera querido tomarse más tiempo ante los restos de su cuenco de ramen.

Nunca giró más de dos páginas de aquel libro en más de media hora.

Para retrasar el regreso a mi casa, tomé un largo camino serpenteante en la dirección equivocada, y ahora me he detenido en un parque para vaciar el contenido de mi bolso.

Hay un diminuto transmisor del tamaño de una batería de reloj y un poco pegajosa, motivo por el cual no salía del bolso incluso después de haberlo vaciado. Jamás lo habría encontrado si no hubiera visto a aquel chico dejarlo caer dentro. No sé si es un GPS o un micrófono o qué.

Qué extraño es todo esto.

Ahora estoy en casa.

De camino a casa compré una cadena extra para la puerta y un detector de movimiento.

Luego horneé galletas de nata agria con canela y me preparé un Clover Club, pues ya había sacado los huevos. Después volví a jugar *Dark Souls* para levantarme el ánimo, y ahora me siento un poco mejor respecto a la vida, y a mí misma, y a la existencia humana.

Cada vez que la pantalla dice *Has muerto*, me siento mejor.

Has muerto, y el mundo sigue dando vueltas.

Has muerto, y no ha estado tan mal, ¿verdad? Come una galleta.

Me quedé sentada y lloré durante media hora, pero me sentía bastante mejor.

Creo que Z está muerto. Ahí está, lo he dicho. O por lo menos, lo he puesto por escrito

Creo que en algún momento dejé de buscarlo a él y empecé a buscar el *porqué* y ahora el porqué está perturbándome.

Le pegué aquel dispositivo rastreador en potencia a un gato en el parque.

EL HIJO DE LA VIDENTE camina a través de una puerta y entra en una caverna abierta y amplia, situada muy, muy por debajo de la superficie de la Tierra. Bajo los puertos, bajo las ciudades, bajo los libros.

(El único libro que lleva consigo es el primer volumen que ha conseguido descender a tanta profundidad. Las historias aquí jamás se han encuadernado de ese modo; quedan sueltas y revueltas).

Zachary se pregunta si durante todo este tiempo ha estado dentro de la caverna. Si ha estado atravesándola mientras veía aquello que tenía el aspecto y la sensación de la nieve, los árboles y la luz de las estrellas; si ya recorrió sus historias y salió por el otro lado.

Algo le golpea el tobillo, suave aunque insistente. Al bajar la mirada se topa con la cara aplanada de su gato persa.

—Hola —dice—. ¿Cómo has llegado hasta aquí abajo?

El gato no responde.

—Me dijeron que me estabas buscando.

El gato no confirma ni niega esta afirmación.

Zachary echa un vistazo detrás de él. No le sorprende advertir que la puerta por la que ha pasado ha desaparecido. En su lugar hay un barranco, un risco elevado que podría tener una estructura en la cima; es difícil darse cuenta desde este ángulo.

El gato vuelve a presionar la cabeza contra su pierna, empujándolo en la dirección opuesta.

Por este camino hay una extensión de piedra que termina en una cresta, detrás de la cual hay un resplandor.

Puede oír las olas.

—¿Vienes? —le pregunta al gato.

El gato no responde, pero tampoco se mueve. Se sienta y lame su pata con calma.

Zachary avanza algunos pasos, acercándose a la cresta. El gato no lo sigue.

—¿Acaso no vas a venir?

El gato lo mira con fijeza.

—Como quieras —le responde, aunque no es lo que quiere decir—. Puedes hablar, ¿verdad? —pregunta.

—No —dice el gato. Inclina la cabeza y se da la vuelta internándose en las sombras. Zachary se queda mirándolo, mudo.

Lo observa hasta que lo pierde de vista, lo cual no tarda demasiado. Luego camina hacia la cresta. Cuando está lo bastante alto para ver lo que aguarda del otro lado, se da cuenta de dónde está.

Zachary Ezra Rawlins está de pie en la orilla del Mar sin Estrellas.

El mar irradia un resplandor, como la luz de una vela detrás del ámbar. Un océano atrapado en un perpetuo atardecer.

Respira hondo, esperando inhalar el aroma penetrante de la sal marina, pero el aire aquí es intenso y dulce.

Camina hasta el borde, observando las olas recubriendo las rocas al acercarse y retirarse, oyendo el sonido que emiten: un zumbido ligero de sosiego.

Zachary se quita los zapatos. Los coloca fuera del alcance de las olas y entra en las suaves ondas del mar, riéndose cuando el mar atrapa los dedos de sus pies.

Se inclina y pasa una mano sobre la superficie del mar almibarado. Se lleva un dedo a los labios y lo lame para probarlo. Le han entregado dulzura cuando esperaba sal. No sabe si tiene deseos de nadar en este mar, aunque sea delicioso.

Lo creería imposible si no hubiera sucumbido mucho antes a creer en cosas imposibles.

¿Y ahora qué?, piensa, pero casi de inmediato la pregunta abandona su mente. No tiene importancia. No ahora. No aquí en las profundidades donde el tiempo es frágil.

Por ahora este es el mundo entero. Sin estrellas y sagrado.

Delante de él, el Mar sin Estrellas se extiende en la lejanía. Al otro lado del mar surge el esbozo de una ciudad, deshabitada y sombría.

Hay un objeto sobre el suelo, a sus pies, donde el mar toca la orilla. Zachary lo levanta.

Una botella rota de champán. Parece haber estado aquí durante años. La etiqueta está desgastada, y de sus bordes irregulares y afilados chorrea miel.

Zachary levanta la mirada a la oscuridad cavernosa; la estructura que se cierne encima de él tiene el aspecto de un castillo.

Más allá ve los estratos y niveles subiendo en espiral. Sombras que son más profundas que otras. Espacios que se curvan y mueven hacia fuera, salpicados con luces que no son estrellas.

Por un instante, haciendo girar la botella rota en sus manos e imaginando las escaleras y el salón de baile bastante más arriba, le maravilla lo lejos que ha llegado.

Oye pisadas que se acercan. *Qué apropiado*, piensa, haber encontrado de nuevo al Destino ahora que finalmente ha llegado al Mar sin Estrellas. Ahora ese *aún no* es solo un ahora.

—Hola, Max —la saluda—. Encontré tu…

Al darse la vuelta hay un rápido movimiento que resulta extraño. Por un instante su visión se empaña, y cuando vuelve a enfocarla, yo no es Mirabel quien se encuentra de pie delante de él.

Es Dorian.

Intenta pronunciar el nombre de Dorian, pero no puede, y este lo mira alzando las cejas, visiblemente conmocionado. Zachary no puede respirar, y jamás ha conocido a nadie que literalmente le haya quitado el aliento, y tal vez esté realmente enamorado, pero espera, en serio no puede respirar en este momento. Se siente mareado. El brillo del mar empieza a disiparse. La botella rota de champán cae de sus dedos y se hace añicos.

Zachary Ezra Rawlins echa un vistazo a su pecho, donde la mano de Dorian está envuelta alrededor de la empuñadura de la espada, y justo cuando empieza a comprender lo que está sucediendo, todo se vuelve negro.

Fragmento del diario secreto de Katrina Hawkins

Estaba en el Grifo Alegre, sentada en un reservado al fondo para quedar fuera de la línea visual directa de nadie, bebiendo y leyendo, cuando una mujer mayor con un abrigo de piel blanco se sentó justo delante como si la hubiera estado esperando. Tenía un ojo azul y uno marrón, y un Martini translúcido en la mano con dos aceitunas (a juego). La copa seguía helada; debía de haberla pedido hacía un instante en el bar.

—Es difícil de encontrar, señorita Hawkins —dijo, simulando una falsa sonrisa; casi pareció real.

—En absoluto —respondí—. No se trata de una ciudad tan grande. Solo hay dos bares que frecuento. Probablemente, usted también esté al tanto de mi horario de clases, ¿verdad? En realidad no hace falta poner dispositivos de rastreo.

Dejó de sonreír. Definitivamente *era* una de ellas, pero ahora me han asignado a los mandamases. Esta mujer es una profesional. Se acabaron los intentos torpes de espiarme desde el fondo del local.

—¿Y eso qué solía ser? —pregunté cuando no dijo nada, señalando el abultado abrigo de piel. Tenía un estilo llamativo, y merecía mi admiración por ello.

—Es falso —dijo, lo cual me decepcionó—. ¿Cómo va el libro? —Inclinó el Martini hacia mi copia de *The Kick-Ass Writer*.

—Es para una clase —respondí, lo cual es cierto. El parloteo me despistó. No creí que ninguna de estas personas me fuera a hablar jamás.

—Lo hechas de menos, ¿verdad? —dirigió esta observación a mi trago, un Sidecar. Lo había pedido porque no podía pensar en otra cosa. Solo quería sentarme en algún lugar que no fuera mi apartamento. Me olvidé de decirles que se abstuvieran de ponerle azúcar, y se me estaban pegando los dedos al pie de la copa.

—¿Usted sabe dónde está? —pregunté. Permaneció callada, pero me miró de un modo raro... con el ojo marrón. Me pareció que el azul era la clásica pérdida de transparencia provocada por las cataratas. No entendí qué quiso decir con aquella mirada. Sé que debió de ser uno de aquellos momentos en los que caía en la cuenta de que, efectivamente, ella *sabía* dónde estaba, pero no lo fue. Levantó la mirada y bebió un sorbo de su Martini.

—Debes de estar triste por la ruptura —dijo, cuando la volvió a apoyar.

No le he dicho a nadie que Lexi y yo rompimos. L se enfadó cuando empecé a averiguar lo que le había ocurrido a Z, y dijo que probablemente se fue y que solo me había enfadado porque no me lo había contado. Luego la acusé de crear todo el jueguecito de la abeja, la llave y la espada como una de sus ridículas búsquedas del tesoro. Después ella me llamó una «pérdida de tiempo», lo cual me pareció excesivamente duro. No estoy segura de si estoy triste. Me siento bien al respecto. De todos modos, no sé si quiero estar en una relación en este momento. Las cosas cambian. Las cosas están cambiando particularmente rápido en este momento. Es decir, una semana atrás todo era diferente. Aunque sigue nevando. Eso no ha cambiado.

—En realidad, no —respondí.

—Pero ya no tienes a nadie —dijo la mujer—. No a alguien *cercano*.

Me enfadé porque tenía un poco de razón, pero no se lo iba a decir. Tengo mi libreta y mis proyectos, y estaba sentada allí sola con mi copa porque no había nadie más con quien quisiera estar bebiendo. No tengo a nadie cercano. Lo dijo como insinuando que sabía que mi familia tampoco me tenía mucho cariño.

No dije nada.

—Estás sola. ¿No preferirías pertenecer a algún sitio?

—Aquí es donde pertenezco —le dije. No comprendí a qué se refería.

—¿Por cuánto tiempo? —preguntó la mujer—. Te quedarás durante un programa de posgrado que dura dos años porque no sabes qué más hacer. Luego tendrás que marcharte. ¿No te gustaría ser parte de algo más grande que tú?

—No soy una persona religiosa.

—No es una organización religiosa —dijo.

—Entonces, ¿qué es?

—Me temo que no podré decírtelo. No salvo que accedas a unirte a nosotros.

—¿Se trata de un culto o algo así?

—O algo así.

—Voy a necesitar más información —le dije, y bebí un sorbo de mi Sidecar porque tenía que hacer algo, pero me dejó los dedos pegajosos. Ponerle azúcar al borde de un coctel es estúpido—. ¿O acaso se trata de una de aquellas situaciones en las que ya sé demasiado?

—Sabes demasiado, pero eso no me preocupa. Si le contaras a alguien lo que sabes o lo que crees que sabes, nadie te creería.

—¿Porque es demasiado raro?

—Porque eres mujer —dijo—. Eso hace que sea más fácil desestimarte como una loca. *Una histérica*. Si fueras hombre, sería un problema.

No dije nada. Esperaba más información. Se quedó mirándome un largo rato. Definitivamente, el ojo no tenía un azul natural.

—Me gusta, señorita Hawkins —dijo—. Es tenaz y admiro la tenacidad cuando no está fuera de lugar. Actualmente, la suya está fuera de lugar, pero creo que puedo hacer un buen uso de ella. Es lista, resuelta y apasionada, y esas son todas cualidades que busco. Además, es una narradora de historias.

—¿Y eso qué tiene que ver con algo de todo esto?

—Significa que tiene una afinidad para nuestra área de interés.

—Organizaciones benéficas con fines literarios, ¿verdad? No creí que las sociedades literarias fueran tan parecidas a las sociedades secretas.

—La organización benéfica es una tapadera, y usted lo sabía —responde la mujer—. ¿Cree en la magia, señorita Hawkins?

—¿El tipo de magia que es indistinguible de cualquier tecnología suficientemente avanzada como decía Arthur C. Clarke, o la magia de verdad?

—¿Cree en lo místico, lo fantástico, lo improbable o lo imposible? ¿Cree que las cosas que otros desechan como sueños y la imaginación existen de veras? ¿Cree en los cuentos de hadas?

Me invadió una sensación de vértigo porque literalmente siempre fui la chica que cree en los cuentos de hadas, pero no sabe qué hacer porque ya no es una niña; era una joven de veintitantos, sentada en un bar, que nunca se sentía lo suficientemente adulta para beber.

—No lo sé —dije.

—Cree en ello —afirmó ella, y bebió otro sorbo de su Martini—. Es solo que no sabe cómo admitirlo.

Lo más probable es que le hiciera una mueca, pero no lo recuerdo.

Le pregunté qué quería de mí.

—Quiero que se marche de este sitio conmigo y no regrese. Abandonará su vida y su nombre. Me ayudará a proteger un lugar cuya existencia negaría la mayoría de las personas. Tendrá un propósito. Y algún día, la llevaré a aquel lugar.

—Disculpe, pero no soy de las de *algún día, nena*.

—¿Ah, no? Ocultándose en sus templos académicos, evitando el mundo real.

Aquello, pensé, fue un golpe bastante bajo aunque fuera bastante exacto, pero en aquel momento ya me estaba cabreando.

—Oye, amiga, si tienes un lugar de cuento de hadas en el cual vivir, ¿por qué estás en el fondo de un bar hablando conmigo?

Me dirigió una mirada rara, y no sé si fue porque la llamé *amiga* o si fue por otro motivo, pero se detuvo y lo pensó mucho más que la mayoría de las cosas que había dicho. Pero luego extrajo una tarjeta de negocios del bolsillo y la deslizó al otro lado de la mesa.

Ponía *El Club de los Coleccionistas*.

Había un número impreso.

Y una pequeña espada en la parte inferior.

Para ser franca, me sentí tentada. Quiero decir, ¿qué tan a menudo recibe una la propuesta de una mujer mayor para trabajar a cargo de las fuerzas del orden de un cuento de hadas, como si fuera la policía del país de las maravillas? Pero había algo que no me gustaba. Además, me gustaba mi nombre, y el hecho de que esquivara la pregunta de Z no me gustó.

—¿Aceptó Zachary su oferta de empleo o es quien quemó la casa de su club? —pregunté, suponiendo que sería lo uno o lo otro. Por la mirada que puso era lo último. La falsa sonrisa volvió a aparecer.

—Puedo contarle una gran cantidad de cosas que le gustaría saber, pero antes tendría que aceptar mis condiciones. Aquí no hay nada para usted. ¿Acaso no siente curiosidad?

Sí, la sentía. Tenía una enorme curiosidad. No cabía en mí de la curiosidad. Pensé en decirle que lo pensaría si me dejaba hablar con Z o si podía probar que estaba vivo, pero me dio la impresión de que no era el tipo de persona proclive a la negociación. Si no la seguía ahora, jamás volvería a ver a esta mujer.

—No lo creo —le respondí. Parecía francamente decepcionada, pero luego se recompuso rápidamente.

—¿Hay algo que pueda hacer para que cambie de opinión? —preguntó.

—¿Qué le sucedió a sus ojos? —pregunté, aunque supiera que dijera lo que dijera, no cambiaría nada.

Esta vez la sonrisa ante aquella pregunta fue real.

—Hace mucho tiempo sacrifiqué un ojo por la capacidad de ver —dijo—. Estoy segura de que sabes que la magia requiere sacrificios. Durante años fui capaz de ver toda la historia. Pero ya no funciona, no aquí, porque tomé una decisión y me dejó con versiones nebulosas del tiempo presente. A veces, echo de menos la claridad, pero repito: son *sacrificios*.

Estuve a punto de creerle. La miré y aquel ojo empañado me miró a su vez, reflejando la luz de una de las bombillas vintage encima de nosotras, y no era una catarata en absoluto, sino un cielo tormentoso y arremolinado, completamente cristalino, cruzado por el latigazo de un relámpago.

Apuré el resto de mi Sidecar, tomé mi libro, mi bolso y mi chaqueta con mis inútiles manos pegajosas, y me puse en pie. Luego alcé el libro contra mi frente y me cuadré para saludarla.

Dejé la tarjeta de negocios sobre la mesa.

Y salí de allí a toda velocidad.

—Me siento decepcionada, señorita Hawkins —dijo mientras me alejaba. No me di la vuelta y no alcancé a escuchar lo que añadió a continuación, pero sabía lo que era.

»Estaremos vigilándola.

EL HIJO DE LA VIDENTE ha muerto.

Su mundo es una oquedad imposiblemente silenciosa, vacía y sin forma.

En algún sitio de la confusa oscuridad hay una voz.

Hola, señor Rawlins.

La voz suena muy, muy lejos.

Hola, hola, hola.

Zachary no puede sentir nada, ni siquiera el suelo bajo sus pies. Ni siquiera sus pies, para el caso. Solo un vacío y una voz muy lejana y nada más.

Luego cambia.

Es como despertarse y no recordar haberse quedado dormido, pero no es gradual. Recupera la conciencia de un modo inquietante y abrupto; su existencia queda en un limbo de sorpresa.

Ha vuelto a su cuerpo. O a una versión de su cuerpo. Se encuentra tendido en el suelo con los pantalones de pijama puestos, sin zapatos, y con un abrigo que aún considera de Simon, aunque tanto el abrigo como su versión desgastada saben que le pertenecen a quien los lleva puestos.

Sobre el pecho tiene una llave recién marcada a fuego pero sin lesión, sin sangre.

Tampoco tiene latidos en el corazón.

Pero lo que termina convenciéndolo más allá de toda duda de que realmente está muerto es el hecho de que sus gafas han desaparecido y, aun así, lo ve todo con claridad.

Las ideas que tiene Zachary sobre una posible vida después de la muerte siempre han variado. Ha pasado de no creer en nada a creer en la reencarnación y en universos infinitos de creación propia. Pero siempre ha vuelto a lo fútil que resultaba presagiarlo de antemano; ya se enteraría al morir.

Ahora está muerto y tendido sobre una orilla muy parecida a aquella sobre la cual murió, solo que diferente, aunque todavía está demasiado encolerizado para advertir las diferencias.

Intenta recordar lo que sucedió, y el recuerdo es penosamente evidente.

Había recuperado a Dorian; estaba justo delante de él. Solo por un instante había encontrado lo que había estado buscando. Pero la historia no transcurrió como debió transcurrir.

Creyó que finalmente (*finalmente*) podría obtener aquel beso y algo más, y reproduce en la cabeza aquellos últimos instantes, deseando haber sabido que eran los últimos. Pero incluso si lo hubiera sabido, ahora no sabe lo que habría hecho, si hubiera tenido tiempo para reaccionar.

Definitivamente, era Dorian, de pie allí en la orilla del Mar sin Estrellas. Quizá Dorian no creyó que estuviera ante Zachary. Cuando se encontraron en la nieve, él tampoco había creído al comienzo que era Dorian. Desenfundó la misma espada en aquel momento, pero esa vez Dorian sabía de verdad cómo usarla.

Tiene la sensación de que se han colocado todas las piezas en su sitio para conducir a este momento, y él mismo colocó la mitad de todas ellas.

Está enfadado consigo mismo por tantas cosas que hizo y dejó de hacer, y el tiempo que perdió esperando a que su vida empezara, y ahora todo ha acabado. Y luego se le ocurre otra cosa, y de pronto se siente verdaderamente encolerizado con otra persona.

Zachary se pone en pie y le grita al Destino, pero el Destino no le responde.

El Destino no vive aquí.

Nada vive aquí.

Estás aquí porque necesito que hagas algo que yo no puedo hacer.

Es lo que Mirabel había dicho después del accidente del ascensor y antes de todo lo demás.

Necesitaba que él muriera.

Ella lo sabía.

Sabía todo el tiempo que esto sucedería.

Zachary intenta gritar de nuevo, pero no tiene más ánimo.

En lugar de ello, suelta un suspiro.

Esto no es justo. Apenas había empezado. Se suponía que debía estar a mitad de su historia, no al final ni en cualquiera que sea el epílogo posterior a la muerte en el que se encuentre.

Ni siquiera pudo hacer nada. Lograr nada. ¿No es cierto? No lo sabe. Encontró a un hombre perdido en el tiempo o quizá se convirtió en uno. Se abrió camino hasta llegar al Mar sin Estrellas. Encontró lo que buscaba y lo volvió a perder, todo en un instante.

Intenta decidir si ha cambiado desde que todo esto empezó, porque ¿acaso no es el sentido de todo ello? Es cierto que se siente diferente a antes, pero en el estado en el que está, sin pulso y de pie en la orilla sin zapatos, no se da cuenta de si sentirse diferente equivale a un cambio interior.

Una orilla.

Zachary mira hacia el mar. Esta no es la orilla en la que ha estado con anterioridad, instantes (¿acaso fueron solo instantes?) antes. Es parecida, incluso los barrancos a su espalda lo son, pero hay diferencias.

Sobre esta orilla hay un barco.

Un pequeño bote de remos, cuyos remos están colocados con cuidado sobre el asiento, hundidos a medias en el mar y a medias en la orilla.

Esperándolo.

El mar que lo rodea es azul; un azul intenso y artificial.

Zachary hunde un dedo en el azul, y el azul revolotea.

Se trata de confeti. Confeti de varios tonos de azul, verde, violeta, y blanco a lo largo de los bordes para representar la espuma. A medida que se aleja de la orilla, aparecen serpentinas mezcladas con el papel, largas tiras rizadas que simulan ser olas.

Zachary alza la mirada a la estructura que domina el barranco detrás de él, sin duda un castillo, aunque está hecho de cartón pintado. Advierte desde donde está que es solo una fachada, dos muros con ventanas, sin estructura ni profundidad: la idea de un castillo pintado y apuntalado para engañar al ojo desde una gran distancia.

Detrás del castillo hay estrellas: enormes estrellas de papel plegado que cuelgan de filamentos que desaparecen en la oscuridad. Estrellas fugaces suspendidas en pleno vuelo, y planetas a varias alturas, con y sin anillos. Un universo entero.

Zachary se da la vuelta y mira el agua de papel.

Hay una ciudad al otro lado del mar.

La ciudad resplandece con lucecillas parpadeantes.

La tormenta de emociones que ha estado agitándose por dentro cesa, y en su lugar sobreviene una calma inesperada.

Baja la vista a la embarcación. Levanta un remo: es ligero pero lo siente sólido en la mano.

Empuja el bote hacia el mar de papel y permanece a flote. El peso de la embarcación desplaza y arremolina el agua.

Zachary vuelve a mirar la ciudad al otro lado del mar.

Todo indica que aún no ha terminado su búsqueda.

Aún no.

El Destino no ha acabado con él, ni siquiera en la muerte.

Zachary Ezra Rawlins entra en el bote y empieza a remar.

Fragmento del diario secreto de Katrina Hawkins

Hola cuaderno, ha pasado algún tiempo.

Las cosas se tranquilizaron bastante. No supe qué hacer después del encuentro con la señora en el bar y durante mucho tiempo estuve paranoica sobre escribir lo que sea o hablar de lo que fuera, así que bajé la cabeza y trabajé y el tiempo pasó y no pasó nada y ahora es verano.

Es decir, hay algo que sí pasó y que no escribí en aquel momento.

Alguien me dio una llave; estaba en el buzón del campus. Es una llave pesada de bronce, pero la cabeza tiene la forma de una pluma, así que parece una pluma para escribir, salvo que tiene dientes en el extremo, en lugar de una plumilla. Tenía una etiqueta atada con un cordel, como la etiqueta de un paquete anticuado, y decía *Para Kat cuando llegue el Tiempo.* Supuse que sería la invitación al proyecto de tesis de alguien, pero nunca enviaron más información al respecto. Aún la conservo. La puse en mi llavero (la pluma forma un semicírculo). Le dejé la etiqueta. Supongo que sigo esperando que llegue el momento.

Creí que la señora del bar volvería. Como si fuera el Rechazo de la Llamada, pero supongo que no estoy en esa clase de Camino del Héroe. En ese momento sentí que había tomado la decisión correcta, pero vamos, que uno se queda pensando. ¿Qué habría pasado si hubiera aceptado la invitación?

Empecé a trabajar en ello, aunque no lo hubiera planeado. Durante un tiempo no trabajé y no sabía qué quería hacer. No tenía ni idea de lo que quería, así que no dejaba de pensar en lo que quería y siempre volvía al asunto de contar una historia con un juego. Y me di cuenta de que todo esto sería un juego medianamente bueno si fuera un juego: tenía elementos de película de espionaje, de cuento de hadas y de elige tu propia aventura. Una narrativa épica ramificada que no se ciñe a un único género ni a un camino determinado y que, a pesar de convertirse en diferentes historias, forma parte en su totalidad de la misma. Intento jugar con las cosas que pueden hacerse en un juego que no pueden hacerse en un libro. Intento abarcar más elementos para la historia; un libro está hecho de papel, pero una historia es un árbol.

Te encuentras con alguien en un bar. Lo sigues o no lo sigues.

Abres una puerta. O no la abres.

En cualquiera de los casos, la cuestión es qué sucede después.

Me está llevando una cantidad absurda de cuadernos, llenos de posibilidades, pero no estoy llegando a ningún lado.

Lo que ocurrió después en *Vida Real*™ es que encontré a Jocelyn Keating. En cierto modo.

Encontré a Simone Keating.

Hace meses le había pedido a mi amiga Preeti, que vive en Londres, si podía llevar a cabo una trabajo de investigación en la biblioteca acerca de la Fundación Keating. Luego no supe más de ella, así que supuse que no había encontrado nada. Pero ayer me envió un mensaje de texto diciéndome que había encontrado algunos datos y que si aún los quería.

Probablemente cree que estoy loca porque le di una dirección de correo electrónica completamente nueva e hice que me enviara un mensaje de texto en el instante en que envió todo para poder imprimirlo de inmediato y, luego, eliminar el correo. Le dije que ella también lo eliminara después de enviarlo. Espero que sea suficiente. Ya lo he dicho: estoy paranoica.

Parece que antiguamente había una sociedad de bibliotecas británica que no era una sociedad de bibliotecas «oficial». Se trataba en su mayoría de personas a las que no se les permitía el ingreso a las sociedades habituales. Había muchas señoras, aunque no todos los miembros lo fueran.

Parecen bastante radicales, aunque en plan cerebrito.

Todo apunta a que era una sociedad clandestina, por lo que no hay muchos registros. Pero una biblioteca privada de Londres tenía un par de archivos, alguien los había encontrado e intentó buscar más información para ver si había suficiente material para escribir un artículo o un libro o algo, aunque jamás resultó nada de todo ello.

Así que no hay un registro concreto de que fuera un grupo oficial, pero hay fragmentos de cuadernos y un par de fotografías. Imágenes descoloridas de color sepia, con personas luciendo increíbles sombreros y pañuelos Ascot, retratadas delante de hermosas estanterías, la clase que hay en jaulas donde todo parece valioso y elegante, y muy posiblemente oculte algún pasadizo secreto.

Los fragmentos del cuaderno no son muy legibles, y estoy leyendo copias escaneadas, pero esto es lo que he podido descifrar:

> *… puertas catalogadas en tres ciudades más. A. no ha reportado todavía desde Edo. Aguardando una respuesta. Perdí el contacto con…*
> *… sospecha que estamos entre reencarnaciones. Ejercitamos la paciencia como nuestros predecesores hicieron antes de nosotros y como tememos que muchos de nuestros sucesores continuarán haciendo. Haremos lo posible por desarrollar lo que hemos puesto en marcha.*
> *… estuve más tiempo abajo. La habitación se encuentra completa y se cree que ya es funcional. Todo depende ahora de la fe. Se ha debatido acerca de dispersar los archivos por motivos de seguridad. J. ha trasladado muchos de los documentos a la cabaña…*

Eso es todo. El resto está demasiado borroso para leerlo o son solo números parciales. No sé lo que significan. Sería más fácil si las sociedades secretas no fueran tan herméticas. Hay algo más, todos fragmentos acerca de seis puertas y un sitio en algún otro lugar que existe «fuera del tiempo» y la reencarnación final, y, vaya, tiene alguna similitud con el culto de Gozer.

Luego están las fotografías.

En una hay una mujer rubia sentada ante un escritorio, no mira a la cámara. La cabeza gacha, el cabello recogido, lee un libro. Lleva un collar que podría tener forma de corazón. No lo distingo bien. Tampoco sabría decir cuál es su edad.

La parte trasera dice *Simone K.* Hay una fecha, pero está tan borrosa que apenas distingo el 1 y el 8 a los que quizá les siga un 6 o un 5, no sé. Preeti dijo que no tenían ninguna otra etiqueta, pero supuso que podrían ser de la década de 1860. Los fragmentos del diario no pueden ser de mucho después, o lo habrían llamado Tokio en lugar de Edo.

También hay una fotografía del grupo. Trece personas delante de estanterías, algunas de pie y otras sentadas. Todas parecen que preferirían estar leyendo. Está superborrosa. Sé que para las viejas fotografías las personas debían permanecer quietas durante un lapso absurdo de tiempo, pero este grupo parece particularmente inquieto. Una de las damas fuma una pipa. Nadie está enfocado, y la foto está dañada por el agua a lo largo del borde superior y en un lateral.

Pero uno de los nombres escritos a mano en la parte de atrás dice *J. S. Keating*. Es decir, se pueden leer la *J* y la *S*, y podría ser una *K* o una *H* y la sílaba *ing*.

Si los nombres están en orden, se trata de la mujer rubia de pie en el segundo lugar desde la derecha, que se ha dado la vuelta para decir algo o escuchar al tipo en el extremo, que casi ha desaparecido por los daños del agua. No distingo su nombre completo en la parte de atrás, pero empieza con una *A*.

La mujer es la misma que está en la foto de Simone.

Debajo de la lista de nombres dice: *reunión de las lechuzas*.

EL HIJO DE LA VIDENTE rema en un bote cruzando un océano hecho de papel. La estructura que se alza sobre la orilla a sus espaldas parece ahora un castillo real. Una luz resplandece en una ventana superior. La sombra de un dragón se enrosca alrededor de la torre más elevada.

Los remos se hunden dentro del confeti y las serpentinas haciéndolas rielar con el movimiento y despedir resplandores acuáticos verde azulados, aunque aquí no hay un cielo que refleje esos colores.

Zachary mira el espacio donde debería estar el cielo, preguntándose si en algún lugar allá arriba alguien está cambiando este universo.

Si está moviendo una pequeña embarcación para cruzar un océano. No debe parecer gran cosa desde tal distancia. Un desplazamiento minúsculo dentro de una escena mucho más grande.

Parece mucho más grande desde aquí abajo en mitad del océano.

Tarda mucho más tiempo de lo que esperaba en alcanzar la ciudad al otro lado del mar.

Hay muchas luces a lo largo del horizonte, pero Zachary rema hacia la más brillante.

Al acercarse distingue un faro.

Al acercarse aún más advierte que el faro se ha imaginado a partir de una botella de vino con una vela que arde en el cuello.

Al observar la forma de la ciudad cristalizarse en edificios y torres rodeados de montañas pintadas y luego convertirse en los objetos a partir de los cuales han sido construidos, advierte que son lo contrario del castillo y su dragón.

El confeti alrededor del bote lo impulsa hacia la orilla.

Zachary arrastra el bote hacia la playa para que el mar no pueda volver a llevárselo.

Esta costa está cubierta de arena, cada grano de un tamaño enorme. Pero es solo una capa de polvo. Por debajo hay una superficie sólida. Despeja la arena de un sector cerca del bote y descubre la superficie reluciente de caoba del escritorio sobre el cual se apoya esta parte del mundo. Su barniz está rayado por partículas de arena y el paso del tiempo.

Se aleja caminando de la playa hacia un césped de papel color verde. Ahora sabe dónde está, incluso si no comprende por qué está aquí. Camina internándose aún más en el universo de muñecas que había anhelado ver, aunque jamás imaginó que lo vería desde esta perspectiva.

A lo largo de la playa hay barrancos y cuevas y cofres de tesoros y mucho más para explorar, pero Zachary sabe a dónde se dirige. Camina tierra adentro, haciendo crujir el césped de papel bajo sus pies desnudos.

Pasa delante de la ruina de un templo que se ha venido abajo y de una posada cubierta de nieve. Los copos de nieve de papel se encuentran esparcidos sobre el verdor del césped.

Cruza un puente tapizado de llaves y un prado lleno de flores de hojas de papel arrancadas de libros. No se detiene para leerlas.

Algunas partes del mundo dejan al descubierto lo que realmente son: papel y botones y botellas de vino. Otras son imitaciones perfectas en miniatura.

Desde lejos parecen lo que quieren representar, pero a medida que se acerca las texturas están equivocadas; exudan artificialidad.

Una granja está rodeada de bolas de algodón que simulan ser ovejas.

Por encima, pájaros de papel plegado revolotean colgados de cordeles. No vuelan, sino que cuelgan.

A medida que Zachary continúa caminando, cada vez hay más edificios. Serpentea a través de las calles al tiempo que el espacio se convierte en una ciudad llena de edificios elevados de cartón llenos de ventanas espaciadas. Pasa delante de un hotel y cruza un callejón bordeado de farolas y banderines, decorado para un festival inexistente.

La ciudad se convierte en un pueblo más pequeño. Camina por una calle principal bordeada de edificios. Tiendas y restaurantes y bares. Una oficina de correos y una taberna y una biblioteca.

Algunos de los edificios se han derrumbado. Otros se han reconstruido con cinta adhesiva y pegamento. Embellecidos y ampliados y vacíos, incluso los que tienen figuras colocadas dentro, con la mirada perdida dirigida fuera de las ventanas o hacia las copas de vino.

Esta es la idea de un mundo sin nada que le insufle vida.

Los fragmentos sin la historia.

No es real.

El vacío en el pecho de Zachary anhela algo real.

Pasa por delante de una muñeca solitaria con un traje a medida cosido con puntadas demasiado grandes, arrojada boca abajo en mitad de la calle.

Intenta levantarla, pero la porcelana se fractura, rompiendo el brazo de la muñeca, así que la deja donde está y sigue su camino.

En la cima de una colina, dominando la ciudad, hay una casa.

Tiene un gran porche delantero y una multitud de ventanas vestidas de ámbar. Sobre el tejado hay una plataforma de observación que podría ofrecer una vista del mar. Alguien pudo haberlo visto acercándose desde allí, pero el balcón está vacío en este momento.

Parece más real que el resto del mundo.

El mundo que ha sido construido a su alrededor con papel y pegamento y objetos encontrados.

Advierte las bisagras en el costado de la casa de muñecas; la cerradura mantiene la fachada en su lugar.

Las farolas a ambos lados de la puerta se encuentran encendidas.

Zachary se dirige a las escaleras que conducen al porche delantero de la casa de muñecas.

Se oye un rumor sordo. Un zumbido.

La puerta está abierta.

Lo están esperando.

Un letrero cuelga encima de la puerta.

Conócete a ti mismo y aprende a sufrir, dice.

El zumbido se vuelve más intenso. Se multiplica y cambia y parlotea y luego se convierte en palabras.

Holaholaholaholaholahola.

Hola señor Rawlins por fin ha llegado holahola.

Hola.

Fragmento del diario secreto de Katrina Hawkins

Esta vez ha pasado demasiado tiempo, cuaderno. Releo algunos fragmentos porque no recuerdo lo último que escribí.

Es raro no poder recordar tus propios pensamientos, incluso cuando los escribiste tú misma. A veces es como si la Kat anterior fuera una persona con la que me crucé en la calle.

Jamás pude averiguar nada más acerca de Jocelyn Keating. Aún no recuerdo dónde escuché nombrar al Rey Lechuza; aún no sé para qué sirve la llave. Cada cierto tiempo veo a alguien observándome en la biblioteca y entro en pánico, lo cual me divierte mucho.

Me cuesta dormir.

Y Z sigue sin aparecer.

Ya ha pasado más de un año.

Intercambié una gran cantidad de mensajes con la madre de Z y ahora tengo todas sus cosas, retiradas del trastero de la universidad y dentro de cajas en mi apartamento. A menudo le digo a su madre que puedo llevárselas, pero ella insiste en que espere hasta después de graduarme en mayo. ¿Quién soy yo para discutirle a una vidente? Además, Z tiene un excelente gusto para los libros, así que ahora estoy bien surtida en material de lectura.

He dejado de hablar con la gente. Sé que debería hacerlo, pero resulta difícil. Estuve saliendo algún tiempo con un tipo que trabaja de barista en el Sustantivo Adjetivo, y era agradable, pero dejé que terminara. Una vez no le respondí un mensaje de texto y jamás se volvió a comunicar conmigo. Ahora, cada vez que voy allí, se comporta conmigo de un modo agradable como un barista cualquiera. Pero es raro, como si hubiera imaginado todo lo que sucedió y no hubiera sucedido de verdad.

Es como la fotografía. No escribí sobre aquel asunto, pero hace algunos meses encontré una foto en Internet de aquella fiesta benéfica de las máscaras. Era una galería de imágenes, y una de ellas era una mujer con un largo vestido blanco que llevaba una corona, acompañada de un tipo con un traje. Parecía que acababan de dejar de bailar o estaban a punto de hacerlo. Me dio la impresión de que se conocían. Ninguno de los dos miraba a la cámara. Ella tenía la mano sobre el corazón de él.

No reconocí a la mujer, pero el tipo era Z. Había un destello de la lente, y ella aparecía enfocada con mayor nitidez, pero sin duda era él. Llevaba mi máscara.

No había pie de foto.

Cuando intenté cargar una imagen más grande para guardar el archivo, me apareció el mensaje de error de Página No Encontrada. Volví a revisar las galerías una y otra vez, pero había desaparecido.

Puedo verla en mi cabeza. Pero últimamente nunca estoy segura de no haberla imaginado. Algo así como haber visto lo que quería ver.

Poco después eliminé todas mis redes sociales. Cerré mi blog. También dejé de hornear, salvo por experimentos fallidos preparando hojaldre sin gluten.

Pero he estado intentando mantenerme ocupada.

Mis Cuadernos de Infinitas Posibilidades se convirtieron en mi tesis de graduación y, posiblemente, en más que eso, así que he venido a Manhattan para una reunión (sigo aquí, vuelvo a Vermont mañana) y el segundo día que llegué recibí un mensaje de texto de un número desconocido.

Hola, Kat. Esquina nordeste de Union Square. 01:00 p. m.

Debajo había un emoji de una abeja, un emoji de una llave y un emoji de una espada.

Fui, porque por supuesto que fui.

El mercado de agricultores estaba instalado en Union Square así que el sitio era un hervidero de gente, y me llevó un rato encontrar un lugar para pararme y no sabía lo que se suponía que debía estar buscando, así que di por hecho que alguien me estaba buscando. Claro, seguir instrucciones de un texto anónimo era bastante poco fiable, pero estar en plena esquina de una calle muy concurrida parecía lo bastante seguro y, bueno, da igual. Sentía curiosidad.

Estuve allí alrededor de tres minutos cuando mi móvil volvió a emitir un zumbido con otro mensaje de texto.

Alza la vista.

Alcé la vista. Me llevó un minuto, pero luego vi a la chica parada en una ventana superior del descomunal Barnes and Noble, mirándome, con una mano en alto como si estuviera a punto de agitarla, pero no la agitaba. Tenía un móvil en la otra mano sobre el que empezó a escribir una vez que me vio.

La reconocí. Había venido a mis cursos un par de veces en la época en que Z desapareció, pero luego no la había vuelto a ver hasta aquel enero. Era una tejedora. Me había ayudado a perfeccionar el bordado con puntadas doradas. También tuvimos una conversación genial acerca de las narrativas que se superponen, y el hecho de que ninguna historia individual sea jamás la historia completa. Sarah algo.

Estuvo allí, *entonces*, y ni siquiera había pensado en ella. Ni una sola vez.

La cabina que estaba a mi lado empezó a sonar. En serio. Ni siquiera creí que funcionaran; había empezado a ponerlos en la categoría de objetos nostálgicos del arte callejero.

Mi móvil emitió otro pitido, alertándome de otro mensaje de texto entrante. *Responde*. Volví a levantar la vista. Tenía dos móviles, uno pegado a la oreja y en el otro tecleaba mensajes de texto. Evidente. Nunca hay suficientes móviles.

La gente a mi alrededor empezó a mirarme con extrañeza; estaba parada demasiado cerca del teléfono para que cualquier otro lo respondiera.

Así que respondí.

—Me imagino que tu nombre no es Sarah —dije una vez que tuve el auricular contra la oreja.

—No lo es —respondió. Su voz me llegaba a través del teléfono un segundo después de que sus labios se movieran en la ventana. Hizo una larga pausa, pero permaneció al teléfono. Simplemente, nos quedamos paradas mirándonos. Ella esbozaba el asomo raro de una sonrisa triste.

—¿Hay algo que querías decirme? —pregunté cuando ya no pude soportar el silencio.

—Ella te pidió que te unieras a nosotros, y la rechazaste, ¿verdad?

No tuve que preguntar de quién o de qué estaba hablando.

—Decidí mantener mis opciones abiertas —respondí.

—Fuiste lista.

Sonaba amarga. Esperé a que dijera algo más. Alguien en una de las tiendas del mercado estaba vendiendo miel producida en los tejados de Manhattan y me distraje pensando en abejas de ciudad versus abejas del campo y preocupándome por si las abejas de Manhattan cuentan con suficientes flores.

—Yo quería pertenecer a algo, ¿sabes? —dijo la chica que no era Sarah. Pero no esperó a que respondiera—. Algo importante. Quería hacer algo que tuviera un propósito, algo… algo especial. La gerencia superior desmanteló toda la organización. Nos despidieron a todos. Nadie sabe qué pasó. Ahora no sé qué hacer.

—Eso es una mierda —dije, lo cual fue un poco cruel por mi parte, porque parecía verdad que había sido una mierda. Se lo tomó bastante bien.

—Sé que esto ha sido duro para ti —respondió—. No quería que estuvieras todo el tiempo nerviosa. Quería avisarte de que ya nadie te vigila.

—Tú lo hiciste.

Encogió los hombros.

—¿Qué sucedió con el sitio que supuestamente debías proteger? —pregunté.

—No lo sé. Jamás he estado allí. Quizá haya desaparecido. Ni siquiera sé si existe.

—¿Por qué no lo buscas? —le pregunté.

—Porque firmé un acuerdo que especificaba que si lo hacía, podían liquidarme, literalmente. Me aseguraron que aquella cláusula seguía intacta cuando me sobornaron y me dieron una nueva identidad. Si supieran que he estado hablando contigo, me matarían.

—¿Lo dices en serio? —pregunté, porque… *¿de verdad?*

—Todo lo que te he dicho es en serio —respondió—. Se plantearon eliminarte, pero decidieron que era demasiado arriesgado, no fuera a ser que resultara en más personas investigando el caso Rawlins.

—¿Dónde está Zachary? —pregunté, y luego me hubiera gustado no hacerlo en caso de que fuera a confirmar que estaba muerto. Porque no importa lo que piense, me he acostumbrado a ese pequeño rayo de esperanza que brilla en medio del desconocimiento.

—No lo sé —dijo, más veloz y con un poco de pánico. Miró por encima del hombro—. Y-yo… no lo sé. Sí sé que ya ha acabado todo. Creí que debías saberlo.

Creo que quería que le diera las gracias. No lo hice.

—¿Quién es el Rey Lechuza? —pregunté.

Y me colgó.

Se dio la vuelta alejándose de la ventana y adentrándose en la librería.

Sabía que no podría encontrarla. Es muy fácil desaparecer en una librería de cinco pisos en mitad de Manhattan.

Volví a marcar el número, pero decía «Llamada fallida».

No sé cómo empezar a buscar un sitio que quizá ni siquiera exista.

El hijo de la vidente está de pie en el umbral de la puerta de una casa de muñecas a escala real, llena de masas de cera hexagonal de proporciones épicas. Sus ocupantes son abejas del tamaño de gatos. El enjambre se arrastra escaleras abajo, por las ventanas y el techo, sobre los sillones, los sofás y las arañas.

Por todos lados, emiten un zumbido, extasiadas con su llegada.

Hola hola señor Rawlins gracias por visitarnos hace mucho tiempo que nadie nos visita hemos estado esperando.

—¿Hola? —responde Zachary. Su intención no era que sonara tanto como una pregunta, pero es una pregunta, no tiene más que preguntas al entrar en la casa de muñecas. En cuanto pone un pie en el vestíbulo de entrada, sus pies se hunden en la miel que recubre el suelo.

Hola señor Rawlins holaholahola.

Las enormes abejas se desplazan de un lado a otro de las habitaciones revestidas de miel, subiendo y bajando las escaleras, revoloteando de una habitación a la siguiente, ocupándose de su tarea, cualquiera sea.

—¿Cómo… cómo conocéis mi nombre?

Se nos ha dicho muchas veces señor Zachary Ezra Rawlins señor.

—¿Qué es esto? —pregunta. Se adentra en el interior de la casa; cada paso es lento y pegajoso.

Esta es una casa de muñecas una casa para muñecas una casa para conservar la historia no cabe entera en la casa la mayoría de las historias no caben la mayoría de las historias son más grandes esta es muy grande.

—¿Por qué estoy aquí?

Está aquí porque está muerto así que ahora está aquí entre lugares también porque usted es la llave ella dijo que nos enviaría una llave cuando fuera la hora de terminar una llave para guardar la historia cuando acabara y aquí está usted.

Zachary baja la mirada a la cicatriz con forma de llave que tiene en el pecho.

—¿Quién os contó eso? —pregunta, aunque lo sabe.

La escultora de historias, responden zumbando. No era lo que Zachary esperaba oír. *La que esculpe la historia a veces está en la historia a veces no a veces es un grupo de fragmentos a veces es una persona hace mucho tiempo nos dijo que usted vendría hemos estado esperándolo durante mucho tiempo señor Rawlins.*

—¿A mí?

Sí señor Rawlins nos ha traído la historia aquí gracias gracias la historia no ha estado aquí dentro en mucho tiempo no podemos guardar con llave una historia del Puerto que se ha alejado tanto de nosotros generalmente subimos subimos subimos y esta vez bajamos bajamos bajamos vinimos aquí para esperar y ahora estamos aquí con la historia ¿le gustaría una taza de té?

—No, gracias —responde. Escudriña el reloj de pie que chorrea miel en el vestíbulo. Su cara representa una lechuza y un gato en un pequeño bote; sus agujas detenidas en la cera un minuto antes de la medianoche—. ¿Cómo salgo de aquí?

No hay forma de salir solo forma de entrar.

—Entonces, ¿qué sucede después?

No hay después no aquí este es el fin ¿no sabe lo que significa el fin?

—Sé lo que significa el fin —dice. La calma que sentía antes ha desaparecido; en su lugar siente una agitación bulliciosa, y no sabe si proviene de las abejas mismas o de algún otro sitio.

Se encuentra bien señor Rawlins qué le sucede debería estar feliz le gusta esta historia nosotros le gustamos usted es nuestra llave usted es nuestro amigo usted nos quiere eso fue lo que dijo.

—No lo dije.

Lo dijo lo dijo nosotros le dimos cupcakes.

Zachary recuerda haber puesto por escrito su eterna devoción en un papel con una pluma estilográfica que envió abajo en un montaplatos. Eso parece haber sucedido hace mucho y en un sitio muy remoto.

—Vosotras sois la Cocina —dice, y cae en la cuenta de que ya ha tenido varias conversaciones con las abejas, aunque parecen ser más articuladas por escrito.

En aquel sitio somos la Cocina pero aquí somos nosotras mismas.

—Vosotras sois abejas.

Nos gustan las abejas. ¿Le apetece un refresco? Podemos convertir la miel en cualquier cosa cualquier cosa cualquier cosa que se pueda imaginar somos muy buenas haciéndolo contamos con mucha práctica podemos darle la idea de un cupcake y tendría un sabor muy real exactamente igual a un pastel real pero más pequeño. ¿Le gustaría un cupcake?

—No.

¿Le gustarían dos cupcakes?

—No —repite con más énfasis.

Sabemos sabemos que le gustaría un coctel y un cupcake sí sí aquello sería mejor.

Antes de que pueda responder, una abeja lo conduce hacia una pequeña mesa sobre la cual se encuentra una copa de cristal esmerilado llena de un líquido amarillo brillante y un pequeño cupcake decorado con una abeja mucho más pequeña.

Por curiosidad, Zachary levanta la copa y bebe un pequeño sorbo, esperando que sepa a miel, y sabe a miel, aunque también sabe familiarmente a ginebra y limón. Un Rodillas de Abeja. Por supuesto.

Zachary vuelve a apoyar la copa sobre la mesa.

Suspira y se adentra aún más en la casa. Algunas abejas lo siguen, farfullando algo más acerca del pastel. Casi todos los muebles están recubiertos de miel, pero hay algunos sectores que permanecen intactos. Al caminar, sus pies desnudos se hunden en las alfombras embebidas de miel.

Detrás del vestíbulo de entrada hay una sala, un estudio y una biblioteca.

Sobre la mesa de la biblioteca hay una casa de muñecas. Una diferente de la estructura victoriana dentro de la cual se encuentra Zachary en este momento. Se trata de un edificio en miniatura compuesto de diminutos ladrillos y múltiples ventanas. Parece una escuela o quizá una biblioteca de las que son públicas. Mira por una de las ventanas, y no hay ni muñecas ni muebles. Pero hay cuadros pintados sobre las paredes interiores.

Un charco de miel rodea el edificio como un foso.

—¿Se supone que esto es el Mar sin Estrellas? —les pregunta a las abejas.

Esa es la próxima historia esta está finalizando ahora la llave ha llegado para cerrarla y plegarla y guardarla para que otros la lean o la cuenten o permanezca guardada no sabemos qué sucederá cuando termine pero nos alegra compartirla con alguien no siempre podemos compartir los finales con alguien.

—No lo entiendo.

*Usted es la llave usted ha traído el final es hora de guardarla bajo llave y de-
cirle adiós buenas noches hasta siempre hace mucho tiempo que lo esperamos señor
Rawlins no sabíamos que usted sería la llave no siempre podemos ver las llaves por
lo que son a veces cuando las conocemos nos sorprenden hola sorpresa.*

Zachary sigue caminando a través de la casa; entra a un comedor formal
dispuesto para una cena imaginaria. Sobre un aparador hay un pastel, del cual
falta un solo trozo, aunque han rellenado el hueco sin pastel con masa de cera
hexagonal.

Deambula a través de la despensa del mayordomo, que conduce a la cocina, un espacio destinado para la vida que actualmente solo ocupan las abejas y
un hombre muerto.

Al fondo de la casa hay una terraza, sus extensas ventanas empañadas de
miel. Allí encuentra una muñeca solitaria. Una muñeca de porcelana pintada;
agrietada pero no rota. Está sentada en una silla; sus piernas no se doblan bien,
y mira por la ventana, como esperando que llegue alguien, alguien colándose
a hurtadillas en el jardín trasero.

Tiene un libro en la mano. Zachary se lo quita de sus manos, pero no es
un libro real. Es un trozo de madera que hace las veces de libro; no puede
abrirse.

Mira por la ventana cubierta de miel. La frota con la palma de la mano
para que quede lo más transparente posible y echa un vistazo al jardín, la ciudad y el mar de papel. Hay tantas historias dentro de la historia, y ahora está
aquí al final de todas ellas.

—Esta historia aún no puede terminar —les dice a las abejas.

*Por qué señor Rawlins por qué no es hora de que termine ahora la historia se
terminó la llave está aquí es hora.*

—El Destino aún me debe un baile.

La afirmación es acogida con un zumbido indiscernible hasta que se convierte en palabras.

*Oh oh oh mmm no sabemos por qué hizo eso no siempre entendemos su
modo de proceder quisiera hablar con ella señor Rawlins señor podemos cons-
truirle un sitio para hablar con la escultora de historias un lugar dentro de la
historia donde pueda hablar con ella y ella pueda hablar con usted nosotras no
podemos hablar con ella porque no está muerta en este momento pero podemos
construir un sitio para hablar o bailar somos buenos construyendo sitios para la*

historia no queda mucho tiempo no durará mucho pero podríamos hacerlo si
usted quisiera ¿le gustaría?

—Sí, me gustaría que lo hicieran, gracias —responde Zachary. Continúa mirando fijamente por la ventana y ve el mundo mientras aguarda, con la idea de un libro sin terminar entre las manos.

Las abejas empiezan a construir la historia de un sitio dentro de este sitio.

Una habitación nueva dentro de la casa de muñecas.

Trabajan emitiendo un zumbido.

Fragmento del diario secreto de Katrina Hawkins

He recordado dónde había oído hablar del Rey Lechuza.

No sé por qué he tardado tanto tiempo.

Hace un par de años asistí a una fiesta, quizá algunos meses antes de que Z desapareciera. No lo recuerdo. Creo que fue en verano. Debió de ser en verano porque recuerdo la humedad y los mosquitos y el calor del atardecer. Era una de aquellas fiestas en casa del amigo de un amigo. Si me hubieran preguntado después, no habría podido reconocer la casa o al amigo del amigo en una rueda de reconocimiento, porque todas las casas parecen una combinación de color azul, gris y marrón cuando están a la luz, y en ciertas calles todas parecen iguales y se mezclan unas con otras, y a veces también sucede con los amigos de los amigos.

Esta casa tenía en el jardín trasero esas guirnaldas de luces. Esas que son más toscas, con bombillas de verdad, que parecen prestadas por un café francés.

Estaba tomando el aire o algo, no recuerdo bien por qué estaba fuera. Me acuerdo de estar en el jardín mirando el cielo, intentando recordar las constelaciones, aunque solo reconozco a Orión.

Estaba sola. Quizá había demasiada humedad, o demasiados insectos, o era lo bastante tarde como para que ya no quedara mucha gente y todo el mundo estaba dentro. Estaba sentada ante una mesa de picnic que era demasiado grande para el tamaño del jardín, observando el universo.

De pronto, una chica, no, en realidad, una señora. Una mujer. Lo que sea. La mujer salió y me ofreció una bebida. Imaginé que era una estudiante de posgrado, o una profesora auxiliar, o la compañera de habitación de alguien, o algo, pero no adivinaba su edad. Era mayor que yo. Pero no por mucho.

Qué curioso cómo funciona esto. El hecho de que durante tanto tiempo un solo año de diferencia importe, y luego, después de cierto punto, un año resulte irrelevante.

Me ofreció un vaso de plástico opaco idéntico al que había abandonado dentro, pero uno que tenía un whisky de mejor calidad, con hielo.

Lo acepté porque mi sentido estético se siente enormemente atraído por mujeres misteriosas que ofrecen whisky bajo las estrellas.

Se sentó junto a mí y me dijo que, si hubiéramos estado en una película o en una novela, habríamos sido las personas a las que la trama sigue fuera de la fiesta. Estábamos donde estaba la historia, la historia que podía seguirse como un hilo, y no como todas las historias superpuestas de la fiesta que estaban dentro de la casa, enredadas con demasiados dramas embebidos en alcohol barato y metidas a presión dentro de habitaciones que resultaban insuficientes.

Recuerdo que hablamos acerca de las historias, de cómo funcionan y no funcionan, y de lo lenta y lo rara que puede parecer la vida cuando esperas que se parezca más a una historia, suprimiendo todas las partes aburridas y las cosas de todos los días. El tipo de conversación que solíamos tener Z y yo.

Hablamos de cuentos de hadas, y ella me contó uno que jamás había escuchado, a pesar de que conozco muchos cuentos de hadas.

Se trataba de un reino oculto. Era como un santuario, y nadie sabía dónde se encontraba exactamente, pero cuando una persona lo necesitaba terminaba encontrándolo. Convocaba a la gente en sueños o cantaba canciones de sirenas. Enseguida, una persona encontraba una puerta mágica, o un portal, o lo que fuera. No siempre, pero a veces. Había que creer, o necesitarlo, o, me imagino que simplemente tener suerte.

Hizo que me acordara de Rivendell, un sitio tranquilo y alejado para terminar de escribir un libro, pero aquel reino oculto se encontraba bajo tierra y, si mal no recuerdo, tenía un puerto de mar. Probablemente lo tuviera porque estaba sobre algo llamado el Mar sin Estrellas, y sé que no estoy equivocándome respecto a esa parte porque era definitivamente un lugar bajo tierra; de ahí, la ausencia de estrellas. Salvo que toda esa parte haya sido una metáfora. No lo sé.

Recuerdo el espacio más que la historia que lo acompañaba, pero creo que el relato tenía que ver con un reino oculto que se erigía como un espacio temporal, y que estaba destinado a desaparecer porque es común que los reinos de hadas desaparezcan, y el lugar tenía un principio, un medio y avanzaba hacia un fin, pero luego quedó empantanado. Creo que tal vez volvió a empezar un montón de veces, pero no lo recuerdo.

Y algunas partes de la historia se estancaron fuera del espacio de la historia, y otras perdieron el rumbo. Alguien estaba intentando impedir que la historia llegara a su fin. Eso creo.

Pero la historia deseaba un fin.

Los finales son lo que dan sentido a las historias.

No sé si creo en eso. Creo que toda historia tiene un sentido, aunque también creo que para tener una historia completa con forma de historia, hace falta algún tipo de conclusión. Es decir, ni siquiera tiene que ser una conclusión, pero sí un sitio adecuado para abandonarla. Un adiós.

Creo que las mejores historias son las que dan la sensación de que siguen avanzando hacia algún lugar por fuera del espacio de la historia.

Recuerdo que me pregunté si esta historia era una analogía con las personas que permanecen estancadas en lugares, en relaciones o en cualquier tipo de situación más de lo debido porque tienen miedo de soltarse, o de seguir adelante, o de lo desconocido. O con las personas que se aferran a las cosas porque extrañan lo que esa cosa era, incluso si ya no es lo que esa misma cosa es ahora.

O quizá fue lo que yo interpreté. Quizá otra persona oye la misma historia y ve algo diferente.

De cualquier manera, mantenían vivo este reino oculto de ese modo mágico que existe en los cuentos de hadas, y así como cantaba para atraer a las personas que necesitaban encontrarlo para refugiarse en él, empezó a emitir susurros para que fuera alguien y lo destruyera. El espacio encontró sus propias lagunas y realizó sus propios hechizos para poder conseguir un final.

—¿Funcionó? —recuerdo haber preguntado, porque en ese punto dejó de contar la historia.

—Todavía no —dijo—. Pero algún día, sí.

Después de eso cambiamos de tema, pero eso no era todo. La historia tenía todo un elenco de personajes y parecía un cuento de hadas de verdad. Creo que había un caballero. Y creo que estaba triste. O había dos, y uno tenía el corazón roto. Y además había una especie de Perséfone que iba y venía, y un rey, y en ese momento me acordé de que el rey era un pájaro, aunque me había olvidado del tipo de pájaro. Pero ahora juro que era una lechuza. Creo que era una lechuza. Me parece.

Pero me he olvidado de lo que significa, de lo que significaba en la historia.

Qué raro, ahora la recuerdo tan bien. Recuerdo las luces, y las estrellas, y el vaso de plástico opaco en la mano, y el hielo que se derretía y diluía mi whisky, y aquella fragancia de hierba mezclada con incienso que salía de la casa. Y finalmente encontré a Orión, y dos coches diferentes pasaron tocando aquella canción que aquel verano sonaba en todos lados, pero no recuerdo toda la historia, no con precisión, porque en el momento en que me la contaban, la historia no parecía tan importante como quien la narraba o como las estrellas. Parecía otra cosa. No algo a lo que uno se pudiera aferrar como un vaso de plástico opaco o la mano de otro.

Y aún dudo que la recuerde tal como me la contó. Ya no estoy segura. Por lo menos, estoy bastante segura de que la recuerdo a ella.

Me acuerdo de que nos reímos un montón y también de que yo había estado enfadada o triste por algo antes de que empezáramos a hablar, y después ya no.

Me acuerdo de que sentí deseos de besarla, pero tampoco quería arruinarlo, y no quería ser la chica borracha que besa a todo el mundo en la fiesta, aunque ya había sido aquella chica antes.

Me acuerdo de haber deseado pedirle su número de teléfono, pero no lo hice o, si lo hice, lo perdí.

Lo que sí sé es que jamás la volví a ver. Lo habría recordado. Era sexy.

Tenía el cabello rosa.

EL HIJO DE LA VIDENTE se dirige escaleras abajo guiado por las abejas gigantes, dentro de una casa de muñecas, al sitio donde habría un sótano, aunque ahora, en lugar de un sótano, hay una extensa sala de baile hecha de masa de cera hexagonal, reluciente, dorada y hermosa.

Está listo señor Rawlins no queda mucho tiempo pero aquí tiene aquí está el sitio que usted quería el lugar donde se baila y se habla la escultora de historias lo espera dentro salúdela de nuestra parte por favor gracias.

El zumbido queda silenciado, ahogado por la música. Zachary desciende las escaleras a la sala de baile. Suena una melodía de jazz que reconoce pero no puede nombrar.

La sala está atestada de fantasmas que bailan. Figuras transparentes vestidas atemporalmente de etiqueta, que llevan máscaras creadas con brillos y miel. Giran luminosas sobre el suelo encerado, embaldosado con hexágonos.

Es la idea de una fiesta construida por abejas. No parece real, pero sí le resulta conocida.

A medida que camina, los bailarines se apartan para que pase. Entonces, la distingue al otro lado del salón. Sólida, real y *en este lugar*.

Mirabel tiene exactamente el mismo aspecto que la primera vez que la vio, vestida como la reina de los monstruos, aunque su cabello tiene el color rosado que le es propio bajo la corona, y su vestido es mucho más hermoso: los pliegues blancos de la tela, bordados en hilos blancos, con ilustraciones apenas visibles de bosques, ciudades y cavernas surcadas con miel y copos de nieve.

Parece un cuento de hadas.

Cuando llega a su lado, le ofrece la mano, y Zachary la acepta.

Estando aquí, en un salón de baile de cera y oro, Zachary Ezra Rawlins empieza su último baile con el Destino.

—¿Todo esto está en mi cabeza? —pregunta mientras giran entre la dorada multitud—. ¿Me lo estoy inventando?

—Si fuera así, cualquier respuesta que te diera también sería inventada, ¿no crees? —responde Mirabel.

Zachary carece de una buena respuesta para esa observación en particular.

—Sabías que aquello sucedería —dice—. Tú hiciste que esto ocurriera.

—Estás equivocado. Te di puertas. Fuiste tú quien elegiste si las abrías o no. Yo no soy quien escribe la historia; tan solo oriento en direcciones diferentes.

—Porque eres la escultora de historias.

—Solo soy una chica que busca una llave, Ezra.

La música cambia, y Mirabel lo hace girar. Los fantasmas refulgentes giran a su alrededor.

—No recuerdo todas las veces que he muerto —continúa Mirabel—. Recuerdo algunas vidas con perfecta claridad y otras que se desvanecen mezclándose unas con otras. Pero recuerdo haberme ahogado en miel y, por un momento, abrumada de historias, lo vi todo. Vi mil Puertos y vi las estrellas y te vi a ti y a mí aquí y ahora al final de todo ello, pero no sabía cómo llegaríamos aquí. Tú pediste verme, ¿verdad? En realidad, no puedo estar aquí, pues no he muerto.

—Pero tú eres… ¿no deberías estar donde quieres estar?

—En realidad, no. Soy un recipiente. Esta vez, uno inmortal, pero recipiente al fin y al cabo. Quizá esté volviendo a ser lo que ya fui anteriormente. Quizá ahora sea algo nuevo. Quizá ahora sea solo yo misma. No lo sé. Tan pronto como aparece una verdad incuestionable, el mito desaparece.

Bailan en silencio un instante mientras Zachary piensa en la verdad y el mito; las otras parejas giran a su alrededor.

—Gracias por encontrar a Simon —dice Mirabel tras una pausa—. Lo enviaste de nuevo por su camino.

—No lo hice…

—Lo hiciste. Seguiría ocultándose dentro de templos si no lo hubieras traído de vuelta a la historia. Ahora está donde necesita estar. Es algo así como haber sido encontrado. Todo eso fue imprevisto. Planearon tanto para que me concibieran fuera del tiempo, pero nadie se detuvo a pensar jamás en lo que les sucedería a mis padres después de ello, y luego todo se complicó. No puedes acabar una historia cuando hay partes que siguen dando vueltas, perdidas en el tiempo.

—Es por eso que Allegra quería que el libro siguiera perdido, ¿verdad? Y también Simon y su mano.

Zachary echa un vistazo a otra pareja con el rabillo del ojo. Por un instante parece que al hombre que irradia luz a su lado, con la chaqueta similar a la suya, le falta la mano izquierda. Pero luego la luz le da de lleno, y advierte que, aunque es transparente, la sigue conservando.

—Allegra vio el final —dice Mirabel—. Vio el futuro acercándose sobre sus alas e hizo todo lo que se le ocurrió para impedirlo, incluso aquello que no quería hacer. Deseaba preservar el presente y mantener su amado Puerto como estaba, pero todo se enredó y se abrevió. La historia siguió desvaneciéndose, y las abejas terminaron descendiendo al sitio donde empezaron. Siguieron la historia durante mucho tiempo a través de Puerto tras Puerto, pero si las cosas no cambian las abejas dejan de prestar tanta atención. La historia tiene que acabar más cerca del mar para poder volver a encontrar a las abejas. Yo tenía que confiar en que algún día alguien seguiría la historia todo el camino hasta llegar abajo; que habría una historia para unir a todo lo demás.

—A propósito, las abejas mandan saludos —le dice Zachary—. ¿Y ahora qué sucede?

—Ahora no sé qué sucede —responde Mirabel—. De verdad, no lo sé —añade, en respuesta a su mirada—. He dedicado mucho tiempo a intentar llegar hasta aquí, y parecía un objetivo tan imposible que no pensé demasiado en lo que sucedería después. Este es un gesto bonito: volver a los inicios. No creí que tendríamos oportunidad de acabar nuestro baile. A veces los bailes se quedan sin terminar.

Zachary aún tiene miles de preguntas, pero en cambio atrae a Mirabel hacia sí y descansa su cabeza contra su cuello. Puede oír el tamborileo de sus latidos, lentos y regulares, al compás de la música.

Ya no hay nada, salvo este salón y esta mujer y esta historia. Siente el modo en que la historia se dispersa desde este punto, a través del espacio y el tiempo, y mucho más lejos de lo que jamás imaginó. Pero aquí está el corazón de esta historia, frenético y alborotado. Aquí y ahora.

Ha recuperado la calma. Se siente aliviado de tener a su Max de vuelta, y aunque sabe que ambos les pertenecen a otras personas, aún tienen este salón y este baile y este momento, e importa, quizá más que cualquiera de los demás.

Se oye un sonido vibrante por todos lados, más allá de los muros. Los fantasmas que bailan se desvanecen, uno tras otro, hasta que solo quedan dos.

—No sé si sabrás alguna vez la gratitud que siento hacia ti, Ezra —dice Mirabel—. Por todo.

La música se entrecorta, y el salón de baile empieza a sacudirse. Una de las paredes se resquebraja; la miel se filtra desde el subsuelo.

No queda mucho tiempo señor Rawlins señor obtuvo su baile la historia ha terminado realmente debemos marcharnos.

El zumbido de advertencia se oye por todos lados.

—Me lo perdí —dice Zachary—. Me perdí tantas cosas. —En realidad, no se refiere a la historia.

—Estás aquí para el final —responde Mirabel. No le proporciona ningún consuelo.

—¿Y ahora qué pasa? —pregunta él. De pronto, el *ahora* parece más importante que el *después*.

—Eso no depende de mí, Ezra. Como he dicho, no soy yo quien hace que las cosas sucedan. Solo soy la que ofrece oportunidades y puertas. Es otro quien debe abrirlas.

Mirabel extiende la mano y traza una línea con el dedo en la pared de masa de cera hexagonal, y luego otra y otra hasta que adquieren, en líneas generales, las dimensiones de una puerta.

Dibuja un picaporte y tira de él para abrirlo. Al otro lado hay un bosque iluminado por la luna, las ramas de cuyos árboles se hunden bajo el peso de las hojas. Las ondas de miel que chapotean alrededor de sus pies se arriman al césped, pero no traspasan la puerta.

—Adiós, Ezra —dice Mirabel—. Gracias.

Lo saluda con una reverencia. El final de un baile.

—De nada, Max.

Zachary se inclina a su vez delante de ella, sin darse prisa en volver a levantarse, esperando que haya desaparecido para cuando alce la mirada. En cambio, ella se ha incorporado y está justo delante de él. Lo besa, un roce breve y ligero de sus labios contra su mejilla, como un obsequio de despedida. Un momento robado antes de que llegue el fin, envuelto en miel y el sentido de lo inevitable. No es completamente dulce. Luego Mirabel se da la vuelta y sale caminando por la puerta.

La puerta se cierra tras ella y se disuelve fundiéndose con el muro de cera. Zachary se queda solo en un salón de baile vacío que se derrumba.

Es hora de irse señor Rawlins señor.

—¿Ir a dónde? —pregunta, pero el zumbido se ha detenido. La miel que se arremolina a sus pies se está elevando. Zachary se abre paso hasta las escaleras y sube a la casa de muñecas, con la miel en los talones.

De vuelta en la casa de muñecas, las abejas han desaparecido.

La muñeca de porcelana se ha esfumado de la terraza.

Zachary intenta abrir la puerta de entrada, pero está sellada con cera.

Sube las escaleras de la casa de muñecas, pasando delante de las habitaciones y los armarios desocupados de las muñecas, hasta que encuentra otro tramo de escaleras pegajosas por la miel que conducen a un desván lleno de recuerdos olvidados. Dentro del desván hay una escalera que conduce a una puerta en el tejado.

Zachary la empuja para abrirla y sube a la cima de la casa. Se pone de pie sobre la plataforma de observación y mira el mar. La miel sube burbujeando a través del confeti, y transforma el mar azul en dorado.

Las abejas pululan encima del tejado que está debajo. Emiten un zumbido dirigido a él en tanto empiezan a levantar vuelo y alejarse.

Adiós señor Rawlins gracias por ser la llave ha sido una buena llave y una persona amable le deseamos lo mejor en todos los empeños futuros.

—¿Qué empeños futuros? —les grita Zachary, pero estas no responden. Echan a volar perdiéndose en la oscuridad, dejando atrás maquetas de planetas y estrellas, dejándolo solo, sin otra compañía que el sonido del mar. En cuanto desaparece, echa de menos el zumbido.

Y ahora la marea está subiendo.

La miel pasa por encima del césped de papel y se mezcla con el mar. El faro cae abatido, y su luz se extingue. La miel arranca la orilla, derribando los edificios, con tesón e impaciencia.

Solo hay un mar ahora, que consume el universo.

El mar ha llegado a la casa. La cerradura de la casa de muñecas se rompe cuando las olas arremeten a través de la puerta abierta y suben las escaleras. La fachada cae desplomada, abriendo con un chasquido el interior de cera.

El bote de remos se encuentra a la deriva, no lo bastante cerca para que Zachary lo alcance, pero no tiene más opciones. El mundo se hunde.

No debería sentir que corre tanto peligro estando muerto.

La miel le llega a las rodillas.

Este es realmente el fin, piensa. No hay mundo bajo este mundo.

No hay nada que venga después de esto.

Cae en la cuenta de que esto es lo real justo en el momento en que la casa de muñecas se hunde bajo sus pies.

El fin ha llegado, y Zachary se resiste.

Estirándose sobre la barandilla, se lanza hacia el bote. Se resbala y cae dentro del mar de miel, y la miel lo acoge como un amor hace tiempo perdido.

Extiende la mano intentando aferrarse al borde del bote, pero tiene las manos demasiado resbaladizas por la miel para sostenerse.

El barco naufraga.

Este Mar sin Estrellas reclama a Zachary Ezra Rawlins para sí.

Lo hunde y se resiste a dejarlo salir a la superficie.

Zachary jadea en pos de una bocanada de aire que sus pulmones no requieren, y a su alrededor el mundo se rompe.

Y se abre.

Como un huevo.

RHYME SE ENCUENTRA sobre el escalón más elevado de un tramo de escaleras que solía descender a un salón de baile pero ahora conduce a un océano de miel.

Conoce esta historia. La conoce de memoria. Cada palabra, cada personaje, cada cambio. Este relato ha zumbado en sus oídos durante años, pero una cosa es escuchar y otra ver el hundimiento.

Se lo ha imaginado miles de veces, pero esta es diferente. El mar está más oscuro, las olas más encrespadas y espumeantes, aferrándose a la piedra, derribando libros, velas y muebles a su paso; páginas sueltas y botellas de vino vuelven a subir a la superficie antes de sucumbir a su destino.

La miel siempre se ha movido más lenta en la imaginación de Rhyme.

Es hora de irse. Se hace tarde, pero ella se queda parada, observando el flujo y reflujo de la marea hasta que la miel llega a sus pies. Solo entonces se da la vuelta, arrastrando el dobladillo pegajoso y pesado de su vestido para alejarse del mar.

El Mar sin Estrellas sigue a Rhyme mientras se abre paso serpenteando a través de habitaciones y salas, arrastrándose hacia sus talones mientras da esos últimos pasos, siendo la última testigo de este sitio.

Rhyme tararea para sí mientras camina, y el mar la oye. Se detiene ante un muro tallado con enredaderas, flores y abejas. No parece haber una puerta, pero ella saca un disco de metal del tamaño de una moneda de su bolsillo, coloca la abeja encima, dentro de la figura en relieve de una abeja, y la puerta de acceso al Archivo se abre para ella.

La miel la sigue sin despegarse de sus pies, formando charcos en la sala, extendiéndose a través de estanterías y anaqueles ocultos.

Rhyme pasa delante del sitio vacío en el estante donde habría estado *Dulces penas* si un conejo no lo hubiera sustraído hace mucho tiempo, y delante de otro espacio vacío de donde extrajo *La balada de Simon y Eleanor* de su lugar en el Archivo, hace relativamente poco.

Considera si darles a las personas fragmentos de sus propias historias es de alguna manera engañar al Destino o no y decide que probablemente al Destino lo tenga sin cuidado el asunto.

Dos volúmenes perdidos a lo largo de tanto tiempo no es algo grave, piensa, levantando la mirada a las estanterías. Hay miles: las historias de este sitio. Traducidas y transcritas por todo acólito que recorrió estos pasillos antes que ella. Encuadernados en volúmenes de un solo relato o combinando cuentos que se superponen.

Es difícil contener las historias de un lugar.

Ahora que lo piensa le resulta extraño y vacío. Puede oír el canturreo de historias pasadas, aunque apenas se oyen, ya que las historias siempre se calman una vez que han sido escritas, tanto si son historias pasadas o presentes o futuras.

Lo más extraño es la ausencia de las historias estridentes del futuro, las que resultan más extrañas. Sus oídos se llenan de una vibración de lo que sucederá en los siguientes minutos… tan débil, comparada con los relatos superpuestos unos encima de otros que oyó alguna vez… y luego nada. Entonces este sitio no tendrá más relatos para contar. Le llevó tanto tiempo aprender a descifrarlas y escribirlas para que guardaran algún tipo de parecido con el modo en que se revelan para sus oídos y su mente, y ahora prácticamente han desaparecido. Espera que quienquiera que haya escrito estos últimos momentos les haya hecho justicia. No los escribió ella misma, pero se da cuenta por el modo como vibran en sus oídos que ya los han registrado.

Rhyme recorre el Archivo una última vez, despidiéndose en silencio y dejando que las historias vibren a su alrededor antes de seguir escaleras arriba.

Deja abierta la puerta que comunica con el Archivo, para dejar que entre el mar.

El Mar sin Estrellas sigue a Rhyme escaleras arriba, a través de los pasillos y jardines, reclamando estatuas, recuerdos y una cantidad impresionante de libros.

Las luces eléctricas parpadean y se extinguen, sumiendo el espacio en la oscuridad, pero hay suficientes velas para que pueda seguir. Antes alumbró el camino, sabiendo que necesitaría de las llamas para iluminarlo.

La fragancia de cabello quemado va a su encuentro al llegar al Corazón. Cuando entra, no llama a la puerta que da a la oficina del Cuidador ni comenta nada acerca del corte corto de su cabello o de la maraña de trenzas que arden en la chimenea, cuyas perlas ensartadas se carbonizan y se transforman en cenizas.

Una perla por cada año que ha estado en este lugar.

Jamás se lo ha contado, pero no ha hecho falta. Rhyme conoce su historia. Las abejas se la han susurrado.

La túnica del Cuidador está doblada cuidadosamente sobre una silla, y ahora lleva un traje de tweed que ya se encontraba pasado de moda la última vez que alguien se lo puso, lo cual fue hace bastante tiempo. Está sentado ante su escritorio, escribiendo a la luz de la vela. Este hecho tranquiliza a Rhyme respecto a haberse retrasado tanto, pero siempre ha sabido que esperarían hasta el último momento para marcharse.

—¿Ya has sacado a todos los gatos? —pregunta el Cuidador sin levantar la mirada de su libreta.

Rhyme señala al gato naranja sobre el escritorio.

—Se resiste —admite el Cuidador—. Tendremos que llevarlo con nosotros.

Continúa escribiendo mientras Rhyme observa. Podría leer sus urgentes anotaciones si quisiera, pero sabe lo que son. Invocaciones y súplicas. Bendiciones, anhelos, deseos y advertencias.

Le escribe a Mirabel, como lo ha hecho siempre, como ha continuado haciendo a lo largo de los años en que ha estado con Zachary en las profundidades, escribiendo como si estuviera hablando con ella, como si pudiera oír cada palabra cuando la materializa sobre el papel, como si le susurrara al oído.

Rhyme se pregunta si sabe que Mirabel lo oye, siempre lo ha oído, siempre lo oirá a través de la distancia y las vidas y las miles de páginas dobladas.

Este momento no es donde termina nuestra historia, escribe. *Es solo donde cambia.*

El Cuidador deja a un lado la pluma y cierra la libreta.

Alza la mirada hacia Rhyme.

—Deberías cambiarte —dice, mirando sus vestimentas y sus zapatos empapados de miel.

Rhyme desata su túnica y se la quita. Lleva por debajo las mismas prendas que traía cuando llegó: su viejo uniforme de colegio con su falda a cuadros y la camisa blanca con botones. No parecía adecuado llevar puesto otra cosa para la partida, a pesar de sentir que lleva puesta una vida pasada y que la camisa le queda demasiado pequeña. Tendrá que conformarse con los zapatos empapados de miel.

El Cuidador, que no parece advertir la invasión de las olas, se pone de pie y se sirve una copa de vino de una botella sobre el escritorio. Se ofrece a servirle otra a Rhyme, pero ella declina.

—No te preocupes —le dice el Cuidador, observándola mientras ella mira el mar—. Está todo aquí —dice, colocando la punta de un dedo sobre la frente de Rhyme—. Recuerda dejarlo salir.

El Cuidador le entrega su pluma. Rhyme sonríe al verla y la mete en el bolsillo de su falda.

—¿Lista? —pregunta, y ella asiente.

El Cuidador echa un vistazo alrededor de la oficina una vez más, pero no se lleva nada salvo la copa de vino para dirigirse a la siguiente recámara, con el gato naranja a la zaga.

—¿Puedes ayudarme con esto, por favor? —pregunta, colocando su vino sobre un estante. Juntos, él y Rhyme, apartan el enorme cuadro de Zachary y Dorian a un lado, dejando al descubierto una puerta empotrada sobre el muro de piedra por detrás.

»¿A dónde iremos? —pregunta el Cuidador.

Rhyme vacila. Mira la puerta y luego vuelve a echar un vistazo por encima del hombro. El mar ha llegado a la oficina, rozando el escritorio y las velas y derribando la escoba que descansa en un rincón.

—Ya no tenemos tiempo para hacer votos —añade el Cuidador, y ella se da la vuelta otra vez.

—Si podemos, me gustaría estar allí —dice, pronunciando cada palabra con cuidado y lentamente. Después de tantos años sin hablar, le suenan raras en su lengua—. ¿Tú no?

El Cuidador considera su sugerencia. Extrae un reloj del bolsillo de su traje y lo mira, girando las agujas hacia un lado y otro antes de asentir.

—Supongo que aún hay tiempo.

Rhyme levanta el gato naranja.

El Cuidador apoya la mano sobre la puerta, y la puerta escucha sus instrucciones. Sabe hacia dónde debe abrir, aunque podría abrirse hacia cualquier sitio.

Olas de miel irrumpen dentro del recinto cuando abre la puerta.

—De prisa —dice, haciendo que Rhyme y el gato salgan a través de la puerta a la luz del día cubierta de polvo.

El Cuidador se gira y alza la copa de vino del estante.

—Brindo por las Búsquedas —dice, levantando la copa hacia el mar que se acerca.

El mar no responde.

El Cuidador suelta la copa, dejando que se derrame y se haga añicos contra el suelo a sus pies. Luego sale de este Puerto que se va a pique y entra en el mundo que está encima.

La puerta se cierra, y el Mar sin Estrellas se estrella contra ella, inundando la oficina y el recinto al otro lado. Apaga el fuego y las trenzas humeantes en su interior y se desliza encima de la pintura, derribando las medidas del tiempo y las representaciones de los destinos.

Este espacio que era un Puerto ha vuelto a ser una parte del Mar sin Estrellas.

Todas sus historias vuelven a su fuente.

Muy por encima, sobre la acera gris de una ciudad, el Cuidador hace una pausa para mirar la vitrina de una librería mientras Rhyme alza la vista a los elevados edificios y el gato color naranja no mira nada y lo mira todo.

Continúan caminando, y al llegar a la esquina Rhyme mira un letrero que indica que están abandonando Bay Street y girando en King.

Encaramada sobre el letrero de la calle hay una lechuza, mirándola con fijeza.

Nadie más parece verla.

Por primera vez en mucho tiempo, Rhyme no sabe lo que significa.

O lo que sucederá después.

DORIAN SE ENCUENTRA sentado sobre la orilla de piedra junto al cadáver de Zachary, al borde del Mar sin Estrellas.

Ha llorado hasta quedarse entumecido y ahora simplemente permanece sentado, sin querer ver la escena inanimada que tiene delante ni poder apartar la vista de ella.

No puede dejar de pensar en aquella primera figura que vio en este lugar parecida a Zachary. No sabe cuánto tiempo ha pasado, solo recuerda lo poco preparado que estaba, incluso tras múltiples Allegras y pesadillas aún peores, en las que llegó a tener puesta la piel de su hermana, que murió cuando él tenía diecisiete años.

Nevaba. Solo durante un instante creyó que se trataba de verdad de Zachary, y aquel instante fue suficiente. Suficiente para que aquello que no era Zachary, aunque llevara su rostro, lo debilitara. Lo pusiera de rodillas. Dorian no recuerda cómo consiguió esquivar lo bastante rápido las garras que lo atacaron en la nieve empapada de sangre para recuperar la espada y volver a ponerse en pie.

La luna se lo había advertido, pero él no cree que nadie pueda estar realmente preparado para lo que se siente cuando uno empuña una espada, rodeado de la oscuridad más profunda, y atraviesa con ella lo único que jamás le ha importado alguna vez.

Con todos los Zachary que siguieron, no vaciló.

Creyó que sería capaz de notar la diferencia cuando finalmente encontrara al verdadero.

Estaba equivocado.

Dorian reproduce el momento una y otra vez en su mente, el momento en que Zachary siguió ahí delante de él, cuando los anteriores símiles de criatura se habían desvanecido al atravesarlos con la espada, reemplazados por otra persona, otra cosa u otro sitio. Luego siguió el terrible instante en que comprendió que este momento, y todo lo que contenía, era innegable.

Ahora ese momento se prolonga sin tregua, interminable y terrible, a diferencia de los permanentes y vertiginosos cambios anteriores, cuando todo se movía demasiado rápido para recobrar siquiera el aliento. Ahora no hay falsas ciudades, ni sueños angustiosos, ni nieve. Solo un vacío cavernoso y una orilla sembrada de restos de naves e historias.

(Las oscuras presencias acechantes que lo acosaban han huido, atemorizadas por tanta aflicción).

(Solo permanece el gato persa, acurrucado a su lado, ronroneando).

Dorian cree que merece este dolor. Se pregunta cuándo acabará. Si acaso acabará alguna vez.

Duda que desaparezca.

Este es su destino.

Que su historia acabe aquí, en esta angustia interminable, rodeado de cristal roto y miel.

Piensa en caer sobre su espada, pero la presencia del gato se lo impide.

(Todos los gatos son, por derecho propio, guardianes).

Dorian no tiene manera de marcar el tiempo que pasa con una pasmosa lentitud, pero ahora la orilla del Mar sin Estrellas avanza hacia él, la costa luminosa cada vez más cerca. Al principio, cree que es solo su imaginación, pero pronto advierte que la marea está subiendo.

Él también se ha resignado a ahogarse lentamente en la miel y el dolor cuando ve la nave.

Fragmento del diario secreto de Katrina Hawkins

Pensé en darle este cuaderno a la madre de Z, pero no lo hice. Siento que aún no he terminado con él, aunque sean un montón de fragmentos inconexos, sin una clara unidad.

Espero que haya una pieza que falta, aunque sea una pequeña, algo que haga que todas las demás encajen. Pero no tengo ni idea de cuál es.

Le conté a la madre de Z algunas cosas. No todas. Le llevé galletas de abeja porque supuse que me contaría algo si significaban algo para ella y también porque son deliciosas: están recubiertas con un glaseado de miel y limón. Pero no dijo nada, así que ni lo mencioné. No tenía ganas de lidiar con sociedades secretas ni lugares que podían o no existir, y por una vez era agradable hablar con alguien. Estar en otro sitio, y poder sentarme, bebiendo café y comiendo galletas. Allí todo parecía más alegre. La luz, la actitud, todo.

Además, ella simplemente *sabía* cosas. Creo que logró vencer un poco mi resistencia. O abrió una grieta en mi armadura psíquica, que hasta entonces no existía. Así entra la luz y todo eso.

En un momento dado le pregunté si creía que había magia en el mundo.

—El mundo *es* mágico, cariño —me respondió.

Tal vez lo sea. No lo sé.

Deslizó una carta de tarot dentro del bolsillo de mi chaqueta al partir. No la vi hasta después. La Luna.

Tuve que buscarla; no sé nada del tarot. Me hizo recordar que Z tenía un mazo, que me leyó las cartas y que fue muy acertado en todo lo que dijo, aunque no dejaba de insistir en que no era muy bueno haciéndolo.

Encontré información que decía que la carta de la Luna habla sobre ilusiones y orienta sobre la manera de abrirse paso en mundos desconocidos y secretos, y sobre la locura creativa.

Creo que Madame Love sabe lo que está sucediendo.

Coloqué la carta sobre el tablero de instrumentos del coche para poder verla mientras conduzco.

Tengo el presentimiento de que algo va a suceder, pero no sé qué.

Estoy intentando dejar ir todo esto, y hay algo que sigue aferrándose a mí.

No, hay algo que no deja de crecer y me conduce hacia algo nuevo y a una etapa posterior.

Si no hubiera sucedido esto, no habría empezado a crear mi juego. No habría conseguido este empleo. No estaría de camino a Canadá en este momento.

Es como si estuviera siguiendo un hilo que Z me dejó para recorrer un laberinto, aunque él ni siquiera esté dentro. Quizá no sea mi misión encontrarlo. Pero quizá *sí* sea mi misión seguir este hilo para ver a dónde me conduce.

Fue raro dejar su bufanda; hace tanto que la tengo conmigo.

Espero que algún día la reciba.

Espero que tenga una historia *realmente* buena para contarme cuando cenemos en casa de su madre. Espero que esté allí con su marido, y yo con alguien o sola, y conforme con mi decisión, y espero que nos quedemos despiertos hasta tarde, y que llegue el amanecer, y espero que las historias y el vino sigan y sigan y sigan.

Algún día.

ALGO NUEVO Y ALGO QUE VIENE DESPUÉS

Una vez, no hace tanto...

Hay una embarcación sobre el Mar sin Estrellas que navega mientras suben las mareas.

Bajo la cubierta, un hombre cuyo nombre es ahora Dorian sigue velando el cadáver de Zachary Ezra Rawlins mientras la capitana de la nave cuyo nombre no es Eleanor, ni lo será nunca, navega las aguas tormentosas.

Arriba hay una conmoción, un viento clamoroso, mientras el barco se bambolea de un lado a otro. Las llamas que arden en las velas oscilan y se detienen.

—¿Qué sucede? —pregunta Dorian cuando Eleanor vuelve al camarote.

—Hay lechuzas encaramadas sobre las velas —responde. Una de ellas la ha seguido, una pequeña lechuza que irrumpe en el camarote y se posa sobre una verga—. Están dificultando el avance de la nave. Intentan mantenerse a flote. No puedes culparlas con la marea que sube a esta velocidad. No hay problema. De todos modos, ahora necesito mapas nuevos.

Al decirlo observa la mesa con los mapas donde han colocado el cuerpo de Zachary, cuya sangre se filtra a través de los papeles y las cintas doradas, ocultando tanto los caminos conocidos como los territorios inexplorados donde se encuentran los dragones, ahora todo engullido por el mar.

Dorian empieza a disculparse, pero Eleanor le impide seguir, y permanecen parados en silencio.

—¿Cuánto subirá? —pregunta él para romper el silencio, aunque en realidad el asunto lo tenga sin cuidado. Que siga subiendo hasta que se estrellen contra la superficie de la Tierra.

—Debemos atravesar varias cavernas —le asegura Eleanor para su consternación—. Conozco los caminos por mucho que suba. ¿Necesitas algo?

—No, gracias —dice.

—Esta es tu persona, ¿verdad? —pregunta, bajando la mirada a Zachary.

Dorian asiente.

—Una vez conocí a alguien que tenía un abrigo como ese. ¿Qué lees? —Eleanor señala el libro en sus manos, aunque, más que leerlo, Dorian lo sostiene como un talismán.

Le entrega *Dulces Penas*.

Eleanor mira el libro con un gesto de contrariedad. Y enseguida la alegría de haber encontrado a un viejo amigo se extiende por sus rasgos.

—¿Dónde encontraste esto? —pregunta.

—Él lo encontró —explica Dorian—. En una biblioteca. Sobre la superficie. Creo que es tuyo. —La expresión de su cara casi lo hace sonreír.

—El libro jamás fue mío —dice—. Solo las historias que contiene. Robé el libro del Archivo. Creí que nunca volvería a verlo.

—Debes volver a tenerlo tú.

—No, compartámoslo. Siempre hay lugar para más libros.

Solo entonces advierte Dorian la gran cantidad de libros alrededor del camarote, metidos entre las vigas y sobre los alféizares de las ventanas, apilados sobre sillas y apuntalando las patas de las mesas.

La embarcación escora, y una ola particularmente encrespada inclina el camarote en ángulo antes de enderezarse de nuevo. Un lápiz se aleja rodando desde una mesa y desaparece bajo un sillón.

El gato persa que ha estado durmiendo la siesta sobre el sillón desciende con un gruñido y se aleja para investigar el caso del lápiz ausente, como si esta hubiera sido su intención desde el principio.

—Debería volver arriba —dice Eleanor, devolviéndole *Dulces Penas* a Dorian—. Me olvidé de decirte que hay una persona sobre uno de los barrancos; lo he visto con mi telescopio. Está sentado allí, *leyendo*. Voy a detener el barco para rescatarlo cuando el nivel del mar llegue a aquel punto. De otra manera, no sé cómo conseguiría huir: solo tiene una mano. Si el oleaje se vuelve más encrespado, sujétate a algo.

Dorian cree que debería arrojarse a las olas y dejar que el Mar sin Estrellas se lo lleve, pero sospecha que Eleanor lo volvería a rescatar si lo hiciera.

Ella le da una palmadita un tanto torpe en el hombro, y luego regresa a la cubierta, dejándolo a solas con Zachary.

Dorian aparta un rizo de su frente. No parece muerto. No sabe si sería mejor que lo estuviera.

Se sienta en silencio oyendo el estallido de las olas contra la embarcación, el aullido del viento y el aleteo que atraviesa las cavernas, y su propio corazón latiendo en sus oídos, que parece tener un eco porque lo tiene, y luego Dorian comprueba el origen de los latidos que resuenan.

Toma la caja de su bolso y la sostiene entre sus manos.

¿Cuál es la diferencia, se pregunta, *entre el corazón del Destino y un corazón que le pertenece al Destino?*

Un corazón a cargo del Destino hasta que alguien lo necesite.

Dorian mira el cadáver de Zachary y luego la caja.

Piensa en lo que cree.

Cuando abre la caja, el corazón que está adentro late más de prisa: al fin ha llegado su momento.

Fragmento del diario secreto de Katrina Hawkins

Alguien dejó una nota en mi coche.

Está aparcado en el estacionamiento de un centro comercial en las afueras de Toronto, y alguien dejó una nota encima. Hay literalmente menos de diez personas en el mundo que saben siquiera que me encuentro ahora en este país. He comprobado los dispositivos de rastreo: nadie debería poder llamarme ni enviarme una nota. No había planeado venir a comprar a este centro comercial, ni siquiera sé en qué ciudad estoy. Missi... algo.

La nota dice *Ven a ver*, con una dirección debajo.

Está escrita sobre un trozo de papel de carta que dice «Saludos de la Fundación Keating», labrado en la parte superior.

El reverso tiene el dibujo de una lechuza con una corona.

Introduje la dirección en mi GPS. No queda tan lejos.

Maldición.

La dirección es un edificio vacío. Es posible que haya sido un colegio o una biblioteca. Tiene apenas la suficiente cantidad de ventanas rotas para darle un aspecto de «abandonado». No hay ninguna señal. La puerta delantera está tapiada, pero no hay ningún letrero que anuncie la venta de la propiedad, o prohíba el paso, o advierta acerca de la presencia de perros. Ni siquiera hay señales que indiquen lo que ha sido, solo un número encima de la puerta como para que sepa que estoy en el sitio correcto.

Hace veinte minutos que estoy estacionada aquí intentando decidir si debo entrar o no. El parque se encuentra descuidado, como si nadie hubiera estado aquí en años. Como si ni siquiera hubieran pasado por aquí.

Hay algunos grafitis, pero no muchos. En su mayoría, iniciales y remolinos abstractos. Quizá los grafitis canadienses sean más corteses.

Si voy a entrar, debería hacerlo antes de que oscurezca demasiado. Probablemente debería llevar una linterna conmigo.

Parece que estuviera mirándome, con esa manera escalofriante de los edificios antiguos. Un espacio por el que han pasado tantas personas, pero en el que ahora no hay nadie y parece especialmente abandonado.

Ahora estoy adentro. Definitivamente, una vez fue una biblioteca. Hay estanterías vacías y catálogos de tarjetas. Los libros han desaparecido, pero hay facturas sueltas, recibos de envío y algunas tarjetas dispersas, las antiguas, en las cuales había que escribir el propio nombre.

Y por todos lados hay pinturas.

Son murales, que parecen un cruce entre los grafitis y los óleos del Renacimiento: obras con algunos rasgos abstractos y confusos y otros hiperrealistas.

Hay abejas precipitándose escaleras abajo y una tormenta de nieve que desparrama flores de cerezo. Han pintado los techos para que parezcan cielos nocturnos, cubiertos de estrellas, cruzados por la luna pasando por todas sus fases.

Hay murales que parecen una ciudad, y otros que parecen una biblioteca contenida dentro de la biblioteca, y otra sala tiene un castillo con gente: retratos de tamaño natural que son tan realistas que al principio creí que había personas de carne y hueso y estuve a punto de saludar.

Uno es Z y otro es aquel tipo del bar (sabía que aquel tipo era importante. Lo *sabía*).

Y una soy yo.

Yo estoy sobre la maldita pared.

Estoy en la pared con la chaqueta color naranja que tengo puesta ahora, con esta libreta en la mano.

¿Qué diablos pasa aquí?

Sobre este gran muro hay una inmensa lechuza. No una lechuza común; quizá un búho listado. No conozco las clases de lechuza. Su enorme tamaño ocupa casi todo el muro, con las alas desplegadas. De sus garras cuelga una innumerable cantidad de llaves sujetas con cintas, y tiene una corona en la cabeza.

Debajo de la lechuza hay una puerta.

Tiene impresas una corona, un corazón y una pluma, en una hilera que desciende en el centro.

La puerta no es parte de la pintura.

Es una puerta real.

Está en mitad de la pared, pero no hay puerta al otro lado; ya me he fijado. Aquel lado es muro sólido.

La puerta está cerrada, pero tiene un ojo de cerradura y oye, tengo una llave.

Tal vez haya llegado el *momento*.

Estoy sentada delante de la puerta. Hay una tenue rendija de luz que se cuela por debajo.

El sol se oculta, pero la luz bajo la puerta no ha cambiado.

No sé qué hacer.

No sé qué se supone que hay que hacer cuando encuentras lo que no sabías que buscabas y ni siquiera estabas seguro de que lo estabas buscando para empezar, y de pronto estás sentada en el suelo de una biblioteca canadiense abandonada, mirándolo.

He estado inhalando el aceite cítrico que la madre de Z me regaló, pero no me siento mentalmente lúcida.

Me siento embebida de una fragancia cítrica y desquiciada.

He salido y me he sentado sobre el capó del coche, observando la salida de la luna. Hay tantas estrellas. Encontré Orión.

He metido la carta del tarot en el bolsillo y tengo mi llave de pluma. Sigue teniendo su etiqueta. Es la misma letra con la que escribieron la nota que dejaron en mi coche.

Para Kat cuando llegue el Tiempo
Ven a ver

Dejaré esta libreta aquí en mi coche, por si acaso. No sé por qué. Para que alguien lo sepa. Para que haya un registro si sucede algo. Si no vuelvo.

Para que alguien, quizá en algún sitio, alguna vez, lo lea y sepa.

Hola, quienquiera que esté leyendo esto.

Katrina Hawkins estuvo aquí.

Todo esto sucedió.

Puede sonar extraño por momentos, pero a veces la vida es así.

A veces la vida se vuelve extraña.

Puedes intentar ignorarla o puedes ver a dónde te lleva lo extraño.

Abres una puerta.

¿Qué sucede entonces?

Lo descubriré.

Zachary Ezra Rawlins se despierta, jadeando. El nuevo corazón martillea dentro de su pecho.

Lo último que recuerda es la miel, mucha miel llenando sus pulmones y arrastrándolo hacia abajo, hacia el fondo del Mar sin Estrellas.

Pero no está en el fondo del Mar sin Estrellas.

Está vivo. Está aquí.

Dondequiera que sea *aquí*.

El sitio donde se encuentra parece estar moviéndose. La superficie es dura, pero todo lo que lo rodea oscila. Hay trozos de papel y retazos de cintas y algo pegajoso que no es miel bajo sus dedos.

La luz es tenue, pero cree que hay velas. No sabe dónde está.

Intenta ponerse en pie y, en cambio, se cae, pero alguien lo atrapa.

Zachary y Dorian se miran el uno al otro, perplejos.

Ninguno de los dos sabe qué decir en este momento, dentro de esta historia, en ningún idioma.

Zachary empieza a reírse, y Dorian se inclina hacia él y toma la carcajada de sus labios con los suyos. Y ya no queda nada entre ambos: ni distancia, ni palabras, ni siquiera el destino o el tiempo para complicar las cosas.

Es aquí donde los dejamos, con un beso largamente esperado sobre el Mar sin Estrellas, enredados en la salvación, el deseo y la obsoleta cartografía.

Pero aquí no acaba la historia.

Su historia es solo el comienzo.

Y mientras la cuenten, ninguna historia acaba realmente alguna vez.

No la historia individual que ella pidió
sino muchas historias

En las inmediaciones de lo que una vez fue una biblioteca hay un coche azul abandonado recientemente.

Un gato naranja duerme sobre el capó aún tibio.

Un hombre con un traje de tweed se reclina contra el coche, hojeando una libreta de color azul, aunque solo pueda leer a la luz de la luna.

Al lado del edificio de ladrillos una joven con un uniforme de colegio que le ha quedado pequeño se encuentra de puntillas, echando un vistazo a través de la ventana.

Ninguno de los dos advierte a la mujer que camina hacia ellos a través de los árboles. Pero los árboles la ven, brillando intensamente sobre su corona.

Siempre ha sabido que llegaría esta noche.

Siempre lo ha sabido, a lo largo de los siglos y las vidas.

La única pregunta era cómo llegar hasta aquí.

La mujer que porta la corona hace una pausa en la oscuridad silenciosa, observando al hombre que lee.

Luego dirige la atención hacia el cielo.

Extiende la mano hacia las estrellas que están arriba. En la palma tiene una única carta. La muestra al cielo nocturno, exhibiéndola a la luna y las estrellas con llamativa espectacularidad.

Sobre la carta hay un espacio vacío. *El Fin.*

Da la vuelta la carta. Una superficie iluminada. *El Comienzo.*

Vuelve a darle la vuelta y se convierte en polvo dorado entre sus dedos.

Hace una reverencia. La corona no se le cae de la cabeza, pero se resbala. Ella la endereza y vuelve a dirigir la atención al suelo, a su propia historia.

Cuando llega al coche, tiembla en su traje sin mangas.

—No me he cambiado de ropa —le dice Mirabel al Cuidador—. No creía que haría tanto frío. ¿Hace mucho que esperas?

El Cuidador se quita su chaqueta de tweed y la coloca sobre los hombros de la mujer.

—No falta mucho —le asegura, puesto que un par de horas no son nada en comparación con el tiempo que han aguardado este momento.

—No la ha abierto todavía, ¿verdad? —pregunta Mirabel, mirando hacia el edificio de ladrillos.

—No, pero no falta mucho para que lo haga. Ya lo ha decidido. Ha dejado esto. —Levanta una libreta de un color verde azulado brillante. Él pulsa un botón rojo sobre la cubierta, y luces diminutas parpadean alrededor de una cara sonriente—. ¿Cómo le está yendo al señor Rawlins?

—Ahora, mejor. No creyó que lo dejaría tener un final feliz. Estoy bastante ofendida.

—Tal vez no creyó que lo mereciera.

—¿Es eso lo que tú creías? —le pregunta Mirabel, pero el Cuidador no responde—. No hace falta que estés allí, ¿sabes? —añade—. Ya no.

—Tampoco tú, y, sin embargo, aquí estamos.

Mirabel sonríe.

El Cuidador levanta una mano y le acomoda un mechón suelto de cabello rosa detrás de la oreja.

La acerca hacia sí para que no tenga frío, atrapando sus labios con los suyos.

Dentro del edificio de ladrillos se abre una puerta hacia un nuevo Puerto sobre el Mar sin Estrellas.

Bien arriba las estrellas observan, encantadas.

Agradecimientos

Un enorme agradecimiento a todos los que navegaron conmigo el Mar sin Estrellas.

A Richard Pine, a quien sigo creyendo un genio, y a InkWell Management.

A Jenny Jackson, Bill Thomas, Todd Doughty, Suzanne Herz, Lauren Weber y todos los que integran el equipo increíble en Doubleday (incluido Cameron Ackroyd, por todos los cócteles).

A Elizabeth Foley, Richard Cable y compañía en el mar cubierto de estrellas de Harvill Secker.

A Kim Liggett por juntarnos a escribir, tanto virtualmente como en persona, en el Ace Hotel o en rincones olvidados de la Biblioteca Pública de Nueva York, y por tantas, tantas copas de vino espumoso.

A Adam Scott por todo, siempre.

A Chris Baty, creador del National Novel Writing Month, que en realidad también debí incluir en los agradecimientos de *El circo de la noche*. Lo siento, Chris.

A Lev Grossman por dejarme robar las abejas y las llaves de Brakebills.

A J. L. Schnabel. Varias joyas que describo en este libro, incluido el collar de espadas de plata, están inspiradas en sus exquisitas creaciones góticas.

A Elizabeth Barrial y al Black Phoenix Alchemy Lab, que realmente mete historias en botellas. Gracias a ellas, siempre estoy pensando en el olor de las cosas mientras escribo.

A BioWare porque este libro justo encontró el rumbo cuando me enamoré perdidamente de *Dragon Age: Inquisition*.

Respecto a los nombres de las cosas, tomé prestado el nombre de Madame Love Rawlins de una tumba en Salem, Massachussetts. Cualquier parecido con la persona real es mera coincidencia. Kat y Simon se llaman como Kat Howard y Simon Toyne porque justo me enviaron correos cuando estaba buscando nombres para los personajes. (También se me ocurrió el nombre de la amiga de Kat, Preeti, cuando Preeti Chhibber me envió un correo). Como se señala en el texto, Eleanor lleva el nombre del personaje de *La maldición de Hill House*. Zachary y Dorian siempre fueron Zachary y Dorian, aunque estuve a punto de cambiar el nombre de Dorian varias veces. Mirabel, por supuesto, recibe su nombre de las abejas.

ECOSISTEMA DIGITAL